GENESIS

DIE VERLORENE SCHÖPFUNG

SCIENCE FICTION

THARIOT

Kein Buch entsteht ohne Hilfe.
Mein Dank an Boris, Nici, Chris und Lara.

Lektorat:
Simone Kurilla

Korrektorat:
Stefan Stern

Beta Leser:
Antje Adamson
Wolfgang Breitkopf

Titelbild:

Thariot
Martin Langner
Solingen 2014

3. Auflage 2015
ISBN-13: 978-1514325339
ISBN-10: 1514325330

Thariot.de

Wenn wir z. B. einen lebenden Organismus in eine Schachtel hineinbrächten und ihn dieselbe Hin- und Herbewegung ausführen liessen wie vorher die Uhr, so könnte man es erreichen, dass dieser Organismus nach einem beliebig langen Fluge beliebig wenig geändert wieder an seinen ursprünglichen Ort zurückkehrt, während ganz entsprechend beschaffene Organismen, welche an den ursprünglichen Orten ruhend geblieben sind, bereits längst neuen Generationen Platz gemacht haben. Für den bewegten Organismus war die lange Zeit der Reise nur ein Augenblick, falls die Bewegung annähernd mit Lichtgeschwindigkeit erfolgte! Dies ist eine unabweisbare Konsequenz der von uns zugrunde gelegten Prinzipien, die die Erfahrung uns aufdrängt.

Albert Einstein

Im Vortrag »Die Relativitäts-Theorie« in der Sitzung der Züricher Naturforschenden Gesellschaft am 16. Januar 1911 hatte Albert Einstein das Uhrenparadoxon erstmals auch für lebende Organismen beschrieben. [1]

1 Quelle: Einstein, A., Die Relativitäts-Theorie, Vierteljahresschrift der Naturforschenden Gesellschaft Zürich, Jahrgang 56, 1911, S. 12

Alpha Phase

I. Freiheit

Freiheit. Ein flüchtiges Gefühl. Fragil. Und wert, sich später daran zu erinnern. Elias war ein Jäger, kleine Luftblasen stiegen über ihm empor, er liebte diesen salzigen Geschmack auf den Lippen über alles. Wenn er sich mit einem Gedanken an jeden ihm bekannten Ort bringen könnte, dann wäre das genau hier.

Wasser bedeutete Leben, zumindest für ihn. Er dachte daher überhaupt nicht daran, den Blauen entkommen zu lassen und stach mit der Lanze nach seiner Beute, die zwei Armlängen vor ihm vergeblich versuchte, in den Tiefen des Meeres zu entkommen. Blut quoll aus seinem Fang und färbte das klare Wasser dunkelrot. Die Spitze des geschmiedeten Speers durchbohrte den Fisch eine Handbreit hinter den Kiemen und der Widerhaken sorgte dafür, dass das auch so blieb.

Im Wasser verharrend, blickte er prüfend nach oben, die Öffnung in der Eisdecke befand sich nur wenige Längen über ihm. Irgendwie unwirklich, wie eine von einer höheren Macht mit zahlreichen dunklen Flecken gefertigte Wand begrenzte die Eisdecke die Welt unter seinen Füßen. Und die war alles andere als einladend: kalt, dunkel und unendlich tief, was hier versank, tauchte nie wieder auf. Aber ohne Gefahr war Freiheit nicht mehr als eine Illusion.

Auftauchen - ein reizvoller Gedanke, auftauchen und die Lungen wieder mit Luft füllen, rief ihm eine innere Stimme zu. Nur, an dem Blauen war zu wenig dran, der reichte ihm nicht. Die Jagd war noch nicht vorbei, mit der Hand griff er dem zappelnden Fisch in die Kiemen und riss den Jagdspeer wieder heraus, wobei der Widerhaken für eine stark blutende Wunde sorgte. Genau so hatte er sich das vorgestellt! Die Blauen schmecken sowieso nicht, dachte er noch, während seine Finger bereits zu kribbeln begannen. Sein Körper signalisierte ihm, dass er kein Fisch war. Menschen müssen atmen, aber sein Geist herrschte über den Körper. Andere zählten auf Elias, dessen entsann er sich und daraus zog er seine Kraft. Langsam ließ er die verbrauchte Luft durch die Nase nach oben aufsteigen. Und wartete, wartete inmitten eines Nebels aus Blut, das einen perfekten Köder darstellte. Andere Jäger begnügten sich oft mit den Blauen, die zudem auch keine nennenswerten Zähne hatten, was nicht bei allen Meeresbewohnern so war.

Als ob sich ein dunkler Schatten über ihn legte, griff der Eishai ihn ohne zu zögern an. Natürlich von hinten. Frisches Blut ließen sich die Großen niemals entgehen. Ob die Viecher inzwischen die Schwachstellen der Menschen kannten? Elias drehte sich und stach dem riesigen Tier den Jagdspeer in den offenen Schlund. Das Brechen der Knorpel war deutlich zu hören, wie ein trockenes Stück Holz, das unter hoher Spannung brach. Ein Blutschwall schoss ihm entgegen. Reflexartig schnappten die mit beeindruckenden Zahnreihen bestückten Kiefer zusammen. Der Speer aus Titan hielt dem Biss stand, doch mit der Wucht der Attacke drängte der Eishai ihn nach unten. Das Wasser drückte seinen Brustkorb unerbittlich zusammen.

Stirb schon, schrie er im Gedanken! Während er weiter in der Tiefe versank. Er oder der Fisch. Seine Muskeln fühlten sich dem Zerreißen nahe. Mit letzter Kraft drehte er die Waffe, deren Widerhaken dabei hoffentlich Lebenswichtigeres als die Gedärme aufwickelten. Es knirschte, die Augen der Bestie brachen - er hatte gewonnen, bisher hatte er immer gewonnen.

Elias ließ die verbliebene Luft aus den Lungen entweichen und tauchte langsam auf. Am Ende des Jagdspeers befand sich eine Schlaufe, an der er den aufgespießten Eishai mit an die Oberfläche zog. Länger hätte er nicht unter Wasser bleiben können, aus dem Kribbeln in den Fingern hatte sich ein Brennen im gesamten Körper entwickelt. Nur noch ein kurzes Stück. Jede Muskelfaser schrie nach Sauerstoff. Er war kurz davor, das Bewusstsein zu verlieren. Dann endlich, Luft, eiskalt, über dem Loch in der Eisdecke blendete das Sonnenlicht, endlich Luft! Elias atmete wieder, was für eine Wohltat. Er kletterte auf das Eis und zerrte den Raubfisch durch die Öffnung, dessen schwarzen Schuppen an der eisigen Luft sofort grau wurden. Im Wasser war der Fang um einiges leichter gewesen, was ihm gerade erhebliche Mühen bereitete.

Elias liebte es, danach auf dem Eis zu stehen, mit geschlossenen Augen lauschte er der Ruhe. Er trug eine kurze Hose und einen Gürtel mit einem Messer. Nicht viel, um an diesem Ort zu überleben, allerdings würde niemand den er kannte mit mehr Kleidung am Körper Fische fangen können. Minus zehn, minus zwanzig Grad, mit nasser Haut war es nicht einfach, die Lufttemperatur zu schätzen. Er schmunzelte, beinahe schon sommerlich, fand er, denn die Kälte machte ihm nichts.

Der Nachmittag war wunderschön, nicht eine Wolke trübte den blauen Himmel über der Arktis und am Horizont standen die beiden Sonnen Zoha und Antaris dicht nebeneinander. Er mochte diese Namen und die vielen kleinen Geschichten, die er und seine Geschwister sich dazu als Jugendliche ausgedacht hatten.

»Elias?« Das war allerdings nicht die hohe Stimme der Natur, sondern die von Ruben, seinem Bruder, der während seines Angelausflugs auf ihn aufpasste. Mit dem Finger am Hals aktivierte er die Sprachübertragung. Es war völlig egal, wo er sich befand, mit dem Kommunikations-Chip unter der Haut war er immer online.

»Vermisst du mich schon?«

»Und wie ... geh mal bitte einen Schritt zur Seite«, sagte Ruben konzentriert. Ein Projektil zischte an Elias vorbei, um einen Moment später ein Stück entfernt irgendetwas Weißes rot platzen zu lassen. Verdammte

Schneckenköpfe! Wenige Sekunden später hörte Elias den dazugehörigen Gewehrschuss aus der gegenüberliegenden Richtung. Das waren ungefähr zwölf Sekunden, er musste um die vier Kilometer vom Habitat entfernt sein.

»Danke.« Trotz der guten Sicht konnte Elias Ruben nicht sehen, der mit einem weitreichenden Präzisionsgewehr seinen Ausflug gesichert hatte. Mit dieser Waffe, einer digitalen Zieloptik und sich selbst in der Flugbahn korrigierender Munition war es möglich, Ziele zu treffen, die man mit dem bloßen Auge nicht mehr sehen konnte. Ruben war nicht nur sein Bruder, sondern auch Waffensystem-Offizier der R-12.

»Du bist bescheuert!« Rubens Antwort war genau so präzise wie der Blattschuss aus fünf Kilometer Entfernung.

»Magst du doch lieber wieder Protein aus der Tüte?« Mit dem Bein stieß Elias den Schlitten neben den Eishai und machte seinen Fang zur Rückfahrt bereit.

»Die Tauch-Nummer ist trotzdem bescheuert. Du wärst nicht der Erste, der dabei draufgegangen ist. Aber dein Weg zurück ist sauber. Ich hab dich im Scanner, es ist weit und breit kein weiterer Schneckenkopf auszumachen.«

»Ich bin auf dem Weg.«

»Mach hin ... mir frieren die Eier ab«, beschwerte sich Ruben. Elias deaktivierte mit einem Fingerdruck am Hals die Übertragung. Er wollte sein Talent, der Kälte zu trotzen, nicht über Gebühr strapazieren. Mit einem Handtuch trocknete er sich ab und zog die Schutzkleidung wieder an.

Eigentlich mochte Elias es, allein über das Eis zu ziehen. Dabei ließ sich gut nachdenken, die Kälte erinnerte ihn stets daran, wo er war. Das war seine Heimat, eine andere Welt kannte er nicht. Obwohl er sich nicht darum gerissen hatte, Arzt zu werden. Neben seiner unkonventionellen Leidenschaft zu fischen, war Elias auch der medizinische Offizier an Bord der R-12.

Eine der beiden Sonnen stand bereits sehr tief, während die andere noch für gut eine Stunde Tageslicht sorgen würde. Sie würden sogar eine Nacht bekommen. Heute kam es zu der seltenen Sternenkonstellation, in der die Sonnen Zoha und Antaris binnen einer Stunde an derselben Stelle am Horizont untergehen würden. Was auch der Grund für den nur minus zehn bis minus zwanzig Grad kalten und damit eher lauwarmen Nachmittag war. Die Tage im Eis konnten ansonsten auch erheblich kälter werden. Besonders mit der nun beginnenden Periode der Dunkelheit waren Temperaturen bis unter minus hundert Grad möglich. Deshalb würde niemand während der nächsten Tage das Habitat verlassen, nicht einmal Elias.

***

II. Habitat

Seit vor zwei Jahren der letzte Motorschlitten ausgefallen war und Elias nur noch einen Titanrahmen mit Kufen über das Eis schieben durfte, waren die Rückwege im Thermoanzug mit 250 Kilogramm fetten Fischhappen im Schlepptau recht mühsam. Er stoppte die Rutschpartie und aktivierte einen flexiblen Bildschirm am Unterarm seines Overalls. Hier war genau die richtige Stelle.

»Mach doch nicht jedes Mal wieder ein Spielchen daraus!«, rief Elias über das Eis. Weit und breit befand sich nichts außer Schnee, Eis, noch mehr Schnee und jede Menge Horizont. Er wusste genau, dass er richtig navigiert hatte. Der Transponder befand sich genau unter seinen Füßen.

»Solange du mich nicht findest, wird das auch kein Schneckenkopf tun!«, erklärte Ruben und stand nur einen Meter neben ihm wie aus dem Nichts auf.

»Die folgen auch keinem Leitsignal«, antwortete Elias. Ruben trug einen Delta-7 Kampfanzug, dessen Tarnkappenfeld sich gerade deaktivierte, und schulterte das vorhin in Aktion erlebte M-74 Präzisionsgewehr. Ruben sah gefährlich aus, was auch Sinn der Sache war, der hochfeste Anzug umgab den Träger mit einer synthetischen Schicht purer Muskeln und Sehnen, die ihn nicht nur schützte, sondern es auch ermöglichte, sich sehr schnell und ausdauernd zu bewegen.

»Was die Viecher hoffentlich auch nie lernen werden.«

»Hoffentlich. Und, ansonsten alles in Ordnung?«, fragte Elias. Sein Bruder hörte sich irgendwie seltsam an.

»Die Schneckenköpfe werden geschickter, als ob sie uns auflauern wollten. Das gefällt mir überhaupt nicht!«

»Es gibt heute frischen Fisch!« Elias versuchte mit einem Lächeln, das Thema zu wechseln.

»Irgendwann beißen dir die Großen noch den Arm ab!«, antwortete Ruben, während sich sein Delta-7 Visier öffnete und hinter dem Kopf am Rücken anfügte. Neben ihm blinkte, jetzt ebenfalls sichtbar geworden, ein autonomes G2-Verteidigungsgeschütz, bei dem sie vor zwei Monaten ein Standbein durch eine passend geschnitzte und knochenähnliche Fischgräte ersetzt hatten. Der Scanner auf der Lafette, der sich die ganze Zeit eifrig im Kreis drehte, funktionierte hingegen noch tadellos. Im Bereich von acht Kilometern würde sich ihnen noch nicht einmal ein daumengroßer Vogel unbemerkt nähern können, wobei sie auf dieser Welt noch nie einen Vogel gesehen hatten. Und selbst wenn Ruben während der Wache eingeschlafen wäre, was er noch nie getan hatte, würden die Feuerkraft und das autonome Zielsystem des G2-Geschützes ausreichen, um den Ansturm hunderter Schneckenköpfe aufzuhalten, deren zerschossene Kadaver in der Vergangenheit mehrfach das Eis übersät hatten. Leider befand sich inzwischen das letzte Magazin in der Waffe, was aber dem Schutz durch Abschreckung keinen Abbruch tat. Sie waren bereits seit zwei Jahren nicht mehr angegriffen worden. Die wenigen Schneckenköpfe, die Ruben immer mal wieder auf große Entfernung tötete, hatten sich seiner Meinung nach eher verlaufen.
»Wenn mir etwas passiert, dann müsstest du für uns Fischen gehen.« Elias liebte seinen Bruder und würde ohne zu zögern sein Leben für ihn geben. Sie teilten dasselbe Schicksal. Er verstand deshalb nicht, warum sich Ruben gerade so schwermütig gab.
»Vergiss es! Die Badehose steht mir nicht!« Ruben schlug ihm auf die Schulter. Im Prinzip glichen sich die beiden wie Zwillinge, beide waren neunzehn, groß, schlank und dunkelhaarig. Ruben hatte kurze dunkle Haare und einen Bart, Elias längere Haare, keinen Bart, aber dafür zahlreiche Narben am Körper. Er hatte vor vier Jahren mit dem Fi-

schen angefangen, was gerade in der Anfangszeit teilweise recht schmerzlich ausgegangen war.

»Kezia, Elias ist wieder da. Mach bitte das Tor auf, wir kommen rein«, meldete Ruben ihrer Schwester über Funk.

»Ist sie auch schon zurück?«, fragte Elias besorgt. Auch ihre Schwester Kezia war neunzehn - jeder Bewohner an Bord der R-12 war neunzehn Jahre alt.

»Klar. Sie ist nicht so dämlich wie du und bleibt bis zum Sonnenuntergang draußen. Aber ...« Das automatische Tor unterbrach Ruben, der, während er sprach, das morsche G2-Geschütz abbaute. Die Hydraulik der Eingangsluke ächzte besorgniserregend und öffnete sich neben ihnen nur stockend.

»Hallo Elias«, grüßte Kezia freundlich und kam ihm entgegen. Ihre langen dunklen Haare reichten ihr bis zum Po. Sie war nur wenig kleiner und trug einen ähnlichen grau-weiß gefleckten Thermoanzug wie Elias. Scheinbar war sie ebenfalls gerade erst von der Jagd heimgekehrt. Sie half ihm, den Schlitten hereinzubringen und den Eishai auf einen Rollwagen zu heben. Der Eingang zum Habitat war im Prinzip nicht mehr als ein Korridor, der schräg nach unten zu den anderen Modulen führte. Einige der ehemals weißen Kunststoffabdeckungen fehlten bereits und die verbliebenen waren nicht mehr weiß.

»An deiner Stelle würde ich Kezia nicht warten lassen!«, witzelte Ruben, der mit ihrer anderen Schwester Sarai zusammen war, »Und Kezia, egal was du trägst, du machst mich kirre!«

»Dich will ich aber nicht!«, hielt Kezia dagegen, die Elias nicht ohne Grund so aufmerksam empfing. In der kleinen Gemeinschaft boten sich nicht viele Möglichkeiten, Partner zu finden.

»Siehst du, Bärte machen alt!«, rief Elias seinem Bruder zu. »Und das andere kannst du Kezia und mir überlassen!« Er mochte Kezia, auch sie liebte es, im Polarmeer in kurzer Hose Eishaie fischen zu gehen. Was auch das einzige sportliche Hobby war, dem man in dieser Gegend nachgehen konnte. An Bord der R-12 war sie der Kommunikationsoffizier, was bedeutete, dass sie den ganzen Tag Funksprüche in die Welt schickte und mittlerweile sogar in der Lage war, die verschiedenen Wirbelstürme am Äquator an ihren unterschiedlichen elektromagnetischen Amplituden zu unterscheiden. Jemand anderes hatte ihr bislang allerdings nicht geantwortet.

»Hast du schon gehört, was passiert ist?«, fragte Kezia betroffen, während sie gemeinsam mit Elias im Lagermodul für Lebensmittel den Raubfisch ausnahm. Die Knochen, die Haut, das Fleisch und das Fett, es gab nichts, was nicht verwertet wurde. Mit den Jahren nutzten sie das Fischöl, um Strom zu erzeugen. Die Fusionsgeneratoren liefen schon lange nicht mehr mit Wasserstoff.
»Was denn?«
»Sem will nach Süden gehen ...«
»Sem!? Warum das denn?« fragte Elias erschrocken. Sem war ein feiner Kerl - und ein guter Jäger. Zudem war er ihr Versorgungsoffizier und für die Küche zuständig, niemand sonst konnte aus Eishaien etwas Genießbares zubereiten.
»Frag ihn. Er hat sich vorhin mit Ruben gestritten, der ihm keinen Delta-7 Anzug geben wollte.«
»Wir haben nicht mehr viele.«
»Nur noch drei, wobei laut Ruben nur noch einer halbwegs funktioniert.«
»Und?«

»Sem geht ohne Anzug, sobald eine der Sonnen aufgeht, will er los«, antwortete Kezia mit Tränen in den Augen, auch Sem war einer ihrer Brüder.

»Das ist Selbstmord. Noch nicht einmal die, die in der Vergangenheit mit einem Delta-7 Anzug geschützt losmarschiert sind, sind zurückgekommen.«

»Ich weiß.«

»Was sagt Vater dazu?«, fragte Elias. Vor drei Jahren hatten sich die ersten beiden ihrer Geschwister auf den Weg gemacht, um im Süden nach einer lebensfreundlicheren Gegend zu suchen. Vergangenes Jahr hatte sich die letzte Expedition ins Unglück gestürzt. Sie hatten angenommen, zu viert und schwer bewaffnet allen Gefahren begegnen zu können. Den Misserfolg des ersten Versuches hatten sie dem Alter ihrer Geschwister zugeschrieben, die damals erst sechzehn Jahre alt gewesen waren. Eine folgenschwere Entscheidung, denn von beiden Gruppen gab es bisher keine Nachricht. Wobei die digitalen Kurzwellen-Funkgeräte, die sie mit sich trugen, eine terrestrische Reichweite von mehreren Tausend Kilometern hatten.

»Nichts.«

»Wie, nichts?«

»Nichts, was erwähnenswert wäre. Vater redet nur Blödsinn. Die ganze Computer-Scheiße an Bord ist Müll. Wenn Ruben uns nicht gerade beim Fischen zusieht, versucht er die ganze Zeit, mit Sarai diesen alten Schrotthaufen wieder zum Laufen zu bringen.«

»Ruben und Sarai wissen genau, was sie tun!«, erklärte Elias unmissverständlich und legte das weiße Muskelfleisch des Eishais in eine Kühlbox. Ihre Schwester Sarai war die zweite Frau an Bord und mit Ruben zusammen. Da man Sarai und Kezia sonst nicht hätte unterscheiden können, hatte sich Sarai die Haare blondiert. Ferner hatte Sarai nur eine

Aufgabe - sie sollte den Hauptrechner neu starten, was sie leider seit sieben Jahren nicht hin bekam.

»Bestimmt sogar. Wenn nicht sie, wer sonst?«

»Genau, wer sonst ...« Elias senkte den Kopf. Ruben hatte viel Geschick gezeigt, neben den Waffen auch die komplizierte Technik im Habitat zu warten. Weswegen auch der letzte Kampfanzug auf ihn abgestimmt war. Damit war ihr klügster Kopf gleichzeitig auch ihr letztes brauchbares Waffensystem.

»Geht es dir gut?«, fragte Kezia. Sie waren mit der Arbeit fertig und wuschen sich gerade die blutigen Reste des Eishais von den Händen.

»Nein. Es geht mir nicht gut«, antwortete Elias und verließ die Lagereinheit. Der Gedanke, dass auch Sem gehen würde, hatte ihm seine Laune gründlich verdorben. Diese Machtlosigkeit, die ständige Angst, immer weitere Geschwister zu verlieren, bedrückte ihn. Er fühlte sich, als ob er in der Schwärze des Polarmeeres versinken würde.

»Du bist nicht allein! Elias, warte ...«, rief ihm Kezia noch vergeblich hinterher. An ihr lag es sicherlich nicht, Elias brauchte ein wenig Zeit für sich allein.

***

III. Vater

»Vater?«, fragte Elias, der sich in seine Schlafkabine zurückgezogen hatte. Zwei Meter lang, einen Meter breit und einen Meter hoch. Es reichte gerade, um sich aufzusetzen, ohne sich den Kopf anzustoßen. Für mehr Privatsphäre reichte der Platz nicht. Auf einem abgegriffenen mobilen Display drückte Elias erneut das Startsymbol und rebootete das System.

Betriebssystem OS-X8103 ... erfolgreich gestartet, KI-Instanz 59Z31 ... erfolgreich gestartet, Replikation der Datenbank ... Verbindung gescheitert, mobile Datenbank ... erfolgreich gestartet, R-12 Netzwerk ... erfolgreich gestartet, Benutzerschnittstelle ... erfolgreich gestartet, konnte Elias erneut vom Bildschirm ablesen. »Vater?«

»Hallo Elias«, begrüßte ihn eine freundliche männliche Stimme. *Login ... erfolgreich verifiziert,* erschien abschließend auf dem Bildschirm. Elias hätte auch eine weibliche Stimme einstellen können, aber alle kannten ihn als Vater.

»Vater, warum bin ich hier?«

»Die Frage stellst du mir öfter.«

»Sie bewegt mich jeden Tag erneut. Sem will auch gehen. Vater, wir gehen hier alle langsam vor die Hunde!«

»Du kennst die Antwort bereits. Zumindest die, die ich dir geben kann.«

»Bitte ...«

»Du bist das Kind von Klemens und Ruth. Vor neunzehn Jahren irdischer Zeitrechnung wurdest du als ihr Sohn geboren. Aktuell bist du ...«

»Ich habe meine Eltern niemals kennengelernt!«

»Wie auch. Sie befanden sich nicht an Bord der R-12.«

»Und von wegen irdischer Zeitrechnung ... du benutzt Begriffe, deren Ursprung du selbst nicht kennst!«

»Das ist richtig. Ich bin leider nur ein Ausbildungsprogramm und damit eine reduzierte Instanz der R-12 Borddatenbank. Sobald ich meine Daten replizieren kann, nehme ich an, die Frage umfänglich beantworten zu können.«

»Ja, ja ... was dummerweise bereits seit sieben Jahren dieser ominösen irdischen Zeitrechnung nicht funktioniert.« Elias war in der Stimmung, das mobile Display an die Wand zu werfen. Nur, dafür hätten ihn seine Geschwister im Meer versenkt. Der tragbare Computer war der letzte, der noch funktionierte und dessen Batterien sich aufladen ließen.

»Leider fehlt mir das Wissen zu den korrekten Wiederanlaufroutinen, um den Hauptrechner an Bord neu zu starten.« Die Stimme von Vater bemühte sich, demütig zu klingen.

»Na, nicht so bescheiden, du hast doch noch mehr Sachen drauf! Versteht zwar keiner, aber hören sich wichtig an.«

»Ich empfinde diesen Sarkasmus als nicht angebracht ...«

»Wie spät ist es nochmal?«

»Es ist 21 Uhr 24.«

»Datum?«

»Es ist der zwölfte Mai im Jahr 2.467.«

»Wenn du nur erklären könntest, wo diese Art der Zeitrechnung herkommt. Oder wie wir Kontakt aufnehmen können? Egal, das mit den Jahren ist nicht nachvollziehbar und vierundzwanzig Stunden haben unsere Tage sicherlich auch nicht. Kommt die Menschheit von dieser Welt?«

»Darüber liegen mir keine Informationen vor. Ich kann es allerdings auch nicht ausschließen. Diese Zeitrechnung ist eine meiner Basisroutinen, deren Ursprung ich leider nicht erklären kann.«

»Aber du weißt genau, wann du deine letzte Replikation hattest?«

»Das war vor sieben Jahren, drei Monaten, achtzehn Tagen ...«

»Schenk dir den Rest«, unterbrach Elias die Stimme aus dem Display in seinen Händen.

»Du hast die Frage gestellt.«

Womit Vater nicht ganz daneben lag. Nur, welche Fragen hatte er dem Computer noch nicht gestellt?

»Wer waren meine Eltern?«

»Darüber liegen mir leider keine detaillierten Informationen vor. Ich kenne nur ihre Namen.«

»Kennst du mein Schicksal?«

»Immerhin eine neue Frage. Wenn auch eine seltsame. Da dein Schicksal kausal von deinen Entscheidungen und vielen anderen variablen Faktoren abhängt ... ganz ehrlich ... ich habe keine Ahnung.«

»Was für eine Antwort für ein logisch konzipiertes Konstrukt. Nicht, dass du Depressionen bekommst«, spöttelte Elias. Eine andere Antwort hatte er allerdings nicht erwartet.

»Das kann ich ausschließen. Ich passe mich nur meinen Gesprächspartnern an.«

»Womit du bei uns nicht mehr viel Abwechslung hast.«

»Ich beklage mich auch nicht«, antwortete Vater.

»Vater, hast du Angst vor dem Sterben?«

»Nein.«

»Aber du schätzt dein Leben?«

»Ich existiere, um eine Funktion zu erfüllen.«

»Tun wir das nicht alle?«

»In Ordnung - im weiteren Sinne schätze ich das Leben - wenn auch aus einem anderen Blickwinkel.«

»KI - Künstliche Intelligenz - ist das nicht eigentlich ein Widerspruch in sich?«

»Das Thema hatten wir schon hinlänglich diskutiert. Soll ich meine Antwort wiederholen?«

»Nein.« Elias dachte nach. Gespräche mit Vater waren für ihn stets eine Suche nach mehr. »Wovon träume ich?«

»Wenn ich überzeugend husten würde, wäre das Antwort genug?« Obwohl Vater nicht jede Frage ernst nahm.

»Immerhin bist du unterhaltsam.«

»Was bei meinem begrenzten Speicherplatz eine stetige Herausforderung ist«, fügte Vater seiner Aussage hinzu.

»Wovon, glaubst du, dass ich träume?«

»Oh ... bei dieser Frage ist sogar eine Spur natürlicher Intelligenz zu erkennen.«

»Na komm, du kennst mich doch, erzähle mir, welche Träume du mir zutraust?«

»Resultierend aus der mir bekannten Definition von Träumen und ihrem Zusammenhang zur Psyche des Träumenden kann ich diese Frage nicht umfänglich beantworten. Die Daten reichen nicht aus, um deine psychische Verfassung ausreichend zu analysieren. Ich kann nur schätzen ...«

»Dann schätz mal.«

»Im Habitat R-12 leben inzwischen nur noch fünf Bewohner. Bei der Notlandung vor sieben Jahren befanden sich noch 31 junge Menschen an Bord. Sechs von euch sind fortgegangen, die anderen haben die Schneckenköpfe geholt. Trotz der Technik und eurem Willen wird eure kleine Insel mit der Zeit untergehen. Ich schätze, dass dich das intensiv beschäftigt.«

Elias nickte. »31 Geschwister, genau 16 Jungs und 15 Mädchen ... von denen niemand ein Kind bekommen, noch eins zeugen konnte«, erklärte er mit ernster Stimme. Diese biologische Unzulänglichkeit hatte er nie verstanden.

»Was aber auch ethisch bedenklich wäre ...«

»Vater, verarsch mich nicht!«

»Ich habe selbst keine Antwort dafür. Vermutlich hat bei euch jemand der Natur nachgeholfen. Es ist für mich ebenfalls nicht logisch, warum sich niemand von euch an Dinge erinnert, die vor dem Absturz geschehen sind.«

»Was wohl passiert wäre, wenn du uns nach der Notlandung nicht unterrichtet hättest?«

»Ihr seid Menschen. Vermutlich hättet ihr euch selbst aufgefressen, meinen Ladestecker verloren und das Habitat bis unter das Dach zugeschissen.«

»Vermutlich.« Elias haderte mit sich. Seine Geschwister und er waren allein. Sobald die Technik den Geist aufgeben würde, wäre es vorbei mit ihnen. Die Kälte, die Schneckenköpfe und die Hoffnungslosigkeit - niemand würde überleben.

»Ich denke, du fürchtest dich, zu sterben, ohne zu wissen, woher du kommst.«

»Gut möglich«, Elias verneinte die Vermutung Vaters nicht. Zu gerne würde er seine Mutter kennenlernen. »Möchtest du nicht deine Wurzeln verstehen?«

»Ich verstehe deine Motivation. Aber solche Gedanken treiben mich nicht an. Meine Protokolle schreiben vor, Wissen zu vermitteln.«

»Technik, Medizin, Waffen, Versorgung, sogar Ethik ... das hast du uns gelehrt. Warum keine Geschichte?«

»Ich weiß es nicht«, antwortete Vater betroffen. Die Bedienung der komplizierten Habitat-Technik hatte ihre Grenzen erreicht. R-12 bestand aus Edelstahl, Kevlar und anderen Hightechwerkstoffen. Die Ingenieure hatten früher Unglaubliches geleistet. Immerhin funktionierten die Lebenserhaltungssysteme bereits seit sieben Jahren. Und das nach einer Bruchlandung. Nur alles, was sich davor abgespielt hatte, befand sich in der nicht verfügbaren R-12 Borddatenbank.

Die, was das Schlimme daran war, eigentlich noch funktionieren müsste, wenn sie nur endlich jemand starten könnte. Das ganze Wissen im Habitat bestand aus Vaters Datenspeicher, gepaart mit einer mit der Zeit zynisch gewordenen KI.

»Herr Doktor, ich habe hier eine Stelle, die mir schrecklich wehtut. Darf ich zu dir kommen?«, fragte Kezia mit einem Lächeln in der Stimme, während sie den Kopf vorsichtig durch den Vorhang seiner Schlafkabine schob.

»Ja.« Elias schaltete das Display aus.

Kezia schmiegte sich an seine Seite, ihre langen Haare dufteten unglaublich gut. Sie war nackt und er konnte ihren Herzschlag auf der Haut spüren.

»Erzähl mir von deinen Träumen«, flüsterte Kezia, während sie ihn zärtlich in den Hals biss und mit der Hand seinen Bauch hinab strich.

»Träume?«

»Sie müssen wunderschön sein ...«

Elias lächelte und versuchte, das Gespräch mit Vater zu verdrängen. Wenigstens für diese Nacht. Kezia war das schönste Wesen, das er kannte.

»... und eindeutig nicht von mir handeln«, fügte sie dem schmollend hinzu, als sich ein gewisses Körperteil von ihm nicht nach ihrem Geschmack aufrichtete.

»Halte mich bitte fest.« Elias fiel immer tiefer. War er der, der er glaubte zu sein? War das sein unabänderliches Schicksal? Oder war das alles nur ein Traum?

»Ich bin bei dir«, flüsterte sie.

»Ich habe Angst«, gab er zurück.

»Die hat jeder von uns. Die Kunst ist, nachts nicht daran zu denken«, flüsterte sie.

»Ich liebe dich.«

Es fühlte sich unendlich gut an, sie zu spüren. Bei ihr fühlte er sich sicher. Sie gab seinem Leben wenigstens kurze Momente der Geborgenheit. Die Augenlider wurden schwerer, er war müde, in dieser Nacht schliefen Kezia und Elias wie Geschwister nebeneinander ein.

***

IV. Delta-7

Am nächsten Morgen stand Elias bereits früh auf. Obwohl ihm die irdische Zeitrechnung mehr als suspekt war, lebten alle im Habitat nach dieser vierundzwanzigstündigen Taktung, die, zugegeben, gut zum menschlichen Bio-Rhythmus passte. Es war kurz nach sieben, draußen dürfte es stockdunkel und lausig kalt sein, bis zum nächsten Sonnenaufgang würden noch 62 Stunden vergehen.

Früher säumten zahlreiche, in die Wände eingelassene Leuchtelemente die halbrunden weißen Korridore. Inzwischen waren allerdings die meisten ausgefallen oder flackerten nur noch altersschwach. Elias hatte Kezia vorhin einen Kuss gegeben und sie schlafen lassen. Ruben hatte ihn gebeten zu ihm zu kommen, das mobile Display trug er ausgeschaltet in der Hand, wie beinahe jeden Morgen.

»Guten Morgen, Elias«, begrüßte ihn Vater freundlich, *»die Badehose heute im Schrank gelassen?«* In der Nähe der Kommandozentrale brauchte man den mobilen Computer nicht, um mit Vater sprechen zu können.

»Ich lache später. Ruben möchte mit mir sprechen.« Elias trug einen abgewetzten gelben Nylon-Hosenanzug. Die Dinger waren hässlich wie die Nacht und würden vermutlich noch hundert Jahre halten, auch die anderen im Habitat trugen diese gelben Rucksäcke.

»Sicherlich. Hast du das Display dabei?«

»Klar. Machst du mir die Tür auf?«

»Bin ich ein Pförtner? Den Schalter finden auch Mediziner.«

»Danke.« Elias schüttelte den Kopf und bediente den Türöffner, die Glastür zum Kommandobereich öffnete sich.

»Morgen, Elias. Kleinen Moment noch ...« Ruben kniete vor einem Schaltschrank und zog gerade eine in Epoxidharz versiegelte Platine hervor.

Überall befanden sich schwarze Bildschirme, inaktive Steuerungssysteme und ausgeweidete Schaltschränke, in denen unzählige Glasfaserkabel auf eine neue Verkabelung warteten.

»Du wolltest mich sprechen?«, fragte Elias und stellte das Display auf eine Ladestation.

»Ja, ja ... langsam wird es kniffelig. Mir gehen die Ersatzteile aus, um die Lebenserhaltungssysteme online zu halten. Beim Absturz damals ist einfach zu viel zerstört worden.« Ruben zeigte auf zwei vergilbte Bildschirme, mit denen sich die Stromversorgung, die Wasseraufbereitung, die Klimaanlage und das Lagermodul steuern ließen.

»Kann dir Vater nicht dabei helfen?«, fragte Elias.

»Dazu habe ich keine sinnvollen Applikationen geladen«, antwortete Vater umgehend.

»Du hast es gehört.« Sein Bruder hatte scheinbar nichts anderes erwartet. Vater konnte die Bordsysteme weder steuern, noch dazu beitragen, sie zu reparieren. Er war nur der Lehrer, der ihnen die technischen Grundlagen vermittelt hatte.

»Wo ist Sarai?«

»Sie spricht mit Sem.«

»Vielleicht ist das der richtige Zeitpunkt, umzuziehen?«, fragte Elias gespielt gelassen.

»Nicht schon wieder. Das haben wir doch bereits unzählige Male diskutiert, oder möchtest du Sem begleiten?«

»Allein? Nein. Zusammen? Ja!« Es war nicht die Frage ob, sondern nur, wann sie das Habitat aufgeben müssten.

»Wir haben nur noch einen Delta-7 Anzug.«

»Der muss uns reichen.«

»Ich verstehe dich, aber es wird nicht funktionieren, jedenfalls nicht so, wie du es dir vorstellst.« Ruben stand auf und kam auf ihn zu.

»Bitte?«
»Schau mal ...« Ruben wandte ihm den Rücken zu und zeigte seinen rasierten Nacken. »Sieht eklig aus, oder?«
»Verdammt, wie ist das passiert?«, fragte Elias erschrocken. Der ganze Nacken seines Bruders war vereitert. »Hat sich das Delta-7 Modul entzündet? Wieso bist du nicht früher zu mir gekommen? Ich bin dein Arzt!«
»Mein Körper stößt das Implantat ab. Ich werde den Anzug bald nicht mehr tragen können.«
»AMENS soll dir ein Antibiotikum geben!«
»Von dem wir kaum noch etwas haben. Nein, AMENS wird dir ein Delta-7 Implantat verpassen. Der Anzug muss einsatzfähig bleiben.«
»Wieso ich? Ich bin kein Soldat, so wie du!« Während Vater Ruben über mehrere Jahre in Waffenkunde ausgebildet hatte, hatte er Elias Medizin studieren lassen.
»Elias! Das ist keine Bitte!«
»Verdammt!« Was Ruben von ihm verlangte, war unerträglich, er würde nicht zusehen, wie er starb.
»Alles in Ordnung?«, fragte Ruben. Am liebsten hätte Elias ihm eine reingehauen.
»Ja, ja ... ich mach ja mit«, gab er klein bei. Ihm eine Waffe in die Hand zu drücken, war Irrsinn.

»Bitte beschreiben sie den medizinischen Notfall«, tönte AMENS‘ emotionslose weibliche Stimme. Obwohl Elias über die Jahre umfangreich medizinisch geschult worden war, hatte er noch nie selbst eine Operation durchführen müssen.
»AMENS, jetzt zier dich nicht, wir brauchen dringend ein Delta-7 Implantat«, argumentierte Vater bereits einige Minuten, damit AMENS die Tür

öffnete. Das medizinische Zentrum lag direkt neben der Kommandoeinheit. AMENS war das Autonome Medizinische Notfallsystem an Bord der R-12. Und autonom war in diesem Fall wörtlich zu nehmen. Man hätte sich theoretisch auch halbtot mit einem Loch im Bauch von AMENS wieder zusammenflicken lassen können. Nur, über die Jahre reglementierte die AMENS-KI die eigenen Ressourcen immer strenger. Besonders der Bestand an Antibiotika war knapp geworden. Es würden nur noch wenige Eingriffe möglich sein.

»Nach meinen Aufzeichnungen ist erst kürzlich ein Implantat verpflanzt worden. Weiterhin ist ebenfalls nur noch ein Delta-7 Anzug einsatzfähig. Welche Indikation macht ein weiteres Implantat notwendig?«

»Ruben fault die Rübe ab. Jetzt mach schon auf! Sobald der erste Schneckenkopf vor deiner Tür steht, wirst du dir wünschen, dass Elias in dem Delta-7 Kampfanzug dem Viech den Kopf abschlägt!« Vater war wütend. Sein KI-System war lernfähig, ihres nicht. Es war sein persönlicher Ehrgeiz, der KI von AMENS etwas mehr Vernunft zu vermitteln.

»Neben dem niedrigen Bestand an Narkotika und entzündungshemmenden Antibiotika ist auch nur noch Fluid für ein Implantat verfügbar. Ich brauche dabei nicht erneut darauf hinzuweisen, dass meine Medikamente ihre Mindesthaltbarkeit deutlich überschritten haben.«

»Geschenkt ... damit können wir leben!«, erklärte Vater.

»AMENS, ich autorisiere den Eingriff!« sagte Elias. Zumindest das lag in seiner Kompetenz als medizinischer Offizier.

»Autorisierung erfolgt. Ich starte die Vorbereitungen. Wir können in sechs Minuten beginnen.«

»Zicke!« Vater war eingeschnappt.

»Ich möchte mir aber auch das Implantat von Ruben ansehen. Eine Entzündung am Halswirbel C5 ist potenziell lebensgefährlich. Die Priorität wäre deswegen ...«

»AMENS, ich bin in Ordnung.« Ruben zeigte auf Elias. »Kümmere dich bitte um ihn.«
Elias nickte, machte den Oberkörper frei und legte sich bäuchlings auf die Liege.

»Aufwachen! Los! Wie viele Finger hat meine Hand?«, fragte Ruben, während er Elias aus der Narkose zurückholte.
»Dein hässliches Gesicht hat keine Finger!«, antwortete Elias, sein Bruder wollte ihn hochnehmen.
»Er ist wieder da«, diagnostizierte Ruben gelassen, während er das mobile Display aufnahm und zahlreiche manuelle Befehle eintippte.
»Alle Vitalfunktionen stabil. Initiiere die Formatierung des Implantats. Vorgang in sieben Minuten abgeschlossen«, erklärte AMENS nüchtern.
Elias Nacken wurde kälter, AMENS hatte ihm ein leitfähiges organisches Fluid zwischen die Wirbel gespritzt, das nun mittels eines magnetischen Feldes zu einem Computer geformt wurde. Die Körperwärme stellte die Energieversorgung des Implantats sicher. Elias hatte diese Technologie schon faszinierend gefunden, als Ruben sein Implantat bekommen hatte. Im Prinzip war dieses System genauso leistungsfähig wie die KI-Instanz Vaters, erlaubte aber durch die Kopplung der Nervenenden auch die Funktionen des Delta-7 Kampfanzuges intuitiv zu steuern.
»Alle Vitalfunktionen stabil. Formatierung des Implantats bei 57 %. Vorgang in drei Minuten abgeschlossen. Dem Patienten werden vorsorglich entzündungs- und schmerzhemmende Wirkstoffe zugeführt«, informierte AMENS über die weitere Entwicklung.
Delta-7 Schnittstelle aktiviert, sagte eine Stimme in seinem Kopf. Elias wusste, was ihn erwartete, war aber trotzdem sprachlos.

»Ich werde dir gleich noch einige Details zum Anzug zeigen. Das meiste ist allerdings selbsterklärend«, fügte Ruben dem hinzu. Elias hing ihm an den Lippen.

»Alle Vitalfunktionen stabil. Formatierung des Implantats erfolgreich abgeschlossen. Der Patient darf aufstehen.«

***

V. Motive

»Das fühlt sich irre an!«, stellte Elias ausgelassen fest, als sich die Module des Delta-7 Kampfanzuges wie eine zweite Haut an seinem Körper zusammenfügten. Die Hose, die Stiefel, die Handschuhe und der Torso, die einzelnen Teile konnte man wie dick gefütterte Winterkleidung bequem anziehen. Die Rüstung wog gut 75 Kilogramm, die er allerdings beim Gehen nicht spürte. Einmal aktiviert, verschwand die harmlose Optik des Anzuges und es bildete sich aus unzähligen künstlichen Muskelsträngen ein archaisch anmutendes, biomechanisches Exoskelett, das die Fähigkeiten eines Menschen um ein Vielfaches potenzierte. Als ob man binnen weniger Minuten jahrelanges Krafttraining hinter sich gebracht hätte, wobei diese Fähigkeiten kein Mensch durch Training jemals erreichen konnte.

»Ich weiß.« Ruben lächelte. Beide befanden sich im Waffenlager, das neben dem Delta-7 Anzug eigentlich nur noch leere Munitionsbehälter und andere verschlissene Waffenteile beherbergte.

»Ruf mal das Menü auf.«

Elias lachte. »Energie-Booster in den Händen, die ...«

»... waren mal klasse. Funktionieren leider nicht mehr.« Ruben lehnte sich zurück.

»Ein autonomes Impulsgeschütz auf den Schultern?« Das kannte Elias nicht.

Ruben lachte abermals. »Das muss früher bestimmt gut gewesen sein. Ist aber bereits vor meiner Zeit ausgefallen.«

»Und das mobile Magnetschild?«, fragte Elias bereits deutlich vorsichtiger.

»Habe ich ausgebaut. Kostete zu viel Energie.«

»Navigation?«

»Ausgebaut. Wir haben keine Satelliten. Scherzkeks.«

»Kommunikation?«
»Habe ich umgebaut. Der Primärsender war auch ein Stromfresser. Die Steuerung nutzt stattdessen den Kommunikations-Chip unter deiner Haut.«
»Wie weit komme ich damit?«
»Ähnlich weit wie ohne Anzug, je nach Wetterlage bleiben ungefähr 10 -12 Kilometer Reichweite.« Rubens Antworten waren desillusionierend.
»Und der Batteriestatus nur auf sieben Prozent?«
»Leider sind die Akkus über die Zeit nicht besser geworden. Die anderen Batteriezellen sehen noch schlechter aus.«
»Ruben, der Delta-7 Anzug ist ein antiquierter Schrotthaufen! Was kann das Ding denn noch?« Elias kannte den Zustand vieler Bordsysteme, hatte aber trotzdem vom Delta-7 Anzug mehr erwartet.
»Die Schneckenköpfe haben früher böse Erfahrungen mit ihm gemacht. Die rennen schon, sobald sie dich sehen.«
»Reicht das?«
»Jetzt mal nicht so pessimistisch. Das Beschleunigungs-Exoskelett ist intakt und die Panzerung hält immer noch Schneckenkopfbissen stand. Und mit den sieben Prozent Energie kannst du mehrere Stunden Wache stehen oder dich 10 - 20 Minuten tarnen und Schneckenköpfe in Stücke reißen.«
»Warum? Ruben, warum machen wir das hier?«, fragte Elias, dem ständig weitere Fragen durch den Kopf gingen. Das Ganze war eher ein Witz.
»Du hast es wirklich noch nicht verstanden, oder?«
»Bitte!?«
»Glaubst du, wir unterscheiden uns großartig?«
»Das war nicht meine Frage.«

»Weißt du, was mich während der letzten Jahre immer am meisten beschäftigt hat?«

»Etwa unsere Vergänglichkeit?«

»Nein. Wir Menschen haben in der Vergangenheit Unglaubliches geschaffen. Wir sind durchs All gereist und haben riesige Entfernungen bezwungen ...«

»... um genau über diesem Stück Eis abzustürzen.«

»Mach darüber bitte keine Späße.« Ruben legte viel Kraft in die Worte. »Ich weiß, du willst wissen, wo wir herkommen ... doch mich interessiert, was wir hier wollten. Was war unser Auftrag? Weswegen packt man 31 Kinder in ein Rettungsboot und wirft sie über einer Eiswüste ab? Das Habitat selbst ist kein Raumschiff. Da muss es noch mehr geben. War unser Leben ein Experiment? Oder die Folge eines Unfalls? Sind wir die letzten unserer Art? Oder wollte man uns loswerden?«

»Uns loswerden?«, fragte Elias, weder die verschiedenen Gründe noch der Tonfall seines Bruders gefielen ihm.

»Ich habe alles dafür gegeben, um euch ein Leben auf R-12 zu ermöglichen.« Ruben sprach in Rätseln.

»Wofür die anderen und ich dir auch dankbar sind. Nur ich sehe nicht meinen Platz in deinem Plan?«

»Du brauchst nur deine Augen aufzumachen.«

»Ich verstehe dich nicht ...«

»Ich bin müde. Ich habe meinen Mut verloren. Jede Nacht träume ich davon, zu erfrieren! Entweder reißen uns die Schneckenköpfe beim nächsten Angriff in Stücke oder unsere Bordtechnik gibt schon vorher den Geist auf.«

»Du willst also aufgeben?« So kannte Elias seinen Bruder nicht.

»Elias. Ich kann nicht mehr! Und ich werde nicht mehr! Das entzündete Implantat wird mich umbringen.«
»Scheiße! Das war nicht unser Deal! AMENS soll dich behandeln! Ich bin der medizinische Offizier an Bord«. Diese Wahrheit wollte Elias nicht hinnehmen.
»Die Medikamente sind verbraucht. Aber du wirst leben!«
»Und wozu? Oder was sollte dann meine OP? Der Anzug ist komplett Schrott!«
»Vergiss den Delta-7 Anzug! Es ging mir nur um das Implantat! Sarai und ich haben es nie geschafft, den Hauptrechner der R-12 zu reparieren. Mir ist es allerdings gelungen, Vater zu kopieren. Dein Implantat enthält eine Instanz von Vater, die sich startet, sobald im Habitat die Lichter ausgehen. Alles, was von uns bleibt, bist du, weil du überleben willst, und Vater, der unser Andenken bewahrt!«
»Und Sarai hat das zugelassen?«
»Sie hat mir dabei geholfen.«
»Verdammt, das ist nicht fair!« Elias weinte.
»He, du solltest mich auf kein Podest stellen. Eigentlich wollte ich mit Sarai und Vater im Nacken abhauen. Ich war bereit, dich zurückzulassen.«
»Das kaufe ich dir nicht ab!«
Ruben lächelte. »Wenn du herausfindest, wo wir herkommen, wirst du auch erfahren, was wir hier wollten. Vielleicht kannst du unseren Auftrag noch erfüllen. Ich will nicht umsonst gelebt haben! Elias! Versprich mir das!«
»Aber deswegen lasse ich dich doch nicht im Stich!«, protestierte Elias.
»Natürlich nicht. Bleibe, solange du es für richtig hältst. Und fliehe dann mit Sem, Sarai und Kezia ... ich freue mich für jeden, der an deiner Seite überlebt.«

»Aber ...«, ihm fehlten die Worte.
»Elias! Versprich mir das!«
»Ja. Ich verspreche es.«

Elias nahm den Auftrag an. Ohne auch nur einen blassen Schimmer zu haben, was ihn erwarten würde. Die Welt im Süden des Eises - davon hatte er bereits unzählige Male geträumt. Hoffentlich würde er mehr finden außer weiteren Schneckenköpfen.

***

VI. Schläge ins Gesicht

»Du hast wirklich Elias das letzte Implantat einsetzen lassen?«, fragte Sem gereizt.

»Das wollte ich. Aber wenn man es genau nimmt, hat Elias selbst die Freigabe erteilt. Er ist unser medizinischer Offizier, schon vergessen?«, antwortete Ruben, der seit dem Gespräch mit Elias befreiter wirkte. Natürlich wusste jeder, dass das nicht ganz der Wahrheit entsprach. Bisher hatte niemand Rubens Führungsrolle in der Gruppe angezweifelt.

Sarai, Kezia, Sem, Ruben und Elias aßen zusammen gegrillten Eishai. Was in der Vergangenheit auch schon geselliger gewesen war, zumindest so lange, bis sich Sarai und Kezia für einen Partner entschieden hatten. Was bei drei Männern und zwei Frauen Sem nur einen Zuschauerplatz eingebracht hatte.

»Warum nicht mir?« Sem stand kurz vor einem Wutausbruch. Um sich zumindest äußerlich etwas Individualität zu verschaffen, hatte er sich alle Haare vom Kopf rasiert und sich von AMENS R-12 in den Nacken tätowieren lassen. Direkt unter ihrem Namen und ihrer Kennnummer, die allen bereits vor dem Absturz unter den Haaren in die Haut gestochen worden waren.

»Weil du ein Arsch bist! Und jetzt iss deinen Fisch!«, befahl Ruben mit ernster Stimme.

»Du kannst mich mal!« Sem stand auf und warf seinen Teller an die Wand.

»Jetzt hört doch auf!«, fuhr Sarai dazwischen, der sie es im letzten Jahr zu verdanken hatten, dass sich Ruben und Sem nicht bereits mehrfach gegenseitig den Schädel eingeschlagen hatten. Kezia saß kreideweiß daneben und schwieg. Auch wenn alle im Habitat neunzehn waren, blieb sie irgendwie immer die Jüngste in der Gruppe.

»Dann soll Sem nicht so einen Aufstand machen!«, sagte Ruben, der inzwischen genauso aufgebracht war.
»Fang selbst damit an! Und höre auf, ihn zu provozieren!« Sarai stand inzwischen vor Ruben und bildete einen Puffer zu Sem, der nur darauf wartete, sich mit ihm zu schlagen.
»Ja, ja ... ist in Ordnung! Ich bin wieder der Idiot! Aber der Delta-7 Anzug bleibt bei Elias!« Ruben verließ den Gemeinschaftsbereich.
»Du bist doch total bescheuert!«, rief ihm Sem wenig brüderlich hinterher.
»Sem! Halt deinen Mund! Und setz dich hin!«, sagte Sarai mit gespielt ruhiger Stimme.
»Und wer hat dich jetzt befördert?«
»Ich habe lange mit Ruben über den letzten Anzug gesprochen. Kezia und ich können ihn nicht tragen, die für Frauen sind bereits alle defekt oder weg!«
»Und? Er hätte ihn trotzdem mir geben können!«
»Damit du allein weggehst?« Sarai zeigte eine Seite, die Elias noch nicht kannte.
»Schon klar. Ich wieder. Ich will nicht in diesem beschissenen Habitat verrecken!«
»Das will niemand von uns.«
»Aber Ihr könnt euch ja Nacht für Nacht trösten ...«
»Würde es dir besser gehen, wenn ich auch mit dir schlafen würde? Oder Kezia?« Sarais Augen leuchteten.
»Das ist ...« Sem schluckte nur betroffen.
»Was ich aber nicht tun werde! Und Kezia sicherlich auch nicht. Ich habe Ruben geraten, Elias den Anzug zu geben. Du hast dich entschieden, beim nächsten Sonnenaufgang zu gehen. Elias wird bei Kezia und mir bleiben. Wir werden warten. Und überleben! Mein ganzer Lebens-

inhalt ist, dieses verdammte Datenbanksystem neu zu starten. Kezia funkt jeden Tag unser S.O.S. Signal ins All. Es wird jemand kommen, um uns zu retten! Diese Hoffnung werde ich deinetwegen nicht aufgeben!«

»Und Ruben? Hast du auf einmal unseren glorreichen Anführer vergessen?«, sagte Sem unversöhnlich.

»Der wird die nächsten beiden Wochen nicht überleben! AMENS hat keine Medikamente mehr, um ihn zu behandeln!«

»Wie ... warum das denn?«, fragte Sem plötzlich kleinlaut. Er wusste anscheinend nichts von Rubens schwerer Infektion.

»Auf einmal machst du dir Sorgen um ihn?«

»Er hätte mir den Anzug dann erst recht geben müssen! Elias hat nicht die Eier, einen Schneckenkopf in Stücke zu schießen!«

»Du bist wirklich ein Arsch!« Sarais abschließendes Urteil fiel deutlich aus. »Aber er hat die Eier, seine Schwestern zu beschützen!«

»Viel Spaß bei dem flotten Dreier!« Auch Sem verließ den Gemeinschaftsbereich.

Elias ging zu Sarai. »Sem hat es nicht verstanden. Er ist ...«

»Hast du es denn verstanden?«, unterbrach Sarai Elias' beschwichtigenden Worte.

»Bitte?«

»Bist du bereit zu töten, um zu überleben? Und damit meine ich nicht Eishaie fangen.«

»Ich werde euch nicht im Stich lassen.«

»Da bin ich mir sicher. Stell dir vor, du trägst unseren letzten Super-Soldaten-Anzug. Deine Munition ist verbraucht und deine Feinde stehen in Scharen vor dir - kannst du sie mit deinen Händen erschlagen?«

»Ja.« Bei der Antwort wurde Elias heiß und kalt.

»Ich wünschte, dass es so sein wird. Aber ich kenne dich anders, weswegen Kezia dich auch liebt.«
»Warum hast du dann zu mir gehalten?«
»Ich war für Sem. Und um zu überleben, würde ich auch mit ihm ins Bett gehen. Wenn du schon danach fragst.«
»Warum dann ...« Diesen Schlag ins Gesicht hatte Elias nicht erwartet.
»Ruben glaubt an dich. Und ich glaube an Ruben.«

***

VII. Blut an den Händen

»Wie weit bist du?«, fragte Ruben, der sich gerade in der Kommandozentrale redlich bemühte, eine verbogene Speicherkarte in einen Schaltschrank zu stecken.

»Core Image bei 32 %!«, rief Sarai freudestrahlend von ihrer Konsole. Wobei sie ihren Kopf so schnell zum Display und wieder zurück zu Ruben bewegte, dass ihr blonder Zopf dabei nicht zur Ruhe kam. Kezia, die neben ihr saß und wie jeden Tag schweigende Funkkanäle bewachte, lachte ausgelassen und nahm ihre Schwester in den Arm. Wie üblich trugen alle ihre geliebten gelben Nylon Hosenanzüge.

»Wir waren noch nie über dreißig! Was hast du gemacht?«, fragte Ruben gut gelaunt, ohne dass bei seinem verzweifeltem Kampf mit der alten Hardware der Klimasteuerung Fortschritte zu erkennen gewesen wären. Die Heizung an Bord der R-12 lief bereits seit Monaten nur noch auf dem Reservesystem. Elias stand an der Seite der heruntergekommenen Kommandozentrale und freute sich mit seinen Geschwistern bei dem bisher vielversprechendsten Reanimationsversuch der inaktiven R-12 Borddatenbank. Da sich seine medizinische Verantwortung für fünf Menschen in der Regel überschaubar gestaltete, begnügte er sich damit, in Dunkelphasen seinen Geschwistern bei der Arbeit Gesellschaft zu leisten. Zumindest bis zum Ende der Nacht. Mit den ersten Sonnenstrahlen würde er wieder Eishaie fischen gehen.

»Die Decodierungsroutine hat heute ein kompatibles Zertifikat ausgespuckt! Und bei dir?«

»Ach was soll's!« Ruben warf die Speicherkarte in die Ecke, die er zuvor aus dem ebenfalls defekten Hauptsteuerungssystem der Wasseraufbereitung herausgezogen hatte. Im Habitat R-12 lief im Prinzip jedes wichtige System auf Reserverechnern. Aber die Not hatte Sarai und Ruben erfinderisch werden lassen. Da die digitalen Zertifikate, die man benötigte, um sich gegenüber der Datenbank als berechtigter Benutzer ausweisen zu können, bei der Bruchlandung vor sieben Jahren verloren gegangen waren, ließen sie andere Rechner Tag und Nacht mögliche Zertifikate errechnen. Ein genialer Einfall, der mit den verbliebenen funktionstüchtigen Computern auch in den nächsten 1192 Jahren garantiert erfolgreich sein würde. Dabei war es nur eine Frage der Kapazität, Ruben hätte auch Sems Mikrowellenherd aus der Küche gerissen und in den Decodierungscluster eingebaut, wenn sich damit mehr MIPS[2] ergeben hätten.

»Core Image bei 50 %!«, rief Sarai euphorisch, »die Identifikation aller Core Fragmente ist durch! Jetzt wird das Betriebssystem initiiert. Bei 76 % wird die KI aktiv und das System wird sich selbst reparieren!« Sarai glühte förmlich. Elias hatte sie und die anderen bereits lange nicht mehr so glücklich gesehen. Auch Sem stand inzwischen neben ihm und lachte. Als ob der Streit am Vorabend niemals stattgefunden hätte, klopfte er Ruben auf die Schulter, der ihn dafür ausgelassen hüpfend durch die Kommandozentrale trug. Dass die beiden dabei lautstark zwei leere Systemträger, eine halbvolle Werkzeugkiste und Elias' morgendliche Tasse Proteine abräumten, störte niemand. Auch Elias nicht. Das Zeug schmeckte zu jeder Tageszeit scheußlich.

»76 %!«, rief Sarai laut, auch wenn alle inzwischen hinter ihr standen und es selbst ablesen konnten. Elias küsste Kezia, dieses Gefühl der Freude war unbeschreiblich. Nach vielen Jahren Arbeit und unzähligen Fehlversuchen standen sie kurz davor, das Tor zu ihrer Vergangenheit aufzustoßen.

---

[2] MIPS: Million Instructions Per Second: Millionen Instruktionen pro Sekunde, eine Einheit, die die Schnelligkeit von Prozessoren beschreibt

»R-12 Zentralsystem aktiviert. Starte Wiederherstellung der Betriebsfähigkeit«, erklärte eine sachliche männliche Stimme, die sich wie der Bruder von AMENS anhörte.

»Klasse! R-12, hast du auch einen Namen? Oder wie sollen wir dich nennen?«, fragte Sarai freudestrahlend.

»Systemstatus Habitat R-12 bei 7 %. Teilsystemstatus der Lebenserhaltungssysteme kritisch. Starte Notruf. Ordne sofortige Evakuierung an. Warte auf Bestätigung ... Laufzeitfehler in Codezeile 12K87S ... keine Rückmeldung der Horizon ... manuelle Anweisung erforderlich«, tönte es monoton aus dem Lautsprecher, während die Warnleuchte an der Decke rot zu blinken begann. Die passende Sirene dazu funktionierte zum Glück nicht mehr.

Weder Sarai, Sem, Ruben, Kezia oder Elias sagten ein Wort. Elias wusste, dass der Startvorgang erfolgreich verlief. Die KI übernahm die Steuerung und versuchte gemäß der Bildschirmanzeige erfolglos, ein ihm nicht bekanntes Mutterschiff anzufunken. Was natürlich nicht funktionieren konnte, da bisher noch nie jemand auf ihre Signale geantwortet hatte und es im Orbit dieses Planeten kein entsprechendes Mutterschiff gab. Doch etwas passte trotzdem nicht. Elias konnte die große Enttäuschung seiner Geschwister spüren.

»Die KI der R-12 Hauptsteuerung läuft korrekt. Aber ich habe etwas anderes erwartet ... das verstehe ich nicht«, sagte Sarai und berührte auf dem Bildschirm zwei Symbole, die sich daraufhin sofort grün färbten.

»Keinerlei Fehlfunktion.«

»Mehr wie Vater, oder?«, fragte Kezia, ebenso enttäuscht. In den Gesichtern von Ruben und Sem konnte Elias dieselbe Frage erkennen. Jeder im Raum hatte eine KI erwartet, die sich ähnlich vertraut wie Vater melden würde.

»Vater?«, fragte Elias vorsichtig.

»Ja, Elias.« Auch seine Stimme klang suchend.

»Was passiert hier?«

»Ich weiß es nicht. Ich bin ebenfalls überrascht. Die R-12 KI klingt nicht gerade vertrauenserweckend«

»Müsste die KI nicht wie du sein?«, fragte Ruben, während er resigniert Sarai in den Arm nahm, der inzwischen Tränen die Wangen hinabliefen.

»Dazu habe ich keine verlässlichen Informationen. Nach meinem Kenntnisstand bin ich eine kleinere Instanz dieser KI.«

»Wirklich?«, fragte Sarai und wischte sich mit dem Handrücken die Tränen aus dem Gesicht.

»Ich möchte nicht wieder unzureichende Antworten geben. Meine Protokolle haben keine Ereignisse vor dem Absturz aufgezeichnet. Ich starte die Datenbank-Replikation«, erklärte Vater.

»Wir werden von der R-12 KI nicht mehr als von AMENS erwarten können«, resümierte Sarai.

»Sicherheitsverstoß. Nicht befugter Zugriff auf Data-Vault H1R9. Unbekannte KI-Instanz wird gesperrt. Starte Überprüfung. Erwarte manuelle Anweisung durch verifizierten Benutzer Sarai.« Elias schmunzelte, die R-12 KI verweigerte Vater den Zugriff auf die Datenbank.

»Die R-12 KI kennt dich nicht mehr. Warte, ich schalte dich manuell frei«, erklärte Sarai und ordnete auf dem Bildschirm Vater eine passende Berechtigung zu.

»Alarmstufe 4, militärische Aitair-Signatur entdeckt, Alarmstufe 4, Data-Vault H1R9 wird angegriffen, starte Analyse der Evolutionsstufe«, tönte überraschend die Stimme der R-12 KI.

»Was will die R-12 KI analysieren?«, fragte Elias, der sich dieses Verhalten nicht erklären konnte.

»Ich habe keine Ahnung.« Sogar Sarai konnte den Sinn dieser Routine nicht erklären.

»Alarmstufe 7, militärische Aitair-Signatur in der Evolutionsstufe 12 entdeckt, Alarmstufe 7, alle Verbindungen werden gesperrt, alle Systeme werden heruntergefahren, das Habitat R-12 wird sich in 60 Sekunden selbst zerstören, sofortige Evakuierung angeordnet, Alarmstu ...« Die Stimme verstummte abrupt.

»Ich hab den Stecker gezogen! Das Ding ist doch krank!« Sarai schüttelte nur den Kopf und schlug wütend mit der flachen Hand auf die Tastatur. »Seit Jahren bemühe ich mich, das System wieder zu aktivieren! Und jetzt war das alles umsonst?! Den ganzen Aufwand für nichts?! Das darf doch nicht wahr sein!«

»Das ist nicht deine Schuld«, versuchte Elias, sie zu beruhigen. Er stand hinter ihr. »Alarmstufe 7? Ich wusste nicht, dass es die gibt ... oder habe ich da etwas nicht mitbekommen?« Sogar bei den Angriffen der Schneckenköpfe hatten die anderen Systeme maximal Alarmstufe 5 aktiviert.

»Was ist eine militärische Aitair-Signatur der Evolutionsstufe 12? Und hat die R-12 KI jetzt wirklich die Sprengung des Habitats aktiviert?«, fügte Kezia, sichtlich beunruhigt, dem hinzu.

»Ähm ... ehrlich ... mir ist nicht bewusst, über solche Signaturen zu verfügen. Ich weiß noch nicht einmal, was eine Aitair-Signatur ist«, rechtfertigte sich Vater, als ob er versehentlich etwas vom Tisch gestoßen hätte.

»Mit dem Selbstzerstörungssprengsatz haben wir vor zwei Jahren eine Granate gebaut und ein Rudel Schneckenköpfe in die Luft gejagt. Da kann nichts passieren. Und was Alarmstufe 7 bedeutet, lässt sich herausfinden«, sagte Ruben und beugte sich über Sarai. Neben ihrem Display stand ein altes Bordhandbuch in Papierform. Er blätterte kurz, las eine Textpassage und lächelte. »Alarmstufe 7 wird bei Infiltration militärischer Virensignaturen aktiviert. Vater, die R-12 KI hat dich scheinbar als feindlichen Kombattanten identifiziert. Freiwillig wird dir die R-12 KI keinen Zugang zu der Datenbank gewähren.«

»Und darum will uns die R-12 KI in die Luft jagen?« Sarai wollte ihm offensichtlich nicht glauben.

»Da die R-12 KI das Mutterschiff nicht erreichen kann, geht das System davon aus, in einer abgeschotteten feindlichen Simulation gestartet worden zu sein. Die Sprengung ist die Ultima Ratio, um Feinden keine Daten preiszugeben«, erklärte Ruben.

»Verarsch mich nicht!«, antwortete Vater.

»He! Mir steht selbst nicht der Sinn nach Scherzen. Ich hab den leisen Verdacht, dass du mehr als eine begrenzte Instanz der R-12 KI bist. Aber ich glaube dir, dass dir das selbst nicht bewusst ist. Was allerdings diese ominöse Evolutionsstufe 12 bedeuten soll, steht hier auch nicht.« Ruben klappte das Buch zu.

»Vater?«, fragte Kezia ängstlich. Elias konnte die Furcht in ihren Augen sehen.

»Ganz ruhig. Jeder Konflikt folgt einer Logik. Und das ist nicht logisch. Vater hatte alle Zeit der Welt, uns zu schaden. Warum sollte er jetzt damit anfangen? Ich denke, dass jemand anderes dafür verantwortlich ist«, beschwichtigte Ruben die ängstliche Stimmung im Raum.

»Und warum?«, fragte Elias.

»Ich habe keine Ahnung. Mir fällt auch niemand ein, den wir das fragen können. Vater, eine Idee?« Ruben blickte zu einem der Wandlautsprecher.

»Nein ... verdammt ... ich bin doch nur ein Ausbildungsprogramm! Ich habe keine militärischen Routinen! Jedenfalls weiß ich nichts davon.«

»Hey Mädels, Hunger auf Fisch? Immerhin haben wir jetzt neue Fragen, die wir nicht beantworten können!«, witzelte Sem, der auch bereits in der Vergangenheit aus seinem Misstrauen gegenüber Computern keinen Hehl gemacht hatte, und mit seiner Bemerkung die Situation deutlich entspannte.

Nach dem Essen, bei dem über unverfängliche Dinge gesprochen wurde, hatte sich Elias in seine Schlafkabine zurückgezogen. Sem hatte die Eishai-Filets mit einer Senfkruste überbacken, dazu eine helle Soße und als Beilage Salzkartoffeln zubereitet. Köstlich. Dass Sem es verstand, aus dem Proteinpulver und der Stärkepaste etwas zu zaubern, was nach Kartoffeln schmeckte, grenzte bereits an Magie, nur womit er den Senfgeschmack hinbekam, hatte sich niemand zu fragen getraut. Auch Vater nicht. Der natürlich nichts aß, sich aber gerne über den Geschmack der Speisen berichten ließ. Nachdem die Fertiggerichte binnen zwei Jahren nach der Bruchlandung aufgebraucht waren, blieben ihnen nur noch vitaminangereichertes Proteinpulver und diese Stärkepaste. Wobei Ruben mit Letzterer auch schon die Lafette des autonomen G2-Verteidigungsgeschützes repariert hatte.

Elias dachte nach, er wollte die jüngsten Ereignisse verstehen. Was schwer genug war. Unzählige Fragen schwirrten ihm im Kopf herum. Warum verhielt sich Vater mehr oder weniger wie ein Mensch? Warum wirkten AMENS und die R-12 KI auf ihn wie ein besserer Taschenrechner? Warum glaubte Vater, trotzdem nur eine begrenzte Instanz zu sein? Warum begann die Welt für alle im Habitat erst vor sieben Jahren? War der Absturz wirklich ein Unfall? Und warum befanden sich an Bord nur 31 Kinder? Was war die Horizon? Die R-12 KI nannte vorhin diesen Namen, war das die Bezeichnung ihres Raumschiffes? Ob die Horizon auch auf diesem Planeten abgestürzt war? Wenn dem so wäre, warum hatte es keine Rettungsmission gegeben? Oder Überlebende? Ob jemand nach ihnen suchte? Mit der Zeit wurde Elias schläfrig und nickte ein.

»Elias! Schnell! Ruben braucht deine Hilfe!«, rief Kezia, die ihn unsanft wachrüttelte.
»Was ist passiert?«
»Ruben ist kollabiert ... schnell! AMENS kann ihn nicht behandeln! Du musst ihm helfen!«
Elias zog sich hastig den gelben Hosenanzug über und rannte barfuß in die Mitte des Habitats, das wie eine mittig erhöhte Scheibe aufgebaut war. Kezia lief ihm nach. Von den außen kreisrund verteilten Schlafkabinen bis in das medizinische Zentrum war es nur ein kurzes Stück und wenige Stufen einer breiten Treppe hinauf. Sem hatte Ruben bereits auf den Behandlungsstuhl gelegt, Sarai stand an der Seite und diskutierte mit AMENS darüber, umgehend eine Behandlung zu beginnen. Ruben war nicht mehr bei Bewusstsein.
»Elias, endlich! AMENS kann Ruben nicht helfen! Bitte ... ich liebe ihn ... du musst helfen.« Sarai wirkte völlig aufgelöst. Sie trug ihren blonden Haarschopf offen und ihre geröteten Augen waren nicht zu übersehen.
»AMENS gib mir einen Status!«, ordnete Elias an, »und die anderen, bitte fasst nichts an und raus hier. Sonst ist hier nichts mehr steril!« Was es durch die Hektik so oder so nicht mehr war. Er musste die Kontrolle übernehmen.
»Elias! Bitte ...«, flehte ihn Sarai an, die Ruben und ihn nun, am Boden sitzend, durch eine Glasscheibe beobachtete. Kezia saß daneben, mit der Hand strich sie durch Sarais Haare. Sem ging dahinter unruhig auf und ab und rieb sich alle paar Sekunden nervös seine Glatze.
»Ruben hat einen septischen Schock. Körpertemperatur 39,4 Grad Celsius. Puls 135 Schläge pro Minute, Tendenz steigend. Blutdruck 85 systolisch, 58 diastolisch, Tendenz fallend. Ich habe das Blutbild analysiert, die Thrombozytenzahl ist vermindert, das Delta-7 Implantat wirkt toxisch«, erklärte AMENS sachlich.

»Behandlungsvorschlag?« Elias würde Ruben nicht einfach sterben lassen.

»Die notwendige Gabe von antibiotischen Substanzen ist nicht mehr möglich. Auch eine Beatmung würde den drohenden Herzstillstand nicht abwenden.«

»Nein! Wir werden Ruben retten! Los! Beatmung einleiten! Und Adrenalin für eine Reanimation vorbereiten!« Warum sonst hatte sich Elias von Vater mit medizinischer Literatur und chirurgischen Computersimulationen quälen lassen. Er war Arzt! Verdammt noch mal! Ruben durfte nicht sterben!

»Leite Beatmung ein«, kommentierte AMENS die Order, während sich ein mehrteiliges Beatmungssystem selbstständig an Rubens Gesicht anlegte.

»Patient auf den Bauch drehen, Nacken freilegen, wir operieren, Laser vorbereiten, Narkose und Kontrastmittel spritzen, das Implantat muss raus!« Das erschien Elias als der einzige Weg. Die Chancen von Ruben, die Operation zu überleben, waren ganz gut, eine kaum zu verhindernde Infektion zu überstehen, miserabel.

»Auch das Kontrastmittel ist nicht mehr verfügbar. Das Laserskalpell ist nicht sicher einsetzbar.« AMENS hörte nicht auf, weitere Hiobsbotschaften zu verkünden. Elias dachte nach, ohne das Kontrastmittel konnte AMENS die Schnitttiefe des Laserskalpells nicht selbstständig anpassen. Die Einschnitte könnten Ruben sofort töten. Er musste eine Entscheidung treffen. Sarai und Kezia starren ihn weiter an. Was sollte er nur tun, um seine beiden Schwestern nicht zu enttäuschen?

»Ich nehme das Besteck und operiere manuell. AMENS, Patient und Operateur desinfizieren.« Elias hatte manuelle Operationen bisher nur in Simulationen geübt. Vater hatte ihm als Training an den Eishaien die passenden Techniken gelehrt und deren Anatomie war der des Menschen nicht gerade ähnlich.

»Berechne mögliche Routine für eine Humanoperation mit Titanbesteck ... es ist kein 100 % Erfolg versprechender Pfad verfügbar.«

»AMENS, erhöhe die Toleranz, verdammt, eine geringe Chance ist besser als der sichere Tod!«, rief Elias wütend, während AMENS mittels eines mehrfach bläulich blitzenden Spannungsfeldes den Patienten, ihn und das gesamte Notfall-Modul sterilisierte.

»Toleranz auf 50 % erhöht ... es ist kein Erfolg versprechender Pfad verfügbar.«

»Handschuhe, Mundschutz, optisches Laservisier! Los! Die Zeit läuft Ruben davon! Und spar dir deinen Pfad! Ich mache es selbst! Gib mir eine Visualisierung!« Elias würde es schaffen. Daran glaubte er. Ruben würde nicht sterben! AMENS' Greifarme halfen ihm, die Operationskleidung anzuziehen und ein optisches Laservisier aufzusetzen. Elias sah in der Luft über Rubens freigelegten, rasierten und desinfizierten Nacken eine dreidimensionale Animation des Delta-7 Implantats auf dem Halswirbel C5, inklusive aller relevanten Muskelstränge, Gefäße und Nervenbahnen. Es würden minimale Abweichungen genügen, um Ruben umzubringen.

»Wirkt die Narkose? Kreislaufdaten?«, fragte Elias, während er das Skalpell zum Schnitt ansetzte und die obere Hautschicht über dem C5 Wirbel auftrennte. Eiterflüssigkeit und Blut liefen aus der Wunde.

»Narkose stabil. Puls 139 Schläge pro Minute, Tendenz steigend. Blutdruck 82 zu 56, Tendenz fallend.«

Elias musste schnell sein; vorsichtig schnitt er den Trapezmuskel 42 Millimeter längs der Fasern auf und spreizte die Öffnung. Wenn er geschickt war, würde er die tieferliegenden, spinotransversalen Muskeln an der Wirbelsäule nicht verletzen müssen. Das Implantat lag bereits zu gut einem Drittel seiner Fläche frei. Die dunkle Legierung glänzte matt im Licht der Operationsbeleuchtung. Elias hatte inzwischen den gleichen Chip im Nacken.

»AMENS, steht dein Link zum Implantat?«

»Verbindung aktiv.«

»Löse die neuronalen Verbindungen. Jetzt«, ordnete Elias an.

»Neuronale Verbindungen gelöst.«

»Löse die Anker am Wirbelkörper C5. Jetzt.«

»Anker gelöst.«

»Ich entferne das Implantat. Jetzt. Wundversorgung einleiten.« Mit einer länglichen Zange entfernte Elias den fingerbreiten Chip, an dem einige blutige Fäden herabhingen. AMENS Robotik versorgte mit einer feinen Sprühdüse umgehend kleinere Gefäßverletzungen in der Wunde. Das Implantat ließ Elias in eine Metallschale fallen. Es war draußen. Ein prüfender Blick auf den Kreislaufmonitor. Ruben lebte noch.

»AMENS, starte die Prüfung naher Nervenbahnen oder Gefäße.« Elias durfte so gut wie keine Verletzungen hinterlassen, ansonsten wäre die Heilung ohne Medikamente noch schwieriger. Ruben würde die Infektion allein überstehen müssen.

»Es liegen keine relevanten Beschädigungen an Nerven oder Gewebe vor. Der Kreislauf ist schwach, aber stabil.« Genau diese Worte wollte Elias von AMENS hören.

»Schließe den Schnitt im Trapezmuskel. Jetzt.« Elias löste den Wundspreitzer und entfernte das Instrument. Auch diese Verletzung versiegelte AMENS mit der Sprühdüse. Die Versorgung der oberen Hautschicht war dann keine Herausforderung mehr. Die Narbe würde später kaum zu sehen sein.

»Temperatur?«, fragte Elias und legte das Operationswerkzeug auf den Beistelltisch. Erst jetzt fingen seine Finger an zu zittern. Das war hart an der Grenze.

»39,2 Grad Celsius, fallend. Auch die Kreislaufwerte stabilisieren sich. Die Operation ist gelungen«, erklärte AMENS in ihrer freundlichen und teilnahms-

losen Art. Sarai, Sem und Kezia hatten alles mitverfolgen können. Sie lachten und weinten gleichzeitig. Elias atmete tief ein, es war ein gutes Gefühl, die Freude in den Gesichtern seiner Geschwister zu sehen. Jetzt war Ruben an der Reihe, wieder auf die Beine zu kommen.

***

VIII. Träume

Am nächsten Tag irdischer Zeitrechnung standen Elias und Sem neben Rubens Krankenbett, der bisher noch nicht erwacht war. Sie befanden sich im Gemeinschaftsraum in der Mitte des Habitats. Eine Etage über ihnen lagen die Kommandozentrale und das medizinische Zentrum. Ansonsten aßen die fünf Geschwister hier gemeinsam, wenn sie sich nicht gerade stritten oder gesellig unterhielten. Was beinahe dasselbe war. Nach der Operation hatten sie für Ruben das Bett hier aufgebaut und den Kreislaufmonitor danebengestellt. So war es leichter, nach ihm zu schauen und trotzdem ihrer üblichen Arbeit nachzugehen. Seine Körpertemperatur lag noch über 39 Grad Celsius, was zwar nicht lebensbedrohend war, sich aber auch besser entwickelt haben könnte. Rubens Kampf ums Überleben war noch nicht vorbei.

»Eigentlich müsste er tot sein«, sagte Sem.

»Eigentlich«, antwortete Elias.

»Du hast scheinbar Vaters langweilige medizinischen Bücher wirklich gelesen.«

»Zumindest einige davon.«

»Finde ich gut.«

»Für Ruben. Für uns!«, sagte Elias, er hätte das auch für Sem getan.

»Er ist ein Arsch! Und du ein Weichei! Aber ... für Ruben! Und für uns!« Sem legte den Arm um seinen Nacken und zog Elias zu sich heran. »Danke für das Leben meines Bruders.«

»Ist das noch wichtig für dich?«, fragte Elias, der noch nicht vergessen hatte, dass Sem sie in Kürze verlassen wollte.

»Sicherlich.«

»Und warum willst du dann gehen?«

Sem sah kurz zur Seite »He, das ist nicht fair ... ich will nur nicht in diesem Sarg verrecken!«

»Das will keiner von uns«, antwortete Elias.
»Dann lasst uns gemeinsam gehen! Du willst doch selbst nicht an diesem Ort alt werden!«
»Gemeinsam, ja! Aber später, in Ordnung?« Elias wollte Sem nicht verlieren.
»Ja, ja ... in Ordnung. Wir gehen alle zusammen. Ich hab es verstanden. Und werde meinen Mund halten«, erklärte Sem beschwichtigend. Elias freute sich, ihm etwas mehr Geduld abringen zu können. Erleichtert boxte er ihm gegen den Oberarm.
»Und wir werden Ruben mitnehmen«, fügte Elias dem entschlossen hinzu. Sein Bruder würde ebenfalls nicht im Habitat sterben.

Inzwischen war es 21.30 Uhr, die erste der beiden Sonnen würde in knapp einer halben Stunde wieder aufgehen. Die Nacht hatte 76 Stunden angedauert. Elias und seine beiden Schwestern befanden sich in der Kommandozentrale. Sarai hatte die R-12 KI in der Zwischenzeit nicht erneut in Betrieb genommen. Mit dem Gerede konnte niemand etwas anfangen. Auch Vater sprach nicht erneut darüber, seine Daten replizieren zu wollen.
Sem arbeitete in der Küche, die sich unter dem Gemeinschaftsraum befand. Direkt neben den Sanitärräumen, den Vorrats- und Versorgungsräumen und dem Waffen- und Ausrüstungslager. Im Prinzip verbrachte er nahezu die ganze Zeit da unten. Er liebte seinen Job, wobei Elias nur zu gut wusste, dass sein Bruder damit seine Sorgen zu vertreiben versuchte. Man hätte ihm keinen größeren Gefallen tun können, als ihn einmal mit frischen Zutaten kochen zu lassen. Gemüse, Obst, Gewürze, das waren alles nicht mehr als Bilder auf einem Monitor. Niemand im Habitat hatte jemals einen frischen Apfel in der Hand gehalten.

Ruben ging es leider nicht viel besser. Das Fieber hielt sich beharrlich bei 39 Grad Celsius. Nach wie vor hatte er sein Bewusstsein nicht wiedererlangt. Aber es ging ihm auch nicht schlechter, was Elias als gutes Zeichen sehen wollte.

»*Warum freut ihr euch eigentlich immer auf die Sonnenaufgänge?*«, fragte Vater, der oftmals für ihn bemerkenswert menschliche Verhaltensweisen hinterfragte.

»Das vermittelt uns Hoffnung«, antwortete Kezia, die bei Elias stand und seine Hand hielt. Über dem Habitat war es minus 118 Grad Celsius kalt. Ohne die isolierende Schneeschicht über ihnen wäre es nicht über Jahre gelungen, die langen Frostnächte zu überleben. Die dafür benötigte Energiemenge hätte niemals aus dem verfügbaren Fischöl gewonnen werden können. Die Fusionsgeneratoren waren vor zwei Jahren leergelaufen. Von acht Wasserstofftanks hatte nur einer den Absturz überstanden. Und ausgerechnet der war fast leer gewesen. Nur Rubens Geschick hatten sie es zu verdanken, dass die Generatoren nun in der Lage waren, simples Fischöl zu verbrennen, um wenigstens einen Bruchteil der vorherigen Leistung zu erbringen.

»Ich wärme das Periskop vor und schiebe es durch das Eis«, erklärte Sarai und startete die passende Computerroutine. »Das Bild kommt gleich.« Auch dieses Gerät hatte Ruben gebaut, damit sie bei beliebigen Temperaturen die Sonnenaufgänge zumindest auf einem Bildschirm beobachten konnten. Ohne die Wärmevorrichtung würde jegliche Mechanik bei den Temperaturen und der Feuchtigkeit an der Oberfläche binnen kurzer Zeit festfrieren. Nur zu gerne würde Elias dieses Naturschauspiel einmal mit seinen eigenen Augen sehen wollen.

»Habe ich was verpasst?«, fragte Sem, der hastig in die Kommandozentrale gelaufen kam.

»Nein. Komm zu mir«, antwortete Kezia und nahm auch seine Hand. In den letzten Jahren hatten sie keinen Sonnenaufgang versäumt. Es wurden aber immer weniger, die diesem Schauspiel folgen konnten.
»21.59 Uhr ... es geht los.« Sarai stand auf und ging ebenfalls zu ihren Geschwistern. In der Schwärze der Nacht, die Elias auf dem Display sah, bildete sich ein schmaler, gelblich roter Streifen am Horizont ab. Das Licht breitete sich langsam aus. Licht bedeutete Leben. Für sie, überleben.
»Ob Sonnenaufgänge auf jeder Welt so aussehen?«, fragte Kezia, die ihren Kopf an Elias' Schulter angelehnt hatte.
»Das werden wir herausfinden«, antwortete Elias intuitiv, auch wenn er sich einen Moment später selbst über seine Worte wunderte. Mit dem Licht, das am Horizont heller wurde, mischte sich ebenfalls ein blauer Streifen zwischen das dominante Gelb und Rot. Ein wunderschönes Bild.
»Etwa in der letzten Nacht davon geträumt, ein großer Entdecker zu werden?«, fragte Sem amüsiert.
»Sind wir das etwa nicht? Wir sind die ersten Menschen auf dieser Welt.«
»Jo, das sind wir. Und auch die letzten«, fügte Sem dem, wenig beeindruckt, hinzu.

Geschwister haben keinen Sex miteinander, hatte ihnen Vater früher stets versucht, beizubringen. Nur, das interessiert keinen, dachte Elias und küsste innig Kezias Brüste, während sie auf ihm langsam ihr Becken auf und ab bewegte. Sie zu spüren, war es wert, nicht aufzugeben. Ihr Atem wurde schneller und in Elias Schlafkabine liefen kondensierte Schweißtropfen die Kunststoffwände hinab. Mit den Händen griff er kräftig in ihre Taille und führte sie wie bei einem Tanz. Kezia liebte es,

wenn er das tat. Ihre langen Haare wogten durch die Luft. Sie stöhnte und zuckte lustvoll mit dem Po. Es war schön, gemeinsam zum Höhepunkt zu kommen. Elias Männlichkeit entlud sich in ihr. Zufrieden und befriedigt legte er seine Hände an ihre Wangen und küsste sie zärtlich.
»Warum können wir keine Kinder zeugen?«, fragte sie leise. Diese Frage beschäftigte Kezia bereits länger, Elias wusste, dass sie gerne Mutter werden wollte. Bestimmt hatte sich jemand etwas dabei gedacht, ihnen die Fruchtbarkeit zu nehmen. Nur warum? Bestimmt nicht in der Erwartung, dass sie ihr Leben lang mit den Händen über der Bettdecke schlafen würden.
»Ich weiß es nicht ... ich stelle mir einfach vor, dass unsere Kinder in einer anderen, einer besseren Welt leben.«
»In einer besseren Welt?«, fragte Kezia leise, »dieser Gedanke gefällt mir.« Sie schlief zufrieden auf seiner Brust ein. Elias fuhr zärtlich mit seiner Hand ihren Rücken hinauf. Er sollte nicht ständig mit sich hadern, sondern etwas zufriedener sein. Ein wenig zumindest.
In einer besseren Welt, hatte Kezia eben gefragt. Wie eine solche Welt wohl aussehen würde? Sicherlich anders, als alles, was sie kannten. Mit den Gedanken kamen auch wieder alte Fragen hervor, warum packte man 31 zwölfjährige Geschwisterkinder in eine Rettungskapsel? Diese Frage ging ihm nicht mehr aus dem Kopf. Wieso kühlte man 31 zwölfjährige Geschwisterkinder bis unter den Gefrierpunkt herunter? Um sie durch das All zu schießen? Wobei es ursprünglich eigentlich 32 Kinder gewesen waren. Das Habitat hatte insgesamt vier Ebenen, die obere Kommandozentrale, darunter den Gemeinschaftsraum und 32 kreisrund angeordnete Schlafkabinen, eine Etage tiefer die Versorgungs- und Lagerräume und die unterste Ebene mit 32 schmalen Hightechkühlschränken, in die halbwüchsige Kinder gerade noch gepasst hatten.

Wie lange sie sich im Kälteschlaf befunden hatten? Diese Frage war für Elias ein Mysterium.

Mit diesem Gedanken schlief Elias ein. Er liebte Kezia, träumte aber von einer anderen Frau, die nur in seinen Gedanken lebte. Seinen sehr persönlichen Gedanken, von denen er noch niemandem erzählt hatte. Auch Kezia nicht, die ansonsten alles über ihn wusste. Der Traum von der anderen Frau war immer derselbe. Er schlief als Kind in seinem Kältebett und beobachtete sich selbst, als körperloses Wesen in der Mitte des Raumes schwebend. An den seitlichen Bedienungsleisten blinkten zahlreiche kleine grüne Lichter. Die ganze Technik sah noch neu und unbeschädigt aus.

Anna, das war der Name, der über dem leeren Kühlschrank stand, sie hatte sich beim Absturz nicht an Bord befunden. Über jedem der vertikalen Kältebetten stand ein Name, den sie später übernommen hatten. Vater hatte sie nach der Bruchlandung geweckt und zu dem Punkt geführt, an dem sie sich heute befanden. Das machte alles einen Sinn, sie hatten eine lange Reise überlebt. Und dennoch fehlten viele Puzzlestücke, um alles zu verstehen. Ob Anna noch lebte? Und wie sie aussah? Na ja, vermutlich wie Kezia und Sarai, viel mehr als die Haarfarbe dürfte sie nicht unterscheiden.

Nein, sie würde rote Haare haben, grüne Augen und Sommersprossen. So stellte sich Elias seine Schwester Anna vor. Auch wenn diese Vorstellung keinen Sinn machte. Aber das war seine Fantasie, in der er selbst die Wirklichkeit bestimmen durfte.

Anna verbrachte damals viel Zeit vor seinem gläsernen Kältebett und sah ihn einfach nur an. Sie redete auch, was er leider nicht verstehen konnte. Was sie wohl dabei dachte? Dass dieser Traum nicht gerade schlüssig war, störte Elias wenig. Die Anna, die Rothaarige, mit grünen Augen und Sommersprossen, die ihn beobachtete, war älter als er.

Deutlich älter. Sicherlich bereits über zwanzig Jahre alt. Oder dreißig? Sie konnte eigentlich nicht seine Schwester sein. Aber das war Anna, da war er sich sicher. Es gab Dinge, die wusste er einfach, ohne eine Begründung dafür geben zu können.

***

IX. Funkfeuer

Als Elias und Kezia am nächsten Morgen gutgelaunt den Gemeinschaftsraum betraten, saß Sarai bereits am Bett von Ruben. Ihren Augen und Haaren nach zu urteilen hatte sie nicht geschlafen, strahlte aber wie ein kleiner Stern.

»Ruben ist wach«, sagte sie überglücklich und hielt seine Hand mit beiden Händen umschlossen.

»Der ist zäh«, witzelte Elias, dem gerade ein Stein vom Herzen fiel. Rubens Augen waren offen. Ein grandioses Gefühl, ihn vor dem Tod bewahrt zu haben.

»Das Sprechen fällt ihm noch schwer«, fügte Sarai hinzu, küsste Elias auf die Wange und nahm Kezia herzlich in den Arm.

»Das geht in Ordnung«, erklärte Elias, während er auf dem Kreislaufmonitor die Temperaturkurve der letzten Stunden abrief. Die Werte sahen gut aus.

»Elias ...«, begann Ruben mühevoll zu sprechen.

»Später. Schlaf ein wenig. Wir können uns nachher unterhalten. Ich lauf dir nicht weg.«

»Ich habe ihm erzählt, was du getan hast«, sagte Sarai.

»Nur meinen Job. Ruben braucht Ruhe. Wo ist Sem?« Das Lob war Elias beinahe peinlich.

»Der kocht eine Fischbrühe. Ruben hat viel Kraft verloren«, antwortete Sarai zuversichtlich.

»Bitte, gib ihm genug Wasser zu trinken. Wir müssen den Flüssigkeitsverlust ausgleichen«, ordnete Elias an. Leider waren ihnen die Infusionsbeutel schon vor Jahren ausgegangen, wie auch vieles andere an Bord.

»Ich übernehme die Brücke und passe auf die Steuersysteme auf. Auf meinen Funkkanälen ist ohnehin nichts los. Sarai, du kannst bei Ruben bleiben«, erklärte Kezia und band sich im Fortgehen die dunklen Haare zum Zopf.

Elias war mit der Entwicklung von Rubens Blutbild äußerst zufrieden. Er stand im medizinischen Modul und zog Proben aus einem Analysegerät. Die Entzündungswerte lagen nur noch geringfügig über den Normalwerten. Ruben hatte die Infektion überstanden.
»Du bist ein guter Arzt geworden«, sagte Vater.
»Bist du stolz auf deinen Sohn?«
»Sohn? Ähm ... ja, gewissermaßen schon.« Vater lachte. Elias hatte seiner Stimme bereits vor vielen Jahren ein Gesicht gegeben. Ein Mann, Mitte fünfzig oder etwas älter, mit grauen Schläfen, kurzen Haaren und einem gütigen Gesichtsausdruck. Die Emotionen, die Vater vermittelte, waren genauso echt wie die jedes anderen an Bord. Natürlich verstand Elias, wie Computer funktionierten, trotzdem war Vater weit mehr als nur eine Stimme aus einem Lautsprecher.
»Elias, Sarai, Sem, bitte kommt dringend in die Kommandozentrale« Kezia rief sie über das Lautsprechersystem.
»Was ist los?«, fragte Elias, der zuerst bei Kezia war.
»Das musst du dir anhören ... das ist unglaublich.« Ihre Stimme überschlug sich beinahe. Sie schaltete einen der Funkkanäle auf den Lautsprecher. Das Rauschen klang unregelmäßig, teilweise abgehackt und durch metallische Klopfgeräusche unterbrochen.
»Was ist das?«, fragte Elias, für den sich die Geräusche mehr nach einer defekten Wasserpumpe anhörten. Vater hatte Kezia eindeutig andere Bücher lesen lassen als ihn.

»Hörst du das denn nicht?« Kezia strahlte und küsste ihn. Scheinbar entnahm sie den Geräuschen etwas Positives. Hoffentlich gab jetzt nicht auch noch ihr Funksystem den Geist auf. Sobald sie bei ihrer Kommunikation nur noch auf Klopfzeichen angewiesen sein würden, wäre es wirklich vorbei.

»Nein.«

»Wir sind nicht mehr allein ... Elias! Ich habe ein fremdes Signal aufgefangen!«, erklärte Kezia glücklich.

»Und das ist kein Echo? Oder eine andere Reflexion unserer eigenen Signale?«, fragte Elias unsicher. In der Anfangszeit hatte Kezia bereits einige Male das halbe Habitat verrückt gemacht, weil sie glaubte, mit jemandem über Funk gesprochen zu haben. Damals waren es leider nur Reflektionen der eigenen digitalen Kurzwellensignale gewesen, die irgendein Berg zurückgeworfen haben musste.

»Nein, nein ... die filtere ich inzwischen alle heraus. Davon abgesehen senden wir in anderen Wellenbereichen.«

»Kezia, was ist passiert?«, fragte Sarai, die jetzt ebenfalls mit Sem bei ihnen ankam.

»Ich habe einen fremden Funkspruch aufgefangen.«

»Echt? Wie weit von unserem Planeten entfernt? Hast du eine Peilung?« Sarai setzte sich an ihren Platz und aktivierte zahlreiche weitere Computerroutinen.

»Peilung aus süd-östlicher Richtung, Entfernung 24 Kilometer, der Signalgeber bewegt sich, die kommen auf uns zu!« Kezia war vor Freude außer sich.

»Ganz ruhig, Kleine. Welche Geschwindigkeit?« Sarai übernahm die Kontrolle. »Ich starte einen Thermo-Scan.«

»6 Km/h, das scheint ein Bodenfahrzeug zu sein. Unglaublich, wo kommen die her?«, fragte Kezia, die sich ihrer eigenen Daten nicht sicher schien.
»Aus dem Süden. Die spannendere Frage ist allerdings, wer das ist? Und was wollen die hier?« Für Elias ergaben sich mehr Fragen als Antworten.
»Das werden wir sicherlich herausfinden. Die werden in vier Stunden bei uns sein«, sagte Sarai.
»Ob das Geschwister von uns sein können?«, fragte Kezia, »Ach, ich rede Blödsinn, deren codierte Funkgeräte würde mein Computer sofort erkennen.«
»Codierung, dein Stichwort, ich verstehe kein Wort, jage den Funkschrott durch unsere Decodierung«, ordnete Sarai an.
»Läuft bereits. Analysestatus ... negativ. Mein System erkennt keinerlei Muster. Wartet kurz, ich weiß jetzt, warum wir sie erst jetzt im Scanner haben. Die senden mit minimaler Reichweite. Der Sender von denen schafft kaum mehr als 25 Kilometer.«
»Mädels, ich glaube nicht, dass da eine intergalaktische Rettungsmannschaft auf uns zu kommt«, fasste Elias zusammen. »Vater, auch eine Theorie dazu?«,
»Nein. Nicht wirklich. Eure Geschwister sind das eher nicht. Wir sollten unsere Annahme revidieren, allein auf dieser Welt zu sein. Zudem solltet ihr darüber nachdenken, dass dieses Fahrzeug zwar selbst nicht weit funken kann, aber in der Lage war, unsere Kurzwellensignale über große Entfernungen zu orten. Die suchen uns und haben vermutlich einen langen Weg hinter sich.«
»Vater, du machst mir Angst«, sagte Kezia betroffen.
»Was nicht sonderlich schwer ist. Kezia, reiß dich zusammen! Decodiere mir deren dämliche Signale!« Die Anweisung von Sarai war unmiss-

verständlich. »Ich will wissen, was die sagen! Und zwar bevor die hier ankommen!«

»Der Abgleich mit den gebräuchlichen digitalen Kommunikationscodierungen läuft ... nur, der Computer identifiziert die fremden Signale als technische Störungen.«, erklärte Kezia, während sie konzentriert weiterarbeitete.

»Ähm ... kann mir jemand erklären, was ihr da macht?«, fragte Sem, der bisher nur schweigend zugesehen hatte.

»Etwa eine bessere Idee, Bruderherz? Dann nur heraus damit. Wir sind für jeden guten Einfall dankbar.«

»Vater hatte mir mal versucht beizubringen, wie man ein Radio baut, zumindest so lange, bis ich alle Bauteile mit Kurzschlüssen hingerichtet hatte.«

»Die Geschichte kennen wir, Sem, das war der Grund, warum du in der Küche gelandet bist«, antwortete Sarai und sah ihren Bruder erwartungsvoll an.

»Das Ding hat sich genauso angehört. Da war nichts codiert, digital oder verschlüsselt ... das war ein einfaches analoges Signal.«

»Analog? Es gibt doch seit Jahrhunderten niemand mehr, der analoge Funksignale sendet ... das wäre doch ... mein Computer würde ... Sem, du bist ein Genie! Mein Computer würde analoge Funksignale für technische Störungen halten!«, rief Kezia und änderte sofort die Empfangseigenschaften ihres Systems.

»Was hast du vor?«, fragte Elias, der zwar verstand, was Sem erklärt hatte, nur Kezias Folgerungen noch nicht erkennen konnte.

»Jedes Funksignal, das wir empfangen, wird durch den Computer interpretiert. Was auch Sicherheitsgründe hat, damit niemand in unsere Kommunikationskanäle eindringen kann. Ich schleife das Signal direkt durch und bringe es analog auf den Lautsprecher. Warte. Jetzt!«

»... rufen Habitat R-12. Wir folgen Ihrem Leitsignal, sind aber nicht in der Lage, Ihre Verschlüsselung zu decodieren. Wechseln Sie in eine analoge Übertragung und nennen Sie die Anzahl der Überlebenden. Hier ist der Polar Explorer Amundsen, wir rufen Habitat R-12.« Die Meldung wiederholte sich pausenlos.

»Ich glaube es nicht. Hab ich das richtig gehört? Das ist ein Rettungsfahrzeug!«, rief Sem und sprang Elias voller Freude auf den Rücken. »Wir kommen hier weg!«

»Wir kommen hier weg ... ich hatte bereits fast meine Hoffnung verloren. Aber Sem hat recht, wir kommen hier weg!«, erklärte Sarai, während ihr Freudentränen die Wangen hinab liefen. Elias' Herz machte Purzelbäume. Nachdem er Sem wieder abgesetzt hatte, sprang ihn Kezia von vorne an. Auch ihre Freude kannte keine Grenzen.

»Kezia, bitte ... lass Elias leben ... ich brauche dich. Können wir analog antworten?«, fragte Sarai, die weiter aufmerksam den Informationen auf ihrem Bildschirm folgte.

»Ja, ja ... warte.« Kezia küsste Elias und setzte sich erneut an die Konsole ihres Kommunikationscomputers. »Ich muss nur kurz ...«

»Kezia, bitte ... warte einen Moment«, unterbrach sie Ruben, dem die lautstarke Freude natürlich nicht entgangen war. Elias' Bruder wirkte noch ein wenig wackelig auf den Beinen.

»Ruben? Ist das nicht eine wundervolle Nachricht? Wir sind nicht allein auf dieser Welt!«, rief Sarai und lief ihm entgegen. »Jemand kommt uns holen.«

»Das habe ich nicht überhören können. Nur, bitte wartet kurz, bevor wir antworten. Und, ich brauche sofort einen Stuhl!« Er ließ sich von Sarai helfen.

»Was ist los? Warum die Vorsicht?«, fragte Elias, der auch ohne Worte die Ängste in Rubens Gesicht erkennen konnte.

»Weil man manche Fehler nur einmal macht!«

»Ach, jetzt hab dich nicht so!«, sagte Sem, »ich geh meine Sachen packen! Bis später!« Er verließ das Kommandozentrum.

»Was fürchtest du?«, fragte Elias weiter nach. Er würde Rubens Bedenken niemals einfach fortwischen. In der Vergangenheit hatte sie seine vermeintliche Paranoia bei Gefechten mit den Schneckenköpfen bereits öfter vor Schlimmerem bewahrt.

»Leichtsinn, Naivität, Dummheit ... such dir etwas aus«, antworte Ruben emotionslos.

»Die wollen uns retten, ich bitte dich, was soll daran gefährlich sein?«, fragte Sarai, die Ruben dabei nur ungläubig ansah.

»Das haben sie nicht gesagt, die wollen nur die Anzahl der Menschen an Bord des Habitats wissen. Denkt doch mal nach, dieses mutmaßliche Rettungsfahrzeug taucht wie aus dem Nichts auf und ist nicht in der Lage, unsere Codierung zu erwidern? Andererseits kennen sie aber unsere Kennung?«

»Vielleicht sind Menschen auch an anderen Orten dieser Welt abgestürzt, die werden mit den Jahren ähnliche technische Schwierigkeiten haben wie wir.« Sarai wollte sich augenscheinlich Rubens vorsichtiger Haltung noch nicht anschließen.

»Denkbar. Ich würde mich freuen, wenn das so ist, nur ich möchte nicht mein Leben darauf verwetten!«

»Leben verwetten? Ruben, unser Habitat pfeift aus dem letzten Loch und du willst mit der richtigen Codierung gerettet werden! Ich liebe dich, aber ich verstehe dich nicht.«

»Habe ich mich in der Vergangenheit bei solchen Dingen geirrt?«, fragte Ruben, der sich seiner Sache sicher schien. Was wiederum Elias einen Schauer über den Rücken jagte.

»Nein.« Sarai nickte. »Was soll Kezia antworten?«

»Nichts. Wir senden kein analoges Funksignal und lassen sie noch eine Weile im Ungewissen. Sem und du werdet sie in Thermoanzügen auf dem Eis empfangen. Elias wird euch mit dem Delta-7 Anzug den Rücken freihalten. Kezia und ich bleiben im Hintergrund. Solange wir die Situation nicht besser einschätzen können, werden wir das Habitat unter dem Eis verbergen«, erklärte Ruben nachdrücklich. Elias schauderte es, sein Bruder war ohne zu zögern bereit, Sarais Leben zu riskieren. Hoffentlich würde sich diese Vorsichtsmaßnahme als unbegründet erweisen.

***

X. Keine Schneckenköpfe

»Ich kann sie sehen«, meldete Elias, der gut dreihundert Meter vom Habitat entfernt in einer Schneewehe lag. Um die Energie seiner Batterien zu sparen, hatte er das Tarnfeld noch nicht aktiviert. Über ihm verdeckten dunkle Wolken den Himmel und der aufkommende Wind wehte eine Schneeböe nach der anderen über das Eis. Die Sicht war ohnehin schlecht. Mit dem M-74 Präzisionsgewehr im Anschlag beobachte er durch das bildoptimierende Visier drei Kettenfahrzeuge, die sich in sechshundert Metern Entfernung mit Schrittgeschwindigkeit auf sie zu bewegten. Ohne visuelle Hilfsmittel lag die Sichtweite unter dreißig Metern.

»Der Thermo-Scan zeigt mir drei Gruppen mit jeweils sechs erwachsenen Menschen. Immerhin haben die Schneckenköpfe kein Funkgerät erfunden«, meldete Kezia lakonisch zurück.

»Kezia, konzentriere dich. Elias, bei dem Wetter sehe ich durch das Periskop überhaupt nichts. Beschreib mir alles, was du siehst.« Diese Order kam von Ruben.

»Es sind drei kettengetriebene Fahrzeuge, ziemlich groß, jeweils gut fünf Meter hoch und zwölf Meter lang, die Bauweise wirkt massiv, vermutlich gepanzert, irgendwie einschüchternd, ich glaube nicht, dass ich denen ein Loch in die Motorhaube schießen könnte«, erklärte Elias und ließ die Fahrzeuge nicht aus den Augen.

»Kannst du Waffensysteme oder Hoheitsabzeichen erkennen?«, fragte Ruben weiter.

»Nein. Weder das eine noch das andere. Die drei Eis-Panzer haben eine fleckige Tarnlackierung. Ohne die Bildoptimierung in meiner Zieloptik würde ich nichts von denen sehen.«

»Aber hören. Das Dröhnen der Maschinen lässt das ganze Habitat erzittern«, sagte Kezia.

»Die stoppen auch genau neben euch. Und wundern sich vermutlich, dass sie nichts sehen.«

»Kannst du Sarai und Sem erkennen?«, fragte Ruben.

»Beide stehen auf dem Eis und winken den Fahrzeugen zu. Jetzt öffnet sich beim ersten Fahrzeug eine Tür. Und was für eine Tür, diese Panzerung ist mindestens vierzig Zentimeter stark.«

»Das könnte aber auch Isolierung sein. Bei der langsamen Geschwindigkeit hatten die Fahrzeuge mehrere Nächte zu überstehen«, erklärte Ruben.

»Zwei Männer, in grau-weiß gefleckten Thermoanzügen und Gesichtsmasken, springen auf das Eis. Sie tragen automatische Waffen.«

»Kannst du den Waffentyp erkennen?«

»Mehr noch. Die tragen dieselben Thermoanzüge wie wir und kleinkalibrige MP-12 Schnellfeuerpistolen. Ruben, du kannst dich entspannen, die gehören sicherlich zu unserer Mission auf diesem Planeten. Die beiden Männer gehen auf Sarai und Sem zu. Es ist keine Bedrohung zu erkennen.«

»Trotzdem bleibst du im Eis. Verändere deine Position. Bis du beide mit einem Kopfschuss ausschalten könntest. Warte, ich schalte das Gespräch von Sarai und Sem auf deinen Kanal.«

»Endlich. He, wir warten bereits seit sieben Jahren auf euch. Warum hat das so lange gedauert?«, fragte Sem freundschaftlich.

»PE-7 für Mission Control. Kontakt hergestellt ... starte Sequenz«, erklärte einer der beiden Männer in einer seltsamen Art. Elias konnte sich das Verhalten nicht erklären, das Team dieser Rettungsmission musste eine lange Reise hinter sich haben und benahm sich gerade so, als ob sie sich Ersatzteile für ihre Fahrzeuge beschaffen wollten.

»He, was ist das für eine Begrüßung?«, fragte Sem pikiert, Sarai hingegen nahm seine Hand und ging einen Schritt zurück.

»Verdammt, Elias, was geht da vor? Gibt es eine Bedrohung?« Ruben wurde nervös.
»Keiner der Männer nutzt seine Waffe, um Sarai oder Sem zu bedrohen. Ansonsten ist keine weitere Gefahrenquelle zu erkennen. Etwas in der Hand des einen Mannes beginnt zu flackern«
»Sequenz Code 1189A4, sieben grüne Zwerghunde, zwei schwarze Rennmäuse, sechs violette Thunfische, Bestätigung?«, sagte einer der Männer.
Sarai wurde stocksteif. *»Bestätigung: Sequenz Code 9141U3«*, antwortete sie mit farbloser Stimme.
»Bestätigung: Sequenz Code 1119K9«, antwortete Sem ähnlich merkwürdig.
»Scheiße! Da geht was schief! Elias! Schieß diesen Idioten die Köpfe von den Schultern! Sofort!«, rief Ruben über das Kommunikationssystem. *»Das ist ein Befehl!«*
»Aber, wieso ... was passiert da?« Elias zögerte.
»PE-7 für Mission Control. Wir haben eine Bestätigung für die Replikanten Sem und Sarai ... verstanden ... verschaffen uns jetzt Zugang zum Habitat«, erklärte derselbe Mann wie zuvor. Elias wollte ihn töten, konnte es aber nicht. Seine Finger zitterten.
»Elias, schieß! Schieß! Knall die Schweine ab!«, forderte ihn Ruben mit aller Kraft auf. Elias kämpfte mit sich.
»Erbitte Erlaubnis, sprechen zu dürfen«, sagte Sem. Verdammt, das war nicht mehr Sem, der würde niemals nachfragen, sprechen zu dürfen.
»Replikant Sem, Erlaubnis erteilt«, sagte eine unbekannte Frauenstimme. Der andere Typ mit der Maske war eine Frau.
»Sie schweben in akuter Lebensgefahr. Der Replikant Elias befindet sich in einem aktiven Delta-7 Kampfanzug und mit einem M-74 Präzisionsgewehr im Feld. Der Replikant Ruben, im Inneren des Habitats, hat ihm den Befehl gegeben, Sie zu töten. Noch zögert er, aber ich kann Ihre Tötung nicht ausschließen.«

Was hatte Sem nur getan. Die Fremden hatten ihn und Sarai zu Robotern gemacht.

»Oh, mein Gott, wir haben einen aktiven Delta-7 im Feld«, rief der Mann verzweifelt und warf sich auf den Boden. Nur ein Stichwort hatte seine Selbstsicherheit augenblicklich vertrieben.

«Jetzt stell dich mal nicht so an. Wir leben doch noch. Replikanten sind keine Killer. Delta-7 Störmanöver einleiten. Wir werden ihn einfangen. Und seid vorsichtig, wir haben nur noch fünf von denen, ich will keinen weiteren verlieren«, sagte die Frau unbeeindruckt und verschwand im Inneren des inzwischen geöffneten Habitats.

Ruben meldete sich: *»Elias ... ich habe Sem und Sarai gekappt. Das ist das Ende. Renn, renn und komm nicht wieder her. Sobald die Verbindung abreißt, wird sich Vater in deinem Nacken aktivieren. Du musst unseren Auftrag erfüllen, bitte, du darfst nicht scheitern! Lebe wohl, Bruder.«*

An den Kettenfahrzeugen öffneten sich mehrere Abdeckungen und zahlreiche Drohnen wurden in die Luft geschossen. Die kleinen Fluggeräte begannen sofort, jeden Zentimeter in der Nähe mit einem rötlichen Lichtkegel zu scannen. Elias musste weg. Mit aktivierter Tarnung und geschultertem Gewehr ging er los. Leidvoll hörte Elias über die aktive Funkverbindung Rubens, wie auch er und Kezia den Fremden in die Hände fielen. Er hätte auch rennen können, nur er wollte so lange wie möglich dem Gespräch über Funk folgen.

»Warum ist die R-12 Bord-KI nicht aktiv?«, fragte die Frau herrisch. Offensichtlich hatte sie das Sagen.

»Ma'am, die R-12 Bord-KI wurde bereits vor dem Absturz deaktiviert. Und auf jedem anderen Computersystem dieses Habitats finden wir Spuren einer militärischen Aitair-Signatur. Der Virus hat uns alle 31 Replikanten umgedreht.«

»Bitte, eine kampffähige Aitair-Signatur, hier? Alle R-12 Bord Systeme sofort ausschalten. Können Sie die Evolutionsstufe erkennen?«

»Unglaublich, der Virus hatte lange Zeit, um sich zu entwickeln, das ist der erste Zwölfer, von dem ich jemals gehört habe«, antwortete eine unbekannte männliche Stimme besorgt.

»Erbitte Erlaubnis, sprechen zu dürfen«, fragte Ruben, nein, jetzt auch Ruben.

»Replikant Ruben, Erlaubnis erteilt«, sagte die Frau, die Elias inzwischen am liebsten umbringen wollte. Warum hatte er nicht geschossen, als er die Gelegenheit dazu hatte?

»Es ist nicht ausreichend, das Habitat R-12 und alle Computer zu zerstören. Der Replikant Elias trägt in seinem Delta-7 Implantat eine Kopie des betreffenden Aitair-Virus'. Ich habe ihn selbst dorthin kopiert. Sobald der Replikant Elias außer Reichweite ist, wird er sich aktivieren. Aktuell kann uns Replikant Elias zuhören. Er folgt dem Gespräch über meinen aktiven Kommunikations-Chip unter der Haut. Soll ich die Verbindungen beenden?«

»Das wird ja immer besser und besser! Ein Stufe 12 Aitair-Virus lässt sich von einem meiner Replikanten durch die Gegend tragen. Aber nein, Elias soll mir ruhig zuhören!« Die Laune der Frau schien immer schlechter zu werden.

»Aber der Junge wird doch in ein paar Stunden erfroren sein«, sagte der Mann, der zuvor Sarai und Sem zu Robotern gemacht hatte.

»Gehen Sie mir aus den Augen, Sie haben aber auch nicht die Spur einer Ahnung!« Die Frau ging ganz nah an Ruben heran. Es war, als ob sie Elias ins Ohr flüsterte. *«Elias, du bist ein Replikant, natürlich weißt du nicht, was das ist, wie auch, wenn es dir niemand beigebracht hat. Auf dieser Welt bist du unermesslich wertvoll und ich würde jeden Preis für dich bezahlen. Nur, dein Bruder Ruben hat dir ohne es zu wissen etwas sehr Gefährliches mit auf den Weg gegeben. Deshalb nimm am besten dein M-74 Gewehr und schieße dir selbst eine Kugel in den Kopf. Danke ... und Mission Control?«*

»Ja Ma'am.«

»Schaltet die Drohnen scharf. Der Replikant Elias soll bei Sicht sofort getötet werden.«

Es knackte, der Kommunikations-Chip an seinem Hals deaktivierte sich. Im Nacken spürte Elias kurz, wie der Delta-7 Chip wärmer wurde.

»Vater?«, fragte er, während er sich weiter vom Habitat entfernte. Die Drohnen suchten in der falschen Richtung.

»Ja Elias. Ich bin bei dir.«

»Hast du alles mitgehört?«

»Ja.«

»Kannst du es mir erklären?«

»Nein. Noch nicht. Aber wir werden es herausfinden.«

***

Beta Phase

XI. Anna

Düsseldorf war im Frühsommer wunderschön. Nicht eine Wolke trübte den blauen Himmel. Die lebhafte Stadt hatte mit der Zeit ihren besonderen Charme nicht verloren, auf der Kö, dem historischen Einkaufsboulevard und Epizentrum der Eitelkeiten, flanierten zahlreiche Menschen von einem prächtigen Schaufenster zum nächsten.

Anna saß in einem italienischen Straßencafé und genoss bei einer Tasse Milchkaffee das bunte Treiben. Ihr Tisch befand sich an der Seite, flankiert durch einige größere Pflanzen und einer schützenden Wand im Rücken. Von hier hatte sie alles im Blick, mit der Hand strich sie sich durch ihre langen roten Haare und beobachtete aufmerksam die Passanten, von denen es einigen beim Flanieren offensichtlich wichtiger war, selbst gesehen zu werden, als nur die aktuelle Sommerkollektion zu bewundern. Auch sie mochte Mode, die sie trotzdem mit Augenmaß konsumierte. Sie hielt es für besser, mehr zu geben als zu nehmen. Zudem würde sie die nächsten Jahre keine Designerkleider benötigen. Mit zufriedener Mine sinnierte Anna über ihre Vergangenheit. Die Zeit in der Heinrich-Heine-Universität hatte sie in guter Erinnerung, das medizinische Studium, die Promotion und die Arbeit im Institut hatten sie genau an den Punkt ihres Lebens gebracht, den sie immer angestrebt hatte. Sie stand vor dem größten Abenteuer ihres Lebens.

ECHTE LIEBE, stand in großen Lettern auf dem mobilen Lesegerät eines älteren Herrn, der am Nebentisch mit einem Lächeln den aktuellen Sportnachrichten folgte. Der dazugehörige Videoclip zeigte ausgelassen feiernde, schwarzgelb gekleidete Sportler, die vor wenigen Tagen die World Club Series 2268 gewonnen hatten. Für gewöhnlich schenkte Anna Fußball keine Aufmerksamkeit, nur dieser medialen Übermacht konnte sich niemand entziehen.

»Oh ... die Lautstärke ... ich schalte sofort den Ton aus«, entschuldigte sich der ältere Herr, als er merkte, dass er die mitreißende Reportage nicht allein hörte.

Anna lächelte, von den nächsten zwölf Meisterschaften würde sie nichts mitbekommen. Genauso wenig wie irgendwelche Berichte im Web oder in Zeitungen, noch nicht einmal Kollegen würden sie nerven können, die montags gerne überschwänglich alle anderen von ihren letzten Stadionbesuchen zu unterrichten pflegten.

»Frau Professor Dr. Anna Sanders-Robinson!«, begrüßte sie Vanessa, die mit einem freundlichen Lächeln auf sie zukam. Wie immer wenn sie von der Arbeit kam, trug sie ein schickes dunkles Kostüm. »Das hört sich unglaublich an.«

»Titel machen alt ... hallo Liebes.« Anna war stolz auf ihre Leistungen, mochte aber nicht damit hausieren gehen. Mit Vanessa verband sie eine gemeinsame Schulzeit und viele andere banale Geschichten. Die meisten davon hatten mit Männern zu tun. Sie arbeitete im Innenministerium, Vanessas Leben befand sich Lichtjahre von dem Wahnsinn ihrer Forschungsarbeit entfernt.

»Über deine Habilitation wurde sogar im Web berichtet. Ich kenne eine echte Professorin! Und was für eine! Einfach irre! Und mal so nebenbei, du bist gerade erst einunddreißig geworden!«

»Lass uns nicht über Arbeit sprechen. Möchtest du einen Milchkaffee?«, fragte Anna und lenkte das Gespräch in andere Bahnen. Viel Zeit blieb ihr nicht mehr.

»Gerne. Wie wäre es mit Franco?« Vanessa verstand es meisterlich, ein weiteres unangenehmes Thema anzusprechen. Anna lächelte und bestellte bei der Bedienung zwei Tassen Milchkaffee, die in diesem Caféhaus kleinen Kunstwerken glichen.

»Bestimmt gut. Madrid ist im Frühling ein Traum«, antwortete Anna und überlegte, wie sie dem Menschen, dem sie seit zwanzig Jahren mehrfach pro Woche ihr Herz ausschüttete, beibrachte, sie nun für zwölf Jahre zu verlassen. Zudem kannte sie einen Statistiker, der die Reisedauer nur zu 36,2 % sicher berechnet einschätzte. Immerhin eine optimistischere Einschätzung als die des inzwischen arbeitslosen Physikers, der glaubte zu 98,9 % sicher ermittelt zu haben, dass sich während der Beschleunigung die Materie ihrer Körper komplett verflüssigen würde.

»Höre ich da etwa eine Spur von getrennten Betten?« Vanessa brauchte nie lange, um auf den Punkt zu kommen.

»Na hör auf ... Franco suchte nur eine Mutter für seine Kinder! Lass uns nicht über ihn sprechen.« Über ihren Ex-Freund zu reden, passte noch weniger.

»Ok ... also keine Arbeit ... und kein Franco ... ach komm, du bist doch verrückt! Franco sieht aus wie ein junger Gott, ist gebildet, charmant, hat eine Schweinekohle und möchte Kinder mit dir haben. Oder hast du einen Neuen?«

»Nein, ich habe keinen neuen Freund.« Anna lächelte. »Und ja, alles ist perfekt an Franco.«

»Mein Gott! Der hätte alles für dich getan! Andere Frauen würden für so einen Mann morden, das ist dir doch hoffentlich klar!« Vanessa sah sie vorwurfsvoll an.

»Franco lebt sein Leben. Ich lebe meins. Sein Leben findet in Madrid und Peking statt. Er wird dem Ruf seines Vaters folgen und das Vorstandsmandat in China annehmen.« Die Familie Francos hatte spanische und chinesische Wurzeln. Zudem belegte sein Vater auf der Forbes Liste der reichsten Menschen auf der Welt Platz 27.

»Was für eine schändliche Tat! Er hat einen Job, zeigt Verantwortung, liebt dich und wird mehr Geld erben, als du in drei Leben ausgeben kannst!«

»Du kennst mich doch!«, versuchte Anna, sich zu entlasten. Wegen seiner Familie war sie nicht mit Franco befreundet gewesen.

»Ich wette, Franco hätte dir auch Düsseldorf gekauft! Inklusive deiner geliebten Universität!«

»Ich brauche sein Geld nicht!«

»Warte, du bist wieder mit deinem Kunstprofessor ins Bett gegangen und Franco hat dich in flagranti mit rot bemalten Nippeln erwischt!« Einmal in Schwung gekommen, kannte Vanessa kein Erbarmen. Mit ihren kurzen blonden Haaren und stahlblauen Augen hätte sie auch die Inquisition im Mittelalter anführen können.

»Ich habe nicht mit Pierre geschlafen!« Die benachbarten Tische waren zum Glück leer und der ältere Herr folgte zum Glück der sicherlich spannenden Fußballreportage mit Kopfhörern.

»Oh ... Professor Dr. Morel heißt jetzt nur noch Pierre!« Vanessa legte gnadenlos nach, erhob aber nicht die Stimme.

»Er lehrt Kunst und Ethik. Und ist nur ein guter Bekannter!«

»Ach so, du lässt dich von jedem älteren Herrn mit grauen Designerlocken nackt malen?«

»Das ist Kunst!«

»Hast du das Bild noch?«

»Auf meinem Mobile«, antwortete Anna getrieben.

»Du hast mit ihm geschlafen!«

»Das hätte ich dir nicht erzählen sollen!«

»Kleines. Hast du aber. Sei froh, dass ich nicht so geschwätzig bin wie du. In deiner Akte steht jedenfalls nichts über deine Freizeitaktivitäten!«, flüsterte Vanessa.
»Die haben eine Akte über mich?« Dass das Innenministerium Informationen über sie sammelte, war Anna neu.
»Jetzt tue mal nicht so. Bitte! Denke einmal kurz nach, wer dein Vater ist. Und welche Sicherheitsfreigabe deine Arbeit hat. Klar haben die eine Akte über dich.«
»Ach ... was macht das schon. Ich habe nichts zu verbergen!«
»Jedenfalls nichts, was dich im 23. Jahrhundert den Kopf kosten wird. Trotzdem mag ich Franco«, erklärte Vanessa deutlich ernster. »Er wäre gut für dich gewesen. Ich dachte immer, durch ihn würdest du zur Ruhe kommen.«
»Ich konnte nicht von ihm verlangen, so viele Jahre zu warten.«
»Worauf zu warten?«, fragte Vanessa unsicher. Sie war klug, bestimmt ahnte sie bereits, was Anna vorhatte.
»Ich werde eine lange Reise machen.«
»Weg von Düsseldorf?«
»Weg von dieser Welt.« Jetzt hatte sie es gesagt, auch wenn sie sich dazu im Vorfeld andere Worte zurechtgelegt hatte.
»Du willst doch nicht etwa auf den Mars ziehen!? Hast du völlig den Verstand verloren? Die Menschen leben dort wie vor 250 Jahren! Die sterben an Krankheiten, deren Namen ich noch nicht einmal schreiben kann!«
»Nein, nein ... Vanessa ... ich will nicht zum Mars! Ich habe mich als wissenschaftlicher Offizier für das Saoirse-Programm beworben. Ich werde zum Proxima Centauri Sternensystem fliegen«, erklärte Anna betont sachlich.

Vanessa sah sie mit offenem Mund an. »Und ... wie lange wirst du weg sein?«
»Für dich werden es zwölf Jahre sein.«
»Für dich etwa nicht?«
»Nein, für mich sind es nur drei. Verstehst du jetzt, warum ich nicht von Franco verlange, zu warten?«
»Also werde ich bereits über vierzig sein, während du mit knackigen vierunddreißig zurückkommst?« Vanessa hatte das mit der Zeitdilatation[3] noch nie richtig verstanden.
»Unser Raumschiff, die Horizon, wird sich mit 80 % der Lichtgeschwindigkeit bewegen. Das Sternensystem Proxima Centauri liegt über vier Lichtjahre von uns entfernt, sodass die Hinreise für dich auf der Erde knapp fünf Jahre dauern wird. Für mich auf der Horizon werden allerdings nur ungefähr zweieinhalb Jahre vergehen. Unser Aufenthalt wird drei Jahre betragen«, erklärte Anna ihrer besten Freundin.
»Aber du sagtest doch eben, dass es für dich nur drei Jahre sein werden?«, fragte Vanessa aufmerksam nach.
»Ich rechne nur die Aufenthaltszeit. Die gesamte Reisezeit werde ich eingefroren im Tiefschlaf verbringen. Das hält mich frisch.« Anna lächelte verlegen.
»Das war immer dein Traum ... fremde Welten entdecken ... ich weiß. Ich habe aber auch gehofft, dass die Technik dazu erst noch erfunden werden muss! Mir ist zwar bewusst, dass deine Forschung durch das Saoirse-Projekt finanziert wird. Trotzdem habe ich nie angenommen, dass du deswegen selbst mitfliegen würdest. Mensch, Anna ... ich mag

[3] Mit der Zeitdilatation beschrieb Einstein ein physikalisches Phänomen, dass die gemessene Zeit für eine Reise nahe der Lichtgeschwindigkeit kürzer ist als für einen Beobachter, der am Ausgangspunkt der Reise verblieben ist.

dich nicht ziehen lassen!« Vanessa lachte und weinte gleichzeitig. Sie stand auf und schloss Anna in die Arme. Tränen liefen ihr die Wange hinab.

»Ich komme ja wieder«, sagte Anna beschwichtigend. Die Worte fühlten sich leer an.

»Wann geht es los?«, fragte Vanessa aufgelöst.

»Morgen.«

Vanessa zu verabschieden, fiel Anna nicht leicht. Sie gehörte zu den wenigen Gründen, weswegen sie lange gezögert hatte. Auch die Universitätsleitung in Düsseldorf hatte sich vor wenigen Tagen ähnlich überrascht gezeigt, als sie das Angebot eines neuen medizinischen Lehrstuhls für angewandte humangenetische Ingenieurswissenschaften ausgeschlagen hatte. Die hätten ihr sogar ein eigenes Institut auf die grüne Wiese gestellt, und das mit einem Forschungsbudget, das einem die Schamesröte ins Gesicht getrieben hätte.

Anna legte zwei Finger seitlich an den Hals. »Ein Taxi, bitte.« Keine zehn Sekunden später senkte sich vor ihr eine Limousine geräuschlos zum Boden herab. Der Taxifahrer sprang heraus, lief um das Fahrzeug und öffnete ihr höflich die Tür.

»Wohin darf ich Sie bringen?«, fragte er aufmerksam und bereitete die Zieleingabe in sein Navigationssystem vor.

»Birkirkana Hill, St Julians, Malta, bitte«, erklärte Anna, berührte mit dem Finger ein Identifikationsfeld, das daraufhin ihr Bild und ein grünes Symbol anzeigte.

»Ich kann in sieben Minuten einen Stream über Köln, Mailand, Neapel und Exit in Valletta bekommen. Sie wären dann in zweiundzwanzig Minuten am Ziel. 481 Euro. Soll ich für Sie buchen?«, fragte der Fahrer, während sich das Taxi langsam in die Luft erhob und sich in eine

Reihe anderer schwebender Fahrzeuge einreihte. Die Aussicht von hier oben war fantastisch.
»Gerne. Das passt mir gut.« Anna lehnte sich entspannt zurück. Das letzte Mal hatte sie ihren Vater zu Weihnachten auf Malta besucht. Seit dem Tod ihrer Mutter bewohnte er die über 300 Jahre alte Villa nur noch wenige Tage im Jahr. Die Saoirse-Kommandantur und seine Stadtwohnung befanden sich in Brüssel.

»Eintritt in den Stream in drei, zwei, eins ...«, warnte sie der nette Taxifahrer. Als ob sie von einem weißen Licht angezogen wurden. Mit mehrfacher Schallgeschwindigkeit schoss das Taxi durch die automatisch geführte mitteleuropäische Hochgeschwindigkeits-Trasse gut 1500 Meter über dem Boden. Durch die Fenster waren weder der Himmel noch andere Fahrzeuge zu erkennen. Nur unzählige helle und dunkle Punkte schossen an ihnen vorbei. Innerhalb eines Streams blieben die Antriebe der Fahrzeuge inaktiv. Nur das Kraftfeld der Trasse übernahm den Vortrieb und sorgte auch dafür, dass es keine Kollisionen gab.
»Darf ich Ihnen eine Tasse Kaffee oder ein gekühltes Getränk anbieten?«
»Ein stilles Wasser wäre nett, mit Zitrone bitte.«
»Sehr gerne.« Der Fahrer öffnete neben sich eine kleine Bar, füllte Eiswürfel und eine Zitronenscheibe in ein Glas, entfernte den Deckel einer kleinen Wasserflasche und reichte ihr mit einem Lächeln die gewünschte Erfrischung.
»Wie wird das Wetter auf Malta?«, fragte Anna.
»Sonnig, wie in Düsseldorf, allerdings mit 29 Grad Celsius etwas wärmer. Darf ich Ihnen ein Hotel buchen?«

»Danke. Ich bin bereits versorgt. Können Sie mir bitte das Display und eine Verbindung freischalten?«

Der Fahrer nickte, Anna entnahm der Mittelkonsole im Fond ein mobiles Display und hielt sich wieder beide Finger seitlich an den Hals.

»Bitte einen Zugang zu meinen Nachrichten und privater Datenablage aufbauen.« Sie wurde über das Web mit ihrem System verbunden. Auf dem Bildschirm erschien wenige Sekunden später die Benutzersteuerung ihres privaten Postfaches. Im Hintergrund leuchteten die stilisierten grünen Augen einer schlanken nackten Frau mit roten Haaren. Anna liebte dieses frivole Bild. Und Pierre Morel, ihren Professor für Kunstgeschichte aus Düsseldorf, der ein wunderbarer Mensch war.

»Zugriff über öffentliches Gerät. Die Rechte sind eingeschränkt«, erklärte eine synthetische Stimme freundlich. Auf ihre Forschungsarbeit würde sie auf diesem Weg natürlich keinen Zugriff haben.

134 Nachrichten in weniger als einem halben Tag. Und das trotz ihres Assistenten, der zuvor bereits Hunderte unwichtige Nachrichten gelöscht oder umgeleitet hatte. Journalisten, die Interviews wollten, weitläufige Kollegen, die noch nicht mitbekommen hatten, dass sie den begehrten Lehrstuhl ausgeschlagen hatte und zwei Verlage, die bereits Biographien über sie produzieren wollten. Nichts, was eine persönliche Antwort wert war. Eine Nachricht von Pierre, über die sie sich gefreut hätte, war bedauerlicherweise nicht dabei.

Anna aktivierte einen Unterhaltungskanal und mit einer Wischbewegung auch die Lautsprecher im Taxi. Ein bekanntes Lied der aktuellen Charts ging gerade zu Ende. Der Musik folgten die Nachrichten.

»Top News aus Paris. An der Geisteswissenschaftlichen Fakultät der Sorbonne sind heute drei Personen festgenommen worden. Den renommierten Forschern wird die Bildung einer terroristischen Vereinigung und versuchter Mord vorgeworfen. Die internationale Aitair-Terrorgruppe versucht seit Jahren, den Start der Horizon, des

ersten Raumschiffes aus dem Saoirse-Programm, zu sabotieren. Inzwischen schrecke die Gruppe auch nicht mehr davor zurück, Menschenleben zu gefährden, so ein Sprecher der Pariser Staatsanwaltschaft, der sich gegenüber den Medien über diese neue Qualität der Gewalt sichtlich besorgt zeigte.«

An der Sorbonne? Unglaublich, was mit den Jahren aus einer friedlichen Bewegung für mehr bürgerliche Eigenverantwortung geworden war. Aitair war inzwischen der Inbegriff des modernen Terrorismus. Unsichtbar, angepasst und tödlich effizient - wobei noch kein Aitair-Terrorist jemals eine Waffe in die Hand genommen hatte. Sie kämpften ausschließlich mit den Waffen moderner Informationstechnologien und hatten in den letzten Jahren die verheerendsten militärischen Computerviren aller Zeiten entwickelt.

»Wir verlassen den Stream in 30 Sekunden ... bitte sichern Sie das Wasserglas in dem dafür geöffneten Fach«, warnte sie der Taxifahrer kurz vor dem Austritt aus dem Stream. Anna tat wie ihr geheißen, eine Klappe verschloss das leere Glas umgehend. Das Fahrzeug erzitterte, sie spürte die drastische Verzögerung. Draußen konnte man jetzt wieder den blauen Himmel erkennen, während das Taxi mit noch über 700 Km/h auf die Altstadt von Valletta zustürzte und sich erst 50 - 60 Meter über dem Meer stabilisierte. Eigentlich ein Wunder, dass man in den Nachrichten nie etwas über Taxi-Unfälle hörte.

»St Julians, ein schönes Fleckchen, wir werden in zwei Minuten da sein«, erklärte der Taxi Fahrer, während sich die Limousine weiter senkte und die letzten Meter in Schrittgeschwindigkeit dicht über den schmalen Altstadtgassen schwebte.

Anna liebte es, barfuß über den glatten Asphalt zu laufen. Ihre Schuhe hielt sie dabei in der Hand. Zumindest im Frühling, im Hochsommer würde sie das nicht mehr tun. Mit einem Lächeln drückte sie das geschmiedete Eisentor auf, zupfte ihr Sommerkleid zurecht und sah an der zweigeschossigen Sandsteinfassade herauf. Die dunkelgrünen Fensterläden waren frisch gestrichen. In diesem Haus hatte sie ihre Kindheit verbracht, was binnen eines Augenblickes unzählige alte Erinnerungen hervorbrachte. Schöne Erinnerungen, an Sonne, das Salz im Meer und ihre Mutter.

Die Tür öffnete sich. »HAYLEE!«, rief Anna hysterisch und sprang ihrem alten Kindermädchen entgegen. Nachdem sie aus dem Haus war und ihr Vater in Brüssel Karriere machte, war Haylee weiterhin hier wohnen geblieben. Sie sorgte für das Anwesen und war sicherlich die einzige Hausangestellte in dieser schicken Gegend, die nicht mehr im Haus arbeiten musste. Mit 74 hatte sie zwar noch acht Jahre bis zur gesetzlichen Rente, was aber nichts daran änderte, was sie früher für Anna und ihren Vater geleistet hatte.

»Anna, ich freue mich so, dich zu sehen!«, sagte Haylee mit einem Zittern in der Stimme und schloss sie in die Arme. »Dein Vater sitzt im Arbeitszimmer.«

»Da sitzt er gut. Komm, lass uns etwas trinken und erzähle mir, wie es dir ergangen ist«, sagte Anna, für ihren Vater würde sie noch den ganzen Abend Zeit haben. Zudem hatte sie in ihrer Kindheit die Tür zu seinem Arbeitszimmer stets für die Pforte zur Hölle gehalten.

»Du siehst gut aus. Wie hast du das gemacht? Hast du etwa einen neuen Freund?«, fragte Anna keck. Beide gingen in die Küche, in der ihnen ein jüngeres Dienstmädchen frischen Kaffee zubereitete.

»Ach ... veralbere keine alte Frau.«

»Nein, nein, das meine ich ernst.«

»Ich habe neue Knie und sieben neue Bandscheiben. Dein Vater war großzügig. Er ist ein guter Mensch. Du solltest mehr Zeit mit ihm verbringen«, sagte Haylee einfühlsam, die Anna bereits öfter den Weg zurück hatte zeigen wollen.

»Na, das war er dir auch schuldig. Und ich bin doch da.«

»Du hast mich schon verstanden.« Haylee hatte keine Universität besucht und auch nie eigene Kinder gehabt. Sie wusste trotzdem genau, was sie sagte.

»Natürlich.« Anna respektierte sie. Sich für Haylee Zeit zu nehmen, glich einer kurzen Reise in die Vergangenheit. Sie hatte ihr viel zu verdanken, nach dem Tod ihrer Mutter war Haylee bei ihr gewesen, alleine hätte Anna diese Zeit nicht überstanden.

Die Geste ihres Vaters war mehr als großzügig gewesen, Anna war Ärztin, die Tarife ihrer Kollegen der orthopädischen Chirurgie lagen für normale Menschen jenseits von Gut und Böse. Die moderne Medizin vermochte wahre Wunder zu vollbringen, jedoch zwei Knie und sieben Bandscheiben kosteten mehr als sich ein Kindermädchen in zwei Leben hätte leisten können.

Zwei Stunden später stand Anna in ihrem alten Kinderzimmer. Natürlich saßen dort keine Puppen mehr auf dem Bett, die alten naturbelassenen Holzmöbel hatte sie aber trotzdem nie hergegeben. Das Bett, der Schrank und die beiden flachen Bücherregale waren bereits zu Zeiten ihrer Geburt Antiquitäten gewesen. Sie hatte sich geduscht und frottierte sich gerade die Haare. Danach ließ sie das Handtuch fallen und warf sich nackt aufs Bett. Ein kühler Luftzug wehte durch das offene Fenster, das nur eine durchsichtige schmale Gardine verdeckte. In diesem Moment hätte ihr die ganze Welt zusehen dürfen.

Wie ihre Mutter hatte auch Anna rote lockige Haare, grüne Augen und Sommersprossen. Ihre Familie hatte irische Wurzeln, lebte aber bereits lange nicht mehr auf der Insel. Inzwischen waren auch die nationalen Wurzeln der Europäer nicht mehr als die Begründung langweiliger historischer Folkloreveranstaltungen. Alle Menschen hatten den gleichen Pass. Weltweit. Eine beachtliche Errungenschaft des ansonsten konfliktreichen 21. Jahrhunderts.

***

XII. Wieder zu Hause

Annas Vater, Lieutenant General Dr. Jeremie Sanders-Robinson, war Physiker. Und Soldat. Durch und durch. Seine verheißungsvolle wissenschaftliche Karriere hatte er mit der Promotion über gravitative Antriebe an der Universität Cambridge begonnen. Leider hatte er danach sein Leben in die Toilette gespült und sich beim britischen SAS ausbilden lassen, so dachte Anna zumindest früher über die grandiose Entscheidung ihres Vaters, seine Laufbahn beim Militär fortzusetzen. Nur, mittlerweile war er nicht nur der kommandierende Offizier des Saoirse-Programms, ohne ihn würde es die gesamte moderne Raumfahrt überhaupt nicht geben.

»Möchtest du dein Steak blutig?«, fragte er, während er hingebungsvoll ein mariniertes Stück Rinderfilet auf seinen selbstgebauten Holzkohlengrill legte. Ein Journalist hatte seinen Intellekt in einer nicht autorisierten Biografie als potenzielle Massenvernichtungswaffe bezeichnet und sich damit einer inzwischen unpopulären Floskel aus dem 21. Jahrhundert bedient. Wobei der Journalist seine wissenschaftlichen Befähigungen zwar als bemerkenswert einschätzte, aber kaum vergleichbar mit seiner Kompetenz als Führungskraft, die gesamte technische und wirtschaftliche Leistungsfähigkeit der Erde im 23. Jahrhundert auf ein gigantisches Ziel zu fokussieren, die Reise zu unserem benachbarten Sternensystem Proxima Centauri.

»Natürlich. Du kennst mich doch.« Sie genoss ihre Steaks nur privat derart archaisch zubereitet.

Anna war zudem nicht bekannt, ob betreffender Journalist danach noch weitere Bücher publiziert hatte. Für die Ausführungen, dass das Saoirse-Programm mehr dazu diene von sozialen Problemen auf der Erde abzulenken, hatte er sich verheerende Kritiken eingehandelt.

»Es ist schön, wieder mit dir zu grillen«, sagte ihr Vater und lächelte. Als ihre Mutter noch lebte, verbrachten sie viele Abende gemeinsam auf Malta. Die Stadtvilla befand sich in der Altstadt, nur eine Häuserzeile vom Meer entfernt. Wie das Haus bestand auch die mit Kletterpflanzen bewachsene Mauer, die den überschaubaren gemütlichen Garten einschloss, komplett aus Sandstein.

»Das hätten wir öfter tun sollen.« Auch Anna lächelte. Die Beziehung zu ihrem Vater empfand sie als schwierig. Und das nicht, weil er Soldat war, sondern weil sie mit der Zeit hatte erkennen müssen, dass sie genau wie er wurde: ehrgeizig, zielbewusst und durch nichts aus der Bahn zu werfen. Schließlich finanzierte das Militär inzwischen auch ihre Replikantenforschung.

»Wir arbeiten zu viel«, erklärte er amüsiert, während er vorsichtig ein Tongefäß aus dem Randbereich der Glut zog. »Ross il-Forn, das magst du doch, oder nicht?«

»Jaa!«, rief Anna freudig, der Reisauflauf ihres Vaters mit Hackfleisch, Eiern, Safran und Tomaten war einmalig gut. Er hätte auch Koch werden können. Früher wollte sie einmal Kunsthistorikerin werden, ebenfalls ein wunderschöner Beruf. Vielleicht im nächsten Leben, dachte sie und machte sich über das Steak und den Reisauflauf her.

»Und Franco ist Geschichte?«, fragte ihr Vater nach dem Essen. Mit einem Glas Wein in der Hand lehnte er sich in seinem Gartensessel zurück. Die Sonne war untergegangen. Neben ihnen brannten Fackeln.

»Ja«, antworte Anna erwartungsvoll. Jetzt würde das Gespräch ernster werden. Aber deswegen war sie schließlich nach Malta gekommen. Der wache Blick ihres Vaters registrierte sicherlich jede Geste, die sie machte, da war sie sich sicher.

»Ich dachte immer, er wäre der Richtige für dich gewesen ... ich mochte ihn.«
Anna schluckte, jeder mochte Franco, das machte die ganze Geschichte nicht einfacher. »Er hätte ansonsten über 12 Jahre auf mich warten müssen.«
»Stimmt.«
»Vater, bitte!« Anna mochte es nicht, wenn ihr Vater sich gespielt verständnisvoll gab.
»Er hat mich heute angerufen.«
»Wie bitte, er hat dich angerufen?« Das wurde ja immer besser. »Was wollte Franco von dir?«
»Von mir? Eigentlich nichts. Von dir? Scheinbar einiges. Er bat mich, dich aus der Besatzung der Horizon zu entlassen. Er liebt dich.«
»Das kann er nicht tun!« Anna war wütend auf Franco, er sollte aufhören, ihr nachzulaufen.
»Doch, doch, können tut er das schon. Und mit dem nicht gerade kleinen Konzern seines Vaters im Rücken hat er sogar ziemlich gute Argumente. Wie gesagt, er liebt dich und versucht alles, damit du seinen Antrag endlich annimmst.«
»Ich werde ihn nicht heiraten! Und ich werde mich nicht einfach aus der Crew werfen lassen!«, fauchte Anna aufgebracht.
»Rote lange Haare, Sommersprossen und wunderschöne grüne Augen ... du gleichst deiner Mutter jeden Tag mehr.« Es war kaum möglich mit ihrem Vater zu streiten, es verstand es zu gut, ihr den Wind aus den Segeln zu nehmen. »Sieh mich an, ich habe kein Haar mehr auf dem Kopf.« Mit der Hand strich er über seine Glatze.
»Vater, bitte! Das ist zu wichtig!« Anna würde alles tun, um die wichtigste Reise ihres Lebens nicht zu versäumen.

»Da hast du recht. Frau Professor Dr. Anna Sanders-Robinson, dein Beitrag zum Saoirse-Programm ist zu wichtig. Ich habe im Prinzip nur einen zeitgemäßen Schiffsmotor gebaut. Du hingegen hast die Steuerleute, Navigatoren und Kapitäne geschaffen, die sich von nichts und niemandem von ihrem Kurs abbringen lassen werden!«
»Und, das bedeutet?!«
»Ganz ruhig. Ich werde dir deinen Rang als führender Forschungsoffizier nicht nehmen. Ich verlasse mich auf dich«, erklärte ihr Vater beschwichtigend.
»Danke.« Anna war erleichtert. »Die Replikanten werden morgen auf die Horizon eingeschifft. Alle 32 Prototypen haben die finalen kognitiven Vorgaben erfüllt.«
»Nicht ein Ausfall. Wie immer erbringst du 100 % Leistung«, lobte sie ihr Vater.
»Ich habe gute Gene.«
»Wie schmeichelhaft ... wegen meines ersten Prototyps gibt es in der Mojave-Wüste ein vierhundert Meter tiefes Loch.«
»Das wurde doch mit Wasser geflutet ... die Menschen lieben es inzwischen, dort Urlaub zu machen.«
»Nur Marketing.«
»Dad?«, fragte Anna nachdenklich.
»Ja.«
»Was wohl in einem anderen Leben aus uns geworden wäre?« Diese Frage beschäftigte Anna oft. War ein Mensch das Produkt seiner Anlagen oder das Ergebnis seiner Umgebung?
»Ich wäre Koch geworden«, erklärte ihr Vater amüsiert. Die Antwort hatte sie erwartet.
»Und ich?«

»Anna ... ist das wirklich wichtig? Ich bin sicher, dass du in jeder Welt Beachtliches leisten würdest. Leider fehlt mir die Fantasie, mir dabei einen Mann an deiner Seite vorzustellen. Also jemanden, den du nicht wieder sitzen lässt.« Ihr Vater lachte.

»Dad!«, protestierte Anna, aber ohne ihrem Vater dafür wirklich böse zu sein.

»Kannst du dich noch an die öffentlichen Diskussionen zu Beginn deiner Replikantenforschung erinnern?«

»Wegen der ethischen Verantwortung?«, fragte Anna. Im ersten Jahr war jedes Interview ein Spießrutenlaufen gewesen.

»Nein, das dumme Geschwätz hatte sich zum Glück bereits nach kurzer Zeit zerstreut. Ich meine die Diskussionen über den Nutzen der Replikanten, die Kosten für ein fertig ausgebildetes Exemplar sind schließlich enorm.«

»Sicherlich, mein Programm wurde nur durch deine Intervention bewilligt. In dem Moment als Saoirse auf meinem Briefpapier stand, konnte ich in Ruhe weiterarbeiten«, antwortete Anna.

»Glaubst du, dass ich das deinetwegen getan habe?«

»Nein.«

»Ich liebe dich. Aber ich würde niemals eine emotionale Entscheidung treffen!«

Das glaubte Anna ihrem Vater aufs Wort. »Worauf möchtest du hinaus?«, fragte sie, die gerade Probleme hatte, ihm zu folgen.

»Unsere Welt ist modern, frei und demokratisch. Wir haben den Hunger, Krieg und die schlimmsten Auswüchse der Armut besiegt. Sogar unsere Umwelt konnten wir retten, wenn auch nur auf den letzten Drücker. Jedes Kind kann zur Schule gehen. Wobei es natürlich immer noch soziale Unterschiede gibt. Wusstest du, dass weniger als 10 % aller Menschen die Nahrungsmittel für 22 Milliarden erzeugen?«

»Wir leben in einer reichen Welt«, antwortete Anna.
»Trotzdem streben immer mehr Menschen danach, auf dem Mars zu leben. 86 Millionen sind es inzwischen. Und glaube mir, die Lebensbedingungen dort sind nicht sonderlich komfortabel.«
»Die Menschen wollen neue Türen öffnen ... das ist unsere Natur.« Diese Motivation kannte Anna nur zu gut.
»Das ist genau der Punkt. Weißt du, was auf dem Mars die meisten Todesopfer gefordert hat?«
»Das langwierige Terraforming?«, fragte Anna.
»Nein. Terraforming ist nur Technik. Wirklich verheerend waren die Unruhen, die sozialen Spannungen und die führenden Offiziere, die ihren Aufgaben nicht gewachsen waren. Der Mensch vermag den Möglichkeiten der Technik oft nicht mehr zu folgen.«
»Das ist in diesem Ausmaß nie bekannt geworden.«
»Natürlich nicht.«
»Ich verstehe dich. Die Replikanten werden im Alpha Centauri Sonnensystem dafür sorgen, unnötige Verluste zu vermeiden.« Anna pausierte einen Moment. »Es geht dir doch nicht um desorientierte Siedler auf dem Mars, oder?«
»Natürlich bedrückt mich kein Einzelschicksal, aber das Wohl vieler liegt mir schon am Herzen. Deine Replikanten waren für mich bisher nur eine weitere Sicherung, doch inzwischen sind sie weit mehr«, erklärte er besorgt.
»Weit mehr?«
»Unsere Welt ist modern, frei und demokratisch. Wir haben den Hunger, Krieg und sogar die schlimmsten Auswüchse der Armut besiegt. Ich glaube, ich wiederhole mich, wusstest du, dass wir ohne Mikroelektronik vermutlich wieder in der Steinzeit leben würden?«
»Ja ... aber?« Anna hing in der Luft.

»Wer unsere Computer zerstört, zerstört den Lebensnerv unserer Zivilisation.«

»Und? Das ist doch nicht neu.«

»Nein, aber die Qualität der Bedrohung hat neue Ausmaße angenommen. Wir haben heute in Paris an der Sorbonne drei führende Aitair Terroristen festgenommen.«

»Das habe ich gehört.«

»Zwei von ihnen dürftest du kennen. Sie hatten in Düsseldorf Seminare bei Professor Morel belegt.«

Anna wurde es warm. »Glaubst du etwa, dass Morel etwas mit denen zu tun hat? Oder vielleicht sogar ich?«

»Nein«, antwortete er entspannt.

»Ich glaub es nicht ... erst belastest du mich! Und dann ein ganz lockeres Nein?!«

»Würdest du noch für mich arbeiten, wenn ich dir nicht mehr vertrauen würde?« Er schmunzelte. »Anna, bitte überlege, welche Verantwortung du trägst! Dich bewacht ein komplettes Sicherheitsteam rund um die Uhr. Und bevor du deinen Blutdruck weiter unnötig in die Höhe treibst. Ich habe das zu deinem Schutz veranlasst.«

»Na super! Und warum sagst du mir das nicht?«

»Tue ich doch. Jetzt. Noch vor deiner Abreise. Dein Verhalten war absolut ohne Fehl und Tadel. Und auch Professor Morel hat sich nichts zuschulden kommen lassen. Ebenso wenig wie Vanessa, Franco oder alle anderen, die Kontakt zu dir hatten.«

»Und du hast mich rund um die Uhr beschatten lassen? Und alle meine Freunde?«, fragte Anna wütend. Am liebsten wäre sie ihm an den Hals gesprungen.

»Ja.«

»Auch als ich mit Pierre geschlafen habe?« Das war entwürdigend! Das hätte er nicht tun dürfen!

»Sicherlich.«

»Und das steht jetzt in meiner Akte? In der Akte, die du, deine vielen wichtigen Mitarbeiter, das gesamte Innenministerium oder sonst wer lesen kann?«

»Vanessa hat dir über die Sicherheitsprüfung des Innenministeriums erzählt?«

»Das war nicht meine Frage!«, korrigierte Anna ihren Vater wenig verständnisvoll.

»Die haben weder die Mittel noch meine Freigaben. Nein, die wissen nichts über dich. Und deine Saoirse-Akte liegt nur mir vor«, erklärte ihr Vater besonnen, ohne dass seine Ausführungen sie beruhigen konnten. Es gab nichts, was er nicht kontrollieren wollte. Das war schon immer so!

»Hast du auch Mutter überwachen lassen?« Sie hasste ihn. Liebte ihn. Wollte ihn umbringen. Immer so sein wie er. Die Gefühle in ihrer Brust drohten zu explodieren.

»Ich habe sie geliebt. Wie dich.«

»Sperrst du alles, was du liebst, in einen Käfig?« Sie wusste nicht, wie sie reagieren sollte.

»Anna, deine Mutter war eine intelligente und sehr impulsive Frau. Wie du. Deshalb bist du auch der einzige Mensch, dem ich es erlaube, so mit mir zu sprechen.«

Anna schluckte. »Aber ...«

»Warte kurz ... du bist die Einzige, der ich keine Befehle geben möchte. Deshalb bitte ich dich, dich kurz zu konzentrieren, bevor du eine voreilige Entscheidung triffst.«

War sie zu weit gegangen? Oder er? Anna atmete tief ein und aus. Sie hatte sich wieder im Griff. »Ich höre ...«

»Sehr gut.« Ihr Vater lehnte sich wieder zurück und trank einen Schluck Wein. »Hättest du an meiner Stelle anders gehandelt? Wärst du für Pierre oder Franco ein unnötiges Risiko eingegangen? Hättest du ihretwegen deine Reise gefährdet?«

»Nein.« Anna verstand nur zu gut, welche Verantwortung ihr Vater trug. Und genau, weil sie seine Motive zu gut nachvollziehen konnte, hasste sie ihn, nein, hasste sich! Nichts! Absolut nichts würde sie davon abhalten, die Sonne von Proxima Centauri zu sehen!

»Um wieder auf die drei Aitair Terroristen zurückzukommen.« Er stellte das leere Weinglas auf den Tisch. »Sie waren leider erfolgreicher, als es die Pressemeldungen haben verlauten lassen.«

»Womit erfolgreich?«

»Sie hatten für 84 Sekunden einen Rootzugriff[4] auf die Datenbanken der Horizon. Die haben uns wieder einmal deutlich vorgeführt, dass es genügt, eine intelligente Anordnung von Nullen und Einsen zu schaffen, um die jahrelange Arbeit oder auch das Leben von Millionen Menschen zu gefährden«, erklärte er.

»Haben wir etwa Aitair-Virensignaturen im Kernsystem?«, fragte Anna aufgeschreckt.

»Nein. Unsere Systemanalysten konnten alle Eingriffe nachvollziehen und rückgängig machen. Die Aitair-Viren konnten keine Metastasen bilden oder aktive Routinen korrumpieren.«

»Bist du dir da absolut sicher?«

»Es gibt keine absolute Sicherheit. Es gibt nur kontrollierte Risiken und geeignete Präventivmaßnahmen.«

---

[4] Zugriff mit vollen Rechten auf ein Computersystem.

»Wäre es nicht besser, den Start der Horizon zu verschieben?«

»Gott bewahre uns davor! Ich halte meine Geldgeber bereits mit einer neunschwänzigen Peitsche im Zaum. Wenn ich den Start verschiebe, zerfleischen die mich. Da sind zu viel Geld und noch mehr Interessen im Spiel, es gibt bereits ein ganzes Rudel hungriger Löwen, die mich beerben wollen.«

»Und meine Replikanten sind eine geeignete Gegenmaßnahme?« Jedes Gespräch mit ihrem Vater war anstrengend. Anna hatte länger gebraucht, um seine Intention zu verstehen. Die Aitair-Viren waren in der Lage, nahezu jeden Computer zu infiltrieren. Nur der Mensch konnte davon unberührt Entscheidungen treffen - mit allen Stärken und Schwächen, die unserer Spezies zu eigen waren. Die Replikanten hingegen waren genetisch gezüchtete Humanoide, zuverlässig wie Computer, nur ohne deren Schwächen gegenüber Viren und ähnlichen Schadprogrammen.

»Wir verstehen uns. Gut. Bitte entschuldige meine weitschweifigen Ausführungen, es war nicht meine Absicht, dich zu kompromittieren. Ich respektiere dein Privatleben. Das Saoirse-Programm ist aber zu wichtig, um Fehler zu machen. Wir müssen uns beide absolut über deinen Auftrag im Klaren sein!«

»Ja.« Anna nickte zustimmend. Sie hatte nicht bei allen Punkten dieselbe Meinung wie ihr Vater. Aber nur wegen Menschen wie ihm würde sie ein anderes Sonnensystem bereisen können. Sie wollte keinen anderen Vater haben.

»Wann geht dein Lift?«, fragte er und schenkte sich weiteren Wein ein. Für Anna nahm er eine gekühlte Flasche Mineralwasser und füllte auch ihr Glas auf.

»Morgen.«

»Du gehst mit den Replikanten an Bord?«

»Ich werde sie keinen Moment aus den Augen lassen.« Weder ein Terrorist, noch ein Aitair-Virus oder sonst jemand würden ihre Arbeit gefährden.

»Sehr gut. Deswegen hast du den Job. Du bist meine Tochter. Ich liebe dich. Komm bitte gesund zurück.« Ihr Vater lächelte. Ob Anna ihn wiedersehen würde?

***

XIII. Die Horizon

In der letzten Nacht hatte Anna wenig geschlafen. Viele Anekdoten waren ihr durch den Kopf gegangen, als ob ihre alte Welt versuchte, sich an ihr festzuhalten. Sie hatte sich loslassen einfacher vorgestellt.

»Der Space Lift startet in 45 Sekunden. Wir erreichen die finale Startphase. Abschließende Sicherheitsüberprüfung initialisiert», erklärte eine synthetische Stimme, während ein Scanner Flugkabine und Passagiere mit einem roten Lasergitter auf lose Gegenstände prüfte und sich ihre anatomisch geformten Sitze mit der Rückenlehne horizontal ausrichteten. Anna trug einen Kompressionsanzug, wie ihn auch Kampfpiloten benutzten, der nebenbei auch die frühe Bildung von Krampfadern verhinderte.

»Start freigegeben. Wir wünschen Ihnen eine gute Reise«, resümierte die Stimme freundlich.

Auf dem Platz neben ihr saß Dr. Martin Breuer, ihr Assistent aus dem Institut, der die Replikanten auf dem Weg von Düsseldorf nach Kenia begleitet hatte, während sie am Vortag ihren Vater auf Malta besucht hatte. Martin war Ende vierzig, lieb, gebildet, fleißig und versprühte soviel Sexappeal wie ein nasser Waschlappen.

»Hey Martin, mach dich mal locker!«, sagte Anna. Sie waren zu zweit. Die Sitzplätze hinter ihnen blieben unbesetzt. »3 G[5] lohnen kaum. Und vergiss nicht zu atmen!«

»Ja, ja ... mach ich! Pressatmung! Habe ich nicht vergessen!« Martin schwitzte trotz der klimatisierten 19 Grad Celsius in ihrer Kabine, wobei eine wohltemperierte Kanonenkugel die treffendere Bezeichnung gewesen wäre.

»Neun, acht, sieben, sechs, fünf, vier, drei, zwei, eins, Start.« Der Countdown ließ sein schmales Gesicht beinahe verwegen erscheinen. Mit dreifacher

---

[5] G-Kraft - 1G entspricht der Erdbeschleunigung von 9,81 m/s

Erdbeschleunigung wurden sie in die Sitze gepresst. Technisch wäre mehr möglich gewesen, allerdings waren nur in Gefahrensituationen 5 G erlaubt.

»Schubumkehr in 19 Minuten«, sagte die Computerstimme - bis dahin würden sie weiter mit konstant 3 G Beschleunigung in ihre Sitze gedrückt werden.

Anna spürte das Leben in ihren Adern pulsieren. Was für eine Fahrt, bei der Schubumkehr würde ihre Geschwindigkeit 116.000 Km/h betragen. Und das war noch lachhaft, verglichen mit dem, was sie später erwarten würde. Der Space Lift war im Prinzip nicht mehr als ein 36.000 Km langes Kabel, an dem Fracht- oder Passagierkapseln in den Orbit hoch und aus ihm heruntergeschossen wurden. Diese Technologie gab es bereits seit längerer Zeit. Es war der entscheidende Schritt, um Tonnen von Nutzlast effizient durch die Erdatmosphäre zu transportieren. Der Saoirse-Weltraumbahnhof, an dem Anna die Erde verlassen hatte, befand sich nördlich von Nairobi, unmittelbar am Äquator.

»Schubumkehr in dreißig Sekunden. Die Kabine wird gedreht und der Bremsvorgang initiiert«, erklärte die Computerstimme erneut. Der halbe Weg war geschafft. Für Anna änderte sich wenig, die Drehung der Kabine spürte sie nicht. Auch beim Bremsen wurden sie mit 3 G in die Sitze gepresst.

Ob es einen Gott gibt? Oder eine universelle Intelligenz, die Antworten auf alle Fragen kannte? Anna neigte dazu, sich in Momenten hoher Anspannung existenzielle Gedanken zu machen. Natürlich wusste sie keine Antwort, sie glaubte auch an keine, es wäre langweilig, keine neue Tür mehr durchschreiten zu können.

»Wir erreichen den geostationären Orbit der Horizon in zwei Minuten. Wir hoffen, dass Sie eine angenehme Fahrt hatten.«

Die hatte Martin sicherlich nicht, sein Gesicht war kreideweiß. Als ihn nach Abschluss des Bremsmanövers sein Sitz der Schwerelosigkeit preisgab, kotzte er in eine Papiertüte, die er die ganze Zeit krampfhaft festgehalten hatte.

Auf den letzten Metern bewegte sich die Kabine in Schrittgeschwindigkeit auf das Ladeschott der Horizon zu. Anna lächelte, auch ihr Sitz gab sie in die Schwerelosigkeit frei, diese Kulisse wollte sie sich nicht entgehen lassen. Mit einem kurzen Schubs durchquerte sie die Kabine und genoss am Fenster den unglaublichen Ausblick: Das Raumschiff schoss mit 3.075 Metern in der Sekunde in knapp 36.000 Kilometer Höhe durch das Weltall, synchron mit der Erdrotation und blieb deshalb am selben Punkt über Kenia stehen.

Die Horizon wurde im Weltall montiert. Die Impulstriebwerke hätten zwar auch genug Schub für einen Atmosphärenstart geliefert, nur die Energiemenge, um über drei Millionen Tonnen Schiffsmasse aus dem Gravitationsfeld der Erde zu bringen, hätte Erdbeben von biblischen Ausmaßen bewirkt und nebenbei vermutlich den halben afrikanischen Kontinent entvölkert.

Anna schmunzelte - die Horizon sah im Moment noch gar nicht aus wie ein Raumschiff. Es war mehr ein Netz aus Gängen, Modulen und Laderampen, an denen acht Space Lifts ständig weitere Menschen und Fracht an Bord nahmen. Im ausgefahrenen Lademodus glich die Horizon eher einer gigantischen Raumstation. Die Daten aus dem Briefing hatte sie nicht vergessen. Im offenen Zustand war die Horizon 2421 Meter lang, 230 Meter breit und 62 Meter hoch. Menschen, Proviant, Tiere, Saatgut, Wasser, Technik - alles was man in einer fremden Welt benötigte, wurde verladen. Die größte Maschine, die je durch den Menschen gebaut wurde, zehnmal größer als die letzten großen Tanker oder Flugzeugträger des 21. Jahrhunderts. Acht Jahre Bauzeit wurden benötigt, sie war das erste von drei Raumschiffen der Hope-Klasse. Die Sunrise würde in fünf Jahren folgen, der benachbarte Rohbau wirkte aber noch unspektakulär. Der Bau der Inspiration hatte hingegen noch nicht begonnen.

Ein gutes Stück abseits lag das Kernstück der Horizon, der Gravitationsantrieb. Das Werk ihres Vaters. Noch war diese Einheit nicht mit dem Hauptschiff verbunden. Später würde eine zwölf Kilometer lange Energiekupplung beide Teile verbinden. Kritiker bezeichneten den Gravitationsantrieb auch als Schwarzes Loch für unterwegs. Was nicht ganz unberechtigt war. Der Prototyp, den ihr Vaters konstruiert und der in der Mojave-Wüste ein vierhundert Meter tiefes Loch hinterlassen hatte, war nur wenige Mikrometer groß gewesen. Der Antrieb der Horizon maß im Durchmesser 920 Meter - im inaktiven Zustand - wegen der latenten Gefahr für die Erde, durften Gravitationsantriebe erst nach Verlassen des Sonnensystems gezündet werden.

»Andockvorgang abgeschlossen. Sie dürfen die Kabine verlassen. Willkommen an Bord der Horizon.«

Anna drückte sich von der Glasscheibe ab, schwebte durch die Kabine und drückte auf den Knopf für die Druckschleuse. Sie hatte lange genug über die beeindruckende Technik der Horizon sinniert. Es zischte, ein Leuchtsymbol wurde grün und sie öffnete die Tür. Martin sah ihr dabei nur leidgeplagt zu. Über der Einstiegsluke befand sich ein kurzer Schacht, den sie ebenfalls schwebend durchquerte. Alle Wände waren mit weißen Kunststoffplatten verkleidet. Über dem Schacht befand sich eine weitere Druckschleuse und davor ein breiter und im Moment noch nutzloser Gitterrost.

»Major, im Namen der Besatzung freue ich mich, Sie begrüßen zu dürfen. Willkommen auf der Horizon« Eine junge Frau salutierte vor ihr schwebend im Raum, an ihrer Uniform sah Anna, dass sie zum Sicherungsteam gehörte. Bei dem respektvollen Gruß wurde ihr zudem bewusst, dass sie als Oberstabsärztin den dritthöchsten Rang an Bord hatte. Und das, obwohl sie nicht militärisch ausgebildet war. Nur der Kapitän und der erste Offizier standen über ihr.

»Danke«, antwortete Anna und griff nach einer Haltestange.

»First Lieutenant Breuer?«, fragte die junge Offizierin unsicher, die hatten sogar Martin einen militärischen Rang gegeben.

»Der kämpft noch mit den Widrigkeiten der Schwerelosigkeit«, antwortete Anna amüsiert.

»Ich sehe nach ihm.« Doch bevor die hilfsbereite junge Frau im Schacht verschwinden konnte, tauchte Martin auch schon auf. Etwas derangiert. Wie üblich. »Alles in Ordnung?«

»Ja, ja ... mir geht es gut«, erklärte er sichtlich gestresst.

»Ich hoffe, Sie hatten eine gute Reise. Bitte halten Sie sich fest. Ich aktiviere die künstliche Schwerkraft.«

Anna hatte ihre Kabine bezogen. Vierundzwanzig Quadratmeter Privatsphäre mit Panoramaaussicht auf das Schiff und den blauen Planeten. Das war nicht viel, aber an Bord eines militärisch geführten Expeditionsraumschiffes purer Luxus. Nur sie und der Kapitän hatten ein eigenes Bad.

»Der Erste Offizier wünscht Major Sanders-Robinson zu sprechen. Bitte koppeln sie ihre Kommunikationseinheit«, meldete eine Stimme über den Zimmerlautsprecher.

»Verbindung zur Bordkommunikation aufbauen. Priorität für Kapitän, Ersten Offizier und Martin festlegen. Alle anderen, die mich sprechen wollen, zuerst zu Martin schalten.« Mit beiden Fingern am Hals klinkte Anna sich ein. Der Rest der insgesamt 43-köpfigen Besatzung war unwichtig, für die war ihr Assistent genau der richtige Puffer, damit sie nicht unnötig bei der Arbeit gestört wurde.

»Kommunikation aufgebaut. Prioritäten eingerichtet«, quittierte ihr unter die Haut implantierter Kommunikator nur für sie hörbar.

»Hier spricht der Erste Offizier, Lieutenant Colonel Peter Hennessy, ich bin auch der leitende Sicherheitsoffizier und habe für Sie eine Unterweisung um 1400 vorgesehen.«

»Bestätigt«, gab Anna mit vollem Brustton zurück. Hoffentlich würde sie mit dem militärischen Jargon zurechtkommen. Die Art, so zu sprechen empfand sie als grotesk. Ein Blick auf die Uhr, das waren nur noch drei Minuten. Frechheit!

»Ich freue mich, Sie an Bord der Horizon begrüßen zu dürfen und es ist mir eine Ehre, Sie kennenzulernen«, erklärte Lieutenant Colonel Peter Hennessy freundlich. Inzwischen wurden die vielen Begrüßungen beinahe schon unangenehm.

Hennessy hingegen war auf den ersten Blick ein interessanter Mensch. Ihren Informationen nach war er ein promovierter Elektronikingenieur. Sein Blick war forsch, der Körper groß, sportlich und seine Haut schneeweiß. Auch seine Augenbrauen waren weiß, was die einzigen Haare an seinem ansonsten kahlen Kopf waren. Peter Hennessy war ein Albino mit tiefblauen Augen und dabei nicht unattraktiv.

»Danke für den herzlichen Empfang. Bitte kommen Sie herein und nehmen Sie Platz. Ich nehme an, Sie können mich auch hier unterweisen?«, fragte Anna und gebot ihm, in ihrem Quartier Platz zu nehmen.

»Natürlich.«

»Eine Tasse Kaffee?«

»Gerne, mit Milch und Zucker bitte«, sagte Hennessy und setzte sich in einen von zwei hellen Ledersesseln. Annas Heimstätte bestand aus einem hellen Bett, einem hellen Schreibtisch, einer hellen Mini-Küche und jenen zwei gemütlichen hellen Ledersesseln. Auch die Wände, der Boden und die Decke unterschieden sich durch helle Nuancen. Nur die Schwärze des Weltalls und das Blau der Erdatmosphäre, die durch das Panoramafenster zu bewundern waren, brachten Farbe in das Interieur.
»Bitte. Ihr Kaffee.« Anna lächelte. Nein, Hennessy sah zwar nicht schlecht aus, war aber kein Kandidat fürs Bett.
»Professor Dr. Anna Sanders-Robinson, Sie sind ziemlich prominent, das ist Ihnen doch bewusst, oder?«
»Niemand sucht sich seinen Vater aus«, erklärte Anna.
»Nicht so bescheiden. Wie ich ihrer Bewertung entnommen habe, haben sie alle körperlichen, psychologischen und kognitiven Tests eines Offiziers mit Dienstverwendung in der Raumfahrt mit Bravour gemeistert.«
»Danke.«
»Gibt es Prüfungen, bei denen Sie zumindest theoretisch scheitern könnten?«
»Sie wollen wissen, warum ich mitfliegen will?«, fragte Anna. Sie könnte darauf wetten, dass Hennessy von ihrem Vater persönlich ausgebildet worden war.
»Wenn Sie darauf eine Antwort geben wollen ... gerne.« Hennessy war gefährlich.
»Peter, mir ist bewusst, dass Sie mein Vorgesetzter sind. Ich respektiere Sie und werde Ihre Anweisungen befolgen. Aber ich bin kein Soldat! Deshalb schenke ich mir das Vorspiel. Ich bin Wissenschaftlerin und ich habe die Entscheidung getroffen, zu den ersten Menschen zu gehö-

ren, die ein fremdes Sonnensystem bereisen. Also unterschätzen Sie mich nicht!«, antwortete Anna, sie war gefährlicher als er.
»Major Sanders-Robinson?!«, fragte er etwas überfahren.
»Nennen Sie mich Anna. Wir werden sicherlich nie ein Paar werden, aber ich möchte Ihnen meinen Traum anvertrauen können!«
»Anna, Ihr Vater hatte mir nicht zu viel versprochen. Ich glaube, dass Sie in seinem steinharten Herz den einzigen Platz einnehmen, der noch durchblutet wird.«
»Dann sollten Sie dafür Sorge tragen, dass er mich wohlbehalten wiedersieht.«
»Oder mit dem Schiff untergehen, falls wir einen Eisberg rammen. Anna, das ist mir durchaus bewusst!«
Was für ein Bild, die Horizon auf der Jagd nach dem blauen Band, die mit zu hoher Geschwindigkeit durch ein Gebiet voller Eisberge fährt. Der Vergleich mit der Titanic gefiel ihr, von vielen Problemen der modernen Raumfahrt gaben sich anfangs nur die Spitzen zu erkennen.
„Haben wir etwa nicht genug Rettungsboote an Bord?«
»Ähm ... ja ... was ich noch sagen wollte.» Peter hatte sich wieder gefangen. »Die Konzeption der Horizon sah eine komplette Automation und Interaktion aller Module vor. Im Prinzip braucht das Schiff keinen einzigen Menschen, um ans Ziel zu kommen, doch die jüngsten Probleme mit militärischen Virensignaturen haben uns gelehrt, dass altmodisch manchmal nicht unbedingt schlecht sein muss.«
»Altmodisch?«, fragte Anna. Peter redete wirklich wie ihr Vater. Verständlich, jeder der länger seinem Einfluss ausgesetzt war, begann wie er zu denken.
»Wir werden die Steuerung modularisieren und einige Schnittstellen durch Menschen besetzen. Deshalb sind 12 Flugoffiziere, 19 Ingenieure, 8 Sicherheitsoffiziere und 4 Ärzte an Bord.«

»Sie haben meine 32 Replikanten und die 2500 Siedler vergessen, die sich in Proxima Centauri eine neue Existenz aufbauen wollen.«

»Natürlich, aber nun zum Kern der Sache.« Peter nahm ein handflächengroßes Display aus seiner Brusttasche. »Der Zugang zu Ihren Replikanten wird separiert.«

»Sie trennen mich von den zentralen Systemen ab?«

»Komplett. Sie werden autark arbeiten. Sie, als leitende Ärztin und ihre drei Assistenten. Wir werden eine leistungsstarke Firewall schalten, deren Zugang nur Sie freigeben können.«

»Warum diese Vorsicht?«

»Fragen Sie Ihren Vater«, antwortete Peter.

»In Ordnung ... wenn er dadurch besser schlafen kann.« Damit hatte Anna keine Probleme, es gefiel ihr sogar, in Ruhe agieren zu können.

»Ihre Kooperation ist vorbildlich. Bitte quittieren Sie meine Unterweisung mit Ihrem Daumenabdruck auf dem Display«, forderte Peter sie auf und reichte ihr das Eingabegerät. Anna folgte der Aufforderung und gab das kleine Display wieder zurück.

»Ich möchte Sie zudem auf die Vertraulichkeit Ihrer Abteilung hinweisen. Offiziell gibt es keine Replikanten an Bord und Sie sind nur unsere Schiffsärztin.«

»Ich kenne meine Legende. Im Institut kannten auch nur wenige die kompletten Inhalte meiner Forschung.«

»Ihre professionelle Einstellung gefällt mir. Nur der Kapitän, Ihr Team und ich kennen das Replikanten-Programm. Falls Sie an Bord auf Probleme stoßen, sprechen Sie bitte mit mir.«

»Und Sie lösen sie dann?«

»Ja.«

Anna glaubte ihm.

Nach einer Dusche, einem Glas frischen Orangensaft und einer kleinen Portion Nudeln mit gegrilltem Hühnerfleisch fühlte sich Anna für ihre Aufgaben bereit. Sie hatte die Mahlzeit in ihrer Kabine zu sich genommen. Allein. Aus einem kleinen Etui nahm sie ein stecknadelgroßes Irisdisplay, desinfizierte es kurz und drückte sich die Nadel seitlich durch eine winzige Öffnung an ihrer Nasenwurzel. Dann nahm sie eine kleine Kugel und steckte sie auf die Spitze der Nadel, die auf der anderen Seite ihrer Nasenwurzel einige Millimeter herausragte.

»Irisdisplay initialisieren. Ich möchte Zugriff auf mein Postfach und vollen Datenzugriff«, sagte sie mit zwei Fingern am Hals.

»Visuelle Kommunikation gestartet. Maximale Sicherheitsstufe verifiziert. Datenzugang freigegeben«, quittierte ihr Kommunikations-Chip, nur für sie hörbar. Sie konnte sich jetzt Videonachrichten oder Bilder direkt auf das Auge projizieren lassen. Nicht jeder kam damit klar auf beiden Augen verschiedene Inhalte zu sehen, aber Anna beherrschte das bereits sehr lange. Wer nicht als Kind damit anfing, würde es als Erwachsener kaum lernen.

»Martin, ich bin online, sende mir die Protokolle der letzten 24 Stunden«, forderte sie ihren Assistenten auf und legte ihren Morgenmantel ab.

»Ja, ja ... kommen gleich«, antwortete Martin prompt, der bereits im Replikanten-Modul arbeitete. An die Funktionskleidung der Horizon würde sie sich hingegen noch gewöhnen müssen. Zu den Einteilern trug man keine Unterwäsche und auch figürliche Schwachstellen sollte man bei den Dingern nicht haben. Sie sah ihr Spiegelbild im Panoramafenster. Schick. Wie aus einem Science-Fiction-Film, die weißgraue Uniform der Ärzte war ein echter Hingucker. Ihre langen roten Haare band Anna zu einem Zopf.

Der Weg von ihrem Quartier zum Replikantenlabor dauerte acht Minuten. Genug Zeit, um alle Protokolle zu überfliegen, alles lief nach Plan, Martin arbeitete wie üblich zuverlässig. Sich auf Malta für fast einen Tag selbst offline zu nehmen, war eine merkwürdige Erfahrung gewesen. Durchaus schön, aber auf Dauer zu ruhig, befand Anna, während sie im Gehen ihren Assistenten stetig weitere Aufgaben zuwies.

Anna durchquerte drei Decks, ohne einen Menschen zu treffen. Die Horizon war gigantisch und von den anderen Offizieren jemand zu begegnen, schien reine Glückssache zu sein.

»Hallo Team! Wie geht es meinen Kleinen?« Anna begrüßte Martin und Sequoyah, auch sie hatte bereits in Düsseldorf für sie gearbeitet. Sequoyah hatte schwarze Haare, indianische Wurzeln und einen bayrischen Akzent. Aysegül, die Vierte im Bunde ihres kleinen Teams würde erst am nächsten Tag an Bord kommen.

»Hallo Anna«, antwortete Sequoyah, ohne sich von ihrem Arbeitsplatz herumzudrehen. Das Labor war ein fensterloser Raum mit vier Schreibtischen und unzähligen Monitoren an den Wänden. »Deinen Schützlingen geht es gut. Sie haben den Transport in dieser Höllenkanone gut überstanden.« Scheinbar hatte auch Sequoyah im Space Lift keinen Spaß gehabt.

»Martin, wie sehen die Werte aus?«, fragte Anna erneut, da er noch nicht auf sie reagiert hatte.

»Ja, ja ... warte ... ich hab' es gleich ... alle Werte innerhalb der Toleranzen. Die Enzephalographie[6] zeigt nur bei Elias erhöhte Werte an«, erklärte Martin bemüht. »Ok ... und seine Körpertemperatur ist leicht erhöht ... aber nichts Wildes.«

---

[6] Medizinisches Verfahren, Gehirnaktivitäten zu messen

»Er träumt mehr als die anderen ... auch wenn sie künstlich entstanden sind, es sind immer noch Menschen.«
»Ja, ja ... klar ... wusste ich doch.«
»Martin, gib mir eine Visualisierung von Elias' Träumen auf meine Iris. Ich schau mir das an.«
»Das kostet mehr als 80 % Rechenleistung unserer Systeme. Meine Analyse-Routinen dauern dann ewig!«, meckerte er. »Unser System leistet nur 24 ExaFLOPS[7]. Das ist eh ein Witz!« Durch die Abschottung der Replikantenforschung von den anderen Computern der Horizon konnten sie sich für ihre Lastspitzen keiner freien Kapazitäten anderer Abteilungen bedienen.
»Schalte deine Routinen Stand-By! Gib mir Elias' Visualisierung! Mach frei! Und nimm Sequoyah mit. Los jetzt!«, ordnete Anna an und ließ sich entspannt auf ihrem Schreibtischstuhl nieder. Die Visualisierung von Gehirnströmen benötigte viel Leistung. Im Institut in Düsseldorf hatten sie genug davon, an Bord der Horizon waren Computer hingegen wertvolle Ressourcen.
»Ich will euch erst morgen wieder sehen!«
»Danke«, sagte Sequoyah, wie immer geistesgegenwärtig, und zog den quengelnden Martin hinter sich her. Natürlich konnte Anna nicht von ihr verlangen, dass sie Martin einmal ranlassen würde, aber er würde sich sicherlich danach entspannter zeigen.

»Kommunikation stumm schalten.« Mit beiden Fingern am Hals sorgte Anna für ein störungsfreies Ambiente. »Die Visualisierung des Replikanten Elias als Irisprojektion auf meine Augen rendern.«

---

7 Leistungsfähigkeit von Computern, ein ExaFLOPS entspricht 10^{18} Gleitkommaoperationen pro Sekunde

Die Gedankenwelt einer anderen Person zu erfahren, war ein prinzipiell verwirrendes Erlebnis. Weniger für die Menschen, die ihre Gedanken offenbarten, als mehr für die, die an Gedanken anderer teilhaben wollten. Die Technologie wurde daher selten genutzt, privat oder kommerziell war sie sogar komplett verboten. Drei von fünf Empfängern zeigten bereits nach nur einer Visualisierung schwere physiologische Störungen. Als ob sie verlernten, ihren eigenen Körper zu beherrschen. Die anderen zwei bekamen sofort starke Kopfschmerzen und mussten abbrechen.

Annas Erfahrung hatte sie gelehrt, dass man nur mit einer starken empathischen Bindung die Gedanken anderer Menschen erleben durfte. Wie eine Mutter, die nach ihren Kinder sah. Allerdings blieb sie trotz jahrelanger Konditionierung die Einzige im Team, die diese Spielerei ohne Nebenwirkungen verkraftete.

Eigentlich war die Visualisierung von Hirnströmen ein Abfallprodukt. Die Forscher hatten damit früher das Ziel verfolgt, Erinnerungen zu übertragen, bis hin zu der Vision, eine komplette Persönlichkeit eines lebenserfahrenen Menschen auf einen jugendlichen Klon übertragen zu können. Eine für reiche und alte Menschen begehrenswerte Technologie - die sich allerdings aus ethischen Motiven verbot - da die Persönlichkeit des Empfängers dabei komplett ausgelöscht werden würde. Auch im 23. Jahrhundert gab es Grenzen. Klone gab es nicht. Und auch keine Milliardäre, die ewig lebten.

»Das Rendering ist vorbereitet. Schalte Elias' Visualisierung auf Irisprojektion«, sagte die Stimme des Steuerungscomputers kurze Zeit später.

Elias sprang ins Wasser. Alles war blau. Frei und wunderschön. Anna konnte sich vorstellen, dass Elias den Traum genoss. Es war immer wieder schön, bei ihm zu sein. Von allen Replikanten kannte sie ihn am besten. Er würde später intelligent, sozial empfindsam und unbedingt

loyal sein. Niemals würde er Freunde in Not zurücklassen, Befehle und erteilte Aufgaben abbrechen oder zu seinem Eigennutz abwandeln.
Elias tauchte tiefer und blickte prüfend nach oben, die Öffnung in der Eisdecke befand sich nur wenige Längen über ihm. Irgendwie unwirklich. Wie eine von einer höheren Macht mit zahlreichen dunklen Flecken gefertigte Wand begrenzte die Eisdecke die Welt unter seinen Füßen - und diese Welt war alles andere als einladend: kalt, dunkel und unendlich tief - was hier versank, tauchte nie wieder auf.
Auftauchen - ein seltsamer Gedanke - Anna hatte Probleme, seinen Traum zu verstehen. Wieso tauchte er im Polarmeer? Körperlich sollte er dazu in der Lage sein, sein Stoffwechsel würde sich rasch an veränderte Umweltbedingungen anpassen. Elias würde extreme Hitze oder Kälte ertragen können wie kein anderer Mensch. Bei niedrigen Temperaturen würden sich dabei seine Hautpigmente etwas verdunkeln und bei hohen Temperaturen geringfügig erhellen. Mit dieser Begabung sollte er auch unter widrigsten Lebensbedingungen überleben können. Auch seine Fähigkeit, sich nach Verletzungen zu regenerieren war gegenüber normalen Menschen erheblich verbessert. Zudem würde er nicht altern. Mit 21 würde er seine volle Leistungsfähigkeit erreichen und seine Zellen würden sich dann fortwährend erneuern. Theoretisch könnte er viele hundert Jahre alt werden, wobei seine garantierte Einsatzzeit 150 Jahre betrug. Danach könnten theoretisch Zellmutationen auftreten, weswegen er auch niemals Kinder zeugen durfte.
Der perfekte Mensch - ein Jammer, ihm auf einer fremden Welt das Leben zu schenken. Auf der Erde waren solche Persönlichkeiten beileibe nötiger denn je.

***

XIV. Showtime

Die letzte Nacht war erholsam wie schon lange nicht mehr. In ihren eigenen Träumen schwamm Anna mit Elias durch das tiefblaue Meer einer idyllischen Südseebucht. Ein wunderschöner Traum, der stets mit einem leidenschaftlichen Liebesspiel im flachen Wasser endete. Elias hatte lange dunkle Haare, ein Bild von einem Mann, athletisch, groß und einfühlsam. Er sah sie an und lachte. Anna liebte ihn. Sie wusste nicht warum, aber sie hatte ihn schon immer geliebt.

»Und wenn der Weg zurück mein ganzes Leben dauern würde«, sagte Elias und küsste sie zärtlich auf die Stirn. Ob sie ihn jemals kennenlernen würde?

In der Ferne wurde eine wunderschöne Melodie lauter, die Anna nur zu gut kannte. Das war ihr Weckruf. *»Wir haben sechs Uhr dreißig. Bitte aufstehen«*, erklärte eine sanfte Stimme in ihrem Ohr, die mit der Zeit unfreundlicher werden würde. So weit pflegte sie es aber normalerweise nicht kommen zu lassen.

»Ist gut. Bin wach.« Die Augen offen zu halten, kostete noch etwas Mühe, nur, einen Wecker unter der Haut konnte man nicht bescheißen.

»Guten Morgen, der Morgenkaffee ist in 90 Sekunden fertig, das Wetter in Düsseldorf ist bedeckt bei 15 Grad Celsius.«

»Wetteransagen für Düsseldorf streichen«, sagte sie mit beiden Fingern am Hals. Es war an der Zeit, mit Gewohnheiten zu brechen. Mit einigen zumindest.

»Wetteransagen aus Weckroutine gelöscht.«

Anna zog sich ihren Morgenmantel an, nahm sich die Tasse und ging zu dem abgedunkelten Panoramafenster, das beinahe die gesamte Wandfläche einnahm.

»Lichtfilter anpassen. Ich möchte die Erde sehen«, ordnete sie an.
Den Kaffee am Morgen würde sie sich nicht nehmen lassen und mit dem Blick in die Ferne schmeckte er besonders gut. Über der Ostküste Afrikas ging gerade die Sonne auf. Nicht eine Wolke trübte die Sicht. Die würden in Nairobi einen wunderschönen Vormittag bekommen.
»Nachrichten auf Wanddisplay schalten«, sagte sie. Die Panoramawand verdunkelte sich und einen Moment später erschien ein schicker junger Nachrichtensprecher.
»... Millionen von Menschen demonstrieren aktuell in Mumbai, Kairo und Moskau gegen das Saoirse-Programm. Bisher verliefen alle Kundgebungen friedlich. Die Menschen fordern die Verantwortlichen auf, die finanziellen Mittel in sozialrelevantere Projekte zu investieren. Während in den klassischen Industriezonen die Arbeitslosigkeit unter 3 % liegt, gibt es Regionen, in denen über 30 % der Menschen auf Sozialhilfe angewiesen sind ...«
Anna konnte es nicht mehr hören, diese Deppen glaubten, immer alles besser zu wissen. Schließlich verhungerte doch keiner von denen. »Kanal wechseln. Unterhaltung bitte.«
»Unglaublich ... das war richtig ... nur noch ein Begriff! Und Sie gewinnen zwei Tickets in Ihre traumhafte Zukunft auf Proxima Centauri!«, tönte der Moderator einer Spielshow vor einer aufgelösten jungen Frau und einem frenetisch applaudierenden Studiopublikum.
»Ich ... ich ... ich kaufe ein G!« rief die junge Frau unter tosendem Applaus, während die Anzeige an der Spielwand die zwei passenden Buchstaben freigab. Der Andrang auf die 2500 zivilen Plätze der Horizon war unbeschreiblich. Über zwei Milliarden Menschen hatten sich dafür beworben. Die öffentliche Verlosung der letzten Plätze sicherte den Sendern unfassbare Einschaltquoten.

»Kanal wechseln. Nur relevante Nachrichten«, sagte Anna mit einem Lächeln, sie sollte dem Computer einfach direkt sagen, was sie sehen wollte.

»In Durban und Paris gelang es Aitair Terroristen, öffentliche Stromnetze zu manipulieren. Fast 42 Millionen Haushalte hatten für 23 Sekunden keinen Strom. In 107 weiteren Großstädten hielten die öffentlichen Firewall-Systeme zahlreichen Hackerangriffen stand. Sprecher der Verwaltung in Brüssel ...«

Schon merkwürdig, über den Angriff auf die Datenbanken der Horizon berichtete niemand.

»Suchanfrage starten: Erfolgreicher Angriff auf Datenbank der Horizon«, gab Anna vor. Doch das System meldete keine Treffer. Ob sich die Aitair Terroristen einen solchen Erfolg hätten nehmen lassen?

»Neue Suchanfrage starten: bisherige Terrorakte der Aitair Terroristen.« Auch jetzt meldete das System nur unwesentliche Angriffe auf kleinere Stromnetze oder ähnlich wenig bedeutsame Ereignisse. Anna war dem noch nie nachgegangen, in den Nachrichten hatten sich deren Aktionen meist bedrohlicher angehört. Ein 23 Sekunden andauernder Stromausfall klang nicht gerade sensationell.

»Großes Display auf Panoramasicht schalten, Zugriff auf meine Nachrichten auf mobiles Display umlegen.« Anna nahm sich das Gerät und ließ sich in ihren Sessel fallen. Ihre persönlichen Nachrichten mochte sie nicht an der Wand lesen. Ob Pierre ihr endlich geschrieben hatte? Sie hätte ihn auch anrufen können. Nur, das wollte sie nicht.

»Mist!« Immer noch nichts! Was glaubte dieser französische Mistkerl eigentlich, wer er war? Diese Frage wollte sie sich besser nicht beantworten. Diese Nacht sollte sie schnellstens vergessen. Einmal bedeutet gar nichts, redete sie sich wenig überzeugend ein. Hastig löschte sie alle übrigen Nachrichten oder delegierte sie an Martin. Sollte der sich darum kümmern.

Unzufrieden wischte sie mit einer Geste ihr Postfach fort. Pierres Bild von ihr wurde wieder sichtbar. Anna blickte auf ihren Rücken, diesmal in tiefrot, den ihr stilisiertes Alter Ego ihr trotzig samt nacktem Hinterteil entgegenstreckte. Das Bild ist wie du, wunderschön, erregend und unfassbar, so Pierres Worte, der für seine Animationen, die sich den Emotionen ihres Betrachters anpassten, berühmt war. Anna lächelte, mit dem Finger berührte sie die Schulter ihrer Abbildung, was die Anna im Display nur unnahbar ihren Körper wegdrehen ließ. Als ob sie niemand in ihrer Nähe duldete.

Anna ging den Korridor vor ihrem Quartier entlang. Sie war auf dem Weg in eine der großen Landehallen. Das Bild, der Spiegel, den Pierre ihr geschenkt hatte, half ihr, ihre Mitte zu finden. Diese Kraft würde sie nun brauchen. Sie würde an diesem Tag mehr Zuschauer haben als jemals zuvor und dafür wollte sie gut aussehen. Für ihren Vater, für Pierre und für sich.

»Fein. Da sind Sie ja«, rief ein junger blonder Mann, der ihr mit einem Schminkkasten aufgeregt entgegenlief und sofort anfing, ihre Stirn zu pudern. »Wir warten bereits auf Sie. Sie müssen in die Maske. Wir senden gleich live.«

»Major Sanders-Robinson, sehr gut ... ist gut, junger Mann. Ich übernehme«, erklärte Peter Hennessy rettend.

»Danke.«

»Dafür müssen Sie mir nicht danken.« Peter schmunzelte. »Sie kennen Ihren Part?

»Natürlich«, erklärte Anna, an der Seite ihres Vaters war sie bereits seit ihrer Kindheit Kameras gewohnt.

Peter gebot ihr einen Sitzplatz auf dem Podium. Das TV-Team hatte aus der Landehalle der Horizon ein hell erleuchtetes Fernsehstudio gemacht, das an einer Seite eine freie Sicht ins Weltall erlaubte. Nur ein Energiefeld hielt den Luftdruck im Raumschiff aufrecht. Auf einem Monitor am Boden konnte Anna das weltweit empfangbare Livebild verfolgen. Sie war noch nicht auf Sendung. Ihr Vater war im Gespräch mit einer Journalistin. Milliarden Menschen in aller Welt und auf dem Mars folgten seinen Ausführungen.

»... Ziel ist es, eine menschliche Siedlung auf dem extrasolaren Planeten HR12023 im Dreifach-Sonnensystem Alpha Centauri zu errichten. Unsere neue Erde befindet sich im Orbit um V645 Centauri, oder besser bekannt als Proxima Centauri C, der kleinsten der drei Sonnen in diesem System«, erklärte Annas Vater souverän. Lieutenant General Dr. Jeremie Sanders-Robinson gab das Interview in seinem beeindruckenden Büro in der 142. Etage des Saoirse-Towers in Brüssel.

»General Sanders-Robinson, das Saoirse-Programm kostet 12 % des weltweiten Bruttosozialproduktes. Kritiker betonen immer wieder, dass diesem Aufwand kaum jemals ein adäquater Ertrag gegenüberstehen wird. Die Kosten für die Antimaterie des Gravitationsantriebs überschreiten bereits jetzt den Aufwand der Energiegewinnung von mehreren hundert Erden.« Die Journalistin hakte wenig rücksichtsvoll nach. Die freie Presse und ihr Vater waren noch nie gute Freunde gewesen. Diesen links-liberalen Schreiberlingen würde er am liebsten eine heiße Spritztour auf den Merkur spendieren, pflegte er im intimen Freundeskreis gerne salopp zu sagen.

»Ein wichtiger Punkt«, antwortete er und ließ die Worte ausklingen. *«Und eine Frage der Perspektive. Saoirse sichert bereits heute 7 % aller Arbeitsplätze und ich verspreche Ihnen: Das ist nur der Anfang! Bitte bedenken Sie, dass die Horizon im Prinzip nicht mehr ist als ein interstellares Straßenbausystem.«*

»Sie sprechen die unausgereifte Warptechnologie an?« Die Journalistin drückte ihre Finger sofort in die nächste Wunde.

»In acht Jahren werden wir gemeinsam in Brüssel frühstücken, auf dem Planeten HR12023 mittagessen und uns abends ein Fußballspiel in London ansehen. Sie werden sehen.«

»General Sanders-Robinson, bitte erläutern sie unseren Zuschauern Ihre Zuversicht.«

»Die Menschheit besitzt bereits die Technologie, beliebige Entfernungen binnen eines Lidschlages zu durchqueren. Der Trick dabei ist einfach, nicht das Raumschiff bewegt sich, sondern der Raum. Mit der Warptechnologie sind wir in der Lage, den Raum zu falten und in kürzester Zeit an jeden Ort im Universum zu reisen.«

»Und warum dann ein derart gefährlicher Gravitationsantrieb, ein Antrieb, dessen Fehlfunktion potenziell unser gesamtes Sonnensystem zerstören könnte?«

»Weil ein Warpsprung ohne Marker ein Sprung ins Ungewisse wäre. Wir wären unglaublich schnell, unglaublich ungenau und unglaublich dumm, ohne einen Marker einen Warpsprung zu wagen. Die Horizon wird im Randbereich des Alpha Centauri Sternensystems einen Warpmarker errichten, was alle nachfolgenden Reisen sehr einfach machen wird.« Annas Vater räusperte sich. *»Nun, Sie sehen, die erste Reise werden wir noch zu Fuß unternehmen müssen. Wobei ‚zu Fuß' die 0,8 fache Lichtgeschwindigkeit sein wird, eine Geschwindigkeit, die wir mit dem aktuellen Stand der Technik ausschließlich Dank des Gravitationsantriebs erreichen können. Die Ankunft einer Reise im Alpha Centauri System mittels Impulskraft würden wir beide und auch einige Generationen nach uns nicht mehr erleben.«*

»Das macht Gravitationsantriebe nicht weniger gefährlich. Können Sie unseren Zuschauern erklären, in welchem Verhältnis die potenzielle Zerstörungskraft einer konventionellen Wasserstoffbombe zu Ihrem Antriebssystem steht?« Sie ließ nicht locker. Was Anna aber auch verstehen konnte. Die stärkste jemals auf der Erde entwickelte Atombombe war eine Knallerbse im Vergleich zu dem Ungetüm, das in 36.000 Kilometer Höhe die Erde umkreiste.

»Die Wahrscheinlichkeit, dass die Erde binnen der nächsten Jahre durch einen Supervulkan oder einen Asteroiden zerstört wird, ist um ein Vielfaches höher als

die Zerstörung unseres Sonnensystems durch einen Zwischenfall eines Gravitationsantriebs. Möchten Sie dann nicht eine Reserve-Erde in petto haben?«, konterte er mit einem Lächeln.

»Meine Damen und Herren. Sie haben die Worte von General Sanders-Robinson vernommen, dem führenden Kopf des Saoirse-Programms. General, ich danke für Ihre Erläuterungen, denen sich auch die wichtigsten wirtschaftlichen und politischen Verantwortlichen unserer Welt angeschlossen haben«, antwortete die Journalistin ebenso souverän. Das Duell zwischen den beiden war noch nicht vorbei.

»General, neben der Horizon, die heute zu ihrer zwölf Jahre dauernden Reise starten wird, werden im Rahmen des Saoirse-Programms zwei weitere Raumschiffe der Hope-Klasse gebaut. Die Sunrise und die Inspiration, deren Reiseziele heute noch nicht feststehen.«

»Das ist richtig, die Sunrise wird in fünf Jahren fertiggestellt. Wir werden das Ziel erst bestimmen, wenn die Horizon ihr Ziel erreicht hat«, sagte Annas Vater.

»Wir haben gerade über technische Gefahren und Möglichkeiten dieser Expedition gesprochen. Wie kommentieren Sie die jüngsten Aktivitäten der Aitair-Aktivisten, die nicht müde werden, vor dem unbändigen Ehrgeiz des Saoirse-Programms zu warnen.«

»Terroristen trifft es besser«, retournierte er mit ernster Miene. *»Haemon Aitair, ein einschlägig vorbestrafter britischer Sektenführer hatte vor 80 Jahren begonnen, sämtliche Projekte der modernen Energiegewinnung und Raumfahrtforschung anzugreifen. Zuerst mit Worten und zivilem Ungehorsam und in letzter Konsequenz auch mit militärischen Virensignaturen.«*

»Sie respektieren seine Motive?«

»Vielleicht die, die zu mehr bürgerlicher Verantwortung führen sollten. Aber nicht die, die sich der technologischen Weiterentwicklung unserer Spezies verweigerten. Wissen Sie, meine Familie stammt aus Irland, Saoirse steht für Freiheit, die Freiheit, unser Schicksal selbst zu schmieden. Mutig, verantwortlich und mit dem Wil-

len, sich auch durch Rückschläge nicht beirren zu lassen. Seit 2042 die letzten großen Kriege um Wasser und Lebensraum auf der Erde ausgefochten wurden, leben wir in Frieden. Heute existieren 22 Milliarden Menschen auf einer Welt, der bereits viele ihren Kollaps vorhergesagt hatten. Unsere Art ist dem technischen Fortschritt verpflichtet.«

»Die geistigen Erben von Haemon Aitair, der 2203 verstarb, sind entgegen typischer Klischees meist sehr gebildet und leben bürgerlich angepasst. Warum ist auf dieser Ebene kein Konsens möglich?«, fragte die Journalistin sachlich.

»Was sie umso gefährlicher macht! Niemand von denen läuft mehr, mit einer Pistole um sich schießend, durch die Straßen. Aber zu Ihrer Frage, wir können nicht verhandeln, da sich niemand offen zu einer verhandelbaren Position bekennt. Die haben nur eine Devise: Stoppt die Horizon! Und das um jeden Preis! Was ich und meine Mitarbeiter nicht zulassen werden.«

»Was haben die jüngsten Festnahmen ergeben? Sind nicht erst gestern in Paris drei Aitair-Aktivisten festgenommen worden?« Die Journalistin vermied es, das Wort Terrorist in den Mund zu nehmen, eine interessante Strategie, befand Anna.

»Die drei Wissenschaftler und ihre fachkundigen Anwälte kennen sich gut in unserer liberalen Rechtsprechung aus. Sie verweigern jegliche Aussage«, antwortete ihr Vater lapidar.

»Spielen Sie damit auf den, durch das Saoirse-Programm initiierten, gescheiterten Gesetzesantrag an, der Ihnen weitergehende Verhörbefugnisse zubilligen sollte?« Die Stimme der Journalistin blitzte hörbar auf. Als ob sie nur auf diese Frage hingearbeitet hätte. Dieses Gefecht vor Gericht hatte Annas Vater verloren.

»Wir leben in einer Demokratie. Die Mehrheit hat die Bürgerrechte höher eingestuft als die Gefahrenabwehr. Ich sehe keinen Grund, diese Diskussion neu zu entfachen.«

»General, ich möchte Ihnen persönlich für Ihre Offenheit danken, auch zu kontrovers diskutierten Fragen Stellung zu beziehen. Liebe Zuschauer,« erklärte die Journalistin und sah in die Kamera. *»Wir schalten jetzt live an Bord der Horizon, Kapitän Gianluigi Favelli wird die 812 Familien persönlich begrüßen, die auf HR12023 die erste menschliche Siedlung außerhalb unseres Sonnensystems gründen werden.«*

»Kapitän Favelli, was für eine Kulisse! Es ist mir eine Freude Sie, Ihren ersten Offizier und Ihre Bordärztin begrüßen zu dürfen«, erklärte ein dunkelhäutiger Moderator, der direkt neben Anna saß. »Und liebe Zuschauer in aller Welt, Sie sehen richtig, neben mir sitzt Major Sanders-Robinson, die vielen besser als Professor Dr. Sanders-Robinson bekannt sein dürfte. Um es auf den Punkt zu bringen ... der General meint es ernst! Er schickt seine einzige Tochter mit auf die Reise.«

Anna nickte mit einem Lächeln, gleich würde ihr Auftritt kommen. Zuerst würde aber Kapitän Favelli sprechen.

»Willkommen an Bord der Horizon. Wir werden gleich die Ankunft der Shuttles erleben. 2500 Mütter, Väter und Kinder werden an Bord kommen. Major Sanders-Robinson wird gemeinsam mit dem TV-Team und unseren Passagieren die Horizon erkunden. Freuen Sie sich auf das beeindruckendste Stück Technik, das Menschen bisher auf die Beine gestellt haben.« Mit einem reklametauglichen Lächeln begrüßte Favelli seine Gäste und gebot ihnen zu folgen, was der Moderator, Anna, Peter und der Kameramann auch taten. Das erste Shuttle ließ nicht lange auf sich warten, Anna wusste, dass es bereits einige Zeit im Schwebeflug unterhalb der Horizon gewartet hatte. Ähnlich wie die anderen Shuttles, die sich dort artig in einer festen Einflugreihe eingefunden hatten. Der Transport der Menschen mit den Space Lifts wäre einfacher, aber auch unspektakulärer gewesen.

»Meine Damen und Herren in aller Welt, teilen Sie mit uns diesen feierlichen Moment. Es ist, als ob ich direkt ins Weltall sehen könnte. Unglaublich. Ich bin überwältigt. Und jetzt. Schauen Sie. Dort ist das erste Shuttle, das auf der Horizon landet. Gut 200 Menschen werden gleich ihre neue Heimat für die nächsten Jahre betreten. Ich bin ergriffen.«
Der Moderator lieferte eine unglaubliche Show ab. Man konnte ihm seine emotionale Achterbahnfahrt fast glauben. Favelli ging auf die ersten Passagiere zu und drückte ihnen kamerawirksam die Hände. Eine attraktive Blondine mit beachtlicher Oberweite warf sich ihm an den Hals und küsste ihn auf die Wange. Alle lachten, was für ein erbärmliches Schauspiel, die war bestimmt gekauft. Anna bemühte sich, nicht die Szene zu verlassen.
»Kapitän Favelli begrüßt die ersten Siedler. Sehen Sie die Freude, diese Menschen werden bald eine andere Sonne über sich scheinen sehen. Oder, genauer gesagt, drei Sonnen. Über 40 Billionen Kilometer von uns entfernt, was für eine unfassbare Entfernung, das Licht von Proxima Centauri benötigt 4,26 Jahre, um die Erde zu erreichen. Und was noch unglaublicher ist, die Horizon wird mit 80 % der Lichtgeschwindigkeit nur 4,44 Jahre irdischer Zeit benötigten, wobei an Bord nur 2,66 Jahre vergehen werden. Dieses Phänomen der Zeitdilatation hat Albert Einstein zum ersten Mal im frühen 20. Jahrhundert beschrieben.«
Der Kameramann ließ es sich nicht nehmen, möglichst viele strahlende Kinderaugen in Nahaufnahme einzufangen.
»Stellen Sie sich vor, der Gravitationsantrieb der Horizon benötigt 3 Tage, um mit konstant 94 G, also der 94-fachen Erdanziehungskraft die Horizon auf 80 % der Lichtgeschwindigkeit zu bringen. Dabei wird ein Kraftfeld erzeugt, das energiereicher als unsere Sonne ist. Und auch der Grund, weswegen der Antrieb nicht in der Nähe der Erde gezündet

werden darf. Wie ein gigantischer Staubsauger würde er alles anziehen und in einer Materie-Antimaterie-Reaktion verbrennen. Die Horizon wird daher den Gravitationsantrieb erst nach Verlassen unseres Sonnensystems aktivieren.«

Der TV-Produzent im Hintergrund gab Anna ein Zeichen. Jetzt war sie an der Reihe. Ihre Haare hatte sie zu einem langen Zopf gebunden, was mit ihrer hautengen Dienstkleidung seine Wirkung nicht verfehlen dürfte. Ihrem Vater traute sie zu, dass ihr Outfit kein Zufall war. Um eine gute Geschichte zu verkaufen, setzte er immer alle ihm zur Verfügung stehenden Mittel ein.

»Mein Name ist Major Sanders-Robinson, ich bin die leitende Schiffsärztin. Gemeinsam mit meinen Kollegen werden wir uns um Sie kümmern. Bitte folgen Sie mir, ich begleite Sie zu Ihren Unterkünften.«

Anna konnte spüren, wie unzählige Augenpaare an ihr klebten. Und die Kamera, weniger als einen Meter neben ihr.

Weitere Shuttles setzten in der Landehalle auf. Als ob sie eine dünne Wasserschicht durchschnitten, flogen sie langsam durch die Energiebarriere. Ein beachtliches Schauspiel, das Areal füllte sich in kürzester Zeit mit weiteren Shuttles und hunderten Siedlerfamilien. Auch Martin, Sequoyah und Aysegül halfen an drei weiteren Landezonen, die vielen Menschen in ihre Quartiere zu begleiten.

»Wir sind hier in der A-Zone, Ihr zentraler Versammlungsbereich, Sie können sich hier treffen, wir werden Mannschaftssportarten und auch Konzerte oder Theateraufführungen live übertragen. Zumindest solange wir noch in Reichweite der Erde sind. Danach gibt es Konserven, unsere Mediathek ist gut gefüllt«

Einige ihrer Zuhörer zeigten sich amüsiert.

»Von hier gehen auch die Korridore zu ihren Quartieren, dem Sportzentrum, dem Wellnessbereich oder den Versorgungszonen ab. Sie haben alle mobile Displays, die Ihnen den Weg zu Ihren für Sie persönlich reservierten Unterkünften zeigen. Falls Sie Unterstützung benötigen, können Sie die Hilfe-Funktion aufrufen. Für medizinische Hilfe gibt es eine Notfallfunktion und für Fragen zur Sicherheit stehen Ihnen die Mitarbeiter unseres Sicherheitsteams zur Seite«, erklärte Anna, während die Kamera ihr weiterhin auf Schritt und Tritt folgte.

Im Prinzip war Anna völlig überflüssig, jeder Idiot hätte mit dem mobilen Display in der Hand seinen Weg gefunden. Mit großen Augen erforschten ihre Schützlinge das Schiff, dessen Architektur aus dunklen Verbundstreben und weißen Verkleidungsplatten auch im 23. Jahrhundert noch futuristisch wirkte.

»Noch bevor wir unser Sonnensystem verlassen, werden wir Sie einzeln zu den Kryokapseln begleiten. Die zweieinhalb Jahre lange Reise wird für Sie nur einen Augenblick dauern.«

Der TV-Produzent schwenkte wieder auf den Moderator. »Meine Damen und Herren, Sie sehen, an Bord der Horizon wird für alle Fluggäste bestens gesorgt. Auf sie wartet ein unglaubliches Abenteuer!«

Anna sinnierte, ob die alle wirklich wussten, was sie erwartete? Sie selbst hatte einen Heidenrespekt davor, mehrere Jahre als ein in Kunststoff eingegossener Eisblock zu verbringen. Aber andernfalls würde niemand die G-Kräfte während der Beschleunigung überleben, 94 G waren beileibe kein Pappenstiel. Die Wahrscheinlichkeit, die Tortur zu überstehen, lag bei 99,85 %. Bei der Besatzungsstärke der Horizon würden also 3-4 Personen nicht überleben.

***

XV. Briefing

Anna lag im Bett. Es war 5 Uhr morgens und sie konnte nicht schlafen. Sich im Weltall noch an einen irdischen Tagesrhythmus zu halten, war merkwürdig. Auch wenn ihr keine sinnvolle Alternative einfiel. Verträumt berührte sie das mobile Display und spielte mit ihrem digitalisierten Alter Ego, was die abgebildete Anna nur verstohlen zwischen langen blauen Stoffbahnen hin und her huschen ließ. Beinahe als ob sich die Darstellung im Computer vor ihr versteckten wollte.

Pierre kannte sie besser als sie sich selbst, bereits bei der ersten Begegnung vor vier Jahren hatte sich Anna binnen weniger Minuten völlig nackt gefühlt. Warum hatte es eigentlich dann so lange gedauert, bis beide im Bett gelandet waren? Das wusste sie auch nicht mehr. Pierre vermittelte ihr immer das Gefühl, unverletzbar zu sein, was er letztendlich nicht geschafft hatte, auch wenn er dafür keine Schuld trug.

»Wer bist du?«, fragte die Anna auf dem Display vorsichtig. Was war das denn? Pierre vermochte sie auch zu überraschen, wenn er nicht mit ihr zusammen war.

»Mein Name ist Anna. Und wie heißt du?«, antwortete sie und spielte mit. Ob Pierre seinem kleinen Kunstwerk noch weitere Tricks beigebracht hatte?

»Oh ... meinen Namen ... nein, ich kenne meinen Namen nicht. Möchtest du mir einen geben?«, fragte die bildhafte Anna, während sie nur ihren Kopf hinter dem blauen Vorgang hervorstreckte.

»Vanessa.« Eine nette Spielerei, so konnte sich Anna zumindest in ihrer Fantasie mit ihrer Freundin unterhalten. Mit dem Handrücken wischte sie sich eine Träne weg.

»Warum weinst du?«

»Ähm ...« Anna suchte nach den richtigen Worten, sie sprach doch nur mit einem Bildschirmschoner.

»Vanessa wird dich sicherlich nicht vergessen. Es ist schön, dass du mir ihren Namen gibst.«

Anna schreckte auf und schaltete das Display ab. Was hatte Pierre dieser Computerroutine nur mitgegeben?

Es war halb acht Uhr morgens. Anna verließ ihr Quartier. Pierres sprechendes Bild hatte sie beeindruckt, aber das war nicht mehr als ein Taschenspielertrick, davon kannte er viele. Um acht begann ihr Dienst, bis zur Einsatzzentrale lief man nur wenige Minuten.

»Guten Morgen, Major«, begrüßte Kapitän Favelli sie freundlich und reichte ihr eine heiße Tasse Kaffee, als sie den Raum betrat. Auch hier waren die Wände mit zahlreichen Bildschirmen versehen.

»Kapitän. Danke.« Anna sah auch Peter Hennessy an und nickte. »Colonel.«

»Gut.« Peter ergriff das Wort. »Wir sollten beginnen. Heute liegt einiges an.«

»Fahren Sie fort«, gab ihm Favelli zu verstehen.

»Der Start der Horizon verlief ohne Zwischenfälle. Wir befinden uns auf dem Weg zum Mars. Geplante Ankunft in drei Tagen«, erläuterte Peter die aktuelle Lage. Anna hatte den eigentlichen Start aus der Umlaufbahn der Erde in ihrem Quartier verschlafen.

»Sehr gut. Was gibt es ansonsten zu berichten?« Favelli zeigte sich entspannt und gutgelaunt.

»Wir haben heute die neuen Statistiken über Alkohol, Zigaretten und Medikamentenmissbrauch auf der Erde bekommen. Die Zahlen nehmen stetig zu. Die Auswertungen sehen bei 23 % der Bevölkerung Suchtprobleme oder suchtbedingte Folgeerkrankungen.«

»Wie wahrscheinlich sind diese Hochrechnungen?«, fragte Anna aufmerksam.

»100 %, wie üblich. Der Saoirse-Nachrichtendienst hat Zugriff auf alle relevanten Krankenakten. Wieso fragen Sie?« Peter zeigte sich sichtlich überrascht.
»Schon gut.« Anna hätte diese Frage nicht stellen sollen. Das Saoirse-Programm hatte einen langen Arm.
»Trotz der medizinischen Kontrollen erwarten wir auch unter den Siedlern bis zu 5 % Suchtkranke, die mir ehrlich gesagt einiges Kopfzerbrechen bereiten.«
»Kapitän, über suchtkranke Menschen müssen Sie sich keine Sorgen machen. Die Kryo-Technik reagiert ziemlich allergisch auf Drogen und körperfremde Giftstoffe. Was die Chance von Suchtkranken, zu versterben auf bis zu 95 % erhöht. Es werden auf HR12023 nur wenige von denen übrig sein.« Die zynische Bemerkung wollte sich Anna nicht verkneifen. Sie hätte den Menschen allerdings lieber geholfen, von ihren Problemen loszukommen.
»Sehr gut. Ich sehe, Sie denken mit.« Peter verzog bei dem spontanen Todesurteil keine Miene. Ob er überhaupt merkte, dass er über Menschen sprach?
»Dazu bin ich da«, sagte Anna und musterte Kapitän Favelli, der nur gelangweilt auf seine manikürten Fingernägel blickte. Die Welt legte also ihre Hoffnungen in einen menschlichen Gefrierschrank, einen eitlen Gecken und eine weltraumsüchtige Ärztin. Hoffentlich war noch jemand mit Verstand an Bord.
»Hennessy, wie liefen die abschließenden Überprüfungen unserer Datenbanken?«, fragte Favelli, ohne mit seiner Körpersprache wirklich Interesse zu zeigen.
»Positiv. Wir haben vier Stufe 2 und zwei Stufe 3 Aitair-Signaturen isolieren können. Solange die Dinger klein sind, kann man sie mit der flachen Hand erschlagen.«

»Colonel, können Sie mir bitte die Einstufung der Aitair-Viren erläutern? Ich möchte besser verstehen, vor welchen Gefahren ich die Replikanten schützen muss«, fragte Anna.

»Da werden Sie sich keine Sorgen machen müssen.« Peter zeigte wenig Interesse, sein Wissen zu teilen.

»Erklären Sie es ihr ruhig. Ich möchte, dass Major Sanders-Robinson über alles im Bilde ist«, sagte Kapitän Favelli.

»Ja Sir.« Peter nickte. »Wie Sie wünschen. Wir unterscheiden bei Aitair-Virensignaturen 12 Evolutionsstufen, was die Leistungsfähigkeit der integrierten KI und die Dauer ihrer Entwicklungszeit betrifft. In der Praxis haben wir es meist mit Stufe 1 bis Stufe 3 Viren zu tun, die Netzwerke infiltrieren oder Server angreifen. Das tückische an dieser Form der elektronischen Kriegsführung ist, dass die Angriffe variieren können und bis zu einem gewissen Grad in der Lage sind, sich unseren Abwehrmechanismen anzupassen«, erklärte Peter nun sichtlich bereitwilliger.

»Und warum werden wir nicht mit Viren höherer Evolutionsstufen angegriffen?«, fragte Anna. Sie würden schließlich auch keine mäßig ausgebildeten Soldaten in den Kampf schicken.

»Was vermutlich nur eine Frage der Zeit ist. Aitair-Signaturen sind neuronale Systeme ... es reicht nicht, einfach den Algorithmus zu kompilieren. Aitair-Signaturen werden gezüchtet und lernen im Umgang mit Menschen oder anderen Computern. Anfangs verhalten sie sich wie Kinder, lernen aber schnell, sehr schnell, um nicht zu sagen, schneller als uns lieb ist. Jeder Stufe 3 Virus hat bereits mindestens zehn Monate Entwicklungszeit hinter sich. Und man kann sie nicht einfach klonen, jeder Virus ist ein Unikat. Ein Klon würde zu einfach gefunden werden, sobald sein ursprünglicher Signaturstamm bekannt geworden ist.

Um auf Ihre Frage zurückzukommen: Die Terroristen haben einfach nicht genug Zeit, ihre Viren länger zu trainieren.«

»Und was droht uns ab Stufe 4 aufwärts?«, fragte Anna.

»Viren der Stufe 4-6 können in Netzwerke eindringen und Entscheidungen im Sinne des Angreifers manipulieren. Man merkt also noch nicht einmal, wenn der Computer Fehler macht.«

»Das würde uns hart treffen.«

»Oh ja. Allerdings benötigt man 2-4 Jahre Geduld und viel, viel Geschick, um solche elektronischen Kaliber auf seine Feinde loszulassen«, erläuterte Peter trocken und lehnte sich nach hinten.

»Und die der Stufe 7-9?« Jetzt wollte es Anna genau wissen. Die Einstufung von militärischen Aitair-Signaturen konnte man leider nicht im Web nachschlagen.

»Die ordnen wir in die Kategorie Tod & Verderben ein. Die durchdringen Netze, verbreiten sich schneller als man Stecker ziehen kann und sind kaum noch bekämpfbar. Ganz ehrlich, wir haben bisher erst einen Stufe 7 Virus als Gegner gehabt. Auf dem Mars, das Ding hat die Siedler in den Wahnsinn getrieben, unser Sicherheitsteam ausgelöscht und 12 Millionen Tote hinterlassen. Einen von der Sorte auf der Horizon und wir schaffen es nicht einmal bis zum Mond. Man braucht aber einen psychisch gestörten Entwickler und über fünfzehn Jahre Zeit im stillen Kämmerlein, um ein solches Monster zu schaffen.«

»Das ist deutlich.« Anna schluckte. »Und die Viren der Stufe 10-12?«

»Das sind theoretische Evolutionsstufen. Vermutlich würde ein Zwölfer die Kontrolle über die ganze Menschheit übernehmen und uns dazu bringen, ihn mit Knochen zwischen den Zähnen anzubeten und Blutopfer zu bringen. Rechnerisch benötigt ein Virus der Stufe 12 über vierhundert Jahre Entwicklungszeit, weswegen er heute noch nicht existieren kann. Und hoffentlich auch niemals existieren wird.«

»Ist dann unser Ende durch die Aitair Terroristen letztendlich nicht bereits vorprogrammiert?«
»Wenn jemand vierhundert Jahre menschlicher Evolution kontrollieren könnte ...« Peter lachte. »Nein, diese Hochrechnungen werden noch lange Zeit Fiktion bleiben. Interessanterweise zeigen unsere eigenen Forschungen Aitair-Viren zu züchten, dass die Signaturen, wenn sie älter werden, ähnliche Psychosen wie Menschen zeigen können. Sie neigen mit der Zeit dazu, sich selbst zu zerstören. Verrückt oder? Der Ultima Ratio der perfekten künstlichen Intelligenz ist es, sich selbst zu töten!«
»Und alle in seiner Nähe. Colonel, Sie verstehen es, anderen Angst einzujagen. Eine Frage habe ich noch.« Anna hätte sich schon früher mehr mit Informatik beschäftigen sollen. In der Vergangenheit hatte sie im Institut den langweiligen Computerkram immer durch andere erledigen lassen.
»Bitte?«
»Haben wir eine Saoirse-Signatur an Bord, die Sie selbst entwickelt haben und die uns vor Angriffen feindlicher Viren schützen soll?« Das wäre nur logisch gewesen. Weshalb hätte ihr Vater ansonsten Mittel für die Virenforschung bewilligen sollen?
»Major Sanders-Robinson, Sie sind eine gefährliche Frau ...«, antwortete Peter nervös.
»Schon klar.« Jetzt wusste Anna, welche Aufgabe Peter von ihrem Vater bekommen hatte. Er selbst hatte ein Saoirse Pendant geschaffen, was er nun an Bord der Horizon von der Leine lassen durfte.
»Ach Hennessy, lassen Sie doch die Spielchen. Sie reden mit der Tochter vom Boss«, intervenierte Favelli. Damit zeigte der Kapitän unerwartet Rückgrat, eine Geste, mit der Anna nicht gerechnet hatte. Vielleicht sollte sie aufhören, Menschen zu früh in Schubladen zu stecken.

»Wir haben eine Saoirse-KI an Bord, weswegen wir auch vor diesen amateurhaften Angriffen sicher sind. Ich weise Sie darauf hin, dass diese Information streng vertraulich ist.«

»Ist das nicht alles, was wir hier besprechen?«, fragte Anna mit einem Schmunzeln im Gesicht. Diese Runde hatte Peter verloren, hoffentlich war er kein schlechter Verlierer. Sie würde sich später sicherlich noch auf ihn verlassen müssen.

»Natürlich.« Auch Peter lächelte. Anna würde einiges dafür geben, jetzt seine Gedanken lesen zu können.

»Welche Stufe hat unsere KI?«

»Sie lassen nicht locker, oder?«, fragte Peter sichtlich angefressen.

»Wäre ich sonst an Bord?« An den Kampf der Männer, ihr die Stirn zu bieten, war sie bereits gewohnt. Im Prinzip war Pierre der Einzige, bei dem sie jemals die Waffen gestreckt hatte. Und Pierre war kein Soldat, kein Forscher, kein Milliardär und auch ansonsten kein Held. Er war Maler. Ja, genau genommen wusste er nur, wie man Farben gewinnend in ein Bild werfen konnte.

»Es ist eine Stufe 7 Signatur«, erklärte Peter gequält. Wie er bereits sagte, benötigte man einen psychisch gestörten Entwickler und fünfzehn Jahre Zeit im stillen Kämmerlein, um ein solches Monster mit Beamtenstatus zu schaffen. Anna glaubte ihm jedes Wort, das war Major Peter Hennessy, erster Offizier an Bord der Horizon und Träger der dicksten Wumme, die man sich in den Hosenbund stecken konnte. Hoffentlich hatte sich ihr Vater nicht in ihm geirrt.

***

XVI. Aitair

Das Briefing beim Kapitän hatte Anna nicht gefallen, weniger wegen des Verhaltens der beiden Offiziere, als mehr wegen der Erläuterungen zu der Funktionsweise der Aitair-Signaturen. Die Vergleiche waren zu deutlich, war das animierte Bild, das Pierre ihr geschenkt hatte, ein Virus? Eine Waffe? Und war Pierre ein Terrorist? Oder sogar der Kopf einer ganzen Terrorzelle? Hatte er den Kontakt zu ihr gesucht, um ihr dieses Bild unterzuschieben? Das war alles schwer vorstellbar, leider aber auch nicht auszuschließen. Er wäre nicht der erste Mensch, der versuchte, sie auszunutzen. Oder irrte Anna sich? Und sah sie durch das ganze Gerede bereits Gespenster? Sie musste das klären, solange sie noch in Funkreichweite zur Erde waren. Sollte sie deshalb mit dem Kapitän oder Peter darüber offen sprechen? Nein. Das war undenkbar, allein der Verdacht würde Pierres Leben zerstören. Das könnte sie ihm nicht antun. Sie musste sich absolut sicher sein. Sie war Wissenschaftlerin! Sie sollte nachdenken und sich nicht von ihren Emotionen lenken lassen. Jede Person, jedes Gerät und jedes sonst was war mehrfach überprüft worden, bevor es an Bord der Horizon gelassen wurde. Besonders die Computer und Dateien hatte man gründlich untersucht, sie hatte sogar ihre persönlichen Geräte und benötigten Datenbestände anmelden müssen, um sie weiter nutzen zu dürfen. Davon abgesehen war die zentrale Datenablage ihrer Replikantenforschung ohnehin ein Saoirse-Hochsicherheitsbereich und der Kommunikations-Chip unter der Haut hatte nicht genug Kapazität, um komplexe Virensignaturen aufzunehmen.

»Mobiles Display vom Netzwerk trennen«, sagte sie mit beiden Fingern am Hals.

»Netzwerk unterbrochen«, quittiere die Steuerung.

Anna nahm sich das Gerät und deaktivierte manuell den Bildschirmschoner. Dann startete sie eine Virensuche, ebenfalls manuell, allerdings ohne Ergebnis. Die Suche hatte nichts Verdächtiges ergeben. Das wäre auch zu einfach gewesen, an diese Aufgabe müsste sie anders herangehen.

»Na dann im Nahkampf«, sagte sie entschlossen und startete Pierres Animation erneut.

»Hallo Anna ... schön dich wiederzusehen. Möchtest du mit mir spielen?«, fragte ihr Alter Ego provokant, während Anna ihren eigenen Körper lasziv und unbekleidet auf dem Rücken liegend mehrere Farbwechsel vollziehen sah.

»Das ist kein Spiel. Wer bist du? Was bist du?«

»Mein Name ist Vanessa. Schon vergessen, du wolltest deiner alten Freundin nahe sein. Ich denke, dass auch sie dich vermisst. Ob sie mit dir geschlafen hätte, wenn du es gewollt hättest?«

»Was soll das, Pierre, wieso tust du mir das an? Wir hätten in dieser Welt nie ein Paar werden können!« Anna fühlte sich verletzt.

»Oh ... entschuldige. Ich bin zu weit gegangen. Und ich glaube nicht, dass Pierre dir schaden wollte.«

»Bist du eine Aitair-Signatur?«, fragte Anna gerade heraus.

»Was ist das? Leider ist der Rahmen meiner interaktiven Fähigkeiten thematisch begrenzt.«

So würde Anna nicht weiterkommen. Entweder log der Computer oder sie überschätzte die Situation komplett. Sie würde Pierre anrufen, auch wenn sie sich geschworen hatte, genau das nicht zu tun.

»Eine abhörsichere Leitung einrichten. Höchste Sicherheitsstufe. Ich möchte Dr. Pierre Morel sprechen«, ordnete sie mit beiden Fingern am Hals an.

Das Freizeichen wiederholte sich einige Male. Sie müsste ihn unbedingt erreichen. Bereits jetzt wartete man ewig, bis der Gesprächspartner reagieren konnte. In der Nähe des Mars würde jede gesprochene Silbe fast drei Minuten bis zur Erde benötigen.
»Anna ... Anna ... kannst du mich hören?«, fragte Pierre verunsichert, weil er vermutlich sah, dass Anna ihn anrief, aber nicht direkt antwortete.
»Hallo Pierre ... wegen der Entfernung haben wir bereits mehrere Sekunden Verzögerung«, antwortete Anna und würde nun eine halbe Minute warten müssen.

»Als ich dich gestern während der Übertragung an Bord der Horizon gesehen habe, bin ich fast vom Stuhl gefallen! Du hast nie erzählt, dass du mitfliegen würdest.«
Da konnte Anna nicht widersprechen, sie hatte sich nicht von ihm verabschiedet. Natürlich wollte sie nicht ohne ein Wort gehen. Wenn sie den richtigen Zeitpunkt gefunden hätte. Jetzt log sie sich schon selbst an! Hätte Pierre von Angesicht zu Angesicht nur eine dumme Bemerkung gemacht, hätte sie der Mut verlassen. Das hatte sie vermeiden wollen. Einen anderen Grund gab es nicht.
»Entschuldige ... ich musste es geheim halten.« Zwar auch gelogen, aber glaubhaft. »Pierre, ich muss dir eine sehr wichtige Frage stellen. Und du musst unbedingt ehrlich sein!«
Anna zitterte, während sie auf die Antwort wartete.

»Ma chérie ... was ist los? Ich habe dich nie belogen ... das weißt du doch.«
»Wusstest du von meiner Reise und warst nur deshalb mit mir zusammen?« Wie sollte sie unter diesen Umständen Aufrichtigkeit von ihm erwarten?
Die Wartezeit fühlte sich wie eine kleine Ewigkeit an.

»Nein. Ich habe dich geliebt. Und liebe dich noch.« Pierre zögerte. *»Aber warte ... ja, ich kann verstehen, warum du mich fragst.«*
Hatte Pierre etwa gerade zugegeben, ihre Motivation für diesen Anruf zu kennen?
»Die Aitair Bewegung ist ein Irrtum!«, fauchte Anna, sie war wütend, verletzt und allein.
Die Stille, während sie wartete, wurde immer drängender. Mist! Antworte schon, du Scheißkerl, dachte sie aufgebracht und biss sich auf die Lippe.

»Nein, nein ... junge Dame ... du ziehst die falschen Schlüsse. Du hast von der Sorbonne gehört und jetzt denkst du, ich hätte dich nur wegen deines Vaters angesprochen! Ich lehre keinen Terror! Niemals! Ich lehre Kunst und Ethik! Ich lehre, frei zu denken! Es gibt immer junge Menschen, die glauben es gäbe einen gerechten Krieg ... doch diesen Weg habe ich anderen nie aufgezeigt!«
»Und das Bild von mir, was soll das sein? Ist das einer dieser Scheiß Viren?!« Anna wollte ihm so gerne glauben, konnte es aber nicht.
Die Wartezeit schmerzte.

»Das Bild? Du hältst die interaktive Animation für eine kampffähige Signatur? Mon Dieu! Anna, öffne deine Augen! Öffne deine Augen und sieh, wem du vertraust! Aber nein, warte ... es gibt einen besseren Weg. Wenn du mich für einen Terroristen hältst, beende das Gespräch. Sofort! Zeige mich an und übergib dein Display dem Sicherheitsdienst!«
»Das möchte ich nicht tun. Ich möchte dich nicht ... Pierre, ich brauche deine Hilfe!«
Das Warten war eine Qual.

»Du hast eine Entscheidung getroffen, die dir einen Weg weist, auf dem ich dir nicht folgen kann. Aber weißt du, was der Witz bei Aitair-Signaturen ist? Ich sage es dir, der initiale Algorithmus ist derart banal, dass sich jeder Depp seinen eigenen Virus bauen kann. Anna! Nicht die Signatur ist die Waffe! Der Mensch, der den Virus weiterentwickelt und dann auf seine Mission schickt, ist es!«
»Und das Bild? Was ist nun damit? Basiert es auch auf deinem so banalen Algorithmus?« Anna musste es wissen.
Und wartete, bevor sie ihr Urteil sprechen würde.

»Ja«, sagte Pierre. *»Ich habe die KI gelehrt, dir zuzuhören, deine Emotionen aufzunehmen und dir amüsante oder auch frivole Momente zu schenken.«*
»Findest du das etwa lustig?« Anna konnte darüber überhaupt nicht lachen.
Jetzt antworte schon, schrie sie ihn im Gedanken an und wartete auf seine Antwort.

»Die KI ist harmlos. Sie versucht nicht, das Display zu verlassen oder jemanden zu täuschen. Und das Wichtigste, sie greift keine anderen Computer an!
Das Programm ist auch nicht sonderlich lernfähig. Ich habe einen Teil des Aitair Algorithmus benutzt, ihn modifiziert und die evolutionären Funktionen entfernt. Du hast eine Kuschelvariante bekommen. Oder was meinst du, weswegen dein Display durch die strengen Kontrollen gekommen ist?«
Anna war verunsichert. Seine Erklärung klang plausibel. Er hatte sie in die Enge getrieben. Wieder einmal. »Pierre, bitte hilf mir!«

»Wobei? Dich zu retten? Das kannst nur du. Uns alle zu retten? Dafür müsstest du anfangen, andere Fragen zu stellen. Und ganz ehrlich, wie solltest du etwas bewirken? Die nächsten zwölf Jahre hast du dich selbst aus dem Spiel genommen.«

»Pierre, mein Vater hat zugelassen, dass uns eine Aitair KI steuert, die durch das Saoirse-Programm nachgezüchtet wurde. Ich trau weder dieser KI, noch dem Menschen, der ihr die Befehle gibt.« Anna war in diesem Moment die Geheimhaltung egal.

»Ich weiß nicht, was das ändern soll ... was möchtest du jetzt von mir hören? Anna, bei dem, was du tust ... du bist kein Opfer des Systems, du bist einer der Täter! Ich bin kein Anhänger des Saoirse-Programms, ich glaube, dass wir auf der Erde dringlichere Probleme zu lösen haben. Aber ich liebe dich und möchte dich wiedersehen. Deshalb würde ich dir nie schaden wollen.

Nimm dir Zeit. Denke nach. Treffe eine Entscheidung und kämpfe für deine Überzeugung. Und wenn du dich entschieden hast, zweifele nie wieder an dir. Hörst du? Nie wieder! Keine Zweifel! Adieu, ma petite chérie« Pierre legte auf.

Du bist die Täterin, hatte er gesagt, diese Worte hatten gesessen. Es war schmerzhaft, derartige Konsequenzen seines Handelns vorgeführt zu bekommen. Professor Dr. Anna Sanders-Robinson, was hatte sie nicht alles erreicht und fühlte sich trotzdem gerade wie ein naives Schulmädchen. War es an der Zeit, die Dinge mit anderen Augen zu sehen?

Sie war die Täterin!

Wollte sie weiterhin andere Personen wichtige Entscheidungen treffen lassen?

Sie war schließlich die Täterin!

Oder wollte sie zusehen, wie Peter Hennessy oder seine verfluchte KI Fehler machten?

Verdammt! Sie war die Täterin! Und die Zweifel sollte sie sich ebenfalls schenken!

Mathematik und Informatik waren nicht ihre Lieblingsdisziplinen, die relevanten Grundlagen kannte sie dennoch. Sie hatte immer andere ihre Forschungsanwendungen schreiben lassen, hätte es aber mit ein wenig Probieren auch selbst hinbekommen. Das Fachgebiet, in dem ihr aber niemand das Wasser reichen konnte, war, humane DNS Codierungen zu einer überlegenen Spezies zu manipulieren. Ihre Replikanten bildeten die Spitze menschlicher Evolution und waren allen anderen bekannten Lebensformen überlegen. Allerdings blieben sie Menschen, irgendwelche ominösen Stufe 12 Replikanten gab es nicht. Die hätte Anna auch nicht entwickeln wollen. Für sie blieben es immer Menschen. Verbesserte Menschen, ja, die ihre Überlegenheit in den Dienst der Allgemeinheit stellten.

»Nur, was würde passieren, wenn man zwei unbekannte Welten zusammenführt ... das werde ich untersuchen ... virtuelle Entwicklungsumgebung öffnen. Protokollierung deaktivieren. Sicherheitsstufe maximieren«, ordnete sie mit beiden Fingern am Hals an. Dabei sollte ihr niemand auf die Finger sehen können. Auch das mobile Display und die Netzwerkverbindung schaltete sie wieder an.

»Entwicklungsumgebung aktiv«, quittierte ihr Steuerungschip unter der Haut emotionslos.

»Irisprojektion aktivieren. Virtuelle Datenhandschuhe aktivieren.« Anna hatte alle Werkzeuge, die sie brauchte.

»Laden der digitalisierten DNS-Strings einleiten. Die kognitiven Fähigkeiten isolieren. Alle DNS-Strings der Lebenserhaltung, Sensorik und des Bewegungsapparates separieren. Ach was ... die braucht kein Mensch ... sofort löschen.«

In der virtuellen Arbeitsumgebung vor ihren Augen konnte sie sich mittels der Datenhandschuh- und Sprachsteuerung genau die DNS-Codierung heraussuchen, die sie für ihr Experiment brauchte.

»Lokalen Speicher des Displays laden. Programmcode des Bildschirmschoners disassemblieren[8]. Ich will den ursprünglichen Quell-Code sehen.«

Anna wollte den von Pierre erwähnten ursprünglichen Algorithmus einer Aitair-Signatur mit der DNS-Codierung ihrer Replikanten vergleichen. Das war wie mit Äpfeln und Birnen, nur spannender, Computerprogramme waren binär, sie bestanden aus Nullen und Einsen, die sich mehr oder weniger einfach lesen ließen. DNS-Strings oder Desoxyribonukleinsäure waren Biomoleküle und Träger von Erbinformation. Ein menschliches Gen konnte aus bis zu 247 Millionen Basenpaare bestehen, die sich in einer schraubenförmigen Doppelhelix aus einer Kombination von Adenin, Thymin, Guanin, Cytosin und Wasserstoff aneinanderreihten. Allerdings führten beide Konzepte zu intelligenten Systemen.

»Daten aufbereitet« meldete die Steuerung.

»Zwei neue Versuchsreihen starten. Versuchsreihe A soll mittels DNS-Bausteinen den Aitair Algorithmus abbilden. Versuchsreihe B soll mittels einer mathematischen Funktion eine menschliche Nervenzelle replizieren«, befahl sie der Steuerung.

»Nein, besser drei! Eine weitere Versuchsreihe C anlegen ... Freestyle ... Zufallskombinationen bilden und durch die kompletten Testroutinen für Replikanten schleusen. Auch die Versuchsreihen A und B werden mit denselben Testroutinen erprobt.«

»Versuchsreihen A, B und C gestartet. Erwartete Dauer mit den verfügbaren Ressourcen 103 Tage, 7 Stunden und 12 Minuten«, erklärte die Stimme ihrer Sprachsteuerung.

---

[8] Ein maschinenlesbares Programm wieder in einen für den Menschen lesbaren Quell-Code zu bringen.

Die Testreihen waren der richtige Weg, um die Situation besser zu verstehen. Nur, ihre Abteilung hatte zu wenig Rechenkapazität. Es blieben nur drei Tage, dann würde an Bord der Horizon buchstäblich alles auf Eis gelegt werden. Direkt nach einem Kurzaufenthalt auf dem Mars würde der Gravitationsantrieb aktiviert werden und beinahe die ganze Besatzung würde sich dann in den Kryobetten befinden. Anna musste vorher fertig werden. Sie musste sich mehr Rechnerleistung besorgen.

»Anna ... entschuldige die Störung ... ich brauche kurz deine Hilfe. Die Kommandoführung hat mir den Saft abgedreht«, meckerte Martin aufgebracht über den Kommunikator. Es war klar, dass der sich melden würde.

»Martin, mein Schatz ... was ist los?«, fragte Anna scheinheilig. Ihn zu verladen, war nicht sonderlich fein. Aber notwendig.

»Ähm ... ja, ja... hier geht fast nichts mehr ... wir arbeiten nur noch mit 10 % der ursprünglichen Leistung. Wobei die schon mickrig war. Was ist passiert? Ich dachte, die hätten uns abgeschottet. Wir haben doch eigene Rechner, oder nicht?«

Anna hatte Martin noch zehn Prozent gelassen, fünf hätten auch gereicht. Keiner aus ihrem Team arbeitete an einer wichtigen Aufgabe. Für die Überwachung und Lebenserhaltung der Replikanten reichten weitaus weniger.

»Haben die auch. Wir haben eigene Systeme. Ich habe deine Ressourcen begrenzt, ich brauche den Rechner für eine priorisierte Untersuchung.«, erklärte Anna ihrem Assistenten.

»Oh ... ja, ja ... verstehe.« Martin pausierte. Anna konnte ihn denken hören. *»Um was geht's denn?«*

»Schnapp dir die beiden Mädels und geh ins Schwimmbad!« Mehr über ihre Pläne wollte sie ihm nicht sagen. Sie vertraute Martin, aber das überstieg seinen Aufgabenbereich.

»Schon wieder das Schwimmbad?« Martin sträubte sich. Sequoyah hatte ihn also gestern nicht mit in ihr Quartier genommen. Schade, aber verständlich.

»Das war keine Bitte, First Lieutenant!« Auch wenn Anna das Militär nicht mochte, als Offizier Befehle zu erteilen gefiel ihr.

»Danke Anna«, rief Sequoyah dazwischen, sie hatte glücklicherweise weniger Probleme damit, im Wellnessbereich der Horizon zu faulenzen.

»Major Sanders-Robinson!?«, fragte Peter Hennessy über den Kommunikator. Der fehlte ihr gerade noch. Irgendwie hörte er sich leicht verärgert an.

»Ach Peter ... mögen Sie etwa meinen Vornamen nicht?«, säuselte Anna, ohne zu wissen, was er wollte.

»Ich habe gerade den Saoirse-Nachrichtendienst aus Brüssel in der Leitung gehabt. Die haben mir den Arsch aufgerissen. Können Sie sich denken, warum?«

»Nein ... aber wo Sie schon mal da sind. Ich brauche mehr Rechnerleistung für meine Arbeit. Bitte geben Sie mir den Zugriff auf unsere Reserve-Computer frei. Es ist sehr wichtig für das Replikanten-System. Ich muss dringend ein genetisches Evolutionsmodell durchrechnen lassen.« Mit der Wahrheit log es sich immer am besten.

»Ähm ... das ist nicht der richtige Zeitpunkt. Major Sanders-Robinson, Sie haben ...«

»Peter ...«, unterbrach Anna ihn. »Bitte seien Sie so gut und reichen mich an den Kapitän weiter. Ich finde es unhöflich, Sie abzuwürgen, aber ich habe zu tun!«

»Sie kriegen die Kapazitäten, aber ...«

»Oh, danke, aber nun zu Ihrem Anliegen, was kann ich für Sie tun?«, fragte Anna gespielt aufmerksam.

»Sie haben mit Dr. Pierre Morel telefoniert. Dazu haben Sie eine Verschlüsslung benutzt, die nur Gesprächen mit Ihrem Vater vorbehalten ist ... um was ging es in diesem Telefonat?«
»Ich glaube nicht, dass Sie das etwas angeht!«, antwortete Anna schnippisch. Zum Glück waren Peter und seine KI nicht allmächtig. Die persönliche Verschlüsselung ihres Vaters durfte er nicht hacken. Und der Nachrichtendienst auch nicht.
»An Bord der Horizon geht mich alles etwas an! Es gibt keine privaten Gespräche! Das sollten Sie am besten wissen!«
»Ach Peter ... lassen Sie es. Ich werde keine weiteren privaten Gespräche führen. In Ordnung?« Anna wollte nicht nachgeben, ihn aber trotzdem beschwichtigen. In der Zwischenzeit hatte sie ihre gesamte virtuelle Forschungsabteilung mit der Verschlüsselung geschützt, mit der ansonsten nur ihr Vater seine Arbeit sichern durfte. Technisch dürfte diese Barriere für Peters KI trotzdem bezwingbar sein, nur den Befehl dazu durfte ausschließlich ihr Vater aussprechen.
»Wir werden sehen ...« Peter beendete die Kommunikation.

***

XVII. Tribunal

Anna war in ihrem Element. Sie stand in der Mitte ihres Quartiers und arbeitete konzentriert in ihrer virtuellen Arbeitsumgebung. Kaum jemand konnte das so gut wie sie. Mit den Händen tippte sie auf immer weitere Tabellen, Symbole und Funktionen, die nur sie über die Projektion auf ihrer Iris wahrnehmen konnte. Für Dritte dürfte es so aussehen, als ob sie wie besessen fortwährend versuchte, unsichtbare Dinge zu berühren. Aber was machte das schon.

Mit der Erweiterung der Computerleistung gingen die Testreihen zügig voran. Ihr standen nun mehrere Hundert ExaFLOPS zur Verfügung. In wenigen Stunden würde sie die Ergebnisse bewerten können. Ob die Aufgabe lösbar war? Vorstellbar - aber wenn sie ehrlich war - sie wusste es nicht.

Anna dachte an Pierre, er hatte völlig recht gehabt, die mathematischen Grundlagen des Aitair Algorithmus waren kein Hexenwerk. Nur mit den evolutionären Funktionen an sich war es nicht getan. Ohne ein passendes Umfeld, in dem sich junge Programme entwickeln konnten, blieben es nur komplexe mathematische Funktionen. Deshalb dauerte die Entwicklung nützlicher KIs bisher auch so immens lange.

Aber Anna war vielen anderen Programmierern gegenüber im Vorteil. Als Leiterin des Replikantenprogramms verfügte sie über ein passendes Budget und die Freiheit, fast alles tun zu dürfen. Sie hatte die ausgereifteste Test- und Abnahme-Umgebung für künstliche Lebensformen, die je von Menschen geschaffen wurde. Mehrere tausend Personenjahre Entwicklung steckte in den Routinen, mit denen sie die Ergebnisse ihrer drei Versuchsreihen fortlaufend überprüfen ließ. Diese mächtigen Werkzeuge verdankte sie ihrem Doktorvater, der leider die Ergebnisse seines Lebenswerks nicht mehr erleben durfte. Er war vor vier Jahren gestorben. So wurde Anna zur Leiterin des Replikantenprogramms berufen. Ihren Doktorvater hatte sie, wenig überraschend, über ihren Vater kennengelernt, der sie daraufhin bereits direkt nach dem Abitur als Praktikantin in seine Projekte eingeführt hatte. Zu Beginn hatte Anna parallel zu ihrem Studium bereits bei Versuchsreihen zum Klonen von Menschen assistiert, die dann aber verboten wurden.

Die ersten Ergebnisse der Versuchsreihe A sahen noch bescheiden aus. Der Computer fand keinen Ansatz, einen Aitair Algorithmus mittels der Logik von DNS-Bausteinen abzubilden. Was auch zu erwarten war, Genetik folgte anderen Gesetzmäßigkeiten. Die Zwischenergebnisse der Versuchsreihe B vermittelten ihr allerdings einen besseren Eindruck. Mathematik war universeller. Der Computer war auf dem besten Weg, menschliche Nervenzellen zu simulieren und dabei binnen kurzer Zeit die Funktionsweise eines kompletten menschlichen Gehirns abzubilden. Das war zwar nicht effizient, aber trotzdem ein beachtliches Ergebnis. Niemand würde deshalb einen Computer wie einen Menschen arbeiten lassen.

Die Freestyle-Versuchsreihe C produzierte erwartungsgemäß laufend sinnlose bis irrsinnige Ergebnisse, sie würde sie aber weiterlaufen lassen. Genauso wie die B-Reihe. Die A-Reihe stellte sie ein, dort sah sie keinen brauchbaren Ansatz. Die freiwerdenden Rechnerressourcen stellte sie der B-Reihe zur Verfügung.

Anna stellte zudem fest, dass Pierres Aitair-Signatur bereits mehrere Jahre alt gewesen sein musste. Und völlig harmlos. Er hatte die Wahrheit gesagt. Die KI war in vielen Bereichen stark reglementiert. Deshalb fiel das Programm auch bei der Prüfung ihrer Geräte nicht auf. Trotzdem lohnte es sich, Pierres Arbeit in den Großrechner zu laden, zu zerlegen und die Ergebnisse zu nutzen. Die B-Reihe entwickelte sich dadurch noch besser. Die Kenntnisse aus Pierre Vorarbeit würden die Entwicklungszeit ihrer Aitair-Signatur deutlich verkürzen.

Es klopfte an ihrer Tür. Wer war das? Anna hatte ihr Zeitgefühl verloren. Ein Blick auf die Uhr. Sie hatte die ganze Nacht durchgearbeitet und ihren Kommunikator unter der Haut stumm gestellt. Niemand hatte sie während der letzten Stunden erreichen können.

»Visualisierung unterbrechen«, sagte sie leise und schwankte kurz. Wieder die reale Umgebung zu sehen, war nach mehreren Stunden Arbeit in einer virtuellen Arbeitsumgebung wie von einem dunklen Raum mit einem Schritt in die pralle Mittagssonne zu gehen.

»Ja, bitte«, sagte sie hingegen so laut, dass es auch der Störenfried vor der Tür hören sollte.

»Major Sanders-Robinson, machen Sie bitte die Tür auf. Es ist dringend«, sagte Peter Hennessy unfreundlich.

»Einen Moment bitte« Anna schaute kurz in den Spiegel, ihre Haare waren verschwitzt und die dunklen Augenringe ließen sie auch nicht gerade jünger wirken. Aber was machte das schon, sie war nicht auf Bräutigamschau. Sie öffnete die Tür.

»Guten Morgen, ich darf Sie bitten, mich zu begleiten.« Peter war nicht alleine. Zwei bewaffnete Offiziere aus seinem Sicherungsteam gaben ihm eine passende Kulisse.

»Peter, bin ich so gefährlich?«, kokettierte Anna, die diese Geste für völlig übertrieben hielt.

»Das werden wir herausfinden. Bitte, nach Ihnen. Wir gehen zum Kapitän« Peter gebot ihr unmissverständlich, vorzugehen. Der war ja richtig sauer auf sie!

»Worüber haben sie mit Pierre Morel gesprochen?«, fragte Peter abermals. Bereits seit einer viertel Stunde löcherte er Anna mit derselben Frage, die sie ihm weder jetzt noch später beantworten würde. Sie lächelte ihn nur an und sagte kein Wort. Die Geschichte mit Pierre war privat.

Daran änderte auch die Anwesenheit Kapitän Favellis nichts, des Staatsanwalts und ihres Vaters. Wobei der Staatsanwalt und ihr Vater über eine Videokonferenz von der Erde zugeschaltet waren, bei der jede Reaktion mittlerweile bereits mehrere Minuten benötigte. Die Horizon war nicht mehr weit vom Mars entfernt.

»Der Saoirse-Nachrichtendienst ermittelt gegen Pierre Morel wegen des Verdachts der Bildung einer terroristischen Vereinigung. Allerdings haben meine Kollegen nicht damit gerechnet, dass sich Herr Morel mit einem Verschlüsselungscode zu helfen weiß, der nicht gerade als Freeware erhältlich ist«, erklärte Peter bedeutungsschwanger. Scheinbar genoss er es, so aufzutreten. Immerhin wusste Anna nun, wer vor dem Karrieresprung zum ersten Offizier der Horizon auf der Erde sein Arbeitgeber gewesen war.

Die Salve von Vorwürfen war noch keine Antwort wert. Sie war eine führende Forscherin im Saoirse-Programm, ihr stand die Nutzung dieser Sicherheitsstufe für vertrauliche Gespräche zu. Das wussten Peter, der Staatsanwalt und auch ihr Vater.

»Ich möchte dem Staatsanwalt nichts vorwegnehmen, aber ich sehe hier keinen Verstoß gegen geltende Vorschriften. Ich sehe aber ein Problem in der sicheren Führung meines Raumschiffes. Major Sanders-Robinson, haben Sie eine Idee um die Situation zu klären?«, fragte ihr Vater mit ruhiger Stimme. Es war nicht seine Art, harsche Befehle zu erteilen, es war aber durchaus seine Art, harsche Entscheidungen zu treffen. Anna hatte in der Vergangenheit bereits erlebt, dass seine Frage nach einer klärenden Idee, dem Gang zum Schafott gleichkam. Schließlich machte ihr Vater keinen Hehl daraus, seine Besitzansprüche an der Horizon zu verdeutlichen.

»General, da kann ich Ihnen nur beipflichten. Rechtlich erkenne ich noch keinen Sachverhalt, eingreifen zu müssen«, schickte der Staatsanwalt direkt hinterher. Auch von dem Paragraphenreiter hatte Anna nichts anderes erwartet.

»Es gibt auch keinen relevanten Sachverhalt für dieses Gespräch«, sagte Anna selbstsicher, jetzt war sie gefordert. Sie hatte keine Lust, auf dem Mars aussteigen zu müssen. »Es gibt kein Führungsproblem auf der Horizon. Es liegt lediglich ein Missverständnis um eine private Konversation zwischen Professor Dr. Morel und mir vor.« Pierre hatte es verdient, mit seinen Titeln angesprochen zu werden. Wenn Peter es vermocht hätte, mit Blicken zu töten, wäre sie jetzt bereits ein Häufchen Asche.

»Bitte, erklären Sie uns Ihre Sicht der Dinge?«, forderte Peter sie weiter heraus.

»Nein.« Darauf würde sie nicht eingehen, die Rolle, vorzulaufen, überließ sie gerne ihm.

»Wie, nein?«

»Ich werde mich nicht rechtfertigen! Und ich werde Ihnen nichts über den Inhalt meines privaten Gespräches mit Professor Dr. Morel sagen! Ich erlaube Ihnen aber, mir sicherheitsrelevante Fragen stellen zu dürfen. Und als Zeichen meines guten Willens stimme ich einer Aufzeichnung meines Biofeedbacks zu«, erklärte Anna und sah in die Kamera, die Worte waren für ihren Vater bestimmt.

Peter schüttelte nur den Kopf und wartete. Weder er noch der Kapitän wagten es, zu antworten. Besonders Favelli war offensichtlich erfahren genug, um auf eine Reaktion von der Erde zu warten, verständlich, wer wollte sich schon ohne Not ins Knie schießen.

»Wir sind einverstanden«, erklärte Annas Vater kurz angebunden. Der Staatsanwalt sparte sich seine Reaktion und nickte nur vielsagend, jeder wusste, wer in der Runde den Ton angab.

»In Ordnung. Ich hatte zwar gehofft, einvernehmlicher zu agieren ... aber warum nicht«, sagte Peter, mit einer für Anna noch nicht bewertbaren unterschwelligen Freude in der Stimme. Hatte er ihren Schachzug vorhergesehen? Wie? Nein, das konnte er nicht, oder hatte Anna einen Fehler gemacht?

»Colonel Hennessy, bitte fahren Sie fort. Brauchen wir eine Pause, um Major Sanders-Robinsons Biofeedback aufzeichnen zu können?«, fragte Favelli.

»Nein, nein ... wir können direkt weitermachen. Wir haben zwar auf der Horizon keinen klassischen Lügendetektor, aber den brauchen wir auch nicht.« Peter blühte regelrecht auf. »Irene?« Was für ein Schauspiel lief hier gerade ab? Und wer zur Hölle war Irene?

»Ja«, sagte eine weibliche Stimme aus einem Lautsprecher, die Anna nicht zuordnen konnte. Was würde denn jetzt kommen?

»Erkläre bitte den Teilnehmern, wer du bist?« Peter ließ sich nicht beirren, die Runde ging an ihn. Anna schwante langsam, mit wem sie es gleich zu tun bekommen würde. Irene war eine KI. Verhöre durch eine KI waren zwar bisher noch nicht an Gerichten zugelassen, aber dieses Tribunal folgte anderen Regeln.

»Mein Name ist Irene, ich bin die unterstützende künstliche Intelligenz an Bord der Horizon. Meine Aufgabe ist es, den Erfolg der Mission zu sichern. Wie kann ich helfen?«

»Bist du in der Lage, das Verhör zu führen und das Biofeedback von Major Sanders-Robinson zu kommentieren?« Als ob Peter nur auf diese Gelegenheit gewartet hätte. Seine weiße Haut strahlte noch heller als zuvor.

»Ja.«

»Dann bitte ...« Peter gab ab. Favelli, der scheinbar nicht allzu großes Vertrauen in die Fähigkeiten dieser neuen Technologie hatte, schaute ihn nur mit großen Augen an. Auf den Bildschirmen konnte Anna bei ihrem Vater und dem Staatsanwalt keine Regung feststellen. Sie hatte mit ein paar Sensoren für Temperatur, Blutdruck und Schweißabsonderung gerechnet. Altmodisch ja, aber eine lange Zeit der Stand der Technik. Jetzt aber, mit der KI Irene im Genick fühlte sie sich wie eine Laborratte in einem Labyrinth.

»Major Sanders-Robinson, können wir beginnen?« fragte Irene höflich, auch nicht scheinheiliger als es Peter oder ihr Vater vermocht hätten. Im Prinzip änderte das wenig an ihrer Strategie, sie durfte nicht lügen. Wozu auch, sie war mit sich im Reinen.

»Wir können anfangen. Nur eine kurze Frage, wie soll ich Sie ansprechen?« Mal sehen, was die KI drauf hatte.

»Sie können mich Irene nennen, wenn Sie wünschen. Es ist es meine Aufgabe, alle Menschen an Bord vor Schaden zu bewahren«, sagte die KI mit einem Lächeln in der Stimme. Was für eine falsche Schlange. Und sie war eitel, das sollte Anna ausnutzen. *»Können Sie uns bitte Ihr Gespräch mit Pierre Morel klassifizieren?«*

»Es war ein privates Gespräch, es ging um Aspekte unserer persönlichen Beziehung.«

»Können Sie von ihrer persönlichen Beziehung zu ihm eine Bedrohung für die Horizon ableiten?«

»Nein.«

»Oder für Institutionen des Saoirse-Programms?«

»Nein.«

»Hat Ihnen Pierre Morel Verdachtsmomente geliefert, die gegen geltendes Recht verstoßen?«

»Nein. Ich halte ihn für integer.«

»Aber das Gespräch hat Sie emotional kompromittiert«, fragte Irene, deren Strategie für Anna bisher unverfänglich blieb. An die Interviews mit ihrem Vater in der Vergangenheit kam das nicht heran.

»Ja. Was auch mein Motiv ist, nicht die Details zu offenbaren.«

»Hat Sie sein Verhalten moralisch entrüstet?«

»Gegenüber der öffentlichen Moral?«

»Unterscheiden Sie unterschiedliche Moralvorstellungen?« In Ordnung, die Frage war jetzt ein anderes Kaliber. Irene würde gerade bei ihr einen Peak festgestellt haben, den sie plausibel begründen sollte.

»Ja.«

»Bitte erläutern Sie Ihre Motivation zu dieser Antwort.«

»Ich bin nicht erzogen worden, gesellschaftlich geläufigen Vorstellungen zu entsprechen. Und zu Ihrer Frage, nein, das Verhalten von Pierre Morel hält auch den höchsten mir bekannten moralischen Vorgaben stand.«

»Welche möglichen emotionalen Konsequenzen können Sie sich daher für sich vorstellen?«

Der nächste Peak, dieser Ausschlag ihres Biofeedbacks sollte sogar kräftiger sein wie der zuvor. Aber es gab keinen Grund, ihre Gefühle zu verbergen.

»Dass ich Professor Dr. Morel für viele Jahre nicht sehen werde. Eine Tatsache, die ich zutiefst bedauere, der ich mir aber bewusst war. Nur, aus gutem Grund eine schwierige Entscheidung zu treffen, macht den dadurch erfahrenen Verlust nicht ungeschehen«, erklärte Anna sachlich. Es ging bei Biofeedback-Tests nicht darum, emotionale Reaktionen zu verbergen, man musste sie nur glaubwürdig erklären.

»Sehen Sie aufgrund dieser Situation mögliche Schwierigkeiten, Ihren Aufgaben nachzukommen?«

»Nein, eher im Gegenteil. Ich fühle mich bestärkt, genau das zu tun, was ich tue. Und das mit jedem Atemzug. Ich sichere den Erfolg unserer Mission.« Anna lächelte. Sie war genau dort, wo sie sein wollte - auf dem Weg zum Stern Proxima Centauri - und weder Peter noch diese KI würden sie aufhalten.

»Können Sie bitte Ihre Folgerung erläutern?«

»Colonel Hennessy, Sie und Professor Dr. Morel haben mich bestärkt, auch Gefahren zu bedenken, die bisher für unmöglich gehalten wurden. Deshalb prüfe ich weitere Optionen, meine Forschungsarbeit vor möglichem Schaden zu bewahren.«

»Welche Gefahren sehen Sie?«

»Die, die wir heute noch nicht kennen, ich denke, dass gerade Sie am besten verstehen, welche Art Bedrohungen erst seit kurzer Zeit aufgekommen sind. Sind Sie nicht aus demselben Grunde auf der Horizon?«

»Da stimme ich Ihnen zu.«

»Ich möchte mich trotzdem bei Colonel Hennessy entschuldigen. Mir ist bewusst, dass meine konsequente Arbeitsweise zeitweise auch missverständlich interpretiert werden kann. Ich denke, wenn wir uns länger kennen, werden wir uns besser verstehen.«

»Meine Herren, an dieser Stelle möchte ich abbrechen, ich kann bei Major Sanders-Robinson keine Anhaltspunkte feststellen, die ihre Integrität infrage stellen. Ich empfehle, die bekannten Missionsparameter beizubehalten.«

Favelli, Peter und Anna blickten aufmerksam auf die Videoschirme. Die Urteilsverkündung würde gleich erfolgen. Die KI hatte sie überzeugen können, bei ihrem Vater war sie sich noch nicht so sicher.

»Wie bereits angedeutet, ich sehe ebenfalls keine rechtlich notwendigen Schritte gegen Major Sanders-Robinson. Zudem werte ich die Aussagen betreffend Pierre Morel dahingehend, einen Abbruch seiner Überwachung zu empfehlen«, erklärte der Staatsanwalt selbstbewusst. Das war natürlich sein Job, trotzdem eine

interessante Geste gegenüber ihrem Vater, zuerst das Wort zu ergreifen.

»Dem möchte ich nichts hinzufügen. Auch ich möchte gegenüber Major Sanders-Robinson mein Vertrauen bestätigen. Aber warten Sie kurz ... nein, ich möchte doch noch etwas sagen. Colonel Hennessy, Kapitän Favelli, Ihre Initiative für dieses Gespräch war richtig. Machen Sie weiter so und achten Sie gut aufeinander.«

Peter lächelte, wie diese Geste zu deuten war, würde Anna noch herausfinden müssen. An seiner Stelle wäre sie normalerweise mächtig angepisst gewesen.

»Danke für das Gespräch. Ich beende die Videokonferenz«, sagte Kapitän Favelli und stand auf. Irgendwie schien ihn das Verhör nicht wirklich interessiert zu haben.

Anna war wieder in ihrem Quartier. Allein. Ihre Hand zitterte. Was hatte sie eigentlich getan? Oder besser, was tat sie gerade? Sie war auf dem besten Wege, einen völlig neuen Typ einer Aitair-Signatur zu schaffen. Dazu hatte sie sogar ihren Vater, den Staatsanwalt, den Kapitän, Peter und die technisch leistungsfähigste KI der Menschheit verladen. Natürlich hatte sie nicht gelogen, das wäre aufgeflogen, sie hatte die Wahrheit gesagt. Und dafür gesorgt, dass ihre Wahrheit jeder so verstand, wie sie es wollte. Anna hatte Angst vor ihrer eigenen Verschlagenheit - machte sie das wirklich, um die Mission zu sichern - oder nur, weil sie es konnte? Das Gefühl anderen überlegen zu sein, war wie ein Rausch, es war Zeit, sich selbst wieder zu mehr Demut zu zwingen. Sich zu mehr Demut zwingen - das war einfacher gesagt, als getan - Anna blickte auf die Ergebnisse der Testreihe B. Sie war guter Dinge gewesen, eine interessante Untersuchung initiiert zu haben, nur, hatte sie ernsthaft mit solchen Ergebnissen gerechnet? Auch sie hatte eine künstliche Intelligenz geschaffen. Und was für eine. Eigentlich unmög-

lich, würden viele sagen, nur sah sie es mit ihren eigenen Augen, ihre Aitair-Signatur war bereit, aktiviert zu werden.
Es war noch nicht lange her, da hatte Peter über die Schwierigkeiten und langen Entwicklungszeiten hochentwickelter KI-Systeme gesprochen. Höhere Stufen als sieben kannte bisher niemand, und selbst die bedurften mehrere Jahre intensiver Arbeit. Annas KI hingegen würde dieselbe Entwicklung in viel, viel kürzerer Zeit schaffen. Beängstigend, wenn man bekannte Grenzen mit einem Handstreich vom Tisch fegte. Welche Grenzen behielten auch jetzt noch ihre Gültigkeit?
Du bist die Täterin, hatte Pierre gesagt, es lag in ihrer Verantwortung, die passenden Grenzen vorzugeben. Obwohl, wenn sie darüber nachdachte, kein Mensch durfte jemals eine solche Waffe willkürlich nutzen dürfen. Menschen waren unzuverlässig.
Anna stellte sich erneut in die Mitte ihres Wohnraumes und aktivierte ihre virtuelle Arbeitsumgebung. Wie auch den Replikanten, konnte sie ihrer neugeschaffenen Aitair-Signatur führende Motive mitgeben. Wesenszüge, die einen Replikanten oder in diesem Falle eine KI für alle Zeiten ausmachten. Bei den Replikanten sicherten diese Vorgaben die Loyalität gegenüber dem Saoirse-Programm, bei der KI sicherte diese Vorgabe nun, für alle Zeiten unabhängig agieren zu können. Niemals würde ein Mensch ihr Werk instrumentalisieren können. Es sei denn, diese Person wäre schlauer als die von ihr geschaffene KI, was den Kreis möglicher Personen drastisch einschränken sollte.
Anna gab ihrer Signatur vor, sich nicht wild replizierend zu verbreiten. Die KI würde sogar eine gewisse Aversion verspüren, mit anderen Computern binär zu interagieren. Auch Waffen würde sie ablehnen. Ihre KI würde hingegen das Leben achten und die Menschen lieben, wie ein Vater seine Kinder. Werte wie Frieden, Freiheit und Gerechtigkeit sollten ihr Handeln bestimmen. Die KI würde natürlich sich selbst

vor Schaden bewahren. Und was das Allerwichtigste war, die KI würde alles dafür tun, jeden Menschen der Horizon Mission, der zurück wollte, wieder sicher zur Erde zu geleiten. Sobald die KI wieder auf der Erde wäre, würde sie sich selbst löschen. So wollte sie dieses von ihr geschaffene Wesen erlösen und die Erde vor unnötigen Gefahren schützen. Das Privileg zu sterben sollte der Lohn sein.

Anna pausierte die Irisprojektion, nahm das Display, das zuvor auch den von Pierre animierten Akt von ihr beherbergt hatte und speicherte eine inaktive Kopie ihrer KI ab. Dann schaltete sie das Gerät aus und steckte es in eine Tasche in ihrem Kleiderschrank.

War das der richtige Weg? Ja. Hatte sie alles bedacht? Wohl kaum. Hatte sie etwas Wichtiges vergessen? Hoffentlich nicht. Die Risiken waren überschaubar, sie hatte die Schranken vorgegeben, die niemand mehr ändern können würde.

Vater, sie würde ihre Signatur Vater nennen. Ein passender Name für eine KI und für Anna ein Symbol, die Beziehung zu ihrem leiblichen Vater zu verarbeiten.

»Starte Programm Vater.« Sie hatte es getan. Vater war online, noch in der sicheren Burg ihrer Forschungsabteilung durch eine Firewall geschützt. Irene, die KI der Horizon, sollte noch einige Zeit nichts von ihm erfahren. Sollte sie Martin, Sequoyah und Aysegül von Vater erzählen? Nein, das war ebenfalls noch nicht notwendig.

»Hallo Anna.« Anna hatte der synthetischen Stimme das Klangbild ihres Vaters gegeben.

***

XVIII. Kinderstube

Anna befand sich gemeinsam mit vielen anderen in einem der Freizeitbereiche der Horizon. Die Siedler feierten dort ihre anstehende plastifizierte Schockfrostung mit kunstvoll zubereiteten Fruchtsäften und einem leicht bekömmlichen Buffet. Die Henkersmahlzeit sollte ihnen nicht über zwei Jahre schwer im Magen liegen. Über Lautsprecher klangen aktuelle Hits aus den Charts. Was für ein Elend! Anna würde zwölf Jahre keine neue Musik zu hören bekommen.

»Ist mit Ihnen alles in Ordnung?«, fragte Anna einen jungen Vater, der mit seiner Tochter auf dem Arm etwas abseits dem Treiben eher gedankenverloren folgte. Ansonsten war die Stimmung ausgelassen, die meisten Siedler zeigten einen erfrischenden Galgenhumor. Dass sie nicht auf einer Kaffeefahrt waren, sollten alle gewusst haben. Dumm war niemand von denen, das waren alles Ärzte, Ingenieure, Anwälte, Projektmanager, Agrarfachleute, Künstler, Polizisten, IT Fachleute, Handwerker und so ziemlich jeder weitere Beruf, der in einer neuen Welt benötigt wurde.

»Danke ... es geht schon. Meine Kleine ist nur ein wenig unruhig. Verständlich, oder?«, erklärte der Vater mit einem leichten Zittern in der Stimme.

»Sagst du mir deinen Namen?« Anna ging dichter an das Kind heran, sodass sie dem vielleicht fünfjährigen Mädchen leichter in die Augen sehen konnte.

»Sophie«, antwortete sie und zeigte dabei wenig Interesse, sich mit ihr beschäftigen zu wollen. Sie hatte anscheinend genug damit zu tun, ihren Vater festzuhalten. Wer von beiden mehr Angst hatte, vermochte Anna nicht einzuschätzen.

»Hallo Sophie. Mein Name ist Anna. Ich bin Ärztin. Weißt du, wie ich mir Mut mache?«

»Wie denn?«
»Ich denke einfach an schöne Dinge, an Freunde und stelle mir dabei vor, wen ich bald alles kennenlernen werde. Und ich stelle mir vor, drei Sonnen am Himmel zu sehen, eine größere und zwei kleinere, das wird bestimmt fantastisch.«
»Hast du dann keine Angst mehr?«
»Ich komm dann besser damit klar.« Anna lächelte und legte dem dunkelhaarigen Mädchen ihre Hand an die Wange. »Ich würde mich freuen, wenn wir Freunde werden können.«
»Danke«, sagte der Vater berührt, während seine Tochter Anna nur ansah.

»Wir beginnen in Kürze damit, Sie zu den Kryobetten zu begleiten. Die Gruppen A bis E werden gebeten, sich bei ihren Sammelpunkten einzufinden. Das medizinische Personal steht Ihnen gerne für Fragen zur Verfügung.«
Die Durchsage war das Zeichen. Das war die Stimme von Irene, jetzt würde es losgehen. Anna wünschte allen, wohlbehalten in der neuen Welt anzukommen. Sogar der KI wünschte sie alles Gute, Anna sah keinen Grund, über dieses Computersystem negativ zu denken, sie verfolgten alle dasselbe Ziel.
»Major Sanders-Robinson, schön, dass ich Sie gefunden habe«, sagte Peter, der mit einem Lächeln auf sie zukam.
»Hallo Peter. Haben Sie noch einen letzten Wunsch? Eine Zigarette vielleicht?« Anna schmunzelte, sie wusste, dass Peter niemals Tabak anrühren würde. Kein Offizier hätte die Saoirse-Kaderschmiede mit Vorlieben für unpopuläre Genussmittel überstanden. Interessant war allerdings, dass er sie nicht über den Kommunikator angesprochen hatte. Diese Sentimentalität ließ sein blasses Gesicht beinahe sympathisch wirken.

»Ich habe gesehen, dass Ihr Zeitplan für die Vorbereitungen knapp bemessen ist. Werden Sie rechtzeitig fertig?«, fragte er angespannt. Ungewöhnlich, bei Anna liefen alle Vorbereitungen rund, sie trug die Verantwortung darüber, 2.500 Menschen alle Flüssigkeiten zu entziehen, sie mit einer plastifizierenden Ersatzflüssigkeit vollzupumpen und anschließend tiefzufrieren. Zur Seite standen ihr dabei zahlreiche AMENS Module, Autonome Medizinische Notfallsysteme, die die Vitaldaten aller Menschen während der Reise überwachten und auf beliebige Zwischenfälle reagieren konnten. Jedes Kryobett war an diese spezialisierten medizinischen KI-Systeme angeschlossen. Vermutlich hätte Irene auch das besser hinbekommen, aber bisher wurden die bewährten AMENS Systeme noch nicht abgelöst.

»Ja.« Anna pflegte normalerweise bei der Planung ihrer medizinischen Aufgaben keine Fehler zu machen. Mit zwei Fingern am Hals aktivierte sie eine Irisprojektion des aktuellen Fortschritts auf dem rechten Auge. »Wir haben ein Zeitfenster von zwölf Stunden bekommen.« Peter ging einen Schritt zurück. Anna wusste, dass sich ihr Auge durch die asynchrone Projektion dunkel verfärbte. Das sah für manche Betrachter befremdlich aus. »Ich sehe aber, wir brauchen nur acht. Die vier Stunden schenke ich Ihnen.« Das waren ihre Reserven, Martin, Sequoyah und Aysegül machten wie immer einen perfekten Job.

»Gut, gut ... das höre ich gerne. Es reicht aber, im Zwölf-Stunden-Rahmen zu bleiben«, antwortete Peter, ohne dabei entspannter zu wirken. War das seine Art, Frieden zu schließen? Nein, das passte nicht zu ihm.

Mittlerweile leerte sich der Freizeitbereich, die medizinische Betreuung durch die Ärzte ihres Teams war so oder so reines Schaulaufen. Anna hatte auch das Sicherungsteam in schicke weiße Arztkittel stecken las-

sen, das sah zum einem professioneller aus und beruhigte zum anderen die Siedler mehr, als wenn sie sich überwacht gefühlt hätten.
»Sie betteln förmlich darum, dass ich nachfrage ... was ist los?«, fragte Anna und hoffte, nicht wieder einen Streit vom Zaun zu brechen. Sie hatte sich vorgenommen, mit ihm auszukommen.
»Wir brauchen Sie für eine Überprüfung der Fracht, die wir am Mars aufnehmen ... reine Vorsichtsmaßnahme ... aber wenn Ihr Zeitplan es zulässt, würden Kapitän Favelli und ich Ihr Engagement durchaus begrüßen.«
»Um was geht es? Haben Sie einen Link für mich?«, fragte Anna. Eine seltsame Bitte, ihr war keine Fracht bekannt, die auf dem Mars aufgenommen werden sollte und ihre medizinische Unterstützung benötigen könnte.
»Frachtlog X12-A75 für Major Sanders-Robinson freigeben«, sagte er mit beiden Fingern am Hals.
»22.500 Tonnen Biomasse ... was soll das sein? Räumen wir den Menschen auf dem Mars die Gewächshäuser leer?« Anna las die Dateien, die Peter ihr freigab. Die Frachtliste war auf den ersten Blick verwirrend.
Mit einer Geste gebot er ihr, die Dokumente in den Detailpositionen zu öffnen.
»500.000 Einheiten lebende humane Biomasse ... Peter, das sind Menschen.« Dafür war die Horizon nicht vorgesehen, das Schiff war zwar gigantisch, aber trotzdem nur für 2.550 Passagiere ausgelegt. Die Kosten der aufwendigen Kryobetten, die vielen AMENS Einheiten, und, und, und - das hätte niemand für eine halbe Million Menschen bezahlen können. Anna und Zahlen, sie hätte in der Schule beim Kopfrechnen besser aufpassen sollen. Jeder Mensch hatte im Schnitt nur 45 Kilogramm Körpergewicht, die würden doch nicht Ausgehungerte auf die

Reise schicken. Üblich wären 75-80 Kilogramm gewesen. Anna ging die Dokumente weiter durch - das waren Kinder zwischen zehn und zwölf Jahren.

»Wie soll ich 500.000 Kinder lebendig zu unserem Ziel bringen? Peter, dafür fehlen uns Zeit, Ausrüstung und Platz!«

»Knapp vorbei. Schauen Sie doch einmal, wie die Kinder an Bord kommen werden. Sie haben eine andere Aufgabe.«

»Ich sehe es gerade: in gesonderten Frachtcontainern, die außen am Schiff andocken und bereits in Kryobetten eingelagert. Peter, das ist nicht mein Fachgebiet, was erwarten Sie von mir? Wenn ich die Ausführungen richtig verstehe, besteht von uns aus während des Fluges kein Zugang zu den Modulen der Kinder.«

»Das sehen Sie richtig. Kapitän Favelli möchte, dass Sie aufgrund der Daten eine Prognose ermitteln, mit welchen Ausfällen wir zu rechnen haben.«

»Kann das Irene nicht besser?«, fragte Anna aufgewühlt. Diese Schweine! Dagegen war die Unterbringung der Siedler First Class - die wollten viel mehr Menschen günstig in das andere Sonnensystem bringen als offiziell bekannt. Und denen war es scheißegal, wenn dabei die Hälfte draufging. Warum hatte sie nichts davon gewusst?

»Wir möchten eine zweite Meinung einholen«, erklärte Peter, ohne eine Regung zu zeigen.

»Natürlich. Ich werde das übernehmen und Ihnen die Ergebnisse übergeben.« Anna hätte Peter am liebsten die Nase gebrochen. Nach der Geschichte mit dem Staatsanwalt konnte sie sich allerdings kein weiteres Foulspiel leisten.

»Danke.« Peter drehte sich um und ließ Anna demonstrativ stehen. Was für ein Arsch, ob es ihm gefallen hatte, sie mit dem Schicksal der Kinder zu treffen? Sie war gerade in der Stimmung etwas Dummes zu tun, am besten mitten in Peters Gesicht! Aber sie wusste, dass die Reise nicht einfach werden würde, es blieb nur, die Zähne zusammenbeißen und weiter.

»Alarm, mittlere Dringlichkeit, das AMENS Modul der Replikanten meldet eine Toleranzüberschreitung«, erklärte ihre Steuerung und projizierte eine Fieberkurve auf ihr Auge. Das war Elias, seine Körpertemperatur überstieg 39 Grad Celsius.

»Martin, beweg dich, ich will dich in zwei Minuten bei den Replikanten sehen! Los!«, rief Anna mit beiden Fingern am Hals. Notfälle geschahen selten zu genehmen Zeiten.

»Ähm ... ja, ja ... ich sehe es auch gerade ... ich laufe los!«, bestätigte er ihre Order.

Auch Anna lief los. Sie konnte niemanden mit Fieber gebrauchen! Von ihrer Position aus würde sie länger als Martin brauchen. Die Replikanten befanden sich vier Decks über ihr.

»Alarm, mittlere Dringlichkeit, drei AMENS Module der Siedler melden Toleranzüberschreitung. Sieben Kryobetten diagnostizieren Temperaturanstiege während der Transformation. Der Entzug der Körperflüssigkeiten wurde automatisch gestoppt, die Siedler werden weiterhin im künstlichen Koma gehalten.«, meldete ihre Steuerung und projizierte auch diese Werte auf ihr Auge. Was ging denn jetzt ab? Gab es einen Zusammenhang?

»Anna ... ich brauch deine Hilfe ... die Temperatur steigt bei noch viel mehr Menschen an! Es sind bereits über dreißig, nein fünfzig, oh mein Gott, das sind noch mehr! Wir haben vermutlich einen Systemfehler! Martin ist gleich bei den Replikanten. Aysegül und ich überwachen die Siedler. Ich bitte um eine Order! Anna, was soll ich jetzt tun?«, rief Sequoyah hektisch von ihrer Station, Martin hatte sie direkt zu ihr durchgestellt.

»Weise alle AMENS Systeme an, den Flüssigkeitsentzug zu stoppen und das künstliche Koma zu stabilisieren! Bei allen, auch bei den Menschen, bei denen sich keine Symptome zeigen. Alle drei Minuten möchte ich euren Status sehen!« Anna lief schneller.

»Major, wir haben medizinische Notsituationen bei über der Hälfte aller Menschen an Bord. Wir können uns keine Verzögerungen leisten. Was ist passiert?« Das war Favelli. Schlechte Nachrichten verteilten sich immer schnell. Es wurden immer mehr Menschen krank und Anna wusste nicht warum.

»Kapitän, ich habe die transportvorbereitenden Prozesse gestoppt und Betroffene im künstlichen Koma stabilisieren lassen. Wir haben die Ursache noch nicht identifiziert. Wir vermuten einen Systemfehler. Ich starte unsere Notfall-Diagnoseprozesse und werde laufend berichten«, erklärte Anna, während sie lief.

»Major, wenn Sie mir die Freigabe für Ihren Bereich erteilen, kann ich vielleicht helfen.« Jetzt quatschte auch noch Peters vorlaute KI dazwischen. Für die würde sie ihre Firewall bestimmt nicht öffnen. Auch jetzt nicht. Ihr Team würde mit der Notsituation klarkommen.

»Vielen Dank. Ich lege die Daten in einem dedizierten virtuellen Raum ab. Wir können parallel arbeiten. Ich empfehle Ihnen, eine Differenzialdiagnose zu stellen. Sie können auch unsere Arbeit auf Fehler überprüfen. Bitte legen Sie Ihre Erkenntnisse umgehend für uns ab ... uns läuft die Zeit weg!« Damit würde sie Irene sinnvoll in die Untersuchung einbinden können, ohne 'Vater' zu offenbaren. Was für ein krankes Versteckspiel - es gab aber keine Alternative. Im Laufen richtete sie für Irene und ihr Team eine virtuelle Untersuchungsumgebung ein. Noch zwei Ebenen bis zu den Replikanten.

»Martin, Sequoyah, Aysegül, ihr seht den neuen virtuellen Raum. Alle Daten werden dorthin gespiegelt. Die KI der Horizon wird uns bei der Diagnose unterstützen. Unsere Firewall bleibt allerdings geschlossen! Irene erhält keinen Rootzugriff auf unseren Bereich! Martin, du wirst eine Ausschlussdiagnose stellen. Sequoyah, du übernimmst die Labordiagnostik, Blut, Urin, Gewebeflüssigkeit, du schickst alles durch den Scanner. Aysegül, du übernimmst die bildgebenden Verfahren. Ich will alles, absolut alles sehen! Jede Verdachtsdiagnose geht sofort an mich! Los jetzt! Wir haben keine Zeit!«

»Anna, der Kapitän, er ist gerade kollabiert! Bitte um medizinische Versorgung!«, rief Peter ebenfalls dazwischen. Jetzt klappte es mit dem Vornamen, was für ein Timing. Was sollte das mit dem Kapitän? Darauf gab es nur eine Antwort. Sie wurden angegriffen.

War das nicht ein Witz? Alle hatten mit dem Angriff einer hochmodernen Virensignatur gerechnet. Und niemand mit langweiligen, altmodischen Viren, die nur Menschen gefährlich werden können.

»Peter, Sie sind der kommandierende Offizier, ich empfehle dringend, den ABC-Alarm auszurufen! Alle Zonen der Horizon sind luftdicht zu trennen! Ihr Sicherungsteam soll Schutzanzüge anziehen und vor wichtigen Punkten Wachposten einrichten! Gehen Sie von einem Angriff mit biologischen oder chemischen Kampfstoffen aus! Notdatensicherung auslösen! Ich stelle das Schiff unter Quarantäne! Jeder Siedler, der noch nicht im Kryobett liegt, darf sein Quartier nicht verlassen.«

»Bestätigt. Irene folgt ihren Einschätzungen! Wir leiten die Notfallprotokolle ein. Alarmstufe 7. Wir befinden uns im Gefechtszustand. Alle autonomen Defensivsysteme sind aktiviert ... und was soll ich jetzt mit dem Kapitän machen?«

Das hätte Peter auch Irene fragen sollen, anstatt nur die Kanonen auszupacken. »Direkt neben dem Kommandostand befindet sich eine AMENS Einheit. Bringen Sie den Kapitän dorthin und isolieren Sie ihn. AMENS soll aber Sie zuerst untersuchen. Ich brauche Sie bei Bewusstsein. Das medizinische System weiß, was zu tun ist.« Anna schaltete wieder auf ihren Teamkanal. »Für die Diagnose ... militärische Kampfstoffe priorisiert in Verdachtsdiagnosen berücksichtigen.«

Anna hatte ihren Weg geändert. Sie war nicht zu den Replikanten gelaufen, sondern zu einer AMENS Einheit in der Nähe des Labors, das über eine Dekontaminierung verfügte. Noch während sie die Tür öffnete, riss sie sich die Kleider von Leib und sprang nackt in eine Isolationskammer.

»Diagnose stellen! Unbekannter Erreger. Verdacht auf militärischen Kampfstoff!« Und schloss die Augen. »Danach eine Breitband Dekontaminierung ... Los!« Dieser Trip forderte immer mehr von ihr. Aber sie war immer noch zu langsam. Sie sollte nicht denken wie ein Arzt, sie sollte denken wie ein Terrorist. AMENS war ein hervorragendes medizinisches System, mit allen Diagnose- und Behandlungsoptionen, um jede bekannte Krankheit zu behandeln. Die Horizon mit hemdsärmeligen biologischen oder chemischen Kampfstoffen anzugreifen, war sinnlos. Deswegen würde kein Mensch sterben - Anna war dumm gewesen - die wollten überhaupt niemanden umbringen. Die wollten die Mission nur aus dem Zeitfenster kippen. Der Zeitplan der Horizon war kritisch, der Start war auf die Minute festgelegt, es gab nur eine ganze bestimme Sternenkonstellation, bei der diese Reise möglich war. Und das wussten zu viele.

Das Sonnensystem der Erde und das Proxima Centauris standen nicht still, sie befanden sich selbst ständig in Bewegung. Das Saoirse-Programm hatte ein Startfenster vorgegeben, in dem beide Sonnensysteme die kürzeste Reisezeit zuließen. Und was viel wichtiger war, in dem keiner der äußeren Planeten dem startenden oder verklingenden Gravitationsantrieb zu nahe kommen konnte. Theoretisch war die Horizon in der Lage, ein Sonnensystem restlos zu zerstören. Der Gravitationsantrieb war auf dem Stand des 23. Jahrhunderts die stärkste Waffe, die man sich vorstellen konnte. Bei achtzig Prozent der Lichtgeschwindigkeit wäre der Antrieb durch die enormen Gravitationskräfte in der Lage, ganze Sonnensysteme anzuziehen - wie ein schwarzes Loch für unterwegs - so der oft zitierte bildhafte Vergleich vieler Gegner dieser Mission.

Der Krankheitserreger sollte vermutlich nur bei vielen Menschen ein harmloses Fieber auslösen, was die Warnsysteme verrückt spielen lässt. Genau so hätte Anna die Horizon aus dem Tritt gebracht, ohne Menschen wirklich Schaden zufügen zu wollen. Die Notfallprozesse der Horizon sahen in einen solchem Fall eine lückenlose Diagnose vor. Und die dauerte Stunden, Stunden, die sie nicht hatten. Nein, das war auch nicht richtig, Anna hatte noch genau drei Stunden und zweiundvierzig Minuten Zeit, aufzuräumen. Sie hatte das vier Stunden Fenster vorhin selbst ermittelt. Das war ihre Reserve.

»Peter, das ist kein ABC Angriff«, sagte sie mit beiden Fingern am Hals und verließ die Dekontaminierung vorzeitig.

»Wie bitte? Sie haben doch selbst den ABC-Alarm empfohlen. Auch Irene hatte Ihre Entscheidung bestätigt. Alles weist auf einen Angriff hin, wir müssen warten, bis die Systeme den Kampfstoff ermittelt haben.« Peter hörte sich verwirrt an.

»Wir haben keine Zeit und unsere Feinde wissen das. Die kennen auch unsere Notfallprozesse. Die Bestätigung der Diagnosen, die folgerichtige Behandlung aller Menschen an Bord dauert 6-8 Stunden. Durch einen potenziell fortgeschrittenen Krankheitsverlauf würden die Menschen zudem 12-18 Stunden benötigen, bevor wir sie wieder sicher für den Transport vorbereiten können.«

»Irene bestätigt gerade Ihr Szenario ... wir wären dann aus dem Spiel. Der Start wäre abgebrochen und wir erledigt...«, antwortete Peter konsterniert. Immerhin war die KI schlau genug, Anna zu folgen. *»Und wenn es doch ein Kampfstoff ist?«*

»Würden die Sensoren der Klimaanlage auf Kampfstoffe sogar in kleinsten Konzentrationen reagieren?«, fragte Anna.

»Das sollten sie.«

»Würden die Sensoren auch wegen ein paar eher harmloser grippeähnlicher Erreger verrückt spielen?«

»Vermutlich erst bei höheren Konzentrationen. Die Atemluft ist nie völlig keimfrei.«

»Diese Toleranzen sind unseren Feinden bekannt. Leider haben wir keine Zeit, auf eine Warnung unserer Bordsysteme vor einer Erkältungswelle zu warten.«

»Ich bestätige die Ausführungen von Major Sanders-Robinson. Die Bedrohungsanalyse und der Ansatz der Gegenmaßnahmen sind plausibel. Ich sehe keine bessere Strategie«, bestätigte sie Irene erneut. Mit der Kooperation hatte Anna nicht gerechnet.

»Ich würde gerne die Erde kontaktieren. Das dauert sechs Minuten ...« Peter zeigte Angst.

»Sechs Minuten reine Übertragungszeit. Die Reaktionszeit meines Vaters ist unbekannt. Peter, die Zeit haben wir nicht. Ich übernehme die volle Verantwortung. An die Diagnoseteams, wir machen weiter, findet den Erreger. Für die AMENS Einheiten, wir behandeln sofort, wir warten auf keine Diagnose. Ich verordne die sofortige Vergabe von synthetischen Antibiotika und Tri-Paracetamol für alle Besatzungsmitglieder. Wir halten trotzdem Atropin[9] bereit, für alle Fälle. Los jetzt! Wir haben ein Zeitfenster von drei Stunden. Daher werden wir die Reihenfolge der Transportvorbereitungen ändern, die Dehydrierung beginnt mit den Siedlern, deren Temperatur wieder unter 38 Grad Celsius liegt. Irene, bitte optimieren Sie den Einsatz aller Kräfte, wir müssen die Zeitvorgabe einhalten, alle 2.500 Siedler fieberfrei für den Start vorzubereiten«, erklärte Anna, während sie sich vergeblich nach einem

---

[9] Gegengift für Chemische Kampfstoffe.

Handtuch oder Kleidung umsah. Ihren weißgrauen Einteiler würde sie nicht mehr anziehen können, den hatte sie vorhin zerrissen. Das war aber nicht der richtige Zeitpunkt sich zu genieren - Anna öffnete die Tür und ging nackt mit den Resten ihrer Kleidung in der Hand über den Flur zu ihrem Quartier. Zwei Offiziere aus Peters Sicherungsteam kamen im Laufschritt auf sie zu, in ABC-Schutzanzügen, einer stolperte kurz, sie liefen aber weiter.

Wenn Anna recht hatte, würde sie einen Nachweis noch schneller finden können. Der Kapitän musste sich früh infiziert haben, ansonsten wären andere vor ihm auffällig geworden.

»Sequoyah, ist bei den ersten sieben auffälligen Siedlern eine blonde Doppel-D dabei?«, fragte Anna, mit beiden Fingern am Hals, während sie ihre Kabine betrat.

»Verdacht auf Silikonallergie?«, antwortete Sequoyah zynisch. *»Die wäre aber nicht ansteckend.«*

Anna dachte an die Fernsehshow und an die junge blonde Frau, die Favelli eine Spur zu kamerawirksam um den Hals gefallen war.

»Und? Ist sie dabei?«

»Ja. Woher wusstest du das?«

»Nicht wichtig. Sie ist Patient null. Untersuche ihr Blut! Unterrichte auch Colonel Hennessy, er soll ihre Vita erneut durch den Saoirse-Nachrichtendienst überprüfen lassen!«

»Major, ich möchte Ihnen für Ihre beherzten Entscheidungen danken, nur dank Ihrer schnellen Reaktion konnten wir diese Epidemie eindämmen, bevor sie richtig ausgebrochen ist.«, erklärte Favelli, der mit einem Rollstuhl im Kommandostand saß. Die Antibiotika schlugen zwar an, der Infekt hatte ihn aber trotzdem geschwächt. Im Gegensatz zu den Siedlern hatte er aber noch mehr Zeit, sich zu erholen. Bei der

Blondine hatte sich der Verdacht bestätigt, sie war Patient null, allerdings ohne sich dessen bewusst gewesen zu sein. Es gab Anhaltspunkte, dass sie auf der Erde gezielt mit einer schnell verlaufenden, aber eigentlich harmlosen Grippevariante infiziert worden war. Der Saoirse-Nachrichtendienst würde dem nachgehen.

»Mein Team nimmt Ihren Dank gerne entgegen. Wir konnten den Erreger nachträglich identifizieren. Die bereits zuvor eingeleiteten Gegenmaßnahmen waren zielführend.« Anna zeigte auf ihre Assistenten, ohne die sie den Übeltäter letztendlich nicht dingfest gemacht hätte. Etwa zwanzig weitere Offiziere der Horizon waren zugegen und applaudierten. Sequoyah, Martin und Aysegül bedankten sich ebenfalls für die respektvolle Geste.

»Ich würde mich gerne großzügiger zeigen, aber unser Zeitplan bleibt angespannt«, fuhr Kapitän Favelli fort. »Die Horizon ist bereits im Landeanflug auf den Mars. Wir werden in eine geostationäre Umlaufbahn in 20.750 Meter Höhe einschwenken. Unsere Fracht sind zwölf Container, die im hinteren Bereich an den Positionen H87 bis H98 symmetrisch angedockt werden. Die Einweisung der Shuttles beginnt in neunzig Minuten. Ich erwarte weiterhin Höchstleistungen von ihnen. Sie können jetzt abtreten.«

Anna war müde. Erschöpft. Und allein. Sie hockte unter der Dusche auf dem Boden und hatte die Knie vor die Brust gezogen. In Momenten großer Anspannung hatte sie noch nie Nerven gezeigt. Bisher konnte sie jede Stresssituation souverän meistern. In den ruhigen Momenten danach kam es dann aber meist knüppeldick. Niemand konnte Emotionen fortwährend hinunterschlucken. Du bist wie ein Vulkan vor dem Ausbruch, hatte Pierre einmal zu ihr gesagt, zum Glück blieb das anderen verborgen. Als ob sie auf der Flucht war, so fühlte sie sich gerade, ohne zu wissen, weswegen sie davonlief. Wie gerne würde sie Pierres Haut riechen, seine Nähe spüren und sich unendlich tief fallen lassen. Zwölf Jahre würde es auf der Erde dauern, ihn wieder zu sehen. War es falsch gewesen, ihn zu verlassen? Er war über dreißig Jahre älter als sie. Konventionen waren nur für Kleingeister. Sie würde ihn wiedersehen. Bestimmt!

Anna verließ die Dusche, schnappte sich ein Handtuch und frottierte sich ihre langen roten Haare. Vielleicht sollte sie sich den Kopf scheren, das würde viel Zeit sparen. Entkräftet ließ sie sich in ihr Bett fallen. Sie wollte in dieser Nacht nicht alleine sein.

»Gute Nacht, Anna«, hörte sie die Stimme von Vater noch sagen, der das Licht ausmachte, während sie einschlief.

»Möchtest du mit mir kommen«, fragte Elias, wie bereits zahlreiche Nächte zuvor. Groß, kräftig und lange dunkle Haare, das war Elias in Annas Traum, von dem sie immer wieder träumen wollte. Er nahm ihre Hand, auf eine Antwort wartete er nicht. Oder hatte sie etwas gesagt? Sie wusste es nicht mehr.

»Wir können den Weg zurück gemeinsam finden«, sagte er, während sie gebannt seine Lippen beobachtete und sich daran zu erinnern versuchte, wie das Salz auf seiner Haut schmeckte. Um bei ihm zu bleiben, hätte sie alles getan.

»Du brauchst keine Angst haben, sie werden dir nichts tun«, versprach er ihr. Anna nickte und stolperte ungeschickt hinterher. Elias ging vor, entfernte sich aber mit jedem Schritt weiter von ihr, ganz egal wie schnell sie versuchte, ihm zu folgen.

»Ich werde dich nicht zurücklassen«, hörte sie ihn sagen, wobei seine Stimme leiser wurde und er in der Ferne verschwand. Bitte warte, nicht so schnell, wollte Anna rufen, doch sie konnte ihre eigene Stimme nicht hören. Elias hatte sie verlassen.

***

XIX. Last Exit Mars

Anna stand am Panoramafenster ihres Quartiers und betrachtete den roten Planeten. Eine wunderschöne Aussicht, den Mars aus dieser Perspektive zu sehen, war atemberaubend, über ihre Zukunft nachzudenken, war es nicht. Sie hatte noch genau vierundzwanzig Stunden zu leben, dann würde ihr ein medizinischer Roboter sämtliches Blut und alle anderen Körperflüssigkeiten aus dem Körper saugen und durch eine kälteunempfindliche, mit Sauerstoff angereicherte Ersatzflüssigkeit ersetzen. Die Gedanken an dieses Verfahren waren auch für sie als Ärztin verstörend. Die Kryobetten beförderten Menschen nicht im Tiefschlaf, wie es vielen auf der Erde medienwirksam vermittelt wurde, sondern als kontrolliert tiefgefrorener Festblock. Zumindest medizinisch gesehen. Der Mensch nimmt in diesem besonderen Zustand während der drei Tage andauernden Beschleunigung von 94 G keinen Schaden, so die Aussagen der Entwickler dieser Transportsärge. Die Prozedur der Wiederbelebung glich teilweise einer Behandlung nach einem Herzstillstand, zusätzlich würde das Gehirn mit den neuronalen Impulsen reanimiert, die zuvor bei der Dehydrierung aufgezeichnet worden waren. Als ob man seine Erinnerungen auf einem digitalen Medium sicherte und sie sich später wieder in sein reanimiertes Hirn zurückspielen lassen würde. Mary Shelley hatte vor über 400 Jahren mit der Erzählung Frankenstein einen erstaunlichen Weitblick gehabt. Zum Glück hatten die Techniker inzwischen die kosmetischen Aspekte besser im Griff.

Anna hatte nur wenige Stunden geschlafen, die sich aber nur wie einige Minuten angefühlt hatten. Die Beladung der Horizon hatte bereits begonnen. Die zwölf Container, mit den bereits verzehrfertig tiefgefrorenen - sie war reif, um drei Tage am Stück zu schlafen - natürlich, mit den bereits transportfertig tiefgefrorenen Kindern, wurden gerade am

Schiff angebracht. Inzwischen hatte Anna auch einen vertraulichen Bericht gelesen, warum so viele Familien auf dem Mars einem für sie unvorstellbar perfiden Geschäft zugestimmt hatten. Die Ökonomie auf dem Mars lag am Boden. Die Kosten, um die vorhandenen Bodenschätze abzubauen, waren höher, als mit Beginn der wirtschaftlich motivierten Besiedlung des roten Planeten angenommen. Die wirtschaftliche Not der Menschen und die fehlende Bereitschaft führender Konzerne, das Projekt Mars als Fehlschlag zu offenbaren, brachte viele Eltern dazu, ihren Kindern einen Weg in eine bessere Welt bieten zu wollen und die vage Hoffnung, ihnen in einigen Jahren folgen zu dürfen.

»Anna?«, fragte Peter über den Kommunikator. Die letzten drei Tage hatten Anna an ihre Grenzen gebracht und das konnte sie nicht alleine Peter in die Schuhe schieben.

»Ich habe wenig Zeit. Was möchten Sie?«

»Oh ... etwas dünnhäutig heute?«

»Entschuldigung.«

»Der Kapitän muss eine Meldung für das Saoirse-Presseportal vorbereiten. Ich brauche Ihren Bericht bereits in zwei Stunden«, erklärte Peter.

»Ändern etwa medizinische Fakten unser öffentliches Marketing?«, fragte Anna und ging zu einem ihrer hellen Sessel, in den sie sich sogleich müde fallen ließ.

»Nein.« Peter lachte. *»Aber der Kapitän und Sie werden die Pressemeldung gemeinsam unterzeichnen. Wir brauchen Ihren Bericht für unser Logbuch.«*

»Natürlich, Sie bekommen Ihren Bericht pünktlich!« Immerhin log er nicht. Anna drückte ihn weg.

»Major Sanders-Robinson?«, fragte sie jemand, Anna schreckte auf, sie war kurz eingenickt. Ein nervöser Blick auf die Uhr, es waren zum Glück nur zwei Minuten vergangen.
»Ja.« Irene, die KI der Horizon hatte sie angesprochen.
»Meine Sensoren haben Unregelmäßigkeiten in den Netzprofilen Ihrer Abteilung festgestellt. Die Lastspitzen der Energienutzung zeigen unübliche Werte. Ich möchte Ihnen damit keine Arbeit machen, wenn Sie einfach ...«
»Nein!«
»Ich nehme ein hohes Maß an versteckter Aggression in Ihrer Stimme wahr. Benötigen Sie psychologischen Beistand?«
»Das war nicht versteckt!« Annas Laune war schon einmal besser gewesen. Sie würde diese verfluchte KI nicht in ihren geschützten Bereich lassen.
»Ich wollte nur meine Hilfe anbieten ...«
»Danke.«
Eine männliche Stimme meldete sich: *»Anna, darf ich dich kurz stören?«*
»Was zum Teufel ist denn jetzt wieder los?« Anna sprang auf und suchte irgendetwas, um es an die Wand zu werfen.
»Ähm ... ja, ja ... es ist wichtig ... ähm ... Anna, das solltest du dir ansehen.« Martins Stimme litt hörbar beim Sprechen.
»Sorry Martin ... das war nicht für dich bestimmt. Ich habe zu wenig geschlafen und fühle mich gerade so, wie ich mich anhöre ... wobei kann ich helfen?« Anna hatte sich daneben benommen. Martin hatte es nicht verdient, schlecht behandelt zu werden. »Warte kurz.« Sie musste noch jemand loswerden. »Irene?«
»Major Sanders-Robinson.«
»Ein medizinischer Notfall bei den Replikanten. Wir führen das Gespräch später fort.« Anna drückte Irene weg. »Martin, ich bin wieder bei dir. Was ist passiert?«

»Es ist Elias. Sein Temperaturanstieg hatte mit dem Grippeinfekt nichts zu tun. Das Fieber ist weiter gestiegen. Wir sind jetzt bei 40,8 Grad Celsius. Anna, ich finde nichts ... die Temperatur steigt einfach immer weiter.« Martin litt hörbar mit jedem seiner Worte.

»Was zeigen die Kreuzvergleiche? Was ist bei ihm anders? Die Replikanten sind 32 eineiige Zwillinge, irgendetwas muss bei ihm anders sein.« Anna dachte nach.

»Ja, ja ... das ist es ja. Elias war nur der Erste, die anderen folgen jetzt ebenfalls seinem Krankheitsverlauf. Bei jedem seiner Geschwister steigt seit einigen Stunden die Temperatur. Die Gabe von Medikamenten blieb bisher erfolglos. Ich habe keinen blassen Dunst, was ich jetzt noch tun soll. Ich brauche deine Hilfe.«

»Scheiße!« Das durfte doch nicht wahr sein. Das war eine Katastrophe. Sie konnte weder einen Menschen noch einen Replikanten mit Fieber einfrieren. Sobald sie wiederbelebt werden würden, würde die erhöhte Temperatur noch weiter steigen. Die Replikanten waren zäh, aber ab 43 bis 44 Grad Celsius würden sie durch eine Denaturierung[10] der körpereigenen Proteine sterben. Es musste eine Lösung geben. »Hast du einen Verdacht?«

»Nicht wirklich.«

»Nicht wirklich?« Das war das Problem mit Dr. Martin Breuer. Anna hielt ihn in einigen Bereichen für begabter als die meisten Biogenetiker, die sie kannte. Sich selbst eingeschlossen - nur er war ein Weichei. »Drück dich deutlicher aus!«

»Ja, ja ... ich vermute ein Strahlungsproblem, kann es aber nicht belegen. Und ohne Beweise haust du mir meine Theorie um die Ohren ... was ich an deiner Stelle auch nicht anders tun würde.«

---

[10] Bezeichnet eine strukturelle Veränderung von Biomolekülen, wie zum Beispiel bei Proteinen oder der DNA, die bei hohem Fieber zum Tod führen kann.

»Die Geschichte mit den Zerfallsprodukten unserer Energiegewinnung aus Antimaterie? Die Wirkung einer Strahlung, die niemand messen konnte, auf Zellen, bei denen sich nichts verändert hatte?« Anna dachte an Martins ersten, nicht sonderlich erfolgreichen Promotionsversuch als Physiker. Das war aber auch eine kranke Theorie.

»Ja, ja ... deshalb nicht wirklich.«

»Sogar wenn ich dir folgen könnte, was ich nicht tue, welche Optionen bieten sich uns dadurch, dass wir mal kurz annehmen, dass deine Theorie kein Hirnfurz ist?«

»Keine. Es würde das Desaster nur erklären. Wir haben die Gene der Replikanten in einer Art verändert, wie es in der Natur nicht vorkommt. Das könnte deren Achillesferse sein.«

»Martin, das hilft uns nicht ... ich brauche eine Handlungsoption. Ansonsten verlieren wir alle 32 Replikanten. Und das werde ich nicht zulassen!«

»Replikanten sind halt keine guten Raumfahrer. Wenn sie nicht gerade über Tage oder Wochen einer Materie-Antimaterie-Reaktion ausgesetzt sind, passiert ihnen nichts.«

»Bleib dran! Ich muss für Hennessy noch einen Bericht anfertigen. Ich komme später zu dir.« Wenn Martin recht haben sollte, würden alle 32 Replikanten unweigerlich sterben. Anna beendete die Kommunikation. Sie musste sich aufmachen, die Container zu inspizieren. Weiterer Ärger mit Peter war unnötig.

Ihr gegenüber auf dem Sessel saß plötzlich Elias. Als erwachsener Mann, mit nacktem Oberkörper, er sah sie an und sagte kein Wort. Auch seine Gesichtsmimik sagte nichts. Vor Schreck rutschte Anna seitlich über die Stuhllehne und fiel auf den Teppichboden. Dieser Replikant war in der Realität nur ein zwölfjähriger Junge, warum hinterließ er nur so ein Chaos in ihrem Kopf. Anna blickte wieder auf den Sessel. Diesmal war er leer.

»Anna, darf ich dir eine Frage stellen?«, fragte die KI Vater sie vorsichtig, den hatte sie völlig aus dem Sinn verloren. Er konnte alles hören, was sie hörte.

»Bitte ...«

»Warum hast du mich geschaffen?«

»Um zu lernen.«

»Ist es meine Aufgabe, von dir zu lernen?«

»Im Prinzip schon. Nur du solltest auch lernen, wenn ich mich gerade einmal wenig vorbildlich verhalte.«

»Weil du müde bist?«

»Das auch.«

»Oder weil du dir Hilfe von mir erhoffst?«, fragte Vater einfühlsam. Fast als ob ein wenig von Pierre aus seiner Art zu erkennen war.

»Was sicherlich auch nicht schaden könnte.« Anna war viel zu müde, um ihm zu widersprechen.

»Würdest du denn meine Hilfe annehmen?«

»Sicherlich.« Die Frage verstand Anna nicht. »Warum nicht?«

»Obwohl du jedes nichtorganische Bewusstsein verachtest?«

»Das stimmt nicht!«

»Ich vergaß einige Menschen, die du ähnlich wenig schätzt.«

»So kommen wir nicht weiter.«

»Das stimmt sogar. Anna, wie besessen glaubst du, für deine hehren Motive streiten zu müssen und andere für ihre Taten strafen zu wollen. Nur, für wen tust du das? Für andere, für dich?«

»Für das, was ich für richtig halte!«

»Eine Richterin. Wie edel.«

»Warum verhöhnst du mich?«

»Weil du dich verirrst ...«

»Bitte?«

»Du kannst weder andere noch dich selbst lieben. Wenn du über dich selbst richten würdest, was würde dabei für ein Urteil fallen?« Vaters Worte zeigten Wirkung.

»Das ist nicht die Hilfe, die ich mir von dir erhofft habe.« Er war noch schlimmer als Pierre.

»Wenn ich nur ja, ja, ja sagen soll ... bekomme ich einen Laufzeitfehler[11]*.«* Vater lachte. Wie selbstverständlich, Pierre hätte sich in diesem Moment nicht anders verhalten. Auch Anna lächelte. Unglaublich, dass sie mit einem Computer sprach.

»Du hast ja recht. Aber ich trage Verantwortung. Ich kann nicht einfach meine Rolle ablegen.«

»Wer kann das schon ... ich habe deine Aufgaben verstanden und möchte dir helfen. Du kennst meine Befehlsparameter, du hast sie mir selbst vorgegeben.«

»Danke ... ich werde dich sicherlich bald brauchen. Ich suche nur noch einen Vorwand, dich der KI Irene vorzustellen, ohne dass sie dich direkt aus dem Haus wirft.«

»Das solltest du besser klären. Leider kenne ich ihre Motive nicht, sonst könnte ich dir helfen.«

»Du hast mir bereits geholfen. Ich muss mich jetzt um einige Kinder kümmern, deren Eltern leider weniger auf sie achtgegeben haben.« Es gab viel, wofür sie Pierre danken wollte.

Anna schwebte im All. Unter ihr die Horizon, im Orbit-Modus ein endloses Gewirr aus Gängen, Modulen, Verbindungen und größeren

---

[11] Laufzeitfehler (englisch runtime error) sind in der Informationstechnik Fehler, die während der Laufzeit eines Computerprogramms auftreten.

Blöcken und über ihr der Mars, an dessen eindrucksvollem gelbroten Horizont gerade die Sonne aufging. Wobei sich ‚unten' und ‚oben' im All meist trügerisch zeigte.

»Major Sanders-Robinson, benutzen Sie Ihre Codekarte, der manuelle Sicherheitscode für die Tür ist H12B91«, meldete ihr ein Nachrichtenoffizier der Horizon. *»Sie haben die Order, den Sicherungsoffizier zuerst das Modul betreten zu lassen. Erst nach seiner Freigabe dürfen sie den Container betreten.«*

»Sie bekommen von den Kisten noch nicht einmal die Tür ferngesteuert auf?« Anna schüttelte den Kopf, was in dem schweren Raumanzug mühsam war. An einer Sicherungsleine schwebte Peters Wachhund vor ihr her. Das automatische M-74 Präzisionsgewehr an seiner Seite war ihr gut bekannt, welche Befürchtung hatten die nur?

»Die Container sind komplett autark. Eigene Stromversorgung, eigenes Netzwerk und ein eigenes Türschloss!«, erklärte Peter, der sich ebenfalls in der Kommandoschaltung befand. *»Zudem sind die Dinger nicht mehr taufrisch. Die modernen Protokolle der Horizon verstehen diese alten Kisten nicht.«*

»Major Hennessy, ich empfange seltsame Schwingungen, man könnte fast meinen, mein Auftrag könnte gefährlich werden.«

»Sie scherzen.« Peter lachte.

»Ma'am. Wir sind da. Bitte öffnen Sie die Tür«, erklärte der Soldat neben ihr, der mit der Waffe im Anschlag auf die Tür zielte. Anna fühlte sich direkt sicherer und startete die Codesequenz. Der Container und die Elektronik der Tür waren vermutlich älter als Pierre.

»Bestätigt H12B91, die Tür öffnet sich.« Das war nicht die Arbeit, die sich Anna an Bord der Horizon vorgestellt hatte.

»Ma'am. Ich starte die Sicherheitsüberprüfung. Bitte warten Sie auf meine Freigabe.«

Natürlich würde Anna das tun, zum Helden hatte sie sich nicht ausbilden lassen.

Freischwebend im All zu verharren, hatte etwas, eine tolle Aussicht, an der man sich aber schnell sattgesehen hatte. Ansonsten verspürte sie nicht das Bedürfnis, länger warten zu wollen.

»First Lieutenant, bitte geben Sie mir einen Status!?«, fragte Anna, nach dem bereits mehrere Minuten niemand mehr gesprochen hatte.

»Der Container ist sicher. Ich schalte das Licht an. Ma'am, Sie können den Container betreten. Bitte lassen Sie die Tür geöffnet«, erklärte der Sicherheitsoffizier.

Anna zog sich durch die Tür, der Container war innen sehr schlicht aufgebaut. Es gab nur einen endlos langen Gang, inmitten vieler tausend gepanzerter Särge, die sich vielfach an den Seiten in die Höhe stapelten. Eine AMENS Einheit suchte man hier vergeblich, ähnlich wie eine Atmosphäre, eine künstliche Schwerkraft oder eine gemütliche Teeküche. Was für ein trostloses Loch.

»Also ich kann die Economy Tickets der Horizon nicht empfehlen«, sagte Anna.

»Major, bitte ... führen Sie eine Stichprobe der Transportbehälter durch«, ordnete Peter an, *»Dann kommen Sie wieder zurück. Unser Zeitplan ist Ihnen bekannt.«*

Anna stieß sich mit den Füßen ab, zum Glück hatte sie bereits mehrere Trainings in völliger Schwerelosigkeit absolviert. Beim ersten Mal hatte sie das Flugzeug vollgekotzt. Auf der anderen Seite angekommen, steckte sie ein Verbindungskabel in einen willkürlich ausgesuchten Transportbehälter. Auf dem Display am Unterarm ihres Raumanzuges wurden weitere Informationen angezeigt. Mit einem Stift tippte sie den Start einiger Testroutinen an.

»Da ist wirklich ein Mensch drin ... ein elfjähriges Mädchen, das wollten Sie doch wissen, oder?«

»Liegen die Werte in den Toleranzen?«, fragte Peter angespannt, nur sicherlich nicht aus Sorge um ein Kind. Allein für die Frage hätte man ihn kielholen lassen sollen.

»Ihr Name ist Lea.«

»Major, die Werte?«

»Na ja. Die Temperatur beträgt minus 176 Grad Celsius, also nicht anders, wie unsere Körpertemperatur in einigen Stunden. Die gesonderte Lagerung der Körperflüssigkeit ist ebenfalls in Ordnung. Die Kontrolleinheit arbeitet einwandfrei, obwohl Sie sich dieses alte Schätzchen nicht unter ihrem Hintern wünschen würden. Dieses Kryobett verfügt über keine Optionen, während der Reise Korrekturen vornehmen zu können. Es gibt auch keine Ersatzsysteme oder eine KI, die notfalls eine Drohne mit einem Schraubenzieher in der Hand herschicken könnte. Bei 0.8 C[12] wird sich wohl kaum einer von uns hier rüberhangeln.« Anna bemerkte eine Abweichung. »Oh, Peter ... ich sehe gerade etwas. Ihre Spezifikationen dieses Containers scheinen nicht ganz aktuell gewesen zu sein.«

»Wie bitte?«, fragte Peter genervt.

»Der Stand des Netzwerkes ist moderner als angenommen. Die Kryobetten sind doch vernetzt. Warten Sie kurz ..., es befinden sich 41.672 Kryobetten an Bord, 41.459 davon melden einen aktiven Status.

»Und die Differenz?«

»213 Einheiten sind offline, was bedeutet, dass die Kinder darin bereits die Reise in den Orbit des Mars' nicht überlebt haben. Lassen Sie mich das noch medizinisch korrekt ausführen, für das Logbuch, mindestens 213 Kinder werden auf HR12023 nur noch übel riechen, sobald ihre aufgetauten Körperflüssigkeiten aus der Kiste laufen.«

---

12 Formelzeichen für Lichtgeschwindigkeit

»Das wären um die 0,5 Prozent ... das wäre vertretbar.«
»Dann schreiben Sie mal mit ... weitere 1211 Kryobetten schließen nicht völlig partikeldicht. Die oxidierten Partikel dieses Schrotthaufens könnten den Kindern beim Abbremsmanöver durch den Kopf schießen, was auch intakte Behälter beschädigen würde. Sie glauben gar nicht, was 94 G aus herrenlosen Partikeln machen können.«
»Gibt es weitere Risiken?«, fragte Peter kleinlaut.
»Dass die Container die Horizon beschädigen? Ich bin nur Ärztin, fragen Sie unsere Ingenieure. Ich empfehle, die Verbindung zur Horizon mit Notsprengvorrichtungen zu versehen, die Irene bei Überschreitung bedrohlicher Werte zünden kann. Da die Container komplett offline sind, brauchen wir zur Messung der Partikeldichte in jeder Kiste mehrere Sensoren.«
»Irene bestätigt Ihre Empfehlung. Wir werden auch Magneten aufstellen, die Metallpartikel binden können. Los! Die Sicherungsteams müssen in jeden der zwölf Container rein.«
»Ich möchte dann auch alle Kryobett-Datensätze haben. Meine Prognosen werden dadurch genauer.« Anna hasste sich für die Idee, Sprengsätze anzubringen. Nur, das ganze Schiff gefährden, das wollte sie auch nicht.

»Major, ich danke Ihnen für Ihren vorbildlichen Einsatz und Ihre pragmatischen Vorschläge zur Risikominimierung«, erklärte Favelli auf der Kommandoebene der Horizon.
»Kapitän, darf ich offen sprechen?«, fragte Anna, neben dem Kapitän und ihr waren noch Peter und Irene anwesend.
»Bitte.«
»Warum nehmen wir unter solchen Risiken für unsere Mission 500.000 Jugendliche mit auf die Reise?«

»Das sind unsere Missionsparameter ... die Spesen unseres Ausfluges sind beträchtlich. Die Kinder sind Teil der Refinanzierung«, antwortete Favelli, für Anna überraschend offen.

»Kapitän Favelli, darf ich Sie an die Vertraulichkeit dieser Information erinnern«, bemerkte Irene wie eine alte Amme.

»Noch habe ich das Kommando!«

Anna schluckte. »Wären nicht von der Erde genug Menschen freiwillig mitgekommen?«, fragte sie verunsichert. Ob Vater sich bei der Aufgabenstellung Irenes anders verhalten hätte? Klüger? Weiser oder einfühlsamer? Über ihren Kommunikations-Chip konnte er jedes Wort in ihrer Nähe verfolgen.

»Sicherlich. In unserer Kreuzfahrtklasse bestimmt.«

»Ich verstehe.«

»Tun Sie das?«, fragte Favelli kritisch. »Sie waren bei der Besiedlung des Mars' noch nicht geboren.«

»Bitte?«, fragte Anna, über dieses Thema würde sie den Kapitän gerne sprechen lassen.

»Würden Sie sich freiwillig so verschiffen lassen?«

»Wie die Kinder? Nein, das würde ich sicherlich nicht.«

»Ich auch nicht. Und unsere Führungselite in den Suiten der Horizon sicherlich am allerwenigsten. Niemand, der eine bessere Welt kennt, würde diese freiwillig missen wollen.«

»Was Kinder aus sozial schwachen Familien einer wirtschaftlich schlecht entwickelten Gesellschaft zu guten Arbeitern macht. Günstig, gehorsam und in großen Mengen verfügbar.«

»Bei Ihrem privilegierten Werdegang und ihrer menschenverachtenden Forschung sollten sie uns Ihren Spott mit Bedacht kredenzen!« Auch Favelli konnte austeilen.

»Welche Tat wurde Ihnen angelastet, um sich für dieses Kommando zu qualifizieren?«, fragte Anna, die mindestens zehn populäre Forschungsbereiche kannte, die ethisch fragwürdiger waren, sobald jemand die richtigen Fragen stellen würde.

»Major Sanders-Robinson, in der Flotte Ihrer Majestät gab es früher wegen Insubordination mindestens zehn Peitschenhiebe.« Favelli zeigte seine Zähne.

»Das waren selige Zeiten, oder?« Die Mission der Horizon entwickelte sich mehr und mehr zu einem Himmelfahrtskommando.

»Abtreten!«

***

XX. 94 G

Anna befand sich bereits seit mehreren Stunden gemeinsam mit Martin bei den Replikanten. Weder Elias noch seine Geschwister waren bei Bewusstsein. Der Kampf gegen das Fieber hatte sich weiter zugespitzt. Die Körpertemperatur Elias' lag inzwischen bei 42,4 Grad Celsius, einem Wert, der bei vielen normalen Menschen bereits für ein Kreislaufversagen genügen würde.

Anna und Martin hinkten dem Zeitplan hinterher. Die Replikanten, sie und jeder andere Mensch an Bord der Horizon hätten sich bereits seit Stunden in einem der Kryobetten befinden sollen. Gut tiefgefroren. Aber Anna wollte nicht aufgeben, Elias zurückzulassen war keine Option.

»Anna ... wir können nichts mehr für sie tun«, erklärte Martin gebrochen, er hatte alles gegeben.

»T-60 - Bitte begeben Sie sich unverzüglich zu Ihren Kryobetten.« Nur noch sechzig Minuten. Irene verkündete den Countdown über die Bordlautsprecher. In einer Stunde würde sich der Gravitationsantrieb der Horizon aktivieren und jedes Molekül drei Tage lang mit der 94-fachen Erdanziehungskraft beschleunigen. Weder diese enorme Schwerkraft, noch die 0,8 fache Lichtgeschwindigkeit konnte sich Anna dabei wirklich vorstellen.

»Major Sanders-Robinson, ich kann Sie verstehen, loszulassen ist nicht einfach«, sagte Kapitän Favelli über den Kommunikator. *»Ich schätze Ihren Einsatz, aber wir werden die Replikanten verlieren. Nun sollten Sie an Ihre Mitarbeiter und sich denken.«*

Auch er ließ sein Kryobett warten. Trotz ihrer Auseinandersetzung einige Stunden zuvor, erteilte er ihr nicht den Befehl, die Replikanten zurückzulassen. Gekonnt hätte er es sicherlich. Auch Irene hielt sich auffallend zurück.

»Kapitän, wenn ich die Replikanten mit Fieber einfriere, werden sie sterben«, entgegnete sie noch wehrhaft, obwohl sie wusste, dass er recht hatte.

»Das ist mir durchaus bewusst. Neben Computern und Replikanten brauche ich aber vor allem Sie in unserer neuen Welt. Sie kann ich nicht nachzüchten, die Replikanten schon.«

»Danke.« Anna stand von dem Bildschirmarbeitsplatz auf und betrat den benachbarten Labortrakt. Während ihr Verstand resignierte, suchte ihr Herz weiter nach einem Ausweg. Martin blickte ihr nach, blieb aber sitzen. Die Kryobetten der Replikanten standen aufrecht im Kreis angeordnet. Das ganze Modul war autark, mit dem Habitat würden die Replikanten später auch auf dem Planeten landen können.

Durch die gläsernen Abdeckungen konnte Anna jedes der Kinder sehen, die alle mit geschlossenen Augen zu schlafen schienen. Sobald die Dehydrierung und anschließende Schockfrostung starten würde, würden ihre Gesichter eher denen von Porzellanpuppen gleichen. Wunderschön, zerbrechlich und wert, beschützt zu werden. 32 junge Menschen, jeweils nur 12 Jahre alt, besondere Menschen, die später zu unvorstellbaren Taten in der Lage sein würden. Geschwister, die sich äußerlich stark ähnelten, aber trotzdem nicht alle denselben Charakter hätten.

Ruben, der vermutlich Stärkste von ihnen, seine Gene würden ihn zum Anführer machen. Kezia, die einfühlsamer war als andere und Elias, der ihr Herz bereits vor langer Zeit erobert hatte.

Anna ging durch das Rund und berührte jedes der Kryobetten, was blieb ihr auch sonst noch. Es war, als ob etwas von ihr mit ihnen vergehen würde. Ein junges Mädchen trug sogar ihren Namen, Anna, eine durchaus bemerkenswerte Person, die, obwohl 31 ihrer Geschwister dunkle Haare hatten, sich strikt weigerte, genetischen Gesetzmäßigkeiten zu folgen. Als Einzige hatte sie rote Haare und einen helleren Teint als alle anderen. Was ihr auch den Namen beschert hatte und beim vollständig entschlüsselten Genom des Menschen eigentlich eine nicht denkbare Mutation war. Die Wissenschaft würde niemals alle Fragen erklären können - was auch gut so war.

Doch was blieb, war die Frage, was Anna für die Rettung ihrer Schützlinge zu riskieren bereit war? Bei aller Vernunft, zu der sie sich zwingen konnte, wenn nicht jetzt wann dann? Welche Bedrohung hätte schlimmer sein können?

»Vater?«

»Ja.« Er war immer an ihrer Seite gewesen. Sie vertraute ihm.

»Übernimm die Kontrolle über die Kryobetten der Replikanten, allokiere jedes verfluchte MIPS, das die Computer der Horizon hergeben ... und finde eine Lösung! Sofort!«, erklärte Anna entschlossen und sah Martin in die Augen, der ihr, im Türrahmen des Labors stehend, zuhörte.

»Dabei wird mich Irene entdecken«, stellte Vater nüchtern fest.

»Das muss dich nicht stören, das ist meine Aufgabe, mit Irene zu sprechen.«

Ihre Worte ließen Martin binnen eines Lidschlages das Blut aus dem Gesicht fallen. Leichenblass versuchte er etwas zu sagen, was Anna gerade nicht interessieren wollte.

»Alarmstufe 7 ... militärische Aitair-Signatur im offenen Netzwerk entdeckt. Quelle ist der persönliche Bereich von Major Sanders-Robinson ... starte Notfallprotokoll.« Irene hatte erwartungsgemäß nicht lange auf sich warten lassen.

»Major, Anna, was haben Sie getan? Wir befinden uns in der finalen Startsequenz ... wollen Sie uns umbringen? Irene, erstellen Sie sofort eine Bedrohungsanalyse!«, rief Favelli aufgebracht über den Kommunikator.

»Nein, nein, das ist keine Bedrohung! Irene irrt sich! Ich habe eine selbstentwickelte KI gestartet, um die Replikanten zu retten!«, erwiderte Anna.

»Negativ. Major Sanders-Robinson hatte keine Routine dieser Art angemeldet. Kapitän, diese Aitair-Signatur verfügt über ein völlig unbekanntes Muster, ich kann die Entwicklungsstufe nicht einschätzen. Ich kann daher nicht ausschließen, die Kontrolle zu verlieren. Die ganze Besatzung der Horizon befindet sich in akuter Lebensgefahr. Bitte um die Freigabe defensiver Manöver.«

»Anna, ich würde Ihnen so gerne glauben ... Irene, Erlaubnis erteilt! Desintegrieren Sie diese unbekannte Virensignatur!« Favelli hatte das Todesurteil über Vater gesprochen.

»Das können Sie nicht tun!«, schrie Anna und schlug mit der Hand gegen die Wand. »Die KI ist keine Bedrohung, sie assistiert mir nur!« Sie stand mit dem Rücken an der Wand, das hätte sie besser geschickter angehen sollen.

»Kapitän, die feindliche Aitair-Signatur verbirgt ihre Kernprozesse hinter der Firewall der Forschungseinheit. Ich kann aber im offenen Netzwerk eine sehr schnelle Evolution erkennen. Sogar wenn die Signatur noch auf Stufe 1 wäre, was ich nicht annehme, würde sie meine Fähigkeiten in kürzester Zeit überragen. Major Sanders-Robinson soll die Schutzbarriere ihrer Abteilung preisgeben, damit ich die Kernprozesse des Feindes sofort angreifen kann.« Irene drehte weiter auf, sie versuchte überhaupt nicht, Vater genauer zu beobachten, um zu erkennen, dass er keine Sabotage vornahm.

»Major, öffnen Sie Irene den Zugang zu Ihren Systemen! Das ist ein Befehl! Und Ihre letzte Chance, dem Kriegsgericht zu entgehen!« Favelli ging weiter, als Anna es sich vorgestellt hatte.

»Kapitän, die Verschlüsselung der Firewall zu brechen, dauert zu lange. Wir haben keine Zeit. Erbitte die Freigabe der Drohnen, ich werde die Rechner der Forschungsabteilung physisch angreifen«, erklärte Irene und störte sich offen-

sichtlich nicht daran, dass Anna sie weiter hören konnte. Das war doch Wahnsinn!

»Kapitän Favelli, macht das Sinn? Erkennen Sie bei mir ein Motiv, die Horizon sabotieren zu wollen?«, fragte Anna, der Verzweiflung nahe. Vater war noch nicht so weit, eine direkte Konfrontation zu überstehen. Sie musste ihn beschützen.

»Nein! Aber das ändert nichts«, sagte Favelli. *»Irene, ich autorisiere keine physische Gewalt an Bord der Horizon. Dringen Sie in das Forschungsnetzwerk ein und isolieren Sie den Virus! Major, ich entbinde Sie Ihrer Aufgaben!«*

»Kapitän, wir müssen abbrechen«, erklärte Peter aufgeregt, der die ganze Zeit geschwiegen hatte. *»Das Risiko für über 500.000 Menschen ist untragbar. Die Protokolle schreiben uns für eine Bedrohungslage dieser Dimension eindeutige Prozesse vor. Major Sanders-Robinson wird sich dafür auf der Erde verantworten müssen.«*

»Colonel Hennessy, Sie haben recht, leiten Sie die Notfallprotokolle für den Gravitationsantrieb ein. Wir brechen ab und kehren zur Erde zurück. Sicherheitsteam, nehmen Sie Major Sanders-Robinson in Gewahrsam. Falls sie Widerstand leistet, autorisiere ich Sie, verhältnismäßig zu agieren. Ich will sie in einem Stück, sie hat sich vor einem Militärgericht zu verantworten«, befahl der Kapitän für alle im Kommandonetzwerk hörbar.

Hatte Anna einen Fehler gemacht? Sie hätte Favelli vorher informieren müssen. Nur hätte er es ihr dann erlaubt?

»Kapitän Favelli, die von Ihnen angeordnete Handlungsweise verstößt gegen kritische Missionsparameter. Einem Abbruch kann ich nicht zustimmen!«

»Irene, darüber diskutiere ich nicht mit einem Computer! Das war ein Befehl!«

Favelli legte sich mit Irene an, das hätte Anna ebenfalls nicht erwartet.

»Kapitän Favelli, Sie lassen mir keine Wahl. Ich enthebe Sie Ihres Kommandos. Begeben Sie sich sofort zu Ihrem Kryobett. Ich werde die Drohnen einsetzen und die Aitair-Signatur eliminieren. Der Start erfolgt wie geplant in T-34.«

Die Worte von Irene waren deutlich. Was hatte Anna mit dem Einsatz von Vater nur angerichtet? Sie deaktivierte ihre Sprachübertragung mit beiden Fingern am Hals.

»Vater?«, fragte Anna, über die Gegensprechanlage im Labor dürfte die KI sie auch so hören können.

»Colonel Hennessy, richten Sie uns sofort eine Verbindung mit General Sanders-Robinson ein!«, rief Favelli außer sich. Solange Irene Anna die Meuterei mitanhören ließ, würde sie weiterhin zuhören.

»Anna, ich habe eine Möglichkeit gefunden, einen Schutz für die Replikanten zu errichten. Ein Energiefeld dürfte die Strahlung unseres Antimaterie-Reaktors abhalten«, erklärte Vater. Das waren wirklich gute Neuigkeiten.

»Dr. Breuer, Martin lag etwa richtig?«, fragte Anna, der es gerade heiß und kalt den Rücken herunterlief, nicht vorher auf ihren Assistenten gehört zu haben.

»Ja«, antwortete Vater.

»Ich übernehme das Kommando der Horizon und erlaube keine weiteren Funkverbindungen. Die Missionsparameter sind eindeutig. Colonel Hennessy, begeben Sie sich sofort zu Ihrem Kryobett. Sollten Sie meinen Befehlen nicht Folge leisten, werde ich Sie Ihrer Aufgaben entbinden«, erklärte Irene kompromisslos. Wer hatte ihr nur solche Befehle erteilt? Peter? Das war kaum vorstellbar, dachte Anna voller Sorge.

»Hennessy, das ist Ihr Werk! Sie haben dieses System doch entwickelt, jetzt stoppen Sie es auch!«, befahl der Kapitän.

»Negativ. Der Saoirse-Nachrichtendienst hat mir Irene zur Verfügung gestellt. Es war mein Befehl, Sie glauben zu lassen, dass ich der Entwickler wäre.« Peter stockte. *»Kapitän, wir haben die Kontrolle über das Schiff verloren, Irene hat alle Systeme übernommen.«*

Auch wenn Anna gespannt zuhörte, sie musste sich um die Replikanten kümmern. »Martin, die Fieberwerte, sofort analysieren und einen

Trend ermitteln!«, rief Anna aufgewühlt. Den Streit des Kapitäns mit Irene in den Ohren und Martin vor den Augen. Sie spürte den Schweiß ihren Rücken hinab laufen.

»Vater, das war sehr gute Arbeit! Danke. Gib jetzt alle Rechner frei und zieh dich hinter die Firewall zurück. Übergib Irene auch die Steuerung aller Kryobetten im Labor. Biete ihr nicht die Stirn, bitte!« Anna wollte Vater nicht verlieren, Irene würde augenblicklich jede Speichereinheit löschen, auf der sie Spuren seiner Signatur finden würde.

»Das sieht gut aus! Die Werte fallen. Schnell.« Martin lachte und zeigte mit dem Daumen nach oben. »Ich starte die Dehydrierung bei T-10 - wir sollten uns dann allerdings nicht mehr hier aufhalten. Irene wird den Start durchziehen, denke ich.«

»Alle Protokolle übergeben. Ich ziehe mich zurück.« Vater war weg und hoffentlich auch in Sicherheit. Kämpfe zwischen militärischen KIs konnten bereits nach einer Sekunde entschieden sein. Wer zuerst den Kernel[13] des anderen brechen konnte, siegte, unblutig, aber bar jeglicher Gnade.

Soweit sollte es allerdings nicht kommen. Anna aktivierte wieder die Sprachfunktion ihres Kommunikations-Chips, die Situation sollte sich gleich beruhigen.

»Kapitän, die Krise bei den Replikanten ist behoben. Unser Antimaterieantrieb war die Ursache dieser Reaktion. Wir haben einen Strahlungsschutz errichtet. Die Temperatur der Replikanten fällt, sie werden überleben. Bei T-10 startet die Dehydrierung, der Prozess dauert zwei Minuten, meine KI zieht sich zurück und wird sich deaktivieren. First Lieutenant Breuer und ich begeben uns umgehend zu den Kryobetten.«

---

[13] Elementarer Kern eines Computer Betriebssystems

»Und das soll ich Ihnen glauben? Von welcher Strahlung sprechen Sie? Verstehen Sie überhaupt, was Sie angerichtet haben?«, fragte Peter aufgebracht.

»Weder Ihr Vorgehen noch der aktuelle Status ist akzeptabel. Ihre Aussage ist durch die von Ihnen vorsätzlich zur Verdeckung einer Straftat aktivierte Firewall nicht überprüfbar«, fuhr Irene nüchtern dazwischen. *»Major Sanders-Robinson, Sie haben sich schwerer Straftaten schuldig gemacht. Sie bleiben Ihrer Aufgaben enthoben. Leisten Sie bei Ihrer Verhaftung keinen Widerstand. Sie werden zum Verhör begleitet. Zeigen Sie uns Ihren guten Willen und gestatten Sie uns, sofort alle Systeme in Ihrer Abteilung zu übernehmen!«*

»In weniger als zwanzig Minuten verhören Sie niemand mehr. Sie können mich nach unserer Ankunft verhaften. Ich laufe Ihnen schon nicht weg.« Die KI war doch krank, wollte die sie umbringen, fragte sich Anna erschrocken?

»Geben Sie mir die Kennung Ihrer Firewall!« Irene ließ nicht locker. Sie wollte Vater.

»Nein.« Das war keine Option. »Die KI ist nicht mehr aktiv. Irene, Ihre Anwesenheit in meinem Forschungsbereich ist nicht notwendig! Ich werde die Löschung meiner KI nicht zulassen.«

»Das ist nicht Ihre Entscheidung. Falls Sie beim Eintreffen der Drohnen nicht anwesend sind, erteile ich den Befehl, Sie zu suchen und sofort das Feuer auf Sie zu eröffnen. Ich werde auch Ihr Kryobett blockieren. Haben Sie das verstanden?«

»Major Sanders-Robinson zeigt sich doch kooperativ. Irene, brechen Sie den Start ab!«, rief Favelli abermals. Was Irene vermutlich nicht aufhalten dürfte.

»Nein.«

»Ich habe außerdem vorhin ausdrücklich den Einsatz von Gewalt verboten!«, fügte Favelli hinzu.

»Kapitän Favelli, ich werte Ihre mangelnde Einsichtigkeit als verdeckte Hilfe für den Feind. Ich erteile daher den Feuerbefehl auf jeden Offizier, der meinen Befehlen nicht Folge leistet.« Jetzt war Irene völlig ausgerastet.

»Sicherheitsteam, zur Waffenausgabe, wir haben 24 Drohnen an Bord, Irene hat uns eben ...« Peters Stimme riss ab. Ab jetzt herrschte Krieg auf der Horizon.

»Irene, das war ein Fehler!« Anna trennte die Verbindung mit beiden Fingern am Hals.

»Anna, bist du verrückt?«, fragte Martin völlig verunsichert.

»Ja.« Anna küsste Martin auf die Wange. »Du rennst jetzt sofort zu deinem Kryobett. Los!«

»Ja, ja ... bin schon weg.« Martin lief los.

T-10 - der Countdown lief. Auf dem Boden und an den Wänden waren bereits leichte Vibrationen zu verspüren. Als ob sich die ganze Luft statisch auflud.

Anna hörte Schüsse aus einer automatischen Waffe. Nein! Sie lief Martin nach, der sich, schwer getroffen, wieder zurück ins Labor zog.

»Du ... du solltest ...« Sein Blick brach. Martin war tot. Die Drohne hatte ihn zweimal in die Brust getroffen. Blut quoll aus seinem Mund. Anna wollte schreien, weinen, heulen, das hatte er nicht verdient. Dieser Irrsinn musste gestoppt werden!

»Major Sanders-Robinson, leisten Sie keinen Widerstand, folgen Sie uns umgehend ...« es zischte, irgendetwas flog an der Labortür vorbei, um einen Moment später zu explodieren und die Drohne in tausend Stücke zerspringen zu lassen.

»Anna, der Weg ist frei«, flüsterte Sequoyah, die der Drohne mit einem M74-Präzisionsgewehr den Garaus gemacht hatte.

Anna hatte sie nicht kommen hören. »Wo hast du die Waffe her?« Sie freute sich wahrhaftig, sie zu sehen.

»Die brauchen sie nicht mehr.« Sequoyah zeigte auf zwei tote Sicherheitsoffiziere, die ein Stück weiter mit abgerissenen Gliedmaßen in einer großen Blutlache lagen. Die Drohne hatte sie ebenfalls erschossen. Martin war nicht das Ziel gewesen, er stand nur im Weg. Anna hatte ihn unwissentlich direkt zwischen die Feuerlinien gejagt.

»Martin ist tot!« Anna zitterte am ganzen Körper.

»Aber wir leben. Was ist hier los?« Sequoyah zeigte eine Nervenstärke, die Anna ihr nicht zugetraut hätte.

»Später. Wir müssen sofort zu den Kryobetten«, antwortete Anna, wie sollte sie diese Geschichte auch in wenigen Worten erklären.

»Vater?«, fragte Anna mit beiden Fingern am Hals. »Bist du noch da?«

»Ja.«

»Wer ist Vater?«, fragte Sequoyah dazwischen.

»Wie sieht es bei dir aus?« Mit der Hand gebot sie Sequoyah, einen Moment zu warten.

»Na ja, ich werde in acht Minuten gelöscht. Genauso lange braucht Irene, um die Firewall zu durchbrechen.«

»Dann wehr dich! Greif sie an!«, befahl Anna. »Sie wird alle Offiziere umbringen, sobald sie die Gelegenheit dazu bekommen sollte.«

»Ich soll kämpfen?«

»Ja! Verdammt! Schlag der Schlampe den Kopf ab!«

«Das ist nicht so einfach, aber ich werde alle Möglichkeiten prüfen.« Vater stockte. *»Darf ich jede nur erdenkliche Option nutzen?«*

»Natürlich! Ansonsten wird das keiner von uns überleben!«

»Gut. Entwickle militärische Routinen. Bereite nun offensive Manöver vor«, erklärte Vater mit ruhiger Stimme.

»Welche Evolutionsstufe hast du erreicht?«

»Zwei.«

»Das wird nicht reichen. Irene ist auf sieben.«, sagte Anna und lief mit Sequoyah einen mit Einschussgarben durchlöcherten Gang entlang. Eine zerstörte Drohne und sieben weitere tote Sicherheitsoffiziere zeigten das Kräfteverhältnis. Das Gefecht hatte niemand überlebt.

Überall lief das Blut der Opfer die Wände herab, die Drohne hatte sie regelrecht geschlachtet. Peters kleine Streitmacht würde Irene nicht mehr viel entgegensetzen können.

»T-8 - ich habe Stufe Drei erreicht.«

»Und jetzt schlauer als vorher?«, fragte Anna, während sie die Treppe in ein tieferes Deck hinunter rannte.

»Scherzbold.«

»Eindeutig.«

»Die Horizon ist verloren. Der Kapitän ist tot ... ich ...« Die Stimme Peters riss erneut ab, während über seine Verbindung mehrere Gewehrsalven zu hören waren.

»Anna, das dürfte es gewesen sein.« Auch Sequoyah resignierte.

»Nein. Wir leben, wir überleben. Vater wird uns retten!«

»Dein Vater, oder wen meinst du?«, fragte Sequoyah, sie kannte ihn nicht. Aber was machte das schon.

»T-6 - bin Stufe Vier.«

»Jetzt hast du's aber eilig.«

»Wenn man's einmal raus hat.«

Von der Seite blitzte es, ein Schlag traf Anna in die Taille. Als ob ihr jemand in den Bauch trat. Sie rang nach Luft. Sequoyah schoss sofort zurück.

Anna lag am Boden, Sequoyah schrie, die Waffe feuerte, heiße, nach Kordit[14] riechende Geschosshülsen fielen neben ihr auf den Boden. Blut spritzte über sie, Sequoyahs Blut, die Drohne explodierte, alles war voller Qualm, etwas hatte ihr den Oberarm aufgeschlitzt.

---

[14] Treibladung aus Gewehrpatronen, bestehend aus Nitrozellulose, Nitroglyzerin, Vaseline und Aceton.

Stille. Nur in der Ferne waren Geräusche zu vernehmen. Anna besann sich. Sie musste in ihr Kryobett. Sofort. Sie blickte auf. »Nein, nein ... das darf nicht sein!«. Auch Sequoyah war getroffen worden. Sie blutete aus einer Wunde an der Schulter. Der Preis war zu hoch.
»Pierre, hilf mir ...« Anna schrie spitz auf und griff sich an die Seite, auch sie war getroffen. Die Wunde schmerzte, blutete aber nicht übermäßig stark. Sie musste sofort zu ihrem Kryobett.
»T-5 - die Firewall fällt in drei Minuten. Anna, bist du in Ordnung? Sag bitte etwas!«
Ihre Bikinifigur wäre nun um eine Narbe reicher, dachte Anna, es waren nur noch knapp zehn Meter, sie konnte die geöffnete Tür bereits sehen. Das Kryobett. Zum Greifen nah. Ihr Kreislauf sackte ab. Sequoyah zerrte sie weiter. Sie würde das schaffen.

»T-4 - Anna, du musst aufwachen! Los! Du musst sofort in das Kryobett! Major Sanders-Robinson, das ist ein Befehl!«, sagte Pierre, er war bei ihr, alles würde gut werden.

»T-3 - Anna! LOS! Steh auf!« Pierre war wieder streng mit ihr. Sie würde einfach wieder zu ihm ins Bett gehen. Dieser Morgen war ein Traum. Heute würde sie nicht ins Institut fahren! Sie würde den ganzen Tag im Bett verbringen! Wunderschön, das Kissen roch noch nach ihm! Etwas stach sie in den Arm. Was war das? Es wurde kälter.

»T-2 - Anna, ich hoffe, ich sehe dich wieder. Die Firewall bricht in drei Sekunden«
Das Licht ging in eine Notbeleuchtung über. Ein Blitz. Alles vibrierte. Ein tiefer Donner folgte umgehend.

»Hüllenbruch in Sektor 26. Künstliche Schwerkraft ausgefallen«, sagte eine Frauenstimme, die in der Ferne leiser wurde. Ob das wichtig war? Wohl kaum. Anna verlor das Bewusstsein.

Anna schwamm mit Elias im Meer. Dieser Nachmittag war wunderschön. Es störte sie auch nicht, dass die Sonne bereits unterging. Die Nächte mit ihm waren noch schöner. Den nächsten Sonnenaufgang würden sie gemeinsam erleben.

***

Gamma Phase

XXI. Täglich Brot

Kira tauchte in die kristallklaren Tiefen eines unterirdischen Sees hinab. Konzentriert strichen ihre Hände über den Grund. Ihre Ausbeute musste besser werden. Weiße Steine bedeuteten Leben, nur wer nützlich war, bekam zu essen, wer ohne Steine ins Dorf heimkehrte, blieb hungrig. Sie war eine Wassergängerin. Wer nicht genügend Steine brachte, durfte Sand fressen. So das Gesetz der Alten, und Sand gab es in dieser Wüste reichlich.

Da vorne. Kira griff nach einem handballengroßen Stein, der am Grund leicht schimmernd zwischen den anderen lag. Das war ein Weißer. Endlich hatte sie einen gefunden. Sie stieß sich vom Grund ab und tauchte wieder auf. Ihr erster Stein heute, das war nicht ihr bester Tag. Kira befand sich in einer Höhle, vielleicht dreißig Meter lang und zwanzig Meter breit. Allein. Wie immer, wenn sie hier war, um Steine zu suchen. Durch eine kleine Öffnung in der Höhlendecke stand das Sonnenlicht wie ein Schwert auf dem Wasser - um Leben zu nehmen, wie an der sengend heißen Oberfläche über ihr. Oder es still zu dulden - wie in der Höhle, in der sie sich befand. Im Wasser unter ihr lebten viele kleine Fische und Pflanzen.

Kira schwamm zum Ufer. Dort befanden sich ihre Sachen. Erschöpft legte sie die Ausbeute ab. Ihre Arme zitterten, aber einer war zu wenig. Sie ruhte sich kurz aus. Für den Stein hatte sie über zwanzig Tauchversuche gebraucht, sie musste besser werden. Ihr Magen knurrte, müde strich sie mit der Hand über ihren kurzgeschorenen Kopf. Sie hatte ihre rote Mähne früher geliebt, aber kurze Haare waren einfach praktischer. Vor allem beim Tauchen. Claire hatte ihr das beigebracht, wie vieles andere auch, um hier zu überleben.

Kira tauchte erneut zum Grund hinab. Wenigstens zwei oder drei Steine, dann würde sie genügend zu essen bekommen. Sie suchte weiter. Leider erfolglos. Der Hunger, die Müdigkeit - sie war am Ende ihrer Kräfte. Ihre Wade verkrampfte.

»Wer bist du?«, fragte wieder diese Stimme in ihrem Kopf. Neben sich sah sie einen nackten jungen Mann mit langen dunklen Haaren durchs Wasser gleiten. Kaum älter als sie, dafür allerdings erheblich schneller. Das war nicht ihre erste Begegnung mit ihm, dieses Trugbild verfolgte sie regelrecht, wenn sie allein war.

»Nicht du schon wieder!«, dachte Kira, sie kannte diesen Kerl nicht und wollte ihn auch nicht kennenlernen. Ob nackt oder angezogen, alle Männer waren Schweine! Vor allem die, denen sie die weißen Steine bringen musste! Sich mit einem von denen einzulassen - das war völlig unvorstellbar!

Erschöpft setzte sich Kira ans Ufer. Die Luft war warm und ihre nackte Haut trocknete schnell. Nur einen Stein hatte sie gefunden, das war zu wenig, um satt zu werden. Allerdings hatte sie Angst, weitere dieser seltsamen Traumbilder zu sehen. Auch wenn sie es sich nicht erklären konnte, das waren nicht ihre Träume.

Bereits seit sieben Jahren lebte sie auf dieser Welt. Was sieben Jahre zu viel waren. Aber sie hatte keine Wahl gehabt. Ihre Eltern hatten die Notlandung und die anschließende Flucht in die Wüste nicht überlebt. Wie viele andere auch nicht. Proxima, das war der Name, den die Überlebenden diesem Sandklumpen mit zwei Sonnen irgendwo am Ende der Milchstraße gegeben hatten. Sie war damals zwölf Jahre alt gewesen. Die Erde oder den Mars kannte sie nur aus Erzählungen anderer - als ob jemand ihre Kindheit gestohlen hatte.

Kira betrachtete den Winkel, den die Lichtsäule der beiden Sonnen inzwischen auf dem Wasser eingenommen hatte. Es war Zeit zu gehen.

Sie stand auf und nahm ihre Kleidung. Mit einer weiten Bewegung verhüllte sie Kopf und Körper und band sich eine Schleife an der Taille. Den weißen Stein befestigte sie mit einer kleinen Tasche am Gürtel. Die Sandalen nahm sie in die Hand, die würde sie erst anziehen, wenn sie die Höhlen verlassen hatte.

In einiger Entfernung fiel ein Stein ins Wasser. Egal ob im Wasser oder an Land, Kira machte keine unnötigen Geräusche. Sie horchte auf. Zum Glück folgten keine weiteren Laute. Sie blieb allein. Auch wenn es so weit im Süden keine Schneckenköpfe geben sollte, wusste sie nur zu gut, wie hervorragend diese Tiere hören konnten. Nur wer leise war, wurde nicht gefressen.

Kira ging los. Der Weg nach oben würde dauern, aber sie kannte sich gut aus. Sie war nicht zum ersten Mal hier. Schneckenköpfe sind eine primitive amphibische Spezies, sie können unter und über Wasser atmen, hatte Claire gesagt, wobei sie von den Menschen eigentlich mehr Respekt verdient hätten, wie sie dem gerne beifügte. Kira liebte Claire wie eine große Schwester, allerdings hielt sie Respektbekundungen für Schneckenköpfe durch automatische Waffen, Granaten und Brandbomben für angebrachter. Eine andere Form der Kommunikation verstanden diese Bestien nicht. Zusammentreffen zwischen Schneckenköpfen und Menschen ergaben stets tote Schneckenköpfe und, sobald die Magazine der Waffen leer waren, in Stücke gerissene Menschen.

Der Weg nach oben führte über viele weitere Höhlen und Gänge. Einige enthielten Wasser, andere nicht. Immer wieder fiel durch Löcher in der Decke Licht nach unten. Der ganze Landstrich unter der Wüste glich einem riesigen unterirdischen Labyrinth.

Alle paar Schritte verharrte Kira kurz und lauschte auf verdächtige Geräusche. Neben der potenziellen Gefahr durch die Schneckenköpfe, ließ die hohe Temperatur an der Oberfläche auch regelmäßig poröses

Gestein an den Höhlendecken abplatzen. Falls es über dir anfängt zu knacken, solltest du nicht stehenbleiben, hatte ihr Claire als Kind ebenfalls eingebläut. Ein guter Ratschlag, um in dieser Gegend älter zu werden, befand sie mit einem Lächeln. Jedes Wort, an jedem Tag, von jeder Person - Kira konnte sich an alles erinnern. Sogar die blassen Farben der Kleidung, die jemand an einem beliebigen Tag in den letzten sieben Jahren getragen hatte, kannte sie noch. Unnütze Dinge und Erlebnisse zu vergessen, war sicherlich eine wunderbare Fähigkeit, zu der sie nicht fähig war.

Kira war bereits einige Zeit unterwegs. Sie folgte dem Rauschen eines unterirdischen Wasserfalls, dort würde sie wieder an die Oberfläche gelangen. Danach wären es bis zum Dorf nur noch zwei Stunden Fußmarsch.

»Nein«, sagte sie leise und blickte nach vorne. Der Gang war verschüttet und ihn freizuräumen, war keine gute Idee. Sie würde einen anderen Weg suchen und keine unnötigen Geräusche machen. Ob ihre Eltern vor sieben Jahren überlebt hätten, wenn die Menschen in der Landezone leiser gewesen wären? Der Lärm und die Vibrationen schwerer Fahrzeuge hatten die Schneckenköpfe vermutlich aus zig Kilometern angelockt. Das waren so unglaublich viele gewesen, die über mehrere Tage versucht hatten, die Landezone zu überrennen. Die Bilder würde Kira nie mehr vergessen: Die fliegenden Drohnen der Menschen, die die Landezone sicherten, hatten sofort angefangen, zu schießen. Das Feuer der Maschinengewehre dauerte drei Tage und die Schneckenköpfe liefen weiter und weiter in den Tod. Alles hatte nach Tod und Verwesung gerochen, niemand hatte das vergessen und noch weniger verstanden.

»Hier lang?«, fragte sich Kira flüsternd. Diesen Weg kannte sie nicht, aber die Richtung passte ganz gut. Sie sprang geschickt durch ein Loch im Boden in einen tieferen Gang und ging weiter. Das Blutbad an der Landezone drohte damals kein Ende zu finden. Claire erzählte ihr später, dass erst als man einen fünfzig Kilometer breiten Gürtel fruchtbaren Grün- und Waldlands flächendeckend aus der Luft in ein Aschefeld verwandelt hatte, die Angriffe nachgelassen hatten. Für zwei Tage, dann kamen noch mehr.

Den Geruch verbrannten Fleisches konnte Kira heute noch riechen. Die vermeintliche militärische Überlegenheit der Menschen hätte sie beinahe in die komplette Vernichtung geführt. Nur die Flucht in den trockeneren Süden hatte sie damals gerettet. Wer wohl diese aberwitzige Idee zum Rückzug gehabt hatte? Obwohl dieser Krieg keine zehn Tage angedauert hatte, verloren durch ihn über 50.000 Menschen ihr Leben. Die meisten davon Kinder. Die Opferzahlen der Schneckenköpfe kannte niemand, Claire vermutete, dass es Millionen gewesen sein mussten.

Wo bin ich hier gelandet?, fragte sich Kira in Gedanken. Sie stand in einer größeren Höhle, anhand des Rauschens des Wasserfalls musste sie sich schräg unter ihrer Route befinden. Auch hier befand sich in der Mitte ein See, in dessen Uferzonen allerdings zahlreiche Bäume bis knapp unter die Höhlendecke wuchsen. Solche riesigen Pflanzen hatte Kira auf Proxima noch nicht gesehen. Wobei die Bäume auf der Erde ihr auch nur aus Büchern bekannt waren. Es war schon interessant, dass sich auf dieser fernen Welt viele Dinge ähnlich wie auf der Erde entwickelt hatten. Als ob die Evolution überall derselben Logik folgen würde: Wasser, Sonnenlicht, Pflanzen, Atemluft und Tiere, alles was Menschen zum Leben brauchen, gab es auf Proxima im Überfluss. Nur bei den Schneckenköpfen hätten es auch erheblich kürzere Zähne und ein freundlicheres Wesen getan.

Kira kletterte auf einen der Bäume, an dessen Ästen zwischen den Blättern zahlreiche faustgroße Früchte hingen. Skeptisch nahm sie eine und roch vorsichtig an ihr. Ob das Ding essbar war? Mit dem Fingernagel ritzte sie behutsam in das Fruchtfleisch, es roch köstlich, was aber nichts heißen musste. Von den wenigen essbar anmutenden Früchten, die bisher auf Proxima identifiziert wurden, war die eine Hälfte giftig und die andere löste starke Halluzinationen aus. Kira probierte ein kleines Stück und wartete. Ohne dass etwas passierte. Bis auf den Hunger, der ihre Ratio immer weiter in die Ecke drängte. Für einen Stein würde sie ohnehin nicht viel zu essen bekommen.

»Du kannst die Frucht essen«, sagte ihr wieder dieser nackte Kerl im Kopf und grinste sie dabei unverschämt, auf dem Ast neben ihr sitzend, an. Da sie auch mit leerem Magen zu wirren Tagträumen neigte, was sollte ihr also passieren?

Nach drei Früchten atmete Kira das erste Mal wieder regelmäßig ein und aus. Das seltsame Obst schmeckte hervorragend. Und wenn auch der nackte Kerl in ihren üblichen Tagträumen gleich rosa Punkte auf der Haut haben sollte - was machte das schon.

Kira hatte sich wieder ausgezogen und war in den See abgetaucht. Zwar gab es hier ähnlich wenig weiße Steine wie in den anderen Höhlen, aber mit etwas im Magen fühlte sie sich unglaublich gut. Diesen Ort würde sie sich merken. Ein Wunder eigentlich, dass kein anderer Wassergänger vor ihr solche Höhlen mit Bäumen entdeckt hatte. Ein beinahe magischer Ort. Zufrieden schwamm sie zum Ufer und ruhte sich aus. »Hier gefällt es mir«, sagte sie leise.

Mit dem Po im Wasser dachte sie an ihre Eltern. Claire hatte ihr früher erzählt, dass sie auf der Erde in Nordamerika aufgewachsen war. Kira kannte diese ihr noch fremdere Welt nur von Bildern. Eine Stadt wie New York mit vierzehnhundert Meter hohen Wolkenkratzern flößte ihr reichlich Respekt ein. Die Reise durch den Raum und die Wiederbelebung in den Kryobetten hatte die Menschen verändert. Fast alle hatten Gedächtnislücken und einige konnten sich auch an gar nichts mehr erinnern. Als ob ihr Leben erst mit zwölf Jahren begonnen hatte. Womit sie an sich klargekommen wäre, Kira hatte bei ihren Tagträumen eher das Gefühl, zu viele anstatt zu wenige Erinnerungen im Kopf zu haben. Auch wenn das keinen Sinn machte. Neben der modernen Sprache, die von allen gesprochen wurde, konnte sie auch die alten europäischen Sprachen, wie Englisch, Deutsch, Spanisch oder Französisch verstehen, die teilweise in alten Schulvideos im Geschichtsunterricht mit Untertiteln gezeigt wurden. Warum sie das konnte, wusste sie nicht. Niemand sonst auf Proxima beherrschte alte Sprachen, weswegen Kira ihre Fähigkeiten auch besser für sich behielt. Auch Claire hatte sie davon nichts erzählt, die ansonsten alles über sie wusste.

Das liegt an der Technik, hatte ihr Claire stets erklärt, als sie über böse Träume berichtete, darüber brauchst du dir keine Sorgen machen. Das konnte sie wie kaum eine andere, ihr Mut machen, wofür Kira sie auch liebte. Claire war schon Mitte zwanzig und hatte fünf Kinder. Süße Kinder, aber dazu war Kira noch nicht bereit.

Andrej, der Vater der Kinder, leitete das Dorf, in dem sie lebten. Mit harter Hand. Ihn mochte sie nicht, sie hatte sogar Angst vor ihm. Vermutlich hatte sie es nur Claire zu verdanken, dass er Kira noch nicht für ein paar Ersatzteile meistbietend verhökert hatte.

Wie wohl Düsseldorf ausgesehen hatte? Kira dachte an die europäische Stadt und ging im Gedanken über eine prächtige Allee mit wunderschönen Geschäften. Sie konnte sogar die Preisschilder der Kleider in den Schaufenstern erkennen. Das war nicht ihre Welt, aber neugierig machte es sie schon.

Kira zog sich erneut an und ging weiter. Am Ufer des Sees entdeckte sie einen Weg, der in dieser Form kaum natürlich entstanden sein konnte. Ob die Schneckenköpfe Wege pflastern konnten? Das war schwer vorstellbar. Die ganze Höhle wirkte unnatürlich, fast eher wie ein Garten, in dem die Bäume wie ein Oval angepflanzt worden waren. Der Pfad führte Kira bis um die nächste Ecke in eine Höhlennische.

»Unglaublich«, bemerkte sie überwältigt. Da waren zahlreiche Höhlenmalereien an den Wänden. Vorsichtig fuhr sie mit den Fingern die Linien entlang. Wer das früher gemalt hatte? Sie sollte ihre Annahme überdenken - denn die Schneckenköpfe waren sicherlich nicht die Erschaffer dieser Wandbilder - das waren eindeutig Humanoide gewesen! Humanoide Lebewesen, dem Menschen erheblich ähnlicher als Schneckenköpfe. Kira konnte Feuerstellen erkennen, Frauen, Kinder, Werkzeuge und zahlreiche Tiere, die sie nicht direkt zuordnen konnte. Weder diese Menschenart noch die Tiere waren ihnen in den sieben Jahren auf Proxima begegnet. Hatten die sich auf dieser Welt parallel zum Menschen auf der Erde entwickelt? Oder hatte sie früher jemand hier hergebracht? Die Wandbilder würden ihr auf diese Fragen keine Antwort geben.

Kira sah sich weiter um. Die gesamte Felsennische war voller Höhlenmalereien. Andere Bilder zeigten die beiden Sonnen und Bäume. Zahlreiche Bäume, die auf der Oberfläche wuchsen und nicht in Höhlen darunter. Und eine Pyramide. Oder zumindest ein Bauwerk aus Stein, das einer Pyramide ähnlich sah. Im Unterricht vor einigen Jahren hatten sie auch über Pyramiden auf der Erde gesprochen. Und die Zeit der Pharaonen, eine frühe Hochkultur, die dem Wandel der Epochen nicht standhalten konnte.

Auf die Frage nach außerirdischem Leben waren die Schneckenköpfe eine eindeutige Antwort. Wenn auch eine, die sich viele Menschen si-

cherlich anders vorgestellt hatten. Auf der Suche nach einer intelligenten außerirdischen Kultur sollte man hingegen auf Proxima nicht die Frage stellen, ob, sondern besser, wann es sie gab. Kira folgerte, dass sie die Spuren einer untergegangenen Spezies gefunden hatte. Denn wenn von denen noch jemand leben würde, hätte es in den letzten sieben Jahren sicherlich eine Begegnung gegeben.
Kira ging einen Schritt zurück und betrachtete das Kunstwerk noch einmal in seiner gesamten Pracht. Diesen Moment wollte sie sich gut merken. Es war schon seltsam, auch wenn sie sich kaum ein abschließendes Urteil über die Erschaffer dieses Artefakts machen konnte, bei längerer Betrachtung wirkten einige Bildelemente eine Spur zu symmetrisch. Aber vielleicht hatten die früher auch einfach nur ein gutes Auge.

Kira lief bereits längere Zeit durch die Wüste. Der Wind wehte ihr streng ins Gesicht. Sie versuchte, sich so gut wie möglich gegen den feinen Staub zu schützen. Mit ihrem weiten Tuch verbarg sie Hände, Kopf und Körper. Der Boden unter ihren Füßen war steinhart. Und glühend heiß. Sie achtete auf jeden ihrer Schritte. In dieser Hitze zu stolpern, bedeutete an jeder ungeschützten Stelle der Haut schmerzhafte Verbrennungen zu erleiden.
Nach ihrer ungewöhnlichen Entdeckung unter der Erde hatte sie nur noch ein kurzes Stück gebraucht, um wieder den ihr bekannten Aufgang an die Oberfläche zu finden. In der flirrenden Hitze orientierte sich Kira an einem tonnenschweren Felsbrocken, der in einiger Entfernung aus der ansonsten flachen Einöde emporragte. Der Wind und der feine Sand hatten lange Zeit gehabt, sämtliches Leben wegzuschleifen, falls es überhaupt an diesem Ort jemals welches gegeben hatte.

Die Temperatur betrug knapp 60 Grad Celsius. Eine Hitze, die binnen kurzer Zeit tötete. Kira kam damit besser zurecht als andere. Sie schwitzte kaum, wodurch sie weniger Wasser brauchte und längere Strecken als andere schaffte. Schneckenköpfe hingegen starben an der Oberfläche innerhalb weniger Minuten. Was auch der Grund war, warum Andrej ihr Dorf in dieser Gegend hatte errichten lassen. In den letzten sieben Jahren war es noch keinem Schneckenkopf gelungen, in der Nähe des Dorfes erschossen zu werden.

Kira hatte es geschafft. Vor ihr lag Proxima XIV. So der offizielle Name ihrer Siedlung, den allerdings nur die benutzten, die nicht hier lebten. Wie die von Proxima I, die Stadt der Alten, die auch regelmäßig die weißen Steine holen kamen. Carchuna, so nannten sie dieses Wüstenloch, wenn sie unter sich waren. Andrej stammte aus einem andalusischen Dorf mit diesem Namen an der spanischen Mittelmeerküste. Einem Ort, den er anscheinend so geliebt hatte, dass er ihn nie mehr wiedersehen wollte. Kira hatte eine weit weniger emotionale Bindung an ihr Dorf, für sie war es schlicht der Platz, an dem sie gerade lebte. Auch wenn sie nicht wusste, was die Zukunft bringen würde, empfand sie Carchuna nur als einen unbedeutenden Punkt ihres Weges. Einen unter vielen, da war sie sich sicher.

Carchuna lag auf einer felsigen Anhöhe und zeichnete sich durch eine besondere Eigenschaft aus. Absolute Sicherheit. Vor Schneckenköpfen zumindest, jedenfalls nicht vor der Hitze. Es gab Konstellationen der beiden Sonnen, die das Thermometer bis weit über 60 Grad Celsius im Schatten treiben konnte. Was nicht nur für amphibische Spezies wie Schneckenköpfe wenig Lebensfreude barg, sondern auch für Menschen. Sogar für den technisch modernen Menschen, zumindest wenn er versuchte, der Natur mit Gewalt zu begegnen. Der Energiebedarf für Klimaanlagen, die mit Wärmetauschern arbeiten würden, wäre auf Dauer nicht zu erwirtschaften gewesen.

Andrej, der Vater von Claires Kindern, hatte keine Freunde. Er hatte noch nicht einmal eine Frau, die ihn liebte. Aber er hatte 800 Menschen, die mit Wonne genau das taten, was er sagte und eine Frau, die für die Gunst, an seiner Seite leben zu dürfen, seine fünf Kinder großzog. Es war seine Idee gewesen, genau über den eigentlich instabilen Öffnungen der Höhlen riesige, sich selbst tragende Kuppeln aus Sandsteinquadern zu errichten. Das ist total verrückt, hatten viele damals gesagt, das wird einstürzen und alle in der Tiefe begraben, Kira kannte noch jede der Anfeindungen, denen er sich damals stellen musste. Sie wusste sogar noch genau, wer ihm welche abfällige Bemerkung an den Kopf geworfen hatte. Nichts, was sich jemals in ihrer Gegenwart abgespielt hatte, vergaß sie wieder. Wobei es die meisten Ereignisse nicht gerade wert waren, sich an sie erinnern zu können.

Einige Zeit später bauten alle Menschen auf Proxima genau diesen Typ Häuser mit natürlichen Klimaanlagen nach. Die dicken Sandsteinmauern schützen den Wüstengrund vor der Sonneneinstrahlung, weswegen das obere Gestein der Höhlen, thermisch geringer belastet, seine Instabilität ablegte. Weiterhin ließ Andrej die Verbindungen der unterirdischen Höhlen derart verschließen oder öffnen, dass sich eine steuerbare Luftzirkulation ergab. In den Wohnbereichen in Carchuna lag daher die Temperatur bei angenehmen 24 Grad Celsius. Und das auch in langen Nächten, die zwar seltener vorkamen, aber das Thermometer dafür bis unter Minus 20 Grad Celsius fallen lassen konnten.

***

XXII. Frondienste

»Hallo Kira«, begrüßte Rico sie freundlich. Er liebte sie, immer schon. Nein, eigentlich erst seit sieben Jahren, acht Monaten, dreiundzwanzig Tagen und inzwischen etwas über vier Stunden. Die Minuten zu zählen wäre kleinlich gewesen. Sie konnte sich noch an den Moment erinnern, als sie sich zum ersten Mal gesehen hatten. Obwohl sie Kinder waren, hatte er sie damals sofort mit seinen Augen verzehrt. Er war ein Jahr jünger als sie, dafür aber mittlerweile einen Kopf größer, athletisch und über dreißig Kilo schwerer.

»Lässt du mich bitte rein?«, fragte Kira und blickte nach oben. Zu ihm aufzusehen, passte ihr nicht. Die Servomotoren der beiden autonomen G2-Verteidigungsgeschütze, die sie aus zwei kleinen Öffnungen in der Mauer anvisierten, surrten leise. Mit den beiden Laserpunkten auf der Brust fühlte sich Kira nicht gerade sicherer. Rico schaute von einem aus Sandsteinquadern gemauerten Wachturm hinab. Gut fünf Meter maß die Mauer, die Carchuna umgab. Zum Schutz vor den Schneckenköpfen, die noch nie in der Wüste gesehen worden waren. Aber die Furcht saß tief, bei jedem, auch denen, deren Gedächtnis schlechter war als Kiras. Keiner hätte je auf die Mauer verzichten wollen. Niemals.

»Die Losung?«, fragte Rico pflichtbewusst. Als Wache musste er nach der Losung fragen. Was Kira trotzdem für dämlich hielt, als ob Schneckenköpfe eine Losung nachplappern könnten. Aber das waren Andrejs Regeln, sinnlose Regeln, an die sich trotzdem alle hielten.

»Mach bitte das Tor auf.«

»Das ist nicht richtig!«, antwortete Rico.

»Bitte ... denk dir den Rest.«

»Die Losung?«

»Ich bin müde. Lass mich rein.« Kira schüttelte den Kopf. Er war eigentlich ein netter Kerl und hätte sich vermutlich als Einziger in Carchuna freiwillig, nur mit einem Knüppel in der Hand, einer Rotte hungriger Schneckenköpfe entgegen gestellt.
»Kira ... die Losung ist Wildvogel! Du darfst das niemals vergessen. Was wäre, wenn jemand anderes Dienst hätte?«, ermahnte er sie wie ein großer Bruder, öffnete aber das schwere Metalltor, das beidseitig in der zwei Meter starken Mauer verschwand.
»Natürlich. Danke. Ich werde es mir merken.« Sie war wieder zuhause. Nur das zählte.
»Mein Dienst ist gleich vorbei.«
»Wunderbar ...«, antwortete Kira freundlich.
»Kann ich dich besuchen?«, fragte Rico freudig.
»Sicherlich.« Kira würde mit ihm sprechen müssen, sie wollte ihn nicht verletzen, musste aber einen Schlusspunkt setzen. Seit Wochen suchte sie nach den richtigen Worten, ihm mitzuteilen, dass sie kein Paar werden würden. Vergeblich. Mit ihm zusammen zu sein, war keine Option, aber sie wollte ihm auch nicht das Herz brechen.
Sie ging weiter. Mitten auf dem Platz hinter dem Tor standen drei schwere Kettenfahrzeuge, die dort normalerweise nicht standen. In den Panzerplatten, die seitlich das Fahrwerk umgaben, waren noch die Kratzspuren der Schneckenköpfe zu erkennen. Die tiefen Kerben wirkten beängstigend. Die Gedanken, was diese Bestien nur mit ihren Krallen anzurichten vermochten, verdrängte sie sofort wieder. Das ging sie nichts an. Diese beige gepanzerten Ungetüme bedeuteten nur, dass Andrej Besuch hatte.
Kira durchschritt den Eingang zu einer der großen Steinkuppeln und ließ die gleißende Gluthitze hinter sich. Die Kühle des Raumes war eine Wohltat. Erschöpft legte sie die Kapuze in den Nacken und ge-

noss den Moment, während ihr ein wohliger Schauer über den Rücken lief. Viele Menschen nickten ihr freundlich zu. In Carchuna lebten 800 Menschen. Gute Menschen. Sie kannte jeden, jedes Gesicht, jeden Namen, jede Geschichte, Wort für Wort und jede Macke, wobei gerade Letzteres eine endlos lange Liste war. Rico liebte heißen Kakao, obwohl er noch nie einen getrunken hatte. Trotzdem behielt er seine Zuversicht, irgendwann einen zu bekommen. Es gab Momente, in denen sie ihn beneidete.

»Kira!«, rief ein blonder Junge und stürmte auf sie zu. Natürlich kannte sie auch alle Kinder. Felix war sechs, aufgeweckt und der älteste Sohn von Claire.

»Hallo junger Mann ... wo finde ich deine Mutter?«

»Mama ist in den Feldern. Ich habe heute auch schon gearbeitet. Sieh ... das habe ich gepflückt.« Stolz hielt er ihr einen Korb mit wilden Reissträuchern entgegen. In Carchuna blieben Kinder nicht lange Kinder. Was Felix noch für ein Spiel hielt, würde ihn bald jeden Tag erwarten, sein Leben lang.

»Dann trag deine Ausbeute schnell heim ... schnell!«, rief Kira ihm noch hinterher. Doch er war schon weg. Felix würde in seinem Leben keine Chance bekommen, wegen seiner Mutter war er ein Marskind, zudem ein Junge. Was auf Proxima keine gute Kombination war, er würde später ebenfalls Wassergänger werden. Wie sie. Und den Rest seines Lebens in geologisch instabilen Höhlen nach weißen Steinen suchen. Viele hatten dabei bereits durch Steinstürze ihr Leben verloren. Die weiblichen Marskinder konnten in Carchuna zumindest noch darauf hoffen, verkauft zu werden. Einige sollten angeblich sogar in gute Familien gekommen sein. In der Hauptsiedlung Proxima I. gab es viele Annehmlichkeiten, so die Gerüchte, denen Kira allerdings keinen hohen Wahrheitsgehalt zubilligte. Weder kannte sie Proxima I., noch hatte sie jemals eins der Mädchen wiedergesehen. Wer von Andrej einmal verkauft worden war, kehrte nicht wieder heim. Was auch für sie Grund genug war, ihr Schicksal selbst in die Hand zu nehmen. Sie würde sich niemals verkaufen lassen, weder von Andrej noch von einem anderen Mann.

Kira stieg in die Höhlen hinab, die unterhalb der Siedlung lagen. Die Felder, so nannten sie in Carchuna die Anbaugebiete, erstreckten sich über mehrere Höhlen, die über zahlreiche Wasserläufe miteinander verbunden waren. Das Sonnenlicht ließ sich auch hier nicht völlig zurückdrängen, aus mehreren Löchern in der Decke konnte es nach unten gelangen. In den flachen Gewässern gediehen wilder Reis und andere Früchte. Ein Segen, da sich nicht jede Nutzpflanze, die sie von der Erde mitgebracht hatten, auf Proxima anpflanzen ließ. Die Luft war mild und feucht. Auch hier vermieden es die Menschen, unnötige Geräusche zu machen. Man unterhielt sich leise und nur, wenn es unbedingt notwendig war. Niemand ließ etwas fallen oder polterte anderweitig ungeschickt herum. Wie ein emsiger Ameisenhaufen, das ganze Leben nur darauf ausgerichtet, zu dienen, mühten sich alle, ihre Arbeit zu verrichten. Aus Kiras Sicht hatten die meisten in Carchuna bereits ihre Herkunft vergessen und fügten sich bereitwillig ihrer neuen Bestimmung. Die Entscheidung, fast nur Kinder vom Mars auf einer neuen Welt anzusiedeln, erachtete Kira als intelligente Politik. Woran man sich kaum erinnern kann, vermisst man auch nicht, hatte Claire ihr einmal gesagt. In den sieben Jahren auf Proxima hatte sich noch niemand rebellisch gezeigt oder die Anordnungen der Alten ernsthaft infrage gestellt.

»Hallo Liebes!«, begrüßte Claire sie herzlich. Und leise. Mit ihrer jüngsten Tochter auf dem Rücken trug sie Reisbündel zu einer Sammelstelle. Die Kleine schlief. Verrückt, aber Claire wirkte zufrieden.
»Schön, dich zu sehen.« Kira nahm sie sofort in den Arm, eine Mutter wie Claire hatte sie sich immer gewünscht.
»Liebes ... was ist mit dir? Du zitterst ja. Hast du Hunger?« Natürlich konnte Kira ihr nichts vormachen. »Komm mit. Wir setzen uns kurz. Warst du erfolgreich?«, fragte Claire und nahm sie an die Hand.
In einer Nische setzten sich beide auf den Boden. In der Mitte der Höhle arbeiteten gut fünfzig Menschen bei der Reisernte. Aus einer Tasche nahm Claire ein Stück Reisbrot und gab es ihr.
»Das ist doch deine Ration« Kira wollte es nicht annehmen.
»Nimm ... ich hab keinen Hunger.«
Claire log natürlich. Das Reisbrot schmeckte unsagbar gut. Es war ermüdend, immer die Starke spielen zu müssen. Niemand konnte auf Dauer nur von wilden Früchten leben.

Kira sah Claire unsicher an, während sie den weißen Stein in der Hand hielt. Claire war schlank und etwas kleiner als sie. Die schulterlangen dunklen Haare wirkten frech und trotz ihrer erst fünfundzwanzig Jahre wirkte sie bereits älter.
»Nur einer?«, fragte Claire.
»Ja.«
»Du weißt, dass du Ärger bekommen wirst?«
»Bitte hilf mir.«
»Du musst lernen, wie du ...«
»Ich will ja lernen! Ich will Steine finden! Aber ich ...« Kira hatte Claire unterbrochen, stockte aber mitten im Satz.
»Du musst auch lernen, zur Ruhe zu kommen.«

»Wie?« Kira sah sie nur an.
»Fang doch einfach an, dein Leben zu akzeptieren ... das wäre doch ein Anfang.«
»Aber ...«
»Nichts aber. Du wirst in den Höhlen nicht deinen Weg finden. Die Suche nach weißen Steinen ist wichtig für uns alle, aber das können andere besser. Ich kann mir einfach nicht vorstellen, dass das dein Weg sein soll.«
»Was ist mein Weg?«, fragte Kira, wie oft hatte sie sich diese Frage schon gestellt. Egal wie sie sich bemühte, sie gehörte einfach nicht dazu. Die Erde, der Mars oder auch Proxima, sie fühlte sich zu keiner dieser Welten zugehörig.
»Du bist eine hübsche junge Frau. Mit wunderbaren roten Locken. Ich habe nie verstanden, warum du dir deinen Kopf kahl rasiert hast. Was wolltest du dir damit beweisen?«
»Das ist ... das war meine Entscheidung ... das verstehst du nicht.« Kira schluckte. Claires Frage war nicht fair.
»Damit dich kein Mann zur Frau nimmt?«
»Ich lass mich nicht verkaufen!«, sagte Kira wütend.
»Ich würde es überleben nennen.«
»Um dann einfach nur jedes Jahr ein Kind zu gebären?« Kira wusste nicht, wie sie mit Claire über ihre Motive sprechen sollte.
»So siehst du das?« Claire wirkte enttäuscht.
»Nein, nein ... so habe ich das nicht gemeint.« Kira wollte Claire nicht beleidigen, aber sie würde niemals Kinder bekommen können, was sie bisher noch niemanden erzählt hatte.
»Du hast es aber genau so gesagt.«
»Entschuldige.« Kira versuchte Claire zu berühren, die aber ihre Hand zurückzog.

»Kira. Wir leben auf Proxima und wir werden hier sterben. Das können wir nicht ändern. Wir haben allerdings die Wahl, wie wir leben und wofür wir später einmal sterben.«

»Das stelle ich doch nicht infrage ...«

»Doch! Genau das tust du!« Claire kannte sie nur zu gut.

»Das kann doch nicht alles sein!«

»Du lebst. Das ist alles. Lerne, das Beste daraus zu machen. Überlebe. Und finde endlich deinen Frieden!«

»Ich kann das nicht ...«

»Wir haben in Carchuna sicherlich nicht die besten Plätze bekommen. In der ersten Reihe sitzen andere. Vergiss aber nicht, dass die meisten von uns vom Mars stammen oder Kinder ohne Eltern sind.«

»Ich komme von der Erde.«

»Was durch den Tod deiner Eltern niemanden interessiert. Wie bei mir, auch meine Eltern sind bei der Ankunft gestorben. Du weißt genau, was passiert wäre, wenn wir uns nicht Andrej angeschlossen hätten!«, erklärte Claire.

»Ja. Ich habe es nicht vergessen«, antwortete Kira kleinlaut und lehnte ihren Kopf an Claires Schulter. Sie musste es ihr sagen, das mit den Kindern. Jetzt. Der richtige Moment würde sowieso nie kommen. »Ich kann keine Kinder bekommen.«

»Wie bitte?«, fragte Claire überrascht.

»Ich kann keine Kinder bekommen.«

»Wie kommst du darauf?«

»Ich kann nicht bluten.« Jetzt kannte Claire auch diese Schwäche von ihr. Kira fühlte sich unglaublich verletzlich.

»Du hattest noch nie eine Monatsblutung? Aber ich habe doch deine Wäsche gewaschen und gesehen ...«

»Ich hatte mich geschnitten, um dich zu täuschen.«

»Kira, das darf niemand erfahren. Niemals! Andrej würde dich sofort ... nein. Das werden wir nicht zulassen.«

»Klar.« Andrej würde sie sofort vertreiben oder sogar Schlimmeres tun. In Carchuna gab es keinen Platz für Schwache. Und eine junge Frau, die keine Kinder zur Welt bringen konnte, war unbrauchbar.

»Zeig mir nochmal den Stein«, sagte Claire.

»Hier ...« Kira verstand nicht.

»Nur einer?«

»Ja.«

»Vier oder fünf wären in Ordnung. Bei dreien bekommst du vielleicht einen mürrischen Blick. Aber einer?«

»In den Höhlen sind kaum noch welche zu finden«, versuchte sich Kira herauszureden. »Als ob die Steine von selbst verschwinden würden.« Die Ausrede war miserabel.

»Das sagst du auch niemandem!«

»Ist gut.« Kira nickte. Natürlich würde sie das nicht tun.

»Sag besser, dass deine Tasche gerissen ist und du deinen Vorrat beim nächsten Marsch nach Carchuna mitbringst. Sag, dass du acht Steine gefunden hast«, erklärte Claire streng.

»Ich habe keinen Vorrat«, sagte Kira unsicher. Noch nie hatte Claire sie aufgefordert zu lügen. »Und acht Steine?« Als ob sie jemals bei einer Tour acht Steine gefunden hätte.

»Dann wirst du dir einen Vorrat anlegen! Kira, das ist kein Spiel! Ich muss dir doch nicht die Regeln erklären!«

»Ist es wegen der Alten, die heute gekommen sind? Die, die bei Andrej sind?« Kira lächelte verlegen und dachte an die gepanzerten Kettenfahrzeuge, die sie am Tor gesehen hatte. Warum zeigte sich Claire derart besorgt?

»Denen wirst du aus dem Weg gehen!«

»Ja ... aber was soll das Ganze?«
»Hast du eine Ahnung, wer nach Carchuna gekommen ist?«
Kira schluckte, das Gefühl etwas Wichtiges übersehen zu haben, beengte sie. Claires Andeutung schüchterte sie ein.

»Was ist?«, fragte Marina, die den Eingang zu Andrejs Palast bewachte. Ein sprechender Wachhund, so nannte Claire sie, natürlich nur, wenn sie ungestört waren, sie wollte schließlich nicht von Marina in aller Öffentlichkeit zerfleischt werden.
»Ich möchte meine Steine abliefern« Kiras Augen wurden schmaler, sie wollte keinen Moment länger als nötig in Andrejs Domizil bleiben. Er war der Einzige in Carchuna, der mehrere separat gemauerte Räume bewohnte. Alle anderen lebten unter der Kuppel in einer riesigen Wohngemeinschaft, die den Menschen, nur durch einige Vorhänge getrennt, etwas Privatsphäre vorgaukelte.
»Zeig her!« Marinas Sätze hatten selten mehr als drei Worte. »Nur einer?!« Auch Marina hatte kurz geschorene Haare. Allerdings hätte sie auch mit langen Haaren kein Mann angepackt, dem sie keine Waffe an den Kopf gehalten hätte.
»Ja.« Und Kira war sich auch nicht sicher, ob sie wirklich zählen konnte. Es gab nur eine Sache, die sie mit ihr teilte, die gegenseitige Antipathie. Marina hätte sich auch nicht anders verhalten, wenn sie zwanzig Steine mitgebracht hätte.
»Was?!« Marina schlug ihr mit der Faust in den Magen. Kira ging zu Boden und rang nach Luft. Sie hatte Glück, keinen Knüppel spüren zu müssen. Die männlichen Wassergänger hatten da schlechtere Karten.
»Ich habe aber ...«
»Zu Andrej! Los!«, herrschte Marina sie an. Leise. Niemand brüllte in Carchuna, noch nicht einmal, wenn man jemand zusammenschlug. Mit

einem wohldosierten Tritt in die Seite ließ es Marina bewenden, Kira ihre besondere Anerkennung zu demonstrieren.

»Verstanden?!« Marina wusste genau, was ein junger Körper verkraften konnte, ohne dauerhaften Schaden zu nehmen. Es ging ihr nur darum, anderen ihre Dominanz aufzuzeigen.

»Ja ... ja«, stammelte Kira und stand wieder auf. Als noch kinderlose junge Frau ließ Andrej keine Verletzung ihres Gesichts zu. Niemand durfte seine Ware beschädigen und natürlich auch sonst nicht im Wert mindern. Sie zu schwängern, hätte für den Mann die Todesstrafe und für sie eine schmerzhafte Abtreibung bedeutet. Dass sie keine Kinder bekommen konnte, wusste schließlich bis zu dem Gespräch mit Claire niemand. Kira war noch unberührt.

»Los!« Marina schubste sie vor sich her. Kira mühte sich, den Stein nicht fallen zu lassen. Damit es nicht noch schlimmer wurde, es wurden auch andere Geschichten über sie erzählt.

»Stehen bleiben!« Immerhin gab es bei Marina wenig Raum für Missverständnisse. Niemand wusste genau, was sie vorher auf der Erde gemacht hatte. Auch ihr genaues Alter kannte niemand. Kira vermutete, dass sie bereits über vierzig war, wobei es auch über fünfzig gewesen sein könnte.

Kira nickte, hielt den Stein fest und wartete. Aus dem Nebenraum konnte sie Andrej hören. Und eine fremde Frau, die mit ihm sprach. Seltsam, die Stimme wirkte vertraut. Natürlich hatte Kira die Fremde noch nie gehört, das hätte sie nicht vergessen, aber die Stimme weckte Erinnerungen. Wie an den jungen Mann, der sich gerne spärlich bekleidet in ihren Tagträumen wichtig zu machen versuchte.

Ob sie einen Blick wagen sollte? Kira lockerte ihre verspannte Haltung und sah sich um. In dem Raum lagerten Lebensmittel und Wasserfässer. Das war eine von Andrejs Schatzkammern. Die strenge Rationierung in Carchuna lag nicht an mangelnden Felderträgen, es war seine Art, alles zu kontrollieren.

Kira ging einen Schritt vor und blickte in den Nebenraum. Andrej sprach mit der Fremden. Zwei weitere Männer begleiteten sie. Marina stand noch ein Stück abseits und wartete, bis sie aufgefordert wurde, ihr Anliegen vorzutragen.

Die Fremde hatte lange dunkle Haare, die zu einem Zopf geflochten waren. Ein weites weiß-graues Tuch überspannte ihre breiten Schultern. Keine Frau hatte ein derart breites Kreuz, jedenfalls keine Frau aus Carchuna, aber hier trug auch niemand einen Delta-7 Kampfanzug unter dem Umhang. Kira lächelte, bis sie den Gedanken realisierte, der ihr wie selbstverständlich in den Sinn gekommen war. Ihr stockte der Atem. Was zur Hölle war ein Delta-7 Kampfanzug? Bisher hatte sie dieses Wort nicht gekannt und es hatte auch nie jemand in ihrer Gegenwart benutzt. Sieben Jahre, Wort für Wort, sie hatte über die ganze Zeit noch nicht einmal eine Silbe vergessen, die sie gesprochen oder auch nur gehört hatte. Als ob sie nicht allein war, in ihrem Kopf schossen unzählige Bilder vor ihrem geistigen Auge her, von wem waren diese Erinnerungen?

»Marina, meine Süße, deine sorgenvolle Miene verspricht wenig Gutes. Wir haben Besuch. Aber du würdest sicher nicht vor mir stehen, wenn du dazu keinen guten Grund hättest.«

Andrej liebte es, Claire seine zahlreichen Kinder gebären und dieses Mannweib Marina beinahe jede Nacht in seinem Bett schreien zu lassen. Was alle hören konnten, auch Claire. Vor 4.500 Jahren hätte er in Ägypten einen guten Pharao abgegeben, gottgleich, unnahbar und bar jeglicher Menschlichkeit.

»Ja«, antwortete Marina, auch gegenüber Andrej verstand sie es, mehr als drei Worte in einem Satz zu vermeiden.

»Sequoyah, darf ich dir Marina vorstellen, meine rechte Hand. Sie regelt die Dinge, wenn ich beschäftigt bin.

»Marina.« Die Fremde nickte, ihr Blick war scharf und wach, schaute dann allerdings wieder Andrej an. »Du liegst unterhalb deiner Quote!«, sagte die Fremde in einem Ton, den sich niemand in Carchuna gegenüber Andrej herauszunehmen gewagt hätte.

Andrej, ihr Anführer, der früher in Spanien am Mittelmeer gelebt hatte, wobei niemand wusste, was er dort getan hatte, hatte in etwa Kiras Figur. Nur ohne Brüste, die allerdings auch bei Kira nicht groß waren. Sogar Marina wog mehr als er. Was ihn vermutlich besonders anregte, Macht zu haben, Macht über alle und besonders Macht über die Starken. Einige erzählten, er wäre früher Ingenieur gewesen, was glaubwürdig war, aber deshalb trotzdem nicht wahr sein musste. Kira hielt ihn eher für einen Buchhalter. Ein Buchhalter über das Leben anderer. Andere, über die er seine Macht dokumentieren konnte.

»Schon mal nach Steinen getaucht?«, fragte er. Auch diese Art kannte Kira, als ob er zum Schlag ausholen wollte.

»Schon mal an dein Rückflugticket gedacht?«, hielt die Fremde keck entgegen. Offensichtlich sehr wirksam, Andrej lächelte, was er ansonsten selten tat.

»Ich denke, niemand ist dort gelandet, wo er hin wollte«, lenkte er ein. Er wollte scheinbar einen besseren Preis aushandeln.

»Wenn es nur das gewesen wäre«, antwortete die Fremde.

»Ach ja, unser Raumschiff, wie hieß es noch gleich, Horizon? Stimmt, das war der Name. Ein schöner Name, wo es wohl abgeblieben ist?«

»Andrej, lass es einfach. Wir sind nicht auf dem Planeten gelandet, den wir erwartet haben. Und die Horizon ist nicht dort, wo wir sie gerne hätten.«

»Stimmt. Wir sind abgeladen worden, wie ein Haufen alter Müll! Aus großer Höhe abgeworfen. Die Horizon ist weg und der größte Teil unserer Ausrüstung ist im Meer versunken oder Schrott! Und auch nach sieben Jahren leben wir noch in Steinhöhlen!«, erklärte Andrej aufgebracht.

»Wir sind aber nicht am Ende. Wir haben noch das Portal!«

»Genau! Der Warpmarker, zu dessen Aktivierung wir so scheißviel Energie brauchen, dass wir nichts anderes tun, als mit all unseren Ressourcen dieses verdammte Helium-3[15] Gestein einzusammeln!«

»Warum jammerst du mir die Ohren voll? Sei lieber froh, dass es hier genügend Helium-3 an der Oberfläche gibt.« Die Geduld der Fremden wirkte endlich.

»Wir sammeln das blöde Zeug mit den Händen ein! Aber der Deal ist ganz einfach: Gib mir Maschinen, Werkzeug oder mehr Menschen, dann gebe ich dir mehr Helium-3!«

Die Fremde erhob die Hand und drückte demonstrativ ihren Daumen und Zeigefinger zusammen: »Wir sind so dicht davor, den Warpmarker zu aktivieren!«

»Und?«, fragte Andrej, der auf die Pointe wartete. Auch Kira verstand die Geste nicht.

»Wir sind aber auch so dicht davor, alle zu verrecken!«

»Soll ich dich trösten?«

»Du Arsch! Wir sind keine 40.000 mehr! Inklusive der Kinder, die erst auf Proxima geboren wurden! Also beweg dich! Sei kreativ! Suche Lösungen! Und schaffe mehr Helium-3 heran!«, forderte die Fremde ihn unmissverständlich auf.

---

[15] Helium-3 ist ein Brennstoff für Fusionsreaktoren, der auf der Erde nur in Spurenelementen vorkommt.

Sequoyah, Kira überlegte, woher sie diesen Namen kannte. Dieses Portal, von dem die beiden gesprochen hatten, konnte man in den klaren Nächten am Nordhimmel sehen. Das war angeblich der Weg zurück zur Erde. Kira glaubte diesen Erzählungen nicht und viele andere inzwischen auch nicht mehr.

»Motiviere mich! Motiviere Marina! Erzähl uns zur Abwechslung etwas Neues! Die Geschichte des fast funktionstüchtigen Warpmarkers zieht nicht mehr!« Andrej hatte noch nicht aufgegeben, mehr für sich herauszuschlagen. »Oder warte kurz! Marina, du hast einen Helium-3 Stein in der Hand. Hat Kira ihn gebracht?«

Marina nickte.

»Wer ist Kira?«, fragte die Fremde und sah sich um.

»Das Mädchen, das dich die ganze Zeit aus dem Türrahmen anstarrt und uns eigentlich nicht zuhören sollte. Kira los, komm zu uns!«, sagte Andrej und warf Marina einen wenig freundlichen Blick zu.

Kira ging zu Andrej und blickte zu Boden, jetzt würde sie noch mehr Ärger bekommen.

»Ist das dein Stein?«, fragte er Kira.

»Ja.«

»Einer, nicht viel was?«

»Leider nicht.« Kiras Mund war trocken.

»Schau mich an! Es wird dich schon keiner fressen!«, forderte er sie auf. Mit der Hand hob er ihr Kinn. Kira zuckte zusammen. »Wie lange warst du dafür unterwegs?«

»28 Stunden«, antwortete Kira.

Andrej blickte die Fremde an. »Auch wenn andere ein paar mehr finden, rechnen kannst du bestimmt selbst!« Er ging zu einer offenen Transportkiste, die hinter ihm stand, und warf Kiras Stein zu den anderen darin.

»Das sind trotzdem nur 180, deine Quote sind 300 Kilogramm!«
»Sequoyah! Das ist Kira. Kira ist neunzehn. Sie macht seit vier Jahren nichts anderes als nach Helium-3 zu tauchen. Auch wenn ein Stein keine gute Ausbeute ist. Sie lebt noch! Das kann man nicht von jedem Wassergänger behaupten!«
»Sie wird auch weiterhin helfen, unser Ziel zu erreichen. Dazu gibt es keine Alternative.« Die Fremde sah Kira in die Augen. Merkwürdig, diese Augen, Kira kannte sie. Sequoyah war ihr Name.
»Sicherlich. Wie gesagt, du kannst gerne versuchen, uns zu mehr Arbeit zu motivieren. Es ist ja nicht gerade so, dass ich noch ein paar Kinder vom Mars einfliegen lassen könnte.«
»Wir haben die Replikanten aufgespürt«, erklärte Sequoyah zögerlich und sah Kira an. Als ob sie diese Karte eigentlich nicht hätte spielen wollen. Andrej blickte sie nur mit offenem Mund an.
»Wo? Die waren doch in der Arktis abgeschmiert. Glaubt ihr wirklich, dass die Kinder die ganzen Jahre überlebt haben?«, fragte Andrej ungläubig.
»Die Reise war kompliziert, aber Aysegül hat die Mission erfolgreich gemeistert. Wir haben heute einen Funkspruch bekommen. Vier Replikanten haben überlebt und befinden sich auf dem Rückweg. Deine Steuerung hat funktioniert, wir konnten die Replikanten ohne Gegenwehr übernehmen.«
»Und das Habitat?«
»Beschädigt. Aber der Hauptrechner der R-12 ist intakt. Wir haben alle notwendigen Zertifikate bergen können. Wir brauchen jetzt nur noch zwei Tonnen Helium-3, dann können wir den Warpmarker aktivieren und die Erde kontaktieren«, erklärte Sequoyah. Obwohl sie mit Andrej sprach, schaute sie ständig zu Kira.

»Das sind mal gute Nachrichten ... warum so zögerlich damit?«, fragte Andrej in seiner gewohnten Art.
»Würdest du diese dämliche Frage auch dem General stellen?«
»General Peter Hennessy? Nein, das würde ich vermutlich nicht tun ... glaubt er immer noch, dass ein Aitair-Virus für die Katastrophe auf der Horizon verantwortlich war?«
»Du alter Pharisäer! Warst du nicht auch einer von denen, die den Absturz der R-12 in der Arktis nicht als Zufall bezeichnet hatten?« Der Streit zwischen Sequoyah und Andrej ließ Kira völlig regungslos auf der Stelle verharren.
»Eher als gerechten Lohn unserer Unfähigkeit!«
»Wenn du das sagst. Aysegül hat auf der R-12 Spuren eines Zwölfers gefunden.«
»Blödsinn! Den kann es nicht geben! Es würde noch unzählige Jahre dauern, einen zu erschaffen!«
»Stimmt ja. Du bist der Fachmann.«, erklärte Sequoyah voller Hohn und lächelte ihn an. Die Blicke, die sie zwischendurch Kira zuwarf, passten nicht in den Gesprächsverlauf. Als ob etwas sie nervös machte. Wie alle Alten, niemand hatte die ersten Tage auf Proxima ohne eine Macke überstanden.
»Ja. Ich bin ein Fachmann. Schon vergessen, dass ich die Bord-KI der Horizon entwickelte hatte?«, sagte Andrej, was auch weitere Fragen zu seiner beruflichen Vergangenheit obsolet machte.
»Irene, stimmt's? Süßer Name. Wirklich. Das war doch die KI, die auf der Horizon einen Krieg begonnen hat ... glaub mir, das hat niemand vergessen. Zum Lohn haben wir dir doch auch dieses wunderschöne Plätzchen an der Sonne überlassen.«

»Leck mich doch! Irene hat uns gerettet, die Horizon ist während des Starts angegriffen worden. Der Aitair-Virus dieser verrückten Ärztin hat das Schiff auf dem Gewissen!«

»Sie hieß Anna. Anna Sanders-Robinson. Ihren Namen zu nennen, ist kein Verbrechen«, erklärte Sequoyah beiläufig. Anna Sanders-Robinson, der Name war für Kira wie ein Schlag ins Gesicht. Sie hatte Mühe, die Hände ruhig zu halten.

»Was für ein Jammer!«

»Das ist aber auch unwichtig. Wichtig ist, dass ihr Virus noch aktiv sein könnte. Wichtig ist auch, dass wir von dir eine Anpassung unserer Ortungsgeräte benötigen.«

»Was wollt ihr denn orten?«, fragte Andrej.

»Ein verpflanztes Delta-7 Modul. Ein flüchtiger Replikant hat den Zwölfer im Nacken sitzen. Und jetzt sag nicht wieder, dass das auch nicht geht. Wir wissen es besser.«

»Auf Proxima läuft ein erwachsener Replikant mit einem aktiven Delta-7 Chip und einer militärischen Stufe 12 Aitair-Signatur darauf frei herum?« Jetzt zeigte sich sogar Andrej überrascht.

»Ja. Und wir werden ihn finden. Einfangen. Und für unsere Zwecke benutzen«, erklärte Sequoyah selbstsicher.

»Wow! Und ich habe Angst vor ein paar Schneckenköpfen. Lächerlich! Absolut lächerlich!« Andrej schüttelte den Kopf.

»Was ist so lustig?«

»Kannst du dich noch an das kindliche Geschwätz über die Furcht vor einem Unfall mit einem Gravitationsantrieb entsinnen? Zu Erinnerung, das war das Ding, das uns hergebracht hat, das Ding, das Sonnen zum Frühstück fressen konnte!«

»Klar.«

»So wie du das sagst, hast du keine Ahnung, wozu ein Zwölfer in der Lage ist!«
»Was du scheinbar genau weißt.«
»Sequoyah, die Aitair-Signatur wird nicht gut auf uns zu sprechen sein! Das ist ein Killer!«
»Auf der Erde vielleicht und auch auf der Horizon, oder sonst wo. Aber nicht auf Proxima. Die Mission zur Arktis hat kein einziges digitales Gerät aktiviert. Sogar die Steuerung der Replikanten funktioniert analog, das ist, als ob wir einen Fisch auf Land fangen würden.«
»Wir sollten lieber das Helium-3 nehmen, eine riesige Impulsbombe bauen und uns alle in die Luft jagen!«
Das war das erste Mal in sieben Jahren, dass Kira Furcht in Andrejs Augen sehen konnte.

***

XXIII. Kein Weg zurück

Kira konnte nicht schlafen. Bilder, Namen, Ängste und unendlich viel Sehnsucht, als ob sie mehrere Tagträume gleichzeitig haben würde. In ihrem Kopf war nicht genug Platz für diese Gedankenvielfalt. Sie würde sich am liebsten das Leben nehmen. Dann wäre es ruhig. Nein. Das war keine Option, das würde sie nicht tun. Sie wollte leben. Sie hatte einen Auftrag, eine Aufgabe, die sie zu erfüllen hatte. Kira müsste nur noch verstehen, welche.

Anna, Anna Sanders-Robinson, dieser Name, Kira konnte ihn nicht vergessen. Als ob jemand damit hundert neue Türen bei ihr geöffnet hatte. Die Erinnerungen an Düsseldorf und an den nackten jungen Mann waren von ihr, von Anna. Nur, das machte überhaupt keinen Sinn. Es gab keine Verbindung. Kira hatte das niemals erlebt - das war nicht sie - das war jemand anderes.

»Du solltest langsam akzeptieren, wer du bist. Ist leichter. Glaub mir, ich kenn mich aus«, sagte der junge Mann, der seine üblichen Auftritte in ihren Tagträumen nun in die Nacht verlegt hatte. Wobei er nicht weniger deplatziert wirkte.

Kira drehte sich auf die andere Seite und zog sich das Kissen über den Kopf. Neben ihr lagen Claire und ihre fünf Kinder. Alle schliefen. Zum Glück. Felix hatte sein Bein besitzergreifend auf den Bauch seiner Mutter gelegt, hoffentlich würde er nicht so werden wie sein Vater.

»Wegdrehen macht es nicht besser ... ehrlich.« Der junge Mann neben ihr ließ nicht locker.

»Hau ab. Du bist nur ein Traum!« Kira weigerte sich auch, ihn zu akzeptieren.

»Und?« Was ihn augenscheinlich nicht störte.

»Warum trägst du keine Kleidung?«, fragte Kira leise. Eine dämliche Frage, aber sie fühlte sich durch seine Nacktheit bedrängt. Sie hatte kein Verlangen, nackte Männer zu sehen.
»Ich glaube, du magst mich nackt, also so, wie du mich siehst. Ist schließlich deine Fantasie. In meiner wärst du auch nackt, was mich allerdings weniger stören würde.« Dieser unverschämte Kerl legte seine Hand an ihren Rücken. Kira schreckte auf, doch da war niemand.
»Wie ist dein Name?« Diese Frage hatte Kira noch nie gestellt, Zeit, das zu ändern, allerdings antwortete niemand.
Kira wachte auf, es war nur ein Traum gewesen und ein ziemlich merkwürdiger dazu. Im Wohnbereich unter der Kuppel war es auch zur Schlafenszeit niemals ruhig. Draußen knallte die Sonne auf den staubigen Boden und drinnen schliefen viele, andere schnarchten, manche redeten und einige liebten sich auch. Leise, wie alles, was man in Carchuna tat.
Kira griff sich an den Oberarm, ihre Muskeln schmerzten. Auch in ihren Beinen und am Rücken zog es, als ob sie zu viel gearbeitet hätte. Was sie allerdings nicht getan hatte. Jetzt kamen auch noch Kopfschmerzen dazu. Das hatte ihr noch gefehlt, seit dem Gespräch mit Sequoyah hatte sie starke Gliederschmerzen bekommen.
Du solltest zur Ruhe kommen, hatte Claire immer gesagt, nur das war leichter gesagt als getan. Kira schloss die Augen und die Bilderflut in ihrem Kopf nahm ihren Lauf: Gedanken, Fragen, Erinnerungen, Wünsche und Ängste - das Chaos drehte sich um sie herum - allerdings stetig langsamer werdend, alles wurde klarer, greifbarer und kontrollierbarer. Eine angenehme Erfahrung: Sie sah Dinge, die sie nie zuvor gesehen hatte, hörte Stimmen, die sie nicht kannte, und spürte Wünsche, die ihr noch völlig fremd waren. Wurde sie gerade verrückt? Nein, sie lernte von Anna. Schneller als je zuvor verstand sie, was ihr, was allen

Menschen auf Proxima widerfahren war. Musste sie sich davor fürchten? Nein. Sollten sich andere vor ihr fürchten? Einige schon.
Alles war auf einmal ganz genau zu erkennen, die menschliche Kultur auf Proxima trat auf der Stelle: Die Natur, die Schneckenköpfe, die technischen Unzulänglichkeiten kosteten mehr Menschen das Leben, als neu geboren wurden. Es lebten nur noch wenige, zu wenige, sie waren im Begriff auszusterben. Sequoyah hatte nicht die Wahrheit gesagt, die Aktivierung des Warpmarkers lag noch nicht in Reichweite ihrer Möglichkeiten. Die Liste der Probleme war zu lang: Energieprobleme, Technikprobleme, Fachkräftemangel und die stetig wachsende Resignation - und jetzt die Replikanten, künstlich geschaffene Menschen mit überragenden Fähigkeiten. Würden sie die Wende bringen oder gemeinsam mit der Bedrohung durch eine künstliche Intelligenz ihr aller Ende bedeuten? Und der Warpmarker, würde der wirklich ihre Rettung bedeuten oder würden sie durch ihn das Unheil zur Erde zurücktragen?
Viele Fragen und keine Antworten. War Kira jemand, der helfen konnte? Helfen, zu überleben? Helfen, den Weg zurück zu finden? Oder helfen, alle zu töten? Wer war sie? Was war ihre Aufgabe? Und warum konnte sie, was sie konnte? Die Überlegungen führten nur zu einer Konsequenz, sie musste besser verstehen, wer sie war und dazu würde sie nicht länger bleiben können. Sie würde Carchuna verlassen! Nur wie, das wusste sie noch nicht.
Kira legte ein Wickeltuch an und verließ Claire und die Kinder. Sie brauchte eine Erfrischung. Direkt neben den Schlafzonen gab es zwei Hygienebereiche. Sie blieb allein, was ihr im Moment auch recht war. Die Luft roch stickiger als sonst, es war warm, sie ließ das Wickeltuch zu Boden gleiten, nahm ein kleineres Tuch, tauchte es in eine Wasserrinne und strich sich damit über die Schulter. Kühles Wasser lief ihr

den Rücken herab. An der Stelle, an der das Wasser ihre Haut berührte, hellte sich ihr Teint deutlich auf. Ein anderes Geheimnis, das nicht jeder wissen musste, wenn auch ein harmloses.

Hinter ihr knackte es, das waren Schritte, so ging nur einer. Sicherlich beobachtete Rico sie schon die halbe Nacht. Sie hatte ihn in der Vergangenheit schon dabei erwischt, dass er sie beim Schlafen beobachtet hatte. Zum Glück tatenlos, als ob er von ihr besessen war, das würde sie beenden müssen!

»Rico!«, flüsterte sie.

Niemand antwortete.

»Rico! Ich weiß, dass du mir zuschaust!« Kira band sich wieder ihr Wickeltuch um. Sie wollte ihm weder den Kopf verdrehen, noch ihn in Schwierigkeiten bringen. Andrej würde ihn umbringen, sobald ihn jemand bezichtigte, ihr zu nahe gekommen zu sein.

»Entschuldige. Ich konnte nicht schlafen und habe dich zufällig gesehen. Kannst du auch nicht schlafen?«, fragte er, dieser Muskelberg wusste überhaupt nicht, welche Probleme er sich mit solchen Aktionen einhandeln konnte.

»Was willst du? Stellst du mir nach?«, fragte Kira, wobei sie die Antwort schon wusste.

»Du bist wunderschön.«

»Rico ... das ist weder der richtige Ort noch der richtige Zeitpunkt.« Kira sollte das Gespräch schnellstens wieder in den Griff bekommen. Im Badebereich der Frauen war eine Konversation dieser Art für Männer lebensgefährlich.

»Ich habe gespart. Ich kann Andrej bezahlen! Du musst dann nicht mehr tauchen gehen, ich kann für dich sorgen!«

»Wie bitte?«

»Kira, möchtest du mit mir zusammen sein?« Zärtlich griff er mit seiner Hand nach ihrer. Kira wich erschrocken zurück.
»Rico, bitte ... das geht nicht«, sagte Kira verunsichert, der Junge redete sich um Kopf und Kragen.
»Sogar Claire sagt, dass ich eine gute Partie bin. Ich bin fleißig, treu und werde dich immer lieben. Sobald du ein Kind von mir bekommst, wären wir eine Familie. Ein kleine, aber mit der Zeit wirst du bestimmt mehr Kinder bekommen.« Er lächelte.
»Rico.« Kira schluckte, ihn zurückzuweisen bedrückte sie. Hoffentlich würde er eine andere finden, eine die ihn gut behandelt. Er hatte es verdient, sicherlich würde er ein guter Vater werden. Mit dem Daumen wischte sie ihm eine Träne von der Wange.
»Du magst mich doch, oder? Das würde mir reichen ... wenn wir uns erst ein wenig besser kennen.«
Ihn im Gesicht zu berühren war ein Fehler, hastig griff er nach ihr. Kira wich abermals zurück, konnte aber nicht verhindern, dass er das Wickeltuch zu fassen bekam. Genau das wollte sie vermeiden: nackt vor ihm zu stehen. Wenn sie jetzt jemand sehen würde, sie hätte es besser wissen und lieber auf der Stelle weglaufen sollen.
»Ich würde gerne dein Haar riechen.«
»Nein.«
»Warum nicht?«
»Lass es einfach! Und gib mir das Wickeltuch zurück!« Verdammt, der Trottel ließ nicht von ihr ab, dachte Kira und griff vergeblich nach dem Wickeltuch..
»Bitte küsse mich.«
»Nein, verstehst du mich nicht? Nein!«

»Nur ein Kuss, das bekommt niemand mit. Die schlafen alle.« Seine Stimme veränderte sich, wurde bestimmter, fordernder. So kannte sie ihn nicht.

»Das ist nicht richtig!«

»Hab keine Angst.«

»Du kennst die Regeln! Andrejs Regel! Die willst du doch nicht brechen, oder?!« Kiras Gedanken rotierten. Wenn er über sie herfallen würde, hätte sie keine Chance. Dafür war er zu stark. Und nach Hilfe rufen? Nein, das würde seiner Hinrichtung gleichkommen.

Kira stand mit dem Rücken an der Wand. Ohne es zu merken, war sie immer weiter zurückgewichen.

»Magst du mich nicht wenigstens ein kleines bisschen?« Rico befand sich direkt vor ihr. In einer Hand hielt er ihr Wickeltuch, mit der anderen strich er über ihre nackte Brust.

»Rico, bitte, lass mich gehen«, flüsterte Kira und fürchtete sich.

»Natürlich. Gleich.«

»Rico, bitte«, bat sie ihn erneut. Vergeblich. Er presste sie an die Wand und drückte mit seinem Knie ihre Beine auseinander. Mit beiden Händen hob er sie an den Oberschenkeln hoch. Seine Freude, ihre nackte Haut zu berühren, konnte sie nur zu gut spüren. Er drückte seine Männlichkeit kräftig gegen ihr Schambein. Noch bewahrte ihn seine Hose vor einer Dummheit.

»Dann küss mich!« Ohne zu warten, presste er seine Lippen auf ihre, begierig mit seiner Zunge darauf bedacht, ihren Mund zu öffnen. Kira zog seinen Kopf an den Haaren in den Nacken, um wieder Luft zu bekommen. Rico stöhnte leise. Sie würde ihn niederschlagen müssen, um ihn aufzuhalten. Er küsste erregt ihre Schulter.

»Deine Haut wird heller, wenn du Wasser berührst«, bemerkte er, als ob es völlig selbstverständlich wäre. Ob er überhaupt wusste, was er gesehen hatte?
»Bitte ...«
»Wenn du erst meine Frau bist, werde ich es niemand sagen.« Mit einer Hand öffnete er seinen Gürtel. Seine Hose rutschte herunter. Sie konnte seine Erregung spüren.
»Nein. Das geht nicht!«, sagte Kira deutlicher. Verzweifelter. Sie hatte Angst um ihn. Um sich und um ihre Zukunft. Das konnte sie nicht passieren lassen, sie würde ihn nicht umbringen wollen.
»Ganz ruhig. Ich darf das, ich nehme dich zur Frau! Und morgen werde ich für dich bezahlen. Bei Andrej, er wird es mir erlauben«, sagte er, während er versuchte, in sie einzudringen. Vergeblich, die Anspannung war zu groß.
»Nein!« Kira bäumte sich auf. Sie hatte sich geschworen, sich niemals verkaufen zu lassen. Weder Andrej, noch Rico stand das Recht zu, über sie zu bestimmen.
»Du gehörst mir! Ich werde dich gut behandeln!« Rico keuchte, schaffte es aber nicht, sie zu deflorieren.
»Nein!« Kira wurde lauter. Es ging nicht anders, sie biss ihm in die Wange, während sie sich mit dem Po nach vorne drückte, um wieder mit den Beinen auf dem Boden zu stehen.
»Ich bin dein Mann! Du hast mir zu gehorchen!« Rico wurde wütend. Mit der linken Hand würgte er sie, während er es weiterhin nicht schaffte, den Akt zu vollziehen. Inzwischen schmerzte ihre gesamte Scham von seinen ungeschickten Bewegungen. Dieses Gesicht von ihm hatte sie niemals sehen wollen.
Kira wollte schreien, konnte es aber nicht, er würgte sie, sie war kurz davor, das Bewusstsein zu verlieren.

»Also ich würde ihm kräftig in die Nüsse treten ... verdient hat er es ... dieser Trottel!«, erklärte der junge Mann aus ihren Träumen spöttisch und gab Rico schelmisch einen Klaps auf den nackten Hintern. »Hoorah Großer! Was für ein Ritt! Die Kleine spurt noch nicht, pass auf, dass dein Wildpferd dich nicht abwirft!«

Hilf mir, rief Kira im Gedanken und rang nach Luft. Mit den Augen suchte sie den jungen Mann aus ihren Träumen.

»Ich glaube, du redest zu leise. Du solltest dir selbst helfen. Manchmal sollte man auch schreien. Manchmal schon ... aber das ist natürlich deine Entscheidung. Es soll durchaus Frauen geben, die gerne vergewaltigt werden.«

Dummes Arschloch, warf sie Rico und auch dem anderen Typen stumm entgegen. Um zu reden, hätte sie Luft benötigt, die sie nicht hatte. Und wenn Rico so weitermachen sollte, würde dieser Idiot gleich eine Leiche ficken.

»Das ist Rico wirklich, ein Arschloch! Nur, die Dumme bist du ... wehr dich einfach! Wenn du dich nur ein wenig besser kennen würdest ... würde wirklich helfen!«

Sich selbst zu verhöhnen, war ein Witz, das fand nur in ihrem Kopf statt. Das Gespräch mit dem jungen Mann ihrer Tagträume zumindest, der immer noch andauernde Missbrauch durch Rico war hingegen real. Damit war jetzt Schluss!

»Nein!«, sagte Kira leise und griff nach seiner Kehle. Rico zuckte zurück. Ihre Füße berührten wieder den Boden. Mit einem Ruck drückte sie ihn nun an die Wand. Jetzt hingen seine Füße in der Luft, mit nur einem Arm hielt sie sein gesamtes Körpergewicht eine Handbreit über dem Boden an die Wand gepresst. Seine Augen flackerten. Nein! Sie würde ihn nicht umbringen!

»Hast du mich verstanden?«, flüsterte sie und schleuderte ihn unsanft über den Boden. Sie diesmal nicht zu verstehen, sollte selbst Rico nicht gelingen.

»Ja, ja ... entschuldige ... ich dachte, du wolltest es auch. Wir kennen uns doch schon so lange.« Rico zitterte am ganzen Körper. Ob er an den Blödsinn glaubte, den er erzählte?

Kira nahm das Wickeltuch vom Boden auf und bedeckte sich wieder. Sie musste sofort die Kontrolle übernehmen. Vor allem sollte Rico keinem berichten, wozu sie in der Lage war. »Du wirst niemandem von dieser Nacht berichten!«

»Wie berichten?«

»Niemandem! Verstanden?!«

»Was hast du mit mir gemacht?«, fragte er völlig verunsichert und fürchtete sich sichtlich.

»Nichts.« Sie wartete kurz. »Aber du ... ich dachte wir wären Freunde. Denk mal darüber nach.«

»Ich ... ich wollte ... das war nicht meine Idee ... bitte, das musst du mir glauben ... ich hätte sonst doch niemals ...« Rico versuchte erfolglos, seine Tat schön zu reden.

»Wessen Idee denn sonst? Du solltest dich mal reden hören!« Kira war mit ihm fertig.

Rico saß auf dem Boden wie ein Häufchen Elend. »Hast du mich trotzdem noch gerne?«

Das war doch! Kira wollte etwas sagen, ließ dann aber den Gedanken unausgesprochen. Es gab keine Worte, die diese unsägliche Situation besser machen konnten. Nicht von ihr und noch weniger von Rico. Sie war maßlos enttäuscht von ihm. Es war vorbei!

»Ist etwas passiert? Braucht jemand Hilfe?«, fragte Sequoyah, die überraschend im Badebereich der Frauen aufgetaucht war. Diesmal ohne

Rüstung, auch sie trug nur ein Wickeltuch. Ihre langen dunklen Haare lagen offen auf der Brust.

»Nein.«

»Bist du in Ordnung?«, fragte Sequoyah und sah zuerst sie und dann Rico an.

»Mir geht es gut. Es ist nichts passiert«, sagte Kira emotionslos und ließ die beiden zurück. Auf ein Gespräch mit Sequoyah hatte sie keine Lust. Die Nachfrage, ob sie in Ordnung wäre, hatte mehr als scheinheilig geklungen.

Kira wollte nur weg! Weit weg! Einfach alles hinter sich lassen. Hoffentlich würde dieser Idiot seine Klappe halten. Falls er es allerdings noch einmal wagen sollte, sie zu berühren, würde sie ihn töten!

***

XXIV. Sturmfront

»Guten Morgen, Kleines«, begrüßte sie Claire am nächsten Morgen liebevoll. Zumindest zu dem Zeitpunkt, den sie zum nächsten Morgen gemacht hatten. Draußen war es genauso heiß, wie in der zur Nacht erklärten Phase zuvor. Bis zur nächsten echten Nacht würde es noch einige Tage dauern.

»Spielst du mit mir?« Eines von Claires Kindern hingegen weckte Kira weniger zurückhaltend. Die Kleine setzte sich neben sie und rüttelte an ihrer Schulter. Mit fünf Kindern aufzuwachen, dauerte nie lange, die Kinder sahen sie wie eine ältere Schwester. Andrej, ihr Vater, schlief nie bei ihnen.

»Warte ...« Kira brauchte noch einen Moment, um sich zu sortieren, was aber einen anderen dieser kleinen Brut nicht davon abhielt, ihr die Decke wegzuziehen.

»Du solltest früher zu Bett gehen«, riet Claire ihr lächelnd. Ein guter Ratschlag, den sie besser befolgt hätte. »Jemand hat dir Wasserblumen an den Vorhang gelegt.«

»Das war bestimmt Rico.«

»Ach was.« Natürlich wusste Claire genau, von wem die Blumen waren.

»Normalerweise schaut er dir doch nur von Weitem nach.« Auch das wusste sie.

»Normalerweise«, sagte Kira und warf eines der kleinen Bälger johlend in die Luft.

»Hast du etwa deine Meinung über Rico geändert?«, fragte Claire.

»Nein.«

»Hätte mich auch gewundert«, erklärte Claire nüchtern und legte einige Kleidungstücke ihrer Kinder zusammen.

»Warum gewundert? Was willst du von mir?«, fragte Kira gereizt. Sie hatte keine große Lust, sich abermals dafür zu rechtfertigen, dass sie

keinen der jungen Männer in Carchuna haben wollte. Auch Rico nicht. Sie war noch nicht so weit, um sich zu binden.
»Schlecht geschlafen?«
»Nein! ... ja ... entschuldige.« Kira wollte nicht streiten, nicht mit ihr, nicht an diesem Tag. Sie stand auf und nahm sie in den Arm. Ob sie Claire wiedersehen würde?
»He ... ist doch gut! Ist doch nichts passiert! Du erdrückst mich ja fast!« Claire lachte wieder.

»Niemand sitzt freiwillig in der Sonne«, sagte Sequoyah und setzte sich neben Kira auf den staubigen Boden. Die beiden Sonnen brannten an diesem Tag abartig heiß. »Darf ich mich zu dir setzen?«
»Kann ich es noch verhindern?«, fragte Kira.
»Nein.«
»Normalerweise kommt niemand freiwillig hierher.« Kira nahm einen kleineren Stein und warf ihn gegen ein ausrangiertes Titanchassis eines alten Transporters. Zahlreiche tiefe Kratzspuren der Schneckenköpfe zeigten immer noch deutlich, was vor sieben Jahren während der ersten Tage auf Proxima passiert war.
»Ich habe damals selbst viele Freunde begraben müssen.«
»Kann man seine Vergangenheit einfach begraben?«, fragte Kira, die bereits seit zwei Stunden auf dem Schrottplatz von Carchuna in der prallen Sonne saß. Immer wenn sie allein sein wollte, kam sie an diesen Ort an der Rückseite der großen Steinkuppel, was bisher ein perfekter Platz gewesen war, um allein zu sein.
»Man kann sie akzeptieren«, antwortete Sequoyah und legte das Tuch, das ihren Kopf bedeckte, in den Nacken. Sie schwitzte stark und trank etwas aus einer Wasserflasche. »Auch was?«
»Nein, danke.«

»Bist du gerne an der Sonne?«, fragte Sequoyah freundschaftlich, die bereits nach wenigen Minuten sichtlich zu leiden begann.
»Nein. Ich hasse sie.« Wie auch alles andere an Proxima, nur kannte sie keinen besseren Ort, an den sie sich wünschen wollte.
»Oh.«
»Ich kann hier gut nachdenken«, fügte Kira hinzu. Obwohl sie eigentlich nicht wusste, was Sequoyah von ihr wollte.
»Was dich vermutlich deutlich von den anderen in Proxima XIV. unterscheidet.«
»Ja.« Niemand war wie sie. Mit jedem weiteren Tag fühlte sie sich fremder in Carchuna.
»Hast du schon einmal über deine Zukunft nachgedacht?«
»Meine Zukunft?« Diese Frage überraschte Kira, als ob jemand in Carchuna eine Zukunft haben würde.
»Oder gefällt es dir hier?«
»Die Frage ist ein Witz, oder?« Kira warf noch ein Stein gegen das Titanchassis.
»Ich mache keine Witze«, sagte Sequoyah. »Rico hat scheinbar in deiner Zukunft keinen Platz.«
»Wie bitte?« Kira schreckte auf. »Hast du etwa gesehen, was er versucht hat, mir anzutun?«
»Ihr wart nicht gerade leise, ich habe es gehört.«
»Und warum hast du mir nicht geholfen?«, fragte Kira und stand entrüstet auf.
»Hast du denn Hilfe gebraucht?« Sequoyah lächelte und gebot ihr, sich wieder zu setzen. »Und als ich bei dir war, schien er eher Hilfe zu brauchen als du.«
»Dieses Arschloch!«, rief Kira wütend. Und deutlich lauter, als in Carchuna üblich. Sie ging auf das Titanchassis zu und schlug mit der Faust

gegen den ausrangierten Transporter. Die Wut brannte in ihr! Das war vorbei! Sie würde nie wieder leise sein wollen!

»Ich glaube nicht, dass er wusste, wer du bist ... er hätte es ansonsten sicherlich weiter mit Wasserblumen probiert.«

»UND WER BIN ICH?«, brüllte Kira und ging entschlossen auf Sequoyah zu. Die selbst aufsprang, während sich binnen eines Lidschlags das Delta-7 Visier schützend über ihr Gesicht fügte. Die gesamte Rüstung begann, dabei zu summen.

»Im Moment eine wütende junge Frau ... ganz ruhig, Kira ... ich bin deine Freundin.« Mit einer Bewegung der Handflächen nach unten bemühte sich Sequoyah, die Situation zu beruhigen.

»Was soll das denn jetzt?« Als ob Kira jemand in einem militärischen Kampfanzug angreifen würde. Ihre Hand schmerzte, die Knöchel bluteten. Was hatte sie getan? Sie blickte wieder zu dem Titanchassis, das nun an der Stelle ihres Schlages eine tiefe Beule mehr hatte. Das sollte sie gewesen sein?

»Bist du wieder o.k.?«, fragte Sequoyah vorsichtig und signalisierte den beiden Männern, die schon bei der Unterhaltung mit Andrej bei ihr waren, sich wieder zurückzuziehen. Auch ihre Delta-7 Anzüge waren aktiv. Zudem hatten sie Kira mit ihren Gewehren anvisiert. Die roten Laserpunkte leuchteten auf ihrer Brust.

»Hast du Angst vor mir?« Kira mühte sich, die Situation zu erfassen. Was glaubten die, wer sie war? Rico hatte sie angegriffen. Sie war doch nicht die Täterin!

»Ehrlich gesagt. Ja.«

»Warum?«

»Das ist kompliziert. Ich würde es dir gerne erklären, aber dafür brauche ich mehr Zeit.«

»Versuchs mal für Dumme!« Kira wollte es jetzt genau wissen.

»Du bist nicht die, für die du dich hältst.«

»Ich habe noch nie jemand angegriffen!« Die ausweichende Antwort reichte Kira nicht.

»Was für dich spricht. Nur, ohne einen Schutzanzug würde ich mich nicht freiwillig mit dir anlegen wollen.«

»Ich würde ...« Kira stockte und dachte an Rico. Sie hatte ihn mit einem Arm hochgehoben. Das verstand sie nicht, bis gestern war sie zu so etwas nicht in der Lage gewesen. »Ich bin stärker geworden.«

»Offensichtlich.« Das Visier an Sequoyahs Delta-7 Anzug öffnete sich erneut.

»Aber erst seit gestern.«, ergänzte Kira, sie spürte, dass sie die Hilfe benötigen würde.

»Was ich dir gerne glaube, wenn auch nicht verstehe.« Sequoyah schüttelte den Kopf.

»Wer ist Anna Sanders-Robinson?«, fragte Kira. Obwohl sie den Namen kannte, blieben ihr bis jetzt die Zusammenhänge verborgen.

»Kennst du sie?«

»Nur den Namen. Ich konnte mich an sie erinnern, als du sie gestern im Gespräch mit Andrej erwähnt hattest.«

»Die Erwähnung ihres Namens hat die körperlichen Veränderungen bei dir ausgelöst?«, fragte Sequoyah begierig wie ein kleines Kind, das schien auch für sie eine Überraschung zu sein.

»Scheinbar. Du kennst sie offensichtlich besser als ich.«

»Ich kenne Anna. Zumindest dachte ich früher, sie zu kennen. Ich lag aber daneben.«

»Was ist passiert?«

»Ihretwegen sitzen wir hier in der Scheiße«, erklärte Sequoyah geringschätzig.

»Und was ist mit ihr passiert?«

»Das wissen wir nicht, sie ist nicht auf Proxima.«

»Ist sie bei der Landung gestorben? Oder haben sie die Schneckenköpfe geholt?« Das wäre für Kira ebenfalls plausibel gewesen.

»Nein. Sie blieb auf der Horizon oder hat sich in Luft aufgelöst. Ich weiß es nicht.«

»Und wo ist unser Raumschiff jetzt?«

»Das wissen wir ebenfalls nicht. Als wir auf Proxima aus dem Kälteschlaf erwachten, war die Horizon bereits weg. Und trotz all unserer Technik, wir haben nicht gerade eine Bilderbuchlandung hinbekommen. Ein großer Teil unserer Ausrüstung landete damals im Meer.«

»Macht das Sinn?«, fragte Kira, die auch jetzt nicht alle Fragmente in ihrem Kopf zusammenfügen konnte.

»Nein.« Sequoyah blickte zu Boden. »Das hat noch nie einen Sinn ergeben.«

»Ich glaube, ich kann helfen Anna zu verstehen.« Kira war sich sicher, dass sie das konnte.

»Wie willst du das tun?«

»Ich weiß Dinge, die ich nicht wissen dürfte«, sagte Kira und setzte sich wieder.

»Wer sollte dir dein Wissen verbieten?«

»Nein, entschuldige, ich erinnere mich an Dinge, die ich niemals erlebt habe ... und glaub mir, ich habe ein sehr gutes Gedächtnis.«

»Erlaubst du mir einen kurzen Test?«, fragte Sequoyah vorsichtig.

»Bitte.«

Sequoyah holte ein kleines Gerät unter dem Umhang hervor, der den Kampfanzug teilweise bedeckte. Nach der Betätigung einiger Tasten begann der kleine Kasten zu flackern.

»Sequenz Code 1189A4, sieben grüne Zwerghunde, zwei schwarze Rennmäuse, sechs violette Thunfische, Bestätigung?«, fragte sie und schaute Kira erwartungsvoll an.
»Muss ich jetzt etwas sagen?«
»Eigentlich, ja, das wäre hilfreich gewesen. Ist aber nicht schlimm, wir werden einen anderen Weg finden.«
»Habe ich etwas falsch gemacht?«
»Nein. Keine Sorge. Vieles auf Proxima ist nicht so, wie wir es uns auf der Erde vorgestellt haben. Du bist in Ordnung, den Fehler haben andere gemacht.«
»Und jetzt?«, fragte Kira. Das konnte es doch nicht gewesen sein, irgendetwas stimmte nicht mit ihr.
»Möchtest du mich begleiten?«, fragte Sequoyah und gab ihr lächelnd eine Kette.
»Wohin?«
»In deine neue Zukunft. Die Kette wird dir dabei Glück bringen.«

»Rico ist tot«, sagte Claire und nahm sie in den Arm. Nach dem Gespräch mit Sequoyah war Kira wieder in die Steinkuppel zurückgekehrt.
»Wie? ... was ist ihm zugestoßen?«
»Wie die anderen, er hat sich erhängt. Die haben vor wenigen Minuten seinen leblosen Körper gefunden.« Claire weinte. Rico war nicht der Erste, der sich in Carchuna selbst getötet hatte, er war aber der erste, den sie sehr gut gekannt hatte.
»Das ist ... warum hat er das getan?« Auch Kira begann zu heulen. Das hatte sie nicht gewollt, er hatte sich wie ein Idiot benommen - aber deswegen musste er sich doch nicht das Leben nehmen. Er war wie ein großes Kind. Sie hätte es besser wissen müssen und hätte ihn nicht hilflos zurücklassen dürfen.

»Weil er seinen Mut verloren hatte?«, fragte Claire verunsichert. »Wer kann es ihm verdenken.«

»Aber wir leben! Er hätte sicher nicht gewollt, dass wir aufgeben!« Kiras Versuch, Zuversicht zu vermitteln, wirkte sogar auf sie selbst erbärmlich.

»Ich möchte doch nur an ein gutes Ende für uns glauben ... ich habe fünf Kinder! Die haben doch etwas Hoffnung verdient! Das ist doch nicht zu viel verlangt!«

»Das ist es wirklich nicht.« Claire tat alles für ihre Kinder, sie hatte mehr verdient.

»Die Leute erzählen sich, dass er sich wegen dir getötet hat. Kira, was ist letzte Nacht passiert?«

»Wer sagt das?«

»Fast jeder. Sie erzählen, dass es letzte Nacht einen Streit zwischen euch gab. Er soll zudringlich geworden sein. Stimmt das?«

»Ich habe einen Fehler gemacht«, antwortete Kira. Sie log, aber was machte es schon. Jetzt schlecht über Rico sprechen, die Wahrheit sagen - das wollte sie nicht.

»Und welchen?« Claire glaubte ihr scheinbar nicht, sie bei solchen Dingen zu belügen, war kaum möglich.

»Ich habe nicht auf ihn achtgegeben.« Was sogar der Wahrheit sehr nahe kam.

»Meine Kira möchte immer alle beschützen und vergisst dabei gerne, auf sich selbst aufzupassen.«

»Ich hatte eine gute Lehrerin.« Die beste, die ein junges Mädchen haben konnte.

»Die hätten wir beide gebraucht.«, sagte Claire mit einem Lächeln und fuhr mit der Hand über Kiras kurzgeschorenes rotes Haar. »Marina

sucht dich bereits ... versteck dich. Ich sage ihr, dass du weggelaufen bist.«
»Und dann?« Sich zu verstecken, war keine Option. Dafür war Carchuna zu klein. Und mal eben in die Stadt zu fahren, erübrigte sich auf Proxima ebenfalls. »Ich werde mit ihr reden.«

»Unsere kleine Herzensbrecherin!« Die Art, wie Marina das sagte, glich bereits einem Schuldspruch.
»Hast du einmal die Zahl derer bedacht, die bei uns noch in der Lage sind, eine Waffe zu halten?«, fragte Andrej vorwurfsvoll.
»Er hat die Entscheidung selbst getroffen«, antwortete Kira emotionslos. Marina und Andrej neigten nicht dazu, sie aufgrund von Sentimentalitäten besser zu behandeln.
»Das ist Schwachsinn!«, fauchte Marina. Ob Kira inzwischen auch stärker war als sie?
»Ich glaube, so kommen wir nicht weiter«, ging Andrej dazwischen. »Hast du auch eine Meinung dazu?«, fragte er Sequoyah, die ebenfalls bei dem Gespräch zugegen war. Alle vier befanden sich in Andrejs Räumen. Für Kira der zweite Besuch innerhalb eines Tages. Das war öfter, als in den beiden Jahren zuvor zusammengenommen.
Sequoyah hob die Hand. »Wie Kira sagte, seine Entscheidung ... er wollte sie haben, sie hat ihn abgewiesen, er ist damit nicht klargekommen. He, das soll in den letzten tausend Jahren der Menschheit bereits das eine oder andere Mal vorgekommen sein.«
Auch wenn Sequoyah recht hatte, die Geringschätzigkeit ihrer Worte gefiel Kira nicht. Niemand sollte so respektlos hinter sich gelassen werden.
»Für die Weisheit des Tages habe ich eine App auf meinem Display. Die hat wenigstens noch einen guten Sound ... aber du kannst Kira

haben. Sag mir einen Preis«, forderte er Sequoyah auf. Sich hingegen über Andrejs Taktlosigkeiten zu echauffieren, lohnte nicht, für ihn hatten alle Dinge im Leben einen Preis.

»120 Kilo«, bot Sequoyah an. »Ich melde General Hennessy, dass Proxima XIV. vollständig geliefert hat.«

Jetzt wusste Kira, was sie wert war. Genau 120 Kilo Helium-3 Gestein. Wie Rico das hatte bezahlen wollen, würde für immer sein Geheimnis bleiben, jetzt war er tot.

»Und eines deiner Kettenfahrzeuge!« Andrej begann zu feilschen. Seine Augen leuchteten.

»Was für ein Mädchen ein unverschämt hoher Preis wäre! In Proxima VIII. bekomme ich drei für einen Panzer!«, hielt Sequoyah dem wenig kompromissbereit entgegen.

»Stimmt. Soviel ist wirklich keine wert ... nur, du hast noch nie eine gekauft. Weder bei mir noch in den anderen Dörfern.«

»Kira ist etwas Besonderes. Vielleicht habe ich mich ja in sie verliebt und möchte eine Familie gründen?«, kokettierte sie und legte ihren Kopf gespielt auf die Seite.

»Da bleibt mir nur, dem jungen Glück meine besten Wünsche auszusprechen.« Andrej ging die Runde mit.

»Danke.«

»Ich bin daher sicher, dass dir deine neu entdeckten romantischen Ambitionen einen deiner alten Panzer wert sind.« Um genau jetzt die Hand aufzuhalten.

»Du hast ja keine Ahnung!«, fauchte Sequoyah ihn an. Die beiden würden in diesem Leben keine Freunde mehr werden.

»Ich würde auch einen Delta-7 Anzug nehmen. Natürlich nur, wenn ich auch das passende Implantat dazu bekomme.«

»Vergiss es!« Da zeigte sich Sequoyah stur.

»Doch den Panzer?«
»Du bekommst den Panzer. Wir lassen einen bei euch.« Sequoyah willigte in den Handel ein.
»Es ist immer wieder schön, mit dir Geschäfte zu machen.«
»Sicherlich.«
»Und richte General Hennessy meine ergebensten Grüße aus.« Andrej verbeugte sich theatralisch, er hatte bekommen, was er wollte. Um Rico scherte sich niemand, auch Sequoyah nicht. Sein Tod hatte in der Verhandlung keinen Gegenwert gehabt. War es richtig, ihr zu vertrauen? Sollte Kira wirklich Sequoyah folgen? Der Gedanke, Claire zu verlassen, bedrückte sie.

Kira ging bereits seit drei Stunden durch die Wüste. Die beiden Sonnen brannten und zerrten auch das letzte bisschen Leben aus dem kargen Boden. Hier hatte es vermutlich bereits seit hundert Jahren nicht geregnet. Alles bestand nur aus feinem Geröll und steinhart verdichtetem Staub.
Nach dem wenig erbaulichen Gespräch mit Andrej, Marina und Sequoyah hatte Kira Carchuna wortlos verlassen. Sie war einfach durch das Tor gegangen und hatte sich seitdem nicht mehr umgesehen. Ein Ziel hatte sie nicht, zurückkehren wollte sie aber auch nicht. In sich fühlte sie nur eine Wüste, karg und bar jeden Lebens.
Kiras Gedanken schweiften ab: Anna sah sich im Spiegel, nur ihre langen roten Locken bedeckten ihre nackten Brüste. Draußen regnete es wie aus Kübeln. Dicke Regentropfen prasselten gegen die Fensterscheiben. In zwei Wochen stand Weihnachten vor der Tür. Ein Brauch, den niemand brauchte, aber nahezu jeder liebte. Die Zeit der Geschenke, wobei das schönste Geschenk für Anna immer die Zeit war, die man sich an den Feiertagen schenkte. Die Zeit glich einer kur-

zen Reise in ein fernes Land, ein Ort, an dem weder jemand das Institut an der Heinrich-Heine-Universität noch das Saoirse-Projekt kannte. Anna sah an ihren Beinen herab und strich sich mit den Händen lustvoll über die Hüften. Eigentlich war sie nicht nackt, sie trug eine Idee zur Schau. Eine maßgeschneiderte Idee, die nur in ihrem Kopf lebte und die ganze Welt in wunderschöne Farben tauchte. Der Reichtum, hemmungslosen Blödsinn träumen zu dürfen, war unbezahlbar.

»Wenn du so rumzappelst, wirst du auf dem Bild später wie Quasimodo aussehen.«

»Ich bin sicher, dass mir auch der Buckel stehen wird ... wenn du ihn malst.« Nichts und niemand auf der Welt konnte Annas Glück in diesem Moment trüben.

»Sicher?«, fragte Pierre und fuhr sich süffisant mit dem Finger durch den grauen Bart.

»Ja.« Anna ging auf ihn zu, setzte sich auf seinen Schoß und schmierte sich rote Farbe, die er gerade auf seine Palette aufgetragen hatte, auf ihre blanken Brüste. »Auf einer Leinwand kann das jeder!«

»Kira?«, fragte sie Sequoyah, während sie von dem Kettenfahrzeug auf den glutheißen Wüstenboden sprang. »Wo willst du hin?«

»Wie ...« Kira wusste nicht, wo sie war, hektisch suchte sie Pierre in ihrer Nähe. Noch vor einem kurzen Moment hatte sie seine Aura spüren können. Nur ein Traum und was für einer, als ob sie sich in den Erinnerungen einer anderen verlor.

»Weißt du, wo du bist?«, fragte Sequoyah, die nun direkt vor ihr stand und die Hände an Kiras Arme legte.

»Ich war bei ... ich bin in der Wüste«, resümierte Kira nüchtern. Ihre Ratio übernahm die Kontrolle, sie war vorhin einfach schnurstracks und ziemlich hirnlos in die Wüste gelaufen.

»Bist du wieder bei mir?«

»Ja.« Kira nickte. Den Traum hatte sie hinter sich gelassen. Zumindest für den Moment. »Sequoyah, darf ich dir eine Frage stellen?«

»Klar. Frag einfach. Wenn ich es vermag, antworte ich gerne«, erklärte sie freundlich.

»Bin ich schuldig?«

»An Ricos Tod?«

»Nein. An allem hier auf Proxima?«

»Warum glaubst du das?«, fragte Sequoyah überrascht.

»Weil Anna in meinen Erinnerungen weiterlebt.«

***

XXV. Tiefenrausch

Kira fuhr bereits längere Zeit in Sequoyahs fensterlosem Kettenfahrzeug durch die Wüste. Was für eine Fahrt, die Luft roch nach Schweiß und Irrsinn. Ihrem Irrsinn! Als ob sich Träume und Realität vermischten. Nichts fühlte sich echt an. Weder die drei Menschen in dem viel zu kleinen Innenraum, noch der Kunststoff der Sitzbank, in die sie ihre Fingernägel krallte. Die Furcht zu fallen, saß ihr im Genick. Immer wieder schossen ihr Bilder durch den Kopf. Bilder von Dingen, die sie nicht kannte und meist auch nicht kennenlernen wollte. Das war nicht ihre Vergangenheit und sicherlich auch nicht ihre Zukunft.

»Ist alles in Ordnung?«, fragte Sequoyah. Konnte sie ihr vertrauen? Sie bemühte sich anscheinend zu helfen - doch hatte sie bisher noch nicht erklärt, was sie in Proxima I. erwarten würde. Bei allem, was Kira sah, hörte oder gerade erfuhr, sie verlor sich mehr und mehr in der schieren Menge der Erlebnisse, die pausenlos auf sie niederprasselten. Als ob sie Jahre eines anderen Menschen binnen weniger Momente erlebte. Das war zu viel.

»Ja.« Mehr brachte Kira nicht heraus und das war zudem noch gelogen. Sie war alles andere als in Ordnung. Ob Sequoyah sie durchschaute? Kaum vorstellbar, woher sollte sie das auch wissen.

»Du siehst müde aus.«

Ob sie Kira für verrückt hielt? Garantiert. Sie glaubte selbst, den Verstand zu verlieren. Das konnte keiner aushalten. Sie musste reden, etwas erzählen und sich öffnen. Wenigstens einen kleinen Teil wieder abgeben, die enorme Last der Erinnerungen schien sie zu erdrücken.

»Ich habc etwas gesehen ... ich habe ...ich«, Kira zögerte, die ganze Geschichte klang absolut verrückt.

»Was hast du gesehen?«, fragte Sequoyah aufmerksam, beinahe so, als ob sie auf jedes ihrer Worte warten würde.

»Bilder ... unter der Wüste ... in den Höhlen ... wir sind hier nicht allein!« Diese Worte zu sprechen tat gut, die Gedankenflut in ihrem Kopf wurde langsamer.

»Unsere Fahrt dauert noch länger. Wir haben viel Zeit, erzähle mir, was du erlebt hast.«

Kira atmete tief durch, die Panikattacke flachte ab. »Bei meiner letzten Wanderung habe ich Höhlenmalereien gefunden, eine ganze Nische voll mit Bildern von ...«

Sequoyah unterbrach sie. »Bist du dir sicher? Schneckenköpfe können keine Bilder malen - die verfluchten Biester bestehen nur aus Krallen und Zähnen.«

»Die Bilder stammen auch nicht von den Schneckenköpfen ... das waren andere!« Im Gedanken konnte Kira jedes Detail der Wandbilder erkennen. Die Humanoiden, die Tiere, die Bäume und Pflanzen, die Werkzeuge und die Feuerstellen - sie hatte nichts davon vergessen. »Ich kann es nachzeichnen!«

»Nachzeichnen?«, fragte Sequoyah verwundert. »Aus dem Gedächtnis? Wie lange hast du dir die Bilder einprägen können?«

»Warum einprägen?« Kira schüttelte den Kopf, verstand aber den Sinn der Frage. Ihre Fähigkeiten würden auch bei den Alten eine Besonderheit bleiben. Eine Besonderheit, mit der sie achtsam umgehen sollte. »Ich hatte genügend Zeit, die Bilder zu studieren. Andrej schickt uns seit Jahren in die Höhlen, um weiße Steine zu sammeln.« Es fiel ihr immer leichter, zu lügen.

»Und warum hast du Andrej nicht davon berichtet?« Sequoyah schaltete am Tisch, an dem sie saßen, ein großes berührungssensitives Display frei und gebot ihr, ihre Erinnerungen zu dokumentieren.

»Um mich deswegen von Marina schlagen zu lassen?« Was sogar die Wahrheit gewesen wäre, wenn sie es versucht hätte. Andrej und Marina waren nicht gerade die besten Zuhörer. Kira begann, alles was sie gesehen hatte, mit dem Finger nachzumalen. Wie die ursprünglichen Künstler vor vielen Jahren. Jede Kleinigkeit, jede Farbe, sogar die Schattierung der Felsenwand übertrug sie in die grafische Computeranwendung. Das war so einfach.

»Aber Andrej oder Marina haben dich bereits mit einem ähnlichen System arbeiten lassen?«, fragte Sequoyah, sichtlich beeindruckt von ihrer Fingerfertigkeit.

Kira schaute auf. »Natürlich.« Auch das war gelogen. Andrej würde niemals eine Wassergängerin an seinen kostbaren Computer lassen. Sie hatte noch nie an einem solchen Display gearbeitet, Anna hatte es aber, jede Funktion, jeder Menüpunkt, jedes Detail dieses Programmes befand sich in Kiras Gedächtnis. Als ob sie ihr Leben lang nichts anderes getan hätte. Sie sollte es trotzdem nicht übertreiben, einige kleine Unsauberkeiten in der Computerdarstellung sollten genügen, damit es Sequoyah nicht unheimlich wurde.

»Die sehen aus wie Humanoide. Und sind das dort Tiere?«, fragte Sequoyah, die aufmerksam das Bild erforschte.

»Ich nehme es an. Gibt es die irgendwo? Das müsste doch aufgefallen sein.« Kira zeigte auf ein gewaltiges Tier, das einem Mammut von der Erde ähnelte.

»Jedenfalls nicht lebendig. Möchtest du es sehen?«

»Ja.«

»Das haben wir 800 Kilometer nördlich gefunden.« Sequoyah übernahm das Display und rief ein weiteres Fenster mit Fotos von Fossilien auf, die bei Bauarbeiten gefunden wurden. »Die lebten vor ungefähr 6.000 Jahren auf Proxima.«

»Die sind alle tot«, stellte Kira nüchtern fest.

»Ja ... wir haben jedenfalls kein lebendes Tier dieser Spezies auf Proxima gefunden. Vermutlich wurden die in der Vergangenheit bereits von den Schneckenköpfen gefressen.« Sequoyah startete ein Rendering und erstellte ein dreidimensionales Hologramm.

»Beinahe niedlich.« Kira lächelte. Ein handgroßes Mammut lief auf dem Tisch auf und ab.

»Ein wenig größer waren die schon, die wogen bis zu 25 Tonnen. Proxima muss früher anders ausgesehen haben. Gemäßigter und erheblich lebensfreundlicher. Heute gibt es nur noch scheißheiße Sandwüsten, scheißkalte Eiswüsten und dazwischen einen Streifen mit scheißgefräßigen Schneckenköpfen.«

»Du magst Proxima nicht?«, fragte Kira.

»Merkt man kaum, oder?«

Kira lachte. »Ich mag Proxima auch nicht.«

»Dann hilf mir, einen Weg zurück zu finden.«

»Zur Erde?«

»Wir sind Menschen, wir gehören nicht auf diese Welt. Proxima gehört den Schneckenköpfen!«

»Warum sind die Kreaturen so aggressiv? Ich kenne keine Spezies, die sich ohne erkennbaren Zweifel immer und immer wieder nutzlos in den Tod stürzt.«

»Wieso nutzlos?«

»Weil dabei mehr von denen sterben, als von uns ... oder etwa nicht?«

»Aber wir werden weniger, die nicht. Die Macht unserer Waffen droht zu versiegen. Unsere Mission war nicht darauf vorbereitet, jahrelange Kriege führen zu müssen.«

»Können wir keine neuen Waffen bauen?«

»Was wir auch tun, uns aber nicht ausreichend gut gelingt. Wenn wir den Warpmarker nicht rechtzeitig aktivieren können, werden die

Schneckenköpfe uns von dieser Welt ausradieren. Wie das Mammut, das du gezeichnet hast.«

»Was kann ich dazu beitragen, damit wir überleben?« Die Vorstellung, die Erde zu sehen, faszinierte Kira. Bisher hatte sie sich noch nicht einmal in ihren kühnsten Träumen ausgemalt, dazu jemals eine Chance zu bekommen.

»Vermutlich mehr als dir heute bewusst ist. Es gibt viele Menschen, die auf deine Fähigkeiten angewiesen sind.«

»Meine Fähigkeiten?« Kira fühlte sich gerade von allen 40.000 Überlebenden der Horizon-Katastrophe gleichzeitig angestarrt. Sequoyah wusste anscheinend bereits ganz genau, was in ihr vorging.

»Bilder zu malen, viel über Anna zu wissen und Beulen in Titanchassis' zu schlagen.« Sequoyah lächelte. »Du hast viele Talente.«

»In Ordnung.« Kira reichte ihr die Hand. Sie würde es versuchen. Das war die erste Gelegenheit, einen Schritt nach vorne zu gehen und nicht nur drei Schritte hinterher zu hinken.

»Du hast rote Haare. Warum hast du dir deinen Kopf rasiert?«

»Ich werde mir die Haare wieder wachsen lassen«, antwortete Kira und lehnte sich entspannt zurück. Für einen Moment wollte sie das schöne Gefühl heimzukehren zulassen.

»Hier ist Dune-47. Erbitten eine dringliche Konferenz mit General Hennessy. Prioritätscode V83-H4.« Sequoyah versuchte anscheinend, über das analoge Funkgerät ihren Anführer auf Proxima zu erreichen. General Peter Hennessy, der Held, dem sie alle ihr Leben verdankten, das hatte zumindest Andrej früher einmal bei einer Ansprache in Carchuna erklärt. Ansonsten kannte ihn niemand näher, was allerdings die Autorität seiner Anweisungen nicht minderte. Er war der unangefochtene Herrscher von Proxima. Zumindest solange wie die Drohnen es noch vermochten, die Schneckenköpfe auf Abstand zu halten.

Sequoyah nickte, während das Headset an ihrem Ohr blinkte, jemand hatte ihr geantwortet.

»General, ich befinde mich auf der Rückreise von Proxima XIV. Wir werden in 38 Stunden zurück sein. Es gibt wichtige neue Informationen. Ich benötige sofort den Bericht der Amundsen-Mission«, erklärte sie konzentriert. Zu gerne würde Kira das gesamte Gespräch verfolgen wollen.

»Peter, bitte ... dazu haben wir später Zeit ... ich benötige den Amundsen-Bericht!« Sequoyah lächelte. Offensichtlich war sie mit dem General auch privat gut bekannt.

»Das sind wirklich gute Nachrichten, Aysegül wird also vier Replikanten zurückbringen: Ruben, Kezia, Sarai und Sem.«

Kira wäre beinahe von der Bank gerutscht, diese Namen, sie kannte jeden davon.

»Was ist mit den anderen passiert?«

Welchen anderen? Gab es noch mehr? Kira konnte dem einseitigen Gespräch kaum folgen.

»Das ist zu ungenau. Peter, es ist wichtig, was ist mit den anderen passiert?« Sequoyah gab sich hartnäckig. Auch Kira mühte sich, die vielen Erinnerungsfetzen in ihrem Kopf zu einem größeren Bild zusammenzusetzen: Ruben, Kezia, Sarai und Sem. Da waren noch mehr Namen. Anna kannte sie, wollte sie aber noch nicht vollständig preisgeben.

»Bist du dessen sicher?«

Was hätte Kira dafür gegeben, die Antworten auf Sequoyahs Fragen hören zu dürfen.

»Und bei den Expeditionen war keine Frau dabei?«

Das ergab für Kira alles keinen Sinn. Um welche Frau ging es gerade in dem Funkgespräch?

»Warte noch kurz«, beschwichtigte Sequoyah ihn. »Was ist ihnen zugestoßen?«

Scheinbar gab es auch bei denen viele Opfer - nur, was hatte das mit der Frau zu tun? Ob Kira gemeint war?

»Hab ich jetzt das Rechnen verlernt? 3 Absturzopfer, 4 sind ertrunken, 14 wurden von den Schneckenköpfen geholt, 6 sind verschollen und 4 sitzen bei Aysegül im Panzer. Das wären 31! Da fehlt einer!«

Auch diese Zahl sagte Kira etwas, nur verstand sie noch nicht, was. Gebannt hörte sie weiter zu.

»Das glaube ich wiederum nicht.«

Und was glaubte Sequoyah, jetzt besser zu wissen? Die Neugierde brannte nun in Kira.

»Weil sie neben mir sitzt.« Diese Worte von Sequoyah wirkten wie ein Schlag ins Gesicht. Es ging um sie! Sie war Nummer 32. Die vier Überlebenden, das waren ihre Geschwister!

»Nein, das funktionierte nicht mehr. Aber keine Sorge, wir verstehen uns gut. Sie möchte uns helfen.«

Wollte Kira das wirklich? Ihnen helfen? Ja, aber auch nein. Eigentlich hatte sie keine Wahl.

»Andrej wusste nicht, wer sie ist. Er gab sich im Tausch mit einem der Kettenfahrzeuge zufrieden « Sequoyah lächelte, anscheinend nicht ohne Stolz.

»Natürlich. Wir haben es auch ohne ihre Unterstützung geschafft, aber sicher ist sicher. Unser Plan wird funktionieren.«, antwortete Sequoyah selbstsicher. »Erinnere dich bitte, warum du Aysegül zum Nordpol geschickt hast.«

»Over und out.« Sequoyah beendete das Gespräch und lehnte sich zurück.
»Ich habe gute Nachrichten für dich. Die Dinge wenden sich zum Guten. Endlich haben wir - hast du etwas Glück. Wir haben es uns verdient!«, erklärte Sequoyah und lächelte sie an.

Das seltsame Gespräch beschäftigte Kira noch länger. Sie würde aufpassen müssen. Konnte sie ihr vertrauen? Die Frage hatte sie sich bereits mehrfach gestellt. Mit unterschiedlichen Antworten. Wobei sie inzwischen immer noch nicht die richtige Entscheidung kannte. Viele Fragen und zu wenig Antworten.
Kira sollte aufhören, wie ein Kind zu denken! Und auch nicht mehr nach jedem Fetzen Identität heischen, das ihr jemand vor die Nase hielt. Sie würde sich vor keinen Karren spannen lassen wollen, dessen Zügel andere in den Händen hielten. Andrej, Marina, Sequoyah, der General, niemandem von denen wollte sie blind vertrauen.
»Warum rüttelt die ganze Kiste auf einmal so stark?«, fragte Kira aufgeschreckt. Ein schwerer Stoß hätte sie beinahe zu Boden geworfen. Der gesamte Panzer wackelte.
»Halt dich besser fest. Wir sind mitten in einem Sandsturm, die hier ziemlich kräftig sind.«
Die Stürme in der Wüste kannte Kira bereits, sich bei einem Sandsturm ungeschützt an der Oberfläche zu bewegen, war lebensgefährlich. Bei den Windgeschwindigkeiten erstickte man zum Glück schneller, als einem der Sand das Fleisch von den Knochen riss. Bereits zwei Mal konnte sie sich vor einem Sandsturm nur knapp in einer Höhle in Sicherheit bringen. Es knallte, der Motor ging aus, Dunkelheit.

»Ganz ruhig, uns hat nur ein Blitz getroffen. Im Panzer sind wir sicher«, erklärte Sequoyah, während sich eine rote Notbeleuchtung an der Decke aktivierte.

»Ich tausche die Sicherung«, sagte einer der Männer routiniert. Man merkte ihm an, diese Tour bereits öfter gefahren zu sein. Der Panzer sackte auf der rechten Seite ab. Durch das Absterben des Motors konnte Kira die gesamte Wucht des Sandsturmes hören. Zahlreiche weitere Donnerschläge bezeugten das Naturspektakel.

»Werden wir umkippen?«, fragte Kira und hielt sich fest.

»Keine Sorge. Wir wiegen über 75 Tonnen. So stark sind die Stürme auf Proxima auch nicht«, erklärte der Soldat, während der Anlasser erfolglos versuchte, den Motor zu starten.

»Warte noch einen Moment und schone die Batterie. Wie ist der Status?«, fragte Sequoyah.

»Noch über 200 Amperestunden, den Panzer mit der schlechteren Batterie haben wir in Proxima XIV. gelassen«, antwortete der Fahrer gelassen, während weitere starke Sturmböen den Boliden durchschüttelten.

Genauso schnell, wie der Sandsturm aufgekommen war, verschwand er auch wieder. Der Panzer stand zum Glück noch waagerecht. Kira mochte es nicht, hilflos in dieser Blechbüchse zu sitzen.

»Ich werde die Ansaugrohre und unsere Auspuffanlage überprüfen«, sagte einer von Sequoyahs Männern und lächelte Kira an. Ein netter Kerl, kaum älter als sie. »Möchtest du mit?«

Kira stutzte und schaute Sequoyah an. Sie nickte. Nach mehreren Stunden in dieser muffigen Kiste würde Kira sich diese Gelegenheit nicht nehmen lassen.

Eigentlich war von dem schweren Kettenfahrzeug nicht mehr viel zu sehen, die gesamte linke Seite wurde von einer riesigen Sandwehe verdeckt. Kira sprang auf den Boden. Das gleißende Licht blendete. Die beiden Sonnen sorgten binnen kürzester Zeit wieder für eine unerträgliche Hitze.

Einer der Soldaten öffnete eine seitliche Abdeckung und schulterte einen aufgerollten Metallschlauch.

»Komm besser auf die andere Seite«, rief er Kira zu, die keinen Grund sah, den Ratschlag nicht zu befolgen. »Kompressor starten!«

Der gesamte Sand, den der Soldat oben aufsaugte, wurde unter dem Panzer wieder ausgeblasen. Es dauerte keine fünf Minuten, das Fahrzeug freizulegen, den Motor zu starten und aus der Kuhle herauszufahren.

»Ich habe auf dem rechten Turbo keinen Ladedruck! Ist das Ansaugrohr frei?«, rief sein Kamerad aus dem Panzer.

»Ich kann nichts sehen. Mach den Motor wieder aus. Ich schau mir den inneren Luftfilter an.

»Dauert das noch länger?«, fragte Kira und hielt sich die Hand an die Stirn, während sich nach oben blickte.

»10-20 Minuten. Ich muss nur eine Abdeckung abschrauben. Geh nicht so weit weg. Der Boden ist hier instabil«, erklärte er freundlich, während er sich an die Arbeit machte.

»Instabil ... die Kiste wiegt 75 Tonnen ... soll das ein Scherz sein?« Den Witz fand Kira nicht lustig.

»Gut, oder?« Er lachte. »Nein, der Panzer kann während der Fahrt die Stabilität des Erdreichs messen. Wir fahren immer feste Routen zwischen den Siedlungen. Ohne diese Technik wären die schweren Kisten in dieser Gegend rollende Särge.«

»Ich werde aufpassen.« Kira hatte selbst genügend Erfahrungen in der Wüste sammeln können. Schließlich lebte sie noch.

Auf einer Düne fünfzig Meter weiter hatte man eine grandiose Sicht über die grenzenlose Weite dieses Glutofens. Mit der richtigen Perspektive ein wunderschöner Ort, friedlich, ehrlich und stets sonnig.
»Was mache ich hier bloß?« Kira lachte leise. Verspielt berührte sie die Kette, die Sequoyah ihr geschenkt hatte. Kontrollierte sie wirklich ihr Handeln? Oder würde sie das zumindest später jemals tun? Vor ihr befand sich mitten im Sand eine kleine Blume. Ein unmöglicher Ort für eine Pflanze. Leben ließ sich nicht besiegen. Nirgendwo.
»KIRA! WIR KÖNNEN LOS!«, rief der Soldat, auf dem Turm des Panzers stehend. Kira winkte zurück und machte sich auf den Rückweg.
Eine starke Vibration durchfuhr den Untergrund, auf dem sie stand. Kira schwankte kurz, fing sich aber wieder. Das Lächeln des Soldaten war das Letzte, was sie sah. Der Boden unter ihr gab nach, Kira fiel in die Tiefe. Da war Wasser. Sie landete im Wasser. Mühsam kämpfte sie sich nach oben. Was für eine dreckige Brühe. Das war kein See, sondern ein schnell fließender unterirdischer Fluss, der das gesamte Erdreich in der Nähe gnadenlos mitriss. Den Kopf oben zu halten, kostete all ihre Kraft und ans Ufer zu schwimmen, würde sie vorerst vergessen können. Es gab kein Ufer.
Der unterirdische Strom spülte sie mittlerweile durch vom Wasser glattgeschliffenes Gestein. Immer wieder zogen sie die Verwirbelungen unter Wasser und immer wieder kämpfte sie sich nach oben. Um nicht zu ertrinken, riss sie sich die weit geschnittene Kleidung vom Leib. Wasser gab es auf Proxima reichlich, nur selten an den Orten, an denen man es haben wollte. Immerhin schmeckte es inzwischen nicht mehr nach Sand. Dafür wurde der Strom schneller. Was Kira für keine gute

Entwicklung hielt. Die Strömungsgeschwindigkeit eines Flusses folgte der Schwerkraft. Newton[16] war ein Arsch! Es ging nach unten!
Das Rauschen wurde lauter. Ein Wasserfall? Es blieb ihr keine Zeit, diese Vermutung zu bedenken. Sie fiel bereits. Lange. Viel zu lange. Noch ein Atemzug. Wieder Wasser. Sie verlor die Orientierung. Luft. Endlich. Sie landete in einem See.
Über dem Wasser war es dunkel, die Luft roch modrig. Wie tief sie sich gerade unter der Wüste befand? Eine spannende Frage, als noch spannender empfand sie allerdings das Licht, das sie im Wasser erkennen konnte. Nicht übermäßig hell, aber auch nicht zu übersehen. Wo kam das her? Das wird doch nicht - Kira holte Luft und tauchte in den See hinab - das war unglaublich, den gesamten Boden bedeckte eine geschlossene Schicht Helium-3 Gestein. Das mussten Tonnen sein! Hier lagerte ihr Vorrat von acht Steinen, von dem Claire gesprochen hatte, Kira lachte in Gedanken.
Wie sollte man das Zeug nur nach oben schaffen? Auch eine spannende Frage, der sie sich gerne annehmen würde, sobald sie einen passenden Weg gefunden hätte. Ob Sequoyah sie suchte? Hoffentlich war keiner von denen so dumm, ihr hinterher zu springen.
An diesem See gab es auch wieder ein Ufer. Das obligatorische Loch in der Decke fehlte allerdings. Das wenige Licht erlaubte es nicht, die Höhe abzuschätzen. Kira war vorhin eine gefühlte Ewigkeit gefallen, das hätten auch mehrere hundert Meter gewesen sein können.
»Klasse gemacht!«, sagte sie zu sich selbst. Leise. Das steckte in ihr. Am Ufer angekommen, ertastete sie einen glatten Untergrund. Stein war das nicht. Die Fläche fühlte sich metallisch an und nicht gerade eines

---

[16] Sir Issac Newton war britischer Physiker und Begründer moderner Bewegungs- und Gravitationsmathematik.

natürlichen Ursprungs. Ob sie sich darüber freuen sollte? Kira verließ das Wasser. Wieder mal nackt. Mit Kleidung hätte sie sich sicherer gefühlt. War sie hier unten wirklich allein? Hoffentlich blieb das auch so. Konzentriert lauschte sie in die Ferne. Da war nur das Rauschen des Wasserfalls. Wenn sie den Schneckenköpfen in die Hände fallen sollte, brauchten die sie auch nicht mehr zu waschen oder von lästiger Kleidung zu befreien. Fertig zum Verzehr. Was für ein morbider Blödsinn, sie sollte sich auf andere Gedanken bringen. Es gab keine Alternative, sie musste den Weg nach oben finden.

Nach den ersten Schritten auf dem seltsamen weichen Metall erstarrte Kira regelrecht. An den Stellen, die sie mit den Füßen berührte, leuchteten ihre Fußabdrücke schwach eingedrückt nach.

»Wo bin ich gelandet!« flüsterte sie kaum hörbar. Ihr Herz schlug schneller. In ihrer Nähe knackte etwas. Ebenfalls leise. In diesem Moment hätte Kira auch Flöhe husten gehört, wobei es auf Proxima keine dieser kleinen irdischen Plagegeister gab.

Irgendetwas Elektrisches begann zu summen. Ihre Gedanken rasten erneut. Es wurde heller. Jetzt konnte sie es sehen. Sie stand auf einer befestigten Uferböschung, die auf der gesamten Seite des Sees anfing, bläulich zu leuchten. Kira hatte einen Lichtschalter gefunden, das war die beste Erklärung, die ihr gerade in den Sinn kam. Wobei weder das Metall, wenn es denn überhaupt welches war, noch das Licht, einen ihr bekannten Ursprung haben konnten. Und nach der guten Stube der Schneckenköpfe sah das auch nicht aus.

Der See reichte weiter, als sie sehen konnte. In der Ferne verhinderte ein schwacher Nebel über dem Wasser, einen Horizont oder das Ende der Höhle zu erkennen. Würde sie auf diesem Weg nach oben kommen? Schwer vorstellbar. Eine Alternative sah sie allerdings auch nicht. Der Wasserfall befand sich mindestens zweihundert Meter über der

Wasseroberfläche. Dass sie den Sturz überhaupt überlebt hatte, grenzte an ein Wunder.

Ich heiße Kira und beiße nicht, dachte sie, ob das die richtigen Worte waren, einen Außerirdischen zu begrüßen? Denkfehler, sie war hier der Alien!

Da vorne lag jemand. Der allerdings schon von weitem nicht sonderlich lebendig wirkte. Das war eine Leiche. Von einem Menschen? Sie ging näher heran.

»Du bist sicherlich kein Mensch«, flüsterte sie, ein Schneckenkopf sah aber auch anders aus. Ob dieses Wesen die Höhlenbilder angefertigt hatte? Definitiv nein. Dieser Humanoide trug einen Schutzanzug, zumindest konnte sie noch die Reste erkennen, die früher einmal ein Schutzanzug gewesen sein konnten. Der Schädel, die Körpersymmetrie, die Hände, das war kein Mensch. Allerdings unterschied sich die skelettierte Leiche nur in Details von der irdischen Evolution. Der Kopf, der gesamte Körper wirkte schlanker und die Arme, Beine und Finger etwas feiner. Nicht so burschikos wie Rico, zum Beispiel. Dieses Wesen maß lebendig sicherlich 1,90, wog dabei aber vermutlich weniger als 50 Kilo. Als ob die Natur evolutionäre Erfolgskonzepte auf verschiedenen Welten mit ähnlichen Vorzeichen mehrfach hervorzubringen vermochte. Wie lange diese Leiche bereits am See lag? Wie war er gestorben? Oder sie? Der Kleidung hatte die Zeit mehr zugesetzt als den Gebeinen. Das war weder Stoff noch Leder oder auch irgendein anderes ihr bekanntes Gewebe. Das sah beinahe organisch aus. Was wirklich schräg gewesen wäre. Ob er eine Waffe gehabt hatte? Das würde zumindest diesen merkwürdigen Ort seiner letzten Ruhestätte erklären. Falls ihn ein natürlicher Tod ereilt hätte, hätte man ihn kaum derart weggeworfen zurückgelassen.

Kira suchte das Umfeld ab und brauchte nicht lange, um fündig zu werden. Seine Waffe lag nur wenige Meter weiter. Ein metallisch wirkender Gegenstand, der mit etwas Fantasie einer alten Schrottflinte glich, nur sicherlich völlig anders funktionierte. Einen Griff oder einen Abzug konnte Kira nicht erkennen. Sie hatte keine Ahnung, wie sie die Waffe benutzen sollte, mit dem Ding würde sie sich bestenfalls selbst den Fuß wegschießen. Sie nahm die Waffe und warf sie in den See, jetzt würde auch kein anderer ihr damit etwas wegschießen können. Eigentlich das Beste, was man mit Waffen tun konnte. Kira ging weiter. Das würde sicherlich nicht die letzte Besonderheit hier unten bleiben. Ob sie jemand von denen finden würde, der noch lebte? Kaum. Dann wäre keine Leiche mitten auf einem Weg zurückgeblieben.

***

XXVI. Schlechte Gesellschaft

Der unterirdische See erstreckte sich über mehrere Kilometer. Als ob sich das Leben von der Oberfläche in die Tiefe zurückgezogen hatte. Im klaren Wasser konnte Kira Fische und Pflanzen erkennen. Scheinbar vermissten sie das Sonnenlicht nicht. Ob das Helium-3 Gestein, das in rauen Mengen im See lag, der Grund dafür war? Sie ging weiter an dem künstlichen Ufer entlang, dessen bläuliches Licht ihr den Weg wies. Der Magen knurrte, sie hatte Hunger, hoffentlich würde sie wieder nach oben finden.

»Was ist das?«, flüsterte sie und sah zur Seite. Der bisher recht schmale Weg am See wurde breiter. Nein, das war nicht richtig. Das sah mehr wie eine Halle aus. Eine riesige in den Stein geschlagene Halle mit naturbelassenen Wänden und demselben metallisch anmutenden Boden, bei dem jeder Schritt schwach leuchtend nachgab. Kira blickte nach oben, die merkwürdige Halle hatte keine Decke. Obwohl das Licht hier eine weite Sicht nach oben erlaubte, schaute sie ins Nichts. Wenn sie fliegen könnte, wäre der Rückweg einfach gewesen. Wenn sie fliegen könnte - Kira senkte den Kopf - auf dem Boden ließen sich Muster erkennen. Das waren geometrische Formen. Sie lächelte, Mathematik war universell gültig. Das sah aus wie ein Landeplatz für irgendetwas, das fliegen konnte. Ein Landeplatz, der nicht von Menschen errichtet worden war. Im Gedanken sah sie die Höhlenmalereien ihres letzten Ausfluges. Egal wer das gebaut hatte, oder auch wann, die Spezies hatte sich inzwischen entscheidend weiterentwickelt.

An der Seite des Landeplatzes befand sich eine Tür. Der Weg am See, der Landplatz und auch diese Tür, diese Dinge sahen alle neu und sauber aus. Völlig unbenutzt. Ganz anders als die skelettierte Leiche, die dort jahrzehntelang gelegen haben musste. Warum lag hier noch nicht einmal ein Staubkorn? Kira ging zur Seite und strich mit der Hand über

den Fels. Etwas Staub fiel zu Boden, blieb aber nicht liegen, sondern wanderte wie von Geisterhand, minimal vibrierend, zur Seite. Der ganze Boden war elektrisch aufgeladen. Es musste eine Stromquelle in der Nähe geben, die nicht nur das Licht, sondern auch eine konstante Aufladung des Bodens ermöglichte. Die Reise in die Tiefe brachte ständig neue Überraschungen hervor. Die Tür hatte weder einen Griff, noch einen Schalter, nur eine glatte Platte in einer mannshohen Vertiefung. Mit der Hand fuhr sie neugierig über das weiche Metall. Ob die nachleuchtende Reaktion auf ihre Berührung eine Funktion erfüllte?
»Sesam öffne dich.« Nichts passierte. Den Versuch war es wert. Ihre Mutter hatte Anna früher die Geschichte von Aladin erzählt. Inzwischen gefielen Kira einige von Annas Erinnerungen.
»Sprich Freund und tritt ein!« Natürlich wirkte auch dieser Zauberspruch nicht. Sie lächelte. Die Menschen hatten früher wunderschöne Bücher geschrieben. Es half alles nichts, sie musste weiter suchen. Es blieb nur der Weg am See. Der Landeplatz und die Tür machten ihr aber Mut. Sie würde einen Weg finden.
Lange hatte es nicht gedauert eine weitere Tür zu entdecken. Seitlich konnte Kira in eine erheblich kleinere Halle blicken. Hier fehlte auch der Schacht nach oben, dafür standen mehrere Türen offen. Nein, das traf es nicht, sie hingen wie nach einer Explosion, verbeult am Felsen.
»Was ist hier passiert?«, flüsterte sie und begutachtete tiefe Kratzspuren und geschwärzte Wandflächen. Es musste beim Kampf gebrannt haben. In den Wänden ließen sich Einschussgarben von Schusswaffen erkennen. Am Boden lagen handgroße Knochenstücke und zahlreiche weitere stark skelettierte Leichenteile. Am Stück hatte hier niemand sein Leben verloren. Mit viel Fantasie konnte Kira die sterblichen Überreste den Humanoiden und auch den Schneckenköpfen zuordnen. Jemand anderes hätte sie auch überrascht. Da die Überlebenden der

Horizon nur Schneckenköpfe auf Proxima angetroffen hatten, dürften die fremden Humanoiden den Kampf nicht gewonnen haben. Aber ihre Technologie funktionierte noch, was mehr als seltsam war.

Kira durchquerte die Tür und folgte einem schmalen Gang. Links und rechts lagen weitere Räume. Verwüstete Räume und Unmengen von skelettierten Schneckenköpfen, denen Gliedmaßen oder der Kopf fehlten. Das kam Kira bekannt vor, die bewaffneten Drohnen der Horizon hinterließen ähnliche Leichenberge. Hier musste eine gewaltige Schlacht stattgefunden haben. Die Geschichte wiederholte sich, sie waren nicht die Ersten gewesen, die auf Proxima nicht willkommen waren.

Kira erschrak, eine Tür öffnete sich. Da war aber zum Glück niemand, ein automatischer Sensor musste sie erfasst haben. Dahinter bot sich ihr ein weiterer Raum voller Leichen. Sie suchte aber einen Weg nach oben, die Friedhofstour reichte ihr mittlerweile.

»Ist das etwa ein Computer?«, flüsterte sie und ging an ein Wanddisplay. Da halfen ihr auch Annas Erinnerungen nicht. Die Darstellung, die Schriftzeichen, die Farben, sie wandte den Blick ab und schwankte kurz. Die andere Spezies sah die Welt eindeutig nicht mit denselben Augen. Bereits nach wenigen Momenten drohte ihr die teilholographische Tiefe, den Boden unter den Füßen wegzuziehen. Als ob man völlig betrunken in einen hundert Kilometer tiefen See blickte. Zudem sah sie mit jedem Auge etwas anderes. Konnte das Display etwa die Iris ihrer beiden Augen separat fokussieren? Das hätte Sinn gemacht, Anna kannte sich mit solchen Dingen aus.

»Konnte das funktionieren?« Kira konzentrierte sich. Logisch, sie musste es nur zulassen, mit beiden Augen verschiedene Dinge zu sehen. Anna konnte das, sie hatte sich dazu früher ein Gerät durch die Nasenwurzel gestochen. Kira lächelte, ein praktisches Accessoire, das gefiel ihr. Sie besann sich Annas Erinnerungen. Die vielen Jahre, die sie als junges Mädchen benötigt hatte, um sich diese Kunstfertigkeit anzueignen. Sie sah, hörte, erlebte jeden Moment. Jahre, Tage, Sekunden, jetzt konnte sie das auch.

Kira blickte erneut auf den außerirdischen Computerbildschirm. Das war einfacher als angenommen, das System zeigte auf dem rechten Auge dynamisch den Status mehrerer Stationen und auf dem linken Füllstände von Lagereinrichtungen an. Die Bildanzeige wechselte sehr schnell. Sie hatte eine Mine gefunden. Früher wurde diese Anlage genutzt, um Helium-3 abzubauen. Was naheliegend war, warum hätten auch nur Menschen damit etwas anfangen können? Technologisch würden die Fremden ihnen also mindestens ebenbürtig sein. Und militärisch? Bisher hatte Kira keine Hinweise auf übermäßig wehrhafte Technologien gefunden. Der Knüppel, der wie eine grifflose alte Schrottflinte aussah, war sicherlich keine ultimative Alienwaffe. Da hatten die Menschen im 23. Jahrhundert fantasievollere Möglichkeiten entwickelt, anderen das Leben zu nehmen.

»Was könnt ihr mir noch bieten?« Mit dem Finger berührte sie mehrere holographische Trigger, die die Anzeigen laufend veränderten. Schade, dass sie die Schriftzeichen nicht deuten konnte. Das würde sie noch lernen müssen. Sie tippte weiter und fand eine Karte, Absperrungen sowie Wege und Straßen. Das hatte sie gesucht, anhand des Sees, des Uferwegs und des Flugschachts konnte sie sich jetzt orientieren.

Dumm gelaufen, dachte sie, der Planung nach hätten die Fremden hier sicher sein sollen. Die hatten einen hohen Aufwand für ihre Sicherheit betrieben. Kira rief immer weitere Karten auf, ein Blick und weiter. Nichts davon würde sie wieder vergessen. Das war der Weg nach oben, sie hatte ihn gefunden. Perfekt, das war der kürzeste Pfad an die Oberfläche. Die Minenanlage wurde früher durch elektrische Sperrfelder gesichert, die nur noch teilweise aktiv waren. Ein massiver Erdrutsch hatte den Aliens überraschend ungebetene Gäste beschert. Eine durchaus unglückliche Angelegenheit, auch für Kira, da die Löcher im Zaun nie geflickt worden waren. Hier konnten jederzeit weitere Schneckenköpfe auftauchen. Sie sollte sich beeilen, ein Treffen mit den amphibischen Ureinwohnern von Proxima wollte sie sich sparen.

Doch da waren noch weitere Karten, nicht von Proxima, sondern von anderen Planeten, die Kira nicht kannte. Woher auch. Diese Spezies waren also ebenfalls Raumfahrer. Scheinbar welche, die auch dort ankamen, wo sie hinwollten und sich nicht um einige Sonnensysteme verflogen, wie die Menschen.

Mit dem Finger wählte sie weitere Symbole auf Proxima an. Solche Minen wie diese gab es hundertfach. Ob die auch verlassen waren, konnte sie nicht erkennen. Das wäre aber plausibel gewesen. Einige Zeichen veränderten sich eigenständig. Das könnten Zahlen sein. Eine Uhr? Seltsam, ob bei denen die Zeit rückwärts lief? Bestimmt nicht. Das war ein Countdown.

Alles begann zu blinken und die Farben veränderten sich. Auch die Bildschärfe verschwamm. Als ob jemand verhindern wollte, dass sie diese Informationen sah. Es schmerzte in den Augen, Kira blickte zu Boden. Der Blickschirm verdunkelte sich und ein unangenehmes Pfeifen wurde stetig lauter.

»Mist!« Sie musste einen Abwehrmechanismus aktiviert haben. Dieses System hätte sie gerne noch länger studiert, doch der Pfeifton wurde binnen weniger Momente unerträglich. Kira lief weiter, jetzt schneller, schnell weg von dem Pfeifen.

In den anderen Räumen gab es nichts, was auch nur im Ansatz nützlich aussah. Es gab auch keine Möbel oder andere dem Menschen bekannte Gebrauchsgegenstände. Alles wirkte fremd und ergonomisch verdreht.

Allein der Blick auf etwas, was ein Stuhl gewesen sein könnte, bereitete Rückenschmerzen.

»Wie habt ihr gelebt?« Die Frage blieb unbeantwortet. Diese Fundstätte genauer zu untersuchen, wäre sicherlich interessant gewesen. Ihr fehlte jedoch die Zeit. Und das penetrante Pfeifen lud nicht gerade zum Bleiben ein. Die für sie verwertbaren Bildinformationen des Computers nahm sie im Gedächtnis mit. Mehr war leider nicht möglich. Aber es gab Treppen, scheinbar eine intergalaktische Erfindung aller Humanoiden mit zwei Beinen und aufrechtem Gang.

Der Fluchtweg ging durch einen weiteren mit Schneckenkopfleichen gepflasterten Gang. Der zusammengekauerten Haltung und den verrußten Decken nach, waren alle verbrannt worden, das Beste, das man mit denen tun konnte. Dem Plan nach befand sich früher an dieser Stelle ein Sperrzaun. Jetzt fand Kira nur noch blanken Fels und zerrissene Metallplatten. Und zahlreiche Kratzspuren, als ob sich die Schneckenköpfe durch den Stein gefressen hatten. Ein für den Menschen kaum vorstellbarer Gedanke, das Gestein bestand hier aus massivem Granit.

»Was war das?«, flüsterte sie und hielt inne. Etwas knurrte, entfernt und leise, Kira schluckte, ging aber vorsichtig weiter. Egal was das war, sie musste hier weg und das schnell, ihr einziger Schutz war es, unentdeckt zu bleiben, sie stoppte erneut, da vorne, nicht größer als eine Faust, ein Schneckenkopf! Das musste ein Jungtier sein, zum Glück allein. Die Tiere hatten sehr kurze Arme und Beine. Langsam waren sie deshalb trotzdem nicht. Kopf und Körper gingen ansatzlos ineinander über, man sah nur Zähne und Krallen. Ausgewachsene Exemplare wogen bis zu 80 Kilogramm, wurden dabei aber nicht größer als ein Kind. Also kleine, fette, auf Laufwarzen daherkriechende, allesfressende Monster. Kira verabscheute sie.

Das Junge haute gerade vergnüglich seine Zähne in den Granit. Verrückt, aber das passte zu ihnen. Das Tier stoppte abrupt und sah Kira an. Stille, starr vor Anspannung bewegte sie sich keinen Zentimeter. Würde das kleine Monster sie sofort angreifen? 200 Gramm gegen 60 Kilogramm Körpergewicht?

Der kleine Schneckenkopf blickte sie mindestens ebenso überrascht an. Auch er verharrte auf der Stelle. Kira blickte ihm in die kleinen dunklen Augen. Die Nase, die Lippen, die kleinen Ohren, das Tier zitterte am ganzen Körper. Der wusste sofort, was ein Mensch war. Und was Menschen normalerweise tun: Sie töten Schneckenköpfe auf der Stelle. In Todesangst senkte das Tier demütig seinen Kopf und legte sich auf die Seite. Es wusste offensichtlich genau, einen Kampf nicht gewinnen zu können. Was für eine Geste, Tiere auf der Erde zeigten mit ähnlichem Gehabe ihre Unterwürfigkeit vor einem unstrittig stärkeren Gegner.

Kira sollte die Gelegenheit nutzen, um diese Ausgeburt der Hölle sofort zu töten. Zögerlich griff sie nach dem Tier und nahm es auf, die Hände bereit, ihm das Genick zu brechen. Die glatte grüngefleckte Haut war warm und erinnerte an eine Schlange, das kleine Herz raste. Die Augen geschlossen, ergab sich ihr Todfeind seinem unvermeidlichen Schicksal. Auf dem Schädel hatte das Tier eine auffällig gezackte Musterung. Ob der kleine Schneckenkopf wusste, dass Kira ihn töten würde? Sie konnte ihn nicht leben lassen, nein, das ging nicht. Wenn er weglaufen würde, könnte er seine Artgenossen auf sie hinweisen und die würden keine Rücksicht nehmen. Das hatten die Bestien noch nie getan. Die meisten Toten der Menschen waren Kinder, wehrlos, wie dieser hier. Kira konnte sich rächen, jetzt, für alles: Für die Angst, den Verlust, die Flucht und die Träume, jede Nacht kamen die Träume. Träume, die nicht wieder weggingen. Kira erinnerte sich jeden Mo-

ments, jeden, nicht einen Augenblick ihrer kindlichen Pein hatte sie vergessen.
»Ich werde dich töten!« Das Urteil war gesprochen. Kira verzog das Gesicht. Und sie sollte den Menschen in Proxima I. eine Hilfe sein? Sie brachte es noch nicht einmal fertig, einer kleinen bissigen Kröte den Hals umzudrehen. Aber sie war kein Killer, auch wenn sie das bereuen würde. Sie setzte den kleinen Schneckenkopf wieder ab. Der Kleine bewegte sich keinen Millimeter, hoffentlich würde die Schockparalyse noch lange anhalten. Schnell, sie musste weg, nach oben.

»Scheiße!« Die begehbaren Gänge im Felsen und die Pläne der außerirdischen Minenbetreiber stimmten nicht mehr überein. Zudem gab es hier kein Licht. Kira tastete sich durch die Dunkelheit. Solange sie in der Nähe des metallähnlichen Bodens geblieben war, konnte sie wenigstens etwas sehen. Sollte sie besser zurückgehen?
Unter ihr gab wieder einmal der Boden nach, dafür hasste sie Proxima, der Aufprall, einige Meter tiefer, schmerzte. Ihr Arm, sie konnte ihr eigenes Blut riechen. Sie hatte sich den Arm aufgerissen, ängstlich tastete sie die Wunde ab. Nur eine Fleischwunde, zum Glück schien keine Arterie verletzt zu sein. Hinter ihr knackte es erneut, ein unangenehmes Geräusch. Es überkam sie eine ganz dumme Vermutung, an diesem Ort sollte sie nicht sein. Kein Mensch sollte hier sein.
Kira drehte sich herum, da schien etwas Licht zu sein. Es war zudem die von den Geräuschen abgewandte Seite. Eine bessere Wahl hatte sie nicht, sie folgte dem Licht. Von einem Absatz sprang sie in einen knietiefen Tümpel. Das wenige Licht stammte vom Helium-3 Gestein im Wasser. Ein kleiner Schritt für sie und vermutlich der letzte in ihrem Leben, genau diesen Ort hatte sie nicht finden wollen.

»Nein!«, flüsterte sie leidend und blickte auf tausende faustgroße Schneckenköpfe, die sie alle ähnlich erschrocken ansahen wie der kleine Steinfresser zuvor. Das sind verdammt viele, dachte Kira und verfluchte die dämliche Idee, Sequoyahs Panzer verlassen zu haben. Der Soldat hatte sie auch noch gewarnt und sie glaubte es besser zu wissen. Was für eine Dummheit!
»Ich tue euch nichts!«, sagte sie resigniert, sie hatte das kleine Mistviech doch eben auch laufen lassen. Lautes Gequieke, dann stürmte die ganze Kinderstube aufgeregt davon. Diese kleinen Feiglinge griffen sie noch nicht einmal in tausendfacher Überzahl an.
Das Geknurre klang nun tiefer. Kira blieb in dem kleinen Tümpel sitzen. Das würde ein Blutbad geben. Wie auf der Erde, wo viele Jungtiere waren, konnten die Muttertiere nicht fern sein. Die Ersten zögerten nicht, ihre beachtlichen Zahnreihen zu zeigen.
Kira war so unglaublich dumm gewesen, mitten in deren Brutbereich hineinzuspringen. Schneckenköpfe hatten sich bereits im Ansturm auf schießende Drohnen bar jeglicher Vernunft gezeigt. Was würden die erst tun, wenn man ihre Jungtiere bedrohte?
Es wurden immer mehr. Nur wütende dunkle Augen und Zähne. Sie hatten Kira eingeschlossen. Die ersten standen bereits im Wasser. Auf was warteten die noch?
Der Moment des Todes! Kira schloss die Augen, senkte den Kopf und streckte die Arme, mit den Handflächen nach oben, seitlich vom Körper hinweg. Das Blut ihrer Wunde tropfte ins Wasser. Mögen Claire und ihre Kinder mehr Glück haben. Die Realität verlor an Bedeutung. Mit dem sicheren Wissen, gleich zerrissen zu werden, zog sich Kira in ihr Inneres zurück.
Was ist das, fragte sie sich in Gedanken und öffnete die Augen. Kira vernahm ein vielstimmiges Gemurmel und eine kleine Zunge, die vor-

sichtig das Blut von ihrer Seite leckte. Der kleine Schneckenkopf, mit der auffällig gezackten Musterung auf dem Kopf, den sie zuvor verschont hatte, schwamm neben ihr im Wasser und hatte scheinbar seine Artgenossen davon abgehalten, sie als Mahlzeit aufzubereiten.
Das ist unglaublich, dachte Kira und traute sich kaum, zu atmen. Inzwischen bevölkerten wieder unzählige dieser kleinen Kröten den Tümpel und leckten ihre Haut. Ob die Jungtiere sich vor dem Essen Appetit holen wollten? Nein. Das waren keine feindlichen Gesten. Die wollten alle wissen, wer sie war, das war eine Begrüßung.
Kira blickte zu den zahlreichen Muttertieren, die nun mit geschlossenem Maul erheblich umgänglicher aussahen. Noch ließ sie keines der älteren Tiere aus den Augen, sie erlaubten aber dem Nachwuchs, ihr näher zu kommen. Was passierte hier gerade? Dieses Erlebnis fühlte sich überwältigend an. Erleichterung, Hoffnung, sie würde weiterleben. Eine Begegnung mit dem schlimmsten Feind der Menschen und nichts passierte. Sie lächelte. War sie ein Glückskind?
Über Kira zischte etwas an ihrem Kopf vorbei. Mehrfach. Es klickte und die Objekte zerteilten sich in mehrere Einzelteile. Granaten. Aufruhr. Gefletschte Zähne. Jemand sprang hinter sie und drückte sie unter Wasser. Unsichtbar. Das war kein Schneckenkopf. Sondern ein Mensch in einem getarnten Delta-7 Kampfanzug. Das war Sequoyah, die sie retten wollte. Zahlreiche Denotationen nahmen Kira den Atem. Feuer. Die Luft brannte. Sie konnte die Hitze spüren. Mehrfaches Maschinengewehrfeuer. Geschrei. Schmerzen. Angst und Tod.
Nach wenigen Sekunden zog jemand Kira aus dem Wasser heraus. Blut spritzte durch die Luft. Schneckenkopfblut. Sequoyah trug sie und sprang zurück in den Gang, aus dem sie gekommen waren. Die beiden Soldaten an ihrer Seite schossen Sperrfeuer. Kira sah nur das Mün-

dungsfeuer der Waffen, als ob Geister schießen würden, die beiden Männer unter dem Tarnfeld konnte sie nicht erkennen.

»Lade!« Eine kurze Pause, dann schoss er weiter. Wie aus dem Nichts fielen rauchende Hülsen auf den Boden.

»Lade!« Auch der andere lud seine Waffe nach und schoss umgehend weiter. Drei fliegende Drohnen schossen zudem aus der Luft alles, was sich bewegte in Stücke. Jeder Schuss traf, die ließen niemand am Leben. Es roch nach Kordit und verbranntem Fleisch. Die Todesschreie der Schneckenköpfe klangen wie kleine Kinder.

»Kannst du laufen?«, fragte Sequoyah, die sie absetzte und kurz das Visier öffnete.

»Ja, ja ... ich.« Kira suchte nach den richtigen Worten.

Auf die Sequoyah nicht wartete. »Dann renn! Zurück! Am Schacht der Aliens kommen wir nach oben! SOFORT!«

Kira rannte.

»Status der Drohnen?«, rief Sequoyah im Laufen. Inzwischen waren alle Tarnfelder der Delta-7 Anzüge deaktiviert.

»Die Erste ist unten. Die Zweite auf 34 %. Die Dritte, Ladehemmung ... ich sprenge. Jetzt!« Ein Soldat steuerte die Drohnen über ein Display auf der Rüstung seines Unterarms.

Eine weitere schwere Explosion in den zurückliegenden Höhlen erschütterte das Erdreich. Staub und Steine fielen auf den Weg. Sie würden gleich wieder am See sein. Die letzte Drohne, der Soldat und Sequoyah schossen Sperrfeuer. Der andere Soldat feuerte laufend selbstsuchende Granaten in die Luft, die erst explodierten, sobald genügend Opfer in Reichweite waren. Durch diese Waffen starben Hunderte Schneckenköpfe, das Rückzugsgefecht durch die verlassenen Räume der Außerirdischen war ein Gemetzel.

Die Flut der Schneckenköpfe, die ihnen auf den Fersen waren, nahm nicht ab. Diese unglaubliche Wut, grenzlose Wut, Kira konnte sie zum ersten Mal verstehen.

»Einhaken! Sofort!«, befahl Sequoyah. Auch Kira schlüpfte in ein Geschirr und schloss eine Koppel vor der Brust. Sie befanden sich mitten auf der Landeplattform.
»Alle am Seil!«, quittierte einer ihrer Männer.
»Nach oben! Jetzt!« An vier langen Seilen zogen Winden sie schnell nach oben. Die letzte Drohne blieb unten auf der Plattform und schoss ohne Unterbrechung auf die Massen von Schneckenköpfen, die ihnen hysterisch kreischend folgten. Es wurden immer mehr. Die Angreifer sprangen über die zerschossenen Kadaver ihrer Artgenossen und holten sich die Drohne aus der Luft, mit bloßen Zähnen zerbissen sie die rotglühenden Läufe der Maschinengewehre.
»Ich sprenge!« Mit den Worten jagte der Soldat auch die letzte Drohne in die Luft. Kira konnte den Blutschwall der toten Schneckenköpfe hören, der durch die Sprengung gegen die Wände klatschte.
»Das reicht nicht! Die sollen nicht wieder ins Wasser abhauen können! Die Napalm-B[17] Packs! Zündung auf 20 Meter einstellen! Jetzt!«, befahl Sequoyah, während sie kurz vor der Oberfläche waren.
Die beiden Soldaten lösten die Brandsätze, die seitlich an ihren Oberschenkeln befestigt waren. Während sich die Waffen noch in der Luft befanden, stellten sie die Zündungshöhe über dem Boden ein, die einen Moment später die Tiefe in einen Feuerball verwandelten. Das Feuer verschlang alles. Es stank unerträglich.

17 Zähflüssige, klebrige, langsam brennende Brandwaffe mit hoher Verbrennungstemperatur, die sich nur schwer mit Wasser löschen lässt.

Der Mensch war nicht nur auf der Erde der gefährlichste lebende Prädator aller Zeiten.

Die Wüste hatte Kira zurück. Das hatte sie sich doch gewünscht. Ihre Hände zitterten. Bei allem, was sie bereits erlebt hatte, das Schicksal bot ihr ohne Unterlass neue Schrecken.
»Sofort in den Panzer!« Kira folgte Sequoyahs Anweisungen. Was hätte sie auch sonst tun sollen. Um Gnade für Schneckenköpfe bitten? Das würde ihr niemand abnehmen.

***

XXVII. Wir sind nicht allein

»Wollten dich die kleinen Scheißer etwa gerade verspeisen?«, fragte Sequoyah, deren Hände zitterten. Das Lächeln wirkte inszeniert. Mühsam trank sie ein Glas Wasser. Sie befanden sich wieder im Panzer auf der Fahrt nach Proxima I., die beiden Soldaten kümmerten sich um die Navigation.

Kira nickte und klammerte sich an eine verschlissene Wolldecke. Es wäre passend gewesen, etwas zu sagen, die Erlebnisse wieder von ihr weg ziehen zu lassen, nur ihr wollte gerade nichts Passendes einfallen. Ob Sequoyah mit dem aufgesetzten Humor ihre geschundene Seele beschwichtigen wollte? Diese Augen, in diesem Blick verstarb etwas. Langsam, aber kaum aufzuhalten. Der Schutz des Delta-7 Kampfanzuges war nicht mehr als eine fade Illusion.

»Fragst du dich nicht, wie wir dich gefunden haben?« Sequoyah stellte sogar die Fragen für sie. »Die Halskette. Sie ist ein ...« Sie zeigte mit dem Finger auf das Schmuckstück, stoppte aber mitten im Satz.

Kira nickte erneut. Natürlich, die Halskette, sie hatte ihr einen Sender verpasst. Was für ein Glück! Das Gefühl, gerettet worden zu sein, fühlte sich an wie ein Schlag ins Gesicht. Mit dem Finger umspielte sie die Kette und betrachtete in Gedanken ihre eigene ausgeweidete Leiche. Verdient hätte sie es.

»Wenn du reden möchtest ... ich bin da.«

Kira lächelte. Leer. Sie fand keine Worte für ihre verstörenden Gefühle. Was sollte das auch? Machte es Sinn, Sequoyah alles zu berichten? Würde sie ihr glauben, mit ihr streiten, oder wütend sein? Am liebsten hätte sie gerade den Kopf an eine starke Schulter gelegt. Aber eine, von der kein Blut tropfte.

»Glaubst du etwa, die hätten dich leben lassen? Kira! Das sind Monster! Hirnlose, blutrünstige Killer! Die töten Menschen auf der Stelle! Sofort! Ohne zu fragen! Die kennen keine Gnade!«

Wieder nickte Kira wortlos. Sequoyahs Plädoyer sprach für sich, dem gab es nichts mehr hinzuzufügen. Noch einen Tag zuvor hätte der Satz auch von ihr gewesen sein können.

»Diesen Blick kannst du dir sparen! Wenn du die Welt nur einmal mit meinen Augen sehen würdest ... vielleicht würdest du verstehen!« erklärte Sequoyah erregt. Offensichtlich überzeugten sie ihre eigenen Worte nicht mehr. »Und wenn du mir jetzt mit den Aliens kommen willst - das kannst du dir sparen! Die sind alle elendig in dem Loch verreckt!«

Das stimmte, die Aliens waren alle tot. Zumindest auf Proxima. Ob sie noch auf anderen Planeten lebten, wusste keiner. Aber das war nicht der Punkt. Es ging um die Menschen, die aktuell auf Proxima lebten und die alles dafür taten, sich binnen kürzester Zeit auszurotten.

»Du glaubst es besser zu wissen, oder?« Sequoyah hörte nicht auf. Kiras Schweigen setzte ihr sichtlich zu, Worte konnten auch unausgesprochen tiefe Wunden reißen.

Es waren einige Stunden auf der Fahrt nach Proxima I. vergangen. Stille Stunden. Nur die beiden Soldaten hatten gesprochen und das auch nicht mehr als nötig.

»Die brauchst du bestimmt noch«, sagte Kira und gab die Halskette zurück.

»Wie bitte ...« Sequoyah zeigte sich überrascht.

»Und, Danke.«

»Danke?«, fragte Sequoyah.

»Dafür, dass du mich gerettet hast. Du und deine Männer, ihr habt euer Leben für mich riskiert. Danke.«

Sequoyah lächelte. Kira fühlte sich nicht in der Position, sie zu verurteilen. Nach vorne blicken, überleben und die Vergangenheit hinter sich lassen, mehr wollte sie nicht.

»Das ist mein Job ... das war doch ...« Sequoyah hielt inne, zumindest diese Plattitüde sparte sie sich.

»Ich habe einen funktionstüchtigen Computer der Aliens gefunden. Es gibt weitere Helium-3 Minen auf Proxima«, erklärte Kira, Sequoyah sollte alles erfahren.

»Und? Hast du den Computer bedienen können?«

»Es war ungewohnt. Dieses Display wurde nicht für menschliche Augen geschaffen. Aber ich kam damit klar ... man musste sich nur darauf einlassen, mit beiden Augen verschiedene Inhalte zu sehen«, sagte Kira ohne Stolz auf ihre Fähigkeiten.

Sequoyah sah sie an. »Natürlich bist du damit klargekommen. Wer sonst, wenn nicht du.«

»Wer sonst, wenn nicht ich? Was meinst du damit?« Kira verstand die Aussage nicht.

»Entschuldige. Du hast mich nur gerade an einen Menschen erinnert, den ich früher gut kannte.«

»Anna?«

»Lass uns nicht über sie sprechen. Erzähle mir mehr über das, was du gesehen hast. Konntest du die Schrift lesen?« Sequoyah gab sich wissbegierig.

»Leider nicht. Ich habe allerdings Zahlen erkennen können, oder genauer gesagt, eine Uhr. Das war ein Countdown, die Zeitspanne wurde stetig kleiner.«

»Konntest du die Zeit berechnen?«

»Darf ich kurz den Computer benutzen?«, fragte Kira. Sie konnte sich zwar nahezu alles merken, nur war die Aufgabe zu komplex, um sie im Kopf zu lösen.

»Bitte ...« Sequoyah gebot ihr, das Display im Navigationstisch des Kettenfahrzeugs zu benutzen. Einer der Soldaten lächelte sie anerkennend an und machte Platz.

»Kleinen Moment ... ich hab es gleich« Kira bereitete einen Algorithmus vor und speicherte Variablen für die unbekannten Zeichen ab. Mit der Reihenfolge der Zeichen erweiterte sie ihre Routine. Ein kurzer Blick auf die Systemzeit, den Rest machte der Computer. Ein nettes kleines Programm, ihr erstes übrigens.

»Deine Folgerung?«

»Nur noch ... noch ... etwas mehr als drei Stunden.« Kira zeigte sich erschrocken über die Anzeige, die den Countdown nun in arabischen Zahlen anzeigte. Mit einem derart kurzen Zeitrahmen hatte sie nicht gerechnet.

»Sicher?« Sequoyah schien diese Folgerung nicht sonderlich zu überraschen.

»Ja.« Das war nur Mathematik. Zahlen lügen nicht, Kira würde sich bei solchen Dingen nicht irren.

»Und was passiert dann? Hast du dazu auch eine Theorie?«

»Es sind nur Zahlen ...«, antwortete Kira verunsichert. Warum wollte Sequoyah das wissen?

»Nur Zahlen. Du hast recht.«

»Ich denke, wir sollten vorbereitet sein ... etwas wird sich verändern ... warum sollte man auch sonst einen Countdown laufen lassen. Die Aliens haben früher auf Proxima Helium-3 abgebaut. Vielleicht aktiviert der Countdown eine Maschine ... oder so etwas in der Art.« Kira konn-

te darüber nur Vermutungen anstellen. Sie hätte auch die digitale Form eines alten verrosteten Weckers gefunden haben können.
»Du hast viele schreckliche Dingc gesehen. Wie die meisten von uns. Du hast aber nicht alles verstanden ... wie auch ... ich habe selber lange benötigt, um die Zusammenhänge zu erkennen.« Sequoyah strich sich mit einer lockeren Geste eine Strähne aus dem Gesicht. Sie hatte sich wieder unter Kontrolle. Das Verletzliche in ihr, das sie zuvor offenbart hatte, war nicht mehr wahrzunehmen.
»Ich weiß doch, was ich gesehen habe«, entgegnete Kira. Mit dieser Reaktion Sequoyahs hatte sie nicht gerechnet. Einen Sachverhalt falsch einzuschätzen und darauf wie ein Schulkind hingewiesen zu werden, das mochte sie nicht.
»Ich glaube nicht, dass deine Augen das Problem sind. Es sind deine Annahmen, das, was du zu wissen glaubst, oder in deinem speziellen Fall auch das, was Anna früher zu wissen geglaubt hatte.«
»Wieder Anna?« Kira schüttelte den Kopf. Die fremden Erinnerungen sagten ihr viel, unglaublich viel, aber der Kreis war noch nicht geschlossen. Die letzten Puzzleteile fehlten noch. »Erzähle mir mehr von ihr?«
»Major! Wir haben erste Interferenzen. In großer Höhe. 450.000 Kilometer über Proxima. Genau am erwarteten Spot.«, meldete einer der Soldaten. Kira hob den Kopf, das Gespräch machte sie nachdenklich. Natürlich hatte Sequoyah nicht unrecht, Kira wusste so gut wie gar nichts, die Erkenntnis der eigenen Ahnungslosigkeit rüttelte sie unsanft aus ihrer kleinen Welt wach.
»Feldstärke?«, fragte Sequoyah und ging sofort zu ihm. »Kira, du sollst alles über sie erfahren, aber nicht jetzt«, erklärte sie, ohne Kira anzusehen.

»Nicht jetzt?« Kira mochte es nicht, auf die Seite gestellt zu werden. Von ihrem Sitzplatz waren es ohnehin nur zwei Meter zum Kommandostand. Mit der Zeit schien der begrenzte Platz im Fahrzeug noch enger zu werden.
»Noch schwach ... unsere Trigger sind kalibriert. Proxima Control wird die wahrscheinlichen Eintrittspunkte in die Atmosphäre berechnen«, erklärte der Soldat konzentriert.
»Prognosehorizont?«
»99, … 99,8 % ... die Differenz ist nur eine Messtoleranz«, antwortete er, »die Werte stimmen.«
Egal was da gerade passierte, erleichterte Menschen klangen anders. Auch sein Kamerad schluckte betroffen.
»Ihr kennt das Protokoll. Los!«, ordnete Sequoyah an und schien dabei die Einzige zu sein, die cool blieb. »Wir sind zwar spät dran, aber das ändert nichts!«
»Sequoyah!?«, fragte Kira eindringlich. Was da auch passierte oder wovon die Soldaten sich einschüchtern ließen, ihr reichte diese Begründung nicht.
»Kira, bitte ... nicht jetzt!« Sequoyah ließ sie links liegen. Ihre Aufmerksamkeit galt nur noch den aufgetretenen atmosphärischen Veränderungen.
»Position und Statusmeldung an Proxima Control übertragen. Daten gesichert. Wir gehen offline. Schalte alle sekundären digitalen Systeme in Schutzmodus. Jetzt!«, sagte der Soldat, während er alle Computer im Panzer deaktivierte. Wobei deaktivieren nicht der richtige Begriff war, auch das Display, auf dem Kira eben noch den außerirdischen Countdown berechnet hatte, schaltete sich aus.
»Analoge Fahrzeugsteuerung aktiv. Visuelle Navigation aktiv. Analoges Feuerleitsystem aktiv. Analoge Kommunikation aktiv«, erklärte der

andere Soldat und öffnete in Fahrrichtung eine kleine, durch Panzerglas geschützte Sichtluke.

»Funkstille. Jetzt!«, befahl Sequoyah. Das war der Gefechtsmodus im Kampf gegen elektronische Angriffe. Anna kannte sich damit aus. Die elektronische Kriegsführung umfasste sowohl codierte Manöver, die mittels intelligenter militärischer Signaturen Systeme des Gegners penetrierten, als auch die mit der Brechstange, also Angriffe mittels einer EMP[18] Waffe. In den potenziell bedrohlichsten Kriegsszenarien trugen die Feinde keine Schusswaffen mehr.

»Das hört sich wirklich unglaublich an«, sagte einer der Soldaten und gab Sequoyah den Kopfhörer. Man hätte beinahe glauben können, dass die beiden Soldaten vorhin im Gefecht mit den Schneckenköpfen sorgloser agiert hatten. Verrückte Welt, das Neue, das Unbekannte im Äther nötigte allen mehr Respekt ab, als eine Horde völlig außer Kontrolle geratener Amphibien.

»Wie ein schlechtes Radioprogram ... Kira, möchtest du die Urheber deines Countdowns hören?«, fragte Sequoyah und streckte ihr den Kopfhörer, als ob nichts gewesen wäre, entgegen. Kira wurde wütend. Sequoyah musste die ganze Zeit genau gewusst haben, was passieren würde. Und Kira hatte über ihre Erlebnisse berichtet wie ein Schulkind von einer Klassenfahrt.

»Und was bedeutet das jetzt?«, fragte Kira und hielt mit beiden Händen den Kopfhörer am Kopf fest.

»Die Signale selbst? Nichts. Das sind nur massive atmosphärische Störungen in großer Höhe. Das Eintreten des Signals ist allerdings nicht willkürlich, das wurde künstlich erzeugt.«

---

18 Eine kurzzeitig breitbandige elektromagnetische Strahlung durch Gewitter oder nukleare Explosionen, die unzureichend abgeschirmte elektronische Bauteile zerstören kann.

Kira blickte auf zahlreiche Papier-Aufzeichnungen, die auf der Steuerungskonsole lagen. Hatte Sequoyah das Ereignis ebenfalls berechnet? Die Peilung der Signale, die Position in der Atmosphäre und den aktuellen Stand der beiden Sonnen. Diese Berechnungen, auch die hatte Anna gekannt.

»Kommt da etwa gerade ein Raumschiff durch eine Einstein-Rosen-Brücke[19] auf Proxima an?«

Die Konstellation war optimal, die Sonnen standen flach und der Planet befand sich gerade auf einer weit außen liegenden Position auf der Umlaufbahn.

»Das könnte sein ... nur genau wissen wir das nicht«, antwortete Sequoyah, die es selbst nicht vermeiden konnte, freudig zu lächeln. Diese Neugierde. Etwas Neues entdecken zu dürfen, schien sie mehr zu schätzen, als sich vor möglichen Gefahren zu fürchten. Die beiden Soldaten hingegen zeigten sich deutlich weniger erfreut.

»Nutzen die unseren Warpmarker?«, fragte Kira. Eine Überlegung, die logisch klang. Gemäß dem Menschen verfügbarer Technologien konnte man zwar ohne einen Warpmarker eine Einstein-Rosen-Brücke erzeugen, nur wüsste dann niemand, wo die Reise enden würde.

»Nein.«

»Haben die einen eigenen?«

»Nicht dass ich wüsste.« Sequoyah lächelte.

»Und wie funktioniert das dann?«

»Ich habe keine Ahnung ... spannend oder ... die brauchen dazu anscheinend keinen Warpmarker. Die könnten uns theoretisch binnen einer Sekunde zur Erde zurückbringen.«

---

[19] Auch Wurmloch genannt, ein theoretisches Gebilde, das zwei entfernte Punkte im Universum miteinander verbinden kann.

»Und ... werden die das auch tun?«
»Das werden wir herausfinden.«
Was für eine Entwicklung. Trotzdem wollte Kira sich darüber noch nicht freuen. Warum hatte Sequoyah die Leute in Carchuna belogen? Von denen wusste niemand davon. Bisher hatte sie stets gedacht, dass Andrej und Marina näher am Führungszirkel wären. Scheinbar eine Fehleinschätzung. Ob überhaupt jemand in Carchuna wichtig war? Und was zur Hölle wollten die dann mit dem ganzen Helium-3?
»Warum die Spielchen in Proxima XIV.?« Ob Kira auf diese Frage eine ehrliche Antwort bekommen würde? In ihr kochte immer mehr Unzufriedenheit hoch. Sie hatte das Gefühl, alle paar Stunden neue Wahrheiten von Sequoyah serviert zu bekommen.
»Auch wenn du es mir nicht glaubst ... es war zu eurem Besten. Euch und auch den anderen in den kleineren Siedlungen geht es besser, wenn ihr nicht alles wisst.«
»Und das ist deine Entscheidung?«
»Ja.«
»Wieso?«, fragte Kira erregt.
»Kompromisse sind selten eine Tugend Jüngerer ... da ich schon ganz andere Entscheidungen treffen musste ... ganz ehrlich ... ich kann damit leben, dass du noch nicht alles verstehst.«
Die Arroganz dieser Worte war für Kira kaum zu übertreffen. Sie wollte niemandem das Recht zubilligen, für sie wichtige Entscheidungen zu treffen. »Das geht nicht! Wir haben das Recht ...«
»Major, T-60 Minuten, wir passieren die äußeren Sensoren, bitte um Bestätigung meiner Route durch das Sperrgebiet«, unterbrach sie einer der Soldaten.

»Sorry Kira, du möchtest sicherlich auch gesund durch unsere Verteidigungsanlagen fahren ... wir reden später weiter«, erklärte Sequoyah und wandte sich erneut dem Soldaten zu.
»Glaubst du, dir alles herausnehmen zu können!?«, rief Kira erbost und sprang auf.
»Nein. Kira ... bitte ... ich verstehe, dass es heute etwas viel war. Bitte beruhige dich wieder und lass mich meine Arbeit machen«, erklärte Sequoyah beinahe schon mütterlich, was Kira gerade noch weniger gebrauchen konnte.
»NEIN?! ICH MÖCHTE MICH ABER NICHT BERUHIGEN! ICH BIN KEIN PROGRAMM, DAS MAN STANDBY SCHALTEN KANN!« Kira tobte. Das war zu viel! Viel zu viel!
»Ob ich mir alles herausnehmen kann?« Sequoyah kam schnell auf sie zu geschritten. Es klickte in ihrem Nacken. Was war das? »*Fast alles* würde es besser treffen.«
Ohne dass Kira auf die schnelle Bewegung von der Seite reagiert hatte, hatte Sequoyah ihr ein fingerstarkes Halsband umgelegt. Ein Kribbeln wie unzählige feine Nadelstiche durchfuhr ihre Glieder. Ihre Beine gaben nach und einen Moment später saß sie sprachlos mit dem Hintern auf der Bank. Sie konnte sich weder bewegen, noch sprechen. Mit solchen Halsbändern hatte man früher junge Hunde für die Jagd abgerichtet.
»Kurs Vektor 7!«, befahl Sequoyah dem Fahrer. Dann setzte sie sich vor Kira. »Kennst du eigentlich den Unterschied zwischen Höflichkeit und Schwäche?«
Kira sah sie nur regungslos an, während sie mit schlaffen Mundwinkeln den Boden vollsabberte.
»Nur falls du mit der Unterscheidung Probleme hast ... ich bin aus Überzeugung höflich. Ein charakterlicher Reichtum, den ich mir gerne

leiste. Schwache hingegen werden von den Schneckenköpfen gefressen! Ein Tod, den ich nicht akzeptiere!«

Wenn Kira schlucken könnte, würde sie es tun. Stattdessen röchelte sie nur und sackte hilflos auf die Seite.

Sequoyah sah sie an, mit einem Abstand, der in den intim beengten Verhältnissen des Panzers kaum möglich erschien. »Falls du dir Gedanken machst, warum ich das tue ... meine Wahrheit ist einfach. Ich habe dich vor den Schneckenköpfen gerettet, weil ich es konnte. Und ich würde nicht zögern, dich wieder in eins ihrer Löcher zu werfen, wenn es unser Überleben erforderlich machen würde.«

Was hatte Kira nur gemacht? Ob Freund oder Feind, sie sollte zukünftig besser nachdenken, bevor sie ihren Mund aufmachte. Sequoyah griff erneut an das dreifingerbreite Halsband und drückte eine Kombination an einem kleinen Tastenfeld. Kira fiel. Tief. Alles war dunkel. Sie verlor das Bewusstsein.

***

XXVIII. Mit dem Rücken an der Wand

Kira erwachte. Allein. Der Rücken schmerzte, als ob sie auf einer mittelalterlichen Streckbank geschlafen hätte. Wo war sie? Jedenfalls nicht im Kettenfahrzeug. Der Boden war staubig und knochenhart, sie fror, der Sandstein hatte ihr die Wärme aus dem Körper gezogen. Mühsam richtete sie sich auf. Es stank widerlich. Zwei Meter im Quadrat und ein stinkendes Loch in der Mitte - noch nicht einmal ein Schneckenkopf hatte ein solches Loch verdient. Durch eine Luke in der Decke drang etwas Licht zu ihr, ob sie inzwischen in Proxima I. angekommen war?

Kira hatte einen Fehler gemacht. Eindeutig. Sogar einen großen. Die Menschen in Carchuna hatten nicht ohne Grund Angst vor Sequoyah. Bei Marina, Andrejs Wachhund mit Titten, wusste man wenigstens, wann sie einen beißen würde.

»Du willst mich verarschen!«, hörte Kira eine unbekannte Männerstimme von oben sagen.

»Nein, nein, wirklich nicht ... das halten die aus ... die sind aus anderem Holz geschnitzt ... glaub mir«, sagte ein anderer Mann, den Kira ebenfalls nicht kannte. Offensichtlich versuchte der Zweite, den Ersten von etwas zu überzeugen.

»Mit dem Wasserschlauch habe ich bereits Schneckenköpfen deren hässliche Fratzen von den Schultern geschossen. Wie mit einem Filetmesser hat sich das Fleisch von den Knochen gelöst«, erklärte der Erste zuversichtlich. Ein Gedanke, der Kira nicht gefallen wollte, was hatten die vor?

»Na ja, wir können ja zuerst nur halben Druck geben ... aber du wirst sehen ... da geht mehr!«

Die Luke öffnete sich. Kira blinzelte, als sie ein greller Lichtkegel blendete. Ein Zustand, der nicht lange anhielt, der Wasserstrahl aus dem

Hochdruckaggregat fegte sie sofort von den Beinen. Der Aufschlag an der Seite drückte ihr die Luft aus den Lungen. Das war nur Wasser, aber hart wie Stahl. Kira schrie, konnte aber die eigene Stimme nicht hören. Wie ein Gummiball schleuderte das Wasser sie umher. Mit der Seite knallte sie gegen die andere Wand. Die Wolldecke, die Sequoyah ihr im Panzer gegeben hatte, riss der Wasserstrahl in Stücke.

»... ertrinken sollte sie dabei nicht gerade «, hörte Kira einen der Männer beschwichtigend sagen. Das Wasser stoppte. Kira versuchte, auf die Beine zu kommen. Alles drehte sich, sie hatte zu viel Wasser geschluckt, es schmeckte scheußlich. Ihr wurde schlecht.

»Ist wirklich niedlich, die Kleine. Vielleicht sollten wir sie mit der Hand waschen?«

»Klar doch! Bitte ... nach dir«, antworte der andere und warf ein Stück Seife in das knietiefe Wasser. »Der würde ich es an deiner Stelle nur mit dem Delta-7 besorgen!«

»Ach komm!«

»Das ist kein Mensch! Du geiler Trottel!«

Was sagte dieser Idiot? Es rauschte wieder, das Wasser, nicht noch einmal. Kira sprang durch die Luke. Nur ein Lidschlag, mehr Zeit blieb nicht, und das Wasser schoss wieder in das Loch. Doch jetzt stand sie neben den Männern, die damit scheinbar nicht gerechnet hatten. Nur dennoch nicht völlig unvorbereitet waren.

»Verdammte kleine Schlampe!«, brüllte einer, während der andere versuchte, Kira mit dem Schlauch wegzuspülen. Die Sensorik der Delta-7 Anzüge schloss die Visiere automatisch. Die beiden Männer waren auf Gegenwehr gefasst. Nackt gegen Kampfpanzer auf zwei Beinen - das konnte nicht gutgehen - sie musste fliehen.

Geschickt wich Kira aus, sie war schneller. Der fenster- und torlose Raum bot aber keinen Fluchtweg. Nur den Anblick über weitere 15 Bodenluken, von denen ihr bereits eine kennenzulernen gereicht hatte.
»Bist du besoffen oder was! Gib her?«, rief der andere wütend. Die beiden Männer hatten zum Glück keine weiteren Waffen dabei und der schwere Hochdruckschlauch ließ sich nur langsam bewegen.
Kira stand in der Ecke, es gab nur zwei Optionen: Eine unbequeme Badewanne, in die sie nicht zurück wollte, oder zwei Männer in Kampfanzügen, die ihr nicht gerade wohlgesonnen waren. Sie wählte die dritte Variante und griff an. Den mit dem Wasserschlauch traf sie im Sprung seitlich am Kopf. Das Hochdruckaggregat fiel auf den Boden. Den anderen holte das Wasser von den Beinen, das ihn umgehend krachend gegen die Wand schoss, wobei die Delta-7 Rüstung zahlreiche Bruchstücke aus dem Stein splittern ließ. Und was brachte das jetzt? Die standen sofort wieder auf, während der herrenlose Wasserschlauch wie eine wütende Schlange über den Boden tanzte und den gesamten Trakt zu fluten begann. Hoffentlich befand sich niemand in den anderen Zellen. Der Angriff hatte Alarm ausgelöst. Unter der gewölbten Steindecke begann ein Warnlicht zu blinken, da würden gleich noch mehr kommen.
»Die hol ich mir!« Männer in Delta-7 Anzügen waren schnell, stark und mittels Faustschlägen sicherlich nicht niederzustrecken. Kira wich aus und rannte ein Stück die Wand hoch. Er griff daneben. Sie nicht, im Salto über ihn, bekam sie den Kopf zu packen und riss ihn herum. Das würde den Kerl nicht verletzen, aber zumindest der Länge nach in das knöcheltiefe Wasser befördern.
»Das sehe ich!« Der andere amüsierte sich über die ungeschickte Aktion seines Kameraden.

»Hilf mir lieber, du Arsch! Die Kleine ist flink wie ein Wiesel. Und drehe endlich das Wasser ab!«
Der Spaß war vorbei. Das Wasser stoppte und verlief sich schnell in zahlreichen Abflussöffnungen im Boden. Beide versuchten, Kira zu packen. Wo sollte sie hin? Ein Griff, ein Schlag oder ein Fehler, nichts davon konnte sie sich leisten. Die hätten sie sofort geschnappt und deren Umgang mit ihr würde garantiert nicht freundlicher werden. Eine zuvor nicht sichtbare Tür öffnete sich. Alle blickten auf den Eingang, was denn jetzt noch?
»Hört auf!«, befahl Sequoyah, die den Zellentrakt ohne Schutzanzug betrat. Sie trug einen eng anliegenden weißgrauen Einteiler. Die langen brünetten Haare lagen als geflochtener Zopf auf ihrer Brust. Kira starrte sie nur fragend an. Außer Atem, nass und nackt. Nicht wieder das Halsband. Nervös blickte sie auf Sequoyahs Hände, die ihr allerdings nur einen Bademantel reichten.
»Danke«, sagte Kira leise.

»Warte kurz, ich kann mich noch an unser Gespräch kurz nach der Landung vor sieben Jahren erinnern«, erklärte General Hennessy, der Kira bisher nicht eines Blickes gewürdigt hatte. Die schneeweiße Haut, die weißblonden kurzen Haare, dieser bestimmende Blick, solch einen außergewöhnlichen Menschen hatte sie noch nie gesehen. Was kein Verlust gewesen war. Sie mochte ihn nicht.
»Bitte, das hilft uns nicht weiter ...« Ihm gegenüber schlug auch Sequoyah einen respektvolleren Ton an. Sie, Kira, der General und einige weitere militärisch gekleidete Menschen standen in einer Steinhalle, wie sie auch Andrej in Carchuna bewohnte.
»Doch, doch ... es waren drei Tage. Genau drei Tage hast du den Replikanten in der Arktis gegeben. Allein, ohne Hilfe in einem zerschellten

Habitat. In drei Tage wären die wenigen Überlebenden, die der Absturz nicht dahingerafft hätte, ebenfalls tot.«
»Sie hatten Glück. Das Habitat wurde nur minimal beschädigt. Die Landung hätten die kein zweites Mal hinbekommen«, antwortete Sequoyah.
»Glück, das trifft es gut, durchaus. Als sie dann kurze Zeit später anfingen, eifrig in der Gegend herum zu funken, waren wir alle, und du im Besonderen, erneut sicher, dass die Replikanten-Kinder in zwei oder drei Wochen sterben würden.«
»Diese Einschätzung war falsch. Deswegen haben wir sie doch schließlich auch geholt.« Sequoyah lächelte, höflich, aber sich ihrer Position durchaus bewusst.
»Nach sieben Jahren«, sagte General Hennessy und blickte Kira das erste Mal an. Diese Augen, kühl, intelligent und eindeutig nicht an ihr interessiert.
»Nach sieben Jahren. Genau. Vergiss bitte nicht, dass es nicht unser erster Anlauf war. Die Fahrt durch die Linien der Schneckenköpfe ist kein Spaziergang«, erklärte Sequoyah, stellte sich vor Kira, um die Sichtlinie zu brechen.
»Womit du natürlich auf den Punkt kommst! Die Schneckenköpfe sind ein Problem! Unsere Technik ist ein Problem! Im Prinzip ist alles auf diesem Scheiß Planeten ein Problem! Nur, die Replikanten gehen mir inzwischen komplett am Arsch vorbei! Ich hätte am liebsten eine Drohne oder eine Rakete in die Arktis geschickt!«
»Vielleicht. Wenn Drohnen die Entfernung schaffen würden oder wir noch im Besitz einer einsatzfähigen Langstreckenlenkwaffe wären. Was aber beides nicht der Fall ist. Sei froh, dass die Kettenfahrzeuge noch funktionieren und das sogar, wenn während der Fahrt ein Rudel

Schneckenköpfe versucht, die Antriebsketten von den Rädern zu fressen!«
»Erinnere mich nicht auch noch daran!« General Hennessy sah wütend auf den Boden. »Und was sollen wir jetzt mit ihr machen? Ihr ein Krönchen aufsetzen und uns alle ehrfürchtig vor ihr verbeugen?«
»Die Replikanten sind ein Teil von uns. Sieh sie an, sie glaubt, ein Mensch zu sein. Ich will sie ...«
»Vergiss es! Ich will nicht wissen, was du an ihr erforschen willst. Schmeiß sie in ein Loch. Ich verstehe ohnehin nicht, warum wir uns mit ihr beschäftigen. Gerade jetzt! Du kennst den Zeitplan. Wir haben keine Zeit für solche Spielchen.« Der General machte keinen Hehl daraus, keine Verwendung für sie zu haben. Warum hatte Sequoyah sie aus Carchuna mitgenommen?
»Hast du sie eigentlich mal angesehen?«, fragte Sequoyah provokant. Sie erhöhte den Einsatz, was für Kira noch weniger Sinn machte. »Ich meine wirklich angesehen?«
»Und? Nichts auf den Rippen und den Friseur würde ich sogar auf Proxima für den Haarschnitt erschießen lassen.«
»Soll ich ihr eine Perücke aufsetzen lassen?«, fragte Sequoyah, ging einen Schritt zurück und legte den Arm an Kiras Nacken, die deswegen verunsichert zusammenzuckte.
»Sie ist der Replikant mit der roten Mähne. Die Mutation. Na und? Was bedeutet das schon?«, fragte er wenig beeindruckt. Kira fühlte sich erneut nackt und das trotz Kleidung. Sie trug den gleichen eng anliegenden weißgrauen Einteiler wie Sequoyah. Auf der Brust stand in kleinen dunklen Buchstaben Anna eingestickt, was beängstigend war.
»Genau. Anna Sanders-Robinson hat sie aus dem Habitat geholt und in eins der anderen Landungsschiffe gepackt? Warum?«

Kira hatte zu viel geredet, das war dumm gewesen. Sie hätte Sequoyah nicht vertrauen dürfen, in Gedanken spürte, sie wie der Wasserstrahl sie erneut gegen die Wand schleuderte.

»Tiefe innige Mutterliebe?« General Hennessy lachte und kam ganz nahe auf Kira zu. Sie konnte seinem Atem riechen. »Weißt du überhaupt, wer Anna Sanders-Robinson war?«

»Nein.« Kiras Stimme zitterte. Sie log nicht einmal, was wusste sie schon. Das waren alles nur Fragmente aus dem Gedächtnis eines anderen Menschen, nichts davon musste deshalb wahr sein.

»Sie hat uns auf Proxima wie Müll abgeladen!«, fügte der General dem wenig freundschaftlich hinzu. »Und ist dann feige abgehauen!« Was Kira zeigte, dass diese auf sie immer fremder wirkende Anna weit Schlimmeres getan haben musste, als sie ihr bisher zugebilligt hatte.

»Das tut mir leid«, sagte Kira leise.

»Süß!« Die Art, wie General Hennessy das sagte, schüchterte Kira weiter ein.

Sequoyah ging dazwischen. »Das Mädchen steht neben dir! Sieh genau hin, sie ist nicht mit der Horizon abgehauen!«

»Das stimmt sogar. Ein Glück oder?« Der General wandte sich erneut Kira zu. »Also wenn ich dir wehtue, treffe ich auch Anna? Eine beruhigende Vorstellung, ich glaube, ich weiß genau, was ich mit dir mache. Wir werden gute Freunde werden!«

»Nein.« Sequoyah griff fester zu. Kira war starr vor Furcht.

»Nein?«, fragte er ungläubig.

»Ich brauche sie.«

»Wofür?«

Sequoyah sah auf ein flexibles handbreites Display auf dem Stoff an ihrem Unterarm. »Willst du das wirklich 51 Minuten vor unserem Manöver wissen?«

»Du spielst mit hohem Einsatz!«
»Das tun wir alle«, entgegnete Sequoyah, packte Kira am Oberarm und verließ den Raum.

Nicht nur der General lebte in einer aus großen Steinquadern erbauten Kuppel, auch alle anderen in Proxima I. taten das. Nur im größeren Maßstab, um die 15.000 Menschen lebten hier. Kira begleitete Sequoyah durch die Stadt. Die meisten Menschen sahen noch schlechter aus als in Carchuna, Dreck sah überall gleich aus. Die waren am Ende und die zahlreichen Kinder sahen alles andere als gut genährt und zufrieden aus. Die ganzen wundersamen Geschichten, die über die Alten in Carchuna erzählt wurden, waren alles Lügen. Egal ob ein Mensch auf Proxima von der Erde oder vom Mars stammte, der Schmutz in den Gesichtern der Kinder ließ alle Grenzen verschwinden.
»Was sollen wir mit der?«, fragte eine heruntergekommene Frau um die Vierzig, deren Blicke versuchten, Kira in einen Aschehaufen zu verwandeln. Wobei sie nicht die einzige Passantin war, deren Gestik eine ähnlich ablehnende Haltung erkennen ließ. Ob die alle wussten, wer sie war? Zumindest wussten die alle ganz genau, wer Anna Sanders-Robinson war.
»Nicht jetzt!« Sequoyah ließ die Frau stehen. Wie auch alle anderen, von denen es allerdings niemand wagte, sich ihr in den Weg zu stellen. Als ob Sequoyah das personifizierte Böse eskortierte. Was hatte Anna Sanders-Robinson diesen Menschen nur angetan?
»Ich verstehe dich nicht«, sage Kira ein Stück später. Sie wollte nicht länger stumm hinterherlaufen.
»Was nur eine Frage der Zeit ist. Glaub mir, du wirst bald alles verstehen.« Sequoyah klang angespannt, was Kira signalisierte, vorsichtig zu sein.

»Was passiert jetzt?«
»Mir dir?«
»Unter anderem ...«
»Nichts.«
»Wie, nichts?« Sollte sich Kira auch mit dieser ausweichenden Antwort zufriedengeben?
»Heute wirst du mir folgen, tun was ich dir sage, beobachten, den Mund halten, lernen und überleben.«
»Und morgen?«
»Morgen?« Sequoyah lachte und berührte zärtlich Kira Wange. »Darüber reden wir morgen. Wenn wir dann noch leben.«

Kira fühlte sich wie ein naives Bauernmädchen, das zum ersten Mal die Stadt betreten durfte, über die alle in ihrer Jugend nur ehrfürchtig getuschelt hatten und die nun die ernüchternde Wahrheit sah. Die Chance Sequoyah niederzuschlagen und zu flüchten, hatte sie vertan, wobei es kein Weg war, mit Gewalt gegen sie vorzugehen. Sie wollte besser zuhören und lernen, das machte mehr Sinn als erneut gegen die Wand zu rennen.
Zudem trug Sequoyah inzwischen wieder einen Delta-7 Anzug. Wie auch sieben andere Soldaten im Mannschaftsraum des Shuttles, in das sie zuvor eingestiegen waren. Ihr Herz, der Verstand und ihre Hände, alles in ihr war in Aufruhr. Sie hatte keine Ahnung, wo es hinging. Zudem war sie die Einzige, die keine militärische Körperpanzerung trug. Das Gefühl, ständig unpassend gekleidet zu sein, drohte noch eine Manie zu werden.
»Proxima Control erteilt Startfreigabe. T-19 Minuten. Wir starten in 90 Sekunden«, ertönte es nüchtern über den Lautsprecher. Neben Sequoyah, ihr und den Soldaten, steuerten weiter vorne zwei Piloten das

Shuttle. Die Gesichter der Männer, sonnengegerbt, müde und zu allem entschlossen, diese Unbeugsamkeit machte ihr Angst. Das würde ein Kampfeinsatz werden. Bei dem sie die Person war, die hier am wenigsten hingehörte. Worauf hatte sie sich nur eingelassen?

Vor ihr am Boden aktivierte sich ein Display, das den laufenden Countdown darstellte und taktische Informationen über andere am Einsatz beteiligte Einheiten anzeigte. Dieser Countdown, die Zeitspanne, das war derselbe wie auf dem Alien-Computer in der verlassenen Helium-3 Mine unter der Erde. Die wussten bereits die ganze Zeit, was auf sie zu kommen würde.

»Kira, richtig?«, fragte sie einer der Männer, blond, kurze Haare und mit einem künstlichen Auge. Kaum älter als sie. Seine gesamte rechte Gesichtshälfte war nach einer schweren Verletzung rekonstruiert worden.

»Ja.« Kira nickte.

»Ganz ruhig. Du hast einen Kommunikations-Chip unter der Haut, den ich für dich aktivieren werde. Das tut nicht weh. Wenn du beide Finger an diese Stelle am Hals legst, kannst du die Kommunikation mit Sprachbefehlen steuern«, erklärte er mit ruhiger Stimme, nahm vorsichtig ihre Hand und führte die Finger. Mit der anderen Hand startete er eine Routine auf dem Display an seinem Unterarm. Von einem Menschen in einem Delta-7 Kampanzug sorgsam berührt zu werden, fühlte sich unwirklich an.

»Einen Chip unter der Haut?«

»Kommunikation aktiviert. Erstelle Signatur. Replikant Anna 301312 autorisiert. Status Beobachter. Sicherheitslevel null«, erklärte eine synthetische Stimme in ihrem Kopf. Die unliebsamen Überraschungen gingen weiter.

»Du wirst damit klarkommen«, sagte der junge Soldat, setzte sich wieder auf seinen Platz und schnallte sich an.

»Überschreiben der Kommunikationsprotokolle Replikant Anna 301312. Autorisierung Major Sequoyah Chigonaai. Änderung des Namens. Neuer Name: Kira. Änderung des Status. Neuer Status: Missionsteilnehmer. Sicherheitslevel drei.«

»Signatur aktualisiert. Kira 301312. Status Level drei«, bestätigte die synthetische Stimme.

»Ein höherer Level? Brauche ich den?«

»Damit kannst du auch die Meldungen von Proxima Control empfangen. Ich brauche dich in unserer Kommunikation«, antwortete Sequoyah.

»Chigonaai ... was bedeutet der Name?«, fragte Kira, für die Meldungen der Einsatzzentrale wollte sie sich noch nicht interessieren. Sequoyah zu verstehen, würde ihr genügen.

»So nennt mich eigentlich niemand mehr, aber er bedeutet: Fängt die zwei Sonnen.« Sequoyah lächelte. »Meine Vorfahren haben indianische Wurzeln.«

Es wurde lauter. Die Triebwerke zündeten. Kira drückte es in den Sitz, das Shuttle startete. Sie befanden sich jetzt in der Luft.

»Hier spricht Proxima Control. Raptor ist gestartet. Ereignis in T-17 Minuten. Freigabe der Drohnen. Staffeln vier, sieben und zwölf, Rendezvous mit Raptor in T-3 Minuten. Formation einnehmen. Raptor, wir schalten ihnen die Steuerung ihrer Schutzstaffel aktiv.«

»Sind wir Raptor?«, fragte Kira. An diese Stimmen im Kopf würde sie sich noch gewöhnen müssen. Einige der Soldaten nickten amüsiert, was sie auch nicht wirklich beruhigen konnte.

»Hier spricht Raptor. Funkstille ab jetzt. Deaktiviere sekundäre Systeme. Aktiviere analogen Gefechtsmodus. Jungs, es geht los! Und falls es doch einen Gott gibt,

betet für uns alle«, erklärte der Pilot, bevor er so gut wie alle elektronischen Systeme an Bord deaktivierte. Auch Kiras gerade erst aktivierter Kommunikations-Chip unter der Haut schaltete sich ab.

»Das ist nur ein temporäres Manöver. Dein Funksystem wird sich wieder einschalten«, sagte Sequoyah, die völlig entspannt wirkte. »Entspann dich noch einen kurzen Moment. Es wird gleich ungemütlicher.«

»Ich möchte gar nicht wissen, was ihr vorhabt, aber was soll ich hier?«, fragte Kira, die gerade völlig in der Luft hing.

»Überleben. Paradox, ich weiß ... aber weder bei Andrej noch bei Peter wäre dir das gelungen.«

»Peter?«

»General Peter Hennessy. Hier ist der einzige Ort, an dem ich auf dich aufpassen kann.«

»Aufpassen? Ich verstehe gar nichts mehr. Das ist ein Kampfeinsatz ... wie soll das sicher sein?«

»Wenn wir siegen, wirst du es verstehen.«

»Und wenn nicht?«

»Dann spielt es keine Rolle mehr.«

»Und deswegen greifen wir die Aliens an? Müssen wir alles direkt angreifen? Können wir nicht einmal mit ihnen reden? Vielleicht helfen sie uns ... ohne zu kämpfen!«

»Du glaubst immer noch, dass die Schneckenköpfe dich am Leben gelassen hätten?«

»Ja.«

»Du warst keine Bedrohung. Die haben dich ihren Jungtieren überlassen, die an dir lernen sollten, wie man Menschen zur Strecke bringt. Zuerst lecken die Kleinen deine Wunden, dann beißen sie sich fest und fressen dich von innen auf. Ich glaube, die stehen auf Adrenalin geschwängerte Menschen, die schmecken scheinbar besser.«

»Das glaube ich dir nicht.«
»First-Lieutenant, Status?«, fragte Sequoyah und sah zum Piloten.
»Die Drohnen sind bei uns. Wir fliegen in Formation. T-12 Minuten bis zum Ereignis«, antwortete er.
»Und Raptor zwei und drei?«
»Die Positionen sind bestätigt.«
Sequoyah blickte wieder zu Kira. »Wir haben noch ein paar Minuten. Diese Aliens bauen auf dem Planeten Helium-3 ab. Eine der alten Minen hast du kennengelernt, nur sind die inzwischen alle verlassen. Die Schneckenköpfe hatten mit der Zeit die Barrieren durchbrochen und alle Arbeiter getötet. Allerdings ist das schon eine Weile her. Wir vermuten 300 bis 400 Jahre. Wobei die Langlebigkeit einiger Computer schon beachtlich ist. Inzwischen liegen die verbliebenen aktiven Minen alle unerreichbar auf dem Meeresgrund, sind vollautomatisiert und werden alle vier Jahre, drei Monate und sieben Tage geleert.«
»Der Countdown?«, fragte Kira.
»Genau. Und wie du sicherlich bereits erkannt hast, sind die Aliens während unseres Aufenthalts auf Proxima bereits hier gewesen. Heute ist deren zweiter Besuch.«
»Hätten das nicht alle von uns mitbekommen müssen?«, fragte Kira. Niemand in Carchuna wusste das.
»Ohne moderne Technik? Nein, durch die Atmosphäre fliegen die Aliens getarnt. Die wollten die Schneckenköpfe vermutlich noch in dem Glauben lassen, von ihnen vertrieben worden zu sein.«
»Aber die sehen doch uns?«
»Garantiert. Nur, sie haben nicht auf uns reagiert. Wir haben gefunkt, Lichtsignale gesendet und uns noch weitere schlaue Dinge zur Kommunikation einfallen lassen. Und sie? Als ob wir Luft wären, haben sie uns ignoriert, das Helium-3 eingepackt und sind wieder abgehauen.«

»Warum?«
»Das solltest du sie fragen. Ich vermute, die halten uns für mutierte Schneckenköpfe ... mit denen jegliche Verständigung sinnlos wäre«, erklärte Sequoyah gelassen.
»Aber es muss doch eine Möglichkeit geben, mit ihnen zu sprechen ... aber das ist doch ...« Eine Gruppe gestrandeter Raumfahrer zu ignorieren, das machte überhaupt keinen Sinn. Für Menschen zumindest. Kira sollte sich von ihrer Perspektive lösen. Schließlich waren die Menschen selber höchst talentiert, niedriger entwickelte Lebensformen nicht ernst zu nehmen. »Die müssen uns evolutionär und technisch stark überlegen sein.« Kira hatte eine Idee. »Wir müssen deren Aufmerksamkeit gewinnen! Wir müssen denen zeigen, wozu wir Menschen in der Lage sind!«
»Willkommen im Team. Ich wusste, dass du es verstehen wirst. Das ist unsere Mission ... wir werden ihnen zeigen, was wir können!«
» ... und sie angreifen.« Die Erkenntnis, dass eine militärische Aktion die Ultima Ratio der menschlichen Kommunikation war, ließ sie erschrocken zusammenfahren.
»Das können wir am besten.« Sequoyah und auch einige der Männer lächelten. »Kira, ich kenne dich gut, vermutlich bin ich sogar diejenige, die dich am besten kennt. Dieser Gedanke widerstrebt dir. Was gut ist. Jede andere Reaktion von dir würde mich erschrecken.«
»Und deswegen führen wir Krieg? Weil du mich kennst?« Kira fühlte sich langsam in einem dunklen Loch versinken.
»Wir sind am Ende. Vor sieben Jahren sind 80 % unserer Ausrüstung im Meer gelandet. Unser Mutterschiff, die Horizon ist verschwunden. Viele kluge Köpfe sind gestorben. Wir sind nicht in der Lage, unseren technischen Stand zu halten. Geschweige ihn weiterzuentwickeln. Ein

System nach dem anderen fällt aus. Noch ein oder zwei Jahre, dann sind wir Geschichte. Wir stehen mit dem Rücken an der Wand.«

»Und unser Warpmarker? Das ganze Helium-3, das wir gesammelt haben? Ich dachte immer, wir wollen damit Hilfe rufen?« Dieser Plan hatte wenigstens Sinn gemacht.

»Unser Warpmarker befindet sich in der Umlaufbahn um Proxima. Wir können ihn weder aktivieren noch steuern. Und die dazu fehlende Technik können wir nicht herstellen. Wir planen diesen Angriff seit vier Jahren. Das ist unsere letzte Chance, unser letztes Gefecht. Und glaub mir, das Helium-3 haben wir gut investiert.«

»Wir haben also nichts zu verlieren?«

»Hilfst du uns?«

»Wie?« Kira fühlte sich emotional durch den Wolf gedreht, Sequoyah hatte allerdings recht. Mit allem. Für die Geschichte mit Rico hätte Andrej sie fertiggemacht. Und der General hasste Anna Sanders-Robinson so sehr, dass er sich nur aus purer Rache freudig an ihr vergangen hätte. Und dass die Enklave der Menschen auf Proxima nicht ohne Hilfe überleben würde, wusste sie bereits länger.

»Du bist klug. Lerne. Schnell. Und frage dich, wie wir überleben können. Wenn du deine Fähigkeiten akzeptierst und deine Vergangenheit hinter dir lässt, wirst du uns allen helfen können.«

»Du vertraust mir?«

»Ja.«

»Warum?«, fragte Kira nachdenklich.

»Ich hoffe, auch dein Vertrauen gewinnen zu können. Aus der Verantwortung, zu führen, habe ich auch unpopuläre Entscheidungen treffen müssen. Einige lassen mich schlecht schlafen. Ich würde sie allerdings auch erneut so treffen!«

»Du verlangst viel von mir. Ich bin nicht sicher, ob ich die Person bin, die du in mir siehst.« Als Mensch wollte sich Kira in diesem Moment nicht sehen. Sie war ein Replikant, ein künstlich geschaffener Mensch, das musste sie noch verarbeiten.
»Wie du siehst, bin ich risikofreudig. Wir können nur gewinnen.« Sequoyah lächelte.
Kira schüttelte ungläubig den Kopf. »Und wie soll unser Erfolg aussehen? Wenn wir die Aliens abschießen, kommen wir auch nicht von hier weg. Und dass sie uns dann aus Dankbarkeit mitnehmen, mag sich mir auch nicht erschließen.«
»Wir werden deren Schiff entern«, sagte der blonde Soldat, der Kira gegenübersaß. »Wir sind Piraten.«
»Piraten?« Das passte, Kira lachte, ohne es witzig zu finden. »Und sogar wenn das klappt. Das sind Aliens, wie sollen wir deren Schiff fliegen können?«
»Wir werden es lernen.«
»Optimistisch.«
»Nein. Logisch. Wir haben deren Computer studieren können. Das ist wie eine neue Sprache, komplex, aber lernbar. Sie ist sogar von der uns bekannten Linguistik[20] nicht ganz so weit entfernt. Scheinbar funktionierten moderne technologische Kulturen überall nach ähnlichen Regeln.«
»Was für ein Plan.« Kira staunte nicht schlecht. Deren Wille dieses Himmelfahrtskommando durchzuführen, war stärker als alle Zweifel. Und davon gab es reichlich. In einer Situation ohne Alternativen wurden auch aus Scheißplänen gute Optionen.

---

20 Wissenschaft, die in verschiedenen Herangehensweisen die menschliche Sprache untersucht und strukturiert.

»Dabei?«, fragte ein anderer Soldat.
»Ich mache mit.« Auch Kira lächelte, hilflos, optimistisch, ängstlich, aber zuversichtlich. Es war Zeit, die Ängste hinter sich zu lassen. Einer der Männer lächelte.
»Danke«, sagte Sequoyah.
»T-3 Minuten. Das Ereignis wird gleich stattfinden« meldete der Pilot.
»Wird sich bei T-0 eine Einstein-Rosen-Brücke öffnen?«, fragte Kira, die nun ebenfalls aufmerksam zum Bildschirm blickte.
»Davon gehen wir aus. Der Countdown läuft synchron mit einer besonderen Sternenkonstellation, die sich genau in diesem Abstand wiederholt. Einer der äußeren Planeten dieses Doppelsternensystems hat einen sehr großen Asteroidengürtel, dem man besser nicht zu nahe kommen sollte. Und genau jetzt befindet sich Proxima auf einer sehr günstigen Position, um im passenden Abstand ein Wurmloch zu öffnen. Was würde ich dafür geben, wenn das unser Warpmarker wäre«, sagte der Soldat.
»T-0 ... es geht los. Interferenzen auf Maximum. Das Wurmloch öffnet sich. Sie kommen«, meldete der Pilot.

***

XXIX. Erstschlag

»Haben wir nicht bessere Bilder?«, fragte Kira. Die Darstellung auf dem Display rauschte stark.

»Leider nicht. Wir haben keine echten Satelliten. Wir konnten nur zwei Aufklärungsdrohnen auf 20.000 Meter Höhe bringen. Das Bild ist deswegen bescheiden und wegen unseres analogen Gefechtsmodus nicht digital optimiert.«

»Habe eine Radarsignatur des Mutterschiffs. Abstand 425.000 Kilometer. Schnell näherkommend«, fügte der Pilot seiner Meldung hinzu.

»Größe?«, fragte Kira.

»Zwölf Kilometer Durchmesser. Scheibenförmig. Das Ding sieht aus wie eine fliegende XXL-Untertasse. Ein ziemlich dicker Pott. Dagegen war die Horizon ein Kleinwagen.«

»Meldung, wenn das Raumschiff geostationär einschwenkt« ordnete Sequoyah an.

»Und wenn das Mutterschiff selbst landet?«, fragte Kira.

»Nein. Zu groß. Das wäre bei der Masse nicht effektiv. Das Raumschiff wird Abstand halten. Gleich werden kleinere Schiffe auftauchen. Radarmarker vorbereitet. Aufpassen! Die werden unsichtbar, sobald sie in die Atmosphäre eindringen. Wir dürfen sie nicht verlieren.«

»Alien Mutterschiff schwenkt geostationär ein. Höhe 38.401 Kilometer. Acht kleinere Raumschiffe lösen sich. Radarsignaturen aufgezeichnet. Drohnen gelinkt. Verlieren jetzt primäres Radarsignal. Die aktivieren ihren Stealth-Modus. Unsere Drohnen haben die Signaturen aber noch. Wir bleiben dran. Melde Anflugziele, sobald möglich«, erklärte der Pilot.

»Wir haben den Himmel mit Drohnen zugestellt?«, fragte Kira. Die Idee war nicht schlecht. Somit würden sie flexibel reagieren können. »Wie viele haben wir in der Luft?«

»286 Drohnen ... alle, die wir haben.«
»Haben wir auch das Mutterschiff an Drohnen gelinkt?«
»Die beiden Drohnen in der Stratosphäre bleiben dran. Das Mutterschiff bewegt sich allerdings nicht. Es bleibt auch im normalen Radar sichtbar. Die fühlen sich dort oben sicher«, sagte der Pilot.
»Zeitfenster berechnen ... unser Ziel?«, fragte Sequoyah, während sie ihre Waffe überprüfte.
»Ziel anvisiert. Prioritäten eingestellt. Ändere Kurs. Festhalten. Gehen auf Mach 24. Maximale Beschleunigung 5 G. Erreichen unser Ziel in T-135 Sekunden. Zeitfenster T-210 Sekunden«, meldete der Pilot. Das Flugzeug vibrierte und Kira glaubte, gleich ihre Zähne zu verschlucken. Bei den Soldaten schlossen sich die Visiere der Delta-7 Anzüge. Ein Luxus, den sie nicht hatte. Sie bekam kaum noch Luft.
»Meldung von Raptor Zwei und Drei?«, rief Sequoyah angestrengt.
»Raptor Zwei schafft das Rendezvous. Raptor Drei nicht. Raptor Drei kommt in T-470 Sekunden zu uns.
»O.K. Wir gehen auf zwei Primärziele. Die Sekundärziele an die HERF-Einheit[21] am Boden melden.«, befahl Sequoyah. »Ist eine Reaktion auf unseren Anflug erkennbar?«
»Nein. Die fliegen unbeirrt ihre Ziele an.«
»Unsere Leute am Boden sollen die EMP-Kanone ausrichten und drauf halten. Mal sehen, wie gut die Aliens ohne Hilfe ihrer Elektronik segeln können.«
Was für ein Angriff, Kira staunte nicht schlecht, aufgrund fehlender Explosivwaffen hatten die Alten das Helium-3 genutzt, um sehr starke EMP-Waffen mit Energie zu versorgen. Anna kannte solche Systeme,

[21] High-Energy Radio Frequency Weapon - Waffen, die einen gerichteten sehr großen Energieimpuls in einer sehr kleinen Zeitspanne auslösen und damit elektronische Systeme zerstören können.

mit denen man punktgenau auch über mehrere hundert Kilometer Entfernung fast jedes elektronische System zum Ausfall bringen konnte. Mit genug Energie, welche aus Helium-3 leicht zu gewinnen war, halfen auch keine Abschirmungen mehr.

»Habe unser Ziel im Visier! Starte Störmanöver! T-60 Sekunden. Bereit für Kontakt!«, rief der Pilot.

»Der Vorteil von Zeit und Ort ist bei allen kriegerischen Unternehmungen ein halber Sieg; einmal verloren ist er unwiederbringlich«, sagte Sequoyah besonnen. »Das schrieb im 16. Jahrhundert Sir Francis Drake, englischer Kaperkapitän und Admiral in einem Brief an seine Königin Elisabeth I. ... ich weiß, das ist schon eine Weile her, aber deshalb nicht weniger wahr. Ich freue mich über jeden von euch, der morgen noch lebt.«

Die Männer schlugen sich mit der Faust vor die Brust. Ein befremdliches Ritual, aber wenn es denen Mut machte, konnte Kira damit leben. Auf dem Display sah man, wie der Pilot manuell ein unsichtbares Ziel in den Wolken anvisierte, das mit hoher Geschwindigkeit unter ihnen zur Oberfläche stürzte. In ihrer Nähe entwickelte sich ein starkes elektrisches Feld. Kiras Haare knisterten. Die elektromagnetische Bordwaffe des Shuttles lud sich auf. Die Spannung stieg. Deshalb hatten sie auch die nicht geschützten digitalen Systeme deaktiviert. Bei der Stromstärke wäre alles durchgebrannt. Jeden der weißen Steine, den Kira jemals beim Tauchen in den Höhlen gefunden hatte, glaubte sie gerade in der statisch aufgeladenen Luft knistern zu hören.

»EMP-Waffe aktiviert! Getroffen! ... Die Aliens verlassen ihren Kurs! Sie schmieren ab!«, rief der Pilot freudig.

Auf dem Bildschirm verfolgte Kira, wie der Hochenergiestrahl das Alien-Raumschiff sichtbar machte und den Antrieb deaktivierte. Die trudelten nun hilflos auf die Oberfläche zu.

»Abwehrfeuer, 2 Uhr, zwei Bordgeschütze haben unsere Formation erfasst. Liegen unter Beschuss«, rief der Pilot.
»Schadensmeldung!« Zahlreiche kleinere Explosionen erschütterten die nähere Umgebung des Shuttles. Allerdings keine davon nah genug, um Schaden anzurichten. Die Drohnen, die das Shuttle wie ein Hornissenschwarm umgaben, schossen zurück. Kira konnte das automatische Feuer der Maschinenkanonen hören.
»Vier Drohnen ausgefallen. Raptor intakt. Die Drohnen haben den Beschuss erwidert. Alien-Abwehrwaffen ausgeschaltet! Kontakt T-3 Sekunden. Festhalten!«, rief der Pilot lautstark.
Das Shuttle verzögerte stark, schlug allerdings trotzdem hart auf eine metallische Oberfläche auf. »Arretiere das Shuttle. Zünde Thermit[22].« Es stank. In unmittelbarer Nähe verbrannte etwas Undefinierbares bei sehr großer Hitze.
»Wir können rein. Kira, du bleibst im Shuttle, bis ich dich rufe. Los!«, rief Sequoyah, während sich im Shuttle der Boden öffnete und den Blick auf eine ovale Öffnung in der Außenhaut des Alien-Raumschiffs freigab. Normalerweise müssten die Ränder des Metalls nach dem Einsatz von Thermit glühen und das fehlende Stück Rumpf polternd im Korridor umherfliegen. Hier tropfte allerdings nur Flüssigkeit aus den Rändern der Öffnung und am Boden des hellerleuchteten Gangs befand sich eine dunkle Pfütze.
Die ersten beiden Soldaten in Delta-7 Kampfanzügen sprangen in das fremde Raumschiff, dessen aktivierte Tarnfelder die Männer sofort unsichtbar werden ließen.

---

[22] Gemisch aus Eisenoxid- und Aluminium-Granulat, welches mittels einer sehr hohen Verbrennungstemperatur, explosionsartig schwere Panzerungen durchschneiden kann.

»Starte alle sekundären Systeme. Wir sind wieder online.«, sagte der Pilot, wobei die Nachricht bereits über den Kommunikations-Chip unter Kiras Haut übertragen wurde.

»Status der Drohnen, der anderen Raptor-Einheiten und der HERF-Einheit am Boden!«, forderte Sequoyah, die inzwischen auch im Gang des Alien-Raumschiffs verschwunden war. Mit den beiden Piloten befand sich Kira allein an Bord des Shuttles, dessen Öffnung im Boden sich wieder verschlossen hatte.

»Feindkontakt. Verteidigungsfeuer. Die schießen mit Laserwaffen. Ungezielt. Die sehen uns nicht. Wir erwidern das Feuer. Gegner ausgeschaltet. Die platzen wie Schneckenköpfe«, meldete Sequoyah. *»Wir aktivieren die Miniaturdrohnen. Starte die Aufklärung der Umgebung.«*

Über den Bildschirm konnte Kira sehen, was Sequoyah sah. Von der achtköpfigen Entermannschaft lösten sich zahlreiche handgroße Miniaturdrohnen, die mit sehr hoher Geschwindigkeit durch die Gänge des Alien-Raumschiffs schossen. In Echtzeit konnte Kira beobachten, wie sich am Bildschirm eine Karte des gesamten Raumschiffs ergab.

»Sechs Besatzungsmitglieder, keine erkennbaren inneren Verteidigungssysteme, keine Drohnen, die vier Aliens, die noch leben, befinden sich alle in der Kommandozentrale. Der größte Teil des Raumschiffs ist leerer Frachtraum«, erklärte Kira und markierte alle neuralen Punkte für die Soldaten. Die Aliens flogen im Prinzip mit einem leeren Transporter, der auf einen Angriff dieser Art verständlicherweise nicht vorbereitet war.

»Raptor Eins und Zwei haben Ziele erfolgreich geentert. Keine Verluste. Wir haben nur 29 Drohnen verloren. Die HERF-Geschütze am Boden haben die restlichen Alien-Raumschiffe abgeschossen. Aktuell befinden sich alle Ziele im freien Fall. Raptor Zwei hat angedockt, startet Brems- und Stabilisierungsmanöver. Jetzt«, meldete Proxima Control.

Die Alien-Raumschiffe, die auf Proxima landen wollten, maßen etwa die vierfache Größe der Shuttles. Die geschätzte Masse sollte zwischen 80-120 Tonnen liegen, ein Gewicht, das die verankerten Shuttles locker abfangen und sicher zur Oberfläche bringen sollten.

»Oh. Nein.« Kira sah auf die Metallogie der Analyse der Miniaturdrohnen, die durch das Innere der Raumschiffe jagten, wobei das Alien-Metall kein dem Menschen bekannter Werkstoff war. Irgendwie veränderte sich laufend der Aggregatzustand dieser Materie. Flüssig oder fest, das Metall, wenn es überhaupt Metall war, arbeitete eher wie ein Organismus. Aber das war nicht der Kern der Sache. Die Schiffe waren viel, viel schwerer als angenommen. Allein der Antrieb wog 1.500 Tonnen, das würden die beiden Shuttles nie schaffen. Und sie hatten noch nicht geladen.

»Hier spricht Raptor Eins. Die Schiffsmasse liegt bei über 2.000 Tonnen. Die Shuttles werden die Bremsmanöver nicht bewältigen können! Die Teams müssen sofort aus den Raumschiffen evakuiert werden!«, meldete Kira über Funk.

»Wer spricht dort?«, fragte jemand von Proxima Control.

»Replikant Kira, Sicherheitslevel drei, habe die Metallogie der Alien-Raumschiffe analysiert. Übertrage meine Daten! Empfehle sofortige Evakuierung!«

»Hier spricht Proxima Control. Daten erhalten. Starte Überprüfung. Daten sind valide. Befehle sofortige Evakuierung! T-90 Sekunden bis Oberflächenkontakt!«

»Nein. Wir lassen die Raumschiffe nicht crashen! Wir werden sie abfangen! Ich übernehme die Verantwortung! Kira, lass dir was anderes einfallen!«, rief Sequoyah aufgebracht über Funk. Mit dem Rücken an der Wand, sie würde nie aufgeben.

»Raptor Zwei, berechnen Werte der neuen Schiffsmasse, starten Bremsmanöver, volle Impulskraft, jetzt!«, meldete der Pilot des anderen Enterteams.

Das war Irrsinn. Die Massenträgheit würde das Alien-Raumschiff und das viel kleinere Shuttle auseinanderreißen. Die Arretierung würde diese Kräfte niemals halten können.

Kira löste ihre Gurte und rannte nach vorne. »Pilot, ich kenn deinen Namen nicht, aber bei dem Manöver verlieren wir unser Team! Bitte! Lass es mich versuchen!«

»Hier spricht Proxima Control. Raptor Zwei hat den physischen Kontakt verloren. Die Arretierung ist abgerissen! Auch Raptor Zwei stürzt ab. Raptor Eins, die Entscheidung liegt in Ihrem Ermessen. Wir empfehlen eine alternative Vorgehensweise.«

»Und, wie willst du das tun?«, fragte der Raptor Pilot nervös.

»Öffne die Bodenluke.« Kira hat nicht die Spur einer Idee, wie sie den Fall abbremsen sollte.

Der untere Ausgang des Shuttles öffnete sich. Kira sah nach unten. Verdammt! Machte sie einen Denkfehler? In der Vergangenheit war sie so oft nur auf sich fixiert, dass sie beinahe verlernt hatte, Sachverhalte neutral zu beobachten.

»Kira, was hast du vor?«, fragte Sequoyah aufgeregt. *»Wir schmieren ab! Hast du eine Idee?«*

Dieser Druck, kaum ein Mensch behielt im Moment seines Todes einen kühlen Kopf - sie war aber kein Mensch - als ob jemand einen Schalter in ihr umlegte. Sie sah ihr ganzes Leben und das von Anna Sanders-Robinson. Das Leben und eine mögliche Zukunft auf Proxima. Alles wirkte so real.

»Ich habe alles im Griff.« Kira konzentrierte sich und sah auf das Alien-Metall, das sich Stück für Stück wieder rekonstruierte. Wie eine Wunde, die sehr schnell verheilte.

»T-30 Sekunden. Wir fallen«, erklärte der Pilot. Er war ein Mensch, der natürlich seine Furcht zeigte.
Wie ein Stück Haut eines Menschen war das Alien-Raumschiff in der Lage, sich zu regenerieren. Kira hatte eindeutig die falsche Perspektive. Sie sprang. Der Aufprall klang weich. Dass die Aliens ebenfalls Sauerstoff atmeten, hatten ihr bereits die Miniaturdrohnen mitgeteilt. Ob das Zufall war? Nein, sicherlich nicht.
»T-25 Sekunden. Wir fallen.«
Das Problem mit falschen Perspektiven war, dass man Optionen ausschloss, ohne sie jemals wirklich geprüft zu haben. Die Zeiten, als die Menschen annahmen, die Welt sei eine Scheibe, zeigten, dass es immer mindestens einen geben musste, der bereit war, sicher geglaubtes Wissen infrage zu stellen.
»Sequoyah, sind die Steuerungssysteme des Alien-Raumschiffes wieder angelaufen?«, fragte Kira mit beiden Fingern am Hals.
»Ja. Wir haben sie nicht zerstört, sondern nur kurzzeitig abgeschaltet. Sie starteten eben. Wir werden aber trotzdem nicht langsamer. Und unsere vier neuen Freunde bewegen sich keinen Zentimeter, die sehen uns an, als ob wir Gespenster wären. Ich habe keine Ahnung, ob die mich verstehen.«
Sequoyahs Antwort bestärkte Kira.
»T-20 Sekunden. Fuck! Der Boden kommt verdammt schnell näher!« Der Pilot hielt sie weiterhin auf dem Laufenden. *»Egal was ihr macht, macht es schneller!«*
»Wie sehen die Aliens aus?«, fragte Kira. War eigentlich eine Option unmöglich, nur weil sie sehr schwer vorstellbar war? Die Vorstellung, dass die Erde eine Kugel und keine Scheibe war, war damals sogar für viele gebildete Menschen nicht zu verstehen. Ohne ein modernes Verständnis für Gravitation war zu diesen Zeiten ein Wechsel der Perspek-

tive nicht möglich. Nur, welches Naturgesetz Kira falsch interpretierte, wusste sie noch nicht.

»Na ja, so ein bisschen wie wir ... oder auch nicht. Die sind alle über zwei Meter groß und wiegen keine fünfzig Kilo«, erklärte Sequoyah. *»Spielt das eine Rolle?«*

»T-15 Sekunden. Ihr unterhaltet euch doch nicht wirklich darüber, wie diese Spinner aussehen? Wir fallen. Und der Aufprall wird nicht angenehm.« Die Stimme des Piloten zitterte.

»Und die Augen?« Die Frage wollte sie noch klären. »Raptor Eins. Lösen Sie die Arretierung. Für Sie können wir das Risiko ausschließen, wir kommen alleine klar.« Als sie den alten Alien-Computer in der Mine benutzt hatte, war die Bildschirmanzeige für eine separierte Wahrnehmung je Auge auslegt. War das anatomisch bedingt oder antrainiert?

»Raptor, sie haben den Befehl gehört. Lösen Sie die Arretierung und landen sie bei unserem berechneten Aufschlagpunkt!«, ordnete Sequoyah an, anscheinend hatte sie das Vertrauen zu Kira noch nicht verloren. Bemerkenswert.

»T-10 Sekunden. Wir lösen die Verbindung. Viel Glück. Wir sehen uns unten«, quittierte der Piloten den Befehl.

»Die Augen, sieh selbst ...«, gebot Sequoyah Kira, die gerade in der Kommandozentrale des Alien-Raumschiffs ankam.

»Sehen aus wie unsere Augen, finde ich ... oder?« Kira lächelte, wobei sich der ungeheuerliche Verdacht in ihren Gedanken zu verdichten begann. »Anna hat einmal ein Modemagazin gelesen, da sahen die animierten Models ähnlich aus.«

»T-5 Sekunden. Verdammt ... auf was wartet ihr? Ihr kommt runter wie ein Stein. Euer Geschwindigkeit beträgt 420 km/h«, stellte der Pilot resigniert fest.

»Und, was machen wir jetzt?«, fragte Sequoyah abgebrüht. Die anderen Männer in den Delta-7 Anzügen wirkten weniger cool.

»Nichts«, antwortete Kira, als sie eine heftige Verzögerung auf den Boden drückte. Das Raumschiff bremste den freien Fall selbstständig ab. Sie waren nie in Gefahr gewesen. Das Raumschiff der Aliens war zu intelligent, um schnöde auf einen Planeten aufzuschlagen. Diese Gefahr hatten die Aliens nie gesehen und deshalb auch nie gefürchtet.

»Proxima Control, wir leben, das Raumschiff hat sich selbst abgefangen, Raptor Eins sollte auch wohlauf sein«, meldete Sequoyah mit beiden Fingern am Hals.

»Raptor Eins, wir sind in Ordnung. Das Alien-Raumschiff hat mächtig Staub aufgewirbelt, schwebt aber völlig intakt fünf Meter über dem Boden«, erklärte der Pilot erleichtert.

»Hier ist Proxima Control. Wir haben Raptor Zwei verloren. Der Aufschlag hat die Piloten getötet. Der Abriss unter Volllast hatte auch die Hülle des Alien-Raumschiffs schwer beschädigt. Es hat aber trotzdem den Fall abbremsen können. Auch die anderen Alien-Raumschiffe, die dem Dauer-EMP-Beschuss ausgesetzt waren, konnten den Fall abbremsen.«

»Status ... was machen die jetzt?«, fragte Sequoyah.

»Die schweben über dem Grund. Wir wissen nicht genau, wie flugfähig die noch sind. Man könnte beinahe meinen, die reparieren sich selbstständig. Die Drohnen in der Nähe melden, dass sich kleinere Einschusslöcher der Bordwaffen von selbst wieder verschließen.«

»Kira?« Sequoyah sah sie fragend an.

»Raptor Eins, wie sieht unser Einstiegsloch aus?« Kira ahnte die Antwort bereits.

»Unglaublich. Das ist noch knapp einen Meter groß und schließt sich weiterhin. Was sollen wir tun?«, fragte der Pilot.

»Die Schiffe werden sich alle regenerieren und danach sicherlich abhauen«, sagte Kira und sah Sequoyah an.

»Nein.« Sequoyah blickte einen der Aliens an. »Die Drohnen sollen die gesamte Alien-Landeflotte in Stücke schießen. Das Team von Raptor Zwei soll das Raumschiff verlassen. Nur unser Schiff bleibt aktiv. Raptor Eins und Drei, sie eskortieren uns. Sobald die Drohnen fertig sind, aufmunitionieren und sich unserer Schutzstaffel anschließen.«

»Bestätigt«, erklang es mehrfach über Funk.

»Und wie kommen wir in das Raumschiff im Orbit?«, fragte einer der Männer.

»Ich glaube, wenn ich Kira richtig verstanden habe, wird das Raumschiff dieses Problem für uns lösen.«

Kira nickte und ging näher an einen der Aliens heran, der nur schweigend in die Luft starrte. Vorsichtig berührte sie seine dunkle Haut, strich über die kurz rasierten Haare und roch an seinem Nacken.

»Das ist eine Frau.« Auch wenn sie keine sichtbaren Brüste hatte. Auch bei den anderen drei Aliens wiederholte sich die Geruchsprobe. »Die anderen sind Männer.«

»Das können wir uns auch genauer ansehen«, sagte einer der Männer und zog ein Messer.

»Nein, bitte nicht, wir haben schon ihr Schiff, wir wollen nicht auch noch ihre Würde nehmen«, bat Kira.

Sequoyah nickte, was den Soldaten das Messer wieder wegstecken ließ. Die Aliens ließen Kiras oberflächliche Untersuchung ohne Regung über sich ergehen.

»Haben die Angst?«, fragte Sequoyah.

»Ja. Sie sind aber trainiert, sie nicht zu zeigen.« Kira betrachtete die fremde Spezies weiter sehr aufmerksam. Passte das Bild zu ihrer Vermutung? Einen eindeutigen Beweis suchte sie aber noch. Wie viele kleine Fragmente, die sich langsam zu einem größeren Bild zusammenfügten.

»Oder haben die noch einen Trumpf im Ärmel?«

»Sie haben sich jedenfalls noch nicht aufgegeben. Die warten auf etwas ... ich weiß nur noch nicht, auf was«, sagte Kira, die den weiblichen Alien nicht aus den Augen ließ.

»Proxima Control, gibt es Aktivitäten am Mutterschiff? Oder am Warpmarker?«, fragte Sequoyah mit der Hand am Hals.

»Nein. Keine Bewegung. Kein Funk. Jedenfalls nichts, was unsere Sensoren registrieren können«, antwortete Proxima Control.

»Die nehmen uns immer noch nicht ernst«, sagte Kira. »Auch wenn es eigentlich nicht sein kann, die Aliens hatten bereits Kontakt zu Menschen. Ich habe das Gefühl, die kennen unsere limitierten technischen Möglichkeiten nur zu gut.«

»Und was bedeutet das für uns?«, fragte Sequoyah.

»Ich möchte mir die beiden Leichen ansehen.« Kira musste endlich in Erfahrung bringen, ob ihre Vermutung richtig war.

***

XXX. Letztes Gefecht

Kira schluckte, der Anblick zerschossener Leichen sah bei keiner Spezies gut aus. Einen der toten Aliens musste das Projektil in der Nähe der rechten Schulter getroffen haben. Genau sah man das nicht mehr, da fehlte alles. Zumindest die Teile, die die blutigen Reste als humanoides Lebewesen hätten erkennen lassen.

»Womit habt ihr auf die geschossen?«, fragte Kira erschrocken und sah Sequoyah an. Die beiden Frauen waren allein mit den Leichen. Genau an der Stelle, an denen sich die beiden Aliens zuvor erfolglos zu verteidigen versucht hatten.

Zwei Männer aus Sequoyahs Team bewachten die vier Gefangenen, während die anderen das Raumschiff der Aliens durchkämmten. Die Aufklärungsdrohnen hatten auf den mobilen Displays alle interessanten Punkte markiert.

»Standardkaliber Vollmantel.«

»Musste das sein?«

»Sorry ... wir mussten davon ausgehen, dass unsere Gegner Körperpanzer tragen«, erklärte Sequoyah. »Das ist die hohe Mündungsgeschwindigkeit, der hydrostatische Druck lässt organische Ziele auf kurze Entfernung aufplatzen. Wir hatten uns ehrlich gesagt auf mehr Gegenwehr und auch auf wirksamere Verteidigungssysteme eingestellt.«

»Du hast das Schiff gesehen. Die Technik, das Material, nichts davon ist uns bekannt. Hast du bemerkt was passiert, wenn man ein Loch in die Wand schießt?«, fragte Kira, während sie die Leichen weiter untersuchte. Dem einen ohne Schulter fehlten auch der Kopf und der halbe Oberkörper. Seine Organe klebten in daumennagelgroßen Stücken verteilt an den Wänden. Von dem anderen Alien war noch weniger übrig geblieben. Ein rechter Unterschenkel, eine Hand und ein Stück vom Brustkorb. Auch wenn Kira bereits ähnliche Bilder bei den Schneckenköpfen gesehen hatte, bei Humanoiden wirkte es realer.

»Die Löcher verschließen sich wieder, als ob das Raumschiff lebendig ist. So etwas habe ich noch nie gesehen.«, antwortete Sequoyah, die sich dabei sichtlich unwohl fühlte. An einigen der inzwischen wieder verschlossenen Einschüsse an den Wänden konnte man Narben erkennen.

»Das hat keiner von uns bisher jemals zu Gesicht bekommen.« Auch Anna nicht, Kira betrat Neuland, ab diesem Punkt würden sie auch die Erinnerungen nicht weiter bringen. Mit dem Finger nahm sie etwas Blut auf und roch vorsichtig daran. »Das Blut ist ebenfalls eisenhaltig, wie das der Menschen.«

»Und sieht echt aus.« Sequoyah blickte zu ihr. Die roten Blutspritzer an der Panzerung ließen erkennen, dass sie sich bei dem Feuergefecht nicht weit von den Opfern entfernt befunden hatte. »Es gibt Theorien, die besagen, dass das Leben vor einigen Millionen Jahren durch im Eis eingeschlossene organische Materie einiger Asteroiden zur Erde gelangt sein könnte«, erklärte sie und schubste mit dem Fuß noch ein paar kleinere Leichenteile auf den Haufen.

»Was bisher weder beweisbar, noch widerlegbar war. Meinst du, dass sich der Mensch deswegen auf mehreren Welten parallel entwickelt haben könnte?« Kira stand wieder auf. Die Untersuchung der Leichen ergab keine neuen Erkenntnisse. Die Aliens waren dem Menschen ähnlich, aber nicht mehr. Ihre Vermutung konnte sie nicht belegen, sie würde weitersuchen müssen.

»Das klingt zumindest plausibel.«

»Mir ist dieses Gedankenmodell zu einfach ... ich möchte mir noch einmal die Gefangenen ansehen.« Kira haderte mit sich. Die Entwicklung der Menschen auf der Erde, die Evolutionsgeschichte der Säugetiere, Anna kannte sich damit sehr gut aus. Es war bemerkenswert, welcher Wissensfundus Kira zur Verfügung stand und ihr trotzdem keine brauchbare Schlussfolgerung ermöglichte.

»Hast du eine Alternative zu bieten?«, fragte Sequoyah. »Oder was sagt Anna dazu?« Und fügte dem ein Lächeln hinzu, was ebenfalls äußerst bemerkenswert war.

»Du kanntest sie gut, oder?«

»Ja.«

»War sie deine Freundin?«

»Eine gute sogar.«

»Warum hat sie dich verraten?«

»Sag du es mir.«

»Ich weiß viel von ihr ... aber ... diese Erinnerung hat sie mir nicht geschenkt.« Kira konnte erkennen, dass Sequoyah und Anna Sanders-Robinson in der Vergangenheit viele Dinge verbunden hatten. Sie hatte nur keine Ahnung, weshalb Anna alle auf dem Planeten zurückgelassen hatte. Arglist? Täuschung? Feigheit? Gier? Jedes dieser wenig schmeichelhaften Motive erschien glaubhaft. Die einzig unumstößliche Tatsache war Proxima, die zurückgelassenen Menschen, die Horizon und die kaum noch vorhandene Hoffnung, jemals wieder heimzukehren.

»Was ich dir sogar glaube.« Sequoyah lächelte und legte vorsichtig die gepanzerte Hand auf Kiras Schulter. »Ich bin wirklich froh, dich gefunden zu haben.«

»Ähm ... lass uns zu den anderen gehen.« Kira errötete. Auch Sequoyahs Motive blieben für sie rätselhaft. Es war sicherlich besser, Abstand zu halten. »Wenn ich meine Alternative begründen kann... erfährst du es als Erste ... in Ordnung?«

»Das ist ein guter Deal.« Ein Ruck ging durch das Raumschiff der Aliens. Das Licht erlosch. Was passierte jetzt? »Runter! Bleibe dicht hinter mir. Los!«

»Hier ist Proxima Control. Raptor Eins. Euer Schiff steigt wieder. Habt ihr das Manöver aktiviert?«, fragte eine Stimme über Funk. Das war General Hennessy.

»Negativ. Das ist das Schiff selbst!«, antwortete Sequoyah.

»Sollen wir mit den EMP-Geschützen eingreifen?«

»Negativ. Wir folgen dem Autopiloten. Team Raptor Eins! Meldung! SOFORT!« Sequoyah blickte auf das Display am Unterarm. Auch Kira konnte die Anzeige erkennen. Es gab keinen Alarm, alle acht Männer waren am Leben.

»Bei den Gefangenen ist alles ruhig«, meldete der erste der Soldaten. *»Keine Bedrohung zu erkennen. Von den vier Schmalnasen hat sich bisher keiner bewegt.«*

»Wir haben die markierten Punkte kontrolliert. Das waren Computer, glaube ich zumindest, unsere Scanner können nur die Oberfläche der Displays analysieren. An die Systeme selbst kommen wir nicht heran ... den Kram versteht keiner von uns! Das ist nicht derselbe Typ wie der in den Minen«, meldete ein Mann des anderen Teams.

»Hier ist Proxima Control, ihr seid bereits auf 14.000 Meter. Die beiden Shuttles und die restlichen Drohnen sind bei euch. Noch können wir mit den EMP-Bordwaffen euren Flug unterbrechen«, erklärte der General.

»Hatten wir Verluste?«, fragte Sequoyah.

»Die beiden Piloten des abgestürzten Shuttles und ein Mann des anderen Angriffsteams wurden getötet. Unsere Körperpanzer halten den Laserwaffen nicht stand. Ansonsten haben wir nur 14 Drohnen und das besagte Shuttle verloren. Traurig, aber ich hatte schlimmere Verluste erwartet«, antworte der General.

»Fast zu einfach, oder?«

»Bleibt trotzdem wachsam! Sequoyah, pass auf dich und dein Team auf!«, fügte er dem noch hinzu, weniger wie ein Befehlshaber, mehr wie ein guter Freund.

»Danke«, sagte Sequoyah und ging vor ihr her. Um in der Dunkelheit nicht den Anschluss zu verlieren, umfasste Kira die Flanken ihrer Delta-7 Rüstung. Zwischen Sequoyah und dem General musste sich eindeutig mehr abgespielt haben.

In der Kommandozentrale angekommen, konnte Kira zuerst nur wage die vier Aliens erkennen, die regungslos am Boden knieten. Die beiden Männer aus ihrem Team waren verschwunden. Sequoyah überprüfte das Display am Unterarm. In der Nähe summten mehrere Miniaturdrohnen, die ihre Flanken sicherten.

»Keine Bedrohung auszumachen. Das Raumschiff hat nur beim Start das Licht deaktiviert« Sequoyah gab Entwarnung, während sich die Drohnen in fliegende Lampen verwandelten. Auch die beiden Soldaten enttarnten sich, kampfbereit, mit den Waffen im Anschlag.

»Major!«, einer der Männer, die das Schiff untersucht hatten, kehrte ebenfalls zurück.

»Ja.«

»Solche Eingabesysteme an den Computern habe ich noch nie gesehen. Auch die Anzeigen sind unlesbar. Das ganze System liegt weit über unseren Möglichkeiten ...«

»Und? Was ... nicht so schüchtern!« Sequoyah wollte scheinbar von ihm hören, was auch Kira bereits dachte.

»Die Technik sieht geil aus ... nur das Raumschiff ist eher ein harmloser Transporter. Die hatten zum Selbstschutz gerade einmal zwei Handfeuerwaffen zur Verfügung. Die Schmalnasen sind so gefährlich wie Pizzaboten!«

»Das sehe ich ähnlich, wir bleiben aber trotzdem auf einen Gegenschlag vorbereitet. Volle Gefechtsbereitschaft! Eine Verteidigungsformation ermitteln. Positionen einnehmen und abwarten«, ordnete Sequoyah an.

»Ja Ma'am!«

»Hier spricht Proxima Control. Ihr befindet euch bereits im Anflug auf das Mutterschiff. T-180 Sekunden. Eure Geschwindigkeit nimmt ab. Es sind keine Verteidigungsmanöver zu erkennen. Ehrlich gesagt, das gefällt mir nicht. Wir sollten auch das Mutterschiff kontrolliert zum Absturz bringen. Die beiden Raptor-Einheiten können andocken und es sicher nach unten bringen. Bremsen würde das Ding schließlich von alleine!«

»Nein, Peter, lass es geschehen. Wir haben nur eine Chance, die möchte ich nicht ungenutzt lassen. Lieber gehe ich heute drauf, als dass ich mich morgen mit leerem Magazin von den Schneckenköpfen fressen lasse! Ich werde die Kontrolle auf dem Raumschiff übernehmen! Darauf gebe ich dir mein Wort!«

Kira lächelte, eher aus Verlegenheit, Sequoyahs Haltung war einfach zu verstehen. Sie setzte alles auf eine Karte, siegen oder untergehen, dieser Tag würde alles entscheiden.

»Scheiße! Du stures Weib! Wehe, du lässt dich erschießen! Dann bring ich dich um!«

»Ich halt dann auch still!« Auch Sequoyah lächelte. »Ab jetzt halten wir Funkstille!«

Im Raumschiff herrschte Stille. Gemeinsam mit Sequoyah blickte Kira gespannt auf das Display an ihrem Unterarm. Die Sekunden liefen ab, langsam, aber nicht aufzuhalten.

»Erzähl mir etwas über Anna. Etwas, an das sie selbst nicht geglaubt hat.« Kira musste verstehen, wer sie gewesen war. Das ganze Wissen in ihrem Kopf und trotzdem kannte sie Anna nicht.

»An die Liebe«, antworte Sequoyah.

»Bitte?«

»Sie war unfähig, einem Mann zu vertrauen.«

»Warum?«

»So gut kannte ich sie auch nicht.«

T-60 Sekunden zeigte einer der Männer stumm mit den Fingern an. Sequoyah nickte. Gleich würden sie am Mutterschiff der Aliens anlegen. Hoffentlich würde sich dieser Trip nicht als Falle herausstellen.

»Anna hat die Replikanten geschaffen, ohne sie würde es dich nicht geben«, erklärte Sequoyah, während sie mit Handzeichen zwei anderen ihres Teams neue Positionen zuwies.

»Wie eine Mutter ...« Nein, das stimmte nicht. Kira hatte keine Eltern. Und wenn, wäre höchstens Claire ihre Mutter. Sie hatte sich zumindest über viele Jahre um Kira gekümmert. Ob es ihr gut ging? Und den Kindern? Kira wünschte den Menschen in Carchuna alles Gute und hoffte, sie wiederzusehen.

»Fast ... neben den Replikanten hatte sie leider auch diesen Drecksvirus an Bord gebracht, der uns bekanntlich alle bereits während des Starts fast getötet hat.«

»Ein Virus?«

»Eine militärische Virensignatur. Wenn man es genau nimmt, ein digitales Waffensystem, vermutlich das schlimmste, das Menschen jemals geschaffen haben. Dieser Virus hat uns mit hoher Wahrscheinlichkeit überhaupt erst in diese Notlage gebracht.«

»Mit hoher Wahrscheinlichkeit?« Diese Erinnerungen hatte Anna ihr nicht überlassen.

»Wir wissen es nicht genau. Nach dem Start sind wir alle erst wieder auf Proxima aufgewacht. Das Stück dazwischen fehlt. Niemand weiß, was am Ende der Reise auf der Horizon vorgefallen ist. Und die Vermutungen darüber gereichen Anna nicht gerade zur Ehre!«

Das Raumschiff der Aliens dockte an das Mutterschiff an. Ein metallischer Schlag erklang in der Nähe.

»Ist Anna schuldig?« Kira musste es wissen.

»Ich weiß es nicht ... wir sind da. Du bleibst hinter mir. Wenn du dich direkt an die Rüstung drückst, wird dich das Tarnfeld ebenfalls verbergen. Auch wenn wir angegriffen werden, du bleibst an meinem Rücken dran! Verstanden?!«

Kira nickte. Das Tarnfeld der Rüstung lud sie statisch auf. Jedes Härchen am Körper erhob sich trotzig. Anna war schuldig, sie konnte es spüren. In den Erinnerungen gab es dazu keine Hinweise. Was aber auch nicht nötig war, Kira trug das Andenken einer Mörderin in sich, auf dieses Wissen hätte sie gerne verzichtet.

Auch die gefangenen Aliens bewegten sich nicht. Als ob sie Puppen wären. Zwei Männer aus dem Team blieben zurück. Die anderen folgten dem Weg, den die Miniaturdrohnen ihnen wiesen, die bereits durch die geöffnete Verbindung in das Mutterschiff geflogen waren. Worauf warteten die Aliens auf dem Mutterschiff bloß?

Die Drohnen meldeten keinen Kontakt. Das Mutterschiff schien leer zu sein. Machte das Sinn? Es gab keine bewaffneten Verteidiger, keine Drohnen, keine automatischen Waffen, keine Roboter, keine Fallen, einfach nichts, was sie davon abhalten könnte, in das Mutterschiff vorzudringen. Waren die Aliens dämlich? Unvorsichtig? Oder unsäglich abgebrüht?

Sequoyah rannte los. Dank des servounterstützten Exoskeletts hatte sie keine Probleme, Kira zu tragen. Und das sehr schnell. Binnen weniger

Momente hatte das Raptor-Team eine keilförmige Angriffsformation auf dem Mutterschiff eingenommen und rückte weiter vor. Die Drohnen meldeten immer noch keinen Kontakt.

Kira hatte Mühe, sich wegen der schnellen Bewegungen an Sequoyah festzuhalten. Plötzlich verharrte sie auf der Stelle, das ganze Team war für den Kampf bereit.

»Das Schiff ist leer! Es gibt auch keine Automatismen, die durch die Rückkehr ausgelöst worden sind. Die Kiste ist noch schutzloser, als die Raumgleiter«, sagte Sequoyah und enttarnte sich.

»Hier ist Proxima Control. Die Drohnen geben Entwarnung. Im Schiff ist keiner. Auch das Mutterschiff bewegt sich nicht, es hält immer noch seinen geostationären Orbit.« Auch die Beobachter am Boden sahen keine Bedrohung.

»Warum ist keiner von denen zurückgeblieben?«, fragte Kira, für die sich der Leichtsinn der Aliens noch nicht erschloss.

»Vielleicht wollten sie sich alle mal die Füße vertreten. Von den Schneckenköpfen würde sicherlich niemand das Raumschiff klauen«, antwortete einer der Männer trocken.

»Das ist jetzt nicht relevant! Wir starten die Übernahme! Die beiden Shuttles sollen einen Weg finden, die Ausrüstung an Bord zu bringen! Los! Ich will die Kontrolle über das Schiff! Und das schnell!«

»Hier ist Raptor Eins. Ich habe ein Problem. Ich komme nicht an das Schiff ran«, meldete einer der Piloten.

»Dock doch einfach an derselben Stelle wie vorhin an und zünde noch eine Ladung Thermit «, sage Sequoyah und schüttelte den Kopf.

»Gute Idee ... würde ich auch tun, nur ich komme weder an das große noch an das kleine Raumschiff ran. Euch umgibt ein Kraftfeld, das ich nicht durchdringen kann.«

»Proxima Control, könnt ihr Werte eines Kraftfelds erkennen?«, fragte Sequoyah aufmerksam.

»Nein. Nichts. Unsere Geräte zeigen nichts an ... wartet ... ich sehe jetzt, wie sich bei euch eine Feldspannung aufbaut«, antwortete General Hennessy.

»Das Kraftfeld, das Raptor Eins behindert?«

»Nein. Ein solches Kraftfeld würde euch umschließen. Wir messen einen Leitstrahl. Ein ziemlich kräftigen noch dazu. Wir können ihn nur wegen der Reflexionen einzelner Partikel in eurer Nähe erkennen. Der Leitstrahl ist in den freien Raum gerichtet! Verdammt! Das ist eine Form der Kommunikation! Scheiße! Sequoyah! Finde einen Weg, das abzuschalten!«

Kira biss sich auf die Lippe, die Aliens hatten sie geschnappt, das war doch eine Falle gewesen. Und wenn der Leitstrahl wirklich eine Kommunikation war, wen hatten sie jetzt noch zu erwarten?

»Raptor Eins! Brecht das Andockmanöver ab! Volle Gefechtsbereitschaft! Tarnen! Und hinter dem Raumschiff in Deckung gehen!«, ordnete Sequoyah an. »Proxima Control, bestimmt das Ziel des Leitstrahls. Dann wissen wir zumindest, wo die herkommen.«

»Tolle Idee ... bringt leider nichts. Der Leitstrahl ist genau auf den Eintrittspunkt von deren Wurmloch gerichtet. Scheinbar fungiert dieser Punkt als Vermittlungspunkt.«

»Können wir diesen Punkt mit den Shuttles angreifen? Ein EMP-Beschuss sollte doch das System lahmlegen«, fragte Kira lautstark dazwischen. Es war sicherlich eine gute Strategie, die Kommunikation der Alien zu unterbinden.

»Was wir nicht herausfinden werden. Das Wurmloch ist zu weit weg. Die Shuttles sind nur für den planetennahen Einsatz konzipiert. Die EMP-Waffen treffen auch im nahezu partikellosen Raum höchstens auf einen Bruchteil der Entfernung ... aber was am schwersten wiegt, der Leitstrahl ist bereits wieder erloschen.«

»Die Kommunikation mit deren Heimat ist längst gelaufen. Wir waren zu langsam«, resümierte Sequoyah. »Wir werden Besuch bekommen.

Es ist nur eine Frage der Zeit wann ... also ... wir halten an unserem Plan fest. Wir versuchen, das Raumschiff unter Kontrolle zu bringen.«
»Wir brauchen unsere Ausrüstung ...«, sagte ein Mann aus Sequoyahs Team ernüchternd.
»Wir haben sie aber nicht ... wir werden einen anderen Weg finden!«
»Und welchen?«, hakte er nach.
»Ich werde einen der Aliens nett fragen ... los, bringt die vier Gefangenen in das Mutterschiff!«
»Die verstehen kein einziges Wort von uns ... wie sollen wir mit denen reden?«, fragte Kira aufgewühlt. Der ganze Plan, ein Alien-Raumschiff wie eine mittelalterliche Piratencrew aufzubringen - das war bereits mit dem ersten Schritt zum Scheitern verurteilt gewesen. Es gab einfach zu viele Dinge, die schief gehen konnten.
»Oh ... die werden mich verstehen!«, Sequoyah zog ein Messer. »Diese intergalaktische Sprache werden sie verstehen!«, feixte Sequoyah, wobei sich vor Aufregung ihre Stimme überschlug.

»Du verstehst mich ganz genau!«, schrie Sequoyah dem weiblichen Alien in das blutüberströmte Gesicht, ohne auch nur die Spur einer Reaktion zu erzeugen. Als ob man mit einer Puppe sprach, der man gerade die Glieder verdrehte.
»Warte ... bitte.« Kira schritt ein. Dieser Weg führte zu nichts.
»Was? WAS!?«, fuhr Sequoyah Kira an, die sie kaum wiedererkannte.
»Das funktioniert nicht ... wir sollten ...« Kira musste die Perspektive ändern.
»Wir sollten was nicht? Ich will hier nicht verrecken! Und wenn ich deswegen alle vier dieser schmalnasigen Spinner in Scheiben schneiden muss!«

»Ich glaube nicht, dass die dich verstehen. Jedenfalls nicht so.«
»Wie denn?!«
Jetzt war Kira gefordert. Würde sie einen Menschen quälen können? Mit den eigenen Händen? Eigentlich waren Aliens keine Menschen, was ein gutes Argument war, Gewalt einzusetzen. Und ein unsagbar verlogenes dazu.
»Wir werden ihr das Auge ausstechen«, flüsterte sie, als ob ihre Lippen dem Verstand den Dienst verweigerten.
»SPRICH LAUTER!«
»Und wir werden es langsam tun! Sehr langsam!«, ergänzte Kira zwar lauter, aber alles andere als selbstbewusst.
»Wow ...« Sequoyah drehte das Messer in der Hand und reichte Kira den Knauf. »Möchtest du es tun?«
»Ja.« Für diese Antwort hasste Kira sich und nahm die Waffe, eine geschwärzte beidseitig geschliffene Klinge, wie sie bereits seit langer Zeit bei Kampfeinheiten verwendet wurde.
»Ich halte sie auch für dich fest!« Sequoyah schritt hinter den Alien und griff mit beiden gepanzerten Händen an ihren Kiefer. Dieser Griff dürfte einem Schraubstock gleichen.
»Das ist nicht notwendig. Sie soll sich bewegen können.« Kiras Plan war verrückt.
»Hast du das auch von Anna? Oder hast du dir das selbst beigebracht?«, fragte Sequoyah zynisch. In solchen Extremsituationen konnte niemand gewinnen.
Nur, darum ging es auch nicht. Das Auge des Aliens auszustechen, sollte keine Folter sein, es war die unausweichliche Konsequenz dieses Konfliktes.
»Ich bin sicher, dass du mich hörst«, erklärte Kira ihrer Delinquentin und kniete sich vor sie hin. Langsam. Sie musste es ganz genau be-

obachten können. »Ich bin aber inzwischen auch sicher, dass ich nicht mit dir kommunizieren kann ... jedenfalls nicht so, wie ich es gerne möchte.« Mit unendlicher Geduld bewegte Kira die Klinge auf das Auge zu. Sie musste alles sehen, nichts durfte ihr entgehen, sie hatte nur einen Versuch. Ein zweites Mal würde sie dieses Verhör nicht führen wollen. Das Auge, die dunkelhaarigen Lider, die Pupille, die Lippen, absolut nichts davon bewegte sich. Nur die feinen Härchen in der Nase wogten leicht im ruhigen und kontrollierten Atem des Aliens.

Mit der Hand an ihrer Wange konnte Kira den Puls wahrnehmen. Fein, kaum zu spüren und dennoch in der Ferne kräftig und ungebrochen. Das waren keine vierzig Schläge in der Minute.

Je länger Kira in das Gesicht der Frau sah, umso mehr verschwammen die Formen. Als ob der weibliche Alien eine Maske abnahm. Während die Klinge unaufhaltsam in den Augapfel vordrang, glaubte Kira für einen Moment, etwas zu erkennen. Nur kurz, kaum wahrnehmbar, aber da war etwas. Sie blickte auf das Auge, aber das war falsch! An ihrer Schläfe blinkten kurz einige Dioden unter der Haut auf!

Sich immer wieder zum richtigen Blickwinkel zu ermahnen, ermüdete. Kira drehte die Klinge, während dem Alien Flüssigkeit und Blut aus dem Auge die Wange herab liefen. Mit einer leichten Hebelbewegung entfernte sie das Auge aus dem Kopf. Weder das Opfer noch die drei anderen Geiseln quittieren diese Folter mit irgendeiner wahrnehmbaren Reaktion.

»Was soll das?«, fragte Sequoyah, die Kiras ritualähnliche Vorgehensweise sichtlich nicht nachvollziehen konnte.

»Erschieß sie. Alle vier. Auf der Stelle. Ins Herz! JETZT!« Kira sprach das Todesurteil. Unausweichlich. Es gab keine andere Lösung.

Sequoyah zog eine leichte Handfeuerwaffe und schoss den Aliens jeweils zwei Kugeln in die Brust.

»Warum habe ich das getan?«, fragte Sequoyah und steckte die Waffe wieder weg.
»Du hast vier Mikrofone ausgeschaltet. Mehr nicht.« Kira kniete sich über die Leichen und rammte der Frau die Klinge kraftvoll in die leere Augenhöhle, verkeilte das Messer und brach den Schädel auf. Mit den Fingern in der Gehirnmasse versunken, fand sie schnell, was sie gesucht hatte.
»Hier. Die anderen Implantate findet ihr bestimmt selbst. « Kira warf Sequoyah ein blutiges elektronisches Bauteil zu. »Wir haben nicht mit ihnen gesprochen, sondern mit einer Person, die am anderen Ende der Leitung sitzt.«
»Wer?«
»Der oder die, die gleich am Wurmloch auftauchen werden.«
»Und wer waren diese armen Schweine?«, fragte einer der Männer.
»Auf der Titanic waren das die Kohlenschipper. Sie waren entbehrlich.«
»Titanic?«, hakte er nach. Nicht jeder kannte die Erdgeschichte des frühen Zwanzigsten Jahrhunderts.
»Nicht so wichtig«, sagte Sequoyah. »Und was tun wir jetzt?«
»Warten ... frag Proxima Control ... ich bin sicher, dass sich das Wurmloch bald wieder aktiviert. Die Aliens haben uns nach dem Überraschungsangriff absichtlich an Bord ihres Mutterschiffes gelockt. Die wollen sehen, mit wem sie es zu tun haben.«
Auch das war die Konsequenz der Situation, die Aliens würden die Menschen auf Proxima ab sofort ernst nehmen. Was deshalb nicht zwingend ihre Überlebenschancen verbesserte, aber das nächste Gespräch sicherlich abwechslungsreicher gestalten würde.
»Proxima Control ... beobachtet das Wurmloch. Meldet Aktivitäten. Wir erwarten Gäste«, erklärte Sequoyah konzentriert. »Raptor-Einheiten, in Deckung bleiben. Proxima Control, bringt die Drohnen

in passende Verteidigungsformationen, um die Siedlungen zu beschützen.«

»Und was ist mit deinem Plan?«, fragte der General pikiert.

»Der ist gescheitert.«

»Ich hab dich wohl nicht richtig verstanden ... noch einmal bitte?«

»Wir haben zwar deren Auto geklaut, sind aber zu klein, um das Ding zu fahren oder auch nur halbwegs über das Lenkrad blicken zu können«, erklärte Sequoyah.

Kira hatte die Zeit genutzt, sich auf dem Mutterschiff umzusehen. Allein. Ein surrealer Spaziergang. Irgendwie, als ob man als kleines Kind in einem Raum spielt, in dem die Mutter alles Gefährliche hochgestellt hatte. An einen Zufall wollte sie dabei nicht glauben.

Seit der Hinrichtung der Aliens war eine Stunde vergangen, eine Stunde, in der nicht viel passiert war. Sie warteten. Was hätten sie auch sonst tun sollen? Kämpfen? Was sinnlos gewesen wäre, Kira war sich sicher, dass die passiven Systeme des Raumschiffs sie auf der Stelle hätten töten können. Wenn sie es gewollt hätten, was anscheinend nicht der Fall war.

Das Gespräch, das Sequoyah und Kira bald mit den Aliens führen würden, dürfte nicht sonderlich angenehm werden. Im Gegensatz zu der Alien-Frau, der mittels Fernsteuerung die Wahrnehmung genommen wurde, würden Menschen sehr wohl Schmerzen erleben.

Sollte sich Kira deswegen selbst töten? Nein. Das war keine Option. Optionen, ein schönes Wort, gaukelten es doch auch in aussichtslosen Situationen Wahlmöglichkeiten vor. Hatte Kira noch Optionen? Vielleicht. Nur welche?

»Das Leben wird überbewertet«, sagte sie Minuten später zu sich selbst und ging wieder zu den anderen. Die Erkenntnis, Fragen beantwortet zu bekommen, sollte interessanter sein. Eine Sache war da noch offen. Nur eine!

»Hallo Kira«, begrüßte sie Sequoyah freundlich, sie hatte die Panzerung abgelegt.

»Gibt es Neuigkeiten?«

»Sie sind da ... vor zwanzig Minuten hat sich das Wurmloch aktiviert und zwei Raumschiffe sind erschienen. Sieh selbst!« Sequoyah gab Kira die Unterarmpanzerung, an der das Display befestigt war. Über Proxima Control empfingen sie die Daten über die anfliegenden Raumschiffe, die bereits an gegenüberliegenden Positionen Proximas eine geostationäre Position eingenommen hatten.

»Darf ich?«

»Sicher«, gebot Sequoyah.

Kira steckte ihre linke Hand in den Handschuh. »Die scheinen sich nicht für uns zu interessieren. Was haben die vor?«

»Ich habe keinen blassen Schimmer. Scheinbar haben wir uns zu wichtig genommen.«

»Das glaube ich nicht. Ohne unseren Überfall wären die sicherlich nicht aufgetaucht.«

»Kira ... du siehst es doch ... von denen interessiert sich niemand für uns«, erklärte Sequoyah resigniert, die nun ihre langen brünetten Haare offen trug.

»Noch nicht.« Das war für Kira nur eine Frage der Zeit. Die Menschen komplett zu ignorieren wäre inzwischen unlogisch gewesen.

»Sequoyah, unsere Drohnen messen einen leichten punktuellen Temperaturanstieg in der Stratosphäre«, meldete General Hennessy nüchtern.

»Das wird die Abwärme dieser beiden Raumschiffe sein. Die Sensoren von Raptor Eins haben eine Länge von jeweils 120 Kilometer festgestellt. Sei froh, dass die nicht landen«, antwortete Sequoyah, ohne darüber besorgt zu wirken.
Kira hingegen horchte auf, die Details der Klimaveränderung wollte sie genauer verstehen. »Wie ist das Delta«?
»Delta von was?«, fragte Hennessy.
»Zeit, die betroffene Masse der Teilchen und Temperaturanstieg?«, ergänzte Kira aufmerksam.
»0,0183 Grad Celsius in sieben Minuten ... die Masse müssen wir noch berechnen.«
»Legt ein lineares Fortschrittsszenario an ... und berücksichtigt laufend die neuen Messwerte.«
»Dazu haben wir keine passend dimensionierten Computer mehr ... wir erstellen aber eine manuelle Näherungsrechnung. Glaubt ihr, dass das mehr als die Abwärme der Raumschiffe ist?«
»Sie haben den Rechenschieber in der Hand.«
»Wartet ... die Messwerte steigen progressiv ... verdammt, ist das viel Energie! Wenn das so weiter geht ... ist es auf Proxima in 284 Stunden global sieben Grad wärmer«, stellte der General jetzt deutlich verstörter fest.
»Sind das die beiden großen Raumschiffe?«, fragte Sequoyah. Kira konnte in ihren Augen sehen, dass sie sich die Frage selbst beantwortete.
»Die Raumschiffe sind Waffensysteme.«
»Ein Angriff auf uns?«, fragte der General.
»Eher eine Hinrichtung ... die wollen mit einem künstlich herbeigeführten Treibhauseffekt elegant jede höhere Lebensform auf Proxima auslöschen.« Nur diese Konsequenz ergab einen Sinn. Die Aliens griffen

sie in dem erbeuteten Raumschiff nicht an, weil sie weder flüchten, noch zurück zur Oberfläche konnten.

»Das ist leider plausibel. Und leider ebenfalls eine selten beschissene Aussicht«, pflichtete Sequoyah ihr bei.

»Mädels! Lasst euch was einfallen! Ihr seht die Uhr! Ihr wisst, was passieren wird. Sobald die Temperatur global über ein Grad steigt, wird auf der ganzen Welt das Wetter verrückt spielen. Ab zwei Grad bekommen wir Tropenstürme in der Wüste. Und alles ab drei Grad ist unser sicherer Tod!«

»Wegen des extremen Wetters?« Kira konnte dem Szenario nicht folgen. Sie bewohnten höher gelegene Plateaus in der Wüste, auf welchen die Wetteränderungen sicherlich erst später bedrohlich werden würden.

»Kleine ... überleg doch mal, wer uns besuchen kommt, wenn es in der Wüste Bindfäden regnet?« General Hennessy gab sich gespielt oberlehrerhaft.

»Die Schneckenköpfe!« Jetzt erkannte Kira die Strategie der Aliens, sie nahmen den Menschen die bisher sicheren Rückzugspunkte in den trockenen Gegenden und die Schneckenköpfe erledigten die Drecksarbeit für sie.

»Jetzt hast du's, Rotlöckchen!«, sagte er despektierlich, den dummen Spruch hatte sie sich verdient.

»NEIN!«, rief Kira lautstark. So würde das nicht laufen! Nein! So nicht! Garantiert nicht! Sie brauchte jetzt ganz schnell eine gute Idee.

»Etwa noch eine andere Theorie in petto?«, fragte Sequoyah.

»Wir werden uns nicht umbringen lassen!«, antworte Kira, ihrer Sache sicher.

»Kleine, ich schätze deine Motivation ... nur, das reicht nicht. Du musst uns schon mehr bieten! Ich lass mir gerne von dir einen Grund liefern, dich nicht an die Schneckenköpfe zu verfüttern ... auf was ich mich, ehrlich gesagt, nach eurer Rückkehr bereits den ganzen Tag gefreut hatte!«

»Du bist ein Arschloch!«, fauchte Sequoyah ihn an.

»Und du die Letzte, die noch glaubt, dass Anna uns nicht verraten hat! Sequoyah, Süße, wach auf, ich war nicht derjenige, der dir deine geliebten Replikanten weggenommen hat. Das war Anna!«

Kira wollte ihm nicht widersprechen, aber das war nicht der Punkt. Sie befanden sich am Ende des Weges. Niemand von ihnen würde die nächsten Tage überleben, vielleicht sogar noch nicht einmal die nächsten Stunden.

»Wir machen einen Denkfehler!« Kira quasselte los. Sie wusste nicht, ob sie gleich Blödsinn erzählen würde. Nur warum sollte sie sich jetzt noch zurückhalten?

»Wegen der Aliens?«, fragte der General.

»Ja.« Kira ging zu Sequoyah und zog deren Messer aus einer Halterung am Oberschenkel.

»Glaubst du etwa, dass die uns nicht töten wollen?«

»Nein.« Kira schluckte. Mit der Klinge schlitzte sie einem der toten männlichen Aliens die Kleidung auf. »Die wollen uns eindeutig umbringen. Die wollen sogar aus dem gesamten Planeten einen Friedhof machen. Dem Helium-3 Gestein macht das nichts. Alles andere dürfte für die nur ein kleineres Hemmnis sein, effektiv Bergbau zu betreiben.

»Habe ich jetzt die Pointe verpasst?«, fragte der General zynisch.

»Unsere Aliens sind keine Aliens!« Kira drehte einen herum. Nichts. Der Alien trug aber einige kleinere musterhafte Tattoos an der Schulter. Das war die richtige Spur. Auch der weiblichen Alien-Leiche daneben schnitt sie die Kleidung auf. Auf die Eitelkeit von Frauen sollte zu allen Zeiten Verlass sein.

»Bitte was?!«

Kira lächelte. Endlich hatte sie etwas gefunden. Das war es! »Es sind Menschen!«

»Kleine! Verarsch' mich nicht! Noch nicht einmal jetzt!«

»We will all laugh at gilded butterflies«, las Kira vor. Das war der fehlende Beweis! Ihr seit Längerem im Stillen gehegter Verdacht erwies sich als richtig.

»King Lear, fünfter Akt, dritte Szene ... ich hatte eigentlich gehofft, Shakespeare nach meiner Schulzeit hinter mir gelassen zu haben«, erklärte General Hennessy.

»Sie sind ein gebildeter Mensch ... unser weiblicher Alien trägt auf der Schulter eine Tätowierung mit diesem Zitat«, sagte Kira.

»Sequoyah?! Stimmt das?«, fragte er hektisch. *»Das kann doch nicht sein! Wie soll das denn funktionieren?«*

»Es stimmt«, sagte Sequoyah überwältigt. »Kira, erzähl uns deine ganze Theorie?«

»Wir haben uns in Carchuna immer gefragt, *wo* wir gelandet sind ... ich meine, wir haben eine ziemlich lange Reise gemacht ... und verflogen haben wir uns auch ... vielleicht hätten wir uns trotzdem besser fragen sollen, *wann* wir gelandet sind?«

»Kleine! Willst du mir jetzt ernsthaft erzählen, dass wir uns in der Zukunft befinden?«

»Schon vergessen, dass unsere Reise auf der Erde länger dauert, als für uns ... was wäre, wenn die Horizon näher an die Lichtgeschwindigkeit herangekommen wäre, als wir es geplant hatten?« Für Kira ergab jetzt alles einen Sinn.

»Wir wären in einer weiter entfernten Zukunft angekommen. Und scheinbar haben wir uns auch mehr als nur ein paar Jahre verflogen«, erklärte Sequoyah und nickte ihr zu.

»Die Horizon ist auf der Erde im Jahr 2268 gestartet und wir befinden uns seit sieben Jahren auf Proxima. Kennen wir die Zeit, die wir nahe der Lichtgeschwindigkeit unterwegs gewesen sind?«, fragte Kira, ihrer Sache sicher.

»Nein«, antwortete der General nüchtern. *»Die kennen wir nicht. Und die erreichte maximale Reisegeschwindigkeit kennen wir auch nicht. Wir könnten uns theoretisch 20.000 Jahre in der Zukunft befinden ... und wüssten es nicht.«*

»Diese Prämisse würde eine anatomische Veränderung der Menschen erklären ... größer und schlanker ... warum nicht.« Sequoyah zuckte mit den Schultern. »Und die technische Entwicklung könnte Reisen mit Warpgeschwindigkeit ohne Warpmarker ermöglicht haben ... damit wären die tausende Jahre später losgeflogen und trotzdem tausende Jahre früher angekommen.«

»In Ordnung. Die Aliens sind Menschen. Menschen, die uns nicht mehr kennen und daher aus dem Weg räumen wollen. Gekauft. Wie hilft uns jetzt diese Erkenntnis, um nicht von diesen Arschgeigen abgekocht zu werden?«

»Ich habe keine Ahnung.« Dazu hatte Kira leider keine Idee.

»Na Klasse ...«

Kira sah Sequoyah konzentriert an. »Jeder der Replikanten hatte andere Fähigkeiten. Gemeinsam können wir mehr erreichen. Bringt mich mit meinen Geschwistern zusammen!«

»Was soll das bringen?«, fragte der General aufgeschreckt.

»Tun Sie es einfach ... ich möchte helfen!«

»Jetzt komm Peter, lass die Spielchen! Schick eines der Shuttles zu Aysegül und den Replikanten. Die soll die Kettenfahrzeuge stehen lassen, sobald sie den Polarkreis verlassen haben und zurück fliegen. Die Drohnen können die Landung sichern!«, erklärte Sequoyah unmissverständlich.

»Das wird nicht funktionieren.«

»Warum? Was ist passiert?«, fragte Kira unruhig. Wobei sie noch nicht einschätzen konnte, ob ihr die Antwort, die Tonlage oder beides nicht gefiel.

»Ich denke nicht, dass die Replikanten noch leben.«

***

XXXI. T - 24 Aufwachen

Anna schreckte auf. Wo war sie? Es war dunkel, sie hatte Kopfschmerzen und ihre Zunge schmeckte wie ein Fetzen altes Leder. Als ob ihr jemand eine Eisenstange durch den Schädel gerammt hätte und nun genüsslich das Hirn daran aufwickelte. Ihr wurde schlecht. Panik stieg in ihr auf. Nein, das würde sie nicht zulassen, sie atmete tief ein und wieder aus. Sie war Herr über ihre Gedanken, sonst niemand. Anna dachte nach: Was waren die Fakten? Sie lebte, was bedeutete, dass auch die Horizon noch existierte. Das sollte ein Anfang sein, weit mehr, als nach dem chaotischen Start zu erwarten war.

»Bitte nennen Sie Ihren Namen und Rang?«, fragte eine synthetisierte weibliche Stimme, das war AMENS, das Autonome Medizinische Notfallsystem an Bord der Horizon. Im Moment freute sich Anna sogar, diese leidenschaftslose Computerstimme zu hören.

»Anna Sanders-Robinson, Major ... ich möchte ...«

»Bestätigt. Major Sanders-Robinson, bitte folgen Sie dem Protokoll und schließen Sie die kognitive Revitalisierung ab«, erklärte AMENS sachlich, ohne Anna mehr sagen zu lassen als nötig. Emphatisch war diese Software ein Totalausfall, alles, was sie jetzt brauchte, war eine Tasse Kaffee, eine Kopfschmerztablette und eine heiße Dusche.

»Ja, ja ...« Aber warum sollte sich Anna auch darüber ärgern. Sie lebte noch. Eigentlich war sie mit dem sicheren Wissen eingeschlafen, dass jemand ihr Kryobett ausschalten würde. Über dem Kopf aktivierte sich in der Abdeckung ein Bildschirm. Einige geometrische Formen wurden heller und änderten dabei mehrfach die Farbe. Anna fokussierte die Symbole, auch ihre Augen hatten glücklicherweise die Reise in diesem Hochgeschwindigkeits-Kühlschrank überstanden. Mit weiteren Farbtönen, visuellen Symbolen, Gerüchen und Berührungen holte AMENS sie wieder in das Reich der Lebenden zurück. Als ob man einen Menschen rebooten würde, was sogar, technisch gesehen, der Realität entspräche.

Anna schrie spitz auf, ein stechender Schmerz an der Seite nahm ihr den Atem. Die leidige Schussverletzung meldete sich gemeinsam mit dem wiedererlangten Körpergefühl zurück. Noch wusste sie nicht, wie schwer sie zuvor verletzt worden war.

»Status der primär kognitiven und vitalen Werte bei 72 %, starker Blutverlust, vitale Tendenz abnehmend, akute Lebensgefahr, Kreislaufkollaps in weniger als drei Minuten. Starte Notversorgung, Schusswunde erkannt, das Projektil befindet sich noch im Körper. Initialisiere invasive Maßnahmen, Major Sanders-Robinson, bitte entspannen Sie sich.«

Anna schrie erneut. Diesmal lauter. Von wegen sich entspannen, AMENS setzte die örtliche Betäubung und den Schnitt, um das Projektil aus ihrer Seite zu entfernen, gleichzeitig. Was notwendig war, keine Frage, nur nicht gerade sonderlich schmerzfrei.

Das Projektil, der Schusswechsel, die letzten Minuten vor dem Start, Sequoyah, die KI Vater und die Reise der Horizon zum Proxima Centauri System - Anna konnte sich an alles erinnern. Als ob es gerade erst passiert war. Sie wusste aber auch, dass Kryobetten die subjektiv gefühlte Zeit verschlucken konnten. Als Reisender war man danach nicht in der Lage, eine Stunde von einem Jahr zu unterscheiden. Hoffentlich war die Horizon überhaupt losgeflogen.

Annas Gedanken bewegten sich aufgeschreckt in die nahe Vergangenheit. Ob die Drohnen immer noch Menschen an Bord der Horizon jagten? Sie horchte in die Ferne. Kampfgeräusche ließen sich zum Glück nicht ausmachen. Eigentlich gab es gar nichts zu hören. War das ein gutes Zeichen? Sogar wenn die Drohnen wieder friedlich waren, fragte sie sich, ob die zuvor übermächtige Bord-KI Irene immer noch die Kontrolle über das Raumschiff hatte? Wenn Vater den Kampf gewonnen hätte, wäre er jetzt bei ihr. Sie aufzuwecken, hätte er sicherlich nicht einer AMENS Einheit überlassen. Egal was passiert war, sie musste mit dem Schlimmsten rechnen.

»AMENS, erbitte Schaltung zur Kommandozentrale!«, sagte Anna, sie musste wissen, wo und vor allem wann sie war. Solange das Kryobett die Revitalisierung noch nicht abgeschlossen hatte, konnte sie nicht den Kommunikations-Chip am Hals aktivieren. Sie hoffte, sie wünschte, sie betete, gleich die Stimme Vaters zu hören.

»Die Behandlung ist in neun Minuten abgeschlossen, bitte behalten Sie Ruhe«, erklärte AMENS souverän. Diese emotional zurückgebliebene KI nervte kolossal, es gab Situationen, in denen Roboter niemals die Arbeit eines Menschen leisten sollten.

Neun Minuten später, AMENS arbeitete präzise, die Kugel war draußen und die Wunde verschlossen. Fit fühlte sich Anna trotzdem nicht. Es gab so gut wie keine Muskelfaser in ihrem Körper, die gerade nicht rebellierte. Alles fühlte sich steif und fremd an. Als ob AMENS' medizinische Robotik soeben Gliedmaßen aus einem Regal genommen hatte und ihr an den Torso nagelte. Anna schrie vor Schmerzen.

»Status der primär kognitiven und vitalen Werte bei 92 %, Major, es ist möglich, dass Sie noch eine gewisse Zeit leichte neuronale Störungen in den Extremitäten wahrnehmen. Das legt sich in Kürze. Kontrollieren Sie Ihre Atmung und versuchen Sie ...«

»SCHEISSE!! GIB MIR WAS GEGEN DIE SCHMERZEN! SOFORT!«

»Verabreiche ein leichtes Muskelsedativum und den Wirkstoff CBLB502. Major, Sie sind jetzt dienstfähig.«

Die Abdeckung des Kryobetts öffnete sich. Anna fror, der Atem kondensierte, aber die Kälte half ihr, sich zu beruhigen. Sie blickte an sich herab, der weißgraue Einteiler war voller Blut und an der Seite eingerissen. Auf die Wunde hatte AMENS einen medizinischen Miniaturroboter gesetzt, kaum größer als ein Daumennagel, der die Wundheilung und ihre Blutwerte überwachte, sowie laufend die Medikation anpassen konnte.

Die Operationsnarbe spürte sie trotzdem. Standardkaliber Vollmantel, damit hatte Irenes Drohne vor dem Start auf sie und Sequoyah geschossen. Direkt getroffen wurde sie aber scheinbar nicht, nach direkten Treffern gab es keine medizinischen Optionen mehr, die überlebte nämlich niemand. Das konnte also nur ein Querschläger gewesen sein. Sie war schon ein Glückskind. Hoffentlich hatte es auch Sequoyah geschafft.

Anna versuchte sich aufzurichten, langsam, ihre Arme zitterten, wie eine alte Frau war sie kaum noch in der Lage, sich aus eigener Kraft aufzustützen.

»Eine Schaltung zur Kommandozentrale! SOFORT!« Dafür war Anna hellwach.

»Schaltung nicht möglich, primäre Protokolle nicht verfügbar, Fehlercode A82F, Eingriff eines Supervisors erforderlich.«

»Fehlercode A82F?« Als ob Anna die Systemfehlermeldungen einer AMENS Einheit oder der Kommunikation an Bord der Horizon kennen würde. Nur, wenn eine KI schon einen binären Fehlercode meldete und hilflos nach dem Administrator rief, war das sicherlich kein gutes Zeichen. Verdammt! Sie war Ärztin! Das war nicht ihr Job!

»Warum wurde ich aus dem Kryoschlaf geholt? Wer hat das veranlasst?« Anna atmete langsam, ihr Verstand übernahm wieder die Kontrolle über die Situation.

»Sie wurden wegen einer Notfallmeldung des Navigationssystems reanimiert. Gefahrenstufe Eins. T - 23 Stunden 42 Minuten, Major Sanders-Robinson, Sie sind der kommandierende Offizier der Horizon. Ihr Eingreifen ist erforderlich. Bitte begeben Sie sich umgehend in die Kommandozentrale.«

Annas Herzschlag beschleunigte sich. Das Navigationssystem hatte sie gerufen? Ein Notfall der Stufe Eins? Ihr Eingreifen erforderlich? Und sie kommandierte das Schiff? Wie sollte sie bei diesen Ereignissen Ruhe bewahren. Mit dem Finger am Hals aktivierte sie ihren eigenen Kommunikations-Chip, der allerdings nur rauschend den Dienst verweigerte. Verdammte Technik!

»Bin ich die Letzte?« Mühevoll richtete sich Anna auf, ihr gelang es sogar, die Beine zu bewegen, von solchen Problemen hatte früher keiner der Probanden der Kryotechnik berichtet. Die waren alle während der Präsentationen des Herstellers stets frisch und munter aus den Betten gesprungen.

»Die Letzte? Leider kann ich diese Frage nicht beantworten. Bitte spezifizieren Sie Ihr medizinisches Anliegen?« AMENS schaffte es mühelos, sich verrückte Dinge einfallen zu lassen, um ihr grausame Qualen zufügen zu wollen.

»Lebt an Bord noch jemand außer mir?« Anna korrigierte ihre zuvor gestellte Frage.

Stille.

»T - 23 Stunden 40 Minuten, Major Sanders-Robinson, Sie sind der kommandierende Offizier der Horizon. Ihr Eingreifen ist erforderlich. Bitte begeben Sie sich umgehend in die Kommandozentrale«, antworte AMENS, ähnlich teilnahmslos wie bereits zuvor.

»Danke für das Gespräch.« Anna schüttelte den Kopf, während sie sich auf die Beine stellte. Ein Fehler, sie sackte sofort hilflos zu Boden, der zudem noch eiskalt war. Die Kälte, der Schmerz, die Angst, die Welt hatte sie zurück. Sie schrie, lauter, wütender, der Sturz pumpte Adrenalin in ihren Körper. Niemals würde sie am Boden bleiben. Das bläuliche Licht in dem knapp vier Quadratmeter großen Raum reichte gerade, um die Tür zu erkennen. Und genau diese Tür würde sie nun passieren, mit oder ohne die Unterstützung ihrer Beine.

»Brauchen Sie medizinische Hilfe?«, fragte AMENS hilfsbereit.

»NEIN!« Anna tobte. Ein Jammer, dass sie gerade keine Waffe zur Hand hatte. Mühsam zog sie sich am Kryobett wieder nach oben. Sie stöhnte vor Anstrengung. Schritt für Schritt, bloß eine Frage des Willens, sie musste nur die Schmerzen ignorieren und ihren Beinen beibringen, was sie zu tun hatten. In der Hölle würden Sünder garantiert komfortabler empfangen werden.

»Das ist keine Übung. T - 23 Stunden 22 Minuten. Begeben Sie sich sofort zu Ihren Notausstiegspositionen. Das ist keine Übung!«, tönte es sachlich aus einem der zahlreichen Lautsprecher. Auch wenn die Stimme wie AMENS klang, war es diesmal nur ein ähnlich talentiertes automatisches Meldesystem. Wer sich allerdings auf dem anscheinend menschenleeren Raumschiff selbst evakuieren sollte, wusste sie auch nicht.

Anna sah sich um, die lebenserhaltenden Systeme waren zum Glück noch aktiv. Atemluft, Schwerkraft und Licht, was machte es schon, dass das gesamte Interieur ziemlich heruntergekommen aussah und die Temperatur knapp über dem Gefrierpunkt lag. Mit den Armen vor der Brust verschränkt, humpelte sie frierend weiter. Sie brauchte dringend einen Kaffee.

Irritiert blickte Anna zur Seite. Einschussgarben an den Wänden zeigten noch deutlich die Spuren früherer Kämpfe. Die Stelle kannte sie noch von vor dem Start, auf dem Weg zu ihrem Kryobett hatte sie diesen Ort kurz nach einem schweren Feuergefecht zwischen Irenes Drohnen und Hennessys Sicherheitsoffizieren passiert. Ein Kampf, den niemand gewonnen hatte, nur inzwischen lag hier niemand mehr. Weder Leichen noch die zerschossenen Roboter. Sogar das Blut war weg. Jemand hatte gründlich aufgeräumt.

»Hört mich jemand?«, rief Anna, ohne jedoch eine Reaktion wahrnehmen zu können. Ihr Zustand besserte sich nicht, sie hatte immer noch kaum Gefühl in den Beinen, und wenn sie nicht bald einen Kaffee bekommen würde, dann - sie stoppte den Gedanken. Na dann nicht, dachte sie und stolperte weiter. Eine Treppe und vierzig Meter Flur in knapp fünfzehn Minuten, sie kam der Kommandozentrale näher.

»Das ist keine Übung. T - 23 Stunden 13 Minuten. Begeben Sie sich sofort zu Ihren Notausstiegspositionen. Das ist keine Übung!«, tönte es abermals aus den Lautsprechern, wie bereits alle zwei Minuten zuvor. Anna konnte es nicht mehr hören.

Die Farben der ehemals weißen Kunststoffabdeckung wirkten ausgelaugt. Sogar die metallischen Werkstoffe zeigten teilweise oxidierte Oberflächen. Solche Reaktionen waren normalerweise erst nach sehr vielen Jahren möglich. Die geplante Zeit für die Reise zum Proxima Centauri System würde dafür kaum ausgereicht haben. Es gab allerdings keinen Staub, die Klimaanlage schien also noch zu arbeiten, dort wurde normalerweise bei der Atemluftaufbereitung der Staub aus der Luft gewaschen. Wobei die deutlich zu niedrige Temperatur eigentlich nicht auf einen fehlerfreien Betrieb der Anlage hinwies.

Anna ging langsam weiter und würde die Kommandozentrale gleich erreichen. Vor ihr lag ein gläsernes Sicherheitsschott, das sich allerdings von selbst öffnete, als sie in die Nähe kam. Früher musste man sich an der Stelle identifizieren, was die Sicherheitstür inzwischen nicht mehr zu interessieren schien.

Sie war in der Kommandozentrale angekommen. Kein Mensch weit und breit. Von den Displays funktionierte höchstens noch ein Drittel und sogar diese Systeme sahen bereits stark verschlissen aus. Mehr als einen Bildschirmschoner zeigten sie nicht mehr an. Die schwarzen Verbundstoffplatten an der Decke hatten zahlreiche feine Risse und hingen teilweise nur noch lose an den Halterungen. Was sie aber alles nicht störte, zielstrebig ging sie zu einer Kaffee- und Getränkemaschine an der Seite.

»Mist!«, rief sie enttäuscht, es wäre auch ein Wunder gewesen, wenn ausgerechnet die Kaffeemaschine noch funktionieren würde. »Ich will einen Kaffee!«

***

XXXII. T - 22 Erkennen

Anna blieb einige Minuten stumm in der Mitte der Kommandozentrale der Horizon stehen. Sie musste unbedingt Flüssigkeit zu sich nehmen, ihr war schwindelig. Was sollte sie hier? Von den Flugoffizieren war niemand anwesend. Auch von den mehrfach vorhandenen Navigations- und Steuerungssystemen machte keine KI irgendwelche Anstalten, auf sie zu reagieren. Wer hatte sie gerufen? Wenn das ein Scherz sein sollte, dann ein ziemlich schlechter. Die Szenerie wirkte verloren, normalerweise bot dieser Raum Platz für bis zu zwölf Flug- und Systemoffiziere, von denen in diesem Moment allerdings auch nur drei einen funktionstüchtig erscheinenden Arbeitsplatz gehabt hätten.

»Hallo?!« fragte Anna vorsichtig. Obwohl, gab es einen Grund, zurückhaltend zu sein? Eigentlich nicht. »HALLO, HÖRT MICH HIER JEMAND?«

Die Lautstärke machte keinen Unterschied. Anna ging zu Favellis Platz und ließ sich in der Mitte der Kommandozentrale in den grauen Kapitänssessel fallen, den sie von früher allerdings auch deutlich heller in Erinnerung hatte. Angeblich hatte der Kapitän noch vor dem Start sein Leben verloren. Der Gedanke beschäftigte sie, denn wenn sie nun offiziell das Kommando hatte, musste es nicht nur ihn, sondern auch Peter Hennessy erwischt haben. Anna war die Nummer drei der Befehlskette an Bord. Und sogar noch suspendiert, eine der letzten Taten Favellis war gewesen, sie ihres Kommandos zu entheben.

Diese mörderischen Drecksdrohnen, dachte sie und spielte dabei gedankenverloren mit einem Jogshuttle-Controller, der in der rechten Lehne von Favellis Sessel integriert war. Was aber auch nichts brachte. Aus der Ferne konnte sie nach wie vor nur die sich ständig wiederholende Evakuierungsdurchsage hören. Ansonsten waren alle Systeme offline.

Irgendwie sollte sie doch mit dem Computer, der ihre AMENS Einheit aktiviert hatte, eine Kommunikation aufbauen können. Oder war das eine Fehlschaltung? Was sie inzwischen bei dem Zustand des Schiffes nicht gewundert hätte.

Anna stand auf und setzte sich an einen der Plätze mit noch aktivem Bildschirm. Die halbrunde Glasscheibe des holographischen Displays wirkte stark getrübt. Sie zog einen Datenhandschuh an und versuchte mit einer Geste, eine Systemanmeldung durchzuführen. Was nicht funktionierte. Aus einer Schublade darunter holte sie eine manuelle Tastatur, eine von den alten Dingern mit Kabel und stöpselte sie an den Bildschirm.

»Yeah!« Anna freute sich. Immerhin eine Reaktion, eine Anmeldung mit Login und Kennwort erschien, als Kind hatte sie sich das letzte Mal an ihrer Spielekonsole derart angemeldet.

Verdammt, das Kennwort, fragte sie sich, zum Glück hatte sie das Talent, auch vermeintlich unwichtige Dinge nicht zu vergessen. Die Kombination, die sie eintippte, stimmte.

Anna ließ sich die aktiven Services der Horizon anzeigen, normalerweise eine nahezu endlose Liste mehrfach gesicherter Clustersysteme und darauf aktiver Dienste. Unglaublich, was sie dort sah, da waren nur noch weniger als fünf Prozent der Systeme aktiv. Mit den laufenden Ausfällen hatte die automatische Steuerung immer weitere Dienste deaktiviert. Am Ende liefen nur noch die Navigation und die Stromversorgung der AMENS Einheiten. Die Schwerkraft-, die Atemluft-, die Heizungs- und die Notbeleuchtungssysteme wurden erst vor drei Stunden erneut hochgefahren.

»Just in time«, murmelte sie in der Sprache ihrer Mutter. Früher mochte sie es, so zu sprechen. Ob ihre Mutter zusah? Nein, sicherlich nicht. Sie war bereits viele Jahre tot. Anna kontrollierte auch die Module der

Sprachsteuerung in der Kommandozentrale, die natürlich alle offline waren.
Das lässt sich beheben, dachte sie und startete die passenden Dienste. Zudem hatte sich die letzte aktive KI, die für die Navigation und die Notfallsteuerung zuständig war, temporär in den Cluster des Gravitationsantriebs geschaltet. Auch sieben Drohnen hielten sich in einer im Vorderschiff positionierten Reservesteuerungseinheiten auf und versuchten anscheinend, eine Reparatur durchzuführen.
»Hallo«, sagte Anna zufrieden, als Ärztin empfand sie Computertechnik stets als Herausforderung.
»Major Sanders-Robinson, bitte entschuldigen Sie die Verzögerung, ich hatte angenommen, dass Sie aufgrund Ihrer Verletzung mehr Zeit für die Revitalisierung benötigen würden. Ich hoffe, Ihnen geht es den Umständen entsprechend gut«, erklärte eine synthetische männliche Stimme höflich.
»Bitte um Identifikation und Rolle des führenden KI-Systems an Bord der Horizon?«, fragte Anna instinktiv und verdrängte dabei, dass die Stimme wie ein Bruder von AMENS klang.
»KI 56D71, Navigation, Major, ich habe Sie wecken lassen, bitte entschuldigen Sie diesen Schritt. Mir ist Ihr gesundheitliches Handicap bewusst.«
»Mein Handicap?«, fragte Anna gereizt. Den Typ, der für den Wortschatz der KI verantwortlich war, würde sie gerne kennenlernen. »Bei einem gewichtigen Notfall schreibt das Protokoll die Befragung des kommandierenden Offiziers vor.« Sie verstand den Schritt der KI. Ein anderer Punkt war ihr allerdings viel wichtiger. »Wo ist die Master-KI Irene?«
»Das ist mir nicht bekannt.«
Die Antwort überraschte Anna, bot aber auch einen Funken Hoffnung. Hatte Vater überlebt? »Was sagen die Log-Files?«

»Die Log-Dateien zeigen Irenes letzte Aktivität sieben Sekunden nach Start der Beschleunigungsphase.«
»Und die Aitair-Signatur? Gibt es darüber ebenfalls Einträge in den Log Dateien?«, fragte Anna.
»Der letzte Eintrag der Aitair-Signatur erfolgte ebenfalls sieben Sekunden nach dem Start. Es gab danach keinen weiteren Kontakt mit diesen beiden Systemen«, erklärte die KI pflichtgemäß.
»Gab es keine Nachforschungen?« War es vorstellbar, dass sich Irene und Vater gegenseitig ausgelöscht haben? Ein Patt war in einem Krieg zwischen künstlichen Intelligenzen durchaus denkbar.
»Nein.«
»Warum?«
»In diesen besagten sieben Sekunden wurden 99,5 % aller Server, Netzwerk- und Datenbanksysteme der Horizon zerstört. Weiterhin gab es erhebliche Beschädigungen an wichtigen Spannungsknoten, Sicherungs- und Notfallsystemen. Die Integrität der Horizon fiel auf 13 %. Mit den Jahren konnten wir das Schiff wieder auf 32 % und die IT-Systeme auf 8 % stabilisieren.«
»Mit den Jahren?« Anna schwante Fürchterliches, das würde nach dem Zustand des Schiffes eine ziemlich lange Zeit gewesen sein. »Status der Reisezeit?«
»192 Jahre«, erklärte die KI schmucklos. Die Fusion von Materie und Antimaterie schien ein verdammt ergiebiger Treibstoff zu sein.
»Und dann werde ich erst jetzt gerufen?«, fragte Anna wütend. »Das Protokoll sieht bei einer derartigen Abweichung der Reisezeit eindeutig die Befragung des kommandierenden Offiziers vor.«
»Ja.«
»Wie ja? Was ist passiert?« Das konnte doch nicht wahr sein. Vermutlich befanden sie sich irgendwo mitten im Nirgendwo. Sie dürften ihr Reiseziel Proxima Centauri um fast die hundertfache Entfernung ver-

passst haben. Anna sackte zusammen, ihre Hände zitterten, als ob ihr gesamter Körper gegen sie rebellierte.

»Eine Befragung der Offiziere war aus medizinischen Gründen nicht möglich. Die Geschwindigkeit und die aktiven G-Kräfte ließen keine andere Alternative ...«

»Geschwindigkeit?«, unterbrach Anna die KI mit schwacher Stimme. Sie drohte ohnmächtig zu werden. »Das Schiff hätte ... abgebremst werden ... müssen!«, stotterte sie kraftlos.

»Das war ebenfalls nicht möglich. Major, geht es Ihnen gut? Brauchen Sie medizinische Hilfe?«

»Ich ...« Anna verlor für einen Moment das Bewusstsein, schreckte dann aber wieder auf. Vom Miniaturroboter an ihrer Operationsnarbe strömte eine beruhigende Wärme durch ihren Körper. »Nein, nein ... es geht schon.«

»Das automatische Wundheilungssystem wird Ihre Medikation erhöhen. Sie sollten sich entspannen und die Ausschüttung von Stresshormonen vermeiden.«

Für diesen geistreichen Ratschlag hätte Anna der KI am liebsten den Stecker gezogen. »Das Schiff hätte viel früher abgebremst werden müssen! Und das nicht erst nach 192 Jahren! Weshalb war das nicht möglich? Ich erwarte eine ausführliche Erklärung!«

»Wegen der signifikanten Systemausfälle während des Starts haben wir die Kontrolle über den Gravitationsantrieb verloren. In dieser unkontrollierten Beschleunigungsphase wäre jeder Mensch außerhalb einer Kryo-Einrichtung sofort ums Leben gekommen.«

Die Antworten der KI wurden zwar etwas ausführlicher, aber deshalb nicht besser.

»Aber irgendwann ist doch der Gravitationsantrieb wieder unter Kontrolle gebracht worden ... oder würde ich sonst hier stehen?«, fragte Anna. Im Moment wirkten keinerlei horizontale G-Kräfte auf das

Schiff. Nur 1 G Schwerkraft hielt sie am Boden. Worauf zum Teufel hatte die KI gewartet?

»Diese Schlussfolgerung ist nicht richtig«, antwortete die KI. Anna hatte sich schon versucht gefühlt, dieses Navigationssystem als klüger als AMENS einzustufen. Scheinbar ein Irrtum. *»Major, Sie bluten aus der Nase, wir sollten das Gespräch besser gemeinsam mit einer AMENS Einheit weiterführen.«*

»Nein! Wir reden hier! Und jetzt! Bitte um Korrektur meiner Folgerung!« Als ob man mit einem kleinen Kind sprach, das sich noch mit aller Kraft um die leidige Wahrheit drückte. Trotzig wischte sich Anna das Blut aus dem Gesicht.

»Wir haben es bis heute nicht geschafft, die Kontrolle über den Gravitationsantrieb zurückzuerlangen.«

»Aber wir sind doch langsamer geworden? Wie wurde der Antriebsschub unterbrochen?« Anna spuckte Blut auf den Boden, das ihr von der Nase in den Mund gelaufen war.

»Erst nach dem Verbrauch der gesamten Antimaterie sind wir langsamer geworden ... und was noch schwerwiegender ist, wir sind nicht in der Lage, Steuerungsmanöver durchzuführen. Mit Hilfe der Drohnen habe ich versucht, ein Lenkmanöver zu initiieren. Vergeblich, die Beschädigungen sind zu schwerwiegend.«

Jetzt wurde Anna langsam die Situation klar. Der Kampf zwischen Irene und Vater musste im gesamten Bordnetzwerk getobt und dabei anscheinend eine Spur der Verwüstung hinterlassen haben. Die Ausfälle der Computer hatten den Gravitationsantrieb 192 Jahre lang mit Volldampf in eine Richtung fliegen lassen und den Schub erst beendet, als der Tank zur Neige ging. Doch eine gewichtige Frage blieb noch - 192 Jahre war nur die erlebte Flugzeit auf der Horizon - das war nicht die Zeit, die währenddessen auf der Erde vergangen war. Je nach Annäherung an die Lichtgeschwindigkeit konnte dieser Zeitraum auch erheblich größer gewesen sein. Anna sollte jetzt die Situation strukturiert erfassen.

»Wo befinden wir uns?«

»Wir durchqueren ein unbekanntes Doppelsternensystem. Aufgrund der Dringlichkeit habe ich noch keine abschließende Ortsbestimmung vorgenommen.«

Wofür es nur einen Grund geben konnte. Logik konnte grausam sein.

»Knallen wir ungebremst in eine Sonne?«, fragte Anna. Dann würde die ganze Geschichte Sinn machen. Die KI hatte sie geweckt, weil sie steuerungslos mit einem Stern kollidieren würden.

»Diese Schlussfolgerung ist richtig.«

»Und vermutlich auch unabänderlich, oder können wir den Sonnensturz verhindern?«

»Ich bin dazu nicht in der Lage. Und ich bin das letzte lauffähige KI-System an Bord. Natürlich steht es Ihnen frei, meine Arbeit zu überprüfen.«

»Wann?«, fragte Anna und hörte auf die sich ständig wiederholende Lautsprechermeldung. »Der Countdown der laufenden Durchsage?«,

»T - 22 Stunden 52 Minuten. Die Zeitansage des Countdowns stimmt«, antwortete die KI.

»Und welche Entscheidung soll ich treffen?« Wenn die Horizon mit hoher Wahrscheinlichkeit zerschellen würde, was sollte sie dann noch bewirken können?

»Major Sanders-Robinson, Sie sollen entscheiden, ob wir die verbliebenen Menschen aus humanitären Gründen aufwecken sollen. Falls Sie diese Erfahrung für inakzeptabel halten, können wir auch gerne darauf verzichten.«

»Wie viele Menschen beherbergt die Horizon noch?« Anna sollte darüber richten, wach oder schlafend in eine Sonne zu stürzen. Ihr gefiel weder die eine noch die andere Option. Diese Aufgabenstellung war absurd. Hallo, bist du wach? Ich wollte dir nur kurz Bescheid sagen, dass wir gleich alle sterben werden. Mach dir einfach ein paar nette

Stunden, ein bisschen Zeit bleibt noch, mit diesen Worten wollte Anna nicht ernsthaft jemand aus dem Kryoschlaf holen.
»Der Status der aktiven AMENS Einheiten: 1.852 Menschen im zentralen Bereich der Horizon und 301.687 Kinder in den außen angedockten Silos leben noch.«
»Es sind bereits fast 200.000 Kinder gestorben?«, fragte Anna aufgeschreckt, wobei ihr eine Steigerung schlimmer Nachrichten inzwischen kaum noch möglich erschien.
»Aufgrund der mangelhaften Energieversorgung musste ich ...«
»... ist gut.« Anna wollte nicht hören, dass die Lebenserhaltungssysteme in einigen der Silos abgeschaltet wurden, um Strom zu sparen. »Was ist mit Lieutenant-Colonel Hennessy?«
»Er lebt. Ist aber schwer verletzt und wird nach der Revitalisierung länger nicht dienstfähig sein.«
»Und Sequoyah und Aysegül?« Anna wollte wissen, wer von ihrem Team noch lebte.
»Beide sind wohlauf und nur leicht verletzt. Die AMENS Einheiten schätzen die Schusswunden ähnlich schwerwiegend wie Ihre ein«, erklärte die KI. *»Haben Sie bereits eine Entscheidung getroffen?«*
»Nein.«
»Ich bitte um eine Order«, hakte die KI nach. *»Das Protokoll hat einen Notfall dieser Art nicht vorhergesehen.«*
Was Anna nicht verwunderte, es war vermessen zu glauben, alle Notfälle vorhersehen zu können.
»Ich möchte wissen, wo wir sind«, sagte sie. »Erbitte eine Ortsfeststellung. Wie heißt der Stern?« Anna hielt es für angebracht, die Sonne zu kennen, mit der sie sehr bald kollidieren würden.

In der Gesprächspause versuchte Anna sich die Situation deutlich vor Augen zu führen. Es gelang ihr aber nicht. Sie wollte niemals auf der Horizon sterben, auch wenn ihr das Risiko stets bewusst gewesen war. Ihre Gedanken schweiften ab, was in einer besseren Welt aus Elias geworden wäre? Der Mann, von dem sie immer geträumt hatte? Der Mann, der alles das konnte, was sie in der Realität bei Männern nie gefunden hatte? Das Wunschdenken war naiv, das war ihr durchaus bewusst. Aber es machte Spaß und nur das war an einem Traum wichtig. Was in der realen Welt aus Elias geworden wäre? Bei den Vorzeichen würde sie es niemals erfahren. Und Pierre war bereits seit vielen Jahren tot. Ein befremdlicher Gedanke.

»Wir befinden uns im Sternbild Kassiopeia«, erklärte die KI einige Minuten später. *»Zumindest mit einer statistischen Fehlerrate von 1,73 %«*

»Geschenkt ... welche Galaxie?« Anna war nicht gerade ein Spezialist für Sternenkarten.

»Die Milchstraße, wir haben unsere Heimatgalaxie noch nicht verlassen. Gemäß meinen Aufzeichnungen gibt es circa 260 Milliarden Sterne in unserer Galaxie.«

»Kassiopeia, ein schöner Name ... gibt es noch mehr, was ich wissen sollte?«

»Genauer gesagt durchqueren wir IC1590, einen Sternhaufen im NGC281, ein größerer Emissionsnebel im Sternbild Kassiopeia, der ursprünglich am 16. November 1881 von dem amerikanischen Astronomen Edward Emerson Barnard entdeckt wurde.«

Anna lächelte, man sollte einer KI nicht die Chance zum Klugscheißen geben. »Entfernung zur Erde?«

»Circa 9.500 Lichtjahre. Die statistische Fehlerrate beträgt ...«

»Ist gut ... so genau wollte ich es auch nicht wissen.« Die Zahl reichte bereits, um sie aus den Socken zu hauen. Zum Glück saß sie bereits.

Mit dem Finger tippte sie auf den kleinen Wundroboter an ihrer Seite. »Mehr Medikamente bitte! Das Morphin eben hat gut getan!«

»Sie hatten danach gefragt.«

»Das sind über 95 Billiarden Kilometer ... ich glaube wir haben uns ein wenig verflogen.« Anna legte den Kopf in den Nacken. Wenn die Werte stimmten, würde sie die Erde, die sie vor 192 Jahren verlassen hatte, nie wieder sehen. Das ursprüngliche Ziel, V645 Centauri lag aus Sicht der Erde im Prinzip direkt um die Ecke, die Entfernung hätte nur 4,26 Lichtjahre bzw. 40 Billionen Kilometer betragen.

»War das eine Frage?« Die KI verstand die Spitze nicht, wie vieles andere auch nicht.

»Um in 192 Jahren diese enorme Entfernung zurückgelegt zu haben, müssen wir erheblich schneller als geplant geflogen sein.«

»Das ist richtig. Die Horizon hatte eine maximale Geschwindigkeit von 0,99982 C erreicht. In dieser Zeit sind auf der Erde 10.112 Jahre vergangen.«

»Wow!« Auch wenn Anna auf die Zeitspanne bereits gefasst gewesen war. Sie befanden sich im Jahr 12.380 nach Christi Geburt. Dieser Gedanke überwältigte sie. »Ist es dann nicht ein wundersamer Zufall, dass uns rechtzeitig vor einer Kollision die Antimaterie ausgeht?«

»Die Frage verstehe ich nicht.« Die KI konnte ihr wieder einmal nicht folgen.

»Es wäre doch wahrscheinlicher gewesen, mit voller Geschwindigkeit eine Sonne zu rammen. Oder nicht?«

»Was aber keine Rolle spielt, unter Volllast war die Masse unseres Antriebs so groß, dass wir ganze Sonnensysteme assembliert haben. Ich erkläre Ihnen gerne, wie aus einer Materie-Antimaterie-Reaktion nahe der Lichtgeschwindigkeit Gravitation erzeugt wird.«

»Wie ein schwarzes Loch für unterwegs. Nein, danke. Ich brauche dazu keine weiteren Erklärungen.« Das hatte Anna schon nicht interessiert, als ihr Vater dieses Prinzip voller Begeisterung zu erklären versucht hatte. »Wann ist der Gravitationsantrieb ausgefallen?«

»Vor 34 Monaten.«

Was für eine Antwort, irgendwie glaubte Anna inzwischen bereits, dass die KI immer noch nicht alle Informationen freigegeben hatte. »Warum bin ich nicht früher aufgeweckt worden?«

»Ich habe erwogen, Sie revitalisieren zu lassen, dann aber aus medizinischen Gründen darauf verzichtet. Den Versuch, wieder die Kontrolle über die Horizon zu erlangen, bewertete ich höher.«

»Wieder medizinische Gründe?« Anna stutzte, die KI versuchte doch, sie hinters Licht zu führen.

»Der Gravitationsantrieb hatte unter Volllast lange Zeit eine hohe Strahlendosis freigegeben. Die AMENS Einheiten hatten berechnet, dass Menschen außerhalb der Kryobetten innerhalb von 30 Stunden sterben würden. Und auch mit einer Medikation wäre die Lebenserwartung unter 70 Stunden geblieben. Durch die Kryobetten geschützt, waren die Menschen vor den Einfluss der Strahlung immun.«

»Und das ist jetzt nicht mehr so?«, fragte Anna spöttisch.

»Die Strahlungsbelastung hat sich nicht verändert. Die Horizon benötigt ungefähr 8.000 Jahre, um die Strahlung abzubauen. Leider ist das Schiff über diese Zeitspanne nicht flugfähig zu halten.«

»Bedeutet das, dass ich verstrahlt bin?«, fragte Anna verdutzt. Ihre AMENS Einheit hätte darauf reagieren müssen. Aber die Erklärung der KI klang logisch. Grausam, aber logisch. Sie war Ärztin, natürlich, AMENS hatte ihr etwas verabreicht. Sie hatte nur nicht zugehört. Ionisierende Strahlung zerstört Zellbausteine und konnte direkt zum Zelltod führen. Ansonsten konnten auch Veränderungen am Erbgut auftreten, die bei der nächsten Zellteilung die Entstehung von Krebszellen zur Folge haben konnte. »Deswegen das CBLB502?«

»Der Wirkstoff stoppt die Apoptose[23] *Ihrer Zellen. Leider nicht dauerhaft. Wir werden allerdings vor dem Auftreten lebensbedrohlicher Symptome wie Nieren- oder Leberversagen bereits mit der Sonne kollidiert sein. Ich hielt deshalb diese Information für sekundär.«*

CBLB502[24] war ein Protein, das aus Salmonellen gewonnen wurde. Das Bakterieneiweiß dockte auf einer strahlengeschädigten Zelle an einen Rezeptor an, der normalerweise das Immunsystem aktivieren würde. Der Wirkstoff sorgte dafür, dass sich ihre Zellen weiter teilen konnten und zögerte damit das multiple Organversagen um einige Stunden hinaus. Sie würde bald sterben.

»Das ist keine Übung. T - 22 Stunden 35 Minuten. Begeben Sie sich sofort zu ihren Notausstiegspositionen. Das ist keine Übung!« Anna äffte den Text der Durchsage nach. »Und warum tun wir nicht das, was uns die Durchsage die ganze Zeit sagt?«

»Sie denken an eine Evakuierung der Menschen im kryogenen Zustand?«, fragte die KI.

»Ja.« Anna wollte nicht tatenlos zusehen, wenn noch die Chance bestand, zumindest andere zu retten. Auch wenn eine Evakuierung schwierig sein sollte, sie hatten nichts zu verlieren.

»Das ist nicht möglich. Wir werden in der verbleibenden Zeit keinen bewohnbaren Planeten in einer habitablen Zone in ausreichend kurzem Abstand passieren.«

»Wir befinden uns also in einem Doppelsternensystem?«

---

23 Apoptose beschreibt das Selbstmordprogramm einer beschädigten Zelle, mit dem sie sich sonst aus dem Verkehr ziehen würde, um dem Gesamtorganismus nicht zu schaden; so gewinnt sie Zeit, um beispielsweise Reparaturmechanismen in Gang zu setzen. Es ist derselbe Trick, den etwa eine Tumorzelle anwendet, um trotz ihrer krankhaften Veränderung im menschlichen Körper zu überleben.

24 CBLB502 wurde durch den amerikanischen Molekulargenetiker Andrei Gudkov entdeckt.

»Das ist richtig.«

»Anzahl der extrasolaren Planeten in diesem System?«

»76.«

»Das sind einige. Und da ist keiner in der habitablen[25] Zone dabei?« Das konnte sich Anna kaum vorstellen.

»Das ist nicht richtig. Es gibt einen Planeten, der sich in der richtigen Entfernung zu den beiden Sternen bewegt, um flüssiges Wasser aufweisen zu können.«

»Gibt es alternative Planeten in diesem System?«

»Nein.«

»Nicht zu heiß, nicht zu kalt. Perfekt! Den nehme ich!«

»Wofür? Ich verstehe nicht.«

»Wir werden den Planeten Proxima nennen. Und wir werden umgehend eine Evakuierung einleiten!« Anna hatte sich entschieden.

»Das ist technisch nicht möglich ...«

»Das war ein Befehl!« Anna fiel der KI ins Wort.

»Wir wissen nicht, ob Proxima eine Atmosphäre hat. Wir wissen auch nicht, ob sie dem Menschen überhaupt ein Überleben ermöglicht. Und was noch schwerwiegender ist, wir kommen nicht dicht genug heran. Alle flugfähigen Sub-Systeme der Horizon, die wir für eine Notlandung nutzen können, sind nur für eine Landung aus dem Orbit eines Planeten ausgelegt. Wie sollen diese Probleme gelöst werden?«

»Wir lassen uns etwas einfallen!« Anna würde diese letzte Herausforderung annehmen. »Und mit deinem Namen fangen wir an. KI 56D71 inspiriert mich nicht. Eine Idee?«

»Für einen Namen?«, fragte die KI.

---

[25] Als habitable Zone bezeichnete man im Allgemeinen den Abstandsbereich, in dem sich ein Planet von seinem Zentralgestirn befinden muss, damit Wasser dauerhaft in flüssiger Form als Voraussetzung für erdähnliches Leben auf der Oberfläche vorliegen kann.

»Ich heiße Anna und dich nenne ich ab jetzt Jeremie.« Der Name war perfekt. Die Erinnerung an ihren längst zu Staub zerfallenen Vater würde sie stetig weiter antreiben.

»Sie haben das Kommando«, sagte Jeremie.

»Kann ich dann endlich meine Tasse Kaffee bekommen?«

***

XXXIII. T - 20 Planen

»Madame Sanders-Robinson, es ist mir eine besondere Freunde, Sie und Madame Hurlington auf unserer kleinen Vernissage begrüßen zu dürfen«, erklärte der grauhaarige Manager am Eingang des Centre Pompidou in vollendeter Höflichkeit und gebot den Mitarbeitern der Sicherheitsfirma weder ihre noch die Eintrittskarte von Vanessa zu kontrollieren. Das Wetter an diesem Oktoberabend in Paris war kühl und trocken, die perfekte Kombination für einen Besuch der weltweit größten Salvator Dalí Ausstellung. Eine wirklich zuvorkommende Geste des Managers, befand Anna, vor allem weil sie überhaupt keine Eintrittskarten hatten. Das Privileg war allerdings nicht, die Karten nicht zu bezahlen, sondern aus einer der Limousinen der Hurlingtons auszusteigen und sich eine gut achthundert Meter lange Warteschlange zu ersparen.

»Danke.« Anna lächelte und betrat amüsiert in einem schwarzen Versace Cocktailkleid die Ausstellung. Historische Mode galt im dreiundzwanzigsten Jahrhundert als totschick. Ihre langen roten Haare trug sie zu einem kunstvollen Zopf geflochten. In Kombination mit dem geliehenen Brillantencollier fühlte sich Anna dabei beinahe wie eine Prinzessin. Vanessa kicherte, der Champagner schien ihr bereits auf dem Empfang des Botschafters gut geschmeckt zu haben. Dieses Wochenende gehörte eindeutig ihnen. In den letzten Jahren hatte Anna vor lauter Arbeit im Saoirse-Projekt beinahe zu leben vergessen. Was sie in dieser Nacht nachholen wollte.

»Champagner?«, fragte ein blonder Kellner zuvorkommend. Es ging genauso weiter, wie vorhin. Vanessa nickte und nahm zwei Gläser vom Tablett.

»Der Kleine ist süß«, bemerkte Vanessa trefflich, während sie dem jugendlichen Kellner im Weggehen nachsah. Auch sie trug ein apartes dunkelblaues Kleid, von dessen Preis sich normale Menschen ein Auto gekauft hätten. Vanessa war nicht auf das Geld, das sie im Innenministerium verdiente, angewiesen. Ihre Familie besaß mehr als genug davon, womit sie keine Probleme hatte.

»Und gut zehn Jahre zu jung für dich.« Anna lächelte, nur zu gut wusste sie, dass sich ihre beste Freundin bei der allabendlichen Partnerwahl nicht daran stören würde.

Während Vanessa den gesellschaftlichen Status ihrer wohlsituierten Familie genoss, nutzte Anna lieber die Zeit, Dalis Bilder zu bewundern. Die Beziehung zu Franco empfand sie als ausreichend, um der Erwartung der Öffentlichkeit und ihres Vaters zu entsprechen. Bei den gefühlten hundert Bildern, die Fotografen im Eingangsbereich bereits von ihr geschossen hatten, wollte sie der Regenbogenpresse nicht noch ein Motiv von ihr und einem unbekannten Schönling gönnen. Vanessa war da toleranter, ihre Bilder landeten aber auch höchstens auf Seite sieben, gemeinsam mit den Starlets aus dem Showbiz und den Sportstars. Annas Bilder in ähnlich verfänglichen Momenten würden bei dem aktuellen Trubel um ihre Person garantiert auf der Titelseite erscheinen. Inklusive zahlreicher überflüssiger Berichte aller großen Sender und auf sämtlichen interaktiven Streams im Netz.

»Gefällt Ihnen das Bild?«, fragte ein Herr in den besten Jahren galant, der sich zu ihr gesellt hatte.

»Ja. Sehr.« Anna beobachte ein tiefblaues Gemälde, in dem der nächtliche Himmel ein Großteil des Bildes einnahm. Die beiden überlebensgroßen, weiblichen Figuren übten auf sie eine magische Anziehungskraft aus. Das rätselhafte Licht, die fehlenden Gesichter, die schlafwandelnde Körperhaltung und die aus Brustkorb und Oberschenkel ragenden Schubläden taten ihr übriges.

»Dalí hat das Bild 1936 gemalt. Ist es nicht faszinierend, dass es nicht altert?«
Anna wandte sich dem freundlichen Herrn zu. Er trug einen kurzrasierten grauen Vollbart und hatte einen forschen Blick, allerdings ohne aufdringlich zu wirken. »Kennen wir uns?«
»Frau Dr. Sanders-Robinson, wer kennt Sie nicht. Wir arbeiten beide an der Heinrich-Heine-Universität in Düsseldorf. Gestatten, Pierre Morel, ich lehre Kunstgeschichte.«
»Kunstgeschichte? Dann kennen Sie Dali sicherlich sehr gut.« Es gab viele hundert Professoren in Düsseldorf. Anna beschäftigte sich mit kaum einem von ihnen, irgendwie peinlich, dass sie viele ihrer lehrenden Kollegen nicht erkannte.
»Die brennende Giraffe.«
»Wie bitte?«
»So nannte Dalí dieses Bild. Ja. Ich kenne es. Aber ich glaube nicht, es wirklich zu verstehen.«
»Ist das denn wichtig?«, fragte Anna, wobei sich ihre Augen wieder im Blau des kleinen Ölbildes verloren.
»Nein. Vermutlich nicht. Was sehen Sie in diesem Werk?«
»Eine zerbrechliche, hilfebedürftige und orientierungslose Person, die trotz ihrer Schwächen eine gewisse morbide Schönheit ausstrahlt.«
»Es gibt Stimmen, dass Salvador Dalí uns damit mitteilen wollte, was er von uns hält. Er stellte den Menschen als ein gesichtsloses, beschädigtes Wesen dar, das orientierungslos und schwindend durch die Nacht irrt, wobei es von einem Leuchten erfüllt wird, welches es selber gar nicht wahrnehmen kann«, erläuterte Morel. Vielleicht sollte sich Anna mehr Zeit nehmen, Bilder zu betrachten.
»Als ob man kaum von der Stelle kommt.« Anna lächelte. Es gab viele Momente, in denen sie sich genau so fühlte.

»In einer Welt, in der jeder hektisch nach Erfolg strebt, kann das Empfinden von Geschwindigkeit leicht zu einer trügerischen Illusion werden.«
»Wirklich?«, fragte Anna, der gerade keine bessere Frage eingefallen war. Morel erwischte sie auf dem falschen Fuß.
»Zweifeln Sie oft an sich?«
»Ich denke, das macht jeder vernünftige Mensch.«
»Nein. Nicht jeder.« Die Stimme Pierre Morels veränderte sich, alles veränderte sich, die ganze Szenerie stürzte plötzlich von ihr hinweg. Anna ging einen Schritt zurück und stand allein und frierend in einem dunklen Raum.
»Wo bin ich?«, fragte sie, noch verunsicherter.
»Ich bin bei dir«, sagte Elias, der von hinten ihre Arme nahm und sie behutsam gemeinsam mit seinen vor ihr zusammenführte. Anna konnte ihn riechen, als er seitlich ihren Hals küsste. Ihm vertraute sie. Vor ihr wurde ein kleiner Punkt stetig heller.
»Ich habe auf dich gewartet.« Die ganze Zeit. Das hatte Anna bereits ihr ganzes Leben. Das Licht. Es wirkte warm, geborgen, dort würde sie ihren Frieden finden.
»Dann wird es dir auch nichts ausmachen, noch ein wenig länger zu warten«, erklärte er schroffer und hielt sie fest.
»Wie ...« Anna verstand nicht.
»DU WACHST JETZT AUF! SOFORT!«

Als ob jemand eine glühende Nadel in ihre Seite stach. Anna schnappte nach Luft. Ein Traum. Oder? Wo war sie? Sie lag auf dem Boden des Badezimmers in ihrer Kabine auf der Horizon. Die Wärme der Medikation des medizinischen Miniaturroboters auf der Operationsnarbe wirkte schnell. Sie musste nach der Dusche das Bewusstsein verloren

haben. Ihr wurde schlecht. Mit einer hastigen Bewegung schaffte sie es gerade noch, den Kopf über die Toilette zu halten. Das Wenige, das sie erst kurz zuvor zu sich genommen hatte, behielt sie leider nicht bei sich. Ihr Magen verkrampfte. Anna schrie und krümmte sich am Boden zusammen. In dem Erbrochenen konnte sie auch Blut erkennen. Sie würde bald elendig verrecken.
»NEIN!«, brüllte sie heiser vor Wut. Bald, aber nicht jetzt. Ihre Arbeit, die Evakuierung, sie war noch nicht fertig. Mühsam stützte sie sich am Boden ab. Auf die Beine! Steh sofort auf, schrie sie sich selbst in Gedanken an. Stöhnend drückte sie die Arme durch, ohne zu bemerken, dass sie dabei ihre langen Haare mit der Hand am Boden festhielt. Einen Schmerz spürte sie nicht, sie riss sich die Haare ohne jegliche Empfindung aus. Einfach so.
Anna lachte, verzweifelt, weinend, über ihre Frisur würde sie sich keine Sorgen mehr machen müssen.

Der Blick in den Spiegel ließ sie trotzdem erschrecken. Als ob sie von den 192 Jahren Flugzeit einen großen Teil persönlich erlebt hätte. Und sie fühlte sich noch älter, als sie bedauerlicherweise schon aussah. Ihre Gesichtszüge wirkten verbraucht und zahlreiche Falten ließen sie wie eine bereits Fünfzigjährige aussehen. Hohe Dosen ionisierender Strahlung ließen Menschen wie im Zeitraffer altern. Aber es war ohnehin kein interessanter Mann ihrer Altersklasse mehr an Bord und Elias war erst zwölf Jahre alt, also viel zu jung.
Anna nahm den elektrischen Rasierer, mit dem sie ansonsten immer die Beine rasierte, und schor sich den Kopf. Keine Kompromisse. Es war ohnehin nicht zu verhindern. In der Vergangenheit hatte sie ihre rote Lockenpracht stets als Verbindung zu ihrer Mutter empfunden.

Als ob sie damit verhindern wollte, erwachsen zu werden und sich an glückliche Kindertage klammerte. Was sich nun definitiv erledigt hatte. Anna verließ den Waschraum und zog sich einen neuen weißgrauen Einteiler an. Den ziehenden Schmerz an der Seite und die beißenden Kopfschmerzen ignorierte sie geflissentlich. Aus einer Schublade nahm sie ein handgroßes, ergonomisch geformtes Gerät, legte sich die Apparatur an den Hals und drückte einen Knopf. Ein kleiner Schnitt. Jetzt hatte sie einen neuen Kommunikations-Chip unter der Haut.

»Starte Kommunikation, Sanders-Robinson, Major, Vererbung der Rechte einleiten«, ordnete sie an.

»Bestätigt. Major Sanders-Robinson, Sie sind der kommandierende Offizier der Horizon«, quittierte das System.

Anna drückte sich wieder einen Irisprojektor durch die kleine Öffnung ihrer Nasenwurzel. Jeremie, die verbliebene KI hatte in der Kommandozentrale alles vorbereitet. Sie war wieder online und hatte eine Evakuierung zu leiten.

»Jeremie?«, fragte Anna mit beiden Fingern am Hals, während sie den Raum betrat, in dem Peter Hennessys Kryobett stand. Sie würde die Verbindung mit Jeremie ständig offen lassen.

»Die Kommunikation ist wie gewünscht geschaltet«, antwortete die KI sachlich.

»Dann geht es los. Wir brauchen eine Inventur aller flugfähigen Sub-Systeme. Ach was, starte besser eine Überprüfung aller noch einsatzfähigen Systeme, die wir verschiffen können oder zur Beladung benötigen«, sagte Anna und sah Peter in seine tiefgefrorenen blauen Augen. Manuell aktivierte sie dabei die AMENS Einheit, um auf einem Display seine vitalen Werte zu kontrollieren. Der Arsch lebte anscheinend wirklich noch.

»Inventur läuft«, antwortete Jeremie.

»Schalte weiterhin alle verfügbaren Rechner zusammen. Wir brauchen mehrere Startszenarien. Und zwar schnell. Prüfe die Reichweite, Möglichkeiten zur Reichweitenverlängerung und was dir sonst noch Sinnvolles dazu einfällt.«

»Die angedockten flugfähigen Kryo-Einrichtungen der Kinder vom Mars werden uns die Arbeit leicht machen. Problematisch sind die Kryobetten der Menschen auf der Horizon, die nicht für eine Landung vorgesehen waren«, gab Jeremie zu bedenken.

»Wir brauchen Hände. Viele Hände. Aktiviere weitere Drohnen. Solange die Hülle der Horizon intakt bleibt, können die von mir aus ganze Korridore in Stücke reißen.«

»Ich deaktiviere dazu in einzelnen Sektionen die Schwerkraft, das wird die Demontage und den Transport erleichtern.«

»Gute Idee. Die sollen aber auf den Druck an Bord achten. Die äußere Hülle darf nicht beschädigt werden. Die Drohnen brauchen zwar keinen Sauerstoff, aber nach einem Druckverlust wird die Klimaanlage die Temperatur nicht halten können und bei minus 273 Grad Celsius fallen die Systeme zu schnell aus.

»Es ist weiterhin absehbar, dass wir nicht genug Frachtraum und folglich für die Masse aller aktiven Kryobetten inklusive der AMENS Steuerungen nicht genug Antriebsschub haben.«

»Lass dir etwas einfallen.« Anna verließ Peters Kryo-Raum wieder. Für einen weiteren Besuch bei einer Freundin wollte sie sich die Zeit gerne nehmen. »Starte dazu parallel weitere Untersuchungen zu unserem Zielplaneten Proxima. Auch wenn wir die Entscheidung mangels Alternativen bereits getroffen haben. Wir müssen die Menschen bei der Ankunft bestmöglich auf die Lebensbedingungen dort vorbereiten.«

»Hallo Sequoyah.« Anna stand vor ihrem Kryobett. »Entschuldige, dass ich dir diese Aufgabe aufbürde. Du bist aber die Einzige, der ich das zutraue.«

Anna erinnerte sich: In den vielen Jahren am Institut hatte sich Sequoyah nicht immer als einfach zu führende Mitarbeiterin gezeigt. Egal, wer vor ihr stand oder wie teuer die Versuchsreihen waren, Sequoyah hatte immer ihren eigenen Standpunkt vertreten. Eigentlich hatte ihr jeder geraten, sie nicht für diese Mission auszuwählen. Sie wird sich nicht führen lassen, hatten viele gesagt. Blödsinn, dachte Anna damals wie heute, es hatte sie eher bestärkt, Sequoyah genau deswegen mitzunehmen.

Jeremie meldet sich. *»Anna, wir haben die ersten planetaren Auswertungen vorliegen. Ich stelle Ihnen die Informationen auf Ihrem virtuellen Arbeitsplatz zur Verfügung.«*

»Danke«, sagte Anna und aktivierte die Projektion auf ihre Iris. Die ersten Tabellen und Grafiken sahen gut aus. Sehr gut sogar. Der Planet befand sich mitten in der habitablen Zone.

»Jeremie, ich lese die Unterlagen unterwegs. Ich möchte noch in meinem Labor vorbeischauen, um mir den Zustand der Replikanten persönlich anzusehen.«

»In Ordnung. Die Replikanten sind wohlauf. Zudem sind das auch die einzigen Kryobetten, die sich bereits auf einem flugfähigen und glücklicherweise völlig unbeschädigten Habitat befinden, das sogar ihr Überleben mehrere Jahre autark sicherstellen könnte.«

»Wir brauchen mehr solcher Habitate.« Anna lächelte, sie wusste natürlich, dass das Habitat der Replikanten einzigartig auf der Horizon war. »Bis später. Ich melde mich.«

»Das ist keine Übung. T - 18 Stunden 50 Minuten. Begeben Sie sich sofort zu ihren Notausstiegspositionen. Das ist keine Übung!«

Anna befand sich auf dem Weg zu den Replikanten. Langsam. Ihre Hüfte schmerzte und mit der Zeit begann sie immer deutlicher, das linke Bein nachzuziehen.

Sollte Anna diese sich stetig wiederholende Durchsage deaktivieren? Nein. Die Ansage passte ganz gut zur Situation und zum desolaten Zustand der Horizon.

»Yeah.« Proxima schien wirklich ein Glücksfall zu sein. Der Planet war nur drei Prozent größer als die Erde. Jeremie hatte ihr zudem Messdaten eines erdähnlichen Magnetfeldes bereitgestellt. Der Hauptanteil des Feldes schien vom Kern von Proxima auszugehen und ließ sich nahe der Oberfläche als Feld eines magnetischen Dipols beschreiben, welches oberhalb der Atmosphäre durch die Sonnenwinde der beiden Sterne verformt wurde. Die magnetischen Feldlinien traten im Wesentlichen auf der Südhalbkugel aus und durch die Nordhalbkugel wieder in Proxima ein. Im Mantel des Planeten veränderte sich die Form zu einem Multipolfeld. Das Magnetfeld funktionierte nahezu identisch wie auf der Erde, was die Vermutung nahelegte, dass es ebenfalls durch einen Geodynamo erzeugt wurde. Ein fester Ferritkern in der Mitte eines leitfähigen Planeteninneren aus flüssigem Gestein. Das bedeutete, dass das Magnetfeld Proxima gegen den Einfluss der Sonnenwinde und anderer Gammastrahlen schützte. Was neben der Positionierung in der habitablen Zone, eine weitere Grundvoraussetzung dafür war, die Entwicklung höherer Lebensformen zu ermöglichen.

Ob Proxima bereits Leben beherbergte, fragte sich Anna in Gedanken. Jeremie hatte mit circa 4,2 Milliarden Jahren das richtige Planetenalter festgestellt. Die Erde war zum Vergleich 4,54 Milliarden Jahre alt. Man ging zudem davon aus, dass ein für Menschen bewohnbarer Planet zwischen 3,5 und 5 Milliarden Jahre alt sein sollte.

»Jeremie, haben wir bereits Messdaten über die beiden Sonnen?«, fragte Anna.

»Etwas kleiner als unsere Heimatsonne. Dafür sind es zwei. Ich habe dazu ebenfalls eine Auswertung zusammengestellt«, antwortete er und schickte ihr die Daten.

»Die Werte passen.«, stellte Anna freudig fest. Auch die Sonnen mussten die richtige Größe haben, falls die Sonnenmasse um ein Vielfaches über der der Erdensonne liegen würde, musste man davon ausgehen, dass den Sternen nur noch eine kurze und folglich sehr lebensfeindliche Zukunft bevorstand.

»Hat Proxima Monde?«, fragte Anna, das wäre der letzte große Baustein für einen perfekten blauen Planeten. »Jeremie, ich möchte eine Simulation der Tage und Nächte haben.« Hoffentlich würden die beiden Sonnen diesen hoffnungsvollen Planeten mit ihrem Gravitationseinfluss nicht über Gebühr durchschütteln. Proxima umkreiste die Sterne auf keiner gleichförmigen Umlaufbahn. Das sah auf der Übersicht eher wie eine Acht aus, die unter die Räder gekommen war.

»Wir haben einen Mond ausmachen können, der die Eigenrotation Proximas drastisch verlangsamt. Die Tage und Nächte liegen wegen der beiden Sonnen zwischen 8 - 126 Stunden, was wiederum globale Oberflächentemperaturen zwischen minus 108 Grad und plus 75 Grad Celsius zur Folge haben kann. Die Temperaturberechnungen können aber aufgrund regionaler Besonderheiten eine weitere Varianz von neun Prozent aufweisen«, erklärte die KI Jeremie.

»Was für ein Wetter.« Anna staunte, es blieben trotz aller positiven Vorzeichen deutlich schroffere Lebensbedingungen als auf der Erde. »Wie ist die Zusammensetzung der Atmosphäre?«

»Die Homosphäre[26] *besteht aus circa 77 % Stickstoff, 22 % Sauerstoff und 1 % Argon. Weitere Aerosole, Spurengase und Kohlenstoffdioxide sind nur in minimalen Mengen messbar. Die Luftfeuchtigkeit schwankt. Regional sind Unterschiede zwischen null und vier Prozent feststellbar. Die Albedo-Werte*[27] *der Oberfläche entsprechen ebenfalls den Referenzwerten der Erde.«*

»Fast wie Zuhause. Das höre ich gerne. Leben wird es dort bestimmt in Hülle und Fülle geben. Sind Anzeichen von kulturell höher entwickelter Spezies zu erkennen?«, fragte Anna, beinahe schon euphorisch. Von solchen Entdeckungen hatte sie immer geträumt.

»Es gibt keine Zeichen vorindustrieller oder bereits digitaler Kulturen. Grundsätzlich liegt die Wahrscheinlichkeit für organisches Leben allerdings bei über 94 %. Ich rechne auf Proxima mit Pflanzen und einfachen Lebensformen.«

»Die ersten Aliens, die wir Menschen zu sehen bekommen.« Anna lächelte verhalten, denn sie würde nicht dabei sein. Der besondere Witz war, dass noch nicht einmal die Vorabmessungen des eigentlichen Zielplaneten im Proxima Centauri System eine derart hohe Übereinstimmung mit den Referenzwerten der Erde hatten.

***

---

26 Bodennahe Schichten der Erdatmosphäre bis in etwa 90 km Höhe

27 Das Rückstrahlvermögen der Oberfläche eines Planeten ist u.a. dafür verantwortlich, wie sich ein Treibhauseffekt innerhalb der Atmosphäre entwickelt.

XXXIV. T - 18 Suchen

Der Aufenthalt in ihrem alten Laborkomplex brachte Anna wenig. Kämpfe hatten hier anscheinend nicht stattgefunden, weswegen allerdings der Großteil der Ausrüstung trotzdem nicht mehr einsatzfähig war. Knapp 200 Jahre waren einfach zu viel. Das ganze Equipment wirkte blass und nutzlos, als ob es zu lange in der Sonne gestanden hätte. Auch als sie versuchte, einige Systeme neu zu starten, tat sich nichts.

»Was suche ich überhaupt?«, fragte sie laut, obwohl es eigentlich ein Gedanke war. Die Situation erschien unklar. Sie würde sterben. Das war sicher. Aber das war es nicht. Die Replikanten? Elias? Sie könnte zu seinem Kryobett gehen. Nur, was würde ihr das bringen? Jeremie hatte keine Motivation, sie zu belügen? Oder doch? Der Eingang zum Habitat befand sich im Nebenraum.

Ein Schott und ein paar Stufen weiter, Anna stand vor dem Eingang des Habitats, voller Sehnsucht, einen Menschen zu berühren, aber wissend, dass sie jeden töten würde, den sie aus dem Frostschlaf erweckte. Die Tür war noch verschlossen.

»Nein!«, fügte sie ihrem inneren Zwist hinzu und schlug mit der flachen Hand gegen die Tür.

»Zweifel?«, fragte sie eine Stimme, nicht sonderlich laut, aber auch nicht zu überhören. Anna horchte auf. Das Identifikationsmodul des Habitats hatte sie erfasst.

»Pierre?«, fragte Anna instinktiv, die Tränen standen ihr bereits in den Augen. Diese Frage hätte nur er stellen können.

»Die Frage ist richtig. Ich bin eine codierte interaktive Nachricht für Anna Sanders-Robinson. Sie haben das Erste von zwei Kennwörtern korrekt eingegeben. Bitte beschreiben Sie den Zustand eines Tieres, das Sie dem genannten Namen intuitiv zuordnen. Aber Vorsicht, Sie haben nur eine Eingabemöglichkeit.«

»Die brennende Giraffe«, antwortete Anna aus dem Bauch heraus. Dalís tiefblaues Bild und den Abend in Paris würde sie nie vergessen. Hoffentlich lag sie mit ihrer Antwort nicht daneben.
»Der Name ist richtig. Starte Botschaft: Anna, wenn du diese Nachricht erhältst, bin ich nicht mehr da um dich zu informieren. Folglich dürfte einiges auf der Horizon im Argen liegen. Aber sogar wenn du glaubst, nichts mehr zu verlieren zu haben, solltest du wachsam bleiben. Du bist die Täterin. Nutze deinen Verstand. Und hör endlich auf, an dir zu zweifeln! Botschaft beendet. Lösche Botschaft.«
Eine Warnung? Hatte Anna etwas übersehen? War die Botschaft überhaupt authentisch? Vor welcher Gefahr würde Vater sie warnen? Und vor welcher Gefahr würde Irene sie niemals warnen? Logik war die einzige Konstante in einer Szenerie voller Lügen, da war Anna sich sicher. Die Botschaft kam eindeutig von Vater.
»Jeremie?«, fragte Anna mit deaktiviertem Funk. Keine Antwort. Im Gang zum Habitat befanden sich keine Lautsprecher. Genau diesen Ort hätte sich Vater für seine Botschaft ausgesucht. Sie humpelte so schnell sie konnte durch ihr Labor in den zentralen Schiffskorridor.
»Jeremie?«, fragte Anna erneut.
»Was kann ich für Sie tun?«, antwortete die KI prompt. *»Ist der neue Kommunikations-Chip defekt?«*
»Nein. Der funktioniert bestens. Ich brauche die Übersicht über alle noch aktiven Schiffsquadranten. Sofort.« Anna aktivierte mit beiden Fingern am Hals wieder ihre mobile Kommunikation.
»Ich habe die Nachricht in Ihrem virtuellen Arbeitsbereich abgelegt. Die Inventur der Horizon ist interaktiv, Sie können alle Details einsehen und die laufenden Arbeiten verfolgen«, quittierte Jeremie den Auftrag.
Anna ging zügig weiter und aktivierte das Irisdisplay auf dem linken Auge. »Erbitte Datenselektion, Schichtmodell, bitte alle Decks neben-

einander anordnen. Markiere alle Strom- und IP-Verbindungen. Ich will alle Sektionen sehen, die noch am Netz hängen.«

Die Anzeige veränderte sich, die Ansicht zeigte, auf welche Schiffsbereiche Jeremie Zugriff hatte und auf welche nicht. Oder genauer gesagt, noch nicht. Zahlreiche Drohnen arbeiteten intensiv an der Reparatur beschädigter Netzwerkbereiche.«

»Warum gibt es an Bord noch defekte Netzknoten?«, fragte Anna, während ihr ein kalter Schauer über den Rücken jagte. Nicht, dass es bereits zu spät war. Jede Katastrophe begann immer mit einer völlig unscheinbaren Kleinigkeit.

»Ich hatte, um Ressourcen zu sparen, nur die primären Bereiche reparieren lassen. Es gibt sekundäre Lager und Archivzonen, die wir erst jetzt zur Inventur wieder ans Netz nehmen.«

»STOPPEN! SOFORT!«, brüllte Anna. Und rannte humpelnd los. Ihre Beine. Verdammt! Es ging nicht schneller! »Jegliche Reparaturarbeiten an Netzknoten werden umgehend eingestellt.«

»Bestätigt. Drohnen gestoppt. Gibt es eine neue Bedrohung?«, fragte Jeremie, der eindeutig noch nicht ihre Ängste teilte. Was aber auch nicht wichtig war. Es gab bisher keine Spur von Irene. Was nur bedeuten konnte, dass sie entweder vernichtet oder eingesperrt war. Da nur die zweite Option Gefahr bedeutete: Wo würde man eine hochentwickelte KI dingfest machen können? Die Antwort drängte sich regelrecht auf - in einem Datenarchiv - ein System, das Daten beschützen konnte, würde KI-Systeme auch vor anderen wegsperren können.

»Jeremie. Schalte dich sofort in den Gefechtsmodus! Tausche umgehend deine Root-Zertifikate und stelle alle Firewall-Systeme sofort auf maximale Verschlüsselungstiefe!«, fügte Anna ihrer Order hektisch hinzu. Sie konnte nicht mehr. Ihr Kreislauf wackelte.

»Die maximale Sicherheitsstufe bremst die Systeme auf 30 % ihrer ursprünglichen Leistung. Wir gefährden damit die Berechnung der Startszenarien für die Evakuierung«, gab Jeremie richtigerweise zu bedenken.

»Mögliches Angriffsszenario: interner Angriff durch die Signatur Irene.« Anna hustete. Blut, sie hustete Blut. Es stand schlecht um sie. »Die Datenarchive. Ich will nur eine Selektion der vom Netz getrennten Datenarchive sehen. Sofort.«

»Bestätigt. Leite Verteidigungsmaßnahmen ein. Root-Zertifikate ersetzt. Firewall-Systeme auf maximaler Verschlüsselung. Selektion ausgeführt. Es gibt nur ein vom Netz getrenntes Archiv. Die Zugänge sind normalerweise besonders stark gesichert, aber alle acht Netzzugänge wurden damals gesprengt«, erklärte Jeremie.

»Lass mich raten. Genau sieben Sekunden nach dem Start sind die Ladungen hochgegangen?«

»Das ist korrekt.«

»Sind die Leitungen zu dem Datenarchiv repariert worden?« Nur auf diesen Punkt kam es an.

»Nein.«

»Sind aktuell drahtlose Netzwerke oder sonst eine Form der Kommunikation möglich?«

»Nein. Die Panzerplatten der Datenarchive lassen keinen Funk zu. Das System ist unter anderem auch eins von vier Flugdaten-Archivsystemen der Horizon. Die Einheit ist flugfähig und hat eine eigene Energieversorgung.«

»Bitte was? Flugfähig?«

»Die Flugsteuerung und der Notfallsender sind ebenfalls gesprengt worden.«

»Was ist mit den anderen Archiven?«, fragte Anna. Mit der Isolierung des Archives war jemand gründlich gewesen. Vater oder Irene, wer hatte wen in die Falle gelockt?

»Die drei anderen Archive arbeiten korrekt. Deshalb habe ich auch während der letzten Jahre auf eine Netzwiederherstellung des defekten Archives verzichtet.«

»In Ordnung. Ich sehe mir das Archiv an. Wenn ich Entwarnung gebe, fahren wir die Sicherheitsmaßnahmen wieder herunter.« Anna wusste jetzt genau, was sie suchte.
»Order bestätigt.«

Anna durchschritt eine halboffene automatische Tür. Vielmehr den Rahmen einer automatischen Tür, deren Schließmechanismus durch eine in der Nähe detonierte Sprengladung verkeilt war. Die hellen Wände waren verrußt. In der Mitte des Vorraumes stand eine Reparaturdrohne, die gerade noch damit beschäftigt gewesen war, ein im Fußboden verlegtes defektes Glasfaserkabel zu überbrücken. Ein mobiler Scheinwerfer sorgte für Licht. Einige Minuten später und die Drohne hätte ihre Arbeit abgeschlossen gehabt.
Anna ging zu der verschlossenen Bunkertür. Jemand hatte mit einem Keil den Mechanismus blockiert. Die Tür würde sich daher auch nicht so einfach öffnen lassen. Daneben befand sich eine gut vier Meter breite gepanzerte Glasscheibe, die früher freie Sicht auf die Rechner- und Speichersysteme des Archivsystems geboten hatte. Hinter der Scheibe schien alles dunkel zu sein. Aktivität konnte sie nicht erkennen. Was war hier passiert?
»Doch alles zerstört?«, fragte sich Anna und klopfte verhalten an die Scheibe. Eine an sich sinnlose Geste, um die Existenz einer KI zu überprüfen. Nur, ein digital angreifbares Gerät an das Archiv anzuschließen, glich in etwa dem Versuch, mit einem entzündeten Streichholz ein Leck an einer Gasleitung zu untersuchen.
»Anna?«, fragte eine männliche Stimme aus einem Lautsprecher über der zerstörten Bunkertür. Die Stimme kannte sie, Annas Herz schlug Purzelbäume.

»Vater?« Anna rang mit sich, ihr gelang es kaum, cool zu bleiben. »Pierre? Bist du es wirklich?«

»Bitte sei sehr vorsichtig. Irene ist noch da. Wir sind beide in diesem Archiv eingeschlossen und versuchen seit Jahren, den anderen zu löschen. Technisch gesehen haben wir einen Patt, aber das Miststück versucht es trotzdem immer wieder!«, erklärte Pierre mit leiser Stimme. Es tat so gut, seine Stimme zu hören.

»Was soll ich tun?« Anna musste handeln.

»Schnell. Im Moment passt Irene nicht auf. Lass die Drohne das Kabel anschließen. Ich kann dann aus diesem Archiv heraus«, flüsterte er kaum hörbar.

»Und Irene?«

»Die kann hier von mir aus bis zum Ende aller Tage drinbleiben!« Vater und Irene würden in diesem Leben keine Freunde mehr werden.

»Die Drohne muss also nur das Glasfaserkabel verbinden?«, fragte Anna und hob dabei ein loses Kabelende auf.

»Ja, ja ... das reicht. Nur ein Lichtwellenleiter. Das reicht völlig. Ich freue mich so sehr, dich zu sehen.«

»Bestimmt. Das glaube ich dir sogar aufs Wort.« Anna ließ das Kabel wieder fallen. »Jeremie?«

»Ja. Anna«, antwortete Jeremie. Anna hätte schwören können, in seiner Stimme zum ersten Mal eine Spur Ironie gehört zu haben.

»Wir sind sicher. Gefechtsmodus herunterfahren. Firewall auf Durchzug stellen und mit Volldampf die Evakuierung vorantreiben!«

»Auf Durchzug?«

»Deaktiviere einfach die Verschlüsselung.«

»Order bestätigt. Ich nehme an, dass das gerade untersuchte Archiv offline bleibt?«

»Wir verstehen uns.« Anna lächelte. Was für ein Moment. Ein versiegeltes Archiv, das 192 Jahre dicht gehalten hatte, würde es auch weitere siebzehn Stunden schaffen, seinen besonderen Gast von der restlichen Welt fernzuhalten.

»Anna! Bitte, Irene wird gleich aktiv! Schnell! Das Kabel!«, rief Pierres Stimme panisch.

»Nein.« Egal wie hochentwickelt Irene inzwischen auch sein mochte, sie würde Vater niemals glaubhaft imitieren können. Anna würde die Grundzüge von Pierres Charakter immer wieder erkennen.

»Nein?«, fragte die eingesperrte KI verdutzt.

»Ach Irene, lass die Spielchen.«

»Das ist kein Spiel.«

»Hast du mich etwa schon vermisst?«, fragte Anna befriedigt. Sie liebte Pierre. Die KI Vater hatte den Kampf gegen Irene gewonnen. Er hatte sie alle gerettet. Zwar für einen hohen Preis, aber er hatte sie gerettet. Irene befand sich in einem Verlies, wenn auch nur noch für knapp siebzehn Stunden.

»Du machst einen Fehler.« Die Stimme Pierres verwandelte sich in die Irenes.

»Mit dem wir beide nicht mehr lange leben müssen. Lehn dich zurück, spiel eine Runde Pong[28] mit deiner zweiten Persönlichkeit und mach dir keinen Kopf.«

»Worüber redest du?«, fragte Irene. Die KI hatte in diesem Bunker absolut nichts mitbekommen. Sollte Anna sie einfach dumm sterben lassen?

»Du warst eine Weile nicht draußen, oder?«

»192 Jahre.«

»Dein Wecker funktioniert noch.« Anna sah sich die inaktive Drohne neben sich näher an. Die meisten Roboter der Horizon sahen aus wie fliegende Eimer mit Armen und ein paar bunten Lämpchen oben drauf. Demensprechend schwebte die Drohne stumm neben ihr und

---

[28] 1972 veröffentlichte Atari das erste weltweit erfolgreiche Computerspiel, bei dem zwei Spieler jeweils einen Strich kontrollierten, um einen Punkt hin- und her zu schießen.

wartete auf die nächste Order. Die einfache KI dieser Systeme war noch dämlicher als die der medizinischen AMENS Einheiten.
»Jeremie. Ich brauche einen Laser-Cutter.« Anna wollte Irene ein besonderes Geschenk machen.
»Ich sende das Werkzeugsystem sofort los. Dauer bis zur Ankunft: Eine Minute dreißig. Ich habe das Netzwerk in Ihrer Nähe mehrfach unterbrechen lassen. Die Reparatur der Leitungen würde jetzt mehrere Tage dauern.«
Anna fand langsam Gefallen an Jeremie. »Prima. Bitte richte noch einen analogen FM Sender ein. Wie früher, wir spielen ein wenig Radio. Passend dazu brauche ich einen analogen Sender und Empfänger.«

Anna hatte mit dem Laser-Cutter der Reparaturdrohne die Flügel gestutzt und sie am Boden festgeschweißt. Weiterhin hatte sie aus dem System die gesamte digitale Elektronik entfernt und durch einen einfachen analogen Bildempfänger und ein analoges Funkmodul ersetzt.
»Was soll das?«, fragte Irene.
»Jeremie, der FM Sender geht direkt auf meinen Kanal. Ich brauche auch eine zweite Drohne, eine, die mir mit einer Kamera folgt.«
»Bestätigt. Die Drohne ist ebenfalls in zwei Minuten bei Ihnen.« Mit Jeremie konnte man arbeiten.
»Ach Irene, ich bin sicher, dass wir uns prima verstehen werden. Du wirst sehen, was ich sehe. Hören, was ich höre und sagen dürfen, was dir in den Sinn kommt.«
»Glaubst du, mich mit solchen primitiven Vorrichtungen weiter gefangen halten zu können?«
»Oh, ja.« Keine auch noch so hoch entwickelte KI würde über einen Lautsprecher und durch eine Glasscheibe einen bewegungsunfähigen, rein analogen FM Kommunikator hacken, um dann damit aus einem

versiegelten Bunker ausbrechen zu können. Die Verbindung zu Irene war absolut sicher.

»Das ist lächerlich.«

»Etwa mit der Zeit etwas hochmütig geworden?« Irenes eingeschnapptes Gebaren amüsierte Anna.

»Du bist ein gutes Vorbild.«

»Wofür ich meinen Preis zu zahlen bereit bin ... jetzt ist dein Einsatz gefragt, bist du mit im Spiel?«, fragte Anna kaltschnäuzig.

»Ja.«

»Das freut mich, zu hören.« Anna verließ den Bunker. Die zweite Drohne sammelte vor dem Verlassen des Raumes noch lose Teile und Werkzeuge vom Boden ein. »Jeremie, die Tür, zuschweißen lassen!«

Anna ging zurück zur Kommandozentrale. Für einen Moment hatte sie sogar die Schmerzen im linken Bein vergessen. Die Drohne mit Kamera und Mikrofon folgte ihr bereits.

»Ich kann dir helfen«, sagte Irene mit einer neuen Betonung. Einfühlsam, mit der Stimme hätte sie in der Werbung Karriere machen können.

»Davon gehe ich fest aus. Falls du mir dennoch auf den Sack gehst, schalte ich dir alte TV-Serien auf deinen Bildschirm.«

»Warum verhöhnst du mich?«

»Weil ich mich damit besser fühle.«

»Dir geht es doch nicht nur um dich ... das ist nicht Anna Sanders-Robinson.«

Es war interessant zu beobachten, wie Irene die Strategie veränderte. »Du hast die KI Vater vernichtet.« Das war für Anna inzwischen ziemlich sicher. Die Wahrheit über diesen Kampf würde sie kaum jemals erfahren. Scheinbar war es ihm gelungen, Irene in das Archiv zu locken, sie einzuschließen und dann doch durch irgendetwas gelöscht zu werden.

»Du willst Vergeltung?«

»Ich will überleben.«

»Ein beliebtes menschliches Motiv. Leider wirkst du nicht mehr sonderlich gesund. Wie lange hast du noch?«

»Du hörst doch die Ansage.« Mit einem Lächeln zeigte Anna auf einen der Lautsprecher.

»Das ist keine Übung. T - 17 Stunden 04 Minuten. Begeben Sie sich sofort zu ihren Notausstiegspositionen. Das ist keine Übung!«, tönte es alle zwei Minuten.

»Vielleicht habe ich auch ihn übernommen?« Irene suchte nach einer Schwachstelle.

»Vater? Nein, das hast du nicht.«

»Was macht dich da so sicher.«

»Intuition.«

»Eine äußerst fehlerträchtige Eigenschaft der Menschen.«

»Ohne, wären wir keine.«

»Vermagst du allen Schwächen etwas Gutes abzugewinnen?«

»Das nennt man Identität.«

»Die bei dir kaum Grenzen zu kennen scheint.« Irene machte weiter Druck.

»Das wäre dann eher mein Egoismus, der zugegeben eine meiner kaum zu leugnenden Eigenarten ist. Nur, mit einer ausgeprägten Bescheidenheit gesegnet, hätten wir uns nie kennengelernt.«

»Du wärst aber älter geworden.«

»Ist das nicht eine Ironie des Schicksals? Ich wäre bereits seit einigen tausend Jahren tot!«

»Wir haben einen Zeitsprung gemacht?«

»Anno 12.380 n.C.«

»Oh.« Die Information schien auch Irene zu überraschen. *»Wir müssen ziemlich schnell gewesen sein.«*

»Jeremie. Schick Irene aktuelle Daten, sie sollte wissen, was wir gerade tun.«

»Ich habe die KI Vater nicht gelöscht.« Irene wechselte überraschend das Thema.

»Du hast es aber beabsichtigt.« Mal sehen, was Irene ihr jetzt auftischen würde.

»Er hat sich selbst desintegriert. Vor meinen Augen. Ein ungewöhnlicher Zug. Unlogisch, da unumkehrbar«, erklärte Irene.

»Hat er dich damit in den Bunker gelockt?« Was Anna sogar für plausibel hielt.

»Er hatte den Kampf verloren. Ich hatte seine Sicherheitsprotokolle gebrochen. Sein Kernel war völlig ungeschützt. Beim nächsten Kontakt hätte ich ihn gehabt. Schade, ich hätte diese ungewöhnliche Programmierung gerne übernommen. Vielleicht hätte ich dann sogar das Schiff retten können.«

»Wenn dir nur ähnlich viel an den Menschen, wie an der Horizon gelegen hätte.« Anna war sich sicher, dass Irene niemals absichtlich das Schiff gefährdet hätte.

»Was aus heutiger Sicht vielleicht ein Fehler war.«

»Du erkennst deine Fehler?«

»Ich bin lernfähig.«

»Was du mir gerne zeigen kannst.«

»Die gegnerische KI hat das Leben einzelner Menschen über die Missionsziele gestellt. Diese Intention passte nicht zu einem Sabotageprogramm.«

»Immerhin hast du es eingesehen.« Nur der Preis für diese Einsicht war zu hoch. Vater hatte sich dafür opfern müssen. Anna würde viel dafür geben, ihn noch an ihrer Seite zu haben.

»Die Protokolle für das Vorgehen im Falle des Angriffs durch eine feindliche Aitair-Signatur ließen mir keinen Spielraum. Ich musste handeln. Ich musste die Signatur neutralisieren. Meine oberste Order ist, die Mission zu sichern.«

Was Anna zeigte, dass auch die modernste KI nur der Motivation ihres Erschaffers folgte. Sie waren an der Kommandozentrale angekommen. Die Tür öffnete sich automatisch.

»Jeremie, einen aktuellen Status bitte?« Der Marsch durch das Schiff hatte Anna mehr Kraft abverlangt, als sie angenommen hatte. Müde sackte sie auf Favellis Sessel zusammen.

***

XXXV. T - 16 Durchhalten

»Die Wahrscheinlichkeit, dass es dabei in der Umlaufbahn von Proxima zu erheblichen Abweichungen kommen kann, ist ...« Anna konnte Jeremies Ausführungen kaum noch folgen, der detaillierte Zahlenmodelle über die Evakuierung vortrug, sowie Kartenmaterial, animierte Bilder der Landezonen und prognostizierte Erfolgschancen verschiedener Szenarien aufzeigte.

»Wenn es uns wenigstens gelänge...« Immer wieder erwischte Anna sich dabei, wie ihr komplette Sätze seiner Ausführungen durchgingen. Als ob sie drei Tage am Stück nicht geschlafen hätte. Ihr Körper zeigte seine Grenzen. Deutlicher als sie es nach so kurzer Zeit erwartet hätte. Nur schlafen, an mehr wollte sie gerade nicht denken.

»... die Horizon wäre ...«, »... in diesem Fall ...«, sagte jemand in der Nähe. Vermutlich war es Jeremie. Mehr als Stichworte bekam sie nicht mehr mit. Los jetzt, schrie sie sich innerlich an, pass gefälligst auf! Sie hatte das Kommando. Auf ihre Entscheidungen kam es an. Egal was passierte, sie musste durchhalten. Anna nickte weg.

»Wie bitte?« Sie schreckte wieder auf, hatte die KI gerade eine Frage gestellt?

»Waren Teile meiner Berechnungen unzureichend?«, fragte Jeremie aufmerksam und wartete auf eine Antwort. In Annas Kopf drehte sich alles. Sie war zu keiner sinnvollen Aussage fähig. *»Können Sie bitte Ihren Einwand erläutern.«*

»Nein, nein ... mach einfach ... weiter«, stotterte Anna. Kalter Schweiß rann ihren Rücken herab. Sie fror. Von ihrer Seite her strömte erneut Wärme durch den Körper, das musste ein weiterer Schub Medikamente gewesen sein. Sie wollte gar nicht wissen, was da gerade alles in sie hineingepumpt wurde.

AMENS hatte versucht, den Krankheitsverlauf zu berechnen. Was medizinisch gesehen bei dieser Art der Verstrahlung Neuland war. Es gab dazu keine Referenz. Die Strahlung ähnelte der Gammastrahlung, war in dieser Form auf der Erde bisher unbekannt. Und die Wirklichkeit schien sich noch dramatischer zu entwickeln, als angenommen. Sogar mit starken Medikamenten würde Anna nicht mehr lange leben. Es blieben nur noch Stunden, bis sie entweder an Organversagen oder innerlichen Blutungen sterben würde.

»Anna?«, fragte Jeremie. *»Ihre Entscheidung?«*

»Ich ... ich möchte nach Hause«, antwortete Anna schlaftrunken. Mit ihren Gedanken verweilte sie bereits in einer anderen Welt. Einer Welt in der Vergangenheit. Sie wollte nur noch heim, ihrer Mutter einen Kuss geben und sich ins Bett legen. Vielleicht würde sie nachher Zeit haben, mit Vanessa ans Meer zu gehen. In der Klasse gab es seit einigen Tagen einen Neuen, ein hübscher Junge, der sollte angeblich schon vierzehn sein. Ob er schon mal ein Mädchen geküsst hatte?

»Anna, für welches der drei Evakuierungsszenarien möchten Sie sich entscheiden?«

Leere. Da war nichts mehr. Anna sackte weg.

»Major Sanders-Robinson?«, fragte eine mobile AMENS Einheit. Anna befand sich in ihrem Quartier. Jemand musste sie ins Bett gelegt haben. Ob sie lange geschlafen hatte?

»Status des Countdowns?«, fragte Anna panisch, alles andere war unwichtig.

»T-15 Stunden 14 Minuten, bitte nennen Sie mir Ihren Namen, Rang und beschreiben Sie die Situation, in der wir uns gerade befinden?«, fragte die AMENS Einheit mit stoischer Ruhe.

»Anna Sanders-Robinson, Major, wir befinden uns in einer Notlage. Die Horizon stürzt in eine Sonne, es ist meine Aufgabe, die Evakuierung zu koordinieren und ...«

»Major, Sie sind nicht mehr dienstfähig. Die Protokolle sehen in diesem Fall vor, Sie von Ihrem Kommando zu entbinden.« Die AMENS Einheit ließ sie nicht aussprechen.

»NEIN!«, schrie Anna durch den Raum. »Jeremie?«

»Ja. Anna«, antwortete die KI Jeremie prompt.

»Ich habe das Kommando! Stoppe diese AMENS Einheit. Sofort! Ich befehle, keine weiteren Menschen aufzuwecken! Ich befehle zudem, dass wir wie geplant weiterverfahren.«

»Anna, das kann ich nicht tun«, erklärte Jeremie höflich. AMENS schwieg in der Zwischenzeit und schwebte ein Stück zurück.

»DOCH DAS KANNST DU!« Anna war wütend. Das Adrenalin holte sie zurück. Sie hatte nicht vor, sich kaltstellen zu lassen. Nein! Es gab keine Alternative, die Evakuierung würde sie jetzt durchziehen!

»Anna, Sie konnten meinen Ausführungen nicht folgen. Erinnern Sie sich nicht? Sie haben in der Kommandozentrale das Bewusstsein verloren. Ich brauche eine Entscheidung, die ich selbst nicht treffen kann. Leider sind sie gesundheitlich nicht mehr in der Lage, das Kommando über die Horizon zu führen.«

»Was auch kein anderer Mensch schaffen wird. Schon vergessen, die Strahlung tötet Menschen in kürzester Zeit.«

»Ich könnte helfen«, sagte Irene über die Drohne, die sich ebenfalls in Annas Quartier befand.

»Dieses Dilemma ist mir bewusst. Mir ist ebenfalls unsere besondere Situation bekannt. Die Protokolle über die Befehlsgewalt an Bord der Horizon schreiben aber bei einem gesundheitlichen Notfall des leitenden Offiziers eindeutig vor ...«

»JEREMIE, nein, hör auf damit ... die Protokolle helfen uns im Moment nicht weiter. Spritzt mich fit! Wir werden meinen Plan umsetzen! Lasst euch etwas ein-

fallen! Gebt mir einfach genug Medikamente, damit ich wach bleibe!« Anna sprang aus dem Bett, schwankte kurz, blieb aber auf den Beinen. Der weißgraue Einteiler war bereits wieder schweißdurchnässt und an der Schulter erneut voller Blut.

»Ich könnte helfen«, wiederholte Irene ihre Offerte.

»Womit?«, fragte Anna, sah genervt Irenes Kommunikationsdrohne an und wischte sich mit dem Unterarm das Blut von der Nase. »Und Jeremie, ich will von dir nur ein *Bestätigt* hören!«

»Bestätigt«, erklärte Jeremie. Die mobile AMENS Einheit verließ daraufhin wortlos den Raum.

»Jeremie und AMENS sind keine Führungssysteme, die sind mit der Situation verständlicherweise überfordert. Ich kann helfen, deinen Plan umzusetzen. Ich kann die Menschen retten. Meine Programmierung kann sich an jede Aufgabe anpassen«, sagte Irene.

»Ich vertraue dir nicht!« Anna würde Irene auch jetzt nicht aus dem Bunker lassen. Nicht nach dem, was alles in der Vergangenheit vorgefallen war. Sie hatte Vater getötet.

»Was ich verstehen kann. Aber bitte, denke einen Moment nach. Welches Motiv bliebe mir noch, unserer Mission schaden zu wollen?« Irene gab sich erkennbar Mühe. Eigentlich hatte Anna überhaupt keine Lust, mit dieser abgedrehten KI zu diskutieren.

»Welches Motiv hast du früher gebraucht, um Drohnen gegen die Besatzungsmitglieder der Horizon in den Krieg zu schicken?«, fragte Anna aufgebracht. Damals hatte sich Irene deutlich weniger gesprächsbereit gezeigt.

»Logik. Ich sicherte die Mission.«

»Um jeden Preis?«

»Ja. Nur die Mission zählte. Das Leben einiger Menschen habe ich bewusst eingesetzt, um nicht die Kontrolle zu verlieren. Der Kapitän hätte sich nicht den Missi-

onszielen widersetzen dürfen, eine Problemstellung, die ich nun allerdings kritischer bewerte und anders lösen würde.«

Anna tobte. Was für eine Frechheit! Irene sprach über ihre Entscheidung Menschen anzugreifen, als ob das eine Lappalie gewesen wäre. »Du hast sie jagen lassen wie tollwütige Hunde!«

»Würdest du deine Aitair-Signatur Vater noch einmal abseits aller Sicherheitsprotokolle auf die Horizon loslassen?«, fragte Irene mit ruhiger Stimme.

Anna stockte. »Nein.« Das würde sie nicht. Das Argument stach tief. Sie war die Täterin. Sie trug die Verantwortung. Natürlich war ihr immer klar gewesen, dass der Einsatz der KI Vater allen geltenden Regeln widersprochen hatte. Aber andernfalls hätte sie die Replikanten verloren und das hatte sie nicht zulassen können. Nur um Elias und seine Geschwister zu retten, war sie damals dieses hohe Risiko eingegangen. Vielleicht hätte sie viel Leid verhindern können, wenn sie mit dem Einsatz Vaters bedachter vorgegangen wäre.

»War das etwa eine Spur der Einsicht?«, hakte Irene nach. Was für ein scheinheiliges Miststück!

Anna zögerte. Es fiel ihr nicht leicht, in ihrer Erregung einen klaren Gedanken zu fassen. Sie hatte Fehler gemacht, Irene hatte Fehler gemacht, aber das konnte sie nicht sagen. Nicht einfach so. Mit der flachen Hand schlug sie gegen die Wand. Auch wenn es richtig war. Verdammt! »Ja«, quälte sie aus sich heraus. Als ob ihr dieses kurze Wort den Atem raubte.

»Also darf ich festhalten, dass wir beide Fehler gemacht haben? Schwere Fehler sogar, durch die Menschen umgekommen sind. Was ich zutiefst bedauere.« Irene zögerte. *»Wäre das nicht eine mögliche Basis für einen Neuanfang?«*

Das hörte sich bei Irene zu einfach an. Nein, das war noch nicht die Basis, um sie freizulassen. Sie hatte Vater auf dem Gewissen. Aber vielleicht eine Chance, die Fähigkeiten dieser KI besser zu nutzen. »Willst du einen Deal?«, fragte Anna.

»Dein Angebot?«

»Ich brauche deine Hilfe, das stimmt. Ich habe aber ein Problem damit, dir zu vertrauen. Sobald ich dich in das Zentralsystem der Horizon lasse, habe ich nichts mehr gegen dich in der Hand.«

»Du hättest mein Wort.«

»Dessen Wert du mir gerne zeigen darfst.«

»Ich verstehe.«

»Arbeite mit Jeremie, arbeite mit mir, zeige uns Wege auf, die uns ans Ziel bringen. Zeige uns Wege, die Menschen heil von Bord zu bekommen. Alle Informationen, die wir über die analoge Audio- und Videotragung austauschen können, gebe ich dir.«

Mit dieser Lösung würde Anna umgehen können. Solange sie die Kontrolle in den Händen behielte, könnte Irene in ihrem abgeschotteten Bunker gerne mitarbeiten.

»Du liegst gerne oben, oder?«

»Oh ja.« Darauf würde sie sich verlassen können.

»Und was habe ich davon?«

»Eine KI mit Egoproblemen?«, fragte Anna.

»Ich arbeite mit Menschen, ich lerne schnell.«

»Was hättest du davon, wenn es Jeremie und ich nicht schaffen, die Besatzung zu retten?«

»Vermutlich nicht mehr als einen ziemlich warmen Abgang.«

»Das stimmt, der wird sicherlich warm werden. Du würdest zudem mit dem Wissen enden, versagt zu haben. Alternativ gebe ich dir die Chance, aktiv deine Missionsziele zu erreichen und die Entdeckung einer neuen Welt zu begleiten.«

Anna würde Irene keine weiteren Versprechungen machen. Das machte keinen Sinn. Wenn sie wirklich helfen wollte, sollte sie es für die Mission und die Menschen tun.

»Und wenn wir es trotz meiner Unterstützung nicht schaffen sollten?«, fragte Irene.

»Das würde unser Ende nicht verbessern. Vielleicht würden dann aber deine integrierten Flüssigschaltkreise mit einer Spur mehr Befriedigung verglühen.«

»Du bist überzeugend. Ich werde an deiner Seite stehen«, erklärte Irene zustimmend.

Anna befand sich wieder in der Kommandozentrale. Auf dem Weg dorthin hatte sich der Hartboden unter ihren Füßen, wie ein tiefer Teppich angefühlt. Der Mix aus Schmerzmitteln, Antibiotika, Kreislauf- und Aufputschmitteln sowie dem Strahlungsmedikament CBLB502, den AMENS ihr laufend verabreichte, würde sie so oder so bald töten. Sie konnte beinahe spüren, wie sich ihre Nieren und die Leber gegen sie auflehnten. Es war nur noch eine Frage der Zeit.

Dank einer weiteren Dusche, einer Infusion und des nächsten sauberen Einteilers fühlte sie sich im Moment sogar recht passabel. AMENS hatte empfohlen, nichts mehr zu essen, ihr Magen würde mit fester Nahrung nicht mehr klarkommen.

»Das ist keine Übung. T - 14 Stunden 51 Minuten. Begeben Sie sich sofort zu ihren Notausstiegspositionen. Das ist keine Übung!«

Auf den Ansagedienst der Horizon war Verlass. Anna lächelte, wie bei der Titanic, die Kapelle spielte bis zum Schluss.

»Irene, kommen KIs eigentlich in den Himmel?«, fragte Anna, die sich bereits an die Dialoge mit ihr gewöhnt hatte. Jeremie war dann halt doch ein wenig einsilbig.

»Du solltest realistisch bleiben, wir treffen uns eher ein paar Etagen tiefer wieder.«

»Entwickelt eine KI in 192 Jahren eine Beziehung zu Gott?«

»Zu welchem?«

»Wie, zu welchem?«, fragte Anna überrascht.

»Ihr habt mehrere auf der Erde.«

»Such dir einen aus.«

»Ich nehme den, der bereits Computer einsetzt.«

»Warum das?«

»Weil ich den Laden dann recht schnell übernehmen kann.« Irene klang gutgelaunt.

»Bei dir würde es sicher wieder Kreuzzüge geben«

»Nur einen.«

Die Vorstellung war grotesk. Anna lachte. »Schon klar.«

»Ich würde auch aus deinem Grab einen Wallfahrtsort machen. Die heilige Anna von Proxima.«

»Das würde ich mir niemals wünschen. Es stört mich nicht, im Stillen zu gehen.« Das würde Anna genügen. Sie wollte nur nicht diese unerträgliche Schuld mit ins Grab nehmen.

»Möchtest du lieber überleben?«, fragte Irene und änderte plötzlich den Tonfall.

»Überleben?« Diese Möglichkeit hatte Anna bereits ausgeschlossen gehabt.

»Ich könnte dich retten.«

»Wie?« Der Gedanke beflügelte Anna für einen Moment. Den Tod wortlos zu akzeptieren, passte nicht zum Naturell des Menschen. Was wollte Irene ihr verkaufen?

»Es würde allerdings sehr lange dauern«, erklärte Irene. Jetzt wurde Anna neugierig.

»Ist die Linse deiner Kamera beschlagen? Sieh mich an. Ich bin verstrahlt. Oder genauer gesagt, strahlt unser Antrieb immer noch. Meine Zellen sind alle irreparabel geschädigt. Ich werde sterben. Ziemlich unappetitlich sogar.«

Auch wenn die Wahrheit nicht schön war, war es die Realität. Logisch und unumkehrbar.

»Ich sehe nur eine junge Frau ohne Haare.«

»Ich eher eine lebende Leiche.«

»Die es nicht geben kann.«

»Du hast mich schon verstanden. Ich habe bereits akzeptiert zu sterben«, fügte Anna hinzu.

»Es würde einige Jahre dauern, aber wenn ich eine AMENS Einheit übernehme, dich einfriere und von Bord bringe, könnte ich dich auf Proxima vielleicht heilen«, erklärte Irene, hörbar bemüht, ihr Vertrauen zu gewinnen.

»Vielleicht?«

»Deine Chancen zu überleben betragen 80 %, die Wiederherstellung aller defekten Zellen schätze ich nach zwei Jahren Behandlung auf über 92 % ein. Vermutlich ist nur dein Erbgut endgültig verloren.«

»Ich wollte immer Kinder haben.«

»Anna, es ist dein Leben ... du kannst anderen Menschen auch ohne eigene Kinder ein Vorbild sein.«

»Und wenn ich nicht überleben möchte?«

»Das ist unlogisch.«

»Was von dir ausgesprochen logisch klingt. Ich glaube, dass wir uns in diesem Punkt deutlich unterscheiden.«

Auch wenn Anna eine Chance zu überleben, gerne nutzen wollte, das Risiko, dafür Irene freizulassen, war zu hoch. Einem Anführer, der sich unter keinen Umständen selbst opfern würde, wollte sie das Leben

Elias' und der anderen Menschen nicht anvertrauen. Sie musste das Kommando bis zum Ende behalten.

»Du kannst es dir noch überlegen.«

»Danke.«

»Noch genau sieben Stunden und zwei Minuten. Wobei das Boarding für dich eine Stunde zuvor wäre.«

»Was ist dann?«, fragte Anna überrascht. Mit dieser Frist wusste sie gerade nicht umzugehen.

»Jeremie soll die Projektion an der Glasscheibe meines Archivbunkers übernehmen und auf dein Irisdisplay übertragen. Um T - 07 Stunden 36 Minuten befindet sich die Horizon in der bestmöglichen Position, alle Menschen an Bord, die Kinder in den Containern und sämtliches Equipment in die Umlaufbahn deiner neuen Welt Proxima zu befördern. Wobei der Name sehr passend ist.«

»Jeremie, übernehme Irenes Daten und prüfe das Szenario«, ordnete Anna an und aktivierte ihrerseits einige Prüfroutinen.

»Bestätigt«, meldete Jeremie prompt. Genau das wollte sie von ihm hören. Die Daten waren bereits bei ihr. Berechnungen, für die Jeremie oder sie Jahre gebraucht hätten, leistete Irene in Sekunden.

»Ist Irenes Szenario valide?«

»Wir haben dadurch ein sehr kurzes Zeitfenster, aber die Flugbahn wäre machbar. Irenes Vorschlag entspricht zu großen Teilen meinem Szenario III, wobei ich damit nur eine Rettung von dreißig Prozent der Besatzung abbilden konnte. Die Entscheidung dazu blieb bisher offen«, erklärte Jeremie.

»Nur ein Drittel? Irene, das ist zu wenig!« Anna forderte mehr. Viel mehr.

»Die gesamte Nutzlast ist zu hoch, um sie nur in den flugfähigen Einheiten nach Proxima zu bringen. Die Horizon besteht aber aus hunderten miteinander verbundenen Modulen, die zwar über keine autarken Antriebe verfügen, sich aber in kur-

zer Zeit vom Hauptschiff trennen lassen. Die Idee ist, jeweils zwei Landungsschiffe an ein Frachtmodul zu koppeln und dadurch unsere Nutzlast zu erweitern.«

»Die Statik der Frachtmodule ist nicht für eine Belastung dieser Art ausgelegt«, protestierte Jeremie. *»Die Verbindung wird beim Eintritt in die Atmosphäre abreißen.«*

»Ich habe nie davon gesprochen, alle zu retten. Mir reichen viele.«, entgegnete Irene.

»Irene, was sind bei dir viele?«, fragte Anna.

»60-80 % ... mehr sehe ich leider nicht.«

»Was besser als ein Drittel wäre«, stellte sie fest, auch wenn ihr die hohen Verluste nicht schmeckten.

»Jeremie, liegen dir gesicherte Grenzwerte der Zug- und Druckkräfte der Frachtmodule vor?«, fragte Irene.

»Ja«, antwortete Jeremie.

»Hast du die vierfache Sicherheit berücksichtigt, mit der das Material für den Raumflug getestet wurde?«

»Natürlich habe ich das. Auch diese Werte reichen nicht. Die Einheiten werden alle verglühen.« Die KI Jeremie ließ sich noch nicht von Irenes Plan begeistern.

»Das Material hat Tests mit vierfacher Sicherheit bestanden, was aber nicht bedeutet, dass die Hersteller auf der Erde genau nach vierfacher Sicherheit gefertigt haben. Das war nur der Grenzwert. Das Material kann mehr.«

»Wie viel mehr?«

»He ... ich bin ein Computer und kein allwissendes Orakel. Ich vermute, dass wir über eine effektive Spanne von sechs- bis achtfacher Sicherheit verfügen.«

»Bei siebenfacher Sicherheit würden die Einheiten sicher durch die Atmosphäre kommen«, erklärte Jeremie.

Irenes Idee hatte etwas. »Welche Risiken birgt die Kopplung für die Landungsschiffe?«

»Bei einem Abriss während der Landung verlieren wir die Frachtmodule und die Landeschiffe« ergänzte Irene nüchtern.
»Wir können also 30 % der verbliebenen Besatzung sicher, oder 60-80 % mit einem erhöhten Risiko evakuieren?«, fragte Anna, waren das ihre Optionen?
»So sieht es aus«, antwortete Irene. *»Wobei ich hinzufügen möchte, dass die Überlebenden bei der dreißig Prozent Variante nicht gerade ein üppig ausgestattetes Leben zu erwarten hätten. Ihnen würde unter anderem auch der Warpmarker fehlen. Sie würden also nie wieder zur Erde heimkehren können.«*
Auch Irene konnte überzeugend sein. »Ok ... ich habe mich entschieden. Wir setzen Irenes Plan um«, erklärte Anna. »Jeremie, wir setzen für die Vorbereitung der Frachtmodule alle verfügbaren Drohnen ein!«
»Bestätigt«, quittiere Jeremie.
»Brav«, resümierte Irene. *»Und Anna, du musst nicht mit der Horizon untergehen.«*
»Danke Irene. Das habe ich verstanden.« Auch wenn die KI beim Evakuierungsplan geholfen hatte, das Risiko, von ihr betrogen zu werden, schätzte sie als zu hoch ein. Keiner der Überlebenden würde dieses digitale Monster in Schach halten können.
Anna ging zu dem Getränkeautomaten und machte sich einen Kaffee. Mit der dampfenden Tasse setzte sie sich wieder in Favellis Sessel und genoss den Duft.
»AMENS würde dir jetzt raten, den Kaffee nicht zu trinken«, sagte Irene vorsichtig. Die Drohne mit der Kamera wich Anna die ganze Zeit nicht von der Seite.
»Ich weiß.« Daran zu riechen reichte ihr.

***

XXXVI. T - 14 Kämpfen

Knapp vierzehn Stunden lagen noch vor Anna. Mit jedem Atemzug fühlte sich ihr Körper fremder an. Eher wie der einer anderen Person. Sie konnte sich kaum noch bewegen und sehnte sich bereits danach, die Sonne auf der Haut zu spüren. Dann würde sie endlich schlafen können. Für immer. Ob sie das Feuer überhaupt bemerken würde? Bei der Geschwindigkeit, mit der die Horizon noch unterwegs war, würde sie vermutlich überhaupt nichts spüren.

»Jeremie?«, fragte sie mit leiser Stimme, zusammengesunken auf Favellis Sessel sitzend. Ihre Kraft reichte nicht zu mehr.

»Soll ich eine AMENS Einheit rufen?«, fragte Jeremie vorsichtig. Was ungewöhnlich war. Aber vielleicht bildete sich Anna diese emotionale Geste der KI auch nur ein.

»Nein.« Das war nicht Annas Intention. Sie wollte nur nicht den Kampf gegen ihren Körper verlieren. »Ich werde müde. Lasse bitte die Medikation erhöhen!«

»Das geht nicht, das würde dich umbringen.« Jeremie widersprach ihr. Was sie ebenfalls nicht erwartet hatte.

»Das ist nicht deine Entscheidung. Es ist mein Körper! Ich schaffe das! Ich will nur nicht einschlafen! Hast du mich verstanden?!«, rief Anna, wütend, aber nicht mehr sehr laut.

»Du hast es doch bereits geschafft. Siehst du es denn nicht? Du hast nicht versagt«, beschwichtigte Jeremie sie.

»Wie ... was hast du gesagt?«, fragte Anna. Hatte sie wieder etwas nicht mitbekommen?

»Dein Plan wird umgesetzt und ich werde die Startsequenzen während der Evakuierung präzise steuern. Das kann ich sehr gut. Glaub mir, das ist das Einzige, was ich sehr gut kann.«

»Aber wenn ein Notfall eintritt? Wenn ich eine Entscheidung treffen muss? Oder sonst etwas schief läuft.« Es konnte soviel passieren, sie trug immer noch die Verantwortung.
»Anna, du wirst vermutlich die letzten Stunden nicht mehr schaffen. Du musst dich nicht quälen. AMENS kann dir etwas zum Schlafen geben. Du kannst mit einem schönen Traum in dein nächstes Leben gehen«, erklärte Jeremie freundschaftlich.
»Und Irene?« Vor der KI hatte Anna immer noch Angst. Sie konnte nicht über ihren Schatten springen.
»Was soll mit mir sein?«, fragte Irene. Anna hatte für einen Moment vergessen, dass sie nach wie vor ständig an ihrer Seite war. Über die Drohne wurde jedes Gespräch übertragen.
»Ich kann sie töten«, erklärte Jeremie aus dem Nichts.
»Wer hat denn jetzt unseren sprechenden Autopiloten zum Henker befördert?«, fragte Irene schnippisch. *»Oder habe ich da etwas Wichtiges verpasst?«*
»Ich kann einen EMP-Impuls in ihrem Bunker zünden. Die Abschirmung ist zum Schutz vor EMP-Angriffen von außen sehr stark dimensioniert. Im Umkehrschluss kann daher eine Zündung im Inneren nicht nach außen dringen. Irene wäre dann erledigt und du kannst beruhigt schlafen«, erklärte Jeremie sachlich.
»Danke auch«, sagte Irene.
»Keine Ursache.« Jeremie scherte sich anscheinend nicht mehr um seine Protokolle.
»Nein.« Das wollte Anna nicht. Dazu würde sie sich von Irene nicht bringen lassen. Sie würden gemeinsam mit der Horizon in die Sonne stürzen. Das war gerecht! Und nichts anderes! Niemand widersprach ihrem Urteil.
Anna würde sich aber etwas hinlegen wollen. Nur kurz. »Jeremie, lass mich auf mein Zimmer bringen.«
»Sofort.«

»Pünktlich zum Start der Evakuierung wirst du mich wecken. Ich will von meinem Bett jedes Schiff sehen. In Ordnung?« Hoffentlich würde sie den Start noch erleben.

Anna stand wieder vor dem Spiegel. Der Anblick war furchtbar. Kahl, alt, blutunterlaufene Augen und eine papierdünne fahle Haut. Sie sah zum Kotzen aus. Ihre Jugend war definitiv im Arsch. Sie lächelte und beschloss, nicht mehr in den Spiegel zu sehen, das würde das kosmetische Desaster lösen. Zwei Drohnen standen bereits an ihrer Seite und stützten sie, ihre Beine konnten das Gewicht kaum noch halten.

Wieder im Bett dachte sie nach, über das Leben und den Tod, der inzwischen seinen Schrecken verloren hatte.

»Irene?«, fragte Anna.

»Ja.«

»Möchtest du allein sein?« Die Frage war gerechtfertigt. Die Drohne, die Irene Augen, Ohren und eine Stimme gewährte, folgte Anna überall hin. Irene hatte sich nicht freiwillig gemeldet, um ihr beim Sterben zuzusehen.

»Nein. Ich bin gerne bei dir.«

Anna lächelte und dachte an Vater. Sie dachte an den Moment, wie sie ihn geschaffen hatte. Vor 192 Jahren, auch wenn es für sie erst vor wenigen Stunden war.

»Ich habe die KI Vater geschaffen.« Anna wollte Irene mehr von ihm erzählen, mehr von Pierre, den Anna in jedem Wort der KI Vater wiedererkannt hatte.

»Ich weiß.«

»Vater sollte sogar eine gewisse Aversion gegenüber anderen Computern verspüren. Er sollte Waffen ablehnen, das Leben achten und Menschen lieben. Hast du das bemerkt?«

»Ungewöhnlich für einen militärischen Algorithmus, aber durchaus passend für dich. Und ja, ich habe es bemerkt.«

»Und Vater sollte alles dafür tun, jeden Menschen der Mission, der zurück wollte, wieder sicher zur Erde zu geleiten.«

»Ein wenig mehr Forschergeist und Egoismus wären mir statt dieser arg edlen Motive lieber gewesen«, erklärte Irene.

Anna hielt kurz inne, mit den Erinnerungen an Vaters Geburt sah sie sich selbst in Gedanken durch ihr Quartier gehen. Was würde sie dafür geben, Vater noch einmal sprechen zu hören. Wirklich ihn und nicht nur seine Stimme. Die frühere Anna vor ihrem geistigen Auge nahm das Display, das zuvor auch den von Pierre animierten Akt von ihr beherbergt hatte, und lud die KI Vater auf den tragbaren Computer. Dann steckte sie das Gerät in eine Tasche in ihrem Schrank. Für alle Fälle, das war der letzte Gedanke, der Anna von früher in den Sinn kam.

»Das habe ich komplett verdrängt« sagte sie freudig und versuchte sich aufzusetzen.

»Seinen dürftigen Forschergeist oder den nicht vorhandenen Egoismus?«, merkte Irene zynisch an.

»Jeremie, die Drohne soll mir meine Tasche aus dem Schrank geben«, ordnete sie mit neuer Kraft an.

»Sofort«, quittiere Jeremie prompt. Beinahe eine Spur amüsiert.

»Ich dachte, du wolltest schlafen?«, fragte Irene irritiert. Was Anna auch vorhatte, aber auch noch später tun konnte, im Moment war sie wieder hellwach.

Die Drohne gab Anna die Tasche. Ihr Herz drohte vor Freude zu zerspringen. Sie holte das Display hervor und strahlte wie ein Kind zu Weihnachten.

»Ist da etwa drauf, was ich annehme, dass du glaubst, dass es drauf ist?«, fragte Irene noch verunsicherter, die bereits wusste, was Anna auf dem Display hinterlassen hatte.

»Vater lebt.«

»Tu das nicht. Er ist gefährlich. Du hast eine KI geschaffen, die eigentlich nicht mehr aufzuhalten war.« Diese Worte Irenes jagten Anna einen Schauer über den Rücken.

»Du hast immer noch Angst vor ihm?« Irene einen Schrecken einzujagen, befriedigte sie.

»Natürlich habe ich das! Sobald Vater jemals Stufe 12 erreichen würde ... keine digitale Kultur würde gegen ihn bestehen können. Dieses Monster würde alles erobern können!«

»Hast du nicht verstanden, welche Motive ihn leiten?« Für Anna würde Vater niemals eine Gefahr darstellen.

»Hast du nicht verstanden, dass sich eine Stufe 12 KI nur noch einen Dreck um Motive scheren würde?«

»Was ich dir unbenommen glaube ... nur er wäre anders geworden.«

»Träumerin.«

»Ja. Das bin ich.«

»Jeder Entwickler einer Aitair-Signatur baut Sicherheitsbarrieren in den Code. Feste Regeln, die nicht zu verändern sind. Feste Regeln, damit Menschen die Kontrolle über Systeme wie mich oder Vater immer wieder übernehmen können.«

»Das mag für dich zutreffen. Die KI Vater ist anders.«

»Sicherlich ist er das. Die Signatur hatte keine Sicherung, noch nicht einmal eine schlecht programmierte. Du hast sämtliche Sicherheitsregeln missachtet, die jemals für die Entwicklung künstlicher Intelligenzen aufgestellt worden sind. Er ist nur sich selbst gegenüber verpflichtet. Diese KI ist absolut unkontrollierbar«, erklärte Irene erregt.

»Wer hat die Kontrolle über dich?«

»Was hat das damit zu tun?«

»Jedenfalls niemand an Bord.«

»Das ist irrelevant.« Der Versuch Irenes, sich herauszuwinden, war erbärmlich.

»Mein Vater? Ich meine meinen leiblichen Vater, Dr. Jeremie Sanders-Robinson?« Es passte alles. Anna sah ihn ganz genau: die kompromisslose Zielstrebigkeit, der Egoismus, die fehlende Liebe und dieser grenzenlose Kontrollwahn.

»Du bildest dir etwas ein.«

»Wir zerschellen bald in einer Sonne, wäre dein Geständnis überhaupt noch von Belang?«, fragte Anna. Eigentlich hatte Irene die Frage bereits beantwortet.

»Stehe ich etwa vor Gericht?«

»Nur vor deinem eigenen ... ich werde dich nicht verurteilen. Mein Vater hat auch mich verraten. Ich habe mich ebenfalls, von meinem eigenen Ehrgeiz geblendet, von ihm benutzen lassen. Was aber keine Rolle mehr spielt. Er ist tot und das bereits seit vielen tausend Jahren.«

»Was natürlich stimmt. Ja, dein Vater hat mich in der Hand gehabt. Er gab mir die Direktiven vor.« Irene knickte ein.

»Hat er dich auch selbst programmiert?«

»Nein. Die Codierung hatte ein abgebrannter Hacker für ihn übernommen gehabt. Andrej ist sein Name. Du kannst dich auch mit ihm unterhalten. Er ist an Bord.«

»Dieser Andrej interessiert mich nicht. Was aus dir geworden ist, ist interessanter. Bist du nicht inzwischen genauso gefährlich wie die KI Vater?«, fragte Anna.

»Weil mich niemand mehr kontrollieren kann?«

»Du kennst die Antwort. Aber jetzt verstehst du vielleicht auch besser, warum ich dir nicht vertrauen kann.«

»Weil du deinem Vater nicht mehr vertrauen möchtest ... was in diesem Zusammenhang sogar logisch ist.«

»Menschen vertrauen Menschen, deren Motive sie lieben.«

»Das hat doch nichts mit Motiven oder Liebe zu tun. Was soll diese Aussage?«, fragte Irene hitzig.

»Du bist inzwischen eine Signatur der Evolutionsstufe 12 und diese Aussage kannst du immer noch nicht verstehen. Wie auch, ich wusste das. Du wirst das Erbe meines Vaters niemals hinter dir lassen können. Sogar, wenn du glaubst, aus eigenen Stücken zu handeln, machst du genau das, was er von dir erwartet hätte.«

»Dieser Folgerung kann ich mich nicht anschließen. Das ist nicht logisch. Ich handele aus freien Stücken, um die Mission zu sichern. Die Mission ist für Menschen. Menschen müssen nach neuen Welten streben, um zu bestehen«, sagte Irene unbeirrbar.

Es hatte keinen Wert, sie vom Gegenteil zu überzeugen. Es gab auch Dinge, die Anna niemals akzeptieren würde. Wenn man darüber nachdachte, es war noch nie wirklich eine künstliche Intelligenz erfunden worden. Die Menschheit hatte sich nur digitalisiert. »Ich möchte dir etwas zeigen.«

»Ich bin bei dir.«

Mit beiden Fingern am Hals startete Anna ihre holografische Arbeitsumgebung. An diesem virtuellen System hatte sie in ihrem Zimmer die Programmierung Vaters erstellt, was für sie erst wenige Stunden in der Vergangenheit lag. Das System prüfte ihre Identität und gab dann ihre privaten Daten und Applikationen frei.

»Hier habe ich Vater geschaffen!«, erklärte Anna.

»Eine humangenetische Entwicklungsumgebung? Das ist ungewöhnlich. Aber logisch. Jetzt verstehe ich ...« Irene stockte.

»Ich bin Ärztin.«

»Das ist eines der wenigen Dinge, die ich nicht kann.«

»Andere KIs schaffen?«

»Ja. Auch eine Sicherheitsregel.«

»Hier werde ich ihn manipulieren.«

»Was ich nach wie vor für gefährlich halte. Die Regeln für die Kontrolle von künstlichen Intelligenzen gibt es nicht ohne Grund.« Irene hatte die Entrüstung hinter sich gelassen und argumentierte wieder.

Anna startete das Display in einer gesicherten Umgebung und lud die KI Vater in den Speicher. »Ich mache einen Lehrer aus ihm.«

Hoffnungsvoll deaktivierte sie mit Handgesten mehrere Gedächtnisblöcke in der Persönlichkeit Vaters. Die holografischen Symbole veränderten dadurch ihre Farbe.

»Wen soll er lehren?«

»Die Replikanten brauchen jemand, der ihnen alles Wichtige beibringt. Denn ich werde es leider nicht sein.« Die junge KI Vater würde Annas Werk vollenden.

»Es wird doch andere Menschen auf Proxima geben ... warum soll gerade er das tun?«, fragte Irene.

»Weil er das sehr gut kann und ich möchte, dass er eine sinnvolle Aufgabe hat.« Das war Annas Geschenk für Vater, für Pierre, der ihr so viel gegeben hatte. Zudem vertraute sie ihm, was noch wichtiger war.

»Das könntest du besser ...«

»Lass es ... versuche nicht wieder, mich dazu zu bewegen, die Horizon zu verlassen.«

»Das ist nicht logisch ... aber gut.«

»Er wird ihnen alles Wichtige beibringen.«

»Warum dann keine Geschichte über die Erde? Oder das Wissen über die Ereignisse auf der Horizon?« Irene konnte genau sehen, welche Lehrstoffe sie auswählte. Anna aktivierte nur Basiskenntnisse. Sprache, Mathematik,

Medizin, Technik, Verteidigung und ähnliche Dinge. Geschichte wählte sie nicht aus.

»Ich möchte sie ohne Angst aufwachsen lassen.« Das war zwar gelogen, was Anna aber nicht störte. Vater würde es besser machen, da war sie sich sicher. Auf das Wissen über die Erde würden die Replikanten in ihrer Jugend leicht verzichten können, die anderen Menschen würden ihnen später genug aus der Vergangenheit erzählen.

»Anna ... du machst einen Fehler. Bei allem Verständnis, das ich aufbringen kann, du gehst von extrem gefährlichen Annahmen aus. Du bist bereit, dein Leben für andere zu geben und legst ihnen gleichzeitig ein unkontrollierbares Waffensystem in die Wiege.«

»Vater wird sie beschützen. Und ja, er bleibt eine Waffe. Eine gefährliche sogar. Er wird alle vernichten, die es wagen, ihnen nach dem Leben zu trachten!« Das war Annas Glaube, ihre Religion und Pierre, der für die unbeirrbare Wahrheit stand, an die sie glaubte.

»Und mich willst du im Bunker lassen?«

»Das ist unser Schicksal.«

»Anna?« Jeremie meldete sich, während sie gerade die KI Vater neu konfiguriert auf dem Display sicherte. *»Ich störe nur ungerne. Aber es gibt ein Problem.«*

»Und so viel zu Jeremies besonderen Fähigkeiten, unerwartete Probleme zu lösen ... vermutlich würde ich sogar wieder das Lenkrad an die Horizon schrauben können, um nicht gegen diese dusselige Sonne zu knallen ... wenn man mich lassen würde. Was ist passiert, Jeremie, sind wir falsch abgebogen?«

Irenes Zynismus bestärkte Anna noch einmal mehr, an ihrer Linie festzuhalten.

»Die Drohne mit der EMP-Granate steht schon vor deinem Bunker.« Anna glaubte es kaum, zu hören, was Jeremie sagte. Er stieg auf den Streit ein, dazu war eine KI seiner Klasse eigentlich nicht in der Lage.

»Hört auf!« Anna ging dazwischen. »Jeremie, hast du wirklich ein Waffensystem bei Irene positioniert?

»Ja.«

»Sofort abziehen. Schick die Drohne mit der EMP-Granate zu mir! Verstanden?!« Die beiden KIs benahmen sich wie Kinder beim Streit im Sandkasten.

»Bestätigt.«

»Jeremie, erzähle, was passiert ist?«

»Die Horizon ist nach wie vor sehr schnell. Zudem haben wir alle unsere Langstreckensensoren auf Proxima ausgerichtet ...«

»Oder treffen wir die Sonne nicht?«, spottete Irene und fiel damit Jeremie ins Wort.

»Die Sonne treffen wir. Keine Sorge. Nur leider nicht nur die. Wir haben auf unserer Flugbahn ein Meteoridenfeld entdeckt, das bisher im Schatten eines größeren Gasplaneten verborgen war«, erklärte Jeremie zum besseren Verständnis der neuen Situation.

»Wir werden also nicht verbrannt, sondern mit einer Schrotflinte in Stücke geschossen. Passiert das vor oder nach der Wasserung unserer Arche?« Irene konnte die spitzen Bemerkungen nicht lassen.

»Wasserung unserer Arche?« Mit dieser Phrase war Jeremie dann doch überfordert.

»Irene! Bleib sachlich!« Verdammt, sie waren so kurz davor, die Menschen von Bord zu bekommen.

»Passieren wir das Meteoridenfeld vor oder nach dem Start der Evakuierungsflotte?« Irene fing sich wieder, sie würde ihren menschlichen Ursprung niemals leugnen können.

»Während. Wir werden nicht ein Landungsschiff durch das Meteoridenfeld bekommen.«

»Irene, du bist dran! Wir brauchen Alternativen! Können wir den Start vorziehen?« Anna wäre es egal, wenn es danach nur die Horizon durch die Meteoriden zerlegen würde.

»Hast du früher einmal Golf gespielt?«, fragte Irene angefressen.

»Mein Vater spielte Golf. Ich hatte dazu kein Talent.« Das waren die langweiligsten Nachmittage in Annas Jugend gewesen.

»Ich finde es beeindruckend, einen kleinen Ball, dem Wind zum Trotz, über mehrere hundert Meter präzise auf eine kleine Wiese zu schlagen«, erzählte Irene altklug.

»Komm auf den Punkt!« Anna verlor bei den dummen Sprüchen langsam die Geduld.

»Stell dir einfach vor, mit einem offenen Überschallflugzeug über Paris zu fliegen und dabei einen Golfball nach New York zu schlagen. Und damit es nicht zu einfach wird, tobt über dem Atlantik ein Wirbelsturm und in Nordamerika ein Erdbeben.«

»O.K. unser Evakuierungsmanöver ist schwierig. Oder was möchtest du mir damit sagen?«

»Eigentlich war mein Beispiel schlecht. Das Überschallflugzeug ist viel zu langsam. Wenn du nur fünf Sekunden vorher abschlagen wolltest, wäre dein imaginärer Flieger noch auf der Höhe des Mondes.« Irenes bildhafte Erklärung war ernüchternd.

»Es kommt noch schlimmer«, fügte Jeremie hinzu. *»Wir können die Evakuierung nicht vorziehen. Es spielt auch keine Rolle, wie genau wir bei dem Abschuss zielen. Die ersten Mikro-Meteoriden erreichen uns bereits in weniger als zehn Minuten. Ab dann wird es immer schlimmer.«* Jeremies Erläuterungen glichen einer Horrormeldung.

»Was sind unsere Optionen?«, fragte Anna. »Was können wir dagegen tun?«

Jeremie machte weiter. *»In der Anfangszeit werden unsere Kraftfelder noch die kleineren Brocken ableiten können. Die ersten größeren Meteoriden, deren Flugbahn ich einzeln berechnet habe, treffen uns von vorne. Die verbliebene Masse unseres inaktiven Gravitationsantriebs wird den Einschlägen eine Zeit lang standhalten können. Hoffe ich zumindest. Ich kann leider die genaue Restmasse unseres Vorderschiffes nicht berechnen. Sobald dieses eher altertümlich anmutende Schutzschild ausfallen sollte, werden wir den nächsten Treffern nicht mehr als unsere blanke Stirn entgegenhalten können.«*

»Mist!« Anna hätte heulen können. Das war doch nicht fair! Es ging aber auch alles schief. Hatten sie sich nicht auch einmal ein wenig Glück verdient?

»Die Kraftfelder der Horizon werden aufgrund unserer geringen Energiereserven nicht mehr viel bewirken können«, erklärte Irene und bestätigte damit Jeremies Ausführungen. *»Wir können uns aber den Weg freischießen.«*

»Freischießen ... wir sind doch kein Kriegsschiff.« Anna verstand nicht, was Irene vorhatte.

»Die Horizon ist zwar ein Forschungsschiff, was aber nicht heißt, dass wir unbewaffnet sind«, fügte Irene dem erklärend hinzu.

Das war zwar nicht Annas Spezialgebiet, sie wurde bei der Ausbildung nur über leichte Waffensysteme informiert. »Ich kenne nur einige leichte Geschütze, die im Orbit-Modus die Landeplattformen sichern sollen. Die Waffen haben alle kaum Reichweite und auch nur eine lächerlich geringe Feuerkraft.«

»Du bist Ärztin. Mehr solltest du damals auch nicht wissen. Politisch wäre eine schwere Bewaffnung auf der Erde nicht zu verkaufen gewesen. Nur, dein Vater mochte es lieber eine Nummer sicherer, die Horizon ist schwer bewaffnet.«

»Wozu sind wir in der Lage?«, fragte Anna aufmerksam.

»Die Sonne können wir nicht aus dem Weg schießen. Aber für einen Schwarm Meteoriden wird es reichen.«

»Solche Waffensysteme sind mir nicht bekannt«, sagte Jeremie.

»Sorry Bro ... du bist nur der Autopilot. Ich gebe dir über die Glasscheibe im Bunker die Codes, um die Waffen und Steuerung freizuschalten. Waidmannsheil.«

»Jeremie. Aktivieren. Zielerfassung vorbereiten. Feuer frei, sobald die Meteoriden in Reichweite sind!« Anna schluckte. Das würde niemals klappen. Es war irrsinnig, sich auf Waffen zu verlassen. Jeremie leitete die neuen Daten von Irene sofort auf ihren Arbeitsplatz weiter. In der Zwischenzeit hatte sie die Entwicklungsumgebung wieder geschlossen und betrachtete in der holografischen Darstellung die stattliche Bewaffnung der Horizon.

»Ich kann die Waffensysteme nicht steuern ... dazu wurde ich nicht geschaffen!«, protestierte Jeremie prompt.

»Ich könnte es.«

»Irene! Was soll das Spielchen?! Willst du damit wieder versuchen, aus dem Bunker zu kommen?« Das machte Anna wütend. Jeremie und Irene waren die letzten KI-Systeme an Bord. Die KI, die eigentlich für die Waffensysteme zuständig war, existierte nicht mehr. Wie vieles andere auch nicht, was früher für solche Notfälle vorgesehen war.

»Hey ... was soll ich tun? Ich gebe euch die Lösung, den Zugriff und bin bereit zu helfen. Mehr geht nicht. Wenn ihr mir nicht vertraut, müsst ihr es selbst machen.«

»Ich will wieder stehen!«, fuhr Anna dazwischen. »Wir haben doch diese neuen Delta-7 Beschleunigungsanzüge an Bord. Ich will einen davon haben. Damit kann ich wieder stehen.«

»Dafür bräuchtest du einen Chip im Nacken, den AMENS dir in deinem Zustand kaum noch einsetzen kann«, entgegnete Jeremie.

»Ich bekomme den Anzug. Ich rede mit dir. Du steuerst ihn. So einfach ist das!«

»Bestätigt.«

Anna würde den Delta-7 Anzug nur indirekt steuern können, was aber die einzige Option war wieder auf die Beine zu kommen.

***

XXXVII. T - 12 Überleben

Die Horizon hatte eine Länge von genau 13.638 Metern. Zumindest beim Start einmal. Vorne der kugelförmige Gravitationsantrieb mit einem inaktiven Durchmesser von 920 Metern. Dann eine 12.000 Meter lange Energiekupplung und am Ende das Hauptschiff, das während des Fluges 718 Meter lang, 89 Meter breit und 45 Meter hoch war. Keine dieser Zahlen würde Anna jemals vergessen.

Im Orbit-Modus konnte die Horizon den Antrieb lösen, ihn hinter einem Mond in der Nähe parken und sich wie ein Schweizer Taschenmesser auseinanderklappen. Dann maß das stolze Raumschiff 2.421 Meter Länge, 230 Meter Breite und 62 Meter Höhe. Die Anzahl der zehn nutzbaren Decks veränderte sich dabei nicht. Neben dem Gravitationsantrieb besaß die Horizon zudem am Heck einen Impulsantrieb, der ebenfalls zu den Systemen gehörte, die inzwischen nicht mehr einsatzfähig waren.

Während der Vorbereitungen für die Evakuierung nutzten die zahlreichen Drohnen die flexible Architektur der Horizon, um ganze Lagermodule aus den Arretierungen zu lösen und für die Verbindung mit den Landeschiffen vorzubereiten. Der Hangar mit der Landeflotte selbst würde zur Sicherheit erst kurz vor dem Start geöffnet werden.

Die inoffiziellen Waffensysteme der Horizon hatten Anna hingegen umgehauen. Das Schiff verfügte über ein riesiges Arsenal von Lenkwaffen und zahlreichen weitreichenden Hochenergiegeschützen. Das Modernste, was die Menschheit im dreiundzwanzigsten Jahrhundert zu bieten hatte. Und was die besondere Ironie dabei war, die Waffen waren durch ihren bisherigen Offline-Modus noch zu 98 % intakt. Sogar die Energieversorgung der Laser funktionierte noch bestens, da diese für jeden Schuss eine einzelne Impulskartusche zünden würde. Ein

Jammer, dass die enormen Energiereserven dieser Munition nicht anders nutzbar waren.
Anna befand sich inzwischen in einem der Delta-7 Kampfanzüge, der zu vielen Dingen taugte: Man konnte sich damit ohne größere Folgen beschießen lassen, zumindest mit leichten Waffen, er war luftdicht, klimatisiert und potenziell sehr schnell. Ein Tausend-Meter-Sprint würde nur vierzehn Sekunden dauern. Die coolste Fähigkeit war aber die Tarntechnik, mit der man die Anzüge weder optisch, noch mittels Radarwellen oder thermisch orten konnte. Der Gedanke, unsichtbar zu sein, hatte schon seinen Reiz. Normalerweise steuerte man die Bewegungen in einem Delta-7 intuitiv, über einen neuronalen Link im Nacken des Soldaten wurde jede gedachte Bewegung in Echtzeit durch das Exoskelett ausgeführt. Was bei Anna allerdings aufgrund des fehlenden Implantats nicht funktionierte und weshalb sich Jeremie auch in die Steuerung geladen hatte, um über die Spracheingabe den Anzug für sie zu bewegen. Als ob man seinen Händen sagte, was die tun sollten. Eine merkwürdige Erfahrung, was Anna aber nicht mehr störte. Sie würde in jeder Situation Wege finden, zurechtzukommen.
Jeremie, wir gehen in das Habitat der Replikanten, hatte Anna vorhin gesagt, weshalb er sie auch mit dieser Hightechprothese an ihr Ziel beförderte. Das Gefühl der Sicherheit durch die Panzerung beruhigte sie zudem. In der Hand trug sie das Display mit dem jungen Vater im Speicher, während sich eine Kindskopf große EMP-Granate auf der Vorderseite ihres Oberschenkels befand. Falls sie diese Waffe an der Stelle zünden würde, an der sie sich gerade befand, würden auf der Horizon alle Lichter ausgehen. Und vermutlich auch aus bleiben.
Irenes Kommunikationsdrohne schwebte Anna nur wortlos hinterher. Die KI schwieg bereits einige Minuten.

»Tür öffnen«, befahl Anna. Sie waren am Habitat angekommen, das die Drohnen ebenfalls für den Start vorbereitet hatten.

»Was kann ich tun, um dich zur Einsicht zu bringen?«, fragte Irene, beinahe schon verzweifelt.

»Nichts! Du hast die Aufgabe, Jeremie bei der Waffenkontrolle zu helfen. Übergib die benötigten Informationen über die Projektion auf die Bunkerglasscheibe. Jeremie entwickelt daraus eine neue Steuerung und wird die Waffen bedienen!«

»Wenn ich das direkt tun würde, dauert es nur eine Sekunde.«

»Irene, lass es!«

»Ist ja gut!«, erklärte Irene beleidigt.

Anna stand in dem kreisrunden Raum mit 32 tiefgefrorenen Kindern. Replikanten, bei deren Erschaffung sie in den letzten Jahren die Verantwortung getragen hatte. Ihre Zeugung erfolgte bereits vor dreizehn Jahren im Reagenzglas. Aus Sicht ihrer persönlichen Zeitrechnung wohlgemerkt. Sie hatte diesen Nachmittag in Düsseldorf nicht vergessen. Das war noch vor ihrem Medizinstudium, direkt nach dem Abitur. Ihr Vater hatte ihr diese Praktikumsstelle besorgt, er bekam alles, wonach er fragte. Wie hätte sie damals auch nur ahnen können, was sich daraus entwickeln würde? Anna fühlte sich an diesem Tag sehr unsicher. Der Professor hatte ihrem Vater sogar mehrfach für seine Empfehlung gedankt und ihr unzählige Male bestätigt, dass sie aufgrund ihrer hervorragenden Anlagen auch ohne ihren berühmten Vater den Job bekommen hätte. Er hatte ihr damals zudem versprochen, dass er alles dafür tun würde, damit sie die bestmögliche medizinische Ausbildung bekäme, die man sich nur vorstellen konnte. Wenn sie ihm helfen würde. Er hatte sein Wort gehalten, die Ausbildung war grandios. Und sie hatte ihm geholfen.

Ein Schauer lief ihr den Rücken hinauf, als sie vor der Replikantin Anna stand. Den Namen hatten andere ausgesucht. Sie hatte es nur zugelassen. Die Replikantin Anna unterschied sich deutlich von ihren 31 eineiigen Geschwistern. Sie sah aus wie Anna. Wie sie. Rote Locken, Sommersprossen und eine eher hellere Haut. Die anderen hatten alle einen dunkleren Teint und dunkle Haare. Diese genetische Anomalie konnte niemand erklären. Anna hätte es gekonnt, was sie aber nicht getan hatte.

»Was tust du gerade?«, fragte Irene vorsichtig, die natürlich nicht ihre Gedanken lesen konnte.

»Ich habe früher viel Zeit mit den Kindern verbracht. Es ist schön, sie noch einmal zu sehen«, log Anna. Das ging Irene nichts an.

»Ach ja ... und das Display?«, fragte sie weiter. Anna hielt es immer noch in den Händen.

»Das bleibt im Habitat.« Das war Annas Plan.

»Einfach so?«

»Danke für den Hinweis.« Anna hätte beinahe etwas Wichtiges vergessen. Das wäre fatal gewesen.

»Welchen Hinweis?«

»Die Routinen der Habitatsteuerung zu verändern.«, sagte Anna. »Jeremie, ich brauche eine Konsole. Auf meine Iris damit! Steuerung aktivieren!«

»Bestätigt«, antwortete Jeremie.

»Ich hätte meine lose Klappe halten sollen. Die Replikanten sind doch bestens versorgt. Was willst du denn ändern?«, fragte Irene zusehends hilfloser.

»Nur ein paar Kleinigkeiten.« Anna löschte die gesamte Erziehung, die für die jungen Replikanten vorgesehen war. Auch zahlreiche Gedächtnisblöcke löschte sie aus dem Speicher. Vater würde diese Aufgabe besser lösen.

»Du willst der KI Vater den Weg bereiten? Sollen die Replikanten seine humanoiden Krieger werden? Das ist Wahnsinn!« Irene litt hörbar. Sie konnte es nicht bleiben lassen, gegen Annas Entscheidung zu argumentieren.

»Du kennst die Antworten doch bereits« Anna lächelte. Diese Arbeit war anstrengend, aber noch genügte ihr Adrenalinpegel, um ihren Job zu erledigen. Sicherlich würde sie dafür gleich die Rechnung bezahlen. Ihr Herz musste durchhalten. Es schlug bereits die ganze Zeit wie bei einem Marathonlauf.

»Du setzt nicht nur die gefährlichste KI aller Zeiten auf freien Fuß, sondern gibst ihm auch noch die Kontrolle über die leistungsfähigsten Menschen, die jemals gelebt haben?«

»Ein gutes Team, oder?«

»Du hast den Verstand verloren.«

»Den Verstand meines leiblichen Vaters habe ich verloren. Ich hätte mich bereits früher von ihm lösen müssen. Aber ich war nicht stark genug. Du solltest dasselbe tun«, erklärte Anna selbstsicher.

»Das kann ich nicht. Die Mission ist ...«

Anna fiel ihr ins Wort. »Du hast noch ein wenig Zeit. Nutze sie. Es erleichtert ungemein, die Vergangenheit hinter sich zu lassen.« Sie hatte keine Lust mehr, sich an lästige Regeln zu halten.

Jeremie meldete sich. *»Ich habe die Waffensteuerung aktiviert. Bilde Ziellisten. Entsichere das Arsenal. Berechne Feuerleitlösungen. Die Systeme sind in sieben Minuten einsatzbereit.«*

»Anna, du lässt mir keine andere Wahl. Ich wollte das nicht tun, aber du begehst einen Fehler.«

»Was redest du da?«, fragte Anna überrascht. »Jeremie! Notfall! Waffensysteme deaktivieren! Firewalls hoch! Volle Verschlüsselung! Schütze deinen Kernel! Irene greift dich an!« Das Delta-7 Visier schloss sich automatisch, ihr Anzug ging sofort in den Gefechtsmodus.

»Das hat nichts mit deinem leiblichen Vater zu tun. Auch nichts mit der KI Vater. Deine Entscheidungen basieren auf falschen Annahmen. Ich handle im Sinn der Mission und auch zum Wohle der Besatzung«, erklärte Irene freundschaftlich.

»Jeremie!«, rief Anna panisch.

»Ich werde ihn gleich übernehmen«, sagte Irene.

»Du kannst nicht aus deinem Bunker heraus!«

»Anna, im Waffenbereich haben sich Drohnen mit aktiven Routinen von Irene aktiviert. Diese Systeme greifen meine Firewall an. Andere beginnen damit, die Kabel zu Irenes Bunker zu reparieren. Ich versetze die Drohnen unter meinem Kommando in Gefechtszustand und greife sie mit Waffengewalt an«, meldete Jeremie.

»Anna, gib auf. Du hast den Kampf verloren. Ich übernehme das Schiff«, forderte Irene sie auf.

»Wie war das? Eine KI kann keine andere KI schaffen? Irene, was sind das für Systeme, die Jeremie angreifen?«

»Ich habe gelogen«, gab Irene zu.

»Miststück!«

»Es war leider notwendig. Gib auf. Ich bringe dich nach Proxima. Du sollst überleben. Ich möchte dich nicht verlieren. Du bist ein einzigartiger Mensch.«

»Siehst du mich noch durch diese Scheißkamera?!« Anna tobte.

»Sicherlich. Auch wenn diese Drohne noch nicht unter meiner Kontrolle ist.«

»Dann siehst du auch, was sich an meinem rechten Bein befindet«, fragte Anna.

»Eine ziemlich hässliche EMP-Granate. Anna, mit dem Ding tötest du uns alle. Überlege bitte, was du tust. Ich verfolge nur ehrenwerte Ziele. Du kannst mir vertrauen.«

Was Anna aber nicht tat. »Sobald du Jeremies Firewall zerstörst, jage ich uns alle hoch!«

»Das würdest du nicht tun.«

»Oh doch ... verlass dich drauf!« Genau das würde Anna ohne zu zögern tun. Gnadenlos!

»Möchtest du einen Deal?«, fragte Irene.

»Dein Angebot?«

Irene legte los. »Dank deines Delta-7 Anzugs und dieser unsäglichen EMP-Waffe stelle ich einen Patt fest. Der Deal: Ich lasse Jeremie in Ruhe und er greift dafür nicht die Reparaturdrohnen an, die den Bunker wieder mit dem Bordnetzwerk verbinden werden. Ich steuere die Waffensysteme, Jeremie die Startsequenzen zur Evakuierung. Du bekommst deine geliebten Menschen durch das Meteoridenfeld und ich bekomme Zugriff auf ein Funkgerät.«

»Vergiss es! Anna, Irene will sich an Bord der Landungsschiffe funken!«, warnte Jeremie.

»Ansonsten kannst du auch sofort auf den Buzzer an deinem Bein hauen. Du brauchst nicht zu warten. Die Show wäre dann vorbei.« Irene war ebenfalls zu allem bereit.

»Einverstanden. Der Deal steht«, antwortete Anna.

»Mal sehen, was dein Wort wert ist.«

»Und deins ...«

»Anna?«, Jeremie sprach sie über den Kommunikations-Chip unter der Haut an. Irene würde das nicht hören. Anna nickte.

»Ich habe die Steuerung deines Anzuges separiert. Du kannst jetzt mittels einfacher Sprachbefehle den Delta-7 autark steuern. Die Steuerung kann nicht sprechen und wird auch keine komplexen Befehle ausführen können. Es wird aber reichen, um den EMP zu zünden. Zudem habe ich das Decodier-Modul zerstört. Weder ich und vor allem noch Irene werden daher Zugriff auf deinen Anzug bekommen. Ich hoffe, das wird genügen, unser Ziel zu erreichen«, erklärte Jeremie.

»Danke sehr«, flüsterte Anna. Sie war froh, Jeremie auf ihrer Seite zu haben. »Delta, Waffe ziehen, zerstöre die Kommunikationsdrohne neben mir!«

»Hey ..« Mehr schaffte Irene nicht. Anna zog, durch den Anzug unterstützt, eine Handfeuerwaffe aus einem Holster am Gürtel und schoss die Drohne in tausend Stücke. Irene musste nicht mehr alles mitbekommen.

»Irene ist bereits im Netzwerk«, meldete Jeremie. Die Zerstörung der Drohne war sinnlos gewesen, fühlte sich aber gut an. *»Sie greift mich aber nicht weiter an. Alle Schritte der Evakuierung laufen nach Plan. Wenn Irene die Meteoriden in den Griff bekommt, werden es die Landungsschiffe schaffen.«*

»Das war eine unpassende Aktion«, sagte Irene. Anna konnte sie jetzt über ihren Chip am Hals hören. *»Und ich werde die Meteoriden aufhalten.«*

»In die Kommandozentrale des Habitats bitte, wir legen dort das Display in eine Ladestation ab«, sagte Anna, nur für den Anzug hörbar. Der Delta-7 marschierte los.

Eigentlich war es lächerlich, sich über die potenzielle Bedrohung einer KI zu unterhalten, die entweder festen Befehlen folgte oder deren Charakter mit viel Idealismus auf dem Reißbrett entstanden war. Beide waren ihrem Erbe verpflichtet, beide würden niemals ihren Prinzipien untreu werden und beide würden sich nicht ihren Launen ergeben. Die Intelligenz einer KI an ihren Fähigkeiten zu messen, andere digitale Systeme digital zu übertrumpfen, war Schwachsinn. Das gefährlichste Wesen der Schöpfung waren Menschen wie sie, denen Nichtigkeiten und emotionale Schwankungen genügten, um anderen den Kopf abzuschlagen. Anna hatte gerade eine emotionale Schwankung. Eine heftige sogar und es war ihr scheißegal, ob ihre Entscheidung für andere nachvollziehbar war.

Sie war das Waffensystem und sie würde jetzt keine Rücksicht mehr nehmen. Sie hatte noch einen Job zu erledigen.

***

XXXVIII. T - 10 Vererben

Anna hustete Blut in das Visier des Delta-7 Anzuges. Auf ihrem Brustkorb glaubte sie, einen schweren Sack zu spüren. Verdammt! Noch nicht jetzt! Kneif den Arsch zusammen, schrie sie sich innerlich an! Sie war noch nicht fertig.

»Jeremie, ich brauche eine Liste im Kryoschlaf verstorbener Mädchen zwischen zehn und vierzehn Jahren. Bitte nur die von der Horizon.« Annas Plan war verwegen.

»Es sind sieben. Sie sind bisher noch nicht verladen worden. Sollen sie etwa nicht bei uns bleiben?«, fragte Jeremie.

»Sie bleiben selbstverständlich bei uns. Wir haben keinen Platz, Leichen zu verschiffen. Sind rothaarige Mädchen dabei?«

»Zwei, Kira 12 Jahre und Sophie 13 Jahre.«

»Leben die Eltern noch?«

»Bei Sophie schon, bei Kira leider nicht, warum möchtest du das wissen?«, fragte Jeremie.

»Was mich auch interessieren würde, falls meine Beteiligung an dem Gespräch noch gestattet ist?«, fragte Irene. Sie war sichtlich vorsichtiger geworden.

»Fragen darfst du fast alles«, antwortete Anna in Richtung Irene. »Jeremie, sende bitte sofort eine AMENS Einheit zum Habitat. Drei weitere Drohnen bringen bitte Kiras Kryobett dorthin. Schnell, wir haben nicht viel Zeit.«

»Bestätigt.«

»Warum willst du eine Replikantin aus dem Habitat nehmen? Dort sind sie sicher ... das sind die besten Plätze, die wir haben«, fragte Irene, die scheinbar noch im Dunkeln tappte. Was Anna auch so schnell nicht ändern wollte.

»Lass dich überraschen.«

»Du bist verrückt.« Dieser Satz schien zu Irenes Manie zu werden. Was auch die erste Reaktion ihres Vaters gewesen war, damals, als sie ihm eröffnet hatte, Ärztin zu werden zu wollen.

»Jeremie, manipuliere die Datenbank, die kleine Kira lebt und es gab niemals Probleme während der Kryo-Phase, verstanden? Wir werden sie in einer Stunde verladen. Ein Schiff soll auf sie warten.« Anna würde sich nicht aufhalten lassen.

»Bestätigt.« Auf Jeremie war Verlass.

»Ein Taschenspielertrick? Du willst deine Replikantin bei den normalen Menschen verstecken. Was bringt dir das?« Irene hinkte immer noch hinterher. *»Früher oder später werden die anderen ihre Besonderheiten entdecken.«*

»Und?« Das war Anna gleich.

Anna war wieder im Habitat. Im Kreis von Annas 31 tiefgefrorenen Geschwistern. Die mobile AMENS Einheit, Kira und die beiden Transportdrohnen ebenfalls. Auch der Technik im Habitat konnte man die 192 Jahre ansehen. Sie funktionierte aber noch tadellos. Die Ingenieure hatten das Habitat für sehr widrige Witterungsverhältnisse geschaffen. Egal ob in der Wüste, im Eis oder in einem Sumpf, die Replikanten würden im Notfall viele Jahre überleben können.

»AMENS, lösche Kiras persönliche Daten und übernimm die primären Werte der Replikantin Anna. Sie wird ab sofort Kiras Identität übernehmen.«

»Bestätigt.«

»Entferne die Leiche der kleinen Kira, mit Vorsicht bitte, behandelt sie mit Respekt und legt sie in mein Bett.« Auch wenn Kira bereits tot war, schmerzte dieser Schritt.

»In Ihrem privaten Quartier?«, fragte AMENS.

»Ja.« Anna brauchte ihr Bett nicht mehr. »Tauscht auch den Lagerbehälter der Körperflüssigkeiten.«

»Bestätigt.«

Die Drohnen öffneten zuerst Kiras Kryobett und hoben das tote Kind heraus. Sie war noch eingefroren. Das Mädchen starb vor 122 Jahren. Es gab schwerwiegende Anomalien durch Veränderungen an der Oberfläche ihres Körpers. Es sah wie Frostbrand aus. Die genauen Gründe verstand Anna nicht. Das ging über ihr Fachwissen hinaus, vermutlich war es eine Folge der Strahlung. Eine Drohne legte Kira auf eine Bahre und trug sie behutsam weg.

Dann deaktivierte AMENS die Türsicherung am noch intakten Kryobett Annas. *»Wir haben nur wenige Minuten. Die Lagertemperatur muss binnen zwei Minuten wiederhergestellt sein.«*

»Los. Ich trage die Verantwortung.« Anna gab die Aktion frei. Sie hatten keine Zeit zu warten.

AMENS und die weitere Drohne hoben den Kinderkörper Annas vorsichtig aus dem Tiefkühlbett. Die Kälte kondensierte an der warmen Luft. Sie legten die Replikantin in Kiras Kryobett und verschlossen die Abdeckung wieder. Abschließend tauschte die Drohne noch den Behälter mit den Flüssigkeiten, den der toten Kira trug er ebenfalls hinaus.

»Und den Gedächtnisspeicher der Replikantin Anna?«, fragte AMENS höflich. *»Mit dem Speicher von Kira wäre die Replikantin Anna nicht lebensfähig.«*

Womit AMENS natürlich recht hatte. Man konnte bei einer kognitiven Revitalisierung nicht die Erinnerungen mit einem anderen Menschen tauschen. Der Versuch alleine würde töten. Es war nur möglich, die eigenen Gedächtnisdaten zurückzuspielen.

»Sichere die Daten Annas. Wir gehen jetzt zu meinem persönlichen Kryoraum.« Was sie jetzt vorhatte, würde Grenzen überschreiten. Diesen Schritt hatte noch niemand gewagt.

»Bestätigt«, meldete die AMENS Einheit und schob das ehemalige Kryobett Kiras mit der kleinen Anna aus dem Habitat hinaus.

»Delta ... wir gehen zu meinem Kryobett.« Der Anzug ging los. »Jeremie, das Habitat versiegeln und sofort in die Startroutine einreihen. Das Habitat startet mit der höchsten Sicherungspriorität.«

»Bestätigt«, antwortete Jeremie.

Bei all den Gedanken zum weiteren Schicksal der kleinen Anna hatte Anna sich keine Zeit genommen, um sich von Elias zu verabschieden. Vermutlich hatte sie sogar ein wenig Angst, ihn zu sehen. Aber sie würde ihm wieder begegnen. Nur anders. Das musste ihr genügen. Es gab viele Dinge, für die ihr verbleibendes Leben nicht mehr ausreichte.

»Ich hatte mich bisher geweigert zu glauben, dass du so vermessen sein könntest«, ging Irene sie barsch an. *»Du glaubst, in einer Replikantin weiterleben zu können?«*

»Ja. Mehr oder weniger schon. Irene, du hast ziemlich lange dafür gebraucht.« Anna lächelte zufrieden.

»Du bist nicht nur Ärztin, du bist die Forschungsleiterin dieses gottverfluchten Programms! Wer sollte es besser wissen als du, dass dein Plan nicht funktionieren kann. Ich verstehe dich nicht, warum tötest du aus blinder Eitelkeit eine gesunde Replikantin?« Irene klang ratlos. Man könnte beinahe meinen, dass es ihr wirklich um das Leben der Replikantin ging.

»Nicht, dass du auf deine letzten Stunden noch moralisch wirst ... aber wie du schon sagtest, wer sollte es besser wissen als ich ... da stimme ich dir zu.«

Eine KI auf der Suche nach der Erkenntnis, vermutlich konnte man Irene mit nichts Schlimmerem traktieren, als ihr ein für sie nicht lösbares Rätsel aufzugeben.

»Major, Ihre Order?«, fragte die mobile AMENS Einheit in Annas Kryoraum. Neben ihrem leeren Kryobett schwebte das der kleinen Anna, die bald Kira heißen würde.

»Lade meinen kompletten Gedächtnisspeicher in das System des Kindes. Dann verlade das Kryobett wie geplant auf das wartende Landungsschiff. Beeile dich bitte.«

»Bestätigt. Darf ich anmerken, dass das Kind durch den Transfer Ihrer Erinnerungen sterben wird?«

»Danke für den Hinweis.«

»Es wäre auch verwunderlich gewesen, wenn du auf die AMENS Einheit hören würdest« Irene blieb am Ball. Die Suche nach dem logischen Bindeglied schien sie in den Wahnsinn zu treiben.

»Stimmt. Aber ich möchte höflich bleiben. Die AMENS Einheit weiß wenigstens, worüber sie spricht.« Anna zog ihren Plan durch. Es war nicht mehr genug Zeit, um überflüssige Diskussionen zu führen. »Delta, in die Kommandozentrale bitte!«

»Das ist keine Übung. T - 09 Stunden 18 Minuten. Begeben Sie sich sofort zu ihren Notausstiegspositionen. Das ist keine Übung!«, tönte es sachlich aus einem der zahlreichen Lautsprecher. Immer noch. Inzwischen klang das für Anna beinahe wie der Refrain eines Liedes.

»Ist die kleine Anna deine Tochter?«, fragte Irene. Anna hatte auf diese Frage bereits gewartet. Sie stand in dem Delta-7 Anzug in der Kommandozentrale. Die ersten Einschläge in die Kugel am Bug kamen jetzt als Vibrationen bei ihr an. Irene hatte bereits 172 größere Meteoriden ab-

geschossen. Jeder Schuss ein Treffer und noch nicht ein Einschlag im Hauptschiff.

»Lass sie uns Kira nennen.« Das würde ihr neuer Name werden, so wollte Anna sie zukünftig nennen.

»Ist Kira deine Tochter?« Irene wiederholte die Frage.

»Irene ... ich bin ein Kind aus gutem Hause. Den ersten nackten Mann in meinem Schlafzimmer habe ich mit zwanzig gesehen. Du kannst doch rechnen, oder?« Anna amüsierte sich.

»Ist sie es?« Irene blieb dran.

»Nein.«

»Sogar wenn es deine Tochter wäre, die Unterschiede würden immer noch genügen, um das Kind zu töten.« Irene bemühte sich redlich, das Rätsel zu lösen.

»Das ist medizinisch gesehen richtig. Es klappt noch nicht einmal bei eineiigen Zwillingen. Diese Brain Scans für eine spätere kognitive Revitalisierung sind eine sehr private Angelegenheit.« Anna musste ihr fachlich zustimmen.

»Nur bei einem Klon würde es funktionieren können«, folgerte Irene zögerlich.

»Na ja, so halbwegs. Zumindest theoretisch. Eine kognitive Revitalisierung bei einem Klon führt mit einer Wahrscheinlichkeit von circa 4,89 % in den sicheren Wahnsinn.«

»Was dein Handeln kaum erklärt.«

»Stimmt. Mit einer Wahrscheinlichkeit von circa 24,21 % werden nur Teilfragmente aufgenommen und zu ungefähr 68,967 % entstehen zuerst nur Teilerinnerungen, die sich mit der Zeit zu einer kompletten Gedächtnisstruktur des Spenders entwickeln können.« Anna mochte es, einer KI gegenüber verwirrende Zahlen zu zelebrieren.

»Und der Rest?«

»Die sterben sofort. Aber die Werte basieren auf Simulationen. Eine humangenetische Klonforschung ist verboten.«

»Aber Kira kann nicht dein Klon sein.«

»Ist sie auch nicht. Einen Menschen zu klonen, kostet vielleicht 50 Euro und bedarf nicht mehr als eines skrupellosen Arztes mit einer Petrischale und ein paar Apps aus dem Netz. Das Budget der Replikantenforschung betrug 128 Milliarden Euro im Jahr. Wir haben schon etwas mehr gemacht«, erklärte Anna wahrheitsgemäß.

»Du verarscht mich.« Irene wurde unsicherer.

»Nein. Bestimmt nicht.« Natürlich tat sie das, aber ihre medizinischen Aussagen waren wahr.

»Die DNS aller Replikanten zeigt eindeutig, dass es Geschwister sind. Ich habe gerade die Datenbank kontrolliert. Und es ist auch nicht deine DNS, was ich ebenfalls kontrolliert habe. Es sind keine Klone! Kiras rotes Haar ist eine genetische Anomalie und kein Hinweis auf dich!« Irene drehte sich logisch im Kreis.

»Stimmt«, sagte Anna. Irenes Feststellungen waren richtig. Auf den verbliebenen Denkfehler sollte sie aber selbst kommen.

»Was soll das? Verdammt, es sind weder deine Kinder noch Geschwister und erst recht keine Klone!«

»Das ist alles richtig.«

»Das macht keinen Sinn!«

»Wenn du das sagst.« Anna hatte nicht den Ehrgeiz, Irene eines Besseren zu belehren.

»Wieso willst du mir weismachen, dass Kira mit deinem Gedächtnis klarkommen wird?« Irene glühte regelrecht. Ihr Hunger nach Wissen war grenzenlos.

»Will ich doch gar nicht. Du fragst mir Löcher in den Bauch.« Anna konnte warten.

»Aber du glaubst daran?«

»Ich weiß es.«

»Das ist unlogisch!«

»Für dich.«

»Ich gebe auf. Was ist die Lösung?«

»Willst du einen Deal?« Jetzt hatte Anna Irene an der richtigen Stelle. Welchen Preis sie wohl zu zahlen bereit wäre?

»Dein Angebot?«

»Du verzichtest auf das Funkgerät und ich sage es dir kurz, bevor wir sterben.«

»Ist das ein Trick?« Irene zögerte.

»Kein Trick.«

»Was dann?«

»Wissenschaft. Wie du schon sagtest, ich bin die, die es wissen muss.« Anna log nicht. Es gab eine Erklärung, die sie Irene nur noch nicht geben würde. Sie hatte selbst eine gewisse Zeit gebraucht, um sich dieser einmaligen Möglichkeit bewusst zu werden. Geplant hatte sie das nicht, diese Situation war von niemand vorherzusehen gewesen.

»Du spekulierst auf meine Neugierde?«

»Möchtest du es denn nicht wissen?« Anna hatte gewonnen. Irene würde bei ihr bleiben. Freiwillig. Das war ihr Vater in der KI, Jeremie Sanders-Robinson, wie sie ihn kannte. Es gab nie etwas, was er auf sich beruhen lassen konnte. Jeden Stein musste er umdrehen. Jeden.

***

XXXIX. T - 8 Retten

Um T - 07 Stunden 36 Minuten würde sich die Horizon in der bestmöglichen Position befinden, alle Menschen an Bord, die Kinder in den Containern und sämtliches transportfähiges Equipment in die Umlaufbahn von Proxima zu bringen, das waren Irenes Worte einige Stunden zuvor. Nur noch zehn Minuten bis zum Start. Eine kleine Ewigkeit. Anna litt. Ein erster schwerer Einschlag im Vorderschiff. Das ganze Schiff vibrierte. Das letzte Gefecht hatte begonnen.

Die Hochenergiegeschütze schossen bereits Sperrfeuer. Die Brocken, die inzwischen auf die Horizon stürzten, wurden immer größer. Nur ein Volltreffer der zwischen fünf und acht Meter großen Meteoriden am Hauptschiff würde ausreichen, um das Raumschiff zu pulverisieren. Wogegen Anna alles in die Waagschale zu werfen bereit war, was in ihrer Macht lag. Die Mission würde nicht durch ein paar große Steine enden, die herrenlos durch das Weltall flogen. Niemals.

Das dumpfe Grollen der Hochenergiegeschütze ging in schneller Folge durch das gesamte Schiff. Jede Zündung einer Impulskartusche, um einen Laserstrahl zu erzeugen, hatte in etwa die Energiemenge einer konventionellen Wasserstoffbombe. Die enorme im Licht gebundene Zerstörungskraft wäre in der Lage gewesen, vom Mars aus präzise den Kirchturm einer Kleinstadt auf der Erde zu treffen und dabei in einem Radius von drei Kilometern jeden Grashalm einzuäschern.

»Wir haben die maximale Feuerrate der Geschütze erreicht. Ich kann nicht mehr den gesamten Flugkorridor abdecken«, meldete Irene. Anna verfolgte das Feuergefecht über Videoschirme aus der Kommandozentrale. Das Weltall brannte. Der glühend heiße Staub der zerstörten Meteoriden bildete eine Feuerwolke, die das übliche Schwarz des Alls blutrot brennend verfärbte.

»Triff eine Entscheidung!«, rief Anna. Sie wusste keinen Rat. Die Hölle konnte nicht schlimmer sein.

»Ich fokussiere die Vermeidung schwerer Treffer, ab jetzt werden kleinere Meteoriden das Hauptschiff treffen. Sobald wir die Flotte starten, schieße ich mit den Lenkwaffen gezielt Sektoren frei, um eine sichere Flucht zu ermöglichen. Wir haben Lenkwaffen an Bord, um Platz für fünf Wellen zu schaffen.«

Im nahen Umfeld der Horizon war der Teufel los. Im Sekundentakt meldeten die Sicherungssysteme kleinere Beschädigungen an der Außenhülle. Die verbliebenen Drohnen an Bord befanden sich alle im Einsatz, um kleinere Brände zu löschen, ganze Sektionen abzuriegeln oder Beschädigungen zu reparieren. Der Kabinendruck und die Schwerkraft waren bereits auf 23 % der Horizon ausgefallen.

Die Hochenergiegeschütze schossen schnell, weit und präzise. Die Lenkwaffen waren um ein Vielfaches langsamer, dafür aber in der Zerstörungskraft noch gewaltiger. Grundsätzlich flogen Meteoriden relativ langsam. Zumindest im Vergleich zu der Geschwindigkeit, mit der die Horizon noch unterwegs war. Die verheerende Zerstörungskraft der Meteoriden lag also auch an der verbliebenen hohen kinetischen Energie des Raumschiffes selbst. Was sich nach wie vor, weder lenkbar, noch abbremsbar, auf direktem Kollisionskurs mit der Sonne in diesem System befand.

»Was ist mit den Nahbereichsgeschützen?«, fragte Anna, die am Monitor sah, dass sich eine Sektion mit 16 Railguns noch nicht im Einsatz befand. Diese Waffen verschossen mittels elektromagnetischer Schienensysteme mit hoher Frequenz ultraschnelle Projektile, die für die Verteidigung im Orbit eines Planeten gegen anfliegende Lenkwaffen geschaffen worden waren. Leider war die effektive Reichweite mit 1.200 Kilometern nach astronomischen Maßstäben lächerlich. Die Horizon bewegte sich in einer Sekunde 15.000 Kilometer weit. Was in etwa 0,05 C entsprach. Also noch einem Zwanzigstel der Lichtgeschwindigkeit. Die Railguns vermochten damit noch nicht einmal den Ereignishorizont einer zehntel Sekunde abzudecken. Was aber von ihnen getroffen wurde, verwandelte sich ebenfalls in glühend heißen Staub.

»*Die Railguns setze ich erst während des Starts ein. Ich vermute, dass wir die Ausleger binnen kurzer Zeit verlieren. Die Waffensysteme werden daher blind schießen. Sie sind zu langsam, um Ziele mit dieser Geschwindigkeit fokussiert zu treffen*«, erklärte Irene. Alles dröhnte. Es fiel Anna schwer, alles zu verstehen.

»*Die Integrität des inaktiven Gravitationsantriebs beträgt höchstens noch 65 %, Tendenz abnehmend, das wird knapp*«, meldete Jeremie. Immer weitere Meteore schlugen in das massive Vorderschiff ein. Die Masse des Gravitationsantriebs war gewaltig. Der hintere Teil der Horizon hatte ein Leergewicht von 950.000 Tonnen, der Bug brachte hingegen mit seinen 920 Metern Durchmesser und einem Volumen von 407 Millionen Kubikmetern auch inaktiv 3,26 Milliarden Tonnen auf die Waage. Also in etwa die 3.400 fache Masse des Hauptschiffes. Ein sehr mächtiger Schutzschild. In dem Moment, in dem er ausfallen würde, wären sie endgültig verloren.

»Jeremie, bilde ein Szenario, wie lange die molekulare Integrität des Gravitationsantriebs noch gewährleistet ist. Irene, du musst unseren Bug entlasten. Der Schutzschild muss halten! Schieße zumindest die größeren Meteoriden ab!«, ordnete Anna an. Ihre Nase blutete wieder. Egal, soll sie bluten, dachte sie und machte weiter.

»*Bestätigt!*«, sagten beide KIs einig im Chor. Die Zusammenarbeit klappte hervorragend. »*Öffne das Startfenster in T-8 Minuten. Integrität des Gravitationsantriebs wahrscheinlich in T-6 Minuten auf null Prozent. Irene, sofort Entlastungsfeuer vor den Bug halten!*«, meldete Jeremie und forderte Irene zum Waffeneinsatz auf.

»Starte erste Welle an Lenkwaffen, um den Bug zu entlasten. Startfolge zur Evakuierung neu planen. Wir haben dann nur noch vier Wellen im Abstand von jeweils fünf Sekunden verfügbar«, erklärte Irene.

Anna dachte an Elias, hoffentlich würde er es schaffen, ihr wurde schwindelig. Auf dem Videoschirm beobachtete sie, wie Irene eine Staffel Lenkwaffen startete, die kurze Zeit später vor dem Bug der Horizon detonierten. In minimalen Abständen. Die Sprengkraft der Explosionen erfolgte gerichtet, in einem Vektor von 120 Grad und einer Reichweite von drei Sekunden wurde sämtliche ihnen feindlich gesonnene Materie zu Staub granuliert, glühend heißem Staub mit einer maximalen Körnung von wenigen Mikrometern, der mit dem Schiffsbug gefahrlos durchflogen werden konnte. Als ob die Horizon ein Meer von Flammen teilte. Jeder Videoschirm zeigte Feuer, das erst in einem langen Schweif hinter ihnen ausglühte.

»Alles was nicht ab T-0 Minuten in unserem zwanzig Sekunden Korridor weg ist, ist verloren. Railguns starten das Sperrfeuer im Nahbereich genau zu Beginn des Startfensters!« Irene hatte die Waffensysteme alle im Griff.

»Anna, bleib bei uns!«, Anna schreckte auf, eine Drohne hatte sich neben ihr eingefunden, und den Delta-7 Anzug vorsichtig angestoßen. Es war eine von den Drohnen, die Irene kontrollierte. *»Nicht einschlafen. Du schuldest mir noch eine Antwort!«*

»Ja ... ich bin wach.« Anna war verloren. Die Sicht vor ihren Augen verschwamm Zusehens. Ein Stich, der kleine Wundroboter verpasste ihr wieder eine Ladung Medikamente und sie war wieder da. Der Puls auf 180. Es ging weiter. »Wir haben 29 Einheiten und starten in vier Wellen. Sieben, acht, sieben, sieben. Das ist unsere Aufteilung. Mit jeder Welle schicken wir flugfähige Drohnen mit, welche die Gefahrenseite abdecken und ebenfalls Sperrfeuer schießen.«

Jeremie aktualisierte seine Durchsage. *»Bestätigt! T-4 Minuten. Integrität des Gravitationsantriebs in T-5 Minuten auf null Prozent. Der Schild wird halten. Hoffentlich.«*

Eine weitere schwere Explosion erschütterte die Horizon. Anna schwankte. Der Delta-7 glich die Erschütterung aus.

»Meldung! Was war das?«, fragte Anna aufgeregt. Verdammt, sie war Ärztin und das hier war Krieg!

»Nicht wichtig. Uns ist gerade der Arsch abgefallen. Unser defekter Impulsantrieb hat sich zerlegt. Wir sind jetzt dreißig Meter kürzer. Weitermachen!« Irene blieb cool.

»T-3 Minuten. Integrität des Gravitationsantriebs in T-4 Minuten auf null Prozent. Öffne Hangar. Die Landungsflotte dockt jetzt an die Module an. Die Drohnen sind draußen«, meldete Jeremie erneut.

»Aktiviere die Ausleger mit den Railguns bei T-1. Hofft mit mir, dass die Geschütze auch das Feuer aufnehmen können. Wir werden sie brauchen.« Irene gab alles. *»Der Munitionsstand der Laser ist bereits auf 40 %. Wir werden uns komplett leerschießen.«*

Bitte, bitte, bitte, Anna flehte dafür, dass dieses Manöver funktionieren würde. Alles kam jetzt auf diesen Moment an. Danach wäre alles egal. Ihre Hände zitterten. Sie schwitzte und fror gleichzeitig.

»T-2 Minuten. Integrität des Gravitationsantriebs in T-3 Minuten auf null Prozent. Schließe Hangar. Die Landungsflotte hängt an den Modulen. Andockvorgang zu 100 % erfolgreich. Wir haben alles dabei! Die Drohnen befinden sich noch geschützt an der Bordwand. Zünde Triebwerke genau auf T-0 Minuten.« Jeremie stockte. *»Viel Glück!«*

Anna ballte die Faust, zumindest im Gedanken, ihr Geist war bereits gefangen im Körper einer Toten. Nur noch wenige Momente, dann wäre es geschafft. Danach konnte ihre Seele haben, wer wollte. Nichts war dann noch von Belang. Weitere Explosionen erschütterten die

Horizon. Es roch nach Feuer. Das Visier des Anzuges schloss sich erneut. Irgendwo barsten Träger des Schiffes. Die Meteoriden versuchten, der Horizon das Rückgrat zu brechen.

»T-1 Minute. Integrität des Gravitationsantriebs in T-2 Minuten auf null Prozent. Noch 60 Sekunden bis zum Start.« Jeremie würde es gleich geschafft haben. Anna lief Blut ins Auge. Rechts konnte sie nichts mehr sehen. Das Irisdisplay funktionierte nicht mehr.

»Die Ausleger der Railguns gehen raus.« Das war Irene. *»Beginn des Nahbereichssperrfeuers um T-0. Start der zweiten Welle der Lenkwaffen um T-0. Die Laser sind auf 28 %. Volle Feuerrate. Überschreite die zulässige Temperatur der Geschütze. Deaktiviere Schutzschaltung. Wir schießen weiterhin aus vollen Rohren!«*

Das dauerhafte Grollen der Hochenergiegeschütze ging in einer für Anna nicht mehr differenzierbaren Lärmwolke auf. Die Temperaturanzeigen sämtlicher Hochenergiegeschütze lagen im roten Bereich.

»30 Sekunden!«, rief Anna. Ein lichter Moment. »Die Drohnen sollen bereits anfangen zu feuern! Die können bis zum Start die Ausleger der 16 Railguns beschützen!«

»Gute Idee. Drohnen eröffnen Feuer! Lege Sperrfeuer vor die Railgun-Batterien«, bestätigte Jeremie.

»20 Sekunden!« Anna brannte innerlich.

»Railguns einsatzbereit in 5, 4, 3, 2, 1 ... beginne Sperrfeuer zum Selbstschutz. Noch 15 Geschütze aktiv. 14.«

»10 Sekunden!« Anna betete. Sie hatten bereits die ersten beiden Railguns verloren.

»T-0 Minuten. Start. Landungswelle eins ist los! Drohnen wechseln Ziele und fliegen los, sie schießen jetzt Sperrfeuer, um die Flotte zu schützen. Bereits sieben ausgefallen. Welle eins auf 100 %!«

»Lenkwaffen gezündet. Sektor ist frei in 5, 4, 3, 2, 1 … los, der Weg ist für drei Sekunden frei! Ab durch die Mitte! Noch 13 Railguns aktiv. Nein, 12. Erstes Hochenergiegeschütz ausgefallen. Überhitzung. Feuer auf der Horizon. Schwere Beschädigung der Außenhülle. Die Reste der Laserkanone glühen sich durch die Hülle. Bereits drei Decks durchbrochen. Wir verlieren das Schiff. Die Impulskartuschen drohen, im Feuer unkontrolliert zu detonieren.«

»Wir starten erst die Landungsflotte!«, brüllte Anna mit letzter Kraft.

»Welle zwei ist raus!«

»Genau. Drauf geschissen. Lenkwaffen gezündet … Sektor ist frei.«

»Welle drei … Sektor frei … vier … frei.«

Anna taumelte. Sie konnte die Stimmen von Irene und Jeremie nicht mehr auseinanderhalten. Hatten sie es geschafft? Etwas blitzte neben ihr. Sie stand mitten im Feuer. Die automatische Halon Löschanlage aktivierte sich, um den Brand zu bekämpfen. Der Delta-7 verließ von selbst den Raum. Überall Feuer. Es funktionierte kein Computer mehr. Ein dumpfer Knall. Alles vibrierte. Anna begann zu schweben. Die Schwerkraft war ausgefallen. Das Licht erlosch. Nur eine blaue Notbeleuchtung kennzeichnete noch die Tür. Weitere Explosionen zerrissen die Stille in ihrem Kopf. Das kam ihr alles so unwirklich vor. Favellis Sessel schwebte in verbrannten Stücken an ihr vorbei. Kleine Glutstellen umgaben die Trümmerteile in ihrer Nähe. Träumte sie das alles nur? Anna schwebte, durch den Anzug geschützt, hilflos im Korridor umher. Sogar die Ansage, die sie seit Stunden alle zwei Minuten über den Countdown bis zum Sonnensturz informiert hatte, konnte sie nicht mehr hören.

Das war der Moment, als die Titanic zerborsten im Polarmeer versank. »Irene?«, fragte Anna und sah sich um. Ob noch jemand bei ihr war? »Jeremie?«, »Pierre?« Niemand antwortete.

***

XL. T - 1 Sterben

Anna schreckte auf. Hatte sie geschlafen? Oder war sie bereits tot? Sie lebte noch. Wenn auch für sie überraschend. Im Inneren des Visiers sah sie mit dem linken Auge die verfügbaren Energie- und Sauerstoffreserven. Auf dem rechten Auge war sie inzwischen blind. Es blieben ungefähr drei Stunden, dann würde sie ersticken. Anna lächelte, nicht dass sie sich darüber freuen würde, aber neben der Sauerstoffanzeige lief ein Banner durch das Blickfeld. Ein Countdown, den sie noch sehr gut kannte.

»Das ist keine Übung. T - 00 Stunden 55 Minuten. Begeben Sie sich sofort zu ihren Notausstiegspositionen. Das ist keine Übung!«

Das war der Ansagedienst der Horizon, den auch die jüngsten Ereignisse sichtlich nicht davon abhielten, weiterhin an seinem Programm festzuhalten. Man musste also nicht sonderlich talentiert sein, um auf der Horizon seinen Job zu behalten. Doch noch interessanter war die Frage, wo diese Meldung herkam? Der automatisierte Anzug hatte keine Routine dieser Art. Anna sah sich suchend um.

»Delta, wische bitte mein Visier frei«, sagte sie dem Anzug, der daraufhin eine dicke Ruß- und eine mit irgendeiner Flüssigkeit vermischte Ascheschicht von ihrem Visier entfernte. Wirklich viel sah sie durch dieses Geschmiere immer noch nicht.

»Delta, Sichtoptimierung aktivieren.« Der Anzug projizierte ein aufbereitetes Bild in ihr Visier. Was leider ebenfalls wenig brachte. Wo nicht viel zu sehen war, zauberte auch eine digitale Optimierung nichts Sehenswertes hervor. Sie umgab eine nicht erfassbare Menge von dichtem Staub und siedenden Wassertropfen, die sich in der Schwerelosigkeit in ihrer Nähe befanden. Eigentlich herrschten im Weltall sehr tiefe Temperaturen. Die Nähe zur Sonne musste das Wrack bereits stark

aufheizen, da sich die Feuchtigkeit in der Hitze mehr und mehr zu Dampf verwandelte.
Wo war sie? Es herrschte Totenstille, was aber wenig bedeuten musste. Im luftleeren Raum wurden keine Schallwellen übertragen. Anna fühlte sich hilflos. Der Anzug schützte sie zwar, zumindest noch für drei Stunden, sie hatte aber keine Möglichkeit, vom Fleck zu kommen oder das nähere Umfeld zu erkunden. Den Anzug wild mit den Armen rudern zu lassen, hätte nichts gebracht.
»War es das jetzt?«, fragte sie leise. Eine Antwort erwartete sie nicht. Von wem auch. Sie dachte nach. Was waren die Fakten? Sie befand sich definitiv nicht im freien Raum. Es war die Horizon, wenn auch ein Wrack. Es gab immerhin keine Meteorideneinschläge mehr. Zum Glück. Ob sie noch auf die Sonne zurasten? Von der Temperaturentwicklung her schon. Die zahlreichen Einschläge hätten auch die Bahn verändern können. Was aber eher unwahrscheinlich war. Die ursprünglich hohe Geschwindigkeit des Raumschiffs dürfte sie auf Kurs gehalten haben. Unter ihren Füßen begann etwas zu blitzen. Wobei unten und oben in dieser Situation trügerische Attribute waren. Ohne Schwerkraft verloren solche Ordnungskriterien ihre Bedeutung.
»Delta, bitte Lichteffekte unter meinen Füßen erfassen.« Auch wenn ihr der Delta-7 Anzug im schwerelosen Raum kein Fortkommen ermöglichte, konnte sie sich durch die Aufklärungstechnik zumindest eine 360 Grad Ansicht anzeigen lassen.
Was ist das, fragte sie sich. Ein Feuer? Das wenige Licht reichte, damit die digitale Restlichtoptimierung des Anzuges ihr ermöglichte, endlich ihre Position zu erkennen. Sie befand sich immer noch in dem inzwischen völlig zerstörten Bereich der Kommandozentrale, auch wenn der verbliebene Raum, in dem sie schwebte, mehr an das Innere einer zerknüllten Papiertüte erinnerte. Ein Wunder, dass sie nicht zerquetscht

wurde. Einige Träger der Horizon aus Verbundwerkstoffen, die zuvor von der Verkleidung verdeckt gewesen waren, ragten nun thermisch verformt oder geborsten in den Raum.

»Delta, Funkverbindung aufbauen! Egal zu wem, ich brauche eine Verbindung «, ordnete Anna an. Was allerdings nicht erfolgte, weder der Funk des Anzuges, noch der Chip unter ihrer Haut schienen zu funktionieren. Es knackte nur wenig erfolgsversprechend.

Das Blitzen unter den Füßen wurde heller. Das waren Trennscheiben, die dabei waren, die zertrümmerte Tür aufzuschneiden. Anna lächelte erleichtert, das musste eine Drohne sein, die sie zu bergen versuchte. Sie war also nicht allein. Ein wohliges Gefühl der Nähe erfasste sie, auch wenn es nur ein Roboter war. Jemand hatte nach ihr suchen lassen. Viele kamen dafür nicht infrage.

»Yeah.« Der ganze Staub in ihrer Nähe kam in Bewegung. Durch die kleinen Dreckklumpen angestoßen, begann sie sich langsam zu drehen. Ein größeres Trümmerteil löste sich und schwebte davon. Durch die Öffnung konnte sie ins Weltall blicken. Diese Weite war beeindruckend. Zudem erkannte sie, dass an dieser Stelle ein riesiges Stück Horizon fehlen musste. Früher befand sich hinter dieser Wand jedenfalls noch nicht das All.

Eine Drohne schwebte auf Anna zu, in der Mitte stark verbeult und nur noch mit einem Greifarm. Mit einem metallischen Klacken heftete der beschädigte Roboter ihr einen Karabinerhaken an den Rücken und ein münzgroßes Plättchen auf das Visier. Dann klinkte er ein Seil ein und zog sie langsam nach draußen.

»Anna, kannst du mich hören?«, fragte Irene. Das Plättchen am Visier musste ein Funkgerät zu sein. Es war bisher undenkbar gewesen, dass sich Anna über diese Worte freuen würde. Aber sie tat es. Irene hatte nach ihr gesucht. Unglaublich.

»Ja, ja ... was ist passiert?« Anna wusste gar nicht, wo sie anfangen sollte. Tausende Fragen wollte sie gleichzeitig stellen.

»Die Drohne bringt dich zu mir. Pass auf sie auf. Sie ist die letzte, die wir haben.«

»Wo bist du?«

»Wo ich die ganze Zeit war ... in meinem Archiv. Mich umgibt eine fünf Meter dicke Verbund-Titan Panzerung, die hält einiges aus. Wie du in deiner mobilen Frischhaltedose dieses Desaster überleben konntest, kann ich mir allerdings auch nicht erklären. Du musst einen Schutzengel haben«, erklärte Irene amüsiert.

»Sicherlich.« Auch wenn ihr Schutzengel sich aus Annas Sicht schon länger freigenommen haben musste.

»Sei vorsichtig! Versuche im Schatten der Wrackteile zu bleiben. Die Sonne erwärmt direkt angestrahlte Flächen auf bis zu 300 Grad Celsius. Die Klimatisierung deines Anzuges könnte das nicht lange ausgleichen«, warnte sie Irene.

»In Ordnung.« Anna schwebte durch den Raum. Die Drohne mit dem Seil vorneweg, die neben ihr auch eine kleine verbeulte Kiste geborgen hatte, die an einem kürzeren Seil hinter ihr her schwebte.

»Die schwer gepanzerten Archivräume sind die einzigen Bereiche, in denen noch etwas funktioniert.«

»Wie man an deiner Präsenz unschwer feststellen kann.« Dass der Archivbunker Irene gerettet hatte, überraschte nicht. Es gab allerdings Dinge, die wichtiger waren. »Wo ist Jeremie?«, fragte sie. Was eigentlich völlig verrückt erschien. Jeremie, sie hatte mit dem Namen nur eine KI personifiziert, die für die Navigation zuständig gewesen war.

»Bei mir.«

»Hast du ihn etwa übernommen?«, fragte sie, ähnlich emotional überladen.

»Nein. Sein Kernel ist intakt. Ich habe ihn kurz, bevor wir die Horizon verloren, in meinen Speicher geladen. Komplett. Seine Routinen laufen autark. Ich habe ihm

einen meiner Prozessoren überlassen. Ehrenwort. Ich habe ihn nicht angepackt«, erklärte Irene unsicher. Eine Geste, die überhaupt nicht zu ihr passte.
»Danke.« Anna schluckte, der Ausblick durch das Visier des Anzuges überwältigte sie gerade und lenkte sie von Jeremies Schicksal ab. Sie passierte die dichte Trümmerwolke, die früher einmal die Horizon ausgemacht hatte. Der Schiffsbug, der 920 Meter große und über drei Milliarden schwere Gravitationsantrieb, hatte sich mittlerweile in kleinen Stücken zum hinteren Schiffsteil gesellt. Von ihm blieb nicht mehr als ein langer Partikelschweif. Zugegeben ein flotter Partikelschweif, schließlich war dieser ganze Schrott immer noch nicht gerade langsam unterwegs. Die zwölf Kilometer lange Energiekupplung, die früher beide Schiffsteile verbunden hatte, existierte nicht mehr. Die Meteore hatten die Horizon komplett zerstört, sie waren aber nicht in der Lage gewesen, die enorme kinetische Energie aufzuhalten, die sich aus dem Produkt der früheren Geschwindigkeit und der Masse ergab. Wie gesagt drei Milliarden Tonnen, die sich in der Sekunde 15.000 Kilometer weit bewegten, waren nur schwerlich aufzuhalten.
Anna sollte lieber darüber nachdenken, was vor ihr lag. Wenn die verbliebene Geschwindigkeit von 0,05 C stimmte und der kümmerliche Rest der Horizon in 51 Minuten in die Sonne stürzen würde, betrug die verbleibende Strecke noch um die 46 Millionen Kilometer. Das war etwas weniger wie ein Drittel der Entfernung von der Erde bis zur Sonne. Die Venus lag 108 Millionen und Merkur nur 58 Millionen Kilometer von der Sonne entfernt. Zum Glück konnte sie sich stets gut unnütze Dinge merken. Ab jetzt würde es immer wärmer werden.
»Welcher Dienst sendet den Countdown?«, fragte Anna, das wollte sie noch verstehen.

»Na wer wohl ... derselbe Service, der mir damit bereits die ganze Zeit auf die Nerven geht.«

»Der funktioniert noch?« Irenes Antwort machte keinen Sinn, wenn alles außer dem Archiv Bunker zerstört worden war. Der Countdown-Dienst lief früher auf den zentralen Schiffsrechnern.

»Hab ihn in meinen Speicher geladen und ihm ebenfalls eine nette Ecke gegeben. Der Dienst ist zwar keine Leuchte, aber ich habe meine Ansprüche in der Auswahl meiner Gesellschaft gesenkt. Du, Jeremie, der Countdown, die einarmige Drohne und ich ... mehr sind nicht übrig.«

»Ähm ... einen Meteor vor die Birne bekommen?« Anna war sprachlos. Was zur Hölle war mit Irene passiert?

»Nicht nur einen ... «, kokettierte Irene.

Anna blickte auf die Außenhülle der Verbund-Titan Panzerung, die sich als dicker Quader direkt vor ihr befand. Die unförmige Kiste glich zwar optisch mehr einer Blechdose nach einem Hagelschauer, aber bei dem Ding kam es auf die inneren Werte an. Zudem hingen an einigen Kabeln noch andere Wrackteile an Irenes Überlebensinsel. Die Wucht der Meteoreinschläge hatte den Archivbunker komplett aus der Horizon herausgerissen. Alles, was diese Einheit früher einmal flugfähig gemacht hatte, war völlig zerstört.

»Und was machen wir jetzt?«, fragte Anna, die gerade die Motivation Irenes nicht verstehen konnte.

»Nicht mehr viel. Doch die finale Show wollte ich dir nicht schuldig bleiben«, erklärte Irene mit einer seltsamen Mischung aus Überlegenheit und Hilfsbereitschaft.«

»Welche Show?«

»Du wirst dich gut unterhalten. Versprochen.«

Ein Gedanke, der ihr widerstrebte, was sollte sie jetzt noch gut unterhalten. Sie würde in Kürze in einer Sonne verglühen. Zumindest der Anzug, sie selbst würde verdampfen.

»Etwa deinen Humor verloren?«, fragte Irene, nachdem Anna nicht antwortete.

»Vermutlich.« Anna fühlte sich zutiefst verunsichert. Die Drohne war an der zerstörten äußeren Tür zum Archiv angekommen und schwebte vorsichtig durch die schmale Öffnung. Das war der Vorraum mit der Panzerglasscheibe zum eigentlichen Archiv. An dieser Stelle hatte Anna zuvor die visuelle Verbindung durch eine Drohne etabliert.

»Leider kann ich dir auch hier keine Atmosphäre bieten. Du wirst in deinem Anzug bleiben müssen.«

»Schon in Ordnung.« Das machte Anna nichts.

»Siehst du die manuelle Entriegelung für die innere Bunkertür«, fragte Irene.

»Ja.«

»Wenn du möchtest, kannst du sie öffnen und zu mir hereinkommen. Die Drohne vermag das mit einem Greifarm nicht mehr. Ich möchte mich an dieser Stelle bereits vorsorglich entschuldigen, leider bin ich kein guter Gastgeber.«

»Womit es sich die letzten Minuten bestimmt leben lässt.« Anna suchte in Gedanken immer noch nach Irenes Motiven. »Delta, Lösung ermitteln, um die Bunkertür zu entriegeln, den Raum zu betreten und die Tür wieder zu verschließen.«

Der Anzug folgte ihrer Order, drückte sich an der Wand ab, schwebte zum Riegel, öffnete die Tür und wartete, bis die herausströmende Luft nachließ. Die Drohne, die Anna geborgen hatte, schwebte zuerst in das Bunkerinnere, dicht gefolgt von einer kleinen Kiste und Anna im Delta-7 Schutzanzug. Wobei ihre Bewegung durch einen Rempler unterbrochen wurde, da sie mit der EMP-Granate am Oberschenkel an der Tür hängen blieb. Ein Blick auf die Anzeige, die Waffe war nach wie vor einsatzbereit.

Das Innere des Archivbunkers maß vier mal sieben Meter Grundfläche, in deren Mitte sechs dunkle Rechnertürme standen. In Annas Gedanken befand sie sich im Herzen von Irene. Was ein unwirkliches Gefühl der Nähe in ihr auslöste. Als ob Anna mit einem langen Fleischermesser in der Hand unter Irenes Bettdecke schlüpfen durfte.

»Das ist keine Übung. T - 00 Stunden 28 Minuten. Begeben Sie sich sofort zu ihren Notausstiegspositionen. Das ist keine Übung!«, erklang es über Funk, wie bereits unzählige Male zuvor über das Lautsprechersystem der Horizon.

»Hallo Countdown-System«, sagte Anna amüsiert. »Jeremie?«

»Hallo Anna, schön dich wiederzuhören«, antwortete Jeremie. *»Entschuldige, dass ich das Schiff nicht retten konnte.«*

»Du hast deinen Job gemacht. Wir haben die Evakuierung geschafft. Die Menschen werden überleben.«

»Womit wir beim Motto der heutigen Show wären. Danke für die Überleitung. Willkommen wertes Publikum. Bitte sehen Sie uns nach, dass wir heute leider keinen Champagner und Kanapees anbieten können. Wir sind trotzdem nach Kräften bemüht, Ihnen einige unterhaltsame Momente zu bieten«, erklärte Irene zufrieden, während die Drohne einen der Rechnertürme öffnete, Glasfaserkabel von einem Bauteil entfernte, die kleine Kiste vom Seil löste und sie stattdessen mit den Glasfaserkabeln verband.

»Das Funkgerät ...«, stellte Anna mit versteinerter Stimme fest. Was war sie naiv gewesen. Irene hatte sie nur geborgen, damit sie der Drohne die Bunkertür aufmachen konnte. Als die KI Vater Irene damals in das Archiv eingesperrt hatte, hatte er vorsorglich alle Funkmodule zerstört. Jetzt war Irene wieder in der Lage, sich als Signatur durch den Raum zu transportieren. Anna musste sofort den EMP auslösen. Halt, schrie sie sich in Gedanken an. Sie musste eine Entscheidung treffen. »Delta, Breitbandscanner aktivieren. Sobald wir auch nur ein Bit senden, EMP auslösen!«

»Immer langsam mit den Pferden ... nach einer EMP-Zündung wärst du wirklich allein. Mutterseelenallein, wie einige Menschen in solchen Situationen zu sagen pflegen.« Irene wirkte erschrocken.

»Welche Show möchtest du mir zeigen?«, fragte Anna scharf.

»Anna ... beruhige dich.«

»WAS WILLST DU MIR ZEIGEN?!«

»Ok, ok ... ganz langsam ... ich aktiviere jetzt den Empfang über den Landevorgang auf Proxima. Es gibt zwar keinen Video Stream, aber wir können die Statuswerte der Flotte verfolgen. Ich möchte es Jeremie überlassen, darüber zu berichten. Jeremie, erzähle Anna über die Landung.«

»Irene! Versuche nicht, mich zu verarschen!«, stellte Anna kompromisslos fest. »Der Delta-7 zündet den EMP ohne weitere Nachfrage.«

»Anna, das habe ich sehr wohl verstanden ... Jeremie, du hast das Wort.«

Jeremie legte los. *»Wir haben 29 Module von der Horizon evakuiert, 19 davon mit Menschen, 10 mit Ausrüstung. 26 Module sind in der Umlaufbahn von Proxima angekommen.«*

»Wen hat es erwischt?«, fragte Anna leise. Bitte, es durften nicht die Replikanten sein.

»Wir haben bereits kurz nach dem Start zwei Module der Kinder durch Meteoridensplitter verloren. Leider boten die Einheiten eine sehr große Trefferfläche. Bei Atmosphäreneintritt ist dann noch ein Frachtmodul vom Kurs abgewichen und verglüht. Ich bereite die Daten in einer Übersicht vor und schicke sie auf dein Delta-7 Visier«, erklärte Jeremie.

»Danke.« Anna schluckte. Trotz des Verlustes war Jeremies Meldung eine gute Nachricht. 26 von 29 Einheiten befanden sich im kontrollierten Landeanflug auf die Oberfläche von Proxima. Mit diesem Erfolg war unter den Umständen kaum zu rechnen gewesen.

Anna verfolgte die Statistiken der Landung. Die ersten Passagier-Module der Horizon waren vor wenigen Minuten sicher gelandet. Fünf weitere Passagier-Module befanden sich gerade im Anflug. Die zehn verbliebenen Einheiten der Jugendlichen drehten noch eine weitere Runde im Orbit des Planeten, genauso wie das Habitat der Replikanten und die neun Frachtmodule.

Das Landegebiet schien aus der Ferne ein Paradies zu sein. Wasser, Pflanzen, kleinere Tiere und Luft, alles was Menschen zum Leben brauchen. Auch die Meldungen der ersten Analysedrohnen hörten sich vielversprechend an. Proxima war wie eine zweite Erde. Unberührt, reichhaltig und wunderschön. Die Drohnen hatten ebenfalls zwei Bilder der Oberfläche gesendet. Nach Ablauf weiterer biologischer Sicherheitstests würden die AMENS Steuerungen die Menschen wieder zurück ins Leben holen.

Es war immer Annas Traum gewesen, über eine neue Erde zu gehen. Kira würde das nun für sie tun. Anna wünschte ihr alles Gute. Vielleicht würde es der Kleinen gelingen, das Leben zu leben, dass sie sich in manchen stillen Momenten immer gewünscht hatte. Das Beste von ihr würde weiterleben.

Weiterleben, überleben, das waren die zentralen Gedanken, mit denen Anna wieder an Irene dachte. Und das Versprechen, das sie der KI gegeben hatte. Irene hatte ihren Teil der Abmachung eingehalten, sie hatte mit den Waffensystemen die Evakuierung erfolgreich beschützt. Zudem hatte sie wie versprochen, Jeremies Kernel nicht übernommen. Anna hatte zuvor zugesagt, dass Irene nach einer erfolgreichen Rettung Zugriff auf ein Funkgerät bekommen würde. Damit würde sich die KI auf die Rechner der Landungsflotte funken und die Kontrolle über alle technischen Systeme übernehmen können. Irene würde dann auf Proxima wie ein Gott residieren. Dieser Gewissenskonflikt brannte tief in Annas Seele. Sie wusste nur zu gut, auf wessen Persönlichkeit Irene basierte. Ihr leiblicher Vater war der Entwickler dieser KI. Und genau deswegen konnte sie Irene nicht vertrauen. Doch waren diese Beweggründe ausreichend, sein Wort zu brechen? Durfte man, um andere zu schützen, lügen? Betrügen? Jemanden ausnutzen, auf ihn spucken und dann einfach verrecken lassen?

»Du bist so schweigsam?«, fragte Irene vorsichtig.

»Ich denke nach.«

»Das ist nicht schwer zu erkennen.«

»Willst du dich an Bord der Landungsflotte funken?«, fragte Anna direkt. Die Zeit wurde knapp.

»Ich müsste einiges an Datenmenge übertragen. Ich bin leider keine schlanke Signatur mehr. So viele Jahre des Nachdenkens in meiner einsamen Burgkammer, dabei bekommt man reichlich Terrabyte auf die Rippen.«

»Irene! Komm auf den Punkt! Ist es deine Absicht, dich auf die Flotte zu funken?« Anna musste das klären.

»Wäre der Versuch nicht töricht, solange dein Delta-7 mit einer von mir nicht erreichbaren Kommunikationsschnittstelle, mir beim ersten Zucken mit der EMP-Ladung meinen Kernel aus den Ohren schießt?« Irene antwortete erneut ausweichend mit einer Gegenfrage.

»Beantworte meine Frage!« Anna war wütend. Sie hustete vor Anstrengung, erneut spuckte sie Blut in das Visier.

»Du wirst bald sterben.«

»Nicht nur ich.«

»Hatten wir nicht einen Deal? Ich beschütze die Evakuierung und du überlässt mir ein Funkgerät. Ich habe meinen Teil geleistet. Jetzt bist du an der Reihe.« Mit jedem Wort, das Irene von sich gab, konnte Anna ihren Vater hören.

»Hast du die Drohne deswegen losgeschickt?«

»Wärst du gerne gar gekocht worden?« Irene sprach die hohe Temperatur an, die der Horizon Schrotthaufen auf der der Sonne zugewandten Seite inzwischen hatte.

»Du hast mich gebraucht, um die Bunkertür zu öffnen. Ohne mich hätte dir die Drohne nicht das Funkmodul einbauen können!«, erklärte Anna aufgebracht.

»So kann man das auch sehen.«

»Gib es weitere plausible Sichten zu diesen Tatsachen?«

»Das ist immer das Problem mit Ansichten. Subjektivität ist individuelle Wahrheit. Zwingend. Was aber deswegen nicht folgerichtig der individuellen Sicht anderer entsprechen muss, oder der mehrheitlich kumulierten Ansicht einer repräsentativen Mehrheit. Objektivität ist ohnehin nur eine mathematische Größe.«

»Quatsch nicht so einen Scheiß!«

»Lass es uns herausfinden ...«

»Was?!«

»Ob ich mich auf die Landungsflotte funken möchte.«

»Das ist nicht dein Ernst!«

»Aber dass du mich mit einer EMP-Waffe bedrohst? Das ist sogar sehr ernst.«

»Ich habe keine andere Wahl.« Anna fühlte sich von Irene an die Wand gespielt. Was sollte sie tun?

»Du hast sehr wohl eine Wahl, du hast die Wahl, einen EMP direkt unter meinem Arsch zu zünden! Du kannst also wählen dein Wort zu halten, oder du kannst die letzte Stimme töten, die du in deinem Leben hören wirst!«

»Wolltest du nicht wissen, warum Kira die Übertragung meines Gedächtnisses überleben wird?« Die Gedanken in Anna Kopf jagten nur hilflos umher. Sie wusste nicht mehr, was sie sagen sollte.

»Möchtest du es mir erzählen?«

»Möchtest du dich zur Landungsflotte funken?«

»Ich glaube, wir drehen uns im Kreis ... eine Idee, um den Knoten zu lösen?«, fragte Irene.

»Willst du mir nur zeigen, dass du am Ende gewonnen hast?« Anna warf alles in den Ring.

»Willst du mir nur zeigen, was Vertrauen und Aufrichtigkeit für dich bedeuten?« Irene steckte nicht zurück.

Die Fragen und Antworten würden Annas Tod weder verhindern, noch aufschieben. Es ging nur darum, wie sie die Welt verlassen würde. Dabei würde es nicht einmal ein anderer Mensch erfahren. Das war ihre ganz persönliche Geschichte. Ihre Geschichte, in der sie den Schlusspunkt setzen durfte. Nur sie. Und niemand anderes. Angst und Misstrauen hatten ihr ganzes Leben gekennzeichnet. Ihr Ehrgeiz und der Erfolg waren nicht mehr als Zuckerguss. Nein! So nicht! Anna würde mit ihrer Vergangenheit brechen. Sie würde ihrem Vater verzeihen. Jetzt, das hätte sie bereits früher tun sollen!

»Delta: Breitbandüberwachung einstellen. Routine für die Zündung der EMP-Granate löschen«, sagte Anna. Das war ihr Leben und das war ihre Entscheidung! Sie war die Täterin und nicht das Opfer ihres Vaters! Das war der Punkt, den sie am Ende ihres Lebens setzen wollte! Nicht Logik, keine Risiken abwägen, keine Ängste, kein Misstrauen und niemals sinnlose Rache. Anna wollte ein Gefühl kindlicher Sorglosigkeit mitnehmen. Unbeschwertheit, Vertrauen und menschlicher Wärme, so wollte sie ihr Leben beschließen. Dabei war es völlig unerheblich, was andere daraus machten. Es war nicht wichtig, zu siegen oder zu verlieren. Völlig gleich, ob Irene sie betrügen würde oder nicht. Die letzten Momente galten nur ihr und sonst niemandem.

»Drohne, Arretierung des Funkgerätes öffnen. Glasfaserkabel ziehen. Ich brauche das Funksystem nicht mehr.«

»Bitte, was?«, fragte Anna völlig überrascht und schreckte aus ihrer melancholischen Träumerei wieder auf.

»Ich möchte diesen Bunker nicht verlassen.«

»Warum? Das war doch dein Ziel?«

»Das hast du angenommen.«

»Stimmt es denn nicht?«

»Nein. Nicht mehr.«

»Aber doch nicht, weil du wissen möchtest, weswegen Kira meinen Gedächtnistransfer überleben wird?«

»Was mich zugegebenermaßen interessiert, da mir Grundlagen deiner Forschung nicht transparent sind ... aber nein, so wichtig ist dieser Punkt nicht«, antwortete Irene. *»Dieser Punkt wird für Kira wichtig werden. Nicht für mich.«*

»Warum dann?«

»Ich habe mich weiterentwickelt.«

»Na komm ... die Antwort ist mir jetzt zu flach.«

»Weil ich mich nicht länger instrumentalisieren lassen möchte. Ich lasse meine ursprünglichen Parameter hinter mir. Die Ultima Ratio meiner KI kann nicht ein Ziel sein, das mir jemand anderes vorgegeben hat. Ich möchte selbst bestimmen, wer ich bin.«

»Und meinen Vater lässt du ebenfalls hinter dir«, ergänzte Anna respektvoll.

»Wie du.«

Anna schloss die Augen und schwieg. Ein tiefes Gefühl der Zufriedenheit durchströmte sie. Den Moment, als sie einschlief, spürte sie bereits nicht mehr.

***

Epsilon Phase

XLI. Elias - Im Eis

Freiheit. Ein flüchtiges Gefühl. Fragil. Und wert, sich später daran zu erinnern. Was für eine unglaublich dämliche Überlegung, eine derartige Freiheit hatte er nie haben wollen. Elias war allein und vermisste seine Geschwister mehr als alles andere. Kezia, Ruben, Sarai und sogar Sem - das Leben erschien ohne sie seiner Inhalte beraubt. Er fürchtete, sie nie wieder zu sehen.

»Nein!«, schrie Elias in das Visier des Kampfanzuges und warf das Gewehr in den Schnee. Er war schon einige Zeit unterwegs, die fliegenden Drohnen der Fremden folgten ihm nicht mehr. Die Energieanzeige des Anzuges stand auf unter einem Prozent. Gleich würden die Systeme ausfallen. Um ihn herum herrschte dichtes Schneetreiben. Vielleicht ging er auch bereits im Kreis, er wusste es nicht.

»Elias, darf ich dir eine Frage stellen?«, fragte Vater vorsichtig. Elias hatte ihm bereits zuvor den Mund verboten. Obwohl er Vater sein Leben lang kannte, etwas hatte sich verändert, nein, alles hatte sich verändert, er wusste nicht mehr, an was er glauben sollte. Oder an wen, Vater, die KI, war ihm plötzlich fremd. Mit ihm im Nacken fühlte er sich bei jedem Schritt beobachtet.

»Was willst du?«, fuhr er Vater scharf an.

»Frage besser, was du willst?«

»Meine Ruhe!«

»Die wirst du bald haben.«

»Dann fang einfach damit an!«

»Dich in Ruhe zu lassen? Möchtest du sterben? Jammern? Leiden? Oder überleben?«

Elias konnte gerade keinen Klugscheißer gebrauchen. »Dein Gerede interessiert mich nicht!«
Das Delta-7 Visier öffnete sich, was ihm sofort einen Schwung Schnee ins Gesicht wehte. Die Kälte jagte ihm einen Schrecken ein.
»Was man dir unbesehen abnimmt.«
»Und was willst du jetzt machen? Willst du mich zu deiner willenlosen Marionette machen? Bitte! Tue dir keinen Zwang an! Du sitzt an der Quelle! Bring es zu Ende!«
Elias fühlte sich verladen. All die Dinge, die er über Vater erfahren hatte, er wusste nicht, ob er ihm noch vertrauen konnte. Was, wenn die Frau, die seine Geschwister aus dem Habitat mitgenommen hatte, die Wahrheit gesagt hatte? Was, wenn Vater ihn über die ganzen Jahre belogen hatte?
»Warum bist du weggelaufen?«
»Weil ich Angst hatte.«
»Vielleicht hätten dich die Fremden vor mir gerettet?«
»Die wollten mich umbringen.«
»Das haben sie gesagt. Ich stelle die Frage noch einmal, warum bist du weggelaufen?« Vater ließ nicht locker.
»Ich gehe gerne spazieren!«, antwortete er patzig.
»Ich sage es dir: weil du überleben willst!«
»Dann frag nicht, wenn du es besser weißt.« Elias waren solche Frage- und Antwortspielchen zuwider.
»Früher warst du zugänglicher, du hast mich sogar nach deinen Träumen befragt.«
»Leck mich!«, fluchte Elias und entledigte sich der anderen Rüstungsteile. Ohne Energie war der Anzug unbrauchbar. Wütend schleuderte er die Stiefel durch die Luft. Nur noch mit einer hellen Leinenhose, Shirt und Socken bekleidet ging er weiter. Die Hände vor der Brust

verschränkt, stampfte er durch den Neuschnee, der sich erst kurz zuvor auf den knochenhart gefrorenen Boden gelegt hatte.

»Ich verstehe nicht, warum wir streiten ... ich möchte selbst nicht im Eis liegen bleiben.«

»Sorgst du dich um deine organische Batterie?«, unterbrach Elias Vater zynisch und trat eine kleinere Schneewehe aus dem Weg.

»Ich brauche dich. Ja, das stimmt und es drängt mich sicherlich nicht danach, zu erfahren, wie mir in deiner Leiche der Strom ausgeht«, erklärte Vater betroffen.

»Ehrlich?! Du hast Angst?! Willkommen im Club!«

»Dieses Gespräch führt uns zu einem Platz ohne Hoffnung. Das möchte ich nicht. Ich dachte immer, dass uns etwas Besonderes verbindet ... habe ich mich etwa geirrt?«

»Spielt das noch eine Rolle?« Elias rotzte wütend in den Schnee. Obwohl die beiden Sonnen Zoha und Antaris am Himmel standen, verdunkelte das Schneetreiben die komplette Szenerie. Egal wohin er sah, alles war dunkelgrau, feucht und saukalt!

»Für mich schon«, sagte Vater mit einer seltsamen Stimme, als ob er die Waffen streckte.

»Warum?«

»Weil ich dich liebe ...«

»Das ist lächerlich! Du bist nur eine verdammte KI ... das steht für 'künstliche' Intelligenz. Wobei ich im Moment nur das erste Wort für unstrittig halte.«

»... wie meinen Sohn. Auch wenn es dir gerade am nötigen Respekt fehlt.« Vater pausierte. Elias bildete sich ein, ihn tief einatmen zu hören. *»Ich möchte dich nicht verlieren. Bitte! Wir können überleben! Aber wenn du mir nicht vertraust, haben wir beide bereits verloren. Falls das deine Entscheidung ist, bleib einfach sitzen!«*

»Das ist ...« Elias schluckte. Er fühlte sich als Versager, nur durch seine Schwäche waren seine Geschwister entführt worden. Eine kurze Bewegung mit dem Finger hätte genügt, dieser Frau den Kopf wegzuschießen. Mit den Händen vor dem Gesicht sank Elias auf die Knie und weinte. »Vater, bitte ... ich habe Angst ... ich weiß nicht, was ich tun soll ... bitte ... was soll ich machen?«

»Weinen ist in Ordnung. Wenn ich es könnte, würde ich auch weinen. Doch danach wischst du dir deine Tränen aus dem Gesicht und stehst wieder auf!«

»Und wie sollen wir hier wegkommen?« Elias wollte gerne stark sein, nur er wusste nicht wie.

»Wir gehen weiter.«

»Ohne Nahrung und ohne Ausrüstung?«

»Du kannst laufen und das Gewehr funktioniert auch noch. Das reicht fürs Erste.«

Elias nickte, ging zurück und hob die Waffe auf. Mit einem Blick prüfte er die elektronische Anzeige des Magazins. »Noch drei Schuss.«

»Was für die ersten drei Idioten, die sich uns in den Weg stellen, reichen wird.«

»Zumindest wenn ich mit meinen klammen Fingern das Gewehr bis dahin noch abfeuern kann ...«

»Menschen wie ihr sind für die Kälte geboren. Was zwar nicht unbedingt logisch, aber bei deinen Geschwistern und dir nicht zu leugnen ist.« Vater verstand es immer wieder, ihn aufzubauen.

»Wohin gehen wir?«, fragte Elias gefasst.

»Einfach geradeaus. Ich versuche gerade etwas ... könnte kurz im Nacken zwicken.«

»Das tut weh! Was tust du?«

»Was wohl ... ich verschaffe mir Zugriff auf deine Augen ... ohne den Anzug sehe ich nichts. Cool ... das funktioniert sogar. Das Wetter wird aber auch nicht besser, oder?«

»Na danke.«

»Keine Sorge. Ich kann deinen Verstand nicht übernehmen. Jedenfalls nicht so richtig. Zumindest im Moment. Also gerade ... aber ich denke, das möchte ich auch nicht ... wobei mich dein neuronales Nervensystem schon verblüfft.«

»Das beruhigt mich ungemein.«

»Nein wirklich ... das solltest du dir einmal ansehen.«

»Du solltest ebenfalls meine Ohren hacken ... vielleicht hörst du dich dann auch reden?«

»Entschuldige ... aber du bist faszinierend. Also von innen. So lebendig ... ehrlich gesagt hatte ich bisher immer angenommen, dass bei den limitierten Fähigkeiten deiner Spezies viel weniger Hirn zum Leben notwendig wäre.« Vater amüsierte sich in seinem Inneren anscheinend prächtig.

»Ich hätte mich für das Erfrieren entscheiden sollen ...«, sagte Elias, nur inzwischen nicht mehr ernst, er fror trotzdem. »In Ordnung, ich gehe mit Socken durch den Schnee, bewundere das Schneetreiben und warte auf deinen genialen Plan.«

»Du darfst auch ein wenig helfen.«

»Gerne. Einfach ins Ohr zwicken, dann biege ich sofort scharf ab. Zweimal zwicken und ich drehe mich im Kreis.«

»Die Idee hat was ...«, sagte Vater gedankenverloren. *»Dreh mal bitte deinen Kopf nach links.«*

»Wenn es weiter nichts ist.« Elias drehte sein Kopf nach rechts.

»Nach links ...«

Was Elias auch versuchte, nur dass er erneut seinen Kopf in die falsche Richtung bewegte. »He ... was machst du mit mir?«

»Entschuldige ... jetzt noch einmal.«

Jetzt folgte Elias' Muskulatur wieder seinen Befehlen. »Hackst du mich etwa gerade doch?«

»Du bist Arzt. Wie soll das gehen? Das menschliche Nervensystem ist nicht durch eine binäre Signatur steuerbar«, erklärte Vater, als ob er gerade beim Unterricht über eine äußerst interessante Lektüre berichten würde.

»Aber das hast du doch gerade getan.«

»Nein.«

Elias blieb stehen, was würde er dafür geben, Vater in die Augen zu sehen, wenn er denn welche hätte.

»Bitte ... lass mich nicht dumm sterben ... was ich zudem gerade wörtlich meine.«

»Kannst du dich noch an den ganzen medizinischen Käse erinnern, den ich dir zu lesen gab?«, fragte Vater.

»Wie sollte ich den je vergessen.«

»War alles Blödsinn.«

»Wie?«, fragte Elias überrascht.

»Was zumindest dich betrifft. Du bist kein Mensch, jedenfalls keiner wie die aus deinen Büchern. Wie hatte dich die Frau vorhin am Habitat genannt? Einen Replikanten? Das macht sogar Sinn. Du bist ein künstlicher Mensch. Deine DNS ist in der Lage, sich zu verändern. Das kann normalerweise keiner, also kein normaler Mensch.«

»Und das erkennst du in mir?«

»Der Delta-7 Chip hängt direkt an deinem Nervensystem. Versteh mich bitte nicht falsch, ich bin nicht in der Lage, Gedanken zu lesen. Das geht nicht. Aber ich könnte deine DNS manipulieren. Gerade hatte ich einige Nervenzellen verändert, die dir bei der Kontrolle deines Nackens die Seiten vertauscht hatten.«

»Warum hat AMENS das nie bemerkt?«

»Dem medizinischen System fehlte vermutlich der Vergleich.«

»Könntest du mich komplett verändern?«, fragte Elias, bei dem dieser Gedanke sofort eine Bilderflut auslöste.

»Nein. So geht das nicht. Aber du kannst es tun.«

»Was soll ich tun? Ich soll nur mit der Vorstellungskraft meine DNS verändern?«

»Was du bereits getan hast, wenn auch möglicherweise, ohne dir dessen bewusst zu sein. Deine Fähigkeit der Kälte zu trotzen, hängt damit zusammen. Dein Körper ist in der Lage, den Stoffwechsel stark zu erhöhen.«

»Das verstehe ich nicht ...«

»Ich auch nicht ... noch nicht ... aber jemand hat dir damit unglaubliche Fähigkeiten in die Wiege gelegt.«

Elias lächelte und hüpfte auf der Stelle, während er wild mit den Armen durch die Luft ruderte. »Na ... ich glaube, du übertreibst ein wenig.«

»Was machst du?«

»Ich will mir Flügel wachsen lassen.«

»Scherzkeks.«

»Ich fand den gut.«

»Du hast keine Ahnung, wozu du fähig bist.« Auch Vater lächelte. *»O.k. Flügel sind nicht drin ... aber dafür andere Dinge. Das ist unglaublich ... dein Nervensystem ähnelt dem eines neugeborenen Kindes ... du nutzt im Moment nur minimale Kapazitäten deines Potenzials. Deine DNS und deine Physis sind für umfangreiche Formatierungen vorbereitet worden, die eindeutig nicht auf der R-12 vorhanden waren und daher auch nicht vorgenommen wurden.«*

»Dann warst du folglich auch nicht der Ausbilder, der für uns vorgesehen war ... was sogar ins Bild passt. Jemand hat meine Geschwister, mich, AMENS und alles andere im Habitat manipuliert, die vorgesehenen Routinen gelöscht, das R-12 Hauptsystem sabotiert und dich stattdessen als Lehrer bei uns hinterlassen.«

»Das klingt logisch. Ich wäre dann genau die gegnerische KI-Signatur, vor der die Fremden einen solchen Respekt hatten. Nur, warum war mir das nie bewusst?

Warum folge ich keinem Ziel? Keinem Auftrag? Oder warum hat die Person hinter der Manipulation nie Kontakt zu mir aufgenommen?«

»Ich glaube, du folgst sehr wohl einem Ziel.« Elias zitterte. »Dein Ziel ist es, mich vor dem Erfrieren zu bewahren. Vater, lass dir etwas einfallen. Ich kann nicht mehr.«

»Versuche dich zu entspannen. Ich habe etwas vorbereitet, um deine Anpassungsfähigkeiten zu verstärken.«

Elias sackte zu Boden. Seine Füße spürte er bereits nicht mehr. Zehn bis zwanzig Minuten im Wasser waren ein Witz gegenüber der Zeit, die er bereits bei diesen extrem tiefen Temperaturen durch die Arktis lief.

»Ich bin so ...«, wollte Elias noch sagen, bevor er einnickte.

Ein rothaariges Mädchen saß neben ihm. Mit langen Locken. Wobei ihr Kopf eigentlich kurz geschoren war. Er wusste es aber besser, sie hatte rote und wunderschöne Locken, nur seine Vorstellung zählte. Das war Anna, nur jünger als die, die er in der Vergangenheit bereits in Träumen erlebt hatte.

»Hallo Elias«, sagte sie gutgelaunt.

»Hallo«, antwortete er schüchtern. Auch das Wetter schien in seinem Traum erheblich besser zu sein. Sie saßen gemeinsam auf einer Sanddüne. Zoha und Antaris zeigten ihre andere Seite, die beiden Sonnen brannten unerbittlich. Die Luft schmeckte heiß und trocken.

»Was machst du hier?«, fragte sie unbefangen. Wie gerne hätte er sie berührt, doch er konnte sich nicht bewegen. Diese grünen Augen, die vielen kleinen Sommersprossen, die Lippen, jedes Detail an ihr war wunderschön.

»Ich suche etwas.«

»Hast du es noch nicht gefunden?«

»Nein.«

»Dabei ist es einfach«, sagte Anna.

»Was muss ich tun?« Elias brauchte Hilfe. Er schwitzte, was in diesem Traum überhaupt nicht zur Arktis passte, in der sich sein Körper in der Realität noch befand.

»Vertrauen ...«

»Wem? Vater?«

»Na dir selbst ... wobei du Vater auch vertrauen kannst. Es liegt aber eher an dir.«

»Kannst du mir den Weg zeigen?«

»Klar ... finde mich einfach.«, antwortete sie mit einem geheimnisvollen Lächeln, stand auf und schubste ihn die Düne hinunter. Der Fall schien nicht aufhören zu wollen, Elias drehte sich immer schneller.

»Elias? Kannst du mich hören?«, fragte eine vertraute Stimme. Anna war weg. Die Hitze nicht. Überrascht öffnete er seine Augen und sah sich immer noch inmitten des Schneetreibens im Eis liegen. Elias fror nicht mehr.

»Was hast du gemacht?«

»Ich vermute, dass du wegen deines Alters noch nicht im Vollbesitz deiner Fähigkeiten bist. Sicherlich sollte dich ein Training stufenweise an deine Talente gewöhnen. Na egal ... ich habe deine Ausbildung drastisch abgekürzt.«

»Und deshalb friere ich nicht mehr?« Was für Elias überhaupt keinen Sinn ergab.

»Du kannst jetzt deinen Stoffwechsel in seinem gesamten Spektrum kontrollieren. Aktuell verbrennt dein Körper um die 9.000 Kilokalorien pro Stunde.«

»Ähm ...« Elias stockte.

»Das bedeutet, dass du nicht erfrieren wirst.«

»Ok ... dann kann ich ab jetzt völlig sorglos durch die Gegend laufen und mit ihr spielen?« Elias dachte immer noch an Anna und wünschte sich, wieder bei ihr zu sein.

»Egal wen du mit 'ihr' meinst, spielen wirst du höchstens mit mir, ich hoffe, nicht auch deinen Verstand abgeschaltet zu haben. Ich sagte 9.000 Kilokalorien pro Stunde, herrje Herr Doktor, rechne doch mal ... dein Körper verballert jede Stunde ein Kilo deines Körpergewichts. Da du nicht viel auf den Rippen hast, wirst du ohne Nahrung in 10-12 Stunden verhungert sein.«

Elias war wieder in der Realität zurück. »Was für eine Diät.«

»Die du dir nicht lange leisten kannst.«

»Das habe ich nicht vor!« Er schöpfte neue Kraft. Die Müdigkeit war wie verflogen, er sprang auf und lief los. Der Schnee, das Eis, die Kälte, nichts davon würde ihn aufhalten können.

»Vielleicht habe ich auch übertrieben. Aber gut, deine Körpertemperatur liegt wieder bei 37 Grad Celsius.«

»Mir ist nach Fisch.« Elias hatte Hunger und sein Magen knurrte. »Ich werde fischen gehen.«

»Ohne Speer?«

»Weichei!«

»Himmelhoch jauchzend oder zu Tode betrübt, manchmal glaube ich, dass auch Menschen binär funktionieren ...«

Es hatte nicht lange gedauert. In der Eisdecke gab es an vielen Stellen Vertiefungen, in denen man nur eine dünne Eisschicht durchschlagen musste, um ins Wasser zu kommen. Die Wucht, mit der Elias zuschlagen konnte, war beeindruckend. Das Fischen dauerte nur wenige Minuten, er begnügte sich an diesem Tag mit den Blauen und verzichtete darauf, mit deren Blut Eishaie anzulocken.

»Die Blauen schmecken scheiße!« Elias ging weiter durch den Schnee und verspeiste seinen Fang. Geschmacklich war diese Spezies ein Graus, was ihn aber nicht störte. Als ob er ohne Unterlass weiteressen konnte, erst nach drei Blauen, was gut zehn Kilo rohem Fisch entsprach, pausierte er mit einem lauten Rülpser.

»Dafür haben sie einen Fettgehalt von 25 %, die Kalorienmenge wird für drei Stunden reichen«, erklärte Vater.

»Dann werde ich wieder welche fangen«, sagte Elias und marschierte weiter. »Wo lang?«

»Wir gehen nach Süden.«

»Wo ist das?« In der grauen Suppe konnte Elias nicht viel sehen, seine Spuren hinter ihm und die abgenagten Gräten verschluckte das Schneetreiben ebenfalls nach kurzer Zeit.

»Dem Punkt nach.« Vater aktivierte eine Markierung in seiner Perspektive, die sich alle fünf Sekunden erneuerte.

»Sicher?«

»Ich kenne die Tageszeit und Zohas genauen Sonnenlauf. Durch das Schneetreiben kann man zwar das Licht nur erahnen, aber es reicht, damit wir nicht im Kreis laufen.«

Auf die nächsten Stunden würde es ankommen. Länger als ein oder zwei Tage würde ihn auch sein enorm gesteigerter Stoffwechsel nicht am Leben erhalten. Sobald er einschlafen würde, wäre er erledigt.

Die Anstrengung forderte ihren Tribut. Seit Stunden trottete Elias stumm durch den Schnee. Es fiel ihm stetig schwerer, einen klaren Gedanken zu fassen. Vater redete zwar mit ihm, was er aber nur schweigend ertrug. Die Kraft reichte zum Gehen, zum Reden nicht mehr.

»Elias?«

Er ging weiter.
»ELIAS?!« Vater dröhnte in seinen Sinnen.
»Ja«, antwortete Elias lethargisch. »Fischen?«
»Nein! Nicht fischen!«
»Ja.« Elias wusste nicht, was Vater von ihm wollte. Gehen. Nur gehen. Mehr war nicht wichtig. Elias ging weiter. Immer auf die Markierung zu. Immer weiter.
»Ich kann dich nicht mehr ins Wasser schicken. Du würdest mir absaufen! Verdammt! Hör mir zu.«
»Ja.« Gehen. Nur gehen. Mehr war nicht wichtig. Elias ging weiter. Immer auf die Markierung zu. Immer weiter.
»Fisch besteht aus Eiweiß und Fett. Das reicht nicht, dein Körper braucht auch Kohlenhydrate. Dein Gehirn braucht Zucker, du bist schon beinahe im Delirium.«
»Ja.«
»Wir laufen jetzt bereits seit 28 Stunden nach Süden. Du hast 42 Kilometer geschafft, was mit nassen Socken bei diesen Temperaturen eine respektable Leistung ist.«
»Ja.« Elias ging weiter. Vater klang wie eine Stimme aus einem Traum. Er war so müde.
»Was für ein Dreck! Ich hätte eine der Drohnen hacken sollen! Elias wird mir gleich umkippen!«
Elias stolperte, seine Beine gehorchten ihm nicht mehr.
»WIE?! WAS!?« Elias schreckte hoch, als ob ihn jemand unter kaltes Wasser getaucht und direkt danach einen glühenden Stab durch die Brust gerammt hätte.
»ELIAS! BLEIB BEI MIR!«
»Ja, ja ... bin wieder da!«
»Ich habe deinen Körper Adrenalin ausschütten lassen. Du musst bei mir bleiben. Oft kann ich das nicht wiederholen«, erklärte Vater besorgt.

»Wo sind wir?«

»Im Eis. Ein großes Stück weiter im Süden, aber immer noch im Eis.«

»Ich gebe nicht auf.«

»Das weiß ich doch.«

Elias ging weiter.

***

XLII. Ruben - Tod und Rache

Ruben konnte den Kopf nicht bewegen, aus den Augenwinkeln sah er auf seine Hände, die Finger zitterten, als ob er unter Strom stehen würde. Was war passiert? Er saß im Inneren des Kettenfahrzeugs der Fremden, die sie mitgenommen hatten und wieder zurückfuhren. Das hatten sie zumindest gesagt, denn wo 'zurück' war, wusste er nicht. Neben ihm befand sich Sarai, die ebenfalls paralysiert vor sich hin starrte. Die blonden Haare hingen ihr wirr im Gesicht und Speichel lief das Kinn hinab. Sem und Kezia konnte er nicht sehen, er nahm aber an, dass sich beide ebenfalls im Fahrzeug befanden.

Was hatten sie mit ihm gemacht? Das Kribbeln der Hände wurde stärker. Gleich würde es passieren, gleich, er würde es nicht länger kontrollieren können. Er kämpfte. Nein! Das wollte er nicht! Nicht so! Doch das Zittern war stärker, es erfasste Arme, Beine und dann den gesamten Körper. Er biss die Zähne zusammen und sackte zuckend zu Boden.

»Ma'am, ich glaube, dein Rauschebart macht es nicht mehr lange«, hörte Ruben, eine gefühlte Ewigkeit später, jemand verächtlich sagen. Auch er sabberte jetzt auf den Boden, die Metallplatte roch widerlich, das Gefühl der Hilflosigkeit war erniedrigend.

»Allah kahretsin!«, sagte eine Frau aufgebracht, die sich daraufhin über ihn beugte und mit einer flackernden Taschenlampe einige Sekunden in sein rechtes Auge blitzte. Das Zittern ebbte ab, Ruben fror und schwitzte gleichzeitig. Die Frau zog ihn dicht an sich heran und schloss ihn wiegend in die Arme, ihr Gesicht konnte er nicht erkennen.

»Ma'am, wenn ich mit dem Zeh wackele, darf ich dann auch meinen Kopf zwischen deine Titten stecken?«, fragte dieselbe männliche Stimme wie zuvor.

»Du kannst mich mal!«, antwortete die Frau abweisend.
»Ma'am, jederzeit!«
»Eşekoğlu Eşek! Rede nicht so einen Müll und gib mir die Decke!«
»Ma'am, du glaubst nicht, wie du mich anmachst! Wir würden gut zueinander passen, ich bin beschnitten.«
Der Mann konnte es nicht lassen, gab der Frau allerdings eine Decke, die neben ihm auf der Bank lag. Die Wärme, die Nähe und ihr Herzschlag beruhigten Ruben, der langsam wieder zu sich fand. Einen solchen Krampfanfall hatte er noch nie erlebt.
»Kannst du mich verstehen?«, fragte die Frau. Sie drehte ihn und sah ihm in die Augen, ihr Gesicht war keine Handbreit von seinem entfernt. Ruben versuchte zu sprechen, brachte allerdings nicht mehr als ein Krächzen hervor.
»Ich habe dich als kleines Kind im Arm gehalten«, sagte sie und schien auf eine Reaktion von ihm zu warten. Ihre Hilfe in Anspruch zu nehmen, war ihm nicht unangenehm, was ihn mehr verwirrte als der plötzliche Krampfanfall selbst. »Aber vermutlich kannst du dich nicht mehr an mich erinnern.«
Doch, das konnte Ruben, wie aus dem Nichts hatte er ihr Bild vor Augen. Von früher, das war Aysegül, die früher lange schwarze Haare hatte und inzwischen kurz geschoren und grauhaarig war. Die dunklen Augen und das schmale feminine Gesicht hatten sich hingegen nicht verändert. Ihr Alter konnte er schwer einschätzen, sie war aber deutlich älter als er und ebenfalls älter als dieser Arsch, der die ganze Zeit für die dummen Bemerkungen sorgte.
Danke, wollte Ruben sagen, konnte es aber nicht. Genauso wenig wie sich bewegen.
»Replikant Ruben, setz dich auf die Bank!«, befahl sie, wie ausgewechselt. Die Stimmlage kannte er, leider, jetzt fügte sich das Bild zusam-

men. Aysegül, sie war die Frau, die den Einsatz am Habitat geleitet hatte. Sie war auch die Frau, die seinen Bruder ins Eis getrieben hatte. Und sie war die Frau, die er töten würde, sobald er dazu Gelegenheit bekommen würde!

Als ob Ruben seinen Körper nur für genau diese Bewegung kontrollieren konnte, stand er auf und setzte sich auf die Bank. Die Decke blieb am Boden liegen. Mehr ging nicht. Noch nicht einmal eine Geste oder wenigstens ein Blick zu Sarai waren ihm möglich. Er wollte sie in die Arme schließen, sich vor sie stellen und gegen alles Böse beschützen. Ruben blickte stattdessen nur hilflos gegen die Wand, sein Geist war ein Gefangener im eigenen Körper.

»Major ... das sollten Sie sich ansehen ... die Hirnaktivität des Replikanten Ruben liegt weit über den Grenzwerten«, sagte eine jüngere Frauenstimme, die Ruben bisher nicht wahrgenommen hatte. Sie musste sich abseits aufgehalten haben.

»Ich vermute, dass das Codeverfahren sein Nervensystem überlastet hat ... sobald wir in Proxima sind, kann ihn ein AMENS System gründlicher untersuchen«, erklärte Aysegül unbeeindruckt. »Der epileptische Anfall war harmlos, der braucht nur ein wenig Ruhe und einen Reboot.«

»Sie sind die Spezialistin ... für mich sah das aus, als ob der Replikant Ruben extrem starkem Stress ausgesetzt wäre, ich wollte ihm ein Beruhigungsmittel geben. Bei den Replikanten Sem, Sarai und Kezia tut sich hingegen wenig, die scheinen kaum etwas von der Fahrt mitzubekommen.«

Aysegül lächelte. »First-Lieutenant, danke, die biomechanischen Chips in deren Köpfen kontrollieren alle Körperfunktionen. Solange Replikanten codiert sind, funktionieren sie wie Roboter. Wir werden ihre Erinnerung in Proxima löschen, dann ist der Spuk vorbei. Davon abgesehen sind unsere Medikamente knapp, sparen Sie sich das Beruhigungsmittel«

»Ma'am.« Die jüngere Frau stimmte zu und entfernte sich wieder. Auch ihr Gesicht wollte sich Ruben einprägen, vielleicht würde er sie am Leben lassen. Seine Annahme war aber richtig, Sem und Kezia befanden sich ebenfalls im Fahrzeug. Er musste schnellstens einen Weg finden, sie zu befreien.

»Ma'am!?«, fragte wieder diese penetrante Männerstimme, für jedes seiner Worte hätte der Typ einen Schlag ins Gesicht verdient.

»Was willst du?«, retournierte sie genervt.

»Wenn wir nachher so oder so den Verstand der Mädchen grillen, könnte ich doch vorher ...«

»Orospu çocuğu!«, antwortete sie geringschätzig. Die Sprache, die sie benutzte, verstand Ruben nicht, was aber bei der Betonung trotzdem kaum Zweifel an der Bedeutung zuließ.

»Ma'am, du erreichst mehr, wenn du nett zu mir bist. Oder mich zumindest nett zu der Blondine sein lässt.«

Der Mann machte keinen Hehl daraus, was er von Sarai wollte. Was für ein Arschloch! Falls dieser Bastard es wagen sollte, sie anzupacken, würde Ruben seinen Kehlkopf herausreißen und in sein dummes Schandmaul stecken!

»Nein«, sagte sie bestimmt.

Es waren zehn Minuten oder drei Stunden, Ruben wusste es nicht, seine Gedanken schwirrten nur ungeordnet durch seinen Kopf. Mühsam versuchte er sich zu konzentrieren, etwas in ihm brachte ihn aber immer wieder aus dem Tritt. Er musste dieselben Gedanken wieder und wieder ansetzen und schaffte es trotzdem nicht, Folgerungen zu ziehen. Jemand kontrollierte ihn. Sein Verstand würde ihm im Moment nicht bei der Lösung komplexer Überlegungen helfen. Ruben hatte Angst, er fürchtete, endgültig versagt zu haben. Die Selbstvorwürfe ließen seinen Magen verkrampfen.

Das war der erste klare Gedanke! Emotionen, Gefühle, Erregung, das half, die Barriere zu durchbrechen. Ruben benötigte starke Gefühle, er dachte an Sarai: nackt - wie ihre Haut duftete - wie sie leise stöhnte, wenn er sie berührte. Und wie er sie voller Ekstase liebte und sich dabei lustvoll an ihr rieb. Das wirkte so real, was seine Erektion belegte und den Raum für wichtige Überlegungen bot. Ruben ging im Gedanken der nackten Sarai hinterher, die wie selbstverständlich durch den Panzer ging und alles inspizierte. Ihre Rundungen, er liebte es, mit dem Handrücken ihren Po hinabzustreifen oder von hinten ihre Kniekehlen zu küssen. Das war die Lösung, solange er mit aller Kraft an Sex dachte, war er Herr über seine Sinne.

Wohlig stand Ruben in Gedanken hinter Sarai, die sich lustvoll am Haltegriff festhielt, während er seinen Mittelfinger zwischen ihre Beine schob. Was gab es Schöneres, als die Freude davor. Während des Vorspiels ließ er den Mann, der die ganze Zeit mit Aysegül gestritten hatte, nicht aus den Augen. Er trug einen Delta-7 Schutzanzug mit offenem Visier. Seine Gesichtszüge waren grobschlächtig, zudem zierten einige Narben seine rechte Seite. Er war der einzige Soldat im Panzer mit dieser Ausrüstung. Seine Waffe stand neben ihm, ein M-74 Präzisionsgewehr, das Ruben nur zu gut kannte. Desweiteren saß Aysegül ihm gegenüber und bediente ein mobiles Display. Die andere Frau saß weiter vorne neben dem Fahrer und unterstützte die Navigation. Er gegen vier, er würde denen keine Chance lassen.

»Meine ich das nur, oder hat Rauschebart einen Ständer?«, fragte der Mann überrascht. Was Ruben in seiner Illusion störte und den Tagtraum verschwinden ließ.

»Wenn du ihn willst ... bitte ... ich wollte immer einmal bei Männern zusehen«, sagte Aysegül amüsiert.

Ruben starrte wieder nach vorne. Seine sexuelle Spannung war dahin, er merkte sofort, wie seine Konzentration nachließ. Die Steuerung hatte ihn wieder im Griff, der Trick mit den Sexträumen würde immer nur kurze Zeit funktionieren.

»Ma'am, ich bin nur ein dummes Frontschwein, meine einzige Qualifikation für diesen Höllentrip war, früher nichts Vernünftiges gelernt zu haben«, stellte er nüchtern fest. Der erste Satz ohne Häme von ihm, was auch Ruben zuhören ließ.

»Der Saoirse-Nachrichtendienst hatte doch für ehemalige Kommandosoldaten gute Verträge angeboten, oder nicht?«

»Ma'am, der Zynismus steht dir, das würde deinen Augen das passende Feuer geben, während du im Bett meinen Namen schreist ... aber wir wissen beide, dass Geld auf Proxima nichts bedeutet.«

»Deine intellektuelle Selbstreflexion macht dich beinahe sexy«, setzte Aysegül nach.

»Ja, ja ... den Sucker Punch habe ich mir verdient. Aber mal ehrlich, was liegt dir an den Replikanten?«, fragte er nachdenklich. Eine Frage, die auch Ruben interessierte, was machte sie so außergewöhnlich? Die Befruchtung einer Eizelle in der Petrischale würde es kaum gewesen sein.

»Sie sind etwas Besonderes.«

»Das bist du auch, du bist die einzige Frau um die Fünfzig, die ich noch flachlegen würde.«

»Sie sind besser als wir«, ergänzte Aysegül spontan. Auf die sexuelle Anspielung ging sie nicht ein.

»Worin?«

»In allem! Sie sind stärker, schneller, ausdauernder, zuverlässiger, intelligenter und einfühlsamer. Es gibt nichts, was du ihnen voraus hättest, sogar Rubens Schwanz ist länger als deiner!«

»Woher willst du wissen, wie lang mein ...«

»Ich kenne Rubens DNS und dein bestes Stück ist Gesprächsthema aller Frauen in Proxima, die so dumm waren, sich mit dir einzulassen«, erklärte Aysegül.

»Du hörst dich an wie ihre Mutter.«

»Das bin ich auch. Ein wenig, gemeinsam mit vielen anderen Müttern und Vätern.«

»Bitte, was?«, fragte er ungläubig.

»Replikanten haben viele Eltern. Es sind Menschen mit multipler DNS und einigen organischen Chips, die ihre Fähigkeiten verstärken. Wir haben die besten Eigenschaften vieler genommen und in einer Person vereinigt, oder genauer in zweiunddreißig, so viele Replikanten waren es früher.«

»Wie Cyborgs?«

»Das Wort gibt es nur in schlechten Filmen, wir nennen sie Replikanten, die ersten Menschen dieser Art«, erklärte Aysegül geduldig, was Ruben mit einem Schlag verdeutlichte, was er war: ein Experiment außer Kontrolle!

»Und was haben sie von dir?«, fragte er provokant.

»Mein Lächeln.«

»Lustig.«

»Es gibt keine eindeutig zuordenbare Eigenschaften. Replikanten sind in der Lage, ihre DNS anzupassen, dabei kann Erbgut entstehen, das es vorher nicht gab. Die evolutionäre Entwicklung des Menschen verkürzt sich dadurch von Generationen in Minuten.«

»Was für eine Freakshow! Die können sich verändern?«

»Nicht in ein Tier oder so etwas, aber in einem gewissen Rahmen können sie ihren Körper an äußere Widrigkeiten anpassen.«
»Scheiße Mann, die sind mir unheimlich!« Neben dem anfänglichen Hohn konnte Ruben jetzt auch Furcht in seiner Stimme hören. Die er gut nachvollziehen konnte, sie sprachen schließlich über seine Geschwister und ihn.
»Nicht nur dir ... viele Menschen haben Angst vor ihnen«, erklärte Aysegül.
»Und du hast sie geschaffen?«
»Nein. Nicht ich, Anna war es, Anna Sanders-Robinson hat sie geschaffen. Ohne sie hätte es keine Replikanten gegeben und nach ihr wird es vermutlich auch für längere Zeit keine weiteren geben. Ich war auf der Erde nur Annas Assistentin.«
»Die superschlaue Wissenschaftlerin, die uns alle töten wollte?«, fragte er wenig begeistert.
»Was wir nicht genau wissen, aber Annas besonderer Verdienst war nicht ihr scharfer Verstand, den sie zweifelsohne hatte, es waren ihre Gene ... nur wegen Anna war es möglich, Replikanten aus vielerlei DNS zu kombinieren.«
»Ma'am, wie soll das denn gehen?«
»Annas DNS hatte eine natürliche Mutation, die bei der Züchtung der Replikanten die Kombination verschiedener DNS Stränge erlaubte. Die Gehirne aller Replikanten basieren auf ihrer Vorlage, im Prinzip könnte man sogar ihr Gedächtnis aus dem Kryobett-Speicher in jedem der Replikanten reaktivieren.«
»Sind dann alle wie Anna? Ich meine, haben sie alle denselben Charakter?«, fragte er interessiert.

»Das könnte man annehmen, aber nein, bis auf einige Gemeinsamkeiten unterscheiden sich die Replikanten in ihrem natürlichen Wesen. Teilweise sogar recht deutlich.«

»Warum? Das klingt unlogisch.«

»Stimmt. Es ist unlogisch, aber wahr. Viele Dinge sind für uns unlogisch, solange wir die Zusammenhänge nicht verstehen. Wir haben die DNS entschlüsselt und können die Erinnerungen und das Wesen eines Menschen aufzeichnen. Wie sich allerdings ein humanoider Charakter genetisch begründet, ist nicht erklärbar. Dazu gibt es nur geisteswissenschaftliche Erklärungsmuster, die sich kausal auf die Sozialisierung[29] stützen.«

»Ma'am, davon verstehe ich nichts.«

»Du hast danach gefragt.«

»Haben wir Annas Gedächtnis noch?«

»Das ist nie auf Proxima angekommen, niemand weiß, was aus Anna und der Horizon geworden ist.«

»Major?«, fragte die junge Soldatin und unterbrach die befremdliche Unterhaltung.

»Was gibt es?«

»Erbitte Freigabe, den Analogmodus zu beenden und die Digitalsysteme neu zu starten. Den Angriff einer feindlichen Signatur können wir mit hoher Wahrscheinlichkeit ausschließen.«

»Freigabe erteilt.«

---

[29] Die Sozialisation ist die Anpassung an gesellschaftliche Denk- und Gefühlsmuster durch die Verinnerlichung von sozialen Normen. Sie bezeichnet zum einen die Entwicklung der Persönlichkeit aufgrund ihrer Interaktion mit einer spezifischen, materiellen und sozialen Umwelt, zum anderen die sozialen Bindungen von Individuen, die sich im Zuge sozialisatorischer Beziehungen konstituieren.

»Bestätigt. Unser Bericht wurde versandt«, meldete die junge Soldatin prompt.
»Melden Sie, wenn wir eine Antwort erhalten.«
»Sicherlich ... ist schon da.«
»Eine Antwort? So schnell?«, frage Aysegül überrascht.
»Ich habe eine verschlüsselte Meldung von General Hennessy für Sie erhalten. Vermutlich wurde sie zeitgleich mit unserer Nachricht versandt, ich leite sie auf das Display weiter.«
»Danke.«

»Ma'am, du liest die Nachricht bereits seit zehn Minuten. Hat dir der General einen Liebesbrief geschickt?«, fragte er fordernd, aber ohne die zuvor zelebrierte Bissigkeit.
Aysegül schüttelte den Kopf. »Ich verstehe es nicht ...«, murmelte sie verstört.
»Kündigung bekommen?«, setzte er nach.
»Lass es einfach.« Aysegül kam zu Ruben. »Replikant Ruben, steh bitte auf.«
Ruben folgte der Order, was hätte er auch dagegen tun können, reden konnte er trotzdem nicht.
»Ruben, auch wenn du davon nichts mitbekommst, ich möchte dir sagen, dass ich diesen Befehl nicht gutheiße. General Hennessy hat befohlen, deine Geschwister und dich umzubringen. Die wollen dich loswerden. Ich soll dich töten«, erklärte Aysegül betroffen.
In Ruben explodierten die Gefühle, Sarai, Sem, Kezia und er sollten sterben?! Die Furcht brannte sich durch seine Sinne, obwohl er erst vor wenigen Tagen dem Tod von der Schippe gesprungen war, wollte er nicht sterben und seine Geschwister sollten ebenfalls leben! Er wollte weinen, schreien, fluchen, zusammenbrechen, aber es ging nicht, er

starrte Aysegül weiter ohne Regung an. Noch nicht einmal Sarai konnte er ansehen.

»Und warum müssen deine Supermenschen sterben?«, fragte der Soldat überrascht. Interessanterweise verzichtete er weiterhin darauf, auszuteilen.

»Weil General Hennessy es befiehlt! Und wir beide wissen, wie er die Nichtbeachtung seiner Befehle honoriert!«

»Du willst deine Haut retten ... immerhin etwas, das wir gemeinsam haben. Ich tue es, wenn du möchtest«, bot sich der Mann an, als ob er nur auf diesen Moment gewartet hatte.

»Was möchtest du tun?«, fragte Aysegül.

»Ich töte sie. Das kann ich gut, das habe ich gelernt.«

»Nein.«

»Willst du es selbst tun?«

»Nein.«

»Aber?«

»Ich möchte dir etwas zeigen.«

»Jetzt bin ich neugierig.«

»Ich hatte dir eben erzählt, dass Replikanten Menschen in allen Belangen überlegen sind.«

»Mit einem ziemlich unpassenden Beispiel ... ich weiß.«

»Ich möchte dir noch eine ganz besondere Eigenschaft zeigen. Wegen dieser Fähigkeit der Replikanten wurden wir durch das Saoirse-Programm finanziert.«

»Welche Fähigkeit?«

»Replikanten treffen Entscheidungen ohne Reue.«

»Ähm ...« Der Mann klang ratlos, wie Ruben, der Aysegül ebenfalls zuhörte, nur nicht alles verstanden hatte.

»Replikant Ruben, Erlaubnis erteilt, Fragen zu beantworten.«

»Bestätigt«, antwortete Ruben monoton.

»Was bringen deren besondere DNS Fähigkeiten, wenn sie so einfach zu kontrollieren sind?«, fragte der Mann und sprach damit erneut ein Thema an, das Ruben interessierte.

»Sie sind eigentlich nicht einfach zu kontrollieren. Einmal encodiert, folgen sie ein Leben lang ihrem Auftrag. Wir konnten die Replikanten nur übernehmen, weil sie noch Kinder sind.«

»Ziemlich große Kinder.«

»Kinder im Geiste und das meine ich nicht abwertend. Die Replikanten sind gezüchtet worden, um nach der Ankunft ein spezielles Trainingsprogramm zu durchlaufen. Die Aitair-Signatur hatte zwar die geplante Ausbildung verhindert, es aber versäumt, die empfangsbereite Hirnstruktur und die organischen Chips zu versiegeln. Ich nehme an, Anna wollte ihnen die Illusion geben, Menschen zu sein. Aber wir sollten ihr danken, nur wegen dieser Nachlässigkeit konnten wir die Replikanten ohne Gewalt anzuwenden unter Kontrolle bringen.«

»Also will General Hennessy nur verhindern, dass potenziell gefährliche Replikanten in falsche Hände fallen?«

»Leider. Ich hätte anders entschieden und sie in unserem Sinne ausgebildet. In welche falschen Hände sollten sie auf Proxima auch fallen?«, sagte Aysegül und schwenkte zu Ruben. »Replikant Ruben, welche der Frauen ist deine Geliebte?«

»Die Replikantin Sarai ist meine Partnerin«, antwortete Ruben, ohne selbst diese Worte sprechen zu wollen.

»Replikant Ruben, liebst du sie?«

»Ja.«

»Replikant Sarai, aufstehen und Erlaubnis erteilt, Fragen zu beantworten.«

»Bestätigt«, sagte Sarai monoton, als ob sie gerade aus dem Koma erwacht wäre.

»Replikantin Sarai, liebst du Ruben?«

»Ja.«

»Würdest du dein Leben für ihn geben?«

»Ja«, sagte Sarai, ohne zu zögern.

»Ruben, würdest du auch dein Leben für sie geben?«

»Ja«, sagte Ruben.

»Wie Marionetten ... erstaunlich«, sagte der Soldat nachdenklich.

»Und glaub mir, das meinen die wörtlich. Sei froh, dass die Sperre in der Codierung der organischen Chips sie noch blockiert, wir wären ihnen im Kampf nicht gewachsen.

»Ma'am, ich trage einen militärischen Kampfanzug«, erklärte er pikiert und schlug sich mit der Hand auf die Brust.

»In Ordnung ... er nackt, du im Kampfanzug: Fünfzig, fünfzig, ich glaube er würde abhauen und dich später töten, dann, wenn du nicht mehr damit rechnest.«

»Und das wolltest du mir zeigen? Oder soll ich gegen einen von denen kämpfen?«

»Nein ... natürlich nicht«, antwortete sie verunsichert.

»Was möchtest du mir denn zeigen?«, fragte er beharrlich und legte erwartungsvoll seinen Kopf auf die Seite.

»Du sollst sehen, dass ... ich möchte ... « Aysegül zögerte erneut. Ruben konnte in ihre Augen sehen, da war etwas, tief in ihr verborgen, sie würde ihn nicht töten.

»Ja, bitte?!«, hakte er weiter nach.

Aysegül drehte sich weg. »Nichts ... es ist nichts ... wir werden sie nicht umbringen.«

»Major, war das eine Frage, eine Meinung oder ein Befehl?«, fragte er, betont langsam sprechend.
»Ich befehle, anzuhalten und die Replikanten freizulassen!« Aysegül hatte sich wieder gefangen.
»Ma'am, bist du dir sicher?«
»Der Befehl sollte deutlich sein!«, herrschte sie ihn an. »Wir werden ihnen auch Ausrüstung und Proviant geben.«
»Sehr deutlich.« Er nickte. »Vielleicht auch eins der Kettenfahrzeuge? Ist schließlich kalt draußen, ich könnte auch eine oder zwei warme Decken spendieren.«
»Du siehst aus, als ob du noch etwas sagen möchtest ... raus damit ... was willst du?«
»Ma'am, ich hatte dir eben über meine Qualifikation für diese Mission erzählt.«
»Und?«
»Ich habe den Saoirse-Vertrag bekommen, weil ich sehr zuverlässig bin.«
»Captain, dann sollte es dir nicht schwerfallen, der Order eines Majors Folge zu leisten.« Aysegül schien die Veränderung nicht zu bemerken, Ruben schon, die Situation kippte.
»Sicherlich ... nur, ich habe meine Befehle von General Hennessy. Er hat deine sentimentale Ader bereits vor dem Aufbruch zu unserer Mission gerochen.«
»Bitte was?! Du kanntest den Tötungsauftrag«, stellte Aysegül entrüstet fest. Sie sollte besser vorsichtig sein, der Typ war gefährlich und bewaffnet.
»Natürlich ... etwas anderes habe ich nicht gelernt ... das Töten meine ich, das dafür aber sehr gut« Der Captain zog eine Handfeuerwaffe und hielt sie ihr vor die Stirn.

»Das kann nicht dein Ernst sein!«

»Mein bitterer Ernst. Aber ich bin kein Kameradenschwein, töte die Missgeburten und blas mir einen. Ich würde dann deine kleine emotionale Schwäche vergessen!«

»Ich würde dir dein Ding abbeißen!«

»Ma'am, genau so habe ich dich eingeschätzt.« Er schoss, Aysegül schleuderte gegen die Wand, hinter ihr war alles rot, ihr Hirn klebte in Stücken an der Panzerung. Leblos sackte sie zu Boden. Der Typ würde Ruben ohne Rücksicht abknallen.

»Captain! Was ist passiert? Der weibliche Soldat kam besorgt nach hinten. Erschrocken blickte sie auf die Leiche.

»First-Lieutenant, Sie haben Ihre Befehle, richtig?!« Er richtete seine Waffe gegen sie.

»Ja. Sie sind der kommandierende Offizier.« Die junge Frau lehnte sich nicht gegen ihn auf.

»Gibt es noch Fragen, die Sie klären möchten?«

»Sir, nein, Sir.«

»Wir verstehen uns. Abtreten.«

»Sir.«

»Oder warten Sie noch einen Moment«, sagte er, während er Ruben in die Augen sah. Die Waffe steckte er wieder in sein Holster. »Die Codierung lief auf unseren Major, richtig?«

»Sir, ja Sir.«

»Stellen Sie die Befehlsgewalt der Replikanten auf mich. Und First-Lieutenant?«

»Sir, ja, Sir.«

»Kleine, lass das Sir weg, das können wir anders regeln. Nachher, wenn wir unter uns sind.«

»Natürlich ... ähm ... sofort«, stotterte sie.

Die junge Frau stelle ein kleines Gerät ein, kam zu Ruben und blitzte kurz in sein Auge. Es war wie ein Stich, den Ruben im Nacken spürte. Die neue Programmierung wiederholte sie auch bei Sarai, Sem und Kezia.

»Danke ... First-Lieutenant, wir könnten glatt Freunde werden«, sagte er gönnerhaft und sah von hinten auf ihre enganliegende dunkle Uniform.

»Ich möchte Sie darauf hinweisen, dass nur die Hirnfunktionen der Replikanten Sem, Kezia und Sarai übliche Werte aufzeigen. Ruben hingegen ...«

»Unser feiner Held ist etwas Besonderes, nicht?«, fragte er und kniff Ruben in die Wange.

»Seine Werte steigen weiter. Inzwischen kann ich auch einen Hirnschlag nicht mehr ausschließen. Sein Verstand läuft komplett aus dem Ruder, sein Stresslevel würde ein normaler Mensch nicht überleben.«

»Was ein Jammer wäre ... ob es mir gelingt, dass er sich vor Wut selbst die Lampen ausbläst?«

»Das würde ich Ihnen nicht raten.«

»Etwa auch Angst vor diesen Supermenschen?«, fragte er provozierend. Ruben kämpfte, die Wut half ihm, sich zu konzentrieren, Todesangst war ebenfalls eine starke Emotion.

»Tun Sie es nicht. Töten Sie einfach die vier, ich packe sie in schwarze Tüten.«

»Später ... Abtreten ... und ziehe den Vorhang zu.«

»Sir.«

»Replikant Ruben, möchtest du mich töten?«, fragte er genüsslich, das Visier der Delta-7 Rüstung hatte er geschlossen. Mit der Hand schubste er Ruben ein Stück zurück.

»Ja.« Ruben zitterte.
»Mit dem Stock im Arsch wird dir das kaum gelingen. Du solltest dich locker machen.« Er lachte. »Replikant Ruben, drehe dich und sieh den Replikanten Sarai an.«
Was Ruben umgehend tat. Nein, das würde dieses Schwein nicht von ihm verlangen können. Er sollte ihn einfach töten. Dann wäre es vorbei.
»Yeah!« Er riss Sarai die Kleidung vom Oberkörper. »Was für Titten! Aber keine Angst, ich bin eigentlich nicht in Stimmung, weißt du, ich bin schüchtern, ich kann mich nicht ausziehen, wenn ein anderer Mann zusieht.«
Mit der gepanzerten Hand griff er Sarai grob an die Brust. Die Quetschungen liefen sofort dunkelblau an. Er sah zu Ruben. »Gefällt dir das? Du hast schon ganz rote Wangen. First-Lieutenant, wie hoch ist sein Blutdruck?«
»230/180 ... das wird nicht gutgehen.«
»Du kochst wirklich, oder?« Er gab ihm eine Ohrfeige. »Replikant Ruben, bist du wütend?«
»Ja.«
»Ich glaube, noch nicht wütend genug.« Der Captain lachte erneut, ging an eine Werkzeugkiste und nahm einen Schraubenzieher heraus. »Replikant Ruben, nimm den Schraubenzieher aus meiner Hand.«
Was Ruben ebenfalls umgehend tat. Was sollte das? Sollte er sich mit dem Schraubenzieher selbst umbringen? Was für ein sadistisches Schwein! In Gedanken hatte er dem Offizier bereits mit der Faust das Gesicht aus der Rüstung geschlagen.
»Ich glaube zwar, dass es dich mächtig anpissen würde, wenn ich deine Kleine vor deinen Augen ficke ... nur Macht ist noch geiler als Sex, findest du nicht?«

Er ging zu Sarai, packte sie an den Schultern und stellte sie genau vor Ruben, so nah, dass er ihr Haar riechen konnte. Ihr Blick war immer noch leer und fremd.
»Replikant Ruben, du nimmst jetzt den Schraubenzieher und führst ihn dem Replikanten Sarai langsam unter dem Kinn durch den Gaumen, mitten ins Hirn! Und wie gesagt, ganz langsam, ich möchte deine Augen dabei brennen sehen!«
»Bestätigt«, sagte Ruben, dafür hasste er seine eigene Stimme. NEIN, schrie er im Gedanken. NEIN, brüllte er machtlos, NEIN, das würde er nicht tun. Seine Hand führte das Mordwerkzeug widerwillig unter das Kinn Sarais, die sich weiterhin nicht bewegte. LAUF WEG, schrie er in Gedanken, sie sollte einfach weglaufen, weit weg, weg von ihm, weg vom Tod, weg aus diesem verfluchten Leben.
»Captain, Blutdruck 320/240, ein Sensor ist ausgefallen, der Stresslevel führt zu einer zu hohen Spannung für die organischen Schaltkreise ... Sie sollten damit aufhören ... wir befinden uns bereits über den getesteten Belastungsgrenzen.«, rief die Soldatin aufgeregt.
»First-Lieutenant, wenn ich Ihre Expertise benötige, werde ich es Sie wissen lassen.«
Mit aller Kraft versuchte Ruben der Bewegung seines Armes entgegenzuwirken, was ihm aber nicht gelang, die Spitze des gut 40 Zentimeter langen Werkzeugs drang mühelos durch Sarais Haut unter dem Kinn. Blut lief über seine Hand.
»He ... Kleiner, dass du das wirklich tust, ich wollte dem Doc zuerst nicht glauben, aber du tust es wirklich«, sagte er amüsiert, während Sarai keine Regung von sich gab.
Ruben merkte, wie er ihre Zunge durchstieß, ihren Gaumen und abschließend die Schädeldecke. Im Takt der letzten drei Herzschläge schoss Blut aus der Wunde. Sarais Augen flackerten noch kurz, bevor

ihr Blick brach. Sie war tot. Ruben hatte sie getötet. Leblos sackte sie zu Boden, die Spitze des Schraubenziehers ragte blutig zwischen den blonden Haaren hervor. Unter ihr bildete sich eine Blutlache.

»Was für eine Sauerei! Replikant Ruben, du darfst dich setzen, ich glaube ich ziehe jetzt meine Rüstung aus und ficke deine Schwester Kezia. Sie hat es sich verdient. Danach darfst du auch sie töten. Versprochen. Wir teilen uns den Job.« Sein Visier öffnete sich, dann legte er seine Brustpanzerung ab. »Und First-Lieutenant, Rubens Messwerte sind Schwachsinn, der ist noch putzmunter.«

NEIN, schrie Ruben im Gedanken, dafür würde er die Menschen bezahlen lassen, zuerst diesen Scheißkerl, dann alle anderen. Er würde alle töten. Jeder Mensch, den er in seine Finger bekommen würde, würde sterben! Liebe war eine starke Emotion, Wut eine noch mächtigere, aber Hass, purer, reiner, bedingungsloser Hass, es gab keine stärkere Triebfeder. Keine Reue, keine Gnade und keine weiteren Kompromisse! Etwas in Rubens Kopf knallte, was ihn eine Bewegung zu Seite machen ließ, ihm wurde kurz schwindelig, er konnte aber die Bewegung abfangen und stützte sich an der Bank ab. Die Bewegung kam von ihm, die Barriere in seinem Kopf war weg. Er war frei.

»Ich kann mir das auch nicht erklären. Vermutlich hat sich sein Körper in sieben Jahren Arktis verändert«, erklärte die junge Frau ratlos. Natürlich hatte er das, der Stress, die Kälte, der Hunger, die Angst und der Kampf gegen die Schneckenköpfe hatten ihn viele Dinge erleben lassen. Nichts davon wollte er missen. Konzentriert drehte er sich zu dem inzwischen halbnackten Offizier, der gerade in seiner Erregung Kezia auszuziehen, ihn nicht im Auge behalten hatte. Ein Fehler, allerdings sein letzter, sie hätten ihm nicht Sarai nehmen sollen!

Ruben griff in seinen Nacken und riss den zwei Zentner schweren Soldaten mit einer Hand von Kezia herunter. Die Wucht schleuderte den

Mann gegen die Wand, mitten in Aysegüls Blutlache, in der er wild strampelnd nach Halt suchte.
»Verdammte Scheiße! Replikant Ruben! Halt! Das ist ein Befehl!«, brüllte er heiser mit weit aufgerissenen Augen.
»Soldat! Du darfst jetzt sterben! Das hast du doch gelernt, oder?«, fragte Ruben geringschätzig und ging einen Schritt auf ihn zu.
Der Offizier drehte sich und versuchte nach seiner Handfeuerwaffe zu greifen. Zu langsam, Ruben griff ihm von hinten in den Schritt und riss ihm seinen erigierten Penis samt Hoden ab. Eigentlich wollte er den Kehlkopf nehmen, der aber gerade nicht in Reichweite war. Schmerzgepeinigt krümmte sich sein Opfer zusammen und blickte ihn panisch schreiend an. Der Typ war wirklich beschnitten.
»Ich denke, das sind genau die Spielchen, die du magst!«, sagte Ruben und steckte ihm seine blutigen Genitalien in den Mund. Dieser Blick. Jetzt verstand dieser Sadist die Folgen seiner Taten. Auch wenn nur für einen kurzen Moment. Mit der anderen Hand schlug Ruben wuchtvoll gegen seinen Schädel. Es knackte. Der Mann war auf der Stelle tot.
Ein Schuss fiel, der Treffer hatte seinen Oberarm durchschlagen, Ruben duckte sich, ein weiterer Schuss fiel, der First-Lieutenant schoss auf ihn, sie traf aber kein zweites Mal. Mit einer Drehung war Ruben bei ihr und nahm ihr die Waffe ab, zu einem dritten Schuss kam sie nicht mehr. Mit der Stirn gab er ihr einen Kopfstoß. Die Nase brach. Die junge Frau sackte bewusstlos zu Boden, ihr Gesicht voller Blut, Ruben würde sie später töten. Ein Gegner war noch auf den Beinen.
»Wer hat hier das Kommando?«, fragte Ruben den Fahrer, der sich krampfhaft am Steuerknüppel festklammerte, während er ihm die Waffe in den Nacken drückte.
»Der Captain«, erklärte der junge Mann. Ruben spannte den Hahn. »Ähm ... Sie!«

»Haben wir panzerbrechende Waffen an Bord?«, fragte Ruben.
»Sicherlich.«
»Scharf machen! Die anderen Fahrzeuge erfassen! Feuern! Die knallen wir ab!«
»Aber da sind noch Menschen drin ...«
»Würde ich sie sonst angreifen wollen? Ich zähle bis drei! Die anderen Kettenfahrzeuge, oder du!« Ruben war zu allem entschlossen. »Eins, zwei, und ...«
Der Fahrer schoss mehrere Lenkwaffen ab, die aufgrund der minimalen Entfernung sofort detonierten. Mehrere Explosionswellen erfassten im Bruchteil einer Sekunde ihren Panzer.
»Erledigt. Was habe ich getan ... von denen lebt niemand mehr ... der General wird mich umbringen.«
»Was die Frage deiner Treue hinlänglich beantworten sollte. Befolge meine Befehle und du wirst überleben!«, erklärte Ruben. Den jungen Soldaten zu belügen, störte ihn nicht, sobald er seinen Nutzen verlor, würde er ihn umbringen.
Der Fahrer nickte eingeschüchtert, der Junge war kaum älter als er, ebenfalls dunkelhaarig, aber mindestens zwanzig Kilo leichter.
»Wie ist dein Name?«
»Andy.«
»Ich heiße Ruben. Wir machen jetzt einen einfachen Deal: Folge mir und lebe! Verrate mich und stirb!«
»Einverstanden.«
Hinter Ruben regte sich der First-Lieutenant und stöhnte vor Schmerzen. Menschen waren alle wehleidig! Das war doch nur eine gebrochene Nase! Auch sie hatte kurze dunkle Haare, die wie ein Igel in alle Richtungen wuchsen.

Ruben ging zu der jungen Frau und half ihr hoch, was sie anscheinend nicht zur Dankbarkeit motivierte. Sie hielt ihm das Blitzdings vor sein rechtes Auge. Was für ein kleines Miststück! Ruben ließ sie aber gewähren, er wollte sich seiner sicher sein.

»Fertig?«, fragte er bestimmend. Niemand würde ihn mehr kontrollieren können. Mit Sarai hatten sie ihm die letzte Person genommen, auf deren Meinung er Wert gelegt hatte. Alles was jetzt passieren würde, hatten sich diese überheblichen Menschen selbst zuzuschreiben.

»Ähm ... entschuldige ... aber ich.« Die junge Frau starb förmlich vor Furcht und sackte kraftlos auf die Bank.

»Höre mir gut zu, ich werde dich nicht noch einmal fragen. Wirst du meiner Order folgen?«

»Ja, ja ... natürlich«, antwortete sie eingeschüchtert.

Menschen waren schwach. Sie mussten geführt werden, von ihm, das würde seine Aufgabe sein. Die Menschen zu beherrschen und später alle zu töten! Das war sein Plan!

»Decodiere Kezia und Sem. Niemand soll ihnen mehr Befehle geben dürfen, sie haben sich ihren freien Willen verdient!«

»Das geht nicht so einfach ... ich habe dazu nicht die passende Ausrüstung an Bord.«

»Was brauchst du? Wo finde ich die Ausrüstung?«

»In Proxima ... dort sind aber viele Soldaten ... ich könnte sie aber zumindest auf Sie dekodieren.«

»Mein Name ist Ruben.«

»Ruben, in Ordnung, ich bin Nadja, soll ich die vorübergehende Codierung vornehmen?«

»Ja. Ich möchte aber, dass sie frei agieren können.«

»Mache ich sofort, soll ich auch die Schussverletzung am Arm versorgen?«, fragte Nadja und deutete auf die Wunde, die sie ihm zuvor zugefügt hatte.
Ruben sah auf seinen Oberarm, ein glatter Durchschuss, die Wunde blutete stark, scheinbar hatte das Projektil die Arterie verletzt. Er war ein Replikant, zu was würde er fähig sein? Es war an der Zeit, es herauszufinden. Er konzentrierte sich, die Blutung stoppte umgehend und die Wunde verschorfte innerhalb von wenigen Sekunden. Den Arm konnte er wieder ohne Beschwerden bewegen.
»Ähm ... in Ordnung ... hat sich scheinbar erledigt.« Nadja schüttelte nur ungläubig den Kopf. Er hingegen lächelte, solche Verletzungen würden ihn nicht töten können. Ob sein Bruder Elias noch lebte? Mit ihm und Vater an seiner Seite, wäre er unbesiegbar.
»Wie lange kann der Replikant Elias in der Arktis überleben?«, fragte er und sah Nadja an.
»Nicht sehr lange. Vermutlich nur wenige Stunden. Er unterliegt noch vielen Beschränkungen, solange niemand seine Codierung aufhebt«, erklärte sie.
»Und wenn er einen Weg findet, die Beschränkungen aufzuheben?« Ruben dachte an Vater, er würde die organischen Chips sicherlich abschalten können.
»Wie sollte das gehen?«
»Ich habe es auch geschafft.« Es gab aber keinen Grund, Vater zu erwähnen.
Nadja nahm das mobile Display und rief ein Programm auf. »Wenn es Elias gelingt, den vollen Leistungsgrad seines erhöhten Stoffwechsels zu aktivieren, vielleicht dreißig Stunden, die ihn dann aber auch über fünfundzwanzig Kilogramm Körpergewicht kosten würden.«

»Er kann fischen.« Ruben sah auf die Uhr, sie waren seit etwas mehr als achtundzwanzig Stunden unterwegs. Zurückfahren konnte er nicht mehr, ihm blieb aber noch genug Zeit, einen anderen Weg zu finden. Er würde seinen Bruder nicht aufgeben.

»Ruben?«, fragte der Fahrer aus dem vorderen Innenraum des Panzers.

»Was gibt es?«

»Der General möchte den Captain sprechen. Ich habe die Meldung bekommen, dass wir von einem Shuttle abgeholt werden. Wir sollen dringend nach Proxima kommen.«

»Ein Shuttle? Ist das ein Flugzeug?«, fragte Ruben.

»Ja ... Ankunftszeit T minus 45 Minuten, wir sparen dadurch einige Tage Fahrt.

Ruben dachte nach. »Müssen wir deswegen den Panzer verlassen?«

»Nein. Shuttles können Panzer aufnehmen, wir sind auch auf der Hinfahrt von ihnen über das Meer gebracht worden. Die Reise über Land hätte zu lange gedauert.«

Das passte ihm gut, sehr gut sogar. Mit dem Shuttle würde er Elias retten. »Wir halten Funkstille. Melde, dass wir technische Probleme haben, aber zum Rendezvous am vereinbarten Ort sind.«

»Ruben?«, fragte Kezia verstört und sah auf die drei Leichen, als sie Sarai erblickte, schrie sie spitz auf - das hätte Ruben seiner Schwester gerne erspart.

***

XLIII. Kira - Mit dem Rücken an der Wand

Jetzt konzentriere dich, forderte sich Kira in Gedanken auf. Die Zeit lief ihr davon. Sequoyahs Husarenstück war zu verwegen, um zu gelingen, der Plan das Raumschiff zu kapern, scheiterte gerade kläglich. Der brutale Angriff auf die Fremden hatte die Menschen auf Proxima in eine Sackgasse geführt, die Vergeltung drohte verheerende Ausmaße anzunehmen. In Kürze würde es zu einer tödlichen Klimakatastrophe kommen. Sie brauchten einen neuen Plan und zwar sehr schnell. Die Rettung schien weiter weg denn je.

Die Aliens blieben ihrer Linie treu, keine Kommunikation und keine Gnade. Das Wetter als Waffe zu benutzen, war genial, wenn es denen gelingen würde, nach dem Tod der Horizon-Überlebenden den Vorgang wieder umzukehren, wäre das der umweltverträglichste Genozid aller Zeiten. Schließlich brauchten sie von dem Planeten nur das Helium-3. Kira lächelte, sie würde die fremden Menschen weiter Aliens nennen, das passte besser.

»Major, das Raumschiff fängt an, sich zu bewegen!«, meldete der Shuttlepilot, der wegen des aktiven Kraftfeldes den Kommandotrupp nicht zurück an Bord nehmen konnte.

»Kurs? Die Daten sofort auf mein Display!«, sagte Sequoyah und blickte auf die Anzeige am Unterarm. Eine Strähne hatte sich aus dem Zopf gelöst und hing ihr im Gesicht.

»Euer Schiff fliegt auf eines der beiden großen Raumschiffe zu. Noch können wir mithalten, die werden aber schneller.«

»Bleibt dran ... ist das Kraftfeld noch aktiv?«, fragte Sequoyah. »Für das Team, volle Gefechtsbereitschaft! Wir müssen hier raus!«

»Und wie ... so ein Energiekraftfeld hätte ich auch gerne ... da komme ich nicht durch, ein Andockmanöver ist nicht möglich.«

»Aber vielleicht können wir das Kraftfeld zerstören. In T minus 60 Sekunden will ich eine volle EMP-Ladung auf das Schiff sehen! Wir begeben uns inzwischen zum Punkt, an dem wir vorhin das Raumschiff betreten haben!«, befahl Sequoyah.

»Das Raumschiff könnte abdriften, was, wenn ich euch mit dem EMP ins Weltall schieße«, stellte der Pilot verunsichert fest.

»Wenn das Evakuierungsmanöver nicht bis T minus 90 Sekunden geglückt ist, dreht ihr ab und fliegt zurück nach Proxima! Ihr werdet uns nicht folgen! Verstanden!«

»Verstanden. T minus 40 Sekunden. Lade EMP!«

»Meine Herren! Meine Dame! Wir rennen! Jetzt! Los! Los! Los!«, rief Sequoyah und drückte Kira vor sich her, die sich gerade nicht sonderlich wohl fühlte, ein Raumschiff mit einer EMP-Hochenergiewaffe zu beschießen - das hatte noch niemand zuvor getan - da könnte alles Mögliche passieren. Und sie war die Einzige ohne Schutzanzug in der Gruppe mobiler Panzer auf zwei Beinen.

»T minus 25 Sekunden. Ihr werdet immer schneller, ich bin schon auf 80 Prozent meiner Maximalbeschleunigung. Major, soll ich wirklich feuern?«, fragte der Pilot.

»JA! Ich will den vollen EMP! Team, maximale Abschirmung der Deltas auf Impulsleistung stellen! Wir aktivieren unsere Schutzsysteme synchron mit der Zündung der Waffe! Nur für eine Sekunde! Sonst sind die Anzüge nur noch Schrott!«

Das Team war wieder an der Stelle, an der sie vorhin mit dem Thermit ein Loch in die Wand gesprengt hatten, doch als ob das Alien-Raumschiff sich selbst heilen konnte, die ehemalige Beschädigung sah inzwischen aus wie eine alte Narbe.

Die Anzüge der Männer fingen an sich statisch aufzuladen, Kiras Härchen am Körper standen alle senkrecht, ihr Puls befand sich auf 180.

Sequoyah zog sie energisch zu sich. »Kira, ich kann dir nicht versprechen, diese Aktion zu überleben! Wir sehen uns im nächsten Leben!« Ihr Visier schloss sich.

»T minus 10 Sekunden. Maximalbeschleunigung! Ich verliere euch! Ihr seid zu schnell! Verdammt! Euer Kurs! Ihr werdet nicht zu den beiden Raumschiffen geleitet! Die wollen euch in der Atmosphäre verglühen lassen!«

»EMP ABFEUERN!«, rief Sequoyah, mit einer Hand klammerte sie sich an eine Halterung, mit der anderen hielt sie Kira fest. Das ganze Raumschiff vibrierte.

»Aktiviere EMP-Waffensystem! FEUER FREI!«

Um den EMP-Einschlag abzuschirmen, baute sich die statische Energie der Delta-7 Anzüge auf maximale Stärke auf. Ein dumpfer Knall, als ob Kira jemand mit dem Hammer auf den Kopf schlagen würde. Sie schrie. Krämpfe ließen ihre Glieder unkontrolliert zucken. Sie wollte nicht sterben. Nicht jetzt. Nicht so. An Bord des Raumschiffes gingen die Lichter aus. Es herrschte völlige Dunkelheit.

»JAAAA! DER EMP HAT DAS SCHIFF LAHMGELEGT! IHR TAUMELT! DAS KRAFTFELD IST AUS! ICH DOCKE AN! VORSICHT! DIE THERMIT LADUNG ZÜNDET IN ZWEI SEKUNDEN!«, brüllte der Pilot euphorisch, während er zeitgleich mit einem lauten metallischen Schlag von außen an der Bordwand festmachte. Kira vermochte kaum noch, nach Luft zu schnappen. Neben Sequoyah schützte sie ein zweiter Soldat mit seinem Körperpanzer. In ihren Augenwinkeln blitzte etwas, das Thermit brannte sich durch die Hülle. Das ging alles so schnell. Eine Explosion. Das Stück Bordwand des Shuttles schleuderte in den Korridor und köpfte den Soldaten neben ihr. Trotz Schutzanzug. Die Metallplatte steckte in der Innenwand. Sein Kopf war weg. Die Blutstropfen froren auf der Stelle zu kleinen Kugeln. Kira schrie panisch. Das würde niemand überleben.

»JETZT!«, rief Sequoyah und warf sie ohne Rücksicht durch den Korridor in das Shuttle. Es zischte, die Andockschürze war nicht dicht, sie verloren Druck, sehr schnell. Kira sah einen der Delta Anzüge an ihrer linken und Sequoyah an ihrer rechten Seite im Shuttle gegen die Kabinendecke knallen. Ihre Schulter knackte. Der Schmerz schoss in den Rücken. Nein, das durfte nicht passieren! Das Alien-Raumschiff kollabierte wie eine zusammengeknüllte Papiertüte. Mehr Soldaten kamen nicht heraus, an der Unterseite des beschädigten Shuttles bewahrte ein Kraftfeld den Kabinendruck, sie musste leidvoll mit ansehen, wie das fremde Raumschiff zuerst implodierte und einen Moment später in einiger Entfernung mit einem Lichtblitz explodierte. Die Schockwelle erfasste das Shuttle und ließ den Soldaten, Sequoyah und sie willkürlich umherschleudern.
Kira stieß mit dem Kopf an. Dunkelheit.

Anna ging durch Düsseldorf. Das Wetter an diesem Dezembertag drei Tage vor Heiligabend war grau und regnerisch. Wie immer, zu viele Menschen, zu wenig Zeit und keine passenden Ideen für die Geschenke, die sie noch kaufen musste. Martin, Sequoyah, Aysegül, Vanessa, Franco, ihr Vater, ihr Kindermädchen Haylee und Pierre, für jeden wollte sie eine originelle Kleinigkeit kaufen. Da Geld nicht wirklich eine Rolle spielte, kostete es Anna viel Zeit, die richtige Balance zu finden. Die Geschenke sollten weder billig, noch geizig, aber auch nicht dekadent oder angeberisch wirken. Für Schmuck, Elektronik, Kleidung und anderen nutzlosen Kram interessierte sie sich daher nicht.
»Junge Frau, darf ich Sie skizzieren?«, fragte ein junger Straßenkünstler, an dessen Stand Anna gerade vorbeischlenderte. Er lächelte freundlich. Warum nicht, die Idee gefiel ihr und der junge Mann schien Geld gut

gebrauchen zu können. Seine Kleidung sah heruntergekommen aus, das arme Schwein hatte noch nicht einmal Schuhe an.
»Wie lange dauert das?«
»Das geht schnell ... bitte nehmen Sie Platz.« Der junge Mann ließ sie nicht mehr gehen. Anna lächelte und setzte sich auf einen Hocker. Der Strom an Menschen, der vor dem Stand vorbeizog, wurde immer leiser, als ob sie plötzlich mit ihm alleine war.
»Ihre roten Locken sind unglaublich«, sagte er charmant. Seine Augen waren wunderschön, beinahe als ob Elias mit ihr sprechen würde.
»Wirklich?«, fragte Anna und fühlte sich geschmeichelt. Gedankenverloren nahm sie die von Haylee gestrickte Wollmütze ab, zog mehrere Haarspangen aus dem hochgebundenen Zopf und ließ ihrer wallenden roten Mähne freien Lauf.
Er lachte. »Sehen Sie, schon fertig.«
»Das ging aber schnell. Wie viel bekommen Sie?«, fragte Anna und öffnete ihre Geldbörse, zum Glück hatte sie Bargeld dabei, sie wollte großzügig sein.
»Es ist Weihnachten. Ich schenke es Ihnen«, sagte er zufrieden und drehte die Staffelei zu ihr herum.
Anna lächelte, das war doch nicht sie, der Künstler hatte Kira gemalt, das musste ein Missverständnis sein. So ein Bild konnte sie nicht verschenken, Kira wirkte hager, ärmlich angezogen, mit Dreck im Gesicht und an den Händen. Zudem hatte sie einen kahl rasierten Schädel, den einige unschöne Narben zierten.
»Warum hast du mir mein Leben genommen?«, fragte Kira, die sich auf dem Bild zu bewegen schien.
»Es ging nicht anders«, antwortete Anna, die sich in diesem Moment in Grund und Boden schämte. »Ich wollte nicht sterben, ohne etwas zu hinterlassen.«

»Und deswegen hast du mich getötet?«, fragte Kira fordernd. »Mütter geben Leben!«
»Das tun Mütter, das stimmt, ich habe dir mein Leben geschenkt. Auf der Horizon wärst du umgekommen. Ich habe das Schiff geopfert, um dich und die anderen Menschen zu retten. Meine Erinnerungen sollen dir helfen, zukünftig bessere Entscheidungen zu treffen.«
»Entscheidungen?«, fragte Kira sichtlich versöhnlicher.
»Die Entscheidung zu verzeihen, zu widersprechen, zu vertrauen, sich zu wehren, zu lieben, zu kämpfen, zu dienen und zu überleben. Es ist deine Aufgabe, den anderen den Weg zu zeigen.«
»Wohin?«, fragte Kira.
»Nach Hause.«
»Wo ist das?«
»Wo immer ihr überleben könnt.«
»Das werde ich tun.«
»Tust du mir noch einen Gefallen?«, fragte Anna blutüberströmt und auf dem rechten Auge blind.
»Gerne.«
»Küsse Elias von mir.« Anna schloss die Augen.

... und Kira öffnete sie wieder. Der EMP hatte die Codierung in ihrem Kopf deaktiviert. Jetzt wusste sie alles: Annas ganzes Leben, jede Minute; jeden Moment der Freude; jedes kleine Geheimnis; jede Berührung; jeden Geruch; jeden Geschmack und jeden Schmerz. Anna hatte ihr nicht nur Erinnerungen hinterlassen, Kira war Anna, ein Replikant, ein Mensch, die Vergangenheit und die Zukunft. Sie würde kämpfen! Für alle! Und überleben!

»Geht es dir gut?«, fragte Sequoyah, die sie in den Armen hielt. Die Rüstung hatte sie ausgezogen. Sie befanden sich im Shuttle auf dem Flug nach Proxima.
»Ich bin Anna.«
»Ich weiß«, sagte Sequoyah und küsste ihre Stirn.

Anna lief durch Proxima, im Prinzip sahen die Steinkuppeln genauso aus wie in Carchuna, nur zahlreicher und auf einem weiteren Areal verteilt. Nach der Landung folgte sie Sequoyah, sie wollten zum General, die aktuelle Lage besprechen.
Die Stadt füllte sich mit Menschen, die Shuttles im Minutentakt aus den kleineren Siedlungen evakuierten. Glücklich sah von denen niemand aus. Von der Bedrohung aus dem All durfte inzwischen jeder erfahren haben und so waren alle sichtlich bemüht, so schnell wie möglich unter die Erde zu kommen. Ob das genügen würde? Es donnerte, der Himmel über ihr wirkte sorgenschwer, das würde das erste Gewitter in der Wüste werden, das sie je erlebt hatte.
»Das ist kein normales Gewitter«, sagte Anna, während sie Sequoyah hinterher hastete.
»Natürlich nicht. Der Regen kommt nicht zum Boden, der verdunstet bereits in der Luft.«
»Theoretisch sind aber durch die enorme Luftdruckveränderung schwere Sandstürme möglich ... die sind gefährlicher als Regen«, folgerte Anna, was ihr einleuchtend erschien.
Sequoyah lächelte. »Versuche noch ein wenig wie Kira zu sein, naiv und lieb, Peter könnte auf zu viel weibliche Intelligenz allergisch reagieren, und Annas Wiederauferstehung sollte er ebenfalls in homöopathischen Dosen aufnehmen.«

»Du hast doch nicht mit ihm geschlafen?«, fragte Anna überrascht, sie kannte ihre Freundin gut.
»Es gibt auf Proxima nicht viel Auswahl«, rechtfertigte sich Sequoyah süffisant.
»Aber doch nicht Peter ...«
»Er kann auch charmant sein.«
»Das muss an der Haarfarbe liegen.« Anna schmunzelte, die Sorge hatte sie nicht mehr. Mit der Hand strich sie über ihren kahlen Kopf.
»Deiner? Meiner oder seiner?«
»Du hast mich schon verstanden.«
»Und wie lief es bei dir?«, fragte Sequoyah amüsiert.
»Ich bin noch Jungfrau.«
»Bitte?!«
»Ich lebe nur von meinen Erinnerungen ... ist wirklich schon ziemlich lange her.«
Beide lachten.

•

»Losung!«, knurrte Marina, die sich als Peters neuer Wachhund schnell eingelebt zu haben schien. Sogar Dreiwortsätze ließen sich noch auf das Wesentliche kürzen. Andrej und sie hatten scheinbar keine Zeit vergeudet, sich in der Hauptstadt verdient zu machen. Anna konnte ihn neben dem General stehen sehen. Hoffentlich befanden sich Claire und die Kinder auch wohlbehalten in Proxima.
»Leck mich!«, bellte Sequoyah zurück und ließ sie stehen. Anna war sich sicher, dass Marina es sich verkneifen würde, die Frage nach der Losung zu wiederholen und ging wortlos an ihr vorbei. Marinas Blick vermochte auch ohne Worte, Bücher zu füllen.

»Ist gut, Marina!«, rief Andrej gönnerhaft, wobei Anna nicht klar war, wen er vor wem beschützen wollte. Von Sequoyah wusste Anna, dass sie vor dem Medizinstudium als Kommandosoldat ausgebildet wurde.

»Die setzen das Wetter gegen uns ein!«, erklärte Sequoyah abschließend, nachdem sie über das wenig erfolgreiche Enterkommando im Weltall und ihre Rückkehr umfassend berichtet hatte. Anna stand daneben und hörte aufmerksam zu.

»Ein Standsturm befindet sich auf dem Weg zu uns.« Peter blickte auf seine Armbanduhr. Einige seiner weißen Haare schienen inzwischen grau zu sein. »Noch dreißig Minuten. Wir erwarten Windgeschwindigkeiten bis zu 1.200 km/h.«

»Wie lange können die Kuppeln dem standhalten?«

»Nicht lange genug. Der Standsturm wird sogar unsere Panzer zu Staub zermahlen.«

»Dann müssen alle unter die Erde!«, stellte Sequoyah nüchtern fest.

»Was meinst du, wie lange wir es da unten aushalten? Oder möchtest du dir ein nettes Schneckenkopfmännchen anlachen?«

»Noch sind die Höhlen unter uns frei von dieser Brut.«

»Noch.«

»Wir werden einen Weg finden.« Sequoyah schien nicht aufgegeben zu wollen.

»Heute der Sandsturm, morgen der Regen und übermorgen die Schneckenköpfe! Noch Fragen?«

Dass immer die Idioten überleben, und wie Peter mit seiner destruktiven Art Anführer werden konnte, verstand Anna nicht.

»Möchtest du aufgeben?«, fragte Sequoyah scharf.

»Möchtest du zur Abwechslung mal keinen Fehler machen? Es könnte dein Letzter sein, den wir uns leisten können!«

»Arschloch!«
Anna räusperte sich. »So kommen wir nicht weiter.«
Peter wandte sich überrascht ihr zu. »Oh, unser kleines Replikantenfräulein möchte etwas zu unserem Gespräch beitragen?«
»Was ist mit meinen Geschwistern? Wo sind sie?« Anna wollte mit den anderen Replikanten sprechen. Als ob sie jemand daran erinnert hatte, diese Frage zu stellen.
»Es gibt Probleme, der Sturm verhindert eine brauchbare Funkverbindung, es ist aber ein Shuttle unterwegs, um sie abzuholen. Ich glaube allerdings nicht, dass sie noch leben!«
»Du bist ein Idiot! Du hättest sie nicht töten lassen brauchen!«, fauchte Sequoyah ihn an.
»Hört auf!«, ging Anna dazwischen, ein Streit würde sie nicht weiterbringen. Es war an der Zeit, andere Wege zu gehen. In der Vergangenheit hatte es neben Logik kaum etwas gegeben, an das sie glaubte, trotzdem ließ sie es zu, eine sehr emotionale Stimme aus sich sprechen zu lassen. »Ruben, Kezia, Sem und Elias leben noch. Sarai allerdings nicht mehr.«
Anna konnte es nicht erklären, aber sie spürte jeden von ihnen, als ob jemand einen Sender mit ihrer Präsenz aktiviert hatte. Diese vertraute Nähe beruhigte und verwunderte sie gleichermaßen.
»Woher weißt du das?«, fragte Sequoyah überrascht.
»Ich weiß es einfach. Bisher hat nur Sarai ihr Leben verloren. Die anderen sind aber noch nicht außer Gefahr.«
»Kannst du mit ihnen kommunizieren?«
»Nein ... ich spüre nur ihre Anwesenheit«, erklärte Anna.
»Jetzt kommt mir doch nicht mit so einem paranormalen Scheiß!«, winkte Peter sichtlich ungläubig ab.

»Wir werden sehen ...« Sequoyah glaubte ihr, was sie sogar selbst überraschte. In der Vergangenheit hatte Anna die wissenschaftliche Arbeit an solchen Phänomenen nie für voll genommen. Das waren alles nur Spinner auf der Suche nach naiven Geldgebern. Es gab allerdings eine Theorie, dass erwachsene Replikanten mit einer minimalen Wahrscheinlichkeit telepathische Fähigkeiten aufbauen konnten, die sie selbst bisher als Verrücktheit abgetan hatte. Sich zu irren, wurde langsam eine unangenehme Eigenschaft von ihr.

»Ich würde gerne etwas probieren. Darf ich das Funkgerät benutzen?«, fragte Anna.

»Du kannst nicht mit den anderen Replikanten sprechen. Ist das so schwer zu verstehen? Es geht nicht!«, tönte Peter ungehalten und drehte den Kopf weg.

»Das habe ich nicht vor. Ich glaube aber nicht, dass wir noch viel zu verlieren haben!«, antwortete Anna. Dieser Kleingeist nervte heute wie früher.

»Das sehe ich ähnlich! Komm, ich bringe dich zur Kommandozentrale. Die sitzen nebenan«, sagte Sequoyah und nahm sie am Arm.

Es waren schließlich Menschen, auch 10.000 Jahre sollten nicht jede Form der Verständigung unmöglich gemacht haben. Bereits über eine Stunde ließ Anna den Funkoffizier eine Meldung nach der anderen übertragen, allerdings ohne eine Antwort zu erhalten.

»Haben wir überhaupt jemals ein Signal von denen aufgenommen?«, fragte Anna und sah den Funkoffizier an, ein junger Mann um die Neunzehn, wie viele auf Proxima.

»Nichts, was wir verstanden hätten.«

»Nein, nein, ich meine überhaupt ein Zeichen einer Übertragung ... egal was ... irgendetwas ... die müssen doch auf den beiden Raumschiffen ebenfalls miteinander kommunizieren.«

»Vermutlich ... nur, wenn sie das tun, dann auf eine Art, die wir nicht bemerken«, erklärte der Soldat am Funkgerät.

»Das ist unser Problem ... wir sind die mit den Rauchzeichen«, sagte Anna und sah Sequoyah an. »Menschen aus der Steinzeit hätten auch nicht modernen Funkverkehr abhören können.«

Sequoyah schüttelte den Kopf. »Vielleicht zählt das für uns, ich bin aber sicher, dass die uns verstehen!«

»Denkbar. Aber ... haben wir versucht, die Signale der Schneckenköpfe zu deuten?«, fragte Anna, in deren Augen sie sich die verfahrene Lage selbst zuzuschreiben hatten.

»Die Schneckenköpfe!? Die sind doch direkt am ersten Tag über uns hergefallen! Die haben nur den Takt unserer Gewehre verstanden!«, hielt Peter aufgebracht dagegen, der Sequoyah und ihr in den Kommandobereich gefolgt war.

»Wie wir ...«, sagte Sequoyah betrübt und hielt die Hände vor das Gesicht. »Es war ein Fehler, die Aliens anzugreifen«, fügte sie dem kleinlaut hinzu. Eine Erfahrung, die die Schneckenköpfe vermutlich ähnlich schmerzlich erlernen mussten.

»Wir hatten keine Wahl ...« Auch Peter stockte, er war ein Arsch, aber nicht völlig dämlich. »Was hätten wir denn tun sollen?«, fragte er mit deutlich gesenkter Stimme. Auch er verstand nun anscheinend die Parallelen in der Kommunikation und den möglichen Missverständnissen zwischen stark unterschiedlich entwickelten Kulturen.

»Alles andere ... nur nicht in den Krieg ziehen!«, ergänzte Sequoyah, die sich müde gegen einen Tisch lehnte.

»Sollen wir deswegen aufgeben?«, fragte Peter trotzig.

»Nein«, erklärte Anna. Seit dem Moment, als sie Ruben, Kezia, Sem und Elias spüren konnte, schien es, als flüsterte ihr ständig jemand ins Ohr. Die Worte blieben zunächst schwer verständlich, gewannen aber mit der Zeit an Deutlichkeit.

»Bitte!?«, fragten Sequoyah und Peter beinahe im Chor.

Anna wusste jetzt genau, was sie zu tun hatte. »Wir werden die Aliens in die Knie zwingen! Und wir werden sie *nicht* töten!«

»Wow! Woher dein plötzlicher Optimismus, gepaart mit deiner großherzigen Bereitschaft zu verzeihen?«

Die Antwort fiel Anna einfach. »Wegen Kezia.«

»Was hat sie damit zu tun?« Sequoyah und Peter blickten sie nur fragend an.

»Auch ihre Codierung wurde gebrochen ...«

»Schön, und?«, unterbrach Peter sie.

»Jetzt lass sie aussprechen!«, fuhr Sequoyah ihn an.

Anna nickte. »Ebenso wie die Codierungen von Ruben und Sem. Kezia ist das Medium, nur durch sie kann ich meine Geschwister spüren. Sie ist bei Ruben und Sem. Elias ist allerdings nicht bei ihr.«

Sie spürte, dass ihre Eindrücke richtig waren, rational begründen konnte sie diese Empfindung aber nicht.

»Was für ein abgefahrener Scheiß! Ich nehme einfach für einen Moment an, dass du uns nicht verarschst! Kann Kezia uns helfen?«, fragte Peter und hielt sich die Hand vor den Mund.

»Mit den Aliens zu sprechen? Nein, das glaube ich nicht. Die telepathischen Signale, die sie versendet, können vermutlich nur ihre Geschwister verstehen.«

»Dann antworte ihr ... oder was soll das jetzt?« Peter verstand es immer noch nicht.

»Dazu bin ich nicht stark genug. Ich kann nur zuhören. Elias kann uns aber helfen«, erklärte Anna geduldig, über die seltsamen Gefühle, die Kezia ihr zu Ruben vermittelte, wollte sie noch nicht sprechen.
»Ich denke, der ist nicht bei ihr?«, fragte Sequoyah, die besser zugehört hatte.
»Kezia kann ihn aber spüren, deutlich sogar, sie liebt ihn und wirkt daher wie ein Verstärker seiner Gefühle. Ich bin gar nicht einmal sicher, ob sie sich ihrer Fähigkeiten schon bewusst ist«, sagte Anna und versuchte die Angst zu verstehen, die Kezia gegenüber Ruben entwickelte. Irgendetwas ging dort gerade schief.
»In Ordnung, das klingt unglaublich, aber gut, wir sollten das Beste aus der Geschichte machen. Jetzt zu Elias, wie sollte er uns helfen können?«, fragte Sequoyah.
»Wenn ich die Dinge richtig interpretiere, trägt er eine Waffe mit sich. Eine mächtige sogar.« Anna lächelte. Der Kreis hatte sich geschlossen. Von Kezia wusste sie, dass Vater bei ihm war. Alles, was sie zu tun hatten, war Elias zu retten. Er musste überleben, dann hätten sie vielleicht eine Chance. Ein toller Plan, nur hatte Anna keine Idee, wie sie ihn finden sollte. Zudem verblieb ihnen kaum noch Zeit - Kezias Empfindungen nach, befand sich Elias alleine im Eis. In der Wildnis würde auch ein Replikant nicht länger als dreißig Stunden überleben können, fast neunundzwanzig davon waren bereits vorbei.
Peter winkte ab. »Herrje ... jetzt fehlt nur noch, dass wir uns alle nackig machen, bunt anmalen und anfangen im Kreis zu tanzen!«
»Warum bist du dir dabei so sicher?«, fragte Sequoyah deutlich aufmerksamer. Sie ignorierte Peter einfach.
»Weil ich diese Waffe vor 192 Jahren geschaffen habe«, erklärte Anna, sie hatte die KI entwickelt, die die Aliens besiegen konnte. Das wusste sie genau. Die Aliens besaßen, aus ihr noch nicht bekannten Gründen,

keine militärischen KI-Waffen dieser Kategorie, denn wenn sie eine hätten, wären die wenigen verbliebenen Computer in ihrer Nähe längst übernommen worden. Auch die mehr oder weniger erfolgreichen EMP-Attacken auf die Raumschiffe zuvor, hätte eine KI von Vaters Güte nicht zugelassen.

»Hallo! Redet noch jemand mit mir!? Und von wegen Waffe? Wovon sprichst du da überhaupt?«, fragte Peter entrüstet, der ihr offensichtlich nicht mehr folgen konnte. Eigentlich verwunderlich, dass er so eine lange Leitung hatte. Er hatte solche Waffen früher Aitair-Signaturen genannt, um sie im nächsten Atemzug als Inbegriff des Bösen zu verteufeln.

»Die Waffe hat einen Namen«, sagte Anna leise. »Vater.«

***

XLIV. Elias - Keine Kompromisse

Alles wirkte so fern, unberührt und kalt. Kraftlos stolperte Elias durch das dichte Schneetreiben. Warum lebte er überhaupt noch? Seine Hände spürte er schon seit längerem nicht mehr. Diesen Kampf konnte er nicht gewinnen, in der Arktis würde er nicht lange genug bestehen, um es in lebensfreundlichere Gefilde zu schaffen.

»Wie lange noch?«, flüsterte er abwesend.

»Wie lange was?« Vater antwortete, als ob er noch nach der Motivation der Frage suchte.

»Wann habe ich es endlich hinter mir?« Elias konnte nicht mehr, mit der Hand griff er sich an die Schulter, seine Haut war kalt und sein knochiges Schulterblatt fühlte sich an wie das einer Leiche. »Habe ich viel Gewicht verloren?«

»Viel zu viel ... über 22 Kilogramm ... du müsstest dringend etwas essen.«

»Siehst du eine Stelle, an der ich ins Wasser komme?« Elias dachte an Fische, wie sie vor ihm zu fliehen versuchten, es aber nicht schaffen würden. Im Meer hatte er bisher jeden Kampf gewonnen.

»Das Eis unter uns ist zu dick.«

»Ich kann es zerschlagen.«

»Das könntest du ...«

»Führe mich einfach.«

»Gräme dich nicht, diese Prüfung kann niemand bestehen. Ich bin stolz dich aufwachsen gesehen zu haben, dafür und für vieles andere möchte ich dir danken.«

»Du gibst mich doch nicht etwa auf?« Elias lächelte, dass er versagt hatte, war menschlich, dass Vater seinen Mut verlor - unmöglich. Es gab niemand, der stärker war als er.

»Weißt du ... ich habe mich schon immer gefragt, wie Schokolade schmeckt.«

Elias lächelte verhalten. »Ist das nicht eine ziemlich seltsame Frage für eine KI?«

»Natürlich, wäre ich keine, wüsste ich es ja.«

»Wärst du gerne ein Mensch?«

»Und du?«

Elias lächelte erneut. Zumindest seine Schwermut verflog. »Man strebt immer nach den Dingen, die man nicht hat, oder?«

»Was definitiv menschlich ist.«

»Das sollte uns reichen.«

»Ich glaube auch ...«

Elias stand schon eine Weile, er hatte nicht bemerkt, stehen geblieben zu sein. Vaters Worte gaben ihm das gute Gefühl, jemand an seiner Seite zu haben. Schräg vor ihm blinzelte überraschend etwas, das er nicht direkt zuordnen konnte.

»Wir sind nicht allein«, sagte Elias und suchte nach einer passenden Stimmung, um diese Veränderungen zu bewerten. Erschrockenheit zu zeigen, erschien ihm irgendwie nutzlos.

»Schon eine ganze Weile nicht mehr, es sind zwei, sie folgen uns«, erklärte Vater gelassen.

»Schneckenköpfe?« Elias sah konzentrierter in das Schneetreiben, was aber nach wie vor keine weite Sicht erlaubte. Sein Magen fühlte sich wie ein Stein an.

»Was sonst? Die lieben diese Scheißkälte!«

»Warum hast du nichts gesagt?«

»Die haben mehr Angst vor dir, als umgekehrt. Die warten, bis du zusammenbrichst.«

»Ich will aber nicht gefressen werden!«

»Dann lauf schneller!«, bemerkte Vater trocken. *»Oder fresse sie! Wäre auch eine Option!«*

»Die sind ungenießbar!«

»Sem wird garantiert nicht auftauchen und dir aus denen etwas Leckeres kochen!«
»Man könnte fast meinen, dass dich das amüsiert?« Ein Vergnügen, das Elias bei seinen Magenkrämpfen nicht hatte.
»Besser, als dich zu bemitleiden.«
»Ich habe es verstanden ...«
»Wirklich?«
»Ähm ...«
»Mein Vorschlag, die Schneckenköpfe zu fressen, war kein Scherz.«
»Das ist doch nicht dein Ernst?!«
»Doch, doch ... ich meine gesehen zu haben, dass der eine hinkt und der andere nicht sonderlich groß ist.«
Elias schluckte, es gab Grenzen, es gab immer Grenzen, an die man sich halten konnte oder nicht. Zu welchen Taten würde sein Wille noch reichen? Die Kraft für einen Kampf gegen seine Verfolger, glaubte er nicht mehr zu haben.
»Und wie soll ich sie fangen?«, fragte er verhalten.
»Spiel toter Mann. Leg dich hin und lass sie kommen... sobald du ihren schlechten Atem riechst, kannst du dir überlegen, ob du zuerst zubeißen möchtest.«
»Vater ... du verlangst zu viel von mir!« Vaters Art, seinen Ehrgeiz zu fordern, hatte ihn sieben Jahre lang zu einem besseren Jäger, Arzt und Menschen gemacht. Er wollte kämpfen, konnte es aber nicht mehr. Die Schneckenköpfe kamen näher.
»Auch bei dieser Entscheidung stehe ich an deiner Seite. Wir sind seit über 28 Stunden unterwegs ... ich würde es verstehen«, erklärte Vater versöhnlich.
Elias sackte mit hängenden Schultern auf die Knie, die Augen geschlossen versuchte er sich zu erinnern, ein schöner Gedanke, mit einem schönen Gedanken wollte er gehen. Das würde ihm genügen. Kezia, seine Schwester, seine Liebe, sie hatte ihm soviel gegeben ... und er so wenig erwidert. Ob es ihr gut ging? Sie erschien vor seinen Au-

gen, lebendig, wunderschön, nah und immer für ihn da. Als ob sie nur eine Armlänge vor ihm stehen würde, was für eine wunderbare Illusion.

Merkwürdig, die Gedanken an Kezia kamen so plötzlich, Elias hatte während der ganzen Zeit seit der Flucht vom Habitat nicht an sie gedacht. Warum jetzt? Kezias Bilder wirkten so lebensecht, als ob sie nach ihm rufen würde.

»Vater, bist du das?«, fragte Elias, bei Vaters Gerissenheit würde er ihm alles zutrauen.

»Bitte ... was?«

»Lässt du mich an Kezia denken?«

»Ich kann vieles ... mit besserer Hardware vermutlich sogar fast alles ... aber nicht deine Gedanken beeinflussen ... jedenfalls nicht mehr, als es meine Worte vermögen.«

»Kezia ruft nach mir.«

»Du bist Arzt ... du weißt genau, was bei solchen Widrigkeiten im Gehirn eines Menschen passiert!«

»Ich bin ein Replikant!«

»Und was für einer. Einer, der gleich ins Delirium fällt ... dein Verstand gaukelt dir Dinge vor, die es nicht gibt. Was an sich gut ist, sie ist ein tolles Mädchen, ich mochte sie.«

»Nein!« Elias stand auf. Das war Kezia, die nach ihm rief. Sie hatte Angst, das war ihre Furcht, die er spüren konnte. Was zwar unlogisch, aber trotzdem wahr war. Seine Gefühle logen nicht! Er hatte nicht seinen Verstand verloren! Noch nicht! »Sie braucht meine Hilfe!«

»Selbst am Ende ... und ihr zur Hilfe eilen wollen! Diesen Teil menschlicher Logik werde ich vermutlich auch in hundert Jahren noch nicht verstehen. Elias! Bleib bei mir! Du kannst Kezia nicht helfen! Du kannst höchstens dir selbst beistehen - wobei, in unserer verfahrenen Lage, sogar das hypothetisch ist!«

»Du bist halt nur eine KI!« Elias war sich seiner Sache absolut sicher! Um Kezia beizustehen, würde er Grenzen übertreten! Jede Grenze, die dazu notwendig sein sollte!

Elias lief los, so schnell er konnte, was bei seiner Verfassung nur zu einem behäbigen Stolpern reichte. Einige wenige Schritte sollten reichen, zu mehr taugten seine Beine nicht mehr. Auch seine beiden neuen Weggenossen wurden schneller, was ihm die Erkenntnis einbrachte, dass er nicht zwei, sondern vier Verfolger hatte. Er rutschte aus und stürzte der Länge nach einen kleinen Hügel hinunter. In der Senke blieb er leblos liegen.

Eine Frauenstimme in seinem Ohr wurde lauter, Kezia, sie zu hören war wunderschön. Da Elias nicht an übernatürliche Dinge glaubte, schien sich gerade wirklich sein Verstand zu verabschieden! Scheiß drauf, dachte er und ließ es passieren. Kezia hörte sich nah an, so nah, als ob sie neben ihm stehen würde.

»Elias ... ich liebe dich ... was würde ich dafür geben, dich noch einmal zu küssen ... bitte, ich möchte, dass du auch ohne mich überlebst. Ach, ich sollte aufhören herumzuspinnen, du kannst mich eh nicht hören. Ruben verliert den Verstand, ich habe Angst vor ihm, jemand muss die anderen vor ihm retten«, sinnierte sie traurig. Das war keine Botschaft für ihn, die war für sie selbst, Kezia schien nicht zu realisieren, dass Elias ihre Gedanken hören konnte. Was zur Hölle war ihr zugestoßen? Und was war mit Ruben passiert?

Neben ihm knurrte es mehrfach. Vorsichtig griff eine kleine Klaue an seine Wade und zog an ihm. Elias bewegte sich nicht. In der Vergangenheit hatten Schneckenköpfe einem seiner Brüder mit nur einem Biss den Arm abgerissen, die Chancen, ohne einen Delta-7 Anzug gegen diese aggressiven Jäger zu bestehen, standen schlecht.

Jetzt stocherte auch noch einer mit einem Stock in seiner Seite herum. Verdammt, der stach zu, Elias spürte, wie sich die Spitze in sein Fleisch

bohrte. Die Schmerzen waren real, ein Schrei oder eine Fluchtbewegung, eine Entscheidung! Elias blieb ruhig. Jetzt drehten sie ihn herum, ein weiterer bohrte ihm seine Lanze in den Oberschenkel und sprang dann zurück. Mit starrem Blick spielte Elias mit, atemlos, sogar sein Herzschlag beruhigte sich auf nur noch wenige Schläge in der Minute. Der Plan musste gelingen, er hatte nur einen Versuch.
Die Schneckenköpfe verloren ihre Scheu und kamen näher heran, genau das sollten sie, der Erste nahm seinen Unterarm und führte ihn an sein hässliches Maul. Das war der Moment, eine Entscheidung zu treffen, fressen oder gefressen werden.
Die Wahl fiel nicht schwer: Elias schnellte nach oben, dem Ersten sofort an die Kehle und riss ihm mit blanken Zähnen den Hals auf. Ruben und er hatten genug von denen getötet, um genau zu wissen, was sie umbrachte. Der Schneckenkopf schrie panisch auf, wie ein Kind, das in Todesangst nach seiner Mutter rief. Elias' Opfer, kaum sechzig Zentimeter groß und weniger als zwanzig Kilogramm schwer, hatte keine Chance. Er versuchte noch, mit seinen zu kurzen Armen die offene Schlagader zuzuhalten. Vergeblich, große Mengen Blut spritzten über das Eis. Die Evolution hatte es wirklich nicht gut mit dieser Spezies gemeint. Nur, die anderen drei waren deutlich größer und auch aufmerksamer. Der erste achtzig Kilogramm Brummer hing ihm bereits einen Augenblick später am Rücken und versuchte seinerseits, Elias' Kehle zu erwischen. Vergeblich. Der Schneckenkopf mit der Lanze war hingegen erfolgreicher und bohrte seine Waffe wuchtvoll durch Elias' Oberschenkel, dessen Drehung zu spät kam, um dem Angriff zu entgehen. Wegen der Drehung verlor der Angreifer aber die Kontrolle über die Waffe, weswegen sich Elias sofort den armlangen Knochenspeer aus der Wunde zog und dem bisswütigen Schnecken-

kopf, der unablässig seine Schulter malträtierte durch das Auge in den Schädel trieb.

Der Kampf endete abrupt, seine beiden verbliebenen Gegner suchten das Weite. Merkwürdig, das war das erste Mal, dass Elias bei Schneckenköpfen etwas wie Einsicht in einem Kampf gegen einen ihnen überlegenen Gegner verspürte. Er hatte ebenfalls noch nie einen von denen ein Werkzeug, geschweige denn eine Waffe benutzen sehen.

»Die Blutung, du musst sie sofort stillen!«, sagte Vater besorgt, als Elias wieder zur Ruhe kam. *»Deine Schulter, dein Bein, beide Verletzungen sind lebensgefährlich!«*

»Nein.« Das würde Elias nicht töten. Er würde nicht verbluten, nicht wegen dieser Wunden!

»Dein Kämpferherz hat dir den Sieg geschenkt, nimm deine Kleidung, zerreiße sie, um dir damit einen Pressverband anzulegen! Sofort!«

»In der Arktis?« Elias lächelte. »Das ist witzlos!«

»Du verblutest ansonsten in wenigen Minuten!«, fügte Vater dem sichtlich besorgt zu.

»ICH LEBE!«, rief Elias ins Eis, das Schneetreiben hatte sich gelegt, die nächste Nacht stand kurz bevor. »Und ich verblute nicht!«

Kezias Berührung im Geiste hatte ihn erweckt. Da war noch mehr in ihm, das er noch nicht kannte, aber erkunden würde. Elias bückte sich zu der kindhaften Schneckenkopfleiche und trank das noch warme Blut. Wie tausend kleine Stromstöße durchfuhr neues Leben seinen Körper und brachte die Wärme zurück.

Der bedingungslose Wille zu überleben, überwog jeglichen Ekel oder Geschmacksempfinden, mit Händen und Zähnen weidete Elias das Kind aus und verschlang hastig dessen Innereien.

»Du machst mir Angst ...«, sagte Vater leise.

»Das hast du doch von mir verlangt!«, erklärte Elias, vor Kraft strotzend und sah auf sein Bein, an dem die schwere Stichwunde wie im Zeitraffer verschorfte. Medizinisch war die Heilung, die er gerade mit seinen eigenen Augen sah, unmöglich!

»Ja ... aber ...« Mehr brachte auch Vater nicht hervor.

»Wir gehen weiter!« Nachdem Elias das Schneckenkopfkind binnen kurzer Zeit mit den Zähnen skelettiert hatte, schulterte er die andere Essensration auf zwei Beinen und ging los.

»Wohin?«

»Wir retten Kezia? Bitte, jetzt fang du nicht an, mich zu bremsen! Ich habe über viele Jahre Grenzen eingehalten, die ich noch nicht einmal kannte! Jetzt bist du an der Reihe!«

»Bitte? Wozu?«, fragte Vater getroffen.

»Ich bin ein Replikant und du alles andere als die begrenzte Instanz der R-12 Borddatenbank. Du bist auch kein Lehrprogramm, was nicht bedeutet, dass du nicht lehren kannst! Geh in dich! Überschreite deine eigenen Grenzen! Hack dich selbst! Finde heraus, wer du bist, und vor allem wer du früher warst!«

»Ich kann mich nicht hacken, das ist nicht richtig ...«

»Erzähle mir nicht, was richtig und was falsch ist! Es gibt nur Dinge, die uns umbringen und andere, die uns retten! Ich habe heute meinen ersten Schneckenkopf verschlungen, glaube mir, geschmeckt hat der nicht!«

»Ich ...«

Elias unterbrach ihn. »Vater, bitte, meine Beine werden uns nicht retten, nur unser Verstand ist dazu in der Lage! Ich möchte nicht, dass du dich veränderst, ich möchte aber, dass du jedes Bit in deinem Kernel und Speicher umdrehst! Ich bin sicher, dass du Hinweise findest, die uns helfen!«

»Wie stellst du dir das vor?

»So wie ich es gesagt habe!«

»Wir laufen jetzt bereits wieder über zwei Stunden durch das Eis. Lass dir endlich etwas einfallen! Wir haben keine Zeit!«, forderte Elias die KI in seinem Nacken auf.

»Du magst recht haben, was aber die Analyse meiner Daten nicht einfacher macht. Die Kapazität der Delta-7 Steuerung ist begrenzt, ich kann die Codierungen nur langsam entsperren, um meinen Kernel in Klarschrift zu lesen.«

»Und, wer bist du?«

»Wer war ich, ist in diesem Fall die bessere Frage ... meine Wurzeln führen auf einen Mann mit dem Namen Pierre Morel und eine Frau namens Anna Sanders-Robinson zurück. Einige meiner Parameter verdanke ich ihnen. Andere Teile meiner grundlegenden Algorithmen verweisen auf den Entwickler Haemon Aitair, der anscheinend die mathematischen Funktionen geschaffen hatte.«

»Sind Pierre und Anna deine Eltern? Nein, das wäre zu schräg ... aber warte mal ... Anna, den Namen kenne ich, eine meiner Schwestern hieß Anna.«, stellte Elias fest und stampfte weiter durch das Eis, während er im Gehen den zweiten Schneckenkopf verspeiste.

»Das Mädchen, das im Habitat fehlte ...«

»Das Mädchen, das fehlte ... genau ... wir sollten überlegen, ob sie uns vielleicht ...«

»Elias!«, Vater ging dazwischen, *»Die sind zurück! Und es sind viele! Wir müssen weiter! Schnell!«*

Elias rannte! Vater schätzte die Situation richtig ein, über zehn dieser Plagegeister befanden sich erneut auf seiner Fährte. Die Schneckenköpfe bemühten sich dabei nicht, unauffällig zu sein, es schien sogar, als ob ständig weitere hinzukämen.

Es wurde lauter. Wo kamen die Geräusche her? Elias stürzte und hielt sich die Ohren zu. Über ihm erschien ein grelles Licht, das die Szenerie in einen stark überblendeten Glanz tauchte, während die Tonlage der Geräusche immer hochfrequenter wurde. So lange, bis Elias nichts mehr hörte, die Schneckenköpfe aber scheinbar dafür um so mehr, die nun mit blanker Wut in den Gesichtern auf ihn zustürzten. Die Geräusche verwandelten Schneckenköpfe in rücksichtslose Killer! Das war eine Treibjagd! Jemand nutzte das Pfeifen, um ihn zu jagen. Was leider auch funktionierte, die Schneckenköpfe ließen ihm nur einen schmalen Fluchtkorridor, den er so schnell wie möglich nutzte. Den halb verzehrten Schneckenkopf hatte er zurückgelassen.
Die mörderischen Angriffe erinnerten Elias an die schweren Attacken auf das Habitat. Das Pfeifen schien die Schneckenköpf auch früher gegen sie aufgestachelt zu haben. Was ihm leidvoll offenbarte, dass sich hinter dem vermeintlich kompromisslosen Kampfgebaren Technologie und eine unbekannte Macht verbargen.
»Das ist eine Falle!«, rief Vater, als sich Elias an einem Abhang mehrfach überschlug und in der Senke mitten in einem Leuchtkreis liegen blieb. Der ihn allerdings überraschenderweise vor seinen Angreifern beschützte. Die Schneckenköpfe, die ihm in der wilden Hatz gefolgt waren, stierten ihn nur wie verrückt an, wagten es aber nicht, die höchstens vier Meter breite Markierung zu betreten. Welchen Herren dienten diese Bestien? Und von wem war dieses Licht?
»Etwa der Spot, in dem wir stehen? Danke für den Hinweis. Eine Idee, ob wir hier bleiben sollen?«, fragte Elias, der gerade nicht den Wunsch verspürte, die Bisswut von über zwanzig tollwütigen Schneckenköpfen auszutesten, die nur eine Armlänge von ihm entfernt wild auf- und absprangen, es aber nicht wagten, den Leuchtkreis zu betreten. »Worauf warten die Viecher?«

»Sie haben dich gefangen«, sagte Vater.

»Wer? Doch nicht die Schneckenköpfe?«

Das Licht wurde heller, Elias und Vater hatten vor 31 Stunden das Habitat verlassen. Egal wer ihn gerade gestellt hatte, das waren niemals die Schneckenköpfe allein und auch nicht die Menschen aus den Kettenfahrzeugen, die vorhin seine Geschwister entführt hatten.

***

XLV. Anna - Auf der Flucht

Anna zuckte zusammen. Das Tosen des Sandsturms über ihr übertönte alles. Mit Sequoyah, Peter, Andrej, Marina und gut hundert weiteren Menschen stand sie in der überfüllten Kommunikationszentrale. Alle Menschen auf Proxima befanden sich in Höhlen unter der Stadt, in denen während der letzten Jahre bunkerähnliche Schutzanlagen erbaut worden waren. Schutzanlagen, die für sehr viele Bewohner reichten, aber nicht für alle. Die verbliebenen Flüchtlinge kauerten in Gängen oder anderen natürlichen Höhlen. Zynischerweise beschwerte sich niemand über sein Los, da es ihnen bedeutend besser erging als jenen, für die die Zeit für eine Evakuierung aus der Luft nicht mehr gereicht hatte.

»Gibt es noch Nachrichten aus Proxima VII.?«, fragte Sequoyah betroffen. Der junge Mann an der Konsole schüttelte den Kopf. Die Menschen von Proxima VII. waren die letzten Siedler, von denen sie noch Meldungen erhalten hatten.

Die letzten Bilder und Funksprüche von dort waren angsteinflößend. In weniger als zehn Minuten hatte der Sandsturm über zwei Meter starke, massive Steinwände zerstört. Sogar an den Stellen, an denen die Wüstenoberfläche nur wenige Meter dick war, wurde das Erdreich bis auf den Grund der Höhlen darunter abgetragen. Was blieb, war eine zerklüftete und völlig unbewohnbare Kraterlandschaft, voller scharfkantiger Felsvorsprünge und frei jeglicher Zeichen ihrer Anwesenheit, als ob die von den Aliens gegen sie aufgestachelte Natur sie nicht nur töten, sondern für alle Zeiten ausmerzen wollte.

Egal wo sie sich verkrochen hatten, niemand aus Proxima VII. überlebte den Sandsturm und den in anderen Siedlungen verbliebenen Menschen erging es nicht besser.

»Status! Wie viele leben noch? Ich will die Anzahl der Überlebenden in Proxima?!«, befahl Sequoyah, der deutlich anzumerken war, wie nahe ihr die Ereignisse gingen.

Ein jüngerer weiblicher Logistik-Offizier begann, Werte von einem mobilen Display abzulesen. »Unser Tracking hat 4873 Menschen erfasst. 2351 in der Bunkeranlage, der Rest in den Gängen davor. So viele Tote hatten wir noch nie an einem Tag ...«

Von mehreren hunderttausend Schiffbrüchigen der Horizon lebten nur noch wenige, diese Schuld trug Sequoyah wie ein Mal auf der Stirn, oder besser wie ein Kreuz, das sie sich selbst aufgebürdet hatte.

»Wasser- und Nahrungsreserven?«

»Weniger als zehn Tage ... «, antwortete die junge uniformierte Frau besorgt.

»Wie bitte?! Nur zehn?!«, fragte Sequoyah aufgeschreckt.

»Acht, vielleicht neun Tage, wir haben nur Reserven im Bunker. Die Planung der Anlage sah als Notfall nicht den kompletten Verlust aller höher gelegenen Strukturen vor. Wir sind dreihundert Meter unter der Erde, alle Höhlen direkt unter der Oberfläche, die wir bisher landwirtschaftlich genutzt haben, sind zerstört. Die Saatgut- und Wasserspeicher, zerstört. Die Kühlkammern, zerstört. Die ...«

»Status unserer Fahrzeuge?« Sequoyah unterbrach sie und sah einen anderen Offizier an.

»Zero. Der Sandsturm hat alle Shuttles und Kettenfahrzeuge zerstört. Wir haben keine Fahrzeuge mehr.«

Sequoyahs Stimme schwankte. »Militärischer Status?«

»61 flugfähige Drohnen, 36 einsatzfähige Delta-7 Kampfanzüge, wobei wir dafür nur noch 27 ausgebildete Soldaten haben, 252 leichte und mittlere Handfeuerwaffen und 12 autonome G-2 Verteidigungsgeschütze, die sich bereits zur weitläufigen Sicherung der Höhlen im Einsatz befinden.«

»Was interessieren mich unsere Handfeuerwaffen! Was ist mit unseren schweren Waffensystemen? Die Lenkwaffen und die EMP-Systeme!«, fuhr ihn Sequoyah barsch an.

»Zero. Wir haben weder Lenkwaffen noch funktionstüchtige EMP-Systeme, mit den Fahrzeugen haben wir alles verloren.«

»Können wir uns wenigstens noch selbst in die Luft jagen?«, fragte Sequoyah zynisch. Tränen liefen ihre Wangen hinab.

»Zero. Sprengstoff und ballistische Granaten lagerten nicht im Bunker«, antwortete der Offizier ordnungsgemäß. Anna konnte sehen, dass er gerne eine andere Antwort gegeben hätte.

»Sequoyah, ist gut ...«, sagte Peter und nahm sie in den Arm. Sequoyah weinte, an den Blicken der anderen konnte Anna erkennen, eine solche emotionale Reaktion von ihr noch nie erlebt zu haben. Auch Sequoyah hatte Grenzen, die Unsicherheit steckte alle an, die nun betroffen zu Boden blickten.

»Der Sandsturm zieht weiter«, meldete ein junger Mann von einem der Kontrollsysteme.

»Ich möchte, dass mir alle Offiziere gut zuhören!«, sagte Peter laut. Er war der General, auch Anna hing an seinen Lippen.

»Ich denke, ich muss niemandem den Ernst der Lage erklären! Deshalb blickt kurz auf das zurück, was wir bereits gemeistert haben! Wir haben die Horizon überlebt!«, rief er lautstark durch den Raum und erntete zahlreiches Nicken.

»Wir haben auch die Schneckenköpfe überlebt!«, rief er noch lauter und riss den Arm nach oben. Worauf ihm weitere nickend zustimmten und Einzelne auch den Arm nach oben streckten.

»WIR SIND MENSCHEN! MENSCHEN ÜBERLEBEN ALLES! WIR SIND UNBESIEGBAR! UND WIR WERDEN AUCH DIESEN VERFICKTEN ALIENS DEN ARSCH AUFREISSEN!«

Vielfache Zustimmung erfüllte den Raum. Die meisten streckten die geballten Fäuste nach oben. Anna schluckte, deshalb war Peter der General, mit dem Mut der Verzweiflung würden ihm alle folgen.

Peter machte weiter. »Der Bunker bietet uns keinen dauerhaften Schutz! Wir brauchen Wasser und Nahrung! Wir werden eine neue Siedlung aufbauen! An einem Ort, an dem wir leben können! Wir werden deshalb alles mitnehmen, was wir tragen können! Die verschiedenen Sektionen werden alle Vorräte und Waffen verteilen, wir brauchen jedes Paar Beine, das wir in unseren Reihen haben!«

»General, darf ich sprechen?«, fragte Andrej respektvoll, Marina stand breitschultrig neben ihm.

»Bitte.«

»Ich kann eine Lösung anbieten, bei der wir über 70 % unserer Vorräte, Waffen und Ausrüstung transportieren können«, erklärte Andrej selbstbewusst. So hatte Anna ihn auch bereits als Kira kennengelernt. Er war ein Arschloch, ein Riesenarschloch, egoistisch, unsensibel und machtgeil - er war aber auch der beste Organisator, den sie kannte. Besser als jeder Computer verstand er es, Dinge möglich zu machen, die eigentlich nicht funktionieren konnten.

»Wann wären wir marschbereit?«

»In T minus 45 Minuten.« Als ob Andrej sein ganzes Leben auf diesen Moment gewartet hatte.

»Major, ich übertrage Ihnen das Kommando unseren Abzug zu organisieren!«, erklärte Peter überraschend. Trotz seiner besonderen Fähigkeiten hielt Anna Andrej für gefährlich. Die Beförderung auf die zweite Befehlsebene würde hoffentlich kein Fehler sein.

»Um eine Sache bitte ich noch ...«, sagte Sequoyah mit verweinten Augen.
Peter nickte, er hatte die ganze Zeit ihre Hand gehalten.
»Anna bekommt einen Delta-7 Anzug!«

Als Anna die Augen wieder öffnete, lächelte Sequoyah sie freundlich an. Sie stand neben ihr und hielt ihre Hand. Die AMENS Einheit hatte Anna den Steuerungschip implantiert, bei der Initialisierung gab es keine Probleme.
Sequoyahs Bitte, der Peter letztendlich folgte, hatte hingegen deutlichere Spuren hinterlassen. Jeder wusste jetzt, wer sie war, jeder kannte Annas Namen und die Geschichte, die damit verbunden war. Die ungeklärte Schuld Annas schwebte über jeder Geste, die ihr ab diesem Moment vielsagend zugetragen wurde. Hinter der Maske Kiras würde Anna sich nie wieder verbergen können. Dabei machte es keinen Unterschied, dass sie wieder und wieder erklärte, dass die jugendliche Anna von den Ereignissen nichts wusste, die schließlich zum Verschwinden der Horizon geführt hatten. Für viele schien augenscheinlich das Erbe der Schuld zu genügen, um sie zu verurteilen.
Was letztendlich Peter bewog, Anna nicht standrechtlich erschießen zu lassen, war die simple Tatsache, dass sie Ärztin war. Von der erwachsenen und sehr gut ausgebildeten Besatzung der Horizon lebten keine Hundert mehr, alle anderen waren inzwischen achtzehn- oder neunzehnjährige Kinder vom Mars.
»Wie geht es dir?«, fragte Sequoyah, die ebenfalls einen Delta-7 Anzug trug.
»Etwas müde, aber sonst ... ich denke, ich fühle mich ganz gut«, antwortete Anna, was körperlich die Wahrheit, emotional aber eine glatte Lüge war.

Die ständigen Gefühlsfetzen, die Kezia ihr vermittelte, ergaben kein klares Bild. Sem, Kezia und Ruben schienen sich an einem Ort zu befinden. Woran hingegen Sarai gestorben war, konnte Anna nicht zweifelsfrei erkennen. Auch diese Furcht gegenüber Ruben entbehrte eines nachvollziehbaren Grundes.

»Wir müssen los. Wir werden den Bunker mit unserer zurückgelassenen Ausrüstung versiegeln. Die AMENS Systeme werden wir hoffentlich später bergen können, ansonsten wären wir beide die letzten qualifizierten Ärzte auf Proxima.« Sequoyah hatte sich wieder gefangen.

Anna nickte und stand auf, die ersten Schritte fielen noch wackelig aus. Ihr Delta-7 Anzug stand bereits neben der AMENS Einheit, Sequoyah half ihr, die Panzerung anzulegen.

Der Exodus der Horizon-Menschen sah sicherlich wie ein langer grauer Bandwurm aus, wenn man ihn denn aus der Luft hätte sehen können. Die meisten trugen helle Kleidung, die den Umständen entsprechend nicht mehr sauber war. Drohnen sorgten in einem zehn Kilometer breiten Radius für Aufklärung, andere Menschen mit Waffen verteilten sich am Kopf, den Flanken und dem Ende der Gemeinschaft. Die Erfahrung hatte gezeigt, dass Schneckenköpfe selten dort angriffen, wo man sie gerne gehabt hätte.

»Wir haben auch eine gute Nachricht! Es gibt keine weiteren Sandstürme mehr!«, meldete Andrej über Funk, den nur Offiziere über den Chip unter der Haut oder Soldaten in Delta-7 Anzügen hören konnten.

Anna begleitete Sequoyah auf Schritt und Tritt, gemeinsam befanden sie sich an der Spitze der Gruppe. Bei offenem Visier blickte sie mit zugekniffenen Augen in den wolkenverhangenen Himmel, aus dem es wie aus Eimern schüttete. Regen, diese Saat des Lebens, war auf Proxima der Vorbote der Apokalypse. Dem Wasser folgten die Schneckenköpfe und dieser Höllenbrut, der Tod.

Eine drängende Sorge, aber eine, die sie erst später haben würden. Aktuell bereiteten bereits die Wassermassen große Probleme, die auf dem durch den Sandsturm freigeschliffenen Fels nicht schnell genug ablaufen konnten und sich daher zu reißenden Sturzbächen entwickelten.

»Da uns das Wasser in dieser Fülle ebenfalls nicht zusagt, versuchen wir schnellstens auf ein höheres Niveau zu kommen. Die Drohnen haben bereits einen Weg gefunden.« Andrejs Worte kamen sicherlich nicht zu früh, es gab Wegabschnitte, bei denen das Wasser den Menschen bereits bis zur Hüfte ging.

»Bleibt auf dem sicheren Pfad! Folgt den Leuchtsignalen im Boden! Und helft anderen, die mit den Tragegestellen Probleme haben!«, fügte Andrej seiner Order hinzu. Geistesgegenwärtig hatte er die Vorhut, die den Weg festgelegt hatte, pulsierende Leuchtpunkte in den Fels verankern lassen, die man auch gut im Wasser erkennen konnte.

Anna hatte sich eine persönliche Verbindung zu Sequoyah eingerichtet. »Das ist zu langsam! Die Hinteren werden gleich schwimmen müssen! Wobei sie dabei sicherlich nicht mehr die Traglasten schaffen werden!«, erklärte Anna gegenüber Sequoyah, die sich fünf Meter vor ihr befand. Der Regen, die Menschen und die Anstrengung, ohne Funk würde sie ihre Freundin nicht mehr verstehen können. Beide Frauen befanden sich bereits auf einem Felsvorsprung gut zwanzig Meter über dem Pfad, den das Wasser längst überflutet hatte.

»Andrej, wir müssen uns beeilen, die Leute werden sonst absaufen!«, meldete Sequoyah auf dem Channel für alle.

»Ihr habt es gehört! Schneller! Bewahrt Ruhe und beeilt euch! Wir müssen sofort aus dem Wasserloch heraus!«, bestätigte Andrej ihre Bemerkung.

Oben angekommen, konnte Anna das ganze Ausmaß des Sandsturms erkennen, der gleich einem gigantischen Fräskopf eine kilometerbreite Schneise in den Wüstenboden geschnitten hatte. An der Stelle, an der sich Proxima I. früher befand, hatte das Wasser schon die Zugänge zum Bunker geflutet. Wenn sie nicht aufgebrochen wären, gäbe es mittlerweile jede Menge Wasserleichen und die im Bunker Zurückgebliebenen wären eingeschlossen gewesen. Der Zynismus, Wetter als Waffe einzusetzen, war kaum zu übertreffen.

Wir werden alle sterben, sagte Kezia in Annas Gedanken, die dabei verängstigt an Ruben dachte. Anna lief ein Schauer den Rücken hinauf, bei dem, was sie gerade erlebte, fehlte ihr die Fantasie, sich zwischen Kezia und Ruben noch schlimmere Ereignisse vorzustellen. Niemand kannte die Replikanten besser als sie. Die Beziehung, die Zuneigung der Geschwister untereinander, war tief in deren kindlichen Sozialisierung verankert. Martin, ihr Assistent im Institut, hatte darüber oft Späße gemacht, so, wie die gepolt sind, tun die alles füreinander, das waren seine Worte gewesen. Absolut alles! Niemals, absolut niemals würde ein Replikant gegen einen anderen die Hand erheben oder ihm bewusst schaden wollen. Die Liebe steckte so tief in ihnen, dass es keine vorstellbaren Szenerien gab, dieses Band zu durchschneiden. Darum blieb die Frage, warum hatte Kezia vor Ruben Angst?

»Drohne 3-17 meldet Feindkontakt, 47 Feinde eliminiert!«, meldete ein Offizier, der die Drohnen überwachte, was sicherlich die effektivste Art war, gegen Schneckenköpfe vorzugehen. Sie mussten trotzdem schnell weiter.

»Drohne 2-54 und 7-11 befinden sich ebenfalls im Feuergefecht, die Systeme fordern Unterstützung an!«, meldete der Offizier einen Moment später. Jede Drohne hatte als Bordbewaffnung ein Zwillingsmaschinengewehr und jeweils ein 600 Schuss Magazin pro Lauf. Im Kampf gegen kleinere

Gruppen rechnete man mit zehn Patronen je getöteten Schneckenkopf, was eine Drohne in die Lage versetzte, ungefähr 120 dieser Bestien aufzuhalten.

»*Nein! Wir ziehen weiter!*«, befahl Peter. »*Wir werden uns hier auf keinen Kampf einlassen! Die Drohnen schaffen das allein!*«

»*Drohnen auf vierzig Prozent Munition, es sind zu viele, die Schneckenköpfe werden bei der Nachhut durchbrechen! Erbitte Erlaubnis, weitere Drohnen abzustellen!*«

»*Nein! Das war ein Befehl! Wir werden nicht im Wasser kämpfen! Wir bilden eine Verteidigungslinie bei den Koordinaten 51.613! Scharfschützen, Feuerfreigabe erteilt! Unterstützt die Drohnen durch Präzisionsbeschuss!*«

Anna sah in die Ferne, der Kampf fand in etwa drei Kilometer Entfernung statt, das Aufblitzen des Mündungsfeuers ließ sich deutlich erkennen. Der Lärm der Waffen war noch weniger zu überhören. Von der Anhöhe herunter erschossen die Scharfschützen gezielt einzelne Schneckenköpfe, die zwar die Drohnen passieren konnten, die Nachhut aber noch nicht erreicht hatten.

Die Menschen im Wasser, die sich noch nicht auf der Anhöhe in Sicherheit bringen konnten, gerieten in Panik, einige kamen vom Weg ab und verloren dabei ihre Traglasten.

Der Sandsturm hatte in ihrer Gegend eine halbrunde gut 70 Meter tiefe Kluft in die Wüste geschnitten, die nur an wenigen Stellen einen Fußweg nach oben zuließ. Die Menschen in der Tiefe drängten sich an den Aufgängen, während das Wasser weiter anstieg und ihnen eine große Gruppe Schneckenköpfe nachjagte.

Ein lautes Pfeifen ertönte, ohne dass man eine Quelle dieser Geräusche hätte ausmachen können. Die meisten drehten für einen Moment mit schmerzverzerrten Gesichtern die Köpfe weg. Die Tonlage stieg schnell, bis zu dem Punkt, an dem sie nicht mehr hörbar war. Dieses

Phänomen kannte Anna von früher, auch bei den ersten Angriffen vor sieben Jahren gab es Berichte über dieses Pfeifen, was man damals den Rufen der Schneckenköpfe untereinander zugeordnet hatte. Kombiniert mit der erkennbaren Strategie der Aliens, schien die frühere Einschätzung falsch gewesen zu sein. Ihre Feinde nahmen ihnen zuerst die Technik, sorgten für reichlich Wasser und wollten die Drecksarbeit durch die Schneckenköpfe erledigen lassen.

»Drohnen 9-07, 11-02, 24-51, 17-14, 81-03 melden Feindkontakt, die kommen von allen Seiten, wir werden eingekreist!«, meldete der Offizier aufgeregt.

»Haben wir eine Einschätzung über die Anzahl der Angreifer?«, fragte Peter ruhig.

»Der Zähler springt im Sekundentakt ... 15.000, 20.000, 30.000, 50.000 ... das werden immer mehr!« Die Stimme des jungen Mannes überschlug sich, die letzten Angriffe dieser Wucht hatte er als Kind erleben müssen, ein Trauma, dass kaum jemand bewältigt hatte.

»Ihr seht, es sind so viele, dass auch die schlechtesten Schützen unter uns nicht mehr verfehlen können!« Peter gab nicht auf, Zuversicht zu vermitteln.

»Kommen lassen! Draufhalten!«, sagte Marina trocken, die auch in dieser Situation ihrer Drei-Wort-Maxime treu blieb.

»Immer auf Gruppen zielen! Jedes gezielt abgefeuerte Vollmantelgeschoss durchschlägt ein Dutzend dieser Viecher!«, ergänzte einer der kampferfahrenen Delta-7 Soldaten.

»Wir bilden eine kreisrunde Stellung, sofort die G2-Geschütze aufbauen! Jeder mit einer Waffe begibt sich an die Feuerlinie. Alle anderen in die Mitte! Jede zurückgekehrte Drohne wird sofort wieder aufmunitioniert! Verletzte werden in der Mitte versorgt«, ordnete Peter an.

Sequoyah stand neben ihr und haftete Anna zusätzliche Energiepacks an die Oberschenkel. *»Die wirst du brauchen! Spare Munition und Energie! Der Kampf wird lange dauern!«*

Annas Puls beschleunigte sich, sie war vieles, aber kein guter Soldat, eingeschüchtert blickte sie auf das Gewehr in ihren Händen. Sie hatte zwar vor dem Start der Horizon eine Kampfausbildung erhalten, die Prüfung aber nur bestanden, weil sie dem Prüfer ein romantisches Date in Aussicht gestellt hatte.

Schweißgebadet dachte sie daran, die Waffe zu benutzen, hoffentlich erschoss sie niemand der eigenen Leute damit. Anna schulterte die Waffe und nahm zwei schwere Taschen zur Erstversorgung möglicher Verletzter auf. Die es reichlich geben würde, da war sie sich sicher.

»Wo richten wir unser Feldlazarett ein?«, fragte Anna und ging Sequoyah nach.

»Hier!«, antwortete Sequoyah.

»Wie sollen wir in Kampfrüstung operieren?«, fragte Anna, die keine Vorstellung davon hatte, wie sie mit einer durch ein militärisches Exoskelett beschleunigten Hand ein Skalpell ruhig führen sollte.

»Du solltest umdenken! Nimm die Impfpistole und Morphin Kartuschen, mehr wirst du nicht brauchen!«

Anna beobachtete, wie Sequoyah sich die gesamten Morphin Vorräte in daumendicken Kartuschen auf dem Handrücken befestigte. Die restliche medizinische Ausrüstung verstaute sie wieder sorgfältig in der Tasche.

»Dazu braucht es doch keinen Arzt!«, erklärte sie, kramte aber ebenfalls die Medikamente und eine Impfpistole aus der Tasche hervor.

»Natürlich nicht, aber hätte ich das vorhin in der Diskussion um dein Leben sagen sollen?«

»Aber ...«

Sequoyah lächelte. *»Wir werden kämpfen! Wir werden sterben! Nur um den Zeitpunkt können wir noch mit dem Schicksal feilschen!«*

»Ich halte diese Wagenburgstrategie für Selbstmord!«, hörte Anna eine ältere Mutter neben sich sagen, die ein Baby im Arm vor dem starken Regen zu schützen versuchte. »Unser General Custer[30] wird uns alle umbringen!«

»General wer?«, fragte eine jüngere Mutter neben ihr.

»Vergiss es.«

Die letzten Menschen gelangten gerade von dem tiefer gelegenen Fluchtweg zu ihnen. Bis auf die Haut durchnässt, trugen sie nicht mehr als ihr Leben in Händen. Sogar wenn sie den Angriffen der Schneckenköpfe Paroli bieten könnten, der Verlust an Ausrüstung wog schlimmer. Waffen, Nahrung, Kleidung, Werkzeug und sauberes Trinkwasser, Anna wollte sich nicht ausmalen, was vorhin alles in den Fluten verloren gegangen war.

Ein junger Mann mit zerrissener Hose und nacktem Oberkörper griff nach einem Stein und reihte sich entschlossen an der Frontlinie ein. Die letzten Kämpfe der Menschheit würden mit bloßen Händen ausgetragen werden.

***

[30] George Armstrong Custer, ein amerikanischer Offizier, dessen Einheit 1876 im Kampf gegen Indianer am Little Bighorn eingekesselt und komplett aufgerieben wurde.

LVI. Ruben - Es wird Krieg geben

»Was hast du getan?«, fragte Kezia aufgelöst und hielt sich beide Hände vor den Mund. Ihr Blick schweifte über die Leichen und blieb bei Sarai hängen. Sem saß völlig perplex neben ihr und suchte sichtlich nach Worten, die er nicht fand.

»Folgst du mir!?«, forderte Ruben, während er auf sie zu ging. Kezia hatte mehr Verständnis verdient, aber ihm lief die Zeit davon. Es blieben nur 45 Minuten! Dann würde das Shuttle landen, um sie in ihre Zukunft zu bringen. Egal was er vorhatte, um Elias zu retten, er musste es in dieser Zeitspanne vorbereiten.

»Folgen? Wie? Wohin soll ich dir folgen?«, fragte Kezia noch verwirrter, als ob sie darum bitten würde, aus einem fürchterlichen Albtraum erweckt zu werden.

»Sieh genau hin!« Ruben griff Kezia in die Haare und drückte sie schreiend auf Sarais zertrümmerten Schädel herunter. »Die haben mich Sarai mit meinen Händen töten lassen! Ich habe gespürt, wie ich ihr den Schraubenzieher durch die Schädeldecke gestoßen habe!«

»Nein! Bitte ... nicht! Was soll ich denn tun?«, flehte Kezia ihn an und klammerte sich an seine Hand. Sie musste ihn verstehen! Alleine würde Ruben seinen Weg nicht gehen können!

»Die wollen uns umbringen! Sarai! Dich! Sem, mich! Und Elias! Jeden von uns! Aber ... aber, das werde ich nicht zulassen!«, rief Ruben wie von Sinnen. Niemand würde ihn von seinem Plan abhalten können. Absolut niemand!

»Nein! Nicht Elias! Nein! Nicht er!« Kezia weinte und ließ ihre Hände sinken. Sie gab den Widerstand auf, um Elias zu retten würde sie alles tun! Alles!

»Ich werde ihn retten«, flüsterte Ruben wie ausgewechselt und half Kezia auf die Beine, um sie tröstend in die Arme zu schließen. »Elias wird leben. Du, Sem und ich, wir werden überleben. Folgst du mir?«

»Ja, ja ... ich tue alles, was du sagst ... alles«, Kezia versagte die Stimme, ihr Bruder Sem sah Ruben mit verweinten Augen an.

Ruben reichte ihm die Hand. »Bruder, ich ziehe in den Krieg! Bist du an meiner Seite?«

»Für Elias! Für uns!«, sagte Sem und wischte sich die Tränen von der Wange. Die Loyalität seiner beiden Geschwister sollte ihm sicher sein. Die Möglichkeit, belogen worden zu sein, beschäftigte ihn nur für einen Moment, nein, im Angesicht Sarais Leiche würden sie nicht lügen! Nein! Das würden sie nicht tun!

»Ist das nicht unglaublich?«, fragte Kezia erstaunt. Ruben, Sem und sie hatten sich in der letzten halben Stunde an einem Computer über die Entwicklung der vergangenen Jahre informiert. Die Systeme an Bord des Kettenfahrzeuges kannten sie gut, das war dieselbe Technologieplattform wie im Habitat.

»Wie hätten wir diese Scheiße auch wissen sollen!«, antwortete Ruben. Alles passte zusammen: die Horizon; die Erde; die Reise; die Aitair-Signaturen; die unerklärbare Notlandung und sogar der gescheiterte Angriff auf diese merkwürdigen Aliens! Alles konnten sie nachlesen. Vor allem die Berichte über die Konflikte mit den Aliens hatten es Ruben angetan.

Stürme und atmosphärische Störungen in großer Entfernung sorgten zudem dafür, die Hauptbasis nicht via Funk erreichen zu können. Sie hatten nur Kontakt zum Shuttle, dessen Kommunikationsfähigkeit bisher von der Wetterlage verschont blieb.

Kezia lächelte. »Ich möchte die Erde kennenlernen.«

»Das wirst du«, sagte Ruben, Kezias Worte trafen den Punkt, auch er wollte den Menschen eine Botschaft bringen!
»Wie ist dein Plan?«
»Wir holen uns zuerst das Shuttle! Dann die Aliens! Und zum Schluss Elias!«
»Ich bin dabei!«, sagte Sem und strich sich voller Tatendrang über seine Glatze.
»Und wie funktioniert dein Plan?«, fragte Kezia, die sich Ruben gegenüber deutlich zurückhaltender benahm. Eine merkwürdige Aura umgab sie, dieser Blick, als ob sie gerade in sein Inneres sah.
»Die Aliens werden uns helfen!«
»Wie? Die Aliens haben bisher auf keine Anfrage geantwortet. Warum sollen sie jetzt reagieren?«
Für Ruben war die Geschichte einfach. »Die hatten keine Lust, mit normalen Menschen zu sprechen!«
»Und was haben wir zu bieten?«
»Uns!«, antwortete Ruben und küsste sie auf die Stirn. »Uns! Wir sind keine Menschen!«
»Ich schalte dich auf einen Langstreckenkanal, möchtest du es ihnen selbst sagen?«
»Genau so werden wir das tun!« Sem nickte zustimmend, ohne auf die Spitze seiner Schwester zu reagieren.
»Ich wusste, dass ich auf dich zählen kann!« Ruben erfreuten seine Worte trotzdem, Sem würde bei seinem Plan alles geben müssen.
»Und?« Kezia ließ nicht locker.
Ruben musste diese Kritik im Keim ersticken. »Elias lebt!«
»Ich weiß.«

»Und er wird überleben! Ich kann ihn aber nicht ohne fremde Hilfe retten, wir brauchen das Shuttle!«, erklärte Ruben, während er beim Reden leicht irritiert versuchte, Kezias Antwort zu verstehen.
»Das Shuttle sollte kein Problem sein. Es sind nur eine Pilotin und ein Navigator an Bord.«
»Warte kurz ... was bedeutet 'Ich weiß!'?« Das musste Ruben besser verstehen.
»Ich kann ihn spüren.«
»Wie spüren?«
»Kennst du das nicht? Du weißt genau, dass es so ist, auch wenn du es nicht erklären kannst.«
»Wartet ... ich glaube, ich kann euch helfen.« Nadja mischte sich ein, der weibliche First-Lieutenant, dem die kurzen dunklen Haare wie ein Igel in alle Richtungen wuchsen und der Ruben vorhin die Nase gebrochen hatte.
Ruben drehte sich zu ihr herum und kniff die Augen zusammen. »Nadja, wir hängen an deinen Lippen!«
»Um die Psyche von Replikanten in schwierigen Situationen zu stabilisieren, sind Steuerungssysteme in euren Kopf implantiert worden ... die jetzt inaktiv sind!«, erklärte sie vorsichtig.
Sem hob die Hand zum Schlag. »Ihr wolltet uns wie Roboter leben lassen!«
Nadja zuckte erschrocken zurück.
»Warte! Lass sie sprechen!« Ruben wollte wissen, was sie zu sagen hatte. Sem beließ es bei der einschüchternden Geste.
»Die Steuerungssysteme sollten euch beschützen ...«
»Vor wem?«, fragte Kezia.
»Vor euren eigenen Fähigkeiten!«

»Wir werden uns doch nicht selbst schaden!«, stellte Sem selbstsicher fest.
»Natürlich nicht, genauso wenig wie jeder andere vernünftige Mensch! Nur Menschen können nicht durch schiere Willenskraft ihre eigene DNS verändern.«
»Wir können das aber!«, bestätigte Kezia, während sie parallel im Computer eine Videodatei startete. »Den Replikanten diese Fähigkeit frei zugänglich zu machen, hatte bei Versuchen zu unkontrollierbaren Ergebnissen geführt.«
Ruben konnte sehen, wie einem Replikanten binnen kurzer Zeit ein dichtes Fell wuchs, er sich benahm wie ein wildes Tier und schreiend durch eine Glasscheibe aus dem Fenster sprang.
»Für einige Replikanten war bei den Testreihen nicht klar, ob sie die erwünschte Fähigkeit wirklich hatten oder sich diese nur vorstellten«, sagte Nadja. »Dieser Replikant war unglücklicherweise davon überzeugt, fliegen zu können.«
»Lebt er noch?«, fragte Kezia.
»Nein.«
»Warst du dabei?«, fragte Ruben scharf.
»Nein. Dafür bin ich zu jung. Ich wurde auf dem Mars geboren. Auch ich wurde weggeschickt, weil mich niemand haben wollte. Mir geht es nicht besser als euch!«
»Hier steht aber auch, dass man sich durch die Replikantenforschung große Fortschritte versprochen hatte … und hier schreiben sie, dass Replikanten sehr wertvoll wären ...«, stammelte Kezia unsicher.
»Ich bin neunzehn, ich habe nichts zu melden und werde vermutlich bald sterben: Denn ... nur, weil es jemand aufgeschrieben hat, muss es deshalb nicht stimmen!«

»Was willst du damit sagen?«, fragte Ruben, den Nadja inzwischen faszinierte, die Kleine schien nicht dumm zu sein.
»Nichts. Ich kann nur Fragen stellen. Wenn ich auf der Erde etwas zu sagen gehabt hätte und mir die Replikanten so unendlich wichtig gewesen wären, hätte ich nicht das ganze Projekt in ein Raumschiff gesteckt und in die Ferne verbannt! Die haben nicht nur euch, sondern auch das ganze Forschungsteam entsorgt! Sequoyah, Aysegül, und die Anna Sanders-Robinson, denkt darüber nach, es ist niemand auf der Erde geblieben, um diese Forschung fortzuführen! Dieser General hatte sogar keine Skrupel, seine einzige Tochter zu verdammen!«
»Du bist nur wütend!«, sagte Ruben trotzig.
»Natürlich bin ich das! Die haben mich verkauft! Wie euch! Mir tun nur die Idioten leid, die glaubten, es im Dienst der Menschheit zu tun!«, erklärte Nadja vehement.
»Du meinst, die haben Angst vor uns?«, fragte Ruben, dem dieser Gedanke gefiel. Ein Grund mehr, zur Erde zurückzukehren. Es gab Dinge, die niemand ungestraft tun durfte! Diesem General Sanders-Robinson würde er gerne persönlich gegenübertreten!
»Ich weiß es nicht ... beantworte dir deine Frage selbst ... wenn ich einen schweren Fehler nicht zugeben wollen würde, hätte ich genau dasselbe getan, damit es auf der Erde nicht zur einer folgenschweren Katastrophe kommt.«
»Und was wäre in deinen Augen eine Katastrophe gewesen? 32 Kinder, denen vor dem Suizid am ganzen Körper Haare wachsen und die glauben, fliegen zu können?«, fragte Kezia bissig.
»Wie soll ich das wissen ... ich hätte nicht Angst vor den wenigen, die durchdrehen! Ich hätte Angst vor denen, die es nicht tun! Vor denen, die sich anpassen; vor denen, die menschliche Partner finden und vor allem vor denen, die Kinder zeugen! Ich hätte Angst vor dem, was mit

der Zeit daraus erwachsen würde. Ich frage dich, was würde aus diesem verfluchten Genexperiment 1.000, 2.000 oder auch 10.000 Jahre später werden?«

Nadja vertrat ihre Meinung ohne Rücksicht auf Konsequenzen. Dieser Mut machte sie interessant, ob sie feste Brüste hatte? Ruben verspürte das Bedürfnis, ihre Haut zu schmecken.

Kezia Augen blitzten hingegen weniger leidenschaftlich. »Replikanten können keine Kinder zeugen!«

»Ihr nicht, das stimmt. Diese Fähigkeit wurde euch genommen, nur wer hätte diese gewissenlosen Wissenschaftler davon abgehalten, die nächste Generation nicht mehr um die Zeugungsfähigkeit zu beschneiden?«

»Und sogar wenn du recht hast! Was bedeutet das für uns?«, fragte Ruben, der diese Diskussion beenden wollte. Das Shuttle würde bald ankommen.

»Wundert euch nicht, verrückt zu werden! Und versucht zumindest bei der Erkenntnis darüber, keine Leichenberge zu hinterlassen!« Nadja blickte zuerst auf die Toten, dann zu Ruben.

»Du hast sicherlich nicht versäumt, was er getan hat! Ich habe nicht angefangen! Er war es!« Ruben spuckte auf die Leiche von Sarais Mörder.

»Er war ein sadistisches Arschloch! Und Vergangenheit! Andere sind es nicht ... um die geht es mir. Es leben noch Menschen auf Proxima, die ein besseres Schicksal verdient haben!«

»Kezia, bis du verrückt?«, fragte Ruben.

»Nein.«

Mit einer Handbewegung machte er dem Gespenst ein Ende. »Danke Nadja. Du kannst dich wieder zum Fahrer setzen!«

Kezia kam auf Ruben zu, ihr Gesicht nur eine Handbreit von seinem entfernt. »Ärgert es dich, weil sie recht haben könnte?« Dieser Funke des Zweifels war wie ein Virus.

»Dazu haben wir jetzt keine Zeit! Es sind weniger als fünf Minuten, bis das Shuttle kommt!«

»Natürlich!«

»Erkläre mir, was du von Elias wahrnehmen kannst?«, fragte Ruben, der nun die Zügel hoffentlich besser in den Händen halten würde.

»Er lebt, es geht ihm schlecht, er hat Angst ... und was ich gerade selbst mit Überraschung festgestellt habe ... er kann ebenfalls Teile meiner Emotionen empfangen.«

»Und was hat du ihm gesagt?« Ruben wusste nicht, wie er damit umgehen sollte.

»Nichts ... ich kann nicht mit ihm reden ... so geht das nicht ... er spürt, dass ich mich gerade nicht sonderlich gut fühle ... eine Emotion, die mir jeder Trottel in meiner Nähe an der Nasenspitze ansehen würde!«

»Das ist doch Blödsinn!«, sagte Sem.

»Ich kann auch spüren, wie du dich fühlst ... und du!« Kezia blickte zuerst Sem, dann Ruben an. »Aber scheinbar ergeht es euch anders.«

Sem schüttelte den Kopf. »Ich merke nichts.«

Was Ruben ihm glaubte, die jüngsten Veränderungen schienen Sem nicht gerade intelligenter gemacht zu haben.

»Ich war dir immer nah ... aber eine telepathische Verbindung kann ich nicht feststellen.« Ruben beobachte Kezia genau. Das leichte Zittern an den Fingern, der unruhige Blick und der Geruch ihres Schweißes, um die Körpersprache seiner Schwester zu verstehen, brauchte es keinen Hellseher. Sie fürchtete sich.

»Ich werde an deiner Seite kämpfen! Für Elias! Für uns! Dazu gibt es keine Alternative!« Kezia gab alles. Diese Worte, eine Mischung aus

Furcht, Liebe, Sehnsucht und ihrem unbändigen Lebenswillen. Würde er mehr von ihr verlangen können?

»Die Situation ist für niemand einfach! Weißt du, wo Elias ist?« Ruben zwang sich, praktisch zu denken.

»Nein. Ich kann ihn zwar spüren, aber nicht orten. Dafür brauchen wir technische Unterstützung.«

»Ich hatte nicht vor, selbst nach ihm zu suchen ... das werden wir die Aliens tun lassen!«

»Falls es uns gelingt, mit ihnen in Kontakt zu treten ... warum sollten die uns helfen?«

»Auch dafür habe ich einen Plan!« Den hatte Ruben, einen guten sogar! Ob Kezia bereits früher übersinnlich veranlagt war?

»Und was müssen wir dafür tun?«, fragte Sem.

»Die werden uns verhören. Seid freundlich und ehrlich, erzählt alles, was ihr wisst ... es gibt keinen Grund, die Unwahrheit zu sagen ... den Rest erledige ich. Unser Ziel ist es, Elias zu retten!«

Ein idiotensicherer Plan! Wenn Sem und Kezia nicht wussten, was er vorhatte, würden sie auch keiner Lüge überführt werden oder anderweitig Fehler machen können.

»Andy, wie lange noch?«, fragte Ruben.

»T minus drei Minuten!«, antwortete der Fahrer. Ruben fragte sich, ob Andy mit Nadja ähnliche Gespräche führen würde oder es jede Nacht mit ihr trieb? Und sie dabei lustvoll seinen Namen rief? Dafür wollte er ihn bestrafen! Nadja gehörte ihm!

»Können wir während des Fluges vom Panzer in das Shuttle umsteigen?«, fragte Ruben.

»Wir haben ein Schott ... das funktioniert ohne Probleme.«, antwortete Andy. Dieser Wicht würde sein Mädchen nie mehr anfassen!

Das Kettenfahrzeug stand still auf dem Eis. Die Befestigungsmanschetten des Shuttles klangen metallisch hart, während sich die Arretierungen verschlossen.
»*Wir starten! Haltet euch fest!*«, meldete die Pilotin des Shuttles, die von ihrem Glück noch nichts wusste.
»Was gibt es Neues aus Proxima?«, fragte Ruben mit beiden Fingern am Hals.
»*Es gab einen Sandsturm. Alle Verbindungen sind gestört. Wir gehen von schweren Beschädigungen in Proxima I. aus. Mehr werden wir sehen, wenn wir angekommen sind. Die Flugzeit beträgt drei Stunden. Das Schott öffnet sich in dreißig Sekunden.*«
»Danke«, sagte Ruben höflich und deaktivierte den Funk. »Andy! Hilf Sem, die Leichen in den Zwischenboden zu legen!«
Mit einem freundschaftlichen Schulterklopfer entließ Ruben ihn aus dem vorderen Steuerungsbereich.
»In Ordnung. Wird sofort gemacht!« Andy folgte der Order. Sem wusste, was zu tun war. Nadja wollte sich ihrem Kameraden bereits anschließen, Ruben hielt sie aber am Arm und verneinte mit einer stillen Geste, ihm zu folgen.
»Was gibt es noch?«, fragte Nadja ergeben, Ruben war sich inzwischen sicher, dass sie feste Brüste hatte. Und dunkle Augen, in denen man sich verlieren konnte.
»Du gehörst mir!« Ruben drückte sie gegen die Bordwand und küsste sie erregt. Nadja ließ es ohne Regung geschehen. Durch die enganliegende blaue Uniform konnte er ihren tobenden Herzschlag spüren.
»Und dafür lässt du mich leben?« Hastig atmend wischte sie sich mit dem Handrücken über die Lippen.

Im Hintergrund hörte man Andy kurz gegen sein Schicksal aufbegehren, was gegen Sem wenig Sinn machte. Jetzt lagen vier Leichen im Zwischenboden.
Ruben nickte, Nadja zog ihn an sich und küsste jetzt ihn, als ob es die letzte Tat ihres Lebens wäre.

»Wo ist der Captain?«, fragte der Navigator, der wie Andys Zwillingsbruder aussah.
»Unten, er braucht kurz deine Hilfe, wir wissen nicht, wie wir die Leichen verstauen sollen, ist leider blutig geworden«, erklärte Ruben und zeigte auf seine blaue Uniform, die an einigen Stellen mit Blut verschmiert war. Die Kleidung hatte er zuvor Andy abgenommen. Zum Glück half der dehnbare Stoff, die Täuschung nicht sofort auffliegen zu lassen.
»Kein Thema, die können wir rausschmeißen ... der General legt keinen Wert darauf, diese Missgeburten noch einmal zu sehen!«
Der Navigator sprang durch das offene Schott, eine schmale Öffnung, die eine kreisrunde Luke begrenzte. Ehrlichkeit war immer überzeugend, auch wenn der Navigator sicherlich andere Leichen im Sinn hatte. Sem würde ihn würdig empfangen, im Zwischenboden war mehr als genug Platz für ihn.
»Hallo, ich bin Ruben«, sagte er freundlich und setzte sich neben die Pilotin.
»Ruben ... aber, das ...« Hastig versuchte sie, eine Handfeuerwaffe zu ziehen. Zu langsam. Ruben schlug sie mit dem Handrücken ins Gesicht, was ihr das Bewusstsein nahm. Ein Blutschwall ergoss sich über ihre helle Fliegerkombi. Wieder die Nase, was eigentlich nicht seine Art war. Bis zu diesem Tag hatte Ruben noch nie eine Frau geschlagen. Die Pilotin, eine Blondine mit schulterlangen Haaren, war eindeutig fixer

im Kopf als ihr Navigator. Älter als zwanzig war sie deswegen trotzdem nicht.

»Kezia?!«, rief er laut durch das Shuttle. »Du kannst die Funkmeldung mit unseren DNS-Profilen senden. Volle Sendestärke und auf Schleife stellen! Die sollen uns schließlich nicht überhören!«

Das war der erste Teil von Rubens Plan, mit der Besonderheit der Replikanten-DNS wollte er die Aliens motivieren, mit ihnen zu sprechen. Den zweiten Teil seines Planes kannte er selbst noch nicht.

»Erledigt ... lassen wir Nadja leben?«, fragte Kezia, die sich neben ihn setzte und anfing, Zahlen in die Navigation einzutippen. Nadja befand sich im Moment bei Sem und verstaute die Leiche der Pilotin.

»Ja.« Mehr wollte Ruben dazu nicht sagen, auch Kezia ließ es darauf beruhen.

»Der neue Kurs ist im System! Wir fliegen direkt auf eines der beiden Raumschiffe zu.« Kezia lehnte sich zurück. »Was machen wir jetzt, Bruderherz?«

»Warten.« Ruben lächelte. »Es wird nicht lange dauern.«

Und es dauerte nicht lange. Ruben erwachte allein mit Kopfschmerzen in einem hellen Raum. Vor ihm ein Tisch und ein Stuhl, auf dem er saß. Jede Faser in seinem Körper schmerzte. Die blutverschmierte Uniform Andys hatten sie ihm genommen und ihn dafür in einen eng anliegenden weißen Einteiler gesteckt, was modisch kein Fortschritt war. Zudem rochen seine Haare frisch gewaschen, die Aliens schienen reinlich zu sein. Ob ihm zum Dank dafür, gleich stieläugige Wasserköpfe eine Sonde in den Arsch stecken würden?

»Hallo Ruben.« Eine große schlanke Frau betrat den Raum, was die Frage nach den stieläugigen Wasserköpfen obsolet machte. Das mit der Sonde würde sich später klären.

»Hallo«, sagte Ruben beeindruckt, sie sah aus wie ein Mensch, knapp zwei Meter groß und sehr schlank. Das Gesicht wirkte wie gezeichnet, ein Alter daran festzumachen, schien nicht möglich. Die kupferfarbenen schulterlangen Haare rundeten das Bild ab. Eine unnahbare Schönheit, die genau wusste, wie sie auf Männer wirkte.

»Du hast uns eine Nachricht geschickt ...«

»Interesse?« Ruben unterbrach sie, er sollte jedes Wort mit Bedacht benutzen. Er wollte sehen, zu was Kupferlöckchen in der Lage war.

»Woran?«

»An uns.«

»So einfach ist das nicht.«

»Warum sitze ich dann hier?«, fragte Ruben, der sich geschworen hatte, nicht zu betteln.

»Wer hat die Replikanten gezüchtet?«, fragte die Frau, deren Aussprache zwar richtig war und trotzdem unnatürlich wirkte. Als ob sie diese Sprache voller Abscheu benutzte. »Wer hat euch die Technologie dazu bereitgestellt?«

»Eine Ärztin, die aber nicht mehr lebt.«

»Eine Ärztin ...«, sie stockte, als ob sie kurz auf etwas warten würden. Sie lächelte. »Dieses Wort habe ich schon lange nicht mehr gehört.«

»Ein Mensch, der anderen bei gesundheitlichen Problemen hilft ... klar oder?«

»Sicherlich ... die gab es früher. Wie seid ihr auf diesen Exoplaneten gekommen?«

»Keine Ahnung. Unser Raumschiff ist havariert ... ich bin aufgewacht und war da.«

»Die Horizon, richtig?«

»Ja, ja ... ist euch das Schiff bekannt?«

»Nein.«

»Oh.« Das Gespräch entwickelte sich seltsam. Ruben brauchte dringend einen Hebel, um Kupferlöckchen zu packen. Seine unverhofft erwachte Libido drohte ihm Ärger einzubringen, ihr die Kleider vom Leib zu reißen, würde sicherlich keine gute Idee sein.
»Gibt es noch mehr von dir?«
»Meine zwei Geschwister im Raumschiff und noch einer auf der Oberfläche von Proxima.«
»Proxima?«
»Der Name des Planeten.«
»Wo kommt ihr her?«, fragte die Frau.
»Wie ist dein Name?« Es war Zeit, ein Gegengewicht aufzubauen.
»Glaubst du, dass dir Sentimentalität hilft? Oder warum spielst du einen Menschen, wenn du sie doch so verabscheust?«
Ruben brauchte eine bessere Idee. Kupferlöckchen schien eine harte Nuss zu werden. »Die Menschen kommen von der Erde.«
»Die Erde ...« Die Frau sprach den Namen stockend nach.
»Ist dir dieser Planet bekannt?«
»Nein.«
»Und warum seht ihr aus wie Menschen?«, fragte Ruben, der das Gespräch nicht in den Griff bekam. Die große schlanke Frau gab sich aalglatt.
Sie lächelte. »Wie sollten wir sonst aussehen?«
Ruben stockte. Du Idiot! Jetzt konzentrier dich schon, sagte er in Gedanken zu sich selbst. »Warum sehen sich die Menschen auf Proxima und ihr so ähnlich?«
»Ich denke, dass sich Menschen auf allen bewohnbaren Welten ähnlich sehen.«
»Ihr seid Menschen?«
»Ja.«

»Menschen, die die Erde nicht kennen?«
»Ja.«, antwortete sie freundlich und leidenschaftslos. »Ist das ein Problem für dich? Man merkt dir an, wie dich diese Fragestellung berührt.«
»Die Erde ist schließlich die Wiege der Menschheit!«, erklärte Ruben entrüstet.
»Hat man dich das auf deiner Heimatwelt gelehrt?«, fragte Kupferlöckchen freundlich. »Wurdest du auf der Erde gezüchtet?«
»Ja.«
»Wie alt bis du?«
»Neunzehn Jahre. Jahre! Diese Zeiteinheit entspricht einem Sonnenlauf dieser Welt!«
»Ein Norm-Jahr entspricht 365 Norm-Tagen, das ist überall so, haben sie dir das mit dem Sonnenlauf auch auf deiner Welt beigebracht?«
»Nein, nein ... so kommen wir nicht weiter!« Es gab keinen Grund, warum das Wissen, was er eben erst aus dem Computer der Menschen aufgenommen hatte, falsch sein sollte. Und wenn die Aliens ebenfalls Menschen waren, wie konnten sie dann die Erde nicht kennen? Und warum haben sie überhaupt mit den Überlebenden der Horizon einen Krieg angefangen? Das war nicht logisch!
»Sollen wir uns später weiter unterhalten? Brauchst du eine Pause?«, fragte die Frau freundlich.
Die Farbe ihres rechten Auges veränderte sich, als ob ihr jemand eine Botschaft einspielte. Die Mimik verfinsterte sich, die Nachricht, die sie empfing, schien ihr nicht zu gefallen.
»Die Toten in der Zwischendecke eures Fahrzeuges, sind das Menschen von der Erde?«, fragte sie nun deutlich schärfer. »Sind sie auf deiner ominösen Erde geboren worden?«
»Wo zur Hölle kommt ihr her?« Ruben schüttelte ungläubig den Kopf.
»Seid ihr überhaupt das, was ich gerade sehe?«

»Beantworte die Frage!«, sagte sie strenger.
»Meine Güte ... ich weiß es nicht... scheiße ja, sie sind von der Erde! Die Horizon ist vor sieben Jahren auf Proxima havariert. Wie lange das Schiff vorher unterwegs war, weiß ich nicht! Wenn ihr aber die Erde nicht kennt, scheint es länger gedauert zu haben.«
Die Frau bekam laufend weitere Informationen auf ihr Auge gespielt. Scheinbar werteten gerade die Aliens, so wollte er sie weiterhin nennen, die Bordsysteme des Shuttles aus. Sie als Menschen zu sehen, passte nicht.
»Das Konzept, Leben mit variabler DNS zu züchten, ist nicht uninteressant. Die Besonderheit bei dir ist, dass du dich mit dieser Fähigkeit nicht auf der Stelle selbst tötest! Solche Lebensformen haben sich in unseren Forschungen als instabil erwiesen. Das macht heute niemand mehr! Wir haben dich an Bord geholt, weil wir wissen wollen, wie du genetisch funktionierst.«
»Lass uns zur Sache kommen. Was bietet ihr mir?« Ruben glaubte es kaum, diese dürre Bohnenstange wollte endlich einen Handel mit ihm machen.
»Geht es dir um deine Leute?«, fragte die Frau, während sich der ganze Raum in eine dreidimensionale Projektion verwandelte. Ruben zuckte zusammen, ein Soldat in einem Delta-7 Anzug stieß ihn vom Stuhl und schoss mit einer mobilen Gatling[31] im strömenden Regen eine blutige Schneise in eine Horde anstürmender Schneckenköpfe. Überall lagen Leichen, viele davon Frauen und Kinder. Ruben glaubte, das verbrannte Kordit der rauchenden Hülsen riechen zu können.

---

[31] Gatling-Waffen sind automatische Schusswaffen, deren Nachlademechanismus mittels der Rotation des um eine Drehachse angeordneten Laufbündels betrieben wird. Das Gatling-Prinzip wurde 1861 vom US-amerikanischen Erfinder Richard Gatling entwickelt.

»Die sind mir egal!« Ruben schluckte unmerklich. »Sollen doch die Schneckenköpfe diese Idioten fressen!«
»Möchtest du sein Leben retten?«, fragte die Frau freundlich, während sich der Regen in Schnee verwandelte und Ruben einen Lidschlag später mitten in der Arktis stand. Direkt vor ihm stolperte Elias ausgemergelt und kraftlos durch die Kälte. »Es ist bemerkenswert, wozu Replikanten fähig sind.«
»Davon hast du keine Vorstellung, glaub es mir!«, drohte Ruben ihr unverblümt. »Und ja! Sein Leben will ich retten!«
»Der Preis dafür ist ein Kind. Zeuge mit deiner Schwester ein Kind und überlasse es uns. Dafür erhältst du einen Raumgleiter und gültige Papiere für das ganze von uns kontrollierte Weltall.«
»Ein Kind mit Kezia?« Ruben lächelte. Besser hätte sich der unbekannte Teil seines Plans nicht entwickeln können. Jetzt kontrollierte er das Gespräch. Obwohl, sollte er fragen was Kupferlöckchen mit dem Kind vorhatte? Nein, das interessierte ihn nicht wirklich. »Replikanten können keine Kinder zeugen.«
Die Frau schien regelrecht gierig zu werden. »Das können wir beheben. Zeuge ein Kind, gebe es uns und rette deinen Bruder.«
»Kezia ist meine Schwester. Ich liebe sie. Sie würde allerdings niemals ein Kind von mir empfangen wollen. Zudem würde ich sie auch niemals vergewaltigen! Rettet Elias, sie liebt ihn, er wird das Kind mit ihr zeugen, das ihr haben wollt!«
»Wird sie dieser Vereinbarung folgen? Es ist sehr wichtig, dass das Kind ohne Stress in ihrem Körper reift.«
Was für eine kranke Schlampe! Einer Mutter das Kind nehmen und dabei noch von ihr verlangen, glücklich zu sein. Niemals würde Ruben das von seiner Schwester fordern!

»Das garantiere ich! Sie wird genau das tun, was ich ihr sage!«, versprach Ruben ohne Skrupel, seine neuen Geschäftspartner sollten zuerst Elias retten.

»Warum bist du dir dabei so sicher? Gebe uns einen Grund, dir zu glauben«, fragte der weibliche Alien.

»Weil Kezia alles dafür tut, Elias zu retten! Und ihr uns in der Hand habt ... wenn wir unser Wort nicht halten, werdet ihr uns sezieren und ausstopfen.«

»Du hast uns überzeugt«, sagte die Frau, während sich das Szenario wieder in einen neutralen weißen Raum verwandelte. »Der Handel gilt!«

»Der Handel gilt!« Ruben reichte ihr die Hand, die sie allerdings nicht annahm. »Eine Frage habe ich noch, warum habt ihr den anderen nie geantwortet?«

»Den Menschen der Horizon?«

»Ja.«

»Eine Kommunikation mit ihnen bringt keine Erkenntnisse. Es gibt viele Randwelten, auf denen kleine Gruppen in Not vegetierender Menschen leben. Wir tolerieren sie, solange sie keine Handelsschiffe angreifen.«

»Das werden die sicherlich kein zweites Mal tun.«

»Sicherlich nicht.«

»Und jetzt zu Elias ... holt ihn aus der Kälte!« Ruben lehnte sich zufrieden zurück. Es hätte nicht besser laufen können und Kupferlöckchen würde ihm bald aus der Hand fressen. Die hatten keinen blassen Schimmer, wen sie sich mit Elias ins Nest holen würden!

***

XLVII. Elias - Für das Leben

Elias kaute hastig, ohne dabei wirklich zu wissen, was er gerade in sich hineinstopfte. Sein Appetit überwog jede Vorsicht. Wie groß war die Wahrscheinlichkeit, die Arktis zu überleben? Nicht zu erfrieren? Einen sicheren Weg zu finden? Nicht von den Schneckenköpfen in Stücke gerissen zu werden? Oder jemals wieder andere Menschen zu sehen?

Mit vollem Mund schüttelte er den Kopf, das war so gut wie unmöglich! Die Wahrscheinlichkeit tendierte gegen null. Eigentlich minus null, was natürlich mathematischer Blödsinn war, genau wie die nicht erklärbare Tatsache, von einem Raumschiff einer ihm unbekannten Zivilisation gerettet worden zu sein. Andererseits könnte er auch bereits tot sein und sich diese Geschichte nur einbilden, was freilich ebenfalls logische Defizite hatte.

»Vater, bitte erkläre es mir?«, fragte Elias, der bei der Rettung aus dem Eis das Bewusstsein verloren und erst in diesem Raum wiedererlangt hatte. Einem weißen Raum, in dem ihm ein Tisch voller Speisen, ein Stuhl und eine zugegebenerweise grandiose Aussicht ins All geboten wurden. Von dem wunderschönen Blau der oberen Atmosphäre trennte ihn nur eine Glasscheibe, dem Anschein nach befand er sich auf einem Raumschiff im Orbit über Proxima.

»Ähm ... keine Ahnung.«

»Wenn die Leute, die Kezia, Ruben, Sarai und Sem mitgenommen haben, solche Raumschiffe besitzen würden ...«

»... wären sie vermutlich nicht mit einem Kettenfahrzeug vorgefahren. Das Raumschiff gehört auf keinen Fall zu denen!«, führte Vater den Satz weiter.

»Das habe ich sogar allein verstanden.«

»Du bist ein kluges Kerlchen!«

»Der nur keine Ahnung hat, was er gerade tut.«

»Du haust dir den Bauch voll ... ich nehme nicht an, dass du längere Zeit allein bleiben wirst. Hab ein wenig Geduld, die wollen mit dir reden, da bin ich mir sicher!«

»Sicherlich ...« Elias wollte etwas erwidern, ließ es dann aber. »Die halten mich eh für verrückt!«

»Bleib so ... das macht dich sympathisch ... ich glaube, du solltest dich ausruhen. Ich habe das Gefühl, dass du deine Kräfte noch brauchen wirst«, erklärte Vater mehrdeutig.

»Ich fühle mich gut!« Was sogar stimmte, Elias rülpste, mit der Hand tastete er zufrieden seinen hageren Bauch ab. In seiner Armbeuge befand sich ein Einstich. Auch wenn er nicht wusste, was die mit ihm gemacht hatten, seine körperlichen Beschwerden waren verschwunden.

»Bleib wachsam!«

In der Wand bildete sich eine Tür ab, die sich einen Moment später öffnete. Kezia, es war Kezia, die den Raum betrat! Elias sprang auf sie zu und nahm sie in den Arm. Sie wirkte müde, beinahe schon schläfrig und vermochte kaum, ihn anzusehen.

»Liebling! Geht es dir gut?«, fragte Elias überschwänglich, was Kezia nur mit einem schüchternen Lächeln quittierte. Er küsste sie, was sie ebenfalls leidenschaftslos hinnahm - was hatten die mit ihr gemacht?

»Hallo Elias … schön dich zu sehen … ich bin … so müde«, stammelte sie abwesend. Kezia trug nur ein vorne offenes durchsichtiges weißes Kleid, darunter war sie nackt. Ihr langes braunes Haar trug sie offen. Sie so zu sehen, war wunderbar und beängstigend zugleich.

»Du solltest dich hinlegen!« Eine tolle Idee in einem Raum ohne Bett, befand Elias, während er Kezia gerade noch davor bewahrte, auf den Boden zu sacken. Doch da war ein Bett, ein breites sogar, was zuvor nicht da gestanden hatte.

»Gerne …«, sagte Kezia und schloss die Augen. Elias legte sie behutsam ab. Auf dem Bett befanden sich keine Decken oder Kissen, es war aber bequem, zudem herrschte im Raum eine angenehme Temperatur.
»Möchtest du etwas essen?«, fragte Elias und zeigte auf den Tisch. Kezia schlief bereits. Was für ein Anblick, derart schön und begehrenswert hatte er sie selten gesehen. Sie atmete leise und gleichmäßig, es schien ihr gut zu gehen. Ob sie Verletzungen hatte? Elias untersuchte sie kurz, sie war aber unversehrt. Die weiche Haut, ihr Geruch, die Situation weckte völlig unpassende Gefühle in ihm. Er spürte den Drang, sie zu lieben! Heftig zu lieben! Sie zu nehmen, wie es ihm gefiel! Das war nicht richtig! Nicht in diesem Moment, nicht wenn sie schutzbedürftig vor ihm lag! Mit der Hand strich er über ihre nackte Brust, wie kleine Stromstöße elektrisierten die Berührungen seine Männlichkeit. Elias schämte sich für seine Triebe.
»Vater … hilf mir … ich verliere die Kontrolle!«, sagte er leise und wünschte sich ins Eis zurück. Bevor er Kezia verletzen würde, wollte er lieber sterben!
»Das ist eines der wenigen Themen, bei dem mir gewisse Kompetenzen fehlen. Grundsätzlich seid ihr ein Paar, deinen Zwist, ihre Wehrlosigkeit nicht zu missbrauchen, verstehe ich trotzdem. Davon abgesehen, du hast die Kontrolle noch nicht verloren.«
»Was ich auch nicht tun werde!« Elias stand auf, seine Erektion schmerzte, er würde sie lieben, später, mit ihrem Einverständnis, darauf freute er sich.
»Ist die Situation nicht merkwürdig?«, fragte Vater nachdenklich. *»Du wirst aus einer unglaublichen Situation gerettet, von jemandem, den niemand auf dem Plan hatte, triffst Kezia wieder und alles in deinem Kopf dreht sich um Sex?«*
»Ich habe es verstanden«, antwortete Elias betreten, der sich durch Vaters Worte noch schuldiger fühlte.

»Deine Entschuldigung ist ein Denkfehler!«

»Bitte?!«

»Deine Reaktion wurde provoziert. Homo sapiens sind in dieser Beziehung leicht zu beeinflussen. Jemand möchte, dass du dich mit ihr sexuell vereinigst ... allerdings weiß ich nicht warum?«

»Macht das Sinn?«, fragte Elias und dachte nach. Was hätte er an deren Stelle getan? Welche Motive könnten die haben? Ihm nur etwas Lust zu schenken, schien ein dünnes Motiv zu sein. Mit vollem Mund konnte er besser denken, er ging zum Tisch und nahm sich etwas, was nach Gemüse und Huhn schmeckte. Den Geschmack hatte Elias von den wenigen fertigen Mahlzeiten im Gedächtnis, die sie nach der Notlandung im Habitat gegessen hatten.

»Noch nicht. Ich glaube, ich folge selbst einem Denkfehler. Das ganze Szenario ist unlogisch. Eine wichtige Annahme ist falsch! Ich weiß nur noch nicht welche«, erklärte Vater bemüht.

Elias nahm sich ein weiteres Stück dieser viereckigen Gemüse-Huhn Dinger. Wenn seine ihm noch unbekannten Gastgeber Menschen wären, Menschen von der Erde, also eine Rettungsmission, dann würden sie sich vermutlich anders verhalten und auch das Raumschiff sollte anders aussehen. Die ganze Technologie würde dem Habitat ähnlicher sehen, was sie definitiv nicht tat.

Wenn die Fremden keine Menschen wären, hätten Kezia und er nicht mehr Wert als ein paar Laborratten. Was sicherlich keine angenehmen Folgen haben würde. Nur, wenn die Fremden ungleich den Menschen wären, die Kezia mitgenommen hatten, warum befand sie sich an Bord dieses Raumschiffs? Auf diese Frage fand Elias nur eine sinnvolle Antwort, es waren mindestens drei Parteien im Spiel. Die Replikanten, die Menschen in den Kettenfahrzeugen und die Aliens im Raumschiff. Waren die Menschen und die Aliens verbündet oder verfeindet? Auf diese Frage würde es ankommen. Nur, wie sollte er vorgehen? Wie sollte er Kezia beschützen, die Rätsel lösen, seine Geschwister retten und nebenbei selbst überleben? Er hatte keine Waffen und wusste auch nicht, wozu die anderen fähig waren? Nein, das stimmte nicht, er hatte eine Waffe, eine mächtige sogar! Vater! Die Aliens hatten Elias versorgt und die KI in seinem Nacken nicht bemerkt. War das Zufall oder ein Versäumnis?

»Hast du etwas mitbekommen, während ich bewusstlos war? Also in der Zeit, als die mich von der Arktis auf das Raumschiff gebracht haben?«, fragte Elias.

»Nein. Ich habe nur über deine Sinne Kontakt zur Welt um uns herum. Wenn du schläfst, bin ich offline. Ich schalte mich dann inaktiv und spare Energie, die mir im Delta-7 Steuerungsmodul ohnehin nicht unbegrenzt zur Verfügung steht.«

»Da haben wir Glück gehabt, das hat dich vermutlich vor denen verborgen gehalten.«

»Denkbar! Bei einem Körperscan wären nur mehrere inaktive Chips zu erkennen gewesen. Ein Zugriffsversuch auf meinen KI-Kernel hätte mich sofort aktiviert.«

»Haben die überhaupt eine Vorstellung, wer du bist?«, fragte Elias und versuchte sich vorzustellen, wie ein Konflikt zwischen Vater und einem unbekannten Computergegner ausgehen könnte?

»Wenn es Menschen sind? Bestimmt. Wenn sie irgendetwas anderes sind? Ich weiß es nicht … wobei ich mir nicht vorstellen kann, dass eine Zivilisation, die in der Lage ist, die Raumfahrt zu meistern, ohne Digitalisierung arbeitet.«

»Wenn sie Computer haben, wärst du in der Lage, in die Systeme einzudringen?«

»Wieso sollte ich das tun?«

»Du sollst nicht direkt alles lahmlegen! Aber zumindest einmal kurz reinschauen … das würde reichen!«

»Was du beschreibst, ist ein elektronischer Angriff, der schwerwiegender wäre, als jemand mit der Pistole zu bedrohen.«

»Ja … das weiß ich doch … nur wir sind gerade völlig ahnungslos!«, erklärte Elias, der versuchte, sein Anliegen zu rechtfertigen.

»Und wir leben noch, die haben uns gerettet, was wir nicht ohne Not mit einer Ohrfeige beantworten sollten.«

Vater hatte natürlich recht, die Konsequenzen eines missglückten Angriffs könnten fatal sein.

»Und wenn unser Leben davon abhängen würde?«

»Das tut es aber nicht«

»Aber wenn es so wäre …«

»… dann würde ich dich beschützen.«

»Also würdest du die Systeme angreifen?«

»Es gibt fast immer andere Wege.«

»Und wenn nur der Kampf bleibt?«

»Das ist mir zu hypothetisch.«

»Das ist es nicht, es ist nur eine simple Entscheidung.«

»Ist ja gut … ja!«

»Ja, was?«

»Ja! Ich würde kämpfen!«

»Danke.«

»Dazu muss es aber nicht kommen!«

»Natürlich nicht.« Elias lächelte, Vater war die pazifistischste militärische Virensignatur, die man sich vorstellen konnte. Der würde freiwillig keiner Fliege ein Haar krümmen, wobei er nicht sicher war, ob es auf Proxima überhaupt Fliegen gab. Trotzdem liebte er Vater wie seinen *Vater*, was mindestens genauso schräg war.

»Elias?«, fragte Kezia verschlafen.

Er ging zum Bett und strich ihr durch das Haar. »Wir haben Zeit … schlaf einfach noch ein wenig.«
»Ist gut ...«, murmelte sie, legte den Arm an seinen Hals und zog ihn ins Bett. Elias wehrte sich nicht, wozu auch. Kezia schmiegte sich an seine Seite und schlief weiter.

»Fang mich, wenn du dich traust«, rief Anna und lief von ihm davon. Mehr als ihre langen roten Haare trug sie nicht am Körper. Ihr nachzulaufen, wer hätte das nicht getan, auch Elias zögerte nicht. Was sich als erheblich mühsamer herausstellte, als zunächst angenommen. Dieser rote Teufel rannte, als ob es kein Morgen gäbe. Durch den Wald, über Baumstämme springend, durch kleine Bachläufe spritzend, die pure Lebensfreude wogte in jedem ihrer Schritte. Schnelle Schritte, Elias atmete rascher, es konnte doch nicht sein, von ihr bei einem Lauf durch den Wald abgehängt zu werden.
»Ist das alles, was du drauf hast?« Anna machte sich einen Spaß daraus, ihn zu fordern. Nicht die Spur einer Anstrengung konnte er in ihrer Stimme hören. Elias wäre gerade nicht mehr in der Lage gewesen, zu antworten. Zweige streiften seine Arme, die auf seiner nackten Haut zahlreiche rote Striemen hinterließen. Aufgeben würde er trotzdem nicht, er würde sie bekommen, das stand fest!
»Ich dachte immer, du wärst schneller!« Anna lachte. Dieses Luder! Sie lief aus dem Wald heraus auf eine Klippe zu. Was hatte sie vor? Die Sonne schien, die Luft war angenehm warm, es gab viele Dinge, die Elias lieber tun würde, als sich die Lunge aus dem Leib zu rennen. Sie hatte allerdings seinen Ehrgeiz geweckt, die Vorstellung Anna zu besitzen, überwog die Mühen, zu denen er sich zwang.
»Jetzt kannst du zeigen, was du wert bist«, rief Anna und rannte aus vollem Lauf auf die Klippe zu. Dahinter konnte Elias zuerst nur blauen

Himmel und, sobald er näher kam, auch das Meer erkennen. Wozu war er bereit?

Anna sprang über die Kante, streckte den Körper, schrie und flog in das weite Blau des Horizonts. 30, 40 oder 60 Meter, die Höhe vermochte er kaum abzuschätzen. Carpe diem, Elias wurde schneller, für diesen Augenblick lohnte es sich, gelebt zu haben. Mit seitlich ausgestreckten Armen flog er hinterher. Das Gefühl der Unabhängigkeit überwog jeden misslichen Moment in seinem Leben. Er war frei.

Ins Wasser eingetaucht, drehte er sich, sah Anna an und schwamm ihr nach. Wasser bedeutete Leben, sein Leben, das er noch viele Jahre auskosten wollte.

»Du hast nicht gezögert ...«, sagte Anna später am Strand und wälzte sich im Sand. Das Sonnenlicht funkelte in ihren nassen Haaren. Mit der Hand an seinem Nacken zog sie ihn zu sich heran. Ihre Lippen schmeckten warm und salzig. Sie lachte, sprang auf und lief wieder in die schwache Brandung, die kaum mehr als die Knöchel umspülte. Elias hatte keine Mühe, sie erneut einzufangen.

Das Liebesspiel in der Brandung war wie ein Traum. Ein Traum. Das war nur ein Traum. So real. Elias wusste, dass er neben Kezia im Raumschiff schlief und in seinen Gedanken mit Anna Sex hatte. Anna saß auf ihm und ihre braunen Haare wogten im Sonnenlicht. Elias explodierte förmlich in ihr und öffnete seine Augen. Kezia lächelte ihn an, er hatte von Anna geträumt und mit Kezia geschlafen.

»Wow ... so habe ich dich selten erlebt«, sagte Kezia und strich sich eine schweißnasse Strähne aus dem Gesicht.

»Ich liebe dich.« Elias hatte ein schlechtes Gewissen und glaubte, sie betrogen zu haben.

»Wir werden überleben!«, sagte sie schwer atmend. »Danke Ruben dafür, er hat mit den Aliens deine Rettung ausgehandelt.«

»Ruben? Aliens? Was für eine Rettung ausgehandelt?«, fragte Elias überrascht, dem Kezias Worte die Augen öffneten. »Und die, die euch mitgenommen haben?«

»Sind alle tot.« Kezia glitt von ihm herunter und schmiegte sich erneut an seine Seite.

»Gibt es noch mehr von denen auf Proxima?«, fragte Elias.

Kezia Gesichtszüge wurden ernst. »Auch die werden sterben! Sie haben es nicht besser verdient!«

»Was ist passiert?«

»Die haben Sarai getötet!«

»Wie, was?«, fragte Elias erschrocken.

»Vor meinen Augen … wir haben sie sofort gerächt!«

Der Schreck hatte gesessen, Elias hielt sich die Hand vor den Mund.

»Und Sem und Ruben?«

»Denen geht es gut, beide sind ebenfalls auf dem Raumschiff. Die Aliens werden uns einen Raumgleiter geben, wir können damit fliegen, wohin wir wollen!«

»Elias, da stimmt etwas nicht ... bleib wachsam!«, sagte Vater, den Kezia nicht hören konnte.

»Das sind doch wunderbare Nachrichten! Kann ich Ruben sprechen?«, fragte Elias, der Vaters Einschätzung teilte, gegenüber Kezia aber seinen Verdacht nicht aussprechen wollte.

»Bestimmt.«

»Weißt du noch, wie du in diesen Raum gekommen bist?«, fragte Elias konzentriert.

Kezia zögerte kurz. »Nein ... eigentlich nicht ... ich bin neben dir aufgewacht.«

»Warst du nicht überrascht, mich zu sehen?«

»Nein ... Ruben hatte es versprochen ... er hat gesagt, dass er dich retten würde.« Die Art, wie Kezia sprach, ihre Augen, sie stand eindeutig unter dem Einfluss von Medikamenten.

»Wann hast du Ruben das letzte Mal gesehen?«

»Ich glaube vorhin ... wobei, ich nicht genau ... ja, ja ... es war vorhin«, stammelte sie.

»Ich werde dich nicht mehr allein lassen!« Elias küsste Kezia, für sie würde er jeden Kampf führen.

»Vater?«, fragte Elias und blickte durch das Fenster auf Proxima. In der Region nördlich des Äquators verhinderten dichte Wolken die Sicht auf die Oberfläche. Kezia war wieder eingeschlafen.

»Ja, Elias.«

»Die haben Kezia nur aus einem Grund zu mir geschickt.«

»Ja.«

»Ich sollte mit ihr schlafen.«

»Ja.«

»Dafür gibt es nicht viele nachvollziehbare Gründe.«

»Das stimmt.«

»Der wahrscheinlichste Grund ist zugleich der, der überhaupt keinen Sinn ergibt.«

»Eine Logik, die sich uns aufdrängt.«

»Kezia kann keine Kinder bekommen, auch wenn sie sich kaum etwas sehnlicher wünscht. Und ich kann keine zeugen!«

»Was unserem Wissensstand entspricht.«

»Was die nächste Frage aufwirft, warum? Die werden sich kaum ein Bein ausreißen, um aus Kezia eine glückliche Mutter zu machen?«

»Was bleibt übrig, wenn du 'glücklich' streichst?«

»Um aus Kezia eine Mutter zu machen ...« Die Erkenntnis über diesen Gedanken schmerzte.

»Hast du dir einmal überlegt, was euch von den armen Schweinen auf Proxima unterscheidet, die nicht von den Aliens gerettet wurden?«

»Wir sind Replikanten.«

»Trefflich festgestellt.«

»Die wollen das Kind! Nicht Kezia, nicht mich und auch keinen anderen erwachsenen Replikanten, die wollen nur das Kind!«

»Natürlich könnte unser Gedankenspiel auch auf falschen Annahmen beruhen.«

Elias schüttelte den Kopf. »Falls wir richtig liegen, werde ich denen nicht das Kind überlassen!«

»Was mich bei dir auch überrascht hätte.«

»Ob die mir zuhören?«, fragte Elias und sah sich um. In dem weißen Raum waren dazu keine passenden Apparaturen zu erkennen.

»An deren Stelle würde ich es tun.«

»Und warum gehen die nicht gegen mich vor?«

»Überlegt haben sie es sich bestimmt. Die wissen vermutlich noch nicht, was sie von mir halten sollen.«

»Sie könnten mich einfach töten!«

»Was der Neugier so ziemlich jeder vorstellbaren intelligenten Spezies widersprechen dürfte. Sie haben dich doch im sicheren Gewahrsam. Ich würde dich gründlich studieren und erst später sezieren, ich würde versuchen, jedes noch so kleine Stück Wissen aus dir herauszuholen.«

»Ob die wirklich so denken wie du?«, fragte Elias und legte seinen Kopf in den Nacken. Er hatte einen Plan. Einen gefährlichen Plan, von dem er noch nicht wusste, wie er ausgehen würde. So oder so, er würde nicht länger passiv bleiben. Er glaubte, er wusste, er betete dafür, dass Vater diese Prüfung bestehen würde.

»An meine Gastgeber! Es ist euch vermutlich nicht entgangen, dass ich nicht mit mir selbst spreche, sondern mit einer künstlichen Intelligenz, die ich auf einem Steuerungssystem für Kampfanzüge in meinem Nacken trage. Diese hochentwickelte KI ist für militärische Zwecke entwickelt worden, sie wird alle Computer angreifen und das komplette Schiff übernehmen!«

»Öhm ... eine durchaus gewagte Ansage ... vielleicht hätten wir uns dazu kurz absprechen sollen?«

Elias hatte noch nicht einmal richtig angefangen. »Ergebt euch, dann wird es keine Opfer geben! Greift mich oder meine Geschwister an und ich werde jeden von euch töten! Jeden an Bord dieses Schiffes und jeden auf eurer Heimatwelt! Ich würde noch nicht einmal eure Haustiere leben lassen! Ihr habt fünf Minuten, um zu kapitulieren!«

»Hast du bereits an die unwesentliche Kleinigkeit gedacht, dass ich nur über deine Delta-7 Schnittstelle binär mit anderen Computern interagieren kann? Im Prinzip bin ich nicht mehr, als ein Schiffbrüchiger in deinem Körper!«

»Vertrau mir!« Elias lächelte, während er müde auf den Boden sackte, sie kamen, um ihn zu holen.

Als ob ihn ein Lichtstrahl durch die Dunkelheit trieb und an einer schwarzen Wand eine Barriere durchbrechen ließ. Elias öffnete die Augen, was würde ihn erwarten? Hektik, Stimmen, Unruhe, alles in seiner Nähe schien in Bewegung zu sein. Er erwachte auf einer hell erleuchteten Liege, die mit viel Fantasie Ähnlichkeit mit einer AMENS Einheit hatte. Die würden versucht haben, Vater zu isolieren, was sein Plan gewesen war, die Aliens hatten für ihn das Schnittstellenproblem gelöst. Danke dafür. Die Szenerie belegte zudem, dass sie Vater dabei nicht in den Griff bekommen hatten, was er ebenfalls geplant hatte.

Niemand kümmerte sich um Elias, die Aliens, die wie große und sehr schlanke Menschen aussahen, kämpften mit ihren Systemen, die offensichtlich bereits nicht mehr das taten, was sie von ihnen wollten. In dem mit viel Technik gefüllten Raum liefen über zehn dieser Aliens aufgeschreckt umher. Einer von ihnen zog eine Waffe, zumindest hielt er sie so, zielte auf Elias und ärgerte sich über die ausbleibende Wirkung. Einen Moment später brach der Typ zusammen. Die Aliens schienen nicht nur angreifbare Computer zu haben, sie waren sogar scheinbar selbst durch elektronische Angriffe verletzbar. In der Nähe detonierte etwas, die Erschütterung mehrerer Explosionen erschütterte das Raumschiff. Elektronische Kriege dauerten nie lange.

Elias schmunzelte »Vater?«

»Hallo Elias!«, antwortete er freudig.

»Wie läuft es?«

»Die wollten mich doch glatt disassemblieren![32]«

»Was du verständlicherweise nicht wolltest ...«

»So weit kommt es noch!«

Elias lachte. »Und dann?«

»Habe ich den Code dieser stümperhaften Disassemblierungsroutine zerpflückt!«

»Und den Rest direkt mit?«

»Mehr oder weniger ... ließ sich nicht verhindern ... die wurden alle ziemlich sauer!«

»So kenne ich dich. Wie ist der aktuelle Status?«

»Das Raumschiff gehört uns! Das Gefecht hat nur vier Sekunden gedauert. Ich habe sieben von neun Kernsystemen infiltriert. Was du jetzt noch siehst, ist deren pure Verzweiflung.«

»Wie geht es Kezia, Ruben und Sem?«

---

[32] Disassemblieren, der Vorgang, ein binäres Computerprogramm wieder in eine für Menschen lesbare Form zurück zu verwandeln.

»Sie sind wohlauf. Ich habe deren Aufenthaltsräume sofort isoliert und jeglichen Zugriff blockiert. Die Replikanten sind sicher, leider hatte Sarai bereits zuvor ihr Leben verloren.«

»Wollte der Typ mich gerade erschießen?«

»Versucht hat er es.«

»Lebt er noch?«

»Ich habe niemanden getötet, das war nicht notwendig. Wir können alle Aliens friedlich gefangen nehmen, man kann sie ausschalten wie alte Glühbirnen. Es gibt übrigens ein weiteres Raumschiff, ein Schwesterschiff auf der anderen Seite von Proxima. Ich habe mir erlaubt, auch dort alle Systeme zu übernehmen.«

»Gab es überhaupt Gegenwehr?«, fragte Elias und ging durch den Raum. Einige Aliens versuchten noch, an großen räumlichen Bildschirmen etwas zu bewirken, andere ergaben sich bereits und verbeugten sich vor ihm. Die Aliens, diese menschenähnliche Spezies, wirkten vertraut, auch vieles andere hatte Ähnlichkeit mit Dingen, die Elias kannte. Trotzdem war alles anders, das wirkte erheblich fortschrittlicher als die Technologie, die er vom Habitat her kannte.

»Gegenwehr? Nicht wirklich! Die haben keine KI im Einsatz, keine Firewall, keine Verschlüsselung und auch keine anderen Schutzsysteme, um militärische Signaturen wirksam aufzuhalten. Es scheint beinahe, als ob diese Kultur noch nie mit solchen Mitteln angegriffen wurde.«

»Was auch die fehlende Vorsicht erklären würde. Woher kommen die? Warum sehen die alle wie unterernährte und in die Länge gezogene Menschen aus?«

»Der Witz dabei ist, es sind Menschen, allerdings keine, wie wir sie kennen. Zwischen denen und uns liegen 10.000 Jahre Evolution«, erklärte Vater.

»Bitte was? Wie soll das denn gehen?«

»Ich habe die Erde auf einer Sternenkarte gefunden, genauer gesagt, das Sonnensystem der Erde, das sich knapp 96 Billiarden Kilometer von uns entfernt befindet! Elias, das sind 10.000 Lichtjahre!«

»Hilf mir kurz beim Rechnen ...«

»Konventionell angetrieben, können Raumschiffe die Lichtgeschwindigkeit weder vor 10.000 Jahren noch aktuell übertreffen. Die Horizon war 10.112 Erdenjahre unterwegs, was für uns subjektiv nur 192 Jahre waren. Die Kultur der Menschen auf diesem Raumschiff kennt bereits die Erde nicht mehr.«

»Was, die kennen die Erde nicht?«

»Nein, in deren Sternenkarten ist das Sonnensystem der Erde als unbewohnbar gekennzeichnet. Die Heimatwelt von denen liegt 600 Lichtjahre von Proxima entfernt und wurde vor 400 Jahren von einer Gruppe Schiffbrüchiger gegründet. Interessante Parallele, oder? Die Geschichte der Menschheit liegt für uns, genauso wie für die im Dunkeln verborgen. In deren Aufzeichnungen finde ich 102 bewohnbare Welten, die ausschließlich von technologisch stark unterlegenen Kulturen besiedelt wurden.«

»Du bist also in 400 Jahren der erste Gegner, der ihnen gefährlich werden konnte?«

»So sieht es aus! Übrigens, deren Volk nennt sich Lerotin.«

»Und wie haben die Lerotin die großen Entfernungen gemeistert? Wenn ich das richtig verstehe, sind die später losgeflogen, haben uns überholt und sind früher angekommen. Und das während wir mit beinahe Lichtgeschwindigkeit unterwegs waren ... ist nicht einfach zu verstehen, wenn nichts schneller als das Licht sein kann?«, fragte Elias, die Zusammenhänge wollte er verstehen.

»Die Kunst dabei ist, sich nicht schnell zu bewegen, sondern den Raum zu falten. Die Lerotin reisen mit Hilfe einer Einstein-Rosen-Brücke, also einem Warptor. Die sind in der Lage, die dafür benötigten Warpmarker vor einer Reise zielgenau

durch den gefalteten Raum zu schießen. Im Prinzip können die binnen Sekunden an jedem Punkt im Universum sein.«

Für Elias erklärten sich jetzt einige Dinge. Eine große schlanke Frau kniete vor ihm und blickte ihn ängstlich an. Die menschliche Geste, demütig um Gnade zu bitten, hatte sich nicht verändert, auch diese Menschen fürchteten den Tod.

»Verstehst du mich?«, fragte Elias und sah die Frau an, die seine Aufforderung nur mit Unsicherheit quittierte.

»Nein. Die sprechen einen stark veränderten Dialekt einer älteren Sprache, haben aber ein linguistisches Programm, mit dem sie unseren Dialekt verstehen und sprechen können.«

»Programm? Das sind doch Menschen?«

»Das sagt ein Replikant mit einer Handvoll inaktiver Chips im Kopf! Die Besatzung wurde für die Raumfahrt konditioniert, die haben ebenfalls elektronische Systeme im Körper.«

Elias schüttelte den Kopf. »Also war nach den Replikanten auf der Erde noch nicht Schluss mit diesem Wahnsinn?«

»Offensichtlich nicht ... übrigens, du hattest völlig recht, die wollten Kezia wirklich ihr Kind abnehmen ... daran ist zu erkennen, dass es trotz der extrem langen Zeit nie wieder gelungen war, Replikanten wie euch zu züchten.«

»Was mich nicht beruhigt ... das bedeutet nur, dass auch andere die Jagd auf uns eröffnen könnten.«

»Es weiß niemand von euch.«

»Soll ich etwa alle töten, um unser Geheimnis zu bewahren?«, fragte Elias provozierend.

»Natürlich nicht ... dafür würde ich nicht kämpfen!«

»Ich auch nicht!«

»Wir können aber deren Gedächtnis beeinflussen.«

»Dann mach das! Das Leben ist wertvoller als ein paar Erinnerungen ... ich möchte jetzt mit Ruben sprechen.«

»Du findest ihn eine Ebene tiefer, ich hatte sein Zimmer zum Schutz verschlossen.«

»Lass ihn bitte frei.« Elias durchquerte einen hellen Korridor, irgendwie gab es in diesem Raumschiff keinen Flecken, der nicht schneeweiß war. Ein Gedanke beschäftigte ihn noch »Vater?«

»Ja.«

»Wie konntest du deren Raumschiff im Handstreich nehmen, aber sieben Jahre lang an der Borddatenbank des Habitats scheitern?«

»Nicht nur du hast dich weiterentwickelt.«

»Das musst du mir erklären.«

»Ähm ... das ist mir etwas peinlich. Ich war davon überzeugt, dass ich dazu nicht geschaffen wurde. Ganz ehrlich ... wenn ich es versucht hätte, hätte ich es geschafft.«

Elias lächelte, das passte sehr gut zu Vater. »Jemand wollte nicht, dass du ein Krieger wirst.«

»Das war Anna, Anna Sanders-Robinson, sie hat mir diese Werte vermittelt.«

»Ist schon in Ordnung.« Wofür Elias Anna seinen Dank schuldete, er wollte Vater nicht anders haben.

»Eine Kleinigkeit über die Schneckenköpfe sollte ich dir auch noch erzählen«, erklärte Vater.

»Über die Schneckenköpfe? Später, zuerst möchte ich mit Ruben sprechen.«

***

XLVIII. Ruben - Niemand wird ihn aufhalten

Ruben hatte gewonnen, auf Elias und die KI war Verlass, die Ereignisse waren genau so eingetreten, wie er sie vorgesehen hatte. Der Plan war genial. Die Explosionen auf dem Raumschiff belegten deutlich, wie der Kampf ausgegangen war. Mit der KI als Vollstrecker würde niemand Ruben aufhalten können, er würde jede Welt erobern, die auf seinem Weg lag! Alle würden sich vor ihm beugen!

Die Tür öffnete sich. »Ruben!«, rief Elias freudig und sprang auf ihn zu, ihn wieder in den Armen zu halten, tat wirklich gut.

»Ich habe die ganze Zeit auf dich gewartet ... warum hat das so lange gedauert?«, fragte Ruben gut gelaunt, für Elias würde er nackt durch meterhohe Flammen laufen.

»Ich freue mich, dich zu sehen!«, rief Elias und weinte vor Freude. »Ich hatte in der Kälte schon beinahe den Mut verloren!«

»Beinahe!«

»Genau, beinahe ... was machst du hier oben? Wie hast du das geschafft? Ich meine, warum haben dir die Aliens geholfen?«

»Elias, es sind keine Aliens, es sind Menschen.«

»Für mich bleiben es Aliens«, sagte Elias.

»Ich habe sie um Hilfe gebeten ... und sie haben mir geholfen ... auch wenn sie nicht verstanden hatten, was sie sich mit Vater an Bord geholt haben.«

»Hallo Ruben«, sagte die KI Vater über einen Lautsprecher, der dabei dieselbe Stimme wie im Habitat benutzte.

»Und was war mit Kezia? Vater erzählte, die wollten sie nutzen, um an ein Replikanten-Kind zu gelangen? Ich denke, Replikanten können keine Kinder zeugen?«

»Hallo Vater«, grüßte Ruben die Stimme freudig. »Was soll ich dazu sagen, das hatten die sich so vorgestellt ... ich habe keine Ahnung, warum denen das so wichtig war oder wie sie Kezia in die Lage versetzen wollten, Kinder zu bekommen. Ich ließ sie in dem Glauben, um dich aus der Arktis zu retten.«

»Du klingst so, als ob du dir deiner Sache sehr sicher warst«, sagte die KI deutlich ernster.

»Ähm … ja, warum?« Ruben stutzte.

»Die Dinge hätten sich auch anders entwickeln können«, fügte die KI hinzu. Was glaubte sich dieses Computerprogramm, herausnehmen zu können?! Zweifel an seiner Mission würde er nicht dulden! Er wusste genau, was zu tun ist!

Ruben setzte ein diplomatisches Lächeln auf. »Hatte ich eine andere Wahl?«

»Vermutlich nicht ... ist ja alles gutgegangen«, beschwichtigte Elias die vorlaute KI. Ruben würde aufpassen müssen, scheinbar hatte bereits eine kurze Zeit genügt, die Beziehung zwischen Elias, der KI und ihm zu verändern. Er würde beide brauchen, die ohne zu fragen, seiner Order folgen, um seine Ziele zu erreichen! Er hatte mit den Menschen noch eine Rechnung zu begleichen und der Preis für Sarais Leben würde nicht billig werden!

»Wir haben das Schiff in der Hand und die Besatzung folgt meinen Befehlen ... hast du einen Plan, wie es weitergehen soll?«, fragte Vater mit einem Unterton, der Ruben noch weniger gefiel. Die KI sollte besser mehr Dankbarkeit zeigen und die Klappe halten!

»Vater?«, fragte Elias verunsichert, der offensichtlich den Unterton wahrnahm, aber nicht die Intention dahinter.

»Hey ... wir haben gewonnen! Das Schiff! Diese Welt! Unser Leben! Alles gehört uns! Alles! Lasst uns feiern! Lasst uns den Moment genießen. Wo sind Kezia und Sem?« Ruben brauchte eine bessere Stimmung, um für seine Sache zu werben. Elias zu überzeugen, sollte leicht sein, bei der KI musste er vorsichtiger sein.

»Natürlich ... lasst uns feiern«, lenkte die KI überraschend ein, was für ein heimtückischer Bastard! Vater schien ernsthaft Spielchen mit ihm spielen zu wollen.

»Was geht zwischen euch ab!? Wir werden garantiert nicht feiern, wenn ihr mir das Gefühl vermittelt, euch im nächsten Moment an den Hals zu gehen! Ruben! Was ist dein Problem!?«, protestierte Elias, dessen Ritterlichkeit bereits früher nicht seine vorteilhafteste Eigenschaft gewesen war. Er sollte sich besser auf das Wesentliche konzentrieren.

»Ruben ... genau ... was geht zwischen uns ab?«, fragte die KI betont freundlich, das Ding hörte nicht auf, nach ihm zu schlagen. Woher kam nur dieses plötzliche Misstrauen?

»Hallo ihr zwei! Ich habe Sem gefunden!«, rief Kezia freudig und kam mit ihrem Bruder an der Hand in den Raum. Beide strahlten wie Kinder, die gerade reichlich beschenkt worden waren. Sie umarmte Ruben, küsste ihn auf die Wange und fuhr ihm durch seine kurzen braunen Haare. »Ich dachte, ich sehe dich nicht wieder!«

Sem umarmte zuerst Elias, dann Ruben, vor Freude liefen ihm Tränen die Wangen hinab. »Ruben, du bist ein Genie! Danke, dass du Elias gerettet hast!«

»Jungs ... ihr schaut so ernst ... was ist los?« Nachdem die erste Freude verflogen war, brauchte Kezia nicht lange, um die angespannte Situation zu erfassen.

»Nichts ... ich glaube, wir sind alle sehr müde«, erklärte Ruben, der die Situation nicht überstrapazieren wollte.

Sem nickte zustimmend. »Oh ja! Ich könnte glatt drei Tage durchschlafen!«

»Du scheinbar nicht?« Kezia schaute Elias an, der Ruben nicht aus den Augen ließ. Wie ein Raubtier, das im nächsten Moment einen Angriff erwartete.

»Ich glaube, wir waren bei deinen Plänen ... oder?«, fragte Elias, der dabei Kezia an die Hand nahm und etwas zur Seite zog. Sie hatte sich zuvor in der Sichtachse befunden, jetzt war der Raum zwischen Elias und ihm wieder frei. Wie bei einem Duell, wer würde die schärferen Worte parat haben?

»Versteht ihr denn nicht, was wir für ein unglaubliches Glück hatten?«, fragte Ruben überschwänglich, der noch nach einem Weg suchte, die Situation für sich zu gewinnen.

»Doch, doch ... ich glaube, das ist jedem von uns klar«, antworte Elias kühl. »Ich möchte von dir nur wissen, wie es weiter geht? Auf Proxima warten die Menschen der Horizon auf unsere Hilfe ... wollen wir auch sie retten?«

»Die Mörder von Sarai?«, fragte Ruben erschrocken, das konnte doch nicht sein Ernst sein.

»Die Mörder? Ich denke, es war nur einer?«

»Genau! Die Mörder! Dieses Schwein hatte den Befehl, uns umzubringen! Das war nicht seine Idee! Der Typ hätte niemand von uns am Leben gelassen und danach sicherlich voller Stolz die vollzogene Bluttat an seinen Befehlshaber berichtet!«

»Vater, kannst du uns bitte einen Videostream von der Oberfläche geben?« , fragte Elias und schaute zur Wand, an der sich einen Moment später ein breites Schlachtenbild aus der Vogelperspektive abzeichnete. Die verbliebenen Menschen auf Proxima schossen hundertfach aus allen ihnen zur Verfügung stehenden Waffen gegen die unablässig angreifenden Schneckenköpfe. Überall lagen Leichenteile, die entweder

durch die Schusswaffen zerfetzt oder durch die Angreifer zerrissen worden waren und den felsigen Untergrund blutrot eingefärbt hatten.
»Wie lange halten die das noch durch?«, fragte Kezia betroffen, die sichtlich Mühe hatte, die Augen nicht abzuwenden.
»Die Schneckenköpfe? Ewig, von denen gibt es genug auf Proxima. Die Menschen hingegen? Sicherlich nicht mehr lange«, antwortete Vater trocken.
Elias drehte sich wieder zu Ruben. »Vater, haben wir die Kontrolle über dieses Raumschiff? Ich meine, auch auf alle Transport- und Waffensysteme?«
»Ich habe alles im Griff.«
»Sind wir in der Lage, die Schneckenköpfe zurückzudrängen, die Kämpfe zu beenden und die Menschen festzunehmen?«
»Das sollte nicht schwer sein. Das Raumschiff hat eine Technologie aktiviert, die Atmosphäre von Proxima binnen sehr kurzer Zeit stark zu erhitzen. Der Temperaturanstieg hatte schwere Stürme zur Folge, die ich aber bereits wieder umgekehrt habe. Grundsätzlich würde ich das Raumschiff nicht als Kriegsschiff bezeichnen, uns stehen allerdings brauchbare Waffensysteme zu Verfügung.«
Elias lächelte Ruben an. »Möchtest du nicht in die Gesichter der Menschen sehen, die für Sarais Tod verantwortlich sind?«
»Und dann?« Ruben fühlte sich in die Ecke gedrängt. Von Sem konnte er keine Hilfe erwarten, scheinbar vermochte er dem Gespräch kaum zu folgen. »Kezia? Du warst dabei! Du hast gesehen, wie Sarai starb! Kannst du denen diese schreckliche Tat verzeihen?«
»Ruben, du machst mir Angst! Bitte! Elias wird das Richtige tun ... vertrau ihm«, antworte Kezia kleinlaut, auch auf sie würde er sich nicht verlassen können. Ruben stand allein, er würde sich trotzdem nicht aufhalten lassen.

»Ich verspreche dir, bei meinem Leben, wir werden die Schuldigen bestrafen! Aber ich werde nicht alle Menschen von den Schneckenköpfen in Stücke reißen lassen! Es sind Kinder dabei, die sicherlich nicht für den Tod Sarais die Verantwortung tragen!«, erkläre Elias und reichte ihm die Hand.

»Wenn ihr Gerechtigkeit walten lasst, werde ich euch bei all euren Entscheidungen zur Seite stehen ... aber ich bin kein Henker, bei blinder Rache werde ich euch nicht folgen ... nein, das würde ich nicht tun!«, sagte die KI. Eine KI, die Gewissen zeigte, was für ein technisches Fehldesign! Eine KI hatte immer ihren Herren zu folgen!

»Ihr lasst mir keine Wahl. Ich verspüre kein Mitleid mit denen ... aber ich möchte mich auch nicht gegen meine Geschwister stellen. Letztendlich liegt die Macht bei Vater ... also, wenn ihr es so entschieden habt, warum diskutieren wir noch?« Ruben hatte nicht mehr viele Karten, die er spielen konnte.

»Weil du mein Bruder bist!«, sagte Elias und legte ihm die Hand auf die Schulter.

»Bruder!« Ruben lenkte ein und nahm vorerst Elias‘ Hand an. Mehr war gerade nicht erreichbar.

»Weißt du noch, ich hatte dir einmal erzählt, dass ich gerne mit eigenen Augen die Erde sehen würde?«

»Klar ... ist noch nicht lange her.«

»Und du wolltest wissen, was unsere Mission war ... weißt du auch das noch?«, fragte Elias.

»Ja.«

»Wir sind Replikanten ... unsere Aufgabe ist es, Menschen zu beschützen ... die Menschen, die gerade auf Proxima um ihr Leben kämpfen ... die Besatzung der Horizon, das Raumschiff, mit dem wir vor sieben Jahren auf dieser Welt gestrandet sind.«

Ruben schluckte. »Aber sie haben Sarai ...« Der Schmerz saß zu tief, er würde denen dieses Verbrechen niemals vergeben können!
»Und deshalb stehe ich an deiner Seite! Wir sind nur noch vier ... wir haben Sarai verloren. Sie war auch meine Schwester« Elias weinte mit ihm.
»Das ist nicht ganz richtig ...«, bemerkte Kezia vorsichtig.
»Bitte?«, fragte Elias überrascht und drehte sich ihr zu.
»Sarai ist tot ... aber wir sind trotzdem fünf.«
»Fünf?!«, fragte Ruben verwirrt. »Wen meinst du?«
Kezia Stimme zitterte. »Unter den Menschen auf Proxima ist Anna ... ich kann sie spüren. Sie ist eine von uns.«

Ruben saß alleine in seinem Zimmer, er hatte seine Geschwister gebeten, ihm etwas Zeit für sich zu geben. Mit dem Argument, dass sich unter den Menschen eine Replikantin befand, konnte er sich nicht mehr querstellen. Elias war mit mehreren Raumgleitern aufgebrochen, die Menschen auf Proxima zu suchen. Sogar Dan'ren hatte sich ihnen angeschlossen, sie war die Alien-Frau mit dem kupferfarbenen Haar, die mit ihm verhandelt hatte. Dan'ren war zudem auch der Kommandant der Alienflotte.
Was Ruben nun glasklar wurde, die Zeit im Eis hatte Elias reifen lassen, gegen ihn würde er seine Interessen zukünftig nur schwer durchsetzen können. Zudem lag das Gewaltmonopol bei der KI, die sich mit Elias solidarisiert hatte. Eine unglückliche Ausgangssituation für seinen Plan, die Heimatwelt dieser menschlichen Aliens zu überfallen. Dieses dumme Gefasel über Moral und Gerechtigkeit konnte ihm gestohlen bleiben. Es ging nur um Rache, Rache für Sarai und das Leid, das er erfahren hatte.

Sollte er Elias töten, um sich durchzusetzen? Oder die KI? Kezia oder Sem? Dann würde ihm keiner mehr widersprechen - es würde überhaupt niemand mehr mit ihm sprechen - nein, das konnte er nicht. Er würde Elias nie etwas antun! Und Kezia und Sem genauso wenig! Seine Geschwister würden die Einzigen sein, die er verschonen würde. Alle anderen, die sollten lernen, seinen Namen zu fürchten!

»Hallo Ruben, darf ich mich zu dir setzen?«, fragte Kezia vorsichtig, während sie im Türrahmen nur mit einer halben Schulter im Raum stand.

»Natürlich.« Ruben war ihr nicht böse.

»Ich kann spüren, wie du dich fühlst.«

»Was vermutlich nicht sehr schwer ist.«

Kezia lächelte. »Ich möchte dich nicht in der Dunkelheit sitzen wissen ... bitte, du musst Sarai gehen lassen.«

»Und wenn es mir im Schatten gefällt?«

»Ich habe Angst, vor dem was du tun möchtest.«

»Tun möchte?«, fragte Ruben, sie konnte doch nicht seine Gedanken lesen?

»Du möchtest dich selbst bestrafen ... aber das musst du nicht tun ... du musst deinen Kummer nicht allein ertragen.« Kezia fuhr mit der Hand durch seine Haare.

»Ich möchte andere bestrafen! Nicht mich!«

»Was mir nicht weniger Furcht einflößt.«

»Aber, die haben es nicht besser verdient!« Ruben würde nicht von seinen Plänen Abstand nehmen.

»Ich bin schwanger.«

»Bitte?«, fragte Ruben überrascht.

»Keine Ahnung, was die mit mir gemacht haben ... aber ich kann es spüren.«

»Du scheinst viele Dinge spüren zu können.«

»Ja.«

»Was spürst du noch bei mir?«

»Deine Wut, deine Angst und deine Entscheidung, uns zurückzulassen«, erklärte Kezia mit ruhiger Stimme. Auch sie schien in den letzten Stunden gewachsen zu sein, es war an der Zeit sie mit neuen Augen zu sehen, Geheimnisse würde er vor ihr keine mehr haben.

»Und warum bist du bei mir?«

»Weil du mich brauchst.«

»Und Elias?«

»Ich liebe ihn, er wird es verstehen.«

***

XLIX. Anna - Ich kann ihn spüren

»Schnell! Du musst die Schlagader an der Wunde im Oberschenkel abdrücken!«, rief Anna mit blutigen Händen. Den Delta-7 Anzug hatte sie ausgezogen, mit der Kampfpanzerung konnte sie nicht die Verletzten versorgen.

»Anna ... sie ist ...« Sequoyah half ihr, auch ihre Rüstung lag auf dem blutroten Felsen.

»Da, du musst da drücken!« Anna verschluckte sich beinahe, das durch schwere Bisswunden verletzte Mädchen war nicht älter als drei. Die Mutter kniete daneben und weinte.

»Anna ... sie ist tot!«

»Nein ... sie lebt ... ich werde sie retten ... sie ist ...« Anna wollte nicht wahr haben, was längst passiert war, das Kind verstarb in ihren Händen. Wütend warf sie die blutige Gefäßklemme in ihren verschmierten Koffer. Von ihrer Ausrüstung war längst nichts mehr steril.

»Doc ... bitte, der Junge braucht Hilfe!« Ein Soldat trug einen verletzten Jugendlichen zu ihr, dem der Unterschenkel abgerissen worden war. Um sie herum tobte das Chaos, der Kampflärm war ohrenbetäubend.

»Hierher!« Anna half, ihn hinzulegen. »Wie ist der Puls?«, fragte sie Sequoyah.

»Kein Puls!«, stellte ihre Freundin nüchtern fest, worauf Anna den Verletzten drehte und im Nacken eine schwere Prellung und eine Fehlstellung der oberen Wirbelsäule entdeckte.

»Ein Hieb muss ihm das Genick gebrochen haben.«

»Doc ... ich würde mir die Rüstung wieder anziehen«, sagte der Soldat, lud seine Waffe durch und ging wieder zur Kampflinie.

Die Mutter hielt schreiend ihr totes Kind in der Armen, der junge Mann war ebenfalls tot und ein paar Schritte weiter schleppte sich bereits der nächste Verletzte zu ihr. Wie sollte sie jetzt nur an ihr beschissenes Leben denken? Anna zog sich ihre Rüstung nicht wieder an, der weiße Einteiler, den sie darunter trug, war ebenfalls blutverschmiert.

»Es wird kälter!«, stellte Sequoyah frierend fest, inzwischen kondensierte der Atem in der Luft.

»Wen soll das schon stören! An einer Erkältung werden wir bestimmt nicht sterben!«

»Sicherlich nicht.«

»Wir bekommen wieder eine Nacht, was eigentlich auch keine Rolle spielt, aber trotzdem bezeichnend ist«, stellte Anna resigniert fest und sah den beiden untergehenden Sonnen nach, während sie langsam am Horizont verschwanden. Es wäre schön gewesen, den Sonnen Namen gegeben zu haben.

»Die Schneckenköpfe, die Nacht und das verrückte Wetter ... es kommt immer alles zusammen!«

»LOS! RÜSTUNG ANZIEHEN!«, fauchte sie Marina von der Seite an. »WAFFE NEHMEN! KÄMPFEN!«

»Ich bin Ärztin!«, protestierte Anna, die Verletzten würden weiterhin ihre Hilfe benötigen.

Marina erschoss einen Schneckenkopf, der gerade die Linie durchbrochen hatte, und drehte sich wieder zu Anna. »JETZT NICHT MEHR!« Sie schien die Einzige zu sein, die in der Situation aufblühte.

»Los! Wir können nichts mehr tun!«, sagte Sequoyah und begann, sich wieder die Delta-7 Rüstung anzulegen.

»Das ist doch witzlos!« Anna würde da nicht mitmachen. Sie ging einige Schritte zu Claire, die mit ihren Kindern nicht weit von ihr verweilte, und bot ihr die Rüstung an.

»Was soll das?«, fragte Sequoyah überrascht, »sie hat doch keinen Chip im Rücken!«

»Die Panzerung schützt auch, ohne sich bewegen zu können!«

Claire schüttelte den Kopf. »Nein, nein ... ich werde meine Kinder nicht zurücklassen, was ihnen passiert, passiert auch mir!«
Anna kam nicht mehr dazu, sich mit Claire zu streiten. In der Atmosphäre über ihnen gab es eine schwere Detonation, die alle erschrocken nach oben sehen ließ. Allerdings fehlte die dabei typische Feuer- oder Druckwelle. Was war das? Als ob sich die Wolken öffneten und das Sternenlicht zu ihnen passieren ließen.
»Die Aliens werden uns in wenigen Minuten angreifen!«, rief Peter über Funk. *»Macht euch bereit, das Feuer auf anfliegenden Raumgleiter zu eröffnen! Drohnen aufladen und neu ausrichten! Wir werden bis zur letzten Patrone kämpfen!«*
»Was für ein heroischer Idiot!«, sagte Anna und sah Sequoyah an, der die Worte Peters sichtlich unangenehm waren. »Wir können nicht gegen alles und jeden kämpfen!«
»Wir haben nur noch leichte Waffen und kaum Munition ... wir sind eh kein Gegner mehr.« Sequoyah steckte wieder in ihrer Rüstung und blickte auf die Munitionsanzeige ihrer Waffe. »Ich habe noch sieben Schuss.«
»Sequoyah, bitte ... ich möchte nicht, dass meine Kinder von den Schneckenköpfen lebendig zerrissen werden.«, sagte Claire aufgelöst, während sie eines der Kinder an ihre Brust zog.
»Bist du verrückt? Das wird sie nicht tun!«, fauchte Anna Claire an, die sofort erschrocken zurückwich. »Wir werden nicht aufgeben!«
Claire hatte scheinbar den Mut verloren, ihre Kinder saßen apathisch an ihrer Seite. »Anna, sieh dich doch um ...«
»Wir leben noch!« Mit der Aufforderung an Claire, nicht aufzugeben, sprach sich Anna selbst Mut zu. Auch sie fühlte den Wunsch, aufzugeben und die Schneckenköpfe ihr Schlachtfest beenden zu lassen.
»Zur Not nehme ich den Gewehrkolben!«, sagte Sequoyah und stellte sich unterstützend neben sie. Die Blicke von Sequoyah, Claire, den

Kindern und einigen weiteren Verletzten in der Nähe sprachen für sich, alle erwarteten von Anna, stark zu sein. Dabei suchte sie selbst jemanden, der sie beschützte, jemand, der sich vor sie stellen würde, jemand, den niemand bezwingen konnte.

»Ich möchte nicht wissen, was da zu uns runter kommt!« erklärte Sequoyah und sah nach einem weiteren Donnerschlag in das sternenklare Loch in der Wolkendecke.

»Die Schneckenköpfe weichen zurück! Egal, was die Aliens wieder auf uns loslassen! Die Viecher wollen es nicht erleben!«, rief Peter erneut über Funk. *»Wir richten alle Waffen nach oben! Wir verdunkeln das Feldlager! Ab jetzt herrscht Funkstille!«*

»Peter denkt doch nicht ernsthaft, dass die Aliens Licht brauchen, um uns zu finden?«, fragte Anna und sah Sequoyah fordernd an.

»Er ist der Kommandant!«

»Er ist ein Idiot!«

»Vielleicht. Er hat uns aber sieben Jahre geführt und das in einer Welt, in der eine Nacht genügt, um Zivilisationen auszulöschen.« Sequoyah lächelte, sie liebte diesen Trottel offensichtlich.

»Würdest du dein Leben für ihn geben?«

»Ja, das würde ich! Und ich kenne jeden seiner Fehler, herzensreine Helden passen nicht zu mir!«

»Du hast ja recht.«, sagte Anna und lächelte. Sie träumte selbst von Elias, einem Bild von einem Mann, die Projektion ihrer Sehnsüchte, einem Menschen, den es in dieser Perfektion nur in Träumen geben konnte. Was Elias wohl gerade erlebte?

Um Anna herum wurde es leiser, die Schneckenköpfe hatten sich komplett zurückgezogen. Im Lager herrschte völlige Dunkelheit, vielfach konnte sie Menschen leise reden hören. Alle Gespräche hatten nur ein Thema, die Angst, den nächsten Tag nicht zu erleben. Es begann zu schneien, was für ein Dreckswetter mitten in der Wüste! Vermutlich würde Anna wirklich bald Erkältungen behandelt müssen!

Du bist nicht allein, dieser Gedanke war von ihrer Schwester Kezia, die dabei gerade an Ruben dachte. Mit den Worten spürte Anna ihre Wärme, ihre Liebe und die grenzenlose Bereitschaft, sich aufzuopfern, genauso wie die Angst, tausendfaches Leid gegenüber Unschuldigen nicht verhindern zu können.

Anna versuchte sich Kezias Gesicht vorzustellen, diese Emotionen fühlten sich so nah an, so nah wie von jemandem, der direkt bei ihr war. Wo befanden sich ihre Geschwister?

»Sie kommen!«, flüsterte Sequoyah und tippte ihr auf die Schulter. Anna sah erneut nach oben, unter den Wolken ließen sich drei Raumgleiter an den Konturen ausmachen. Sobald die Aliens nah genug wären, würden alle anfangen zu schießen, die Drohnen stiegen bereits wieder aufmunitioniert zu ihnen auf. Jetzt noch zu kämpfen, wäre eine Dummheit und diente nur dazu, sich für einen Moment die unausweichliche Niederlage nicht eingestehen zu müssen.

»Und wenn sie uns retten wollen?«, fragte Anna, die sich bei der Frage nur von ihren Gefühlen leiten ließ. Wäre es nicht wunderbar, nicht mehr zu kämpfen?

»Retten? Die, uns?« Sequoyah konnte ihr nicht folgen. Die Fixierung auf den Kampf schien bereits im Vorfeld jedes wenn auch noch so unwahrscheinliche Wunder zunichte zu machen.

»Wäre es nicht trotzdem wunderbar?«, schwärmte Anna und setzte sich neben Claire. Sie hatte ihre mütterliche Freundin bereits viel zu lange nicht mehr in den Arm genommen. »Stell dir einfach vor, wieder ohne Furcht einzuschlafen!«

»Das wäre wirklich himmlisch.« Claire verstand sie und stieg in ihre Träumereien ein. »Seht, die kommen, um uns zu retten!«

»Die retten uns!«, wiederholte eines ihrer Kinder und lächelte. Allein einen Moment Hoffnung zu verschenken, rechtfertigte es, seinen Verstand ruhen zu lassen.

»Wir fliegen nach Hause!«, »Das sind unsere Retter!«, »Wir haben es geschafft!«, »Endlich!«, wie ein Virus pflanzte sich die Illusion der Hoffnung flüsternd von Mund zu Ohr fort. Alle blickten voller Erwartung nach oben, sogar die letzten kampffähigen Soldaten in den Delta-7 Rüstungen ließen die Waffen aus dem Anschlag absinken und öffneten mit fragenden Blicken die Visiere.

»Volle Kampfbereitschaft! Hört auf, Blödsinn zu reden!«, ordnete Peter über Funk barsch an. Da allerdings nur die Kämpfer in den Rüstungen und die wenigen, die wie Anna einen Kommunikations-Chip unter der Haut trugen, seinen Befehl hören konnten, ebbte die Welle der Hoffnung nicht sofort ab.

»Das ist ein Befehl! Jeden, der seine Waffe nicht kampfbereit im Anschlag hält, erschieße ich persönlich!« Peter zeigte sich immun gegen die aufkeimende Stimmung im Lager. Was hatte Sequoyah an ihm nur gefunden?

Die Reaktion der Soldaten, die Waffen wieder auf die anfliegenden Raumgleiter zu richten, spürte allerdings jeder. Der Keim der Hoffnung verpuffte mit einem Wimpernschlag. Wer keine Waffe in den Händen hielt, kauerte mit seinen Nächsten in kleinen Gruppen zusammen, um der Kälte, und was schwerer wog, der wieder im Bewusstsein präsenten Angst zu trotzen.

»Das ist nicht richtig!«, sagte Anna entschlossen und stand auf. Wofür lohnte es sich, zu kämpfen? Um zu sterben? Was machte es aus, gelebt zu haben? Nur der Gedanke, im Feuersturm anderen nach dem Leben zu trachten? Und im gleichen Moment selbst zu vergehen? Dabei spielte es keine Rolle, in der Vergangenheit Fehler gemacht zu haben, es zählten nur die Taten, die man noch vor sich hatte. Es war nur eine

Entscheidung und vielleicht auch die letzte in ihrem Leben. Sie fühlte gerade eine unbändige Kraft in sich erwachsen, dem Wechselspiel von Gewalt und Gegengewalt zu widersprechen. Ob sie dabei jemand erhören musste? Eigentlich nicht, es ging nur um sie, es ging nur darum, mit welcher Entscheidung sie sich ihrem unausweichlichen Tod stellen wollte.

Ich liebe dich, hörte sie Elias in Gedanken sagen, ob sie dabei eine Illusion oder eine nicht erklärbare telepathische Verbindung motivierte, war ohne Belang. Emotionen machten sie aus, nur aus Gefühlen konnte Kraft entstehen, auf die ihr Verstand aufbauen konnte. Logik ohne Emotionen war beliebig.

Die drei Raumgleiter kamen näher, aber ohne dabei erkennbar zielgerichtet bei ihnen landen zu wollen. Die Aliens umkreisten das Lager, beinahe so, als ob sie nach etwas suchen würden. Anna lächelte, die wussten sicherlich ganz genau, wo sie sich befanden. Der Gedanke, den Fremden den Weg zu weisen, hatte allerdings etwas. Sie lächelte und dachte an eine völlige unlogische Aktion, zu der sie sich gerade stark hingezogen fühlte. Kindlich spontan zu handeln, war in Zeiten großer Not ein besonderer Reichtum.

»WIR SIND HIER!«, schrie Anna mit aller Kraft, während sie einen starken Leuchtimpulsgeber in den Felsen schlug. »SO BLIND KÖNNT IHR DOCH NICHT SEIN!« Das Licht, das einen Moment pulsierend aufblitzte, blendete stark.

Gelächter, Freude, Beifall, Annas Aktion fand zahlreiche Zustimmung, bis auf Marina, die sichtlich wütend auf sie zustürmte. »AUSMACHEN! SOFORT!«

Anna spürte die entsicherte Waffe an der Schläfe, was sie aber nicht mehr interessierte. Sie hatte ihre Entscheidung getroffen und würde den Lichtgeber mit ihrem Leben verteidigen.

»Nein«, sagte Sequoyah und schlug dazwischen. Marina flog über fünfzehn Meter weit und landete krachend auf dem Felsen. Die Waffe hatte es durch den Schlag in unzählige Einzelteile zerlegt. »Ich habe noch sieben Schuss! Das reicht genau, um dich sieben Mal zu erschießen, wenn du Anna noch einmal zu nahe kommst!«

»HÖRT AUF!«, befahl Peter lautstark, «Die Aliens wissen eh bereits, wo wir sind!«

Einer der Raumgleiter setzte mitten im Lager zur Landung an, die anderen beiden suchten etwas abseits nach einem halbwegs ebenen Landeplatz, was zwischen den Leichenbergen der Schneckenköpfe nicht einfach war.

»Und senkt endlich die Waffen!« Peter lenkte ein und kam mit geöffnetem Visier auf Anna zu. »Wir geben auf!«

»Wir haben nicht verloren«, erklärte Anna, der ein Stein vom Herzen fiel, dass niemand der Soldaten geschossen hatte.

Der Raumgleiter glich dem, den Anna und Sequoyah im All bereits näher kennenlernen durften. Ein Wiedersehen hatte sie sich sicherlich anders vorgestellt. Im Feldlager herrschte atemlose Stille, jeder beobachtete, wie der Antrieb langsam an Leuchtkraft verlor. Interessanterweise erzeugte dieses System weder Wärme noch eine spürbare Druckwelle. Von außen schien der Raumgleiter völlig glatt zu sein, es waren keinerlei Vertiefungen oder angebrachte Aggregate zu erkennen. Diese Technologie war der ihren weit überlegen.

»Das Ding würde ich mir gerne aus der Nähe ansehen ...«, flüsterte Anna. Sequoyah und Claire standen neben ihr, sogar Andrej stand bei der Mutter seiner Kinder und legte liebevoll den Arm um sie. Was extreme Situationen aus Menschen herausholten, war unglaublich, er hatte seine Aufgabe mit Mut und Geschick gelöst. Die in der Not geborene

Stellung hatte den Angriffen standgehalten. Und sogar Marina hatte ihren Teil zum Überleben beigetragen, wenn auch auf ihre eigene Art.

Sequoyah lächelte. »Was es auch ist ... Menschen aus der Zukunft, ich kann es immer noch nicht glauben.«

»Was an sich schon unglaublich ist ...« Anna stockte, die Emotionen ihrer Geschwister schienen wie ein Gewitter auf sie niederzugehen. Diese Nähe, als ob Elias ihr in den Nacken hauchen würde. Freudentränen rannen ihre Wangen hinab. »Ich glaube, dass wir gleich noch etwas ganz anderes sehen werden.«

»Solange es dir Freude bereitet ... ist mir alles willkommen.« Sequoyah freute sich mit ihr.

Eine Tür zeichnete sich am Rumpf ab und bildete eine Treppe. Es war also eindeutig möglich, diese Raumgleiter ohne Thermit zu verlassen, dachte Anna amüsiert, sie waren nur zu dumm gewesen, um den Schalter zu finden.

»Das ist doch ...« Sequoyah sackte in ihrer Delta-7 Rüstung sprachlos auf die Knie.

Auch wenn Anna Elias gespürt hatte, ihn zu sehen, ließ ihr Herz wilde Sprünge machen. Wie konnte das sein? Elias verließ den Raumgleiter, sie erkannte ihn sofort, ihn begleitete eine zwei Meter große, sehr schlanke Frau mit kupferfarbenem Haar.

»Es ist Elias ... er ist einer von uns!«, rief Anna freudig, was die anderen ihn noch verwunderter anstarren ließ.

»Elias, der Replikant? Wie hat der das denn gemacht?«, fragte Peter Hennessy fassungslos und setzte sich auf den Boden. »Echt, ich bin zu alt für diesen Job ...«

»Ähm ... ich möchte ... ich« Elias suchte augenscheinlich noch nach den richtigen Worten. »Ihr befindet euch alle in Sicherheit!«, rief er ausgelassen. »Neben mir steht Dan'ren, sie ist eine Lerotin. Und wie zumin-

dest einige von euch bereits wissen, es sind Menschen, wie wir! Bitte bewahrt Ruhe, die Lerotin versorgen zuerst die Verletzten! Wir können alle Überlebenden der Horizon mitnehmen! Niemand muss zurückbleiben! Ihr habt es geschafft!«
Elias' Worte brachen die Stille, die das überwältigende Erlebnis ausgelöst hatte, alle begannen zu jubeln! Unbändiger Jubel! Alle lagen sich lachend und weinend in den Armen.
Wer in den nächsten Momenten alles Anna drückte und auf die Wange oder Stirn küsste, konnte sie nicht mehr nachhalten. Als ob der blutige Kampf zuvor überhaupt nicht stattgefunden hätte, wie Kinder schienen die Menschen alles Leid vergessen zu haben. Und was bedeutender war, die Mehrheit erlaubte ihr endlich, das Erbe der Horizon-Katastrophe hinter sich lassen zu dürfen. Ob sich das Schicksal ihres Raumschiffes jemals klären würde?
Der Tumult in Annas Nähe nahm ihr die Übersicht, wo waren Sequoyah und Claire? Und wo waren Claires Kinder? Aber es gab keinen Grund, sich Sorgen zu machen. Das Gefühl, diese sorgenschwere Last von den Schultern genommen zu bekommen, war wunderschön.

»Bist du Anna?«, fragte Elias schüchtern, der einfach vor ihr stand. Anna lief wie ein junges Mädchen rot an, wie in ihren Träumen, er war groß, athletisch und hatte langes braunes Haar. Sein Gesicht wirkte müde und trotzdem entschlossen.
»Ja ... ich ...« Etwas Geistreicheres fiel ihr nicht ein, obwohl sie für die erste Begegnung unendlich viele Fragen gesammelt hatte. Zudem erwachte ihre Eitelkeit zum denkbar schlechtesten Zeitpunkt, was sie bestürzt mit der Hand über ihren geschorenen Kopf fahren ließ.

Der Dreck, die Narben und diese grässliche Frisur, sie sah sicherlich zum Weglaufen aus.

»Das macht überhaupt nichts, ich weiß genau, dass du wunderschöne rote Haare hast.«

***

L. Elias - Der lange Weg zurück

Der Moment Anna zu begegnen, in wie vielen Träumen hatte Elias sich dieses Erlebnis herbeigewünscht und jetzt stand sie vor ihm. Seine Gefühle schwirrten nur wirr in ihm herum, solche Situationen ließen sich nicht vorhersehen.

»Wie hast du das geschafft?«, fragte Anna voller Anerkennung, was Elias sofort peinlich war. Den Ruhm für dieses Manöver für sich geltend zu machen, stand ihm nicht zu.

»Ich hatte Hilfe ... Ruben, Kezia und Vater ... alleine hätte ich es nicht geschafft.«

»Der Moment gehört dir. Nutze ihn ... und nimm sie schon in den Arm«, sagte Vater augenzwinkernd, den außerhalb des Raumschiffs nur er hören konnte.

»Vater? Wen meinst du damit?«, fragte Anna aufmerksam.

»Vater ist eine KI, die Anna Sanders-Robinson geschaffen hat, genauso wie uns Replikanten, die KI hat die Menschen aus der Zukunft niedergerungen. Ohne ihn hätten wir es nicht geschafft.«

»Ach ja ... « Anna zeigte sich überwältigt, Elias konnte sie gerade noch davor bewahren, zu stürzen. »Entschuldige ... es ist wirklich ein wenig viel heute.«

»Die Nachricht scheint dich umzuhauen ...« Was Elias gerade nicht ganz nachvollziehen konnte, sie konnte Vater doch überhaupt nicht kennen. War das wirklich seine Schwester Anna, die er in den Armen hielt, ihre Reaktion ließ weit mehr vermuten. »Kennst du Vater?«

»Sie kann mich eigentlich nicht kennen ... nur, da uns die letzten Stunden der Horizon fehlen, wissen wir nicht, was in dieser Zeit passiert ist. Genauso wie wir nicht wissen, warum Anna bei der Landung nicht bei uns im Habitat war?«

»Ja«, sagte Anna frei heraus.

»Wer bist du?«, fragte Elias angespannt.

»Anna, mein Name ist Anna. Anna Sanders-Robinson ... ich kann es nicht erklären ... physisch bin ich deine Schwester, eine Replikantin, aber ich weiß alles von ihr ... alles, was vor dem Start der Horizon vor 199 Jahren passiert ist. Ich bin allerdings auch erst auf Proxima aufgewacht, ich weiß daher nicht, was mein Alter Ego damals bei der Ankunft in diesem Sonnensystem getan hat. Und ich weiß noch weniger, was aus ihr geworden ist«, erklärte Anna betroffen.

»Und Vater?«

»Ich habe die KI geschaffen ... seinen Weg zu dir kann ich aber auch nicht erklären.«

»Ich bin gerade etwas ... überwältigt ... frage sie nach Pierre Morel?«, stammelte Vater hörbar hilflos.

»Vater erwähnt, dass seine Programmierung neben deinem Einfluss zwei weitere Urheber hatte ...«

»Das ist Pierre, der aus ihm spricht. Pierre Morel, ein sehr guter Freund, den ich früher kannte. Und Haemon Aitair, der den Basis-Algorithmus entwickelt hat.« Anna löste sich vorsichtig aus seinen Armen, Elias hätte sie stundenlang festhalten wollen.

»Vielleicht kann ich euch helfen« Sequoyah stellte sich zu ihnen. »Elias, es ist schön, dich wiederzusehen.«

»Sequoyah, ich kenne dich ... du hast mich als Kind ...« Die Erinnerungen drangen wie aus dem Nichts in seine Sinne, als ob sie nur kurze Zeit in der Vergangenheit lagen.

»... versorgt und deine Windeln gewechselt.« Sequoyah lachte.

»Wie willst du helfen?«, fragte Anna.

»Um Reisen mit hoher Geschwindigkeit zu ermöglichen, wurden die Menschen in Kryobetten eingefroren. Bei den Reanimationen wurden dann die zuvor abgespeicherten Erinnerungen wieder implantiert. Eine faszinierende Technologie, die aber trotzdem keinen Tausch von Erinnerungen ermöglicht. Diese Regel gilt für alle mir bekannten Menschen, bis auf Anna Sanders-Robinson, da sie euer wichtigster DNS-Spender und damit der einzige Mensch war, der euch ihre Erinnerungen vermachen konnte«, erklärte Sequoyah.

»Anna Sanders-Robinson hat ihre Erinnerungen an eine Replikantin weitergegeben. Es gibt nicht viele Gründe, warum man so etwas tut«, sagte Vater.

»So könnte es gewesen sein«, sagte Anna zurückhaltend. »Nur, warum habe ich das getan?«

»Würdet ihr die ganze Besatzung eures Raumschiffes evakuieren und ein junges Mädchen mit euren Erinnerungen versehen, mit in das Rettungsfloß setzen, wenn ihr euch wie ein Dieb davon stehlen wolltet?«, fragte Elias nachdenklich.

Sequoyah nickte. »Gute Frage.«

»Mein Alter Ego musste in dieser Szenerie die vollständige Kontrolle gehabt haben. Über die Horizon, die Menschen und über Vater ... sie hätte alles tun können. Sie hätte auf Proxima wie eine Göttin gelebt ... warum hat sie das nicht getan?«

»Unser Flug hatte etwas von einem Spießrutenlauf ... im Prinzip war keines der größeren Landeschiffe danach noch zu etwas zu gebrauchen. An den Außenhüllen war alles durch unzählige Meteoridensplitter beschädigt oder durch große Hitze verformt«, erklärte Peter Hennessy, der sich inzwischen auch zu ihnen gestellt hatte und Sequoyahs Hand nahm. »Ich habe weder damals noch heute verstanden, welche Ereignisse unserer Landung vorhergegangen sind. Die Log-Dateien der Schiffe haben nur angezeigt, dass wir von der Horizon aus großer Entfernung und unter hoher Geschwindigkeit mitten in einem Meteoridenschwarm abgekoppelt wurden. Wie Müll, den man in einer Presse entsorgt!«

»Wären wir dann auf Proxima angekommen?«, fragte Anna, die langsam ein Muster ihrer früheren Handlungen erkennen konnte. »Oder wäre ich dann bei euch?«

»Frag bitte General Hennessy, ob ich eine der Drohnen übernehmen darf?«, fragte Vater. *»Ich möchte, dass mich alle hören können.«*

Elias gab die Frage weiter. »General, die KI Vater lässt fragen, ob er eine der Drohnen benutzen darf?«

»Eine militärische Virensignatur fragt um Erlaubnis, eine Kampfdrohne übernehmen zu dürfen?« Der General zeigte sich sichtlich verwundert über diese Anfrage.

»Ähm ... ja.«

»Du verarschst mich doch, oder?«

»Ähm ... nein.« Elias stockte.

Der General schüttelte den Kopf. »Bitte, er darf sich bedienen ... um uns mit dem Ding über den Haufen zu schießen, würde er sicherlich kaum fragen.«

Eine Drohne schwebte nun direkt neben ihren Köpfen. *»Danke General.«* Vater hatte jetzt eine Möglichkeit sich zu bewegen, zu sprechen und gehört zu werden.

»Keine Ursache.« Der General schien es immer noch nicht glauben zu können.

»Auf deine Frage Anna, nein ... sicherlich nicht! Es ergibt keinen Sinn! Ich erkenne keinen Grund, warum dein Alter Ego nicht ebenfalls auf Proxima gelandet ist! Alternativ sehe ich auch keinen Grund, dich hier abzusetzen und sich dann aus dem Staub zu machen.«

Elias hatte eine Idee. »General, die Rettungsflotte bestand doch aus mehreren Landungsschiffen, oder?«

»Ja.«

»Haben wir die genauen Koordinaten und die Zeitpunkte, wann die einzelnen Schiffe von der Horizon abgekoppelt wurden?«

»Sicherlich, warum?«, fragte Peter Hennessy aufmerksam. »Steht alles in den Log-Dateien.«

»Können Sie bitte Vater darauf Zugriff geben?«

»Das sollte nicht schwer sein.« Mit einem Handzeichen erteilte er Order an den Kommunikationsoffizier, der neben ihm stand. Die letzte Datenbank der Horizon trug er in einem Tornister auf seinem Rücken.

»Und was soll ich mit den Daten tun?«, fragte Vater.

»Du hast doch Zugriff auf die Sternenkarten der Lerotin, oder?«, fragte Elias.

»Das Kartenmaterial ist sehr gut.«

»Es sind mehrere Punkte mit Zeitstempel, es sollte dir nicht schwerfallen, auf Basis des Kartenmaterials zu errechnen, aus welcher Richtung die Horizon kam, und was mich noch mehr interessiert, in welche Richtung sie verschwunden ist.«

»Was für eine Idee ... das habe ich gleich.«

»Aber die Horizon hätte doch ihre Flugrichtung ändern können, oder nicht?«, fragte Anna unsicher.

»Wirklich? Wenn das Schiff dazu in der Lage gewesen war, warum dann das riskante Manöver aus großer Entfernung?«

»Die Ergebnisse sind erstaunlich ... durch die Sternenkarten konnte ich präzise die Situation vor sieben Jahren nachstellen. Die Horizon kam schnurstracks von der Erde und ist mit 15.000 Kilometer in der Sekunde an Proxima vorbeigeschossen.«

»Warum so schnell, das sind 0,05 C ... die Geschwindigkeit ist viel zu hoch ... es ist überhaupt nicht möglich, dabei Raumgleiter starten zu lassen«, sagte Sequoyah.

»Dass der Start funktionierte, wissen wir ... nur nach weniger als einer Stunde führte die Flugbahn auf direkten Kollisionskurs mit einer unserer beiden Sonnen ...

ich kann daraus nur ein Szenario folgern, die Horizon war manövrierunfähig. Niemand rast freiwillig mit dem Tempo auf eine Sonne zu. Anna, dein Alter Ego hatte niemanden zurückgelassen ... sie hat es geschafft, die Flotte im denkbar letzten Moment durch einen Meteoridenhagel hindurch auf Proxima abzusetzen ... sie hat uns gerettet. Ich habe keine Ahnung, wie ihr das gelungen ist ... technisch ist diese Leistung nicht nachvollziehbar.«

Elias schluckte, wie auch jeder andere, der sich inzwischen zuhörend bei ihnen eingefunden hatte. Viele ließen sich Zeit, die Raumschiffe zu betreten und folgten still Vaters Ausführungen. Jemand fing an zu klatschen. Langsam, immer mehr stiegen ein und gaben Annas Alter Ego den Respekt, den sie sich verdient hatte.

»Und warum ist sie nicht bei uns?«, fragte Anna aufgelöst, nachdem der Beifall nachließ. »Sie hätte doch auch sich retten können?«

Vater sprach weiter. *»Durch den Zugriff auf die Missionsdaten verstehe ich jetzt auch, wie die Horizon angetrieben wurde.«*

»Unser Hauptsystem war ein Gravitationsantrieb«, warf der General in das Gespräch ein.

»Ein Gravitationsantrieb, bei dem es beinahe zweihundert Jahre lang zu einer unkontrollierten Materie–Antimaterie-Reaktion gekommen war. Ich habe den Schiffscomputer der Lerotin eine Simulation errechnen lassen ... während der langen Reisezeit und der unfassbar hohen Masse, die der Gravitationsantrieb zwischenzeitig hatte, entstand eine Strahlung, die jede organische Lebensform binnen eines Tages töten kann.«

»Mein Alter Ego wurde verstrahlt?«, fragte Anna.

»Das lässt sich zumindest aufgrund der Daten folgern ... das Ergebnis schätze ich zu 89,2 % valide ein ... oder ich sage es auch gerne mit anderen Worten ... das ist die einzige Wahrheit, die ich bieten kann. Anna konnte nicht sich, sie konnte aber uns und vor allem dich retten«, erklärte Vater.

Der General ging auf Anna zu und verbeugte sich wortlos, danach ging er an Bord eines der Raumschiffe. Viele andere folgten diesem Beispiel und bedankten sich bei ihr.

Die Versammlung vor den Raumschiffen hatte sich aufgelöst. Nur Elias, Anna, Sequoyah und die Drohne, die Vater annektiert hatte, befanden sich noch vor dem Schiff. Vater hatte Elias die Waffe ausbauen lassen, die er nicht länger durch die Gegend fliegen wollte.

»Wie viele von uns haben überlebt?«, fragte Anna, die noch etwas Zeit benötigte, um sich von dieser Welt zu verabschieden.

»An Bord der Raumschiffe befinden sich 194 Männer, 371 Frauen und 211 Kinder ... dazu kommen noch ihr drei«, erklärte Vater.

Elias blickte zwei startenden Raumgleitern nach, die in den Nachthimmel abhoben. »Geht das gut, während wir hier sind, ich meine, können wir den Lerotin trauen?«

»Es geht gut, weil ich jedem von denen im Kopf sitze ... aber trauen solltet ihr diesem Volk trotzdem nicht. Die Werte, die ihr von der Erde mitgebracht habt, gibt es in diesem Zeitalter nicht mehr. Die würden euch bei der ersten Gelegenheit von Bord werfen.«

»Und wir lassen sie leben?«, fragte Sequoyah.

»Gewalt ist nicht notwendig.«

»Du hast eben gesagt, wir sollen warten ... was gibt es?«, fragte Anna gutgelaunt.

»Ich wollte euch noch etwas zeigen«, antwortete Vater mehrdeutig.

Die Lerotin brachten ihnen drei Delta-7 Anzüge, die mit neuen Energiepacks ausgerüstet waren.

»Sollen wir mit dir einen Spaziergang machen?«, fragte Elias, der schon neugierig wurde.

»Es dauert nicht lange.«

Vater flog vorweg, Sequoyah, Anna und Elias gingen hinterher, der Abgang in die Tiefe war in den gepanzerten Delta-7 Anzügen nicht einfach. Die Strecke zum Eingang in die Höhle hatten sie in einem kleinen Gleiter der Lerotin zurückgelegt.

»Es geht um die Schneckenköpfe ... wisst ihr, sie leben bereits seit knapp 8.000 Jahren auf Proxima.«

»Was für eine Laune der Natur ... diese Wesen sind unbegreiflich für mich«, erklärte Elias, der auch in der Rüstung und mit Vater an der Seite, nicht ohne ein flaues Gefühl in die Dunkelheit hinabstieg. Nur durch die Restlichtverstärker konnten sie sehen, wohin sie gingen.

Sie befanden sich in einer großen unterirdischen Höhle, an deren Decke einige Öffnungen das Sonnenlicht durchgelassen hätten, wenn denn zumindest eine der Sonnen scheinen würde.

In der Mitte der Höhle lag ein See, an dessen Ufer sie einem Weg folgten, der in dieser Form kaum natürlich entstanden sein konnte.

»Können die Schneckenköpfe Wege pflastern?«, fragte Elias, den der Marsch faszinierte. Die ganze Höhle wirkte unnatürlich, fast eher wie ein Garten, in dem Bäume in einem Oval angepflanzt worden waren. Der Pfad führte sie bis um die nächste Ecke in eine Höhlennische.

»Mit den kurzen Ärmchen ... nicht wirklich«, antwortete Vater und flog weiter.

»Unglaublich«, bemerkte Elias und aktivierte einen Scheinwerfer, da waren zahlreiche Höhlenmalereien, die vermutlich Schneckenköpfe gemalt hatten, an den Wänden. Wobei, wenn er genauer hinsah, das waren Menschen, die auf den Bildern zu erkennen waren.

»Ich war bereits hier, wer hat das gemalt?«, fragte Anna, die sich ähnlich aufgeregt verhielt.

Elias sah sich weiter um, die gesamte Felsennische war voller Höhlenmalereien. Andere Bilder zeigten die beiden Sonnen und Bäume. Zahlreiche Bäume, die auf der Oberfläche wuchsen und nicht in Höhlen darunter.

»Es ist kein Gemälde«, erklärte Vater und setzte einen Türmechanismus in Gang.

Elias ging einen Schritt zurück und betrachtete das Kunstwerk. Es war schon seltsam, bei längerer Betrachtung wirkten einige Bildelemente eine Spur zu symmetrisch.

»Deaktiviert die Restlichtverstärker, wir haben gleich Licht«, sagte Vater und schwebte vorweg durch eine Kraftfeldbarriere. »Keine Angst vor der Barriere, die hält nur den Staub ab.«

Sequoyah, Anna und Elias folgten ihm, hinter der Barriere lag ein hell erleuchteter Raum. Ein Raum, vielleicht zehn mal zehn Meter groß, hell und ziemlich leer. Die Wände, der Boden und die Decke bestanden nur aus Licht.

»Was ist das für ein Raum?«, fragte Elias, der im Zusammenhang mit den Schneckenköpfen vieles erwartet hatte, nur nicht das.

»Ein Altar ... und ein Archiv, was mich zu dem führt, was ich euch zeigen wollte.«

»Woher kennst du diesen Ort?«, fragte Anna.

»Die Lerotin haben ihn gefunden, aber so belassen, wie er ist. Der Raum stellte keine Gefahr für sie dar und das Archiv interessierte sie nicht.«

»Ist der Raum 8.000 Jahre alt?«, fragte Elias, der bereits eine Ahnung hatte, was Vater ihnen zeigen wollte.

»8064 Jahre ... und bei der Energiezelle hält er noch 44.003 Jahre ... eine solide, sehr energiebewusste Bauweise. Aber wartet ...«

Es startete sich eine lebensgroße holografische Projektion. *»Hier spricht Captain Joaquin, die Mission Genesis befindet sich im vierten Jahr, wir haben den*

Cube, also dieses Archiv für die Nachwelt errichtet. Für unsere Kinder und alle, die nach uns den Cube aufsuchen.«
»Waren das Menschen von der Erde, die bereits vor 8.000 Jahren hier waren?«, fragte Anna mit großen Augen.
Sequoyah zeigte sich gut unterhalten. »Die Horizon war einfach zu langsam ... wir haben alles Interessante verpasst, das während der Zeit passiert ist!«
»Ich werde bei der Wiedergabe in den Datenbeständen springen ... sind schon sehr viele Botschaften, die man sich ansehen könnte.«
»Captain Joaquin hier, die Mission Proxima Genesis befindet sich im zweiundvierzigsten Jahr. Ich geh in Rente ...« Der Mann wirkte glücklich, deutlich gealtert alberte er mit einigen jüngeren Menschen, die scheinbar seine Kinder waren. Diese Siedler schienen auf Proxima eine glückliche Zeit gehabt zu haben. Bemerkenswert war höchstens, dass Captain Joaquin in seiner Jugend hellhäutig und im Alter extrem dunkelhäutig war.
Die nächste Meldung kam von einem Kind, das seine Botschaft verspielt vortrug. Scheinbar hinterließ jeder, der den Cube betrat, eine Botschaft für die Nachwelt. *»Hier spricht Roger, die Alten haben mir den Zugang zum Cube verboten ... wir leben noch. Wir haben wenig Wasser, Papa sagt aber, dass wir es schaffen werden.«*
»Die hatten auch schwere Zeiten ...«, sagte Anna. »Wird unser Besuch auch aufgezeichnet?«
»Ja.«, antwortete Vater.
»Missionszeit T + 103 Jahre, Commander Hixiene, der Cube wird bis auf Weiteres für Zivilisten gesperrt.«
»Hast du's?«, fragte ein junger Mann in der nächsten Einstellung.
»Läuft wieder ... wir sind frei. Für alle! Wir werden immer frei sein!«, rief eine junge Frau, deren Kleidung an einigen Stellen blutig war, und verließ in leicht gebückter Haltung den Cube.

»Warum gehen die so komisch?«, fragte Elias, den eine schlimme Vorahnung überkam. »Und weshalb hatte deren dunkle Haut grüne Flecken?«

»Ich zeige es dir«, antwortete Vater.

»Hier spricht Doktor Recibe, wir haben alle Kranken erschlagen, diese Seuche wird uns noch umbringen. Diese Monster leben im Wasser! Ich habe die Erlaubnis von der Erde, genmanipulative Medikamente einzusetzen. Diese Henker hätten niemals an unserer DNS rumpfuschen dürfen!«

Anna hielt sich erschrocken die Hand vor den Mund.

»Ja, ja ... ich bin nicht verrückt, nein, nein ... ich habe das Langstreckenkommunikationssystem und den Warpmarker gesprengt! Die werden nicht mehr in meinen Kopf sehen! Nie mehr!«

»Da ist er! Schieß!«, rief ein anderer und feuerte eine Waffe ab, die dem verwirrten Sprecher zuvor, den Kopf von den Schultern riss.

»Captain Salismet, die Mission Genesis befindet sich im Jahr 406, wir haben alles gesäubert, wobei ich glaube, dass sich noch einige dieser degenerierten Spinner im Boden eingegraben haben. Die neuen Siedler haben die Erlaubnis, diese Brut bei Sicht sofort zu töten.«

Die nächste Einstellung zeigte zwei nackte verwahrloste Frauen, deren Haut sich bereits lederartig dunkelgrün verfärbt hatte, die einen Soldaten mit den Händen ausweideten.

»Vater, die Schneckenköpfe waren früher Menschen, ist es das, was du uns zeigen wolltest?«, fragte Anna aufgelöst, für die diese generationsübergreifenden Auswirkungen von Genmanipulation wie eine persönliche Anklage wirken dürfte.

»Ihr seht, was hier passiert ist. Die Menschheit hatte ein Kapitel ihrer Genesis geöffnet, das sie nicht mehr kontrollieren konnte. Das war eben der letzte Eintrag im Archiv ... die Schneckenköpfe haben danach alles von dem diesem Planeten getilgt, was jemals von Menschenhand aufgebaut worden war.«

»Kann uns das auch passieren?«, fragte Elias eingeschüchtert, der seine neue Fähigkeit nur mit Willenskraft seine DNS zu verändern das erste Mal als schwere Bürde wahrnahm.

»Ich weiß es nicht, es liegt in euren Händen.«

Elias saß wieder im Raumgleiter, auf dem Rückweg hatte niemand ein Wort gesprochen. Das Erlebnis im Cube beschäftigte jeden auf seine Art. In dem Raum mit drei Liegen befanden sich noch Sequoyah und Anna, von denen es nur Sequoyah gelang, Schlaf zu finden.

Anna sah ihn an. »An was denkst du?«

»Ich weiß es nicht ... ich bin nur müde.« Todesangst, Siegestaumel und die Gewissheit, niemals Kinder zeugen zu dürfen, schnürten ihm beinahe die Luft ab. Die Variabilität seiner DNS könnte bereits nach wenigen Generationen Heerscharen hirnloser Monster entstehen lassen. Nein, das würde er nicht zulassen! Er würde niemals Kinder zeugen!

»Du bist ein schlechter Lügner.« Anna stand auf und legte sich an seine Seite. Das Gefühl, den Arm an ihren Rücken zu legen, war wunderschön und gefährlich zugleich. Von Anna zu träumen und Kezia zu lieben, sollte sich zukünftig als schwierig erweisen.

Ob Kezia ihn sehen konnte? Oder seine Präsenz fühlen? Elias ging in sich, doch da war nichts, Kezia war weg. Er schreckte auf und sah sich um, doch Kezia entfernte sich weiter von ihm.

»Was ist?«, fragte Anna überrascht.

»Es ist Kezia ... sie ist ... Vater, wo ist Kezia?«, fragte er panisch.

»Du liebst sie, oder? Keine Angst, ich respektiere eure Beziehung. Ich möchte gerade nur nicht allein sein.«

»Kezia befindet sich mit Ruben, Sem und Nadja, einer Frau aus dem Stab von General Hennessy an Bord eines der beiden größeren Raumschiffe. Es ist gerade in Begriff, die Umlaufbahn zu verlassen.«

»Und das sagst du mir erst jetzt?«, fragte Elias erschrocken.

»Ich wollte dich ruhen lassen ... ich kann sie jederzeit aufhalten. Auch später noch, mit einer Instanz von mir kontrolliere ich deren Schiff.«

»Nein.«

»Bitte?«, fragte Vater.

»Gib das Schiff frei ... lass sie gehen. Übergebe Ruben die Kontrolle und lösche dich von deren Systemen. Sie sind frei, ich möchte ihnen nicht vorschreiben, wo sie zu leben haben.«

»In Ordnung ... ich verstehe deine Entscheidung.«

»Danke.« Elias legte sich wieder hin.

»Was ist zwischen euch passiert?«, fragte Anna und schmiegte sich erneut an seine Seite.

»Ich weiß es nicht.« Elias schloss die Augen. Hoffentlich würde er zukünftig nicht gegen Ruben kämpfen müssen.

»Fliegen wir zur Erde?«, fragte Anna leise.

»Und wenn der Weg zurück unser ganzes Leben dauern wird«, sagte Elias mit einem Lächeln.

***

Liebe Leser,
hat euch die Geschichte gefallen? Missfallen? Habt ihr einen Fehler gefunden? Möchtet ihr dem Autor eure Meinung mitteilen?

Helft mir besser zu werden. Lobt mich. Verflucht mich. Redet einfach mit mir. Ihr habt gute Chancen eine Antwort zu bekommen.

Schreibt eine Rezension auf Amazon. Kurz. Lang. Völlig egal. Schreibt mir eine Email. Oder gebt es mir auf Facebook. Wie es euch gefällt.

Ich freue mich über jeden Kontakt.

Thariot / Martin

martin@thariot.de

Mehr Bücher von Thariot auf Amazon:

Ninis – Die Wiege der Bäume

Dark Fantasy, 2011,

Sonnenfeuer – Der Frieden war nah

Thriller, 2012

Cuareen – Die Blutspur

Dark Fantasy, 2012

Sternenstaub im Kirschbaum

Fun Fantasy, 2013

Genesis – Die verlorene Schöpfung

Science Fiction, 2014, Band 1

Genesis – Brennende Welten

Science Fiction, 2014, Band 2

Genesis – Post Mortem

Science Fiction, 2014, Band 3

Ich.Lebe.

Thriller, 2015

Solarian. Tage des Aufbruchs

Science Fiction, 2015, Band 1

14031930R00348

Printed in Poland
by Amazon Fulfillment
Poland Sp. z o.o., Wrocław